ro
ro
ro

ro
ro
ro

Astrid Fritz studierte Germanistik und Romanistik in München, Avignon und Freiburg. Als Fachredakteurin arbeitete sie anschließend in Darmstadt und Freiburg und verbrachte mit ihrer Familie drei Jahre in Santiago de Chile. Heute lebt Astrid Fritz in der Nähe von Stuttgart.

Mehr über die Autorin unter www.astrid-fritz.de

Astrid Fritz

Unter dem Banner des Kreuzes

Historischer Roman

Rowohlt Taschenbuch Verlag

Veröffentlicht im Rowohlt Taschenbuch Verlag,
Reinbek bei Hamburg, August 2017

Umschlaggestaltung any.way, Barbara Hanke/Cordula Schmidt
Umschlagabbildungen Stephen Mulcahey, Ilina Simeonova/Trevillion Images;
Lebrecht Music & Arts/Corbis; Luis Louro/shutterstock.com
Satz aus der Adobe Garamond PostScript, InDesign,
bei Pinkuin Satz und Datentechnik, Berlin
Druck und Bindung CPI books GmbH, Leck, Germany
ISBN 978 3 499 27105 2

Unter dem Banner des Kreuzes

Lüttich
Aachen
Köln
Hzm. NIEDER-
LOTHRINGEN
Rhein
Mainz
Reims
Trier
Paris
Worms
Metz
Hzm. OBER-
LOTHRINGEN
Speyer
Orléans
Loire
Straßburg
Kolmar
Breisach
KGR. FRANKREICH
N
W
O
S
Besançon
Basel
BURGUND
Biel
Vivis/Vevey
Genf
KGR.
ARELAT
St. Bernhard
Lyon
Mont Blanc
SAVOYEN
Ivrea
Mt. Cenis
Po
MONTFERRA
Rhône
LOMBARDEI
Genua
Gft.
PROVENCE
Arles
Narbonne
Marseille/Massilien
0
50
100
150 km
Mittelmeer

Der Zug der Kinder
1212
Hzm.
SCHLESIEN
ankfurt
Elbe
Prag
Würzburg
Bamberg
Hzm.
FRANKEN
Nürnberg
KGR. BÖHMEN
Regensburg
Mgft.
MÄHREN
HEILIGES RÖMISCHES REICH
Augsburg
Hzm. BAYERN
Hzm.
ÖSTERREICH
Hzm.
:HWABEN
Inn
Donau
Wien
Salzburg
Mittenwald
Bregenz
Innsbruck
Hzm.
STEIERMARK
Gft.
TIROL
Brenner
Hzm.
KÄRNTEN
Bozen
Trient
Mark
VERONA
Aquileja
KGR.
UNGARN
mona
Verona
Venedig
REP.
VENEDIG
Parma
Bologna
Ravenna
Adria
Florenz

Prolog

Zu Lüttich, Frühjahr anno Domini 1212

Ungeduldig trat der Bettelmönch von einem Bein aufs andere, die Kapuze seiner braunen Kutte tief ins Gesicht gezogen. Viel zu lange schon wartete er in dieser dunklen, nach Exkrementen stinkenden Seitengasse, die zum Bischofshof führte. Spätestens heute sollten seine beiden Vertrauten von ihrer Reise zurück sein, doch es dämmerte bereits, und bald würden die Stadttore schließen.

«Seid ihr das, Bruder Johannes, Bruder Paulus?», raunte er, als sich endlich zwei Gestalten näherten.

«Bruder Benedikt? Ja, wir sind's.»

«Dem Himmel sei Dank! Seid ihr allein?»

«Keine Sorge, niemand ist uns gefolgt.»

Alle drei drängten sie sich in eine Toreinfahrt.

«Unsere Wanderungen waren erfolgreich», sagte der dickere der beiden Mönche sichtlich zufrieden.

«So habt ihr also einen unschuldigen, jungen Hirtenknaben gefunden, der dieses heilige Unterfangen vollbringen mag?», fragte Bruder Benedikt.

Der andere nickte eifrig.

«Der Allmächtige war uns gnädig. Gleich dreimal sind wir fündig geworden: im welschen Frankenreich, im Rheinland und im Moseltal. Und wir sind genauso vorgegangen, wie wir es mit dir abgesprochen haben.»

«Das ist gut. Sehr gut, Bruder Paulus.» Bruder Benedikt

stieß einen erleichterten Seufzer aus. «Der Zeitpunkt ist mehr als günstig – erst der Komet am Himmel, jetzt die kraftvolle Konstellation der Gestirne, allen voran Jupiter und Saturn. So Gott will, werden schon bald Tausende junger, unschuldiger Seelen die Heilige Stadt und die gesamte Christenheit von den Ungläubigen befreien, ohne Schwert und Blutvergießen, nur kraft Gottes Wort.»

Der, der sich Bruder Paulus nannte, straffte die Schultern. «So soll es sein. Wenn auch nur einer der drei Knaben das heilige Feuer in sich brennen spürt, wird unsere Saat aufgehen. Dann werden sich genug junge Mitstreiter finden, um mit den Waffen der Armut, der Liebe und der Unschuld die Christenheit zu erretten.»

«Das wollen wir hoffen. So lasst uns denn zu unserem Bischof gehen, damit ihr euch nach der langen Reise erst einmal stärken mögt. Aber wie gesagt: vorerst kein Wort in dieser Sache, zu niemandem!»

TEIL I

Der Aufbruch ins Gelobte Land

Kapitel 1

Zu Freiburg im Breisgau,
Ende Juli anno Domini 1212

Ein letztes Mal noch zupfte Anna sich das neue, in leuchtendem Blau und Rot gestreifte Schultertuch zurecht. Dann durchquerte sie mit schnellen Schritten die kleine Eingangshalle, die dem Vater als Werkstatt und Verkaufsraum diente, schnappte sich den Einkaufskorb vom Boden und stieß die Tür nach draußen auf.

«Halt!»

Anna zuckte zusammen.

«Hiergeblieben!»

Sie drehte sich um. Mit finsterem Blick lehnte ihr Vater am Holzgestell mit den Leisten. Anna hatte ihn draußen im Hof gewähnt, wo er bei schönem Wetter des besseren Lichts wegen an seinen Schuhen zu arbeiten pflegte.

«Aber ich muss los, auf den Markt. Bin sowieso spät dran.»

«Komm her zu mir!»

Ihr jüngerer Bruder Matthis, der dabei war, den Fußboden zu kehren, hielt gespannt inne. Verunsichert trat sie auf den Vater zu. Mit einem Ruck riss der kräftige Mann ihr das Schultertuch herunter und schleuderte es auf den staubigen Boden.

«Wer hat dir erlaubt, dich so herauszuputzen? Deine Mutter etwa?»

Anna wagte nicht zu antworten, während Matthis sich ein Grinsen verkniff.

Das Brüllen ihres Vaters ließ sie erneut zusammenfahren: «Elsbeth! Wo steckst du?»

Gleich darauf hörte man eilige Schritte die Außentreppe heruntertapsen, und ihre Mutter erschien in der schmalen Rundbogentür zum Hof. Auf dem Arm hielt sie die kleine Resi, deren Pausbacken mit Brei verschmiert waren.

«Was ist, Auberlin? Warum bist du so außer dir?»

«Ich will dir sagen, was ist, Weib.»

Zornesröte war dem Vater ins Gesicht gestiegen, und er begann mit seinem festen Schuhwerk auf dem schönen Tuch herumzutrampeln.

«Willst du, dass deine Tochter von den Leuten als freies Fräulein gesehen wird? Willst du das?»

Die Mutter wurde bleich. «Anna ist ein anständiges Mädchen», flüsterte sie.

«Ach ja? Und warum kleidet sie sich dann nicht so? Soll ihr der nächstbeste Lump an den Hintern greifen? Woher hat sie dieses schreiend bunte Tuch überhaupt? Von dir, mit meinem hart erarbeiteten Geld bezahlt?»

«Ich weiß selbst nicht, Auberlin … Aber so arg ist es doch auch nicht, wenn sich ein Mädchen in ihrem Alter ein bisschen hübsch machen will …», stammelte die Mutter, während die kleine Resi zu heulen begann. «Aber gut, dann soll sie eben ihr graues Tuch nehmen.»

«Das will ich meinen.» Der Vater wurde ruhiger, streckte die Arme nach seiner Jüngsten aus und zog sie an sich. Augenblicklich hörte Resi zu weinen auf und schmiegte sich an seine Schulter. Derweil starrte Anna entgeistert auf den Boden. Was dort als schmutziges, zusammengeknülltes Bündel lag, war ihr ganzer Stolz gewesen!

Die Angst vor dem aufbrausenden Vater begann sich in Wut zu verwandeln.

«Ich hab's von der Nachbarin, von der alten Theres», sagte sie mit fester Stimme. «Als Lohn, weil ich ihr manchmal aushelf im Haushalt. Und deshalb ist das Tuch ganz und gar mein Eigen.»

«Da pfeif ich drauf. Matthis wird der Theres das verfluchte Ding zurückbringen. Und jetzt ab auf den Markt, die Resi nimmst du mit. Und bedeck gefälligst dein Haar, wenn du draußen bist.»

Wenig später betrat Anna die staubige Gasse, die von einfachen Holzhäusern und freiem, mit Gestrüpp überwuchertem Baugrund gesäumt war. Hier, im ruhigeren Westteil der noch jungen Zähringerstadt, lebten vor allem einfache Handwerker, Kleinhändler und nahe bei den Juden an der nördlichen Stadtmauer auch etliche Taglöhner. Sie alle waren einst als Unfreie aus dem Umland zugezogen, gerade so wie ihr Vater, um in dieser Stadt mit dem verheißungsvollen Namen ein neues Leben zu beginnen.

Gehorsam hielt Anna ihr schwarzbraunes Haar unter dem scheußlichen Wolltuch verborgen, an ihrer Hand quengelte und zappelte Resi, die kein bisschen Lust hatte, so weit zu marschieren. Wahrscheinlich würde sie nicht nur den schweren Einkaufskorb heimschleppen müssen, sondern auch noch ihre kleine Schwester! Und das bei dieser Hitze, die seit über einer Woche schon auf der Stadt lastete.

«Herr im Himmel! Jetzt lauf endlich anständig, sonst braucht es nur noch länger», fuhr sie Resi barscher an als gewollt. Eigentlich liebte sie ihre kleine Schwester von Herzen, die mit ihren blonden Locken einem Engel glich und der man schlichtweg nicht böse sein konnte. Aber dass Anna sie künftig stets mitnehmen sollte, wenn sie ausging – sei's zum Einkauf, sei's auch nur hinüber zum Brunnen –, das ging ihr doch gehörig gegen den Strich. Warum nur musste der Vater sie immer so piesacken?

Drüben bei der Sankt-Martinskapelle traf sie auf eine Horde barfüßiger, halbnackter Kinder. Davon gab es in ihrem Viertel in Scharen, boten die vielen Brachen und wenig belebten Gassen doch viel Platz zum Toben. Von ihrer Mutter hatte sie gehört, dass es damit bald schon vorbei sein würde: Immer mehr Menschen strömten nämlich in die aufblühende Residenz von Herzog Bertold, der hoch über der Stadt sein prächtiges Burgschloss hatte.

Sie wollte schon weitereilen zur Großen Gass, da zum Mittagsläuten die Verkaufslauben schlossen und die Bauern aus dem Umland ihre Ware zusammenräumten, doch das Geschrei vor der Kapelle ließ sie innehalten.

«Rotfuchs – Heulsuse! Rotfuchs – Heulsuse!»

Mittendrin erkannte sie den kleinen Christian aus ihrer Gasse. Schniefend wischte er sich über das tränennasse, sommersprossige Gesicht. «Gebt mir mein Steckenpferd zurück.»

Ein halbwüchsiger Bursche fuchtelte mit dem Stock in der Luft herum. «Hol's dir doch, du Zwerg.»

Anna ließ Resis Hand los, war mit drei Schritten bei dem Jungen und entriss ihm das Steckenpferd.

«Wenn du dir nicht eine Maulschelle einfangen willst, dann hau ab. Und ihr anderen auch.»

«Ho ho! Die Schuster Anna! Als ob ich Angst vor dir hätt.»

Dennoch wich er einen Schritt zurück und gab den anderen ein Zeichen. «Gehen wir lieber baden. Ist eh lustiger als mit diesem Bettseicher rumstreiten.»

Einer nach dem anderen verschwanden sie in Richtung Martinstor, nicht ohne Christian und Anna eine lange Nase zu drehen.

«Jetzt hör auf zu weinen.» Sie gab dem Knaben seinen buntbemalten Stock zurück und strich ihm über den struppigen roten Haarschopf.

Christian rieb sich verlegen die Augen. «Gehst du auf den Markt? Ich könnt dir zum Dank tragen helfen.»

Sie musste lachen. Eine große Hilfe würde Christian nicht sein, da er für seine acht Jahre viel zu klein und schmächtig geraten war. Deshalb und seiner feuerroten Haare wegen wurde er auch immer wieder gefoppt und geärgert von den anderen Kindern. Auch ihr Bruder Matthis war nicht selten bei diesen Hänseleien dabei.

«Na, dann verlass ich mich mal auf deine Bärenkräfte. Komm!»

Sie blickte sich suchend nach ihrer kleinen Schwester um.

«Resi?»

Doch Resi war verschwunden. War sie etwa den anderen Kindern gefolgt? Das würde ihr gleichsehen: nicht mit auf den Markt wollen, aber dann den weiten Weg bis zum Dreisamfluss laufen.

«Resi, wo bist du? Resi!»

Aus dem offenen Tor der Korbmacherwerkstatt schräg gegenüber drang Gelächter.

«Noch ein Tänzchen, dann kriegst du's!» Jemand klatschte im Takt in die Hände. Sie rannte hinüber und traute ihren Augen nicht: Vor dem Meister und seinem Knecht hüpfte Resi wie ein Äffchen auf und nieder, drehte sich im Kreis, reckte die Arme hoch, während Meister Lampert über ihr einen gedörrten Apfelring in die Höhe hielt.

Anna war zwischen Ärger und Belustigung hin- und hergerissen.

«Ihr könnt die Kleine doch nicht einfach in Eure Werkstatt locken, Meister. Ich such sie überall.»

«Die ist ganz von allein gekommen.» Lampert gab dem

Kind den Apfelring und einen Klaps auf den Hintern. «Musst halt besser aufpassen auf die Resi.»

«Los jetzt, komm schon.» Anna packte Resi bei der Hand. Manchmal fragte sie sich, wie das später noch werden sollte mit der kleinen Schwester. Jetzt schon verdrehte sie Weibern wie Mannsbildern den Kopf mit ihren blonden Locken, den großen himmelblauen Augen und ihrer lustigen, unbekümmerten Art.

«Hier.» Sie drückte Christian, der ihr in die Werkstatt gefolgt war, den Korb in die Arme. «Höchste Zeit, dass wir auf den Markt kommen.»

Die Große Gass, wo der tägliche Markt stattfand, war die breiteste Straße der Stadt. Hier und in der benachbarten Salzgasse hatten sich von Anbeginn Kaufleute und zähringische Dienstmannen niedergelassen, dazu all die Herren von Munzingen, Krozingen, Offnadingen und wie die Adelsleute aus dem Umland sonst noch so hießen. Nicht locker gereiht, wie in Annas Viertel, sondern dicht an dicht standen die vornehmen Häuser aus behauenen Buntsandsteinquadern, die Giebelseiten mit ihren hübsch verzierten Türen und Doppelfenstern zur Straße hin ausgerichtet.

Der Markt war zu dieser Stunde nicht mehr allzu belebt, und so konnte man jetzt deutlich das Hämmern und Sägen vernehmen, das von der Baustelle am Christoffelstor herüberdrang. Beeindruckend hohe Tortürme ersetzten nach und nach die alten Mauertore, um dem Reisenden schon von weitem die Bedeutung dieser Stadt zu verkünden.

«Jetzt aber rasch», murmelte sie, mehr zu sich selbst, und beeilte sich, an der Krämerlaube Bänder und Garne für die Mutter, ein Seil für den Vater zu kaufen. Hernach ging es noch zur Eierfrau, da ihre jungen Hühner noch nicht genug legten, dann zum Brotbeck beim Spital. Auf dem Weg dorthin wurde ihr Einkauf vom Versehgang des Stadtpfarrers unterbrochen: Unter dem Glöckchenläuten des Altardieners trug Pfarrer Theodorich das Allerheiligste quer über den Markt, und alle beugten das Knie und bekreuzigten sich. Auch Anna und Christian, derweil Resi mit ihren nackten Füßen durch das Bächlein in der Straßenmitte tappte.

«Komm raus da, das ist schmutzig!», tadelte Anna.

Nachdem sie ihr Graubrot erstanden hatte, nicht ohne für Resi und Christian einen Brocken abzubrechen, fehlten ihr nur noch Rindsfüße und Speck für den Eintopf am Abend.

«Schau mal, dort!» Christian stupste sie in die Seite und deutete in Richtung Fischbrunnen. Vor der hölzernen Gerichtslaube, wo bei niederen Freveln das Schultheißengericht tagte, hatte sich eine Menschentraube gesammelt. Neugierig, wie Anna war, ließ sie sich von dem Knaben mitziehen.

Auf der obersten Stufe zur Gerichtslaube stand ein ansehnlicher junger Mann in der langen Haartracht der Vornehmen, die dunkelblonden Strähnen um die Stirn in künstliche Locken gelegt. Wie einer dieser Wanderprediger, die zu Marktzeiten hin und wieder auftauchten, sah er nicht gerade aus, eher schon wie ein Schildknappe mit seiner Streitaxt am Gürtel und dem leuchtend blauen Wappenrock über dem Kettenhemd. Helm oder Lederhaube trug er nicht, dafür war an seiner rechten Schulter ein blutrotes Kreuz aufgenäht.

«Rückt nur näher, ihr Jungleute und Kinder, und hört, was ich euch zu sagen habe: Drüben in Straßburg am Rhein, da sammeln sich gar unerschrockene, gottesfürchtige Kinder, zu Hunderten und Tausenden. Und wisst ihr, warum? Sie alle werden das Kreuz nehmen, um als Glaubenskrieger Jerusalem und das Heilige Grab aus den Fängen der Sarazenen zu befreien.»

Er wies auf das Kreuz an seiner Schulter, und Anna begriff, dass es das Zeichen für die Wallfahrt nach Jerusalem war. Sie drängte sich, Christian und Resi fest bei der Hand haltend, weiter nach vorne.

«Zu Köln, der Stadt der Heiligen Drei Könige, ist nämlich ein Wunder geschehen, ein göttliches Wunder!» Der junge Vornehme riss die Arme zum Himmel empor. «Einem arglosen Hirtenknaben namens Nikolaus ist auf dem Feld ein Engel erschienen. Und dieser Engel hat ihn auserwählt, abermals einen Feldzug gegen die Ungläubigen zu führen. Doch für diesmal ohne Schwert und Schild, nur mit der Kraft des Glaubens und der Reinheit der Seele …»

«Für was hast dann deine Streitaxt dabei? Um dem Torwächter von Jerusalem den Kopf abzuschlagen, oder was?», höhnte eine Männerstimme hinter Anna, und eine Magd zerrte grob einen Knaben aus der Menge: «Wirst jetzt wohl mit mir kommen und mir auf dem Acker helfen, du faules Aas?»

«Denn eines ist gewiss, ihr Leut», fuhr der Junker ungerührt fort. «Was den Mächtigen und Königen, den Kreuzrittern und selbst dem Papst nicht gelungen ist, das werden Nikolaus und seine unschuldigen jungen Mitstreiter vollbringen: nämlich das Heilige Land der Christenheit zurückgeben! So folgt auch ihr, die ihr jung und unverdorben seid, diesem Aufruf, gebt eurem Herzen einen Stoß und …»

Der Mann neben Anna warf empört die Faust in der Luft: «Halt dein gotteslästerliches Maul, du falsche Schlange! Die Ungläubigen werden die Kinder in Stücke reißen, wenn sie so nackt und unbewehrt daherkommen.»

«Wer gewappnet ist mit der Liebe Gottes, der braucht keine Waffen. Hat Jesus nicht gesagt: Lasset die Kindlein zu mir kommen? ER wird sie schützen!»

«Dass ich nicht lache – mit diesen Bälgern hier schaffst du es ja nicht mal bis nach Straßburg! Weil sie dann über Blasen an den Füßen jammern.»

Kopfschüttelnd verließ der Großteil der Älteren nun die Menge, während Anna wie die anderen gebannt darauf wartete, dass der Knappe endlich weitersprach. Dessen Worte und das Feuer in seinen hellen Augen hatten sie berührt, und auch Christian standen Mund und Augen weit offen. Nur Resi begann ungeduldig an ihrer Hand zu zappeln.

«In diesen bösen Zeiten der Kriege, Seuchen und Hungersnöte», wandte sich der Junker ihnen wieder zu, «gibt es nur den einen Weg, Gott versöhnlich zu stimmen und den Frieden in die Welt zurückzubringen. Wenn ihr also gewillt seid, den Kampf, bei dem die Alten mit Lanze und Schwert versagt haben, allein mit eurem unerschütterlichen Glauben zu gewinnen, dann packt euer Bündel und kommt morgen bei Sonnenaufgang vor das Stadttor auf Breisach zu. Damit ich euch zu Nikolaus nach Straßburg führe. Deus lo vult – Gott will es!»

Er legte die von weißen Handschuhen bedeckten Hände zusammen.

«Und nun lasst uns gemeinsam das Vaterunser beten.»

Kaum war das Amen verklungen, hatte sich der Knappe auch schon davongemacht, und die Zuhörer zerstreuten sich. Einige rannten sogar los, wohl um zu Hause ihre Habseligkeiten zusammenzusuchen.

«Ist Jerusalem weit weg?» Christians Wangen waren gerötet.

«Sehr weit», entgegnete Anna. «Am anderen Ende der Welt. Und jetzt komm, wir müssen uns beeilen.»

Doch als sie bei den Fleischbänken der oberen Metzig ankamen, waren die Lauben bereits mit Brettern verschlossen. Anna unterdrückte einen Fluch. Das würde zu Hause mehr als Ärger geben.

Kapitel 2

Zu Freiburg, am selben Abend

Das brütende Schweigen während des Abendessens wurde nur unterbrochen vom leisen Schmatzen und Schlürfen der anderen. Anna wagte kaum den Kopf zu heben, zumal ihr der Nacken noch immer von Vaters Schlägen schmerzte, und der Magen war ihr wie zugeschnürt. Nachdem sie ohne Fleisch und Speck heimgekehrt war, hatte er noch gewartet, bis sie ihren Korb ausgepackt hatte, um dann mit der flachen Hand auf sie einzuschlagen, bis die Mutter dazwischengegangen war. Dass sie überhaupt hier sitzen und mitessen durfte, hatte sie nur ihr zu verdanken. Dabei war es ein Wunder, dass die Mutter der Tracht Prügel heute ein Ende gesetzt hatte, ängstlich, wie sie sonst eher war.

Verstohlen warf Anna einen Seitenblick auf den Vater. Wie er da so hungrig den Eintopf in sich hineinlöffelte, schien seine Wut halbwegs verraucht. Ja, sie hatte einen Fehler gemacht, hätte sich nicht von der Rede dieses jungen Predigers aufhalten lassen dürfen, dessen ergreifende Worte noch immer in ihr nachhallten. Indessen war es nicht ihre Schuld, dass sie so spät aus dem Haus gekommen war. Und auch noch die kleine Schwester hatte mitschleifen müssen.

Tränen stiegen ihr in die Augen, und sie kämpfte mühsam dagegen an, nicht loszuheulen. Sie sagte sich, dass auch andere Kinder von den Eltern geschlagen wurden, und doch wusste sie, dass es bei ihr anders war. Bei jeder Kleinigkeit fuhr ihr Vater inzwischen aus der Haut, immer jähzorniger wurde er. Sie konnte sich nicht erinnern, wann sie zum letzten Mal ein Lob oder ein freundliches Wort von ihm geerntet hätte. Manchmal war ihr, als ob er mit etwas Schrecklichem in sich kämpfte, als ob er von einem Dämon besessen sei. Dabei konnte er doch zufrieden sein mit seinem Leben, mit seiner Familie. Ihnen fehlte es an nichts, er hatte einen kräftigen Sohn, der eines Tages die Werkstatt übernehmen würde, zwei gesunde Töchter, eine fleißige, sanfte Frau. Durch ihre Mutter, deren Vater als Hufschmied zu den Dienstleuten der Burg gehört hatte, war er auch zum Bürger geworden. Hatte er doch dereinst nur als höriger Schuster am Fronhof des Basler Bischofs in der nahen March gedient und durch diese Heirat nicht einmal Jahr und Tag abwarten müssen, um ein freier Genosse der Stadt zu werden. Hatte sogar für eine Silbermark schon bald Haus und Grund erwerben können – ein zwar bescheidenes Haus, aber immerhin.

Sie spürte Resis kleine Hand auf ihrem Unterarm.

«Tut's noch weh?», flüsterte das Mädchen.

«Hab ich nicht gesagt, dass niemand mit ihr redet?», donnerte der Vater augenblicklich los, und Resi zog erschrocken die Hand zurück.

Er richtete sich auf und strich sich durch den mittlerweile grau durchsetzten Bart. «Wird allerhöchste Zeit, dass wir einen Mann für Anna finden. Eine wie die landet sonst noch in der Gosse!»

Eine wie die ... Anna schluckte. Was tat sie denn Schlimmes, dass der Vater sie so viel strenger hernahm als Resi oder Matthis? Gab sie sich nicht alle Mühe, ihre Arbeit zu machen, der Mutter im Haushalt zur Hand zu gehen, als Älteste auf ihre Geschwister achtzugeben? Dass sie in letzter Zeit oft artige Schmeicheleien von den Mannsbildern in Vaters Werkstatt erntete, dafür konnte sie nichts. Selbst ihre Mutter sparte inzwischen nicht mit seltsamen Worten wie: «Werd bloß nicht hoffärtig und stolz, nur weil der liebe Gott dir ein solch gefälliges Aussehen geschenkt hat. Für eine Frau kann dies zu einer schweren Bürde werden.» Das sagte gerade ihre Mutter, die ausnehmend schön war mit ihrem goldblonden, noch immer kräftigen Haar und den feinen Gesichtszügen – so schön, dass der Vater sie am liebsten zu Hause eingesperrt hätte. Sich selbst fand Anna alles andere als schön. Viel zu schnell gewachsen war sie in letzter Zeit und hatte dazu das fast schwarze Haar und die dunklen Augen wie so viele hier im Rheintal. Etwas Besonderes war das wahrhaftig nicht.

«Ich geh noch auf einen Krug Bier in die Schenke», hörte sie den Vater zu ihrer Erleichterung sagen, hatte sie doch schon befürchtet, er würde den ganzen Abend weiter über sie herziehen. Erst als er zur Küche hinaus war, wagte sie es, aufzustehen und den Tisch abzuräumen.

«Komm einmal her, mein Kind.» Die Mutter zog sie in die Arme. «Es tut mir von Herzen leid, wenn er so streng mit dir ist. Aber jeder Vater hat Angst um seine halberwachsenen Töchter, glaub mir. Und dann bist du auch noch die Älteste, da ist man immer strenger.»

«Trotzdem.»

Sie wollte sich schon losmachen, doch sie spürte, wie gut ihr die Nähe der Mutter tat. Ja, eine Heirat würde wahrscheinlich das Beste sein. Dann wäre sie wenigstens weg vom Vater, und wenn sich nur ein halbwegs freundlicher Mann zur Ehe fand, so wäre das immer noch besser, als hier zu Hause für alles und jedes der Sündenbock zu sein. Und ihre Mutter und die Geschwister könnte sie ja trotzdem hin und wieder sehen.

In dieser Nacht tat sie kaum ein Auge zu. Immer wieder fuhr sie aus dem Schlaf auf, weil sie schlecht geträumt hatte: Mal verfolgte sie der Vater durch die Gassen der Stadt, mal schrie er sie an: «Eine wie du hat bei uns nichts verloren», und zuletzt hatte er ihr und der Mutter Fußfesseln umgelegt und ihnen die Augen verbunden. Nach diesem letzten Traum lag sie wach, lauschte den Atemzügen von Resi und Matthis neben sich im Bett und dachte erneut über den Auftritt des Knappen nach. Durch die dünne Bretterwand zur Nachbarkammer konnte sie das leise Schnarchen des Vaters hören, von irgendwoher bellte ein Hund.

Sollte sie wirklich warten, bis die Eltern einen Ehemann für sie gefunden hatten? Und was, wenn es ihr erging wie den Töchtern von Theres, der Nachbarin? Beide waren sie nach Villingen verheiratet worden, oben auf dem Schwarzwald, und Anna hatte sie nur ein- oder zweimal bei Theres zu Besuch gesehen, so weit und beschwerlich war der Weg.

Sie reckte den Hals, um durch die offene Dachluke nach draußen sehen zu können. Vom Morgengrauen war noch nichts zu erahnen, hell leuchteten die Sterne am nachtschwarzen Himmel.

Nein, sie würde nicht warten. Oft genug in letzter Zeit hatte sie an Flucht gedacht, und eine bessere Gelegenheit als jetzt würde es nicht geben. Sie musste nur all ihren Mut zusammennehmen. Weder wusste sie, wie weit es nach Jerusalem war, noch, ob sie je dort ankommen würde. Aber etwas Schlechtes konnte es nicht sein, Gott zu Gefallen das Kreuz zu nehmen, auch wenn man hierfür ohne Abschied die Familie verließ.

Einen kurzen Augenblick kämpfte sie noch mit sich, dann schlug sie die Decke zurück, hauchte der schlafenden Resi einen Kuss auf die Stirn, erhob sich so leise als möglich und zog ihre Kleider aus der offenen Truhe. Wie fast alle Menschen hatte sie Angst vor der Finsternis, indessen würde sie nicht warten können, bis in der Morgendämmerung die Hähne zu krähen begannen. Spätestens dann nämlich erwachte ihre Mutter.

Um die Geschwister nicht zu wecken, nahm sie, nackt, wie sie war, ihr Kleiderbündel über den Arm und schlich zur Leiter. Bei jedem Knarren der Sprossen hielt sie erschrocken inne, bis sie endlich in der Küche stand. Die Herdglut gab einen schwachen Schein ab, und so streifte sie sich hastig erst das Untergewand, dann das Kleid über. An den Gürtel heftete sie sich neben Messer und Löffel einen Stoffbeutel, den sie in der Dunkelheit der Vorratskammer noch mit ein paar Brocken Brot und gedörrtem Obst für unterwegs füllte. Dann schlang sie sich ihr altes graues Halstuch um die Schultern, setzte sich die Sonntagshaube auf und nahm die Schuhe in die Hand. Vorsichtig schob sie den Riegel der Tür zurück. Einmal noch holte sie tief Luft, bevor sie hinaustrat in die Kühle der Nacht und die Außentreppe zum Hof hinabstieg.

Ihr Herz klopfte bis zum Hals, als sie durch die stille, stockdunkle Gasse auf das Lehener Tor zuging. Nur hinter ihr, über dem Waldgebirge, lag schon ein schwacher heller Schein, der den Tag ankündigte. Ganz kurz schoss es ihr durch den Kopf, ob sie nicht doch besser beim Stadtpfarrer anklopfen und ihn um Rat fragen sollte. Sie verehrte diesen klugen, welterfahrenen Mann, der für jeden ein freundliches Lächeln übrighatte. Als Stadtpfarrer kannte er sie seit ihrer Geburt, hatte sie getauft und ihr die erste Kommunion gespendet. Doch sofort verwarf sie den Gedanken wieder, da sie ahnte, dass Pfarrer Theodorich ihr von diesem Feldzug ins Heilige Land abraten und sie schnurstracks nach Hause bringen würde.

Das Stadttor war noch verschlossen, doch zu ihrem Erstaunen drängten sich dort schon einige junge Leute und Kinder. Genau wie sie selbst mussten sie in der Nacht von zu Hause fortgeschlichen sein. Rasch verbarg sie sich im Dunkel eines Scheunentors, für den Fall, dass ihre Eltern gehört haben sollten, wie sie sich aus dem Haus geschlichen hatte, und zwang sich, ruhig durchzuatmen.

Während sie dort kauerte, hörte sie die anderen aufgeregt flüstern. Ein letztes Mal kämpfte sie dagegen an, sich doch lieber dem Pfarrer anzuvertrauen, dann schloss sie die Augen und wartete ab. Beim ersten Morgenlicht öffneten sich endlich die beiden Torflügel mit durchdringendem Quietschen, und unter den spöttischen Rufen des Wächters stürzten alle hinaus. Zögernd verließ Anna ihr Versteck, sah sich mit bangen Blicken um, ob ihr nicht doch noch der Vater oder die Mutter gefolgt waren, dann erst eilte sie den anderen hinterher. Ein gutes Dutzend waren sie nur, und Anna hätte sich mehr Menschen erwartet, angesichts der großen Zuhörerschaft am Vortag.

Beim Garten der neuen Badstube, einen Steinwurf hinter den Stadtmauern, verharrte die Schar unschlüssig. Von dem Junker war weit und breit nichts zu sehen.

«Schläft der Faulpelz etwa noch?», rief eine vorwitzige Stimme, die Anna sehr wohl kannte. Das hätte fürwahr nicht sein müssen – ausgerechnet Jecki! Der junge Taglöhner aus ihrer Nachbarschaft war als rechter Galgenstrick und Raufbold bekannt und schon einige Male haarscharf einem Stadtverweis entronnen. Dann glaubte sie ihren Augen nicht zu trauen: An Jeckis Hand klammerte sich niemand anderes als Christian – barfuß, dafür den schmächtigen Körper in einen zerschlissenen Winterumhang gehüllt.

Mit drei schnellen Schritten war sie bei dem Knaben und schüttelte ihn bei der Schulter. «Bist du noch bei Trost? Was machst du denn hier?»

Trotzig blickte Christian sie an: «Ich will dabei sein, wenn Jerusalem befreit wird. Außerdem – du bist ja auch gekommen.»

«Nichts da! Du gehst jetzt sofort nach Hause!»

Sie wollte nach seinem Arm greifen, doch da baute sich Jecki vor ihr auf. Er war größer und vor allem um etliches kräftiger als sie.

«Tut er nicht. Er steht unter meinem Schutz», erklärte er

großspurig, «und er wird wie wir alle ein großes Werk tun. Der Herrgott wird ihn dafür belohnen.»

Christian nickte ernst: «Mit dem Paradies. Da gibt es niemals Hunger und niemals Streit.»

Sie wollte schon etwas Bissiges erwidern, als von der Dreisam her ein Reiter durch die Morgendämmerung auf sie zutrabte. Es war der Knappe vom Vortag, für diesmal auf einem schneeweißen Pferd und mit vollbepackten Taschen rechts und links des Sattels.

«Im Namen des Herrn freue ich mich, dass ihr gekommen seid. Auch wenn es ein wenig mehr hätten sein dürfen für dieses heilige Unterfangen. Doch sei's drum – ich weiß, hierzu gehört viel Mut und Gottvertrauen, und so nehme ich an, ihr seid die Besten in dieser Stadt.» Dann lachte er. «Eure Wintersachen hättet ihr allerdings daheimlassen können. Im Heiligen Land scheint immer die Sonne, und es ist dort mindestens ebenso warm wie heuer unser Sommer.»

Sein Schimmel begann unruhig zu tänzeln.

«Für die, die es noch nicht wissen: Mein Name ist Gottschalk von Ortenberg, vormals Schildknappe, jetzt Kreuzritter im Auftrag unseres Herrn. Und nun hinaus aus dem Freiburger Gerichtsbann, bevor euch eure wütenden Lehrherren oder Väter zurückholen.»

Da rannten sie los, mit übermütigen Freudenschreien die meisten, bis sie den Markstein mit dem Freiburger Wappen erreichten, der an dieser Stelle den Stadtbann begrenzte. Hier begann Reichsgut, hier hatte der Herzog als Stadtherr und Oberster Gerichtsherr nichts mehr zu sagen. Ohnehin hatte sich bislang keine Menschenseele blicken lassen – wahrscheinlich würde es noch seine Zeit brauchen, bis die Freiburger gewahr wurden, dass ihnen ein Kind, ein Lehrknecht oder eine Dienstmagd im Hause fehlten.

Ein letztes Mal drehte Anna sich um: Scharf zeichneten sich die Umrisse der Mauern und Türme gegen den zartroten Morgenhimmel ab – die Mauern und Türme ihrer Heimatstadt Freiburg, von der sie sich noch nie weiter als eine Wegstunde entfernt hatte. Und die sie womöglich nie wieder sehen würde.

Kapitel 3

Zu Freiburg, am frühen Vormittag desselben Tages

So sperr doch die Augen auf, Weib!», brüllte der Mann sie an. Ums Haar wäre Luitgard unter die Räder seines Ochsenkarrens geraten, der mit schweren Steinen beladen war. Der Platz rund um die Pfarrkirche Unserer Lieben Frau, die Herzog Bertold in großer Pracht erneuern ließ, war seit Jahren eine einzige Baustelle.

«Heilige Mutter Gottes – lass mich meinen Jungen wiederfinden», flehte sie mit Blick auf das Gotteshaus aus warmem, rotem Stein, dann zwang sie sich achtzugeben zwischen all den Lastenträgern und Mörtelmischern, Zimmerleuten und Steinmetzen, die mit ihrem schweißtreibenden, lauten Handwerk den Platz bevölkerten. Als sie hinter dem neuen Chor endlich am Pfarrhaus anlangte, hatte sie kaum noch die Kraft, den Türklopfer zu schlagen.

Mit missmutigem Gesicht ließ die Magd sie ein. «Heut geht's hier wahrlich zu wie im Taubenschlag. Noch nicht mal sein Morgenessen hat der arme Herr Pfarrer gehabt.»

Beklommen folgte ihr Luitgard hinauf in die gute Stube, wo Stadtpfarrer Theodorich am offenen Fenster lehnte und hinausstarrte.

«Hier ist noch jemand, Herr Pfarrer», verkündete die Magd und ließ sie allein.

Luitgard blieb im Türrahmen stehen. Sie wartete, bis sich der große, füllige Mann langsam zu ihr umdrehte, dann beugte sie ehrerbietig das Knie.

«Dein Kind also auch?»

Er wies auf die Bank des Kachelofens, und Luitgard ließ sich auf den angenehm kühlen Stein sinken. Zum ersten Mal an diesem Tag fühlte sie sich nicht mehr allein.

«Ja, hochwürdiger Herr Pfarrer. Der Christian … Er ist einer von Euren Chorknaben, der mit den roten Haaren … Wo er doch mal Priester werden will … Und jetzt ist er fort.» Sie begann leise zu weinen. «Könnt Ihr mir nicht helfen, als Mann Gottes?»

Der Pfarrer trat auf sie zu und legte ihr beruhigend die Hände auf die Schultern. In seine Stirn gruben sich tiefe Sorgenfalten.

«Ich fürchte, es ist zu spät.»

Sie schluchzte auf. «Es ist alles meine Schuld – wär ich heut nur früher aufgestanden … Aber ich musste doch noch bis spät in die Nacht unsre Wäsche flicken, und so bin ich erst am helllichten Morgen aufgewacht.»

Sie schlug die Hände vors Gesicht.

«Nun beruhige dich erst einmal. – Du bist Luitgard, die Wäscherin, nicht wahr?»

«Ganz recht, hochwürdiger Pfarrer. Die Witwe des Seilers Klewi.»

«Und du bist ganz sicher, dass dein Junge fort ist?»

«Nun – das Bett neben mir war leer, als ich wach wurd, und in der Küche war er auch nicht. Nicht mal was gegessen hat er. Hab mir erst gedacht, er wär vielleicht draußen auf unserem kleinen Feldstück vor dem Christoffelstor, wo doch der harte

Boden gehackt werden muss, weil sonst alles vollends verdorrt. Aber da war er auch nicht. Die ganze Stadt hab ich nach ihm abgesucht, und dabei hab ich erfahren, dass ein Werber hier war und eine Schar Kinder mitgenommen haben soll, heut bei Sonnenaufgang.»

Sie verstummte. Das lange Reden war sonst ihre Sache nicht. Aber da bewegte noch etwas ihre Seele, das sie kaum glauben mochte.

«Ist es wirklich wahr, dass die Kinder bis ins Heilige Land ziehen wollen? Und dort ohne Schutz und Waffen die Ungläubigen besiegen?»

«Das ist wohl wahr.» Der Stadtpfarrer stieß einen tiefen Seufzer aus. «Ein junger Freund, der gestern aus Straßburg kam, hat mir davon erzählt. Aberhunderte von jungen Menschen, halbe Kinder zumeist, sollen von Köln aus aufgebrochen sein und gen Mittag ziehen. Dazu treiben sich überall im Land Werber herum, junge Adlige zu Pferd und wortgewaltige Kreuzprediger, um noch mehr unschuldige Seelen einzufangen.»

Mit schweren Schritten begann er in der Stube auf und ab zu gehen. «Und das alles unter der Führung eines zehnjährigen Knaben namens Nikolaus. Zwei Wochen lang, so sagt man, habe er vor dem Kölner Dom seine Predigten gehalten wie ein geweihter Priester, sei jeden Morgen auf einem Esel eingezogen gleich unserem Herrn Jesus Christus – welche Blasphemie!»

«Ein Knabe? Dann stimmt es also, was die Leut auf der Straße sagen? Dass bei Köln einem Knaben ein Engel erschienen ist und dass dort zuvor Kinder und Hirten ein blendend weißes Kreuz am Himmel haben stehen sehen, mitten zur Nacht? Dann ist dieser Knabe gar ein Prophet?»

Das Gesicht des Pfarrers lief rot an. «Wohl eher ein dummes, verblendetes Kind! Ein Schwarmgeist, angestiftet von seinem nichtsnutzigen Vater, der ihn noch Tage zuvor in Schenken gegen milde Gaben hat singen lassen, angefeuert von ebenso nichtsnutzigen Armutspredigern, die dem wahnhaften Gedanken anhängen, nur eine Heerschar von unschuldigen und armen Seelen sei fähig, das Grab Christi zurückzuerobern. All das ist nicht nur töricht – es ist wider Gottes Willen! Wie sollen Kinder erfolgreich sein, wo schon vier Züge schwer bewaffneter Kreuzritter gescheitert sind? Sie werden allesamt ins Verderben laufen. Allein ihre Einfalt, wenn du sie fragst, wie sie über das Meer kommen wollen! Dann antworten sie dir, das Wasser würde sich vor ihnen teilen, wie einstmals dem auserwählten Volk.»

Plötzlich fasste er sich an die Brust, als bekäme er keine Luft mehr. «Das größte Übel ist», brachte er schließlich hervor, mehr zu sich selbst, «dass unseren Bischöfen alles gleichgültig zu sein scheint, wenn der Junge nur das Wort Gottes verkündet. Drüben in Straßburg will Heinrich von Veringen diesen Kindern sogar das Kreuzgelübde abnehmen und ihnen den Segen spenden.» Er schnaubte böse.

Luitgard verstand von dem, was der sonst so sanftmütige Mann entrüstet vorbrachte, nur die Hälfte. Doch das reichte, um ihre Angst um Christian noch größer werden zu lassen. Wie wollte ein Hirtenknabe ganze Heerscharen anführen, um die Christenheit zu retten? Das konnte nicht gehen, da hatte der Pfarrer recht. Plötzlich wusste sie: Ihr einziges Kind, der einzige Mensch auf der Welt, der ihr von Bedeutung war, würde nie wieder zu ihr zurückkehren.

«Dann hab ich meinen Jungen also auf immer verloren», flüsterte sie.

«Ich weiß es nicht, Luitgard. Wo selbst unser Schultheiß und der Rat der Vierundzwanzig es nicht für nötig halten, Reiter hinterherzuschicken, bleibt uns nur zu beten und zu hoffen. Wahrscheinlich ist man hier auch noch stolz darauf, Freiburger

Kinder dabei zu wissen. Wobei – wäre nur ein einziger Sohn aus den vornehmen Geschlechtern darunter, hätte man keine Mühe gescheut, einen bewaffneten Reitertrupp aufzustellen.»

«Es ist alles meine Schuld», murmelte sie. «Weil ich den Jungen viel zu oft allein gelassen hab und weil er sich dauernd auf der Gasse rumtreibt. Aber, Herr Pfarrer, ich muss doch das Brot verdienen für ihn und mich … Er kann doch nichts dafür, dass sein Vater vor Jahren gestorben ist, er soll es doch mal besser haben.»

«Es ist nicht deine Schuld, Luitgard. Auch nicht die Schuld der anderen Väter und Mütter. – Niemand konnte das ahnen», sagte er mit bitterer Stimme. Er trat wieder ans Fenster und starrte hinaus. «Eine letzte kleine Hoffnung bleibt mir noch, immerhin.»

«Was meint Ihr damit, hochwürdiger Herr Pfarrer?»

Er räusperte sich. «Wie dem auch sei – bete für deinen Jungen, Luitgard, für ihn und all die anderen Kinder, auf dass sie wohlbehalten heimkehren. Ich werde dasselbe tun.»

Sie nickte und ging zur Tür. «Danke, dass Ihr Euch Zeit genommen habt.»

«Gott sei mit dir, meine Tochter. Mit dir und all den armen Kindern.»

In diesem Augenblick hatte Luitgard eine Eingebung. Sie drehte sich noch einmal um: «Habt Ihr nicht von Straßburg gesprochen? Wie weit ist das von hier?»

«Etwa drei Tagesmärsche.»

«Gut. Dann will ich ihn suchen gehen.»

«Luitgard! Du kannst doch nicht allein als Frau … Nein, das geht nicht, das kann ich nicht zulassen.»

«Und wenn ich ein ganzes Jahr wandern müsste – was hab ich zu verlieren? Ich habe doch nur noch ihn.»

Der Stadtpfarrer strich sich über den dunklen Haarkranz

seiner Tonsur. Er ahnte wohl, dass niemand sie von ihrem Entschluss würde abhalten können, denn nach kurzem Nachdenken sagte er: «Es gibt da eine andere Möglichkeit: Der Kaufherr Heinrich Iselin von Oberlinden fährt morgen früh nach Breisach. Ich will ihn bitten, dass er dich mitnimmt. In Breisach lass dich über den Rhein setzen und marschiere auf Kolmar zu. Sie werden mit Sicherheit, wenn es denn so viele sind, von Straßburg aus die alte Handelsstraße auf Basel zu nehmen und auf jeden Fall durch Kolmar ziehen. Vielleicht hast du ja Glück. – Warte!»

Er öffnete die geschnitzte Truhe in der Fensternische und griff in eine Schatulle.

«Hier.» Er drückte ihr einige Pfennige in die Hand. «Für den Fährmann und als Zehrgeld für unterwegs. Hol wenigstens die Kleinsten und die Mädchen zurück, dieser Feldzug ist ein Werk des Teufels. Vielleicht hören sie ja auf dich, als Frau und Mutter.»

Kapitel 4

Reise nach Straßburg, am Vormittag desselben Tages

Längst war die Morgenkühle verflogen, und die Sonne brannte erbarmungslos vom wolkenlosen Himmel. Anna wünschte, sie hätte statt ihrer Brotzeit einen Schlauch mit Wasser mitgenommen. Der Schweiß lief ihr den Rücken hinunter, die Haut klebte vom Straßenstaub, die Kehle schmerzte.

Gerade so wie auf ihrem kleinen Acker vor den Toren Freiburgs waren auch hier draußen die Böden überall ausgetrocknet und rissig, stand die Feldfrucht mehr als kümmerlich. Viel zu lange schon hatte es nicht mehr geregnet, und war es doch einmal zu einem kurzen Schauer gekommen, war das bisschen Regen auf dem steinharten Boden sogleich wieder verdampft.

Fast im Laufschritt durchquerten sie hinter Freiburg die March, jenen Wildbann des Basler Bischofs, in dem Annas Vater aufgewachsen war. Jetzt schon begann ihr die Heimat zu fehlen, und sie überkam ein Gefühl von Trauer. Das und dazu die Hitze und der Durst machten Anna mehr und mehr zu schaffen. Viel zu selten war ihnen auf der staubigen Straße mal ein wenig Schatten vergönnt, und noch seltener erlaubte ihr Führer ein kurzes Innehalten, um aus einem der Bachläufe zu trinken und sich zu erfrischen. Nachdem sie schließlich alle lautstark zu murren begannen, hielt Gottschalk an und sprang vom Pferd.

«Die beiden Kleinsten da», er zeigte auf Christian und einen barfüßigen Jungen in zerrissenem Kittel und halblangen Hosen, «dürfen auf dem Ross sitzen. Ihr anderen sollt wissen: Bis Breisach, wo wir über den Rhein setzen, müssen wir uns sputen – ob es euch gefällt oder nicht. Hernach geht es gemütlicher weiter. Wer allerdings jetzt schon fußlahm ist, der sollte besser kehrtmachen.»

Fest entschlossen, nicht gleich zu Anfang aufzugeben, folgte keiner seinem Ratschlag. Und so erreichten sie schließlich das erste größere Dorf. Es lag am Fuße eines Weinbergs, den es zu überwinden galt.

Die Bauern und Weingärtner des umfriedeten Fleckens beobachteten ihre kleine Schar mit Misstrauen. Erst nachdem einer von ihnen das rote Kreuz auf Gottschalks Schulter gewahr wurde, kamen sie neugierig näher.

«Seid ihr wahrhaftig Kreuzritter, auf dem Weg nach Jerusalem?»

«Ja, das sind wir.» Gottschalk nickte erhobenen Hauptes.

«Und auf der anderen Seite des Rheins, in Straßburg, da sammeln sich schon Tausende, um die Heilige Stadt zu befreien.»

Ein paar Frauen gingen bei diesen Worten doch tatsächlich voller Ehrfurcht auf die Knie. Es waren ärmliche Leute, einfache Bauern, Knechte und Mägde, und dennoch ließen sie ihren Wasserschlauch herumgehen und steckten den Kindern kleine, harte Birnen und Brotstücke zu. Eine ausgiebige Rast gönnte Gottschalk ihnen nicht, aber wenigstens durften sie ihren Durst stillen.

«Wir wandern weiter, erholen könnt ihr euch später», beschied er in einem Tonfall, der keine Widerrede duldete. «Gut die Hälfte des Wegs nach Breisach haben wir immerhin geschafft.»

Das bestimmende Wesen wie auch das vornehme, stattliche Äußere des Knappen schüchterten Anna gehörig ein. Dennoch wagte sie es, ihn anzusprechen.

«Wie weit ist's noch von Breisach bis nach Straßburg?»

Er musterte sie ein wenig spöttisch.

«Zweiundeinhalb Tagesmärsche sind das schon noch. Alsdann: Wer will hierbleiben?»

Niemand hob die Hand.

«Gut. So gefällt das unserem Herrgott.»

Er nahm sein Pferd beim Zügel und marschierte los.

«Was aber», rief Jecki ihm zu, «wenn dieser Bursche aus Köln gar nicht so lang auf uns wartet?»

«Dieser Bursche aus Köln trägt den Namen Nikolaus, das solltest du dir merken», kam es scharf zurück. «Wie heißt du?»

«Jecki.»

«Hör zu, Jecki: Nikolaus wartet, bis all seine Werber aus dem Breisgau, der Ortenau und aus dem Zaberner Land zurückgekehrt sind. Kümmer dich also lieber drum, dass du keine Blasen an den Füßen kriegst.»

Jecki war anzusehen, wie schwer es ihm fiel, keine freche Bemerkung zurückzugeben.

«Was für ein Maulheld», zischte er Anna zu, bevor er sich in Bewegung setzte. Doch sie zuckte nur die Schultern. Mit Jecki wollte sie sich nicht gemeinmachen, zumal der junge Taglöhner geradeso dafür bekannt war, sich aufzublasen und ein großes Maul zu führen.

«Gott schütze und segne euch», riefen die Leute und winkten ihnen nach, als es nun über einen schmalen Pfad den Weinberg hinaufging. Sie winkten zurück, bis das Dörfchen nach einer Kehre verschwunden war. Zum ersten Mal an diesem Tag wurde es Anna leichter ums Herz, und sie verspürte fast so etwas wie Freude und Stolz.

Nachdem sie wenig später wieder die Ebene erreichten, mussten Christian und der andere Junge ihren bequemen Sitz hoch zu Ross aufgeben und ihn zwei Mädchen überlassen. Bevor Jecki Christian an seine Seite ziehen konnte, griff Anna nach dessen Hand. Sie erkannte, dass er Tränen in den Augen hatte.

«Ärgerst du dich etwa, dass du wieder zu Fuß gehen musst?»

Christian schüttelte den Kopf. «Ist schon recht, wenn jetzt mal die Mädchen dran sind.»

«Warum weinst du dann?»

«Ich weine ja gar nicht.» Seine Augenlider begannen zu flattern.

«Du hast Heimweh, nicht wahr?»

Der Junge nickte kaum merklich, und Anna musste schlucken. Sie durfte gar nicht an ihre Mutter und die Geschwister denken, sonst wären ihr auch noch die Tränen gekommen.

Jecki, der neben ihnen aufgeschlossen hatte, gab dem Kleinen eine Kopfnuss.

«Nach Hause willst du also? Wie soll das gehen? Sollen wir dich etwa mutterseelenallein heimlaufen lassen? Hör bloß auf zu heulen.» Er schnaubte «Ich hätt dich gar nicht erst mitnehmen sollen.»

Anna starrte ihn an: «Sag bloß, *du* hast ihn überredet mitzukommen!»

«Da braucht ich nicht viel überreden. Hab ihm nur gesagt, dass ihn keiner mehr anlangt von den Gassenkindern, wenn er erst mal in Jerusalem war. Aber wenn er jetzt heimwill, dann soll er halt verschwinden, dieses Muttersöhnchen.»

«Bin kein Muttersöhnchen.»

«Dann benimm dich wie ein rechter Kerl.»

Das wirkte. Tapfer und ohne zu jammern stapfte Christian zwischen ihnen einher, bis eine Wegstunde später in der flirrenden Mittagshitze die Umrisse der Zähringerstadt Breisach auftauchten. Dabei hatte sich das letzte Stück schier endlos dahingezogen. Erschöpft umrundeten sie den mit Burgschloss und Kirche besetzten Bergstock, der sich über dem Rheinstrom erhob, und gelangten an eine Herberge mit Remise und Stallungen.

«Wartet hier», befahl ihnen ihr Anführer, der im Gegensatz zu allen anderen kein bisschen ermattet wirkte. «Ich muss noch eben den Schimmel in den Mietstall zurückbringen, dann geht's über den Rhein.»

«Dann habt Ihr gar kein eigenes Ross?», fragte Anna fast enttäuscht. Ein Knappe ohne Pferd erschien ihr wie ein Schmied ohne Amboss.

Da schenkte er ihr ein unerwartet freundliches Lächeln, und sie merkte, wie sie errötete.

«Mein eigenes Pferd ist ein edles Streitross und wartet in Straßburg auf mich.»

Er half den beiden kleinen Mädchen aus dem Sattel und verschwand mit dem Pferd im Hof der Herberge. Annas Blick ging hinüber zu dem steinernen Torbogen, der zur Bootslände führte. Jetzt wäre noch die Gelegenheit zur Umkehr. Sie könnte Christian mit sich nehmen, vielleicht noch den einen oder anderen ihrer Reisegefährten, und vor Sonnenuntergang in Freiburg sein. Hatten sie erst über den Rhein gesetzt, gab es kein Zurück mehr.

Vor ihrem inneren Auge tauchte das zornige Gesicht des Vaters auf: *Eine wie du landet noch in der Gosse!*

Sie schüttelte erschrocken den Kopf. Fast erleichtert hörte sie den Ruf des Knappen: «Auf geht's, Kinder. Suchen wir uns einen Fährmann.»

Wie eine Herde Schafe trotteten sie ihm hinterher zu dem schattigen Torbogen. Ein Zöllner trat aus seinem Häuschen und wies auf die beiden Satteltaschen, die der Knappe über den Schultern trug.

«Welche Waren führt Ihr mit Euch?»

Gottschalk von Ortenberg warf sich in die Brust.

«Unsere Ware ist der Gottesglaube, und der ist nicht mit Gold aufzuwiegen.»

«Wollt Ihr Euch über mich lustig machen, Junker?»

«Keineswegs. Wir sind Pilger auf dem Weg ins Heilige Land, und drüben auf der anderen Seite des Rheins sammeln sich schon Tausende.»

Kopfschüttelnd winkte der Zöllner sie durchs Tor, und Gottschalk hielt Ausschau nach einer ausreichend großen Barke zum Übersetzen. Ein halbes Dutzend davon lagen an der niedrigen Kaimauer vertäut, dazu noch einige große Lastkähne, mit Aufbauten, Segelmasten und spitz zulaufendem Bug. Die Bootsleute dösten im Schatten eines Schuppens vor sich hin und machten keine Anstalten, sie nach ihrem Begehr zu fragen.

«Was ist? Will niemand von euch eine Schar Pilger ans andere Ufer bringen?»

«Um Gotteslohn meint Ihr wohl?» Ein vollbärtiger Kerl

reckte den Hals. «Habt Dank, aber dafür rühr ich bei der Hitze keinen Finger.»

Gottschalk verzog ärgerlich das Gesicht. «Das solltest du aber. Denn das wäre ein Dienst an Gott, der dir eines fernen Tages zugutekommt.»

Der Mann winkte ab. «Ein vornehmer Herr wie Ihr hat genug Silber im Beutel, um eine ehrliche Arbeit zu entlohnen.»

«Und was ist mit euch anderen?» Gottschalk stemmte die Arme in die Seite.

Keiner rührte sich, während Jecki frech zu grinsen begann. «So kommen wir nie nach Jerusalem.»

Er stieß Anna in die Seite und zwinkerte ihr zu. Dann trat er vor den Bärtigen hin. «Ein echter Freiburger Silberpfennig dürfte wohl genügen, oder?»

«Meinetwegen. Weil's einer guten Sache dient.»

«Wir brauchen aber die größte Fähre, damit wir alle Platz haben.»

«Das größte Boot ist meins.» Ein hochaufgeschossener, zugleich spindeldürrer Kerl sprang auf die Füße. Abschätzig musterte er Jeckis schäbige, zerrissene Kleidung. «Bist wohl der Schatzmeister dieses Rittersöhnchens?»

«Fast getroffen.» Zu Annas Verblüffung zog Jecki eine Silbermünze aus seinem Beutel und drückte sie dem Fährmann in die Hand. Noch größere Augen machte sie indessen, als Jecki drei weitere Silberlinge hervorkramte. «Hierfür bis nach Straßburg!»

«Sieben Silberpfennige!»

«Fünf – und keinen weiteren drauf!»

Da reichte der Fährmann ihm die Hand, und Jecki schlug ein. Triumphierend drehte er sich zu den anderen um: «Wir werden noch genug marschieren müssen bis Jerusalem. Jetzt haben wir's erst mal bequem.»

Die Kinder klatschten begeistert in die Hände, nur Gottschalk von Ortenberg war anzusehen, dass es ihm gar nicht gefiel, wie ihm hier jemand den Rang als Anführer streitig machte. Auch Anna war nahe daran, Einspruch gegen diesen Handel zu erheben. Jecki war allseits als Gauner bekannt, nie im Leben hatte der sich das viele Geld mit seiner Hände Arbeit verdient. Schon eher hatte er gestern auf dem Markt jemandem den Beutel vom Gürtel geschnitten. Doch ein kurzer Blick auf die Jüngsten ihrer Truppe, von denen kaum einer Schuhwerk an den Füßen trug, ließ sie den Mund halten.

Derweil hatte der Fährmann Ruder und Stange aus dem Schuppen geholt und winkte sie ungeduldig zu seiner flachen, mannsbreiten Barke.

«Hast du kein Segel?», fragte Jecki ihn.

«Wozu? Der Strom treibt uns bis Straßburg. Mach ich nicht zum ersten Mal.»

«Wie kommst du dann flussaufwärts zurück ohne Segel?»

«Gar nicht. In Straßburg verkauf ich den Kahn. Da gibt's gutes Geld für, mehr als hier.»

In diesem Augenblick hörten sie vor dem nahen Zolltor einen Reiter heransprengen.

«Wartet, nicht ablegen!», rief der ihnen zu, nachdem er vom Pferd gesprungen war und dem verdutzten Zöllner die Zügel in die Hand gedrückt hatte. In seinem langen, dunklen und reichlich zerschlissenen Kapuzenumhang sah er aus wie ein Wanderprediger, hatte aber keine Tonsur wie die Mönche, sondern trug das rehbraune, kräftige Haar kurzgeschnitten. Vom Alter her mochte er ein, zwei Jahre mehr zählen als Gottschalk von Ortenberg. Er stolperte fast über seinen Rocksaum, als er jetzt auf ihr Boot zugerannt kam.

«Wenn Ihr übersetzen wollt, müsst Ihr wen anders fragen», brummte der Bootsführer, der im Begriff war, die Leine zu lösen. «Wir fahren bis Straßburg.»

«Dem Himmel sei's gedankt – dann sind das hier die Freiburger Kreuzfahrer?»

Gottschalk baute sich vor ihm auf. «Wer will das wissen?»

Seine Rechte näherte sich bedrohlich der Streitaxt im Gürtel.

«Bruder Konrad, Konrad von Illenkirchen, meines Zeichens ein Wanderprediger. Und die, die Ihr hier um Euch geschart habt, werden mit mir nach Freiburg zurückkehren.»

«Werden sie nicht.» Mit verschränkten Armen gesellte sich Jecki hinzu. Sowohl er als auch der Knappe waren um einiges kräftiger als dieser Wanderprediger. Doch der ließ sich nicht beeindrucken. Die Augen in seinem erhitzten Gesicht funkelten, als er sich Anna und den Kindern zuwandte. Er hatte grüne, tiefgrüne Augen, wie sie Anna nie zuvor bei einem Menschen gesehen hatte.

«Eure Eltern, eure Lehrherren sind in größter Sorge um euch. Was ihr vorhabt, ist eine Dummheit, die euch das Leben kosten wird. Und Ihr, Junker, habt diese unbedarften Kinder auch noch dazu angestiftet, schämt Euch.»

«Vorsicht.» Gottschalks Hand umschloss den Griff seiner Streitaxt. «Sonst fordere ich Euch zum Zweikampf. Diese Kinder stehen nämlich unter meinem Schutz.»

«Das mögt Ihr so sehen, und deshalb frage ich die Kinder selbst.» Er zog Christian und ein strohblondes Mädchen namens Margret, das eine leichte Hasenscharte hatte und traurige Augen, zu sich heran. «Ihr werdet Tag für Tag, Woche für Woche marschieren müssen, ihr werdet Hunger und Durst leiden, nachts in dunklen Wäldern schlafen müssen und die Wölfe heulen hören. Unterwegs lauern euch böse Menschen auf, und wenn ihr Glück habt und allen Gefahren entkommt, so werdet ihr das Heilige Land doch nie erreichen. Weil dazwischen nämlich ein unermesslich hohes Gebirge und ein schier unendliches Meer liegen.»

«So halt schon dein Maul, du verhinderter Pfaffe.» Gottschalk packte ihn bei der Schulter, doch der Wanderprediger schüttelte ihn ab.

«Also, ihr Kinder, was ist?»

Christian tauschte einen langen, unsicheren Blick mit Jecki aus, dann stieß er hervor: «Ich will nach Jerusalem.»

«Ich auch», sagte die kleine Margret tapfer. Die anderen nickten stumm.

«Da hast du's!»

«Dann wenigstens du.» Bruder Konrad sah Anna flehentlich an. «Du bist eine junge Frau, weißt nicht, wie das ist, unterwegs auf der Landstraße. Hübsche Jungfern wie du sind Freiwild für umherstrolchende Ritter, und bei den Sarazenen im Morgenland …»

Sie schüttelte entschieden den Kopf. Was maßte sich dieser Wildfremde an?

«Das kannst du deiner Mutter nicht antun – und deinem Vater auch nicht.»

«Was wisst Ihr schon von meinen Eltern?», brauste sie auf.

Sein Blick wurde unsicher. «Nichts.»

«Dann lasst mich bloß in Ruh!»

«Sackerment!», fuhr der Fährmann ungehalten dazwischen. «Seid ihr euch jetzt endlich einig? Hab keine Lust, kurz vor Straßburg an Land zu gehen, nur weil's Nacht wird.»

Kopfschüttelnd rannte der junge Wanderprediger zu seinem Pferd zurück und führte es in Richtung Mietstall.

«Auf geht's, ins Boot mit euch.» Gottschalk von Ortenberg warf seine Satteltasche in die Barke und stieg hinterher. Dann reichte er einem nach dem anderen die Hand, während der Fährmann die Leine fest im Griff hatte. Bei jedem Einstieg schwankte das Boot bedenklich, und Anna hielt Gottschalk einen Moment länger fest, als es nötig gewesen wäre.

Die kleine Margret zögerte. «Und wenn wir nun alle ertrinken?»

Der Fährmann lachte. «Eher werden wir auflaufen, wir haben Niedrigwasser.»

Tatsächlich strömte der Rhein mit seinen zahlreichen Inseln in äußerst gemächlichen Schleifen dahin, was alles andere als gefährlich aussah. Die andauernde Sommerhitze schien das Wasser genauso träge gemacht zu haben wie die Menschen.

Als Letzter stieg Jecki zu. Gerade als sie sich von der Ufermauer abstoßen wollten, sprang mit einem großen Satz jener Konrad von Illenkirchen ins Boot und brachte es fast zum Kentern. Die Kleinsten schrien auf.

«Was soll das jetzt?», schnauzte der Knappe erbost, der mit Jecki den Platz bei den Rudern eingenommen hatte. Der Wanderprediger steckte dem Bootsmann eine Münze zu.

«Ich komme mit. Ob es Euch passt, Junker, oder nicht.»

Nur selten wurde das Wasser schnell, dafür liefen sie mehr als einmal auf Kiesbänke auf, und der Fährmann, der am Heck das Steuerruder hielt, fluchte, wenn vorne am Bug Jecki und Gottschalk wieder alle Mühe hatten, das Boot aus der Untiefe herauszustaken.

Gleißend und bleischwer hing der Himmel nun über dem Rheintal. Anna sank bald schon in eine dumpfe Schläfrigkeit, immer wieder fielen ihr die Augen zu. Jetzt spürte sie, wie müde sie war nach der schlaflosen Nacht und dem anstrengenden Marsch, indessen war ihr dieses allgegenwärtige Wasser rundum doch zu unheimlich, als dass sie richtig hätte schlafen mögen. Außerdem – das hatte sie sich beim Einsteigen geschworen – musste sie auf Christian aufpassen. Der presste sich auf der schmalen Holzbank eng an sie, hatte er doch genau wie Margret Angst zu ertrinken. Das Beste würde wohl sein, wenn dieser Bruder Konrad ihn doch noch nach Freiburg zurückbrachte – der Knabe war viel zu klein und schwächlich für eine solche Unternehmung.

«So ist's recht», knurrte der Fährmann, als sie sich mit einem Mal in einer tiefen, gerade verlaufenden Fahrrinne befanden und deutlich an Fahrt zunahmen. Jecki und Gottschalk mussten nicht einmal mehr rudern, und die Auwälder zu ihrer Linken glitten rasch an ihnen vorüber.

«Sind wir bald da?», fragte sie.

«Das wird sich weisen. Der Rhein ist ein alter Griesgram – mal zeigt er sich freundlich, mal tückisch.»

Auch wenn diese Antwort nicht allzu beruhigend ausfiel, wurde Anna allmählich gelassener. Es würde schon alles gutgehen, der Bootsmann schien sein Handwerk zu verstehen. Ihr Blick streifte den Wanderprediger, der ihr gegenübersaß, bei Margret und deren kleiner Freundin. Margret, die inzwischen eingeschlafen war, lehnte vertrauensvoll an Konrads Schulter.

Bis auf Jecki, Christian und Margret kannte Anna die anderen Freiburger nur vom Sehen – Kinder von Taglöhnern oder selbst junge Taglöhner, die von klein auf zum Familienunterhalt hatten beitragen müssen. Gemein war ihnen allen ihre ärmliche Erscheinung: Alle trugen sie bessere Lumpen, manche besaßen nicht einmal Schuhe, und die Kappen und Hüte, die sie sich zum Schutz gegen die Sonne mitgenommen hatten, waren löchrig oder starrten vor Dreck. Wie Anna auch waren sie wahrscheinlich überzeugt davon, dass es überall auf der Welt nur besser sein konnte als dort, woher sie kamen.

Als sich ihr Blick mit dem des Wanderpredigers traf, wandte sie den Kopf zur Seite. Was hatte dieser Bruder bei ihnen zu suchen? Dafür, dass er angeblich ein Diener des Herrn war, hatten seine Worte bei der Ankunft reichlich gotteslästerlich geklungen. Seither allerdings war er in fast trotziges Schweigen verfallen. Dass sie sich von ihm beobachtet fühlte, kaum dass er an Bord war, mochte daran liegen, dass er ihr gegenübersaß – dennoch war ihr seine Gegenwart nicht recht geheuer. Plötzlich wähnte sie sich fast sicher, dass sie ihn in Freiburg bei dem Menschenauflauf vor der Gerichtslaube gesehen hatte.

Umso angenehmer hingegen fand sie den jungen Schildknappen. In seiner Nähe fühlte man sich einfach sicher und beschützt, und Anna zweifelte keinen Augenblick daran, dass er sie alle wohlbehalten zu jenem Hirtenknaben bringen würde. Verschämt stellte sie fest, dass ihr auch sein Äußeres gefiel. Schon heute Morgen war ihr aufgefallen, dass seine dünnen, geschwungenen Brauen gezupft waren und dass es in seiner Nähe nach Rosen- und Lavendelöl duftete. Mit seinen langen, dunkelblonden Locken, den gepflegten Händen und den schon sehr männlichen Gesichtszügen ließ er die Herzen der höfischen Jungfern und Damen gewiss höher schlagen. Für eine wie sie, eine einfache Schustertochter, würde er wohl kaum Augen haben, und sie ertappte sich dabei, wie sie das bedauerte.

«He, Bootsführer!», rief er in diesem Augenblick. «Willst du in Straßburg nicht deinen Kahn verkaufen und mit uns ziehen? Gott wird es dir lohnen.»

«Für wie närrisch haltet Ihr mich, Junker? Einem halben Kind hinterherlaufen, nur um mich dann von den Sarazenen abschlachten zu lassen? Nein, habt Dank.»

«Versündige dich nicht, Mann. Nikolaus ist ein Prophet, von Gott berufen.»

Doch der Bootsführer grinste nur.

«Erzählst du uns von diesem Nikolaus, der uns ins Heilige Land führen will?», rief Christian mit seiner hellen Stimme.

«O ja! Bitte!», kam es prompt von Margret und ihrer Freundin. Die beiden waren plötzlich hellwach.

Anna wies Christian zurecht. «Einen Junker spricht man nicht ungefragt an. Und duzen tut man ihn schon gar nicht.»

«Lass nur.» Gottschalk lachte. «Der Knabe gefällt mir. – So will ich euch also erzählen, wie Nikolaus der Heiland erschienen ist.»

Er erhob sich von der Ruderbank und stellte sich breitbeinig auf, damit er besser zu hören war. Seine Stimme, die sonst so schroff Befehle austeilen konnte, wurde sanft.

«Vor wenigen Monaten, in der Nacht zu Walpurgis, hütete er vor den Toren der großen Stadt Köln die Schafe seines Vaters. Da sah er ein flammendes Kreuz am Nachthimmel seine Bahn ziehen, und in einem blendenden Schein, der alles in weißes Licht tauchte, schwebte ein Engel vom Himmel herab auf ihn zu, mit einem Antoniuskreuz in der Hand. Ihr könnt euch denken, wie erschrocken der Hirtenknabe war, und so warf er sich mit ausgebreiteten Armen zu Boden und rief: ‹Allmächtiger, was hat das zu bedeuten?› Als er wieder aufsah, entschwand der Engel über den Baumwipfeln, und vor ihm lag ein rotes Kreuz aus Stoff, und eine freundliche Stimme sagte: ‹Fürchte dich nicht. Dieser Engel wird dich und ein Heer von Unschuldigen ins Heilige Land führen. Er wird dich übers Gebirge führen, er wird dich durch das große Meer führen, das sich wie in biblischen Zeiten vor euch teilen wird. Befreie das Heilige Land von den Ungläubigen, befreie mein Grab in Jerusalem, dann kann die Menschheit errettet werden.› Da wusste Nikolaus, dass der Heiland zu ihm gesprochen hatte.»

Auf der Barke, die ruhig über den glitzernden Strom glitt, war es mäuschenstill geworden.

«Und wenn er das alles nur geträumt hat?», wandte Anna schüchtern ein. Von ihren Geschwistern wusste sie nur allzu gut, was Kinder so zusammenträumten.

Auf der Stirn des Knappen zeigte sich eine steile Falte. «Du zweifelst? Der Engel ist seither immer bei ihm. Wie sonst hätte er, als einfacher Knabe ohne Bildung, die richtigen Worte finden können und tagelang zu Köln vor dem Altar der Heiligen Drei Könige predigen?»

Jecki pfiff durch die Zähne. «Die haben ihn wie einen Priester predigen lassen?»

«Aber ja – und immer mehr kamen herbei, um ihn zu hören. Erst waren es Hunderte, dann Tausende. Bald schon waren junge Menschen aus allen Winkeln des Reichs nach Köln gekommen, sogar aus Flandern und Lothringen und Brabant. Und auch jetzt noch, bei seiner ersten großen Rast in Straßburg, strömen täglich neue Scharen herbei, so wie auch ihr auf dem Weg zu ihm seid …» Er warf Anna einen strafenden Blick zu, und sie ärgerte sich über ihre vorschnelle Bemerkung. «Die Zweifler, die Zögerlichen wie dich, die hat er schnell eines Besseren belehrt: Ich war selbst dabei, wie er eine Veitstänzerin und einen gelähmten Jungen, die mit ihm ziehen wollten, durch Handauflegen von ihrem Leiden geheilt hat.»

Verblüfft fragte Christian: «Dann ist Nikolaus ein Heiliger?»

«Noch nicht, weil das der Papst, als Vertreter unseres Herrn auf Erden, zu bestimmen hat. Aber engelsgleich ist er jetzt schon, ihr werdet es selbst sehen. Man sagt, dass der Herr ihn vom Himmel speist, denn er trinkt nichts, isst nichts und lebt trotzdem.»

Anna versuchte zu glauben, was sie gehört hatte. Was in der Heiligen Schrift stand, war die Wahrheit, und die Kirche lehrte, dass der Allmächtige jederzeit Wunder zulassen konnte. War es denn nicht schon ein halbes Wunder, dass sie hier auf diesem Kahn saß, weit weg von ihrem Vater, mit Christian und Jecki und all den anderen, dazu mit einem Schildknappen, der sie beschützte?

Bei Einbruch der Nacht hatten sie Straßburg noch immer nicht erreicht. Der Fährmann fluchte, als sie in der Dämmerung an Land festmachen mussten.

«Hättet ihr beim Ablegen nicht so getrödelt, könnten wir schon da sein», schnauzte er, während sie durch die flache, mit Schilf besetzte Bucht ans Ufer wateten. Mitten aus dem Wasser ragte eine mächtige Silberweide, an der sie das Boot vertäut hatten.

Sie machten sich auf die Suche nach Kleinholz, und bald schon loderte ein Feuer auf der schmalen Uferwiese des Auwalds. Wer wie Anna und Gottschalk noch einen Rest an Wegzehrung dabeihatte, teilte mit den anderen, und so wurden sie alle halbwegs satt. Ihre Gespräche, die sich um Nikolaus und ihre bevorstehende Pilgerreise drehten, verstummten allmählich, je schwärzer die Nacht wurde. Der Himmel war bedeckt, kein Mond, keine Sterne waren zu sehen, und die Welt füllte sich mit allerlei fremden Geräuschen: Vom Wald her knackste und knisterte es, aus dem Schilf war ein hohes Pfeifen zu hören, aus den Bäumen der Schrei eines Käuzchens, und selbst das nahe Wasser begann auf unheimliche Weise zu gurgeln und zu plätschern. Wenigstens war die Nacht warm, wenn auch die feuchte Luft des Auwalds auf der Haut zu spüren war.

«Was, wenn uns wilde Tiere holen?», fragte Christian ängstlich. Er hatte sich, in seinen dicken Wintermantel gehüllt, zwischen Anna und Jecki gekuschelt.

«Unsinn!», beruhigte Anna ihn. «Die haben Angst vor uns, weil wir so viele sind. Und Angst vor dem Feuer obendrein.»

Dabei war ihr selbst reichlich unwohl. Noch nie hatte sie die Nacht in der freien Natur verbracht. Die Brust zog sich ihr zusammen, als sie an daheim dachte. Wahrscheinlich würde die Mutter aus Angst um sie kein Auge zumachen, und Resi, die es gewohnt war, an Annas Seite zu schlafen, würde sich in den Schlaf weinen. Vielleicht sollte sie morgen doch besser mit diesem Bruder Konrad nach Freiburg zurückkehren, trotz der Tracht Prügel, die ihr dann blühte.

Der junge Wanderprediger kauerte ein wenig abseits von ihnen. Wie schon auf der Barke suchten Margret und ihre Freundin seine Nähe, und so hatte er ihnen seinen Umhang übergelegt. Von dem Mädchen mit der Hasenscharte wusste Anna, dass sie vaterlos aufgewachsen war, ihre Mutter verdingte sich als Magd und hatte kaum Zeit für sie und ihre beiden Brüder. Das andere Mädchen, das Sanne hieß, war ein blasses, kränkliches Kind, das viel hustete. Anna fragte sich, ob Sanne, die sie öfter mit einer Schar Bettler an der Kirchenpforte gesehen hatte, die Strapazen der Reise überstehen mochte. Aber womöglich war sie aus ebendiesem Grund dabei, erhoffte sich Heilung durch die Pilgerfahrt. Vielleicht aber war sie von den anderen Bettlern auch einfach nur zu oft verprügelt worden.

Sie spürte, wie ihr nun doch eine bleierne Müdigkeit in die Glieder fuhr. Da hörte sie Margret leise fragen: «Wenn wir morgen bei Nikolaus sind – wie viele Tage müssen wir dann noch bis Jerusalem laufen?»

«Ach Kind, du machst dir keine Vorstellung, was eine solche Pilgerreise bedeutet», erwiderte Bruder Konrad. «Da zählt man nicht in Tagen, sondern in Wochen und Monaten.»

«Aber dann müssen wir ja verhungern», sagte Sanne mit banger Stimme. «Wir haben doch jetzt schon alles aufgegessen.»

«Hört nicht auf diesen verhinderten Pfaffen», fuhr Gottschalk ungehalten dazwischen. «Der redet wie der Blinde von der Farbe. Nichts weiß er, gar nichts. Unterwegs öffnen die weltlichen und geistlichen Herren nämlich ihre Kornspeicher, sobald das Heer eintrifft, da muss keiner Hunger leiden.»

Der Wanderprediger schnaubte. «Daran glaubt Ihr nicht

im Ernst, Junker! Wo bei dieser Hitzewelle allerorten die Feldfrucht zu verdorren droht.»

«Man wird es sehr wohl tun, denn unser Feldzug ist ein heiliges Unterfangen. Allein schon, um Gott milde zu stimmen, wird man sein Letztes geben und diese unschuldigen Kinder unterstützen.»

«O ja», höhnte Bruder Konrad, «lasset die Kindlein zu mir kommen. Diesen Satz hab ich von Euresgleichen und diesem Nikolaus mehr als einmal gehört. Aber Ihr wisst nicht einmal, was damit gemeint ist. Auf dem Weg des Glaubens sollen die Unschuldigen zum Herrn finden und nicht durch ein Unternehmen, das zum Scheitern verurteilt ist und alle ins Verderben führt. – Wenn ich schon höre, dass sich das Meer teilen soll …»

«Ich geb dir einen guten Rat, Konrad von Illenkirchen: In Straßburg steigst du von unserem Kahn, und dann verschwindest du, wohin auch immer. Und zwar allein.»

Kapitel 5

Am nächsten Morgen, zu Freiburg

Der Stadtpfarrer hatte Wort gehalten. Kaufherr Heinrich Iselin und sein Knecht spannten vor dem Brunnen von Oberlinden gerade die beiden Rösser ein, als sich Luitgard mit ihrem Bündel über der Schulter dem Fuhrwerk näherte.

«Bist du Klewis Witwe Luitgard?», fragte Iselin, ein dicklicher, kahlköpfiger Mann mit ernstem Gesicht.

«Ja, die bin ich, Kaufherr», erwiderte sie ein wenig befangen. Der Kaufherr war gewiss ein sehr reicher Mann, so fein, wie sein Gewand gearbeitet war, und so schön, wie seine Rösser glänzten.

Iselins Miene wurde freundlicher. «Ich soll dich nach Breisach mitnehmen, hat der Pfarrer mir gesagt.»

«Wenn es Euch nichts ausmacht, Herr.»

Es war noch früh am Morgen, und Luitgard zitterte trotz ihres Umhangs. Sie hatte die ganze Nacht vor Aufregung kaum geschlafen, sich ein ums andre Mal im Bett gewälzt und sich vorgestellt, was ihrem Sohn alles zustoßen mochte unterwegs. Hörte man doch immer wieder von üblen Strauchrittern, die junge Leute mit Gewalt auf ihre Burgen verschleppten. Oder all diese Geschichten von fahrendem Bettelvolk, böse Menschen, die Kinder raubten und ihnen die Augen ausstachen oder Arme und Beine absägten, um sie auszustellen und Mitleid zu heischen.

«Im Gegenteil, gute Frau», hörte sie Iselin sagen. «Ich wünsch dir alles Glück der Welt, dass du deinen Sohn findest und zurückbringst. Eine Schande ist das von den Geschworenen unserer Stadt, dass sie das alles nicht kümmert.» Leiser fügte er hinzu: «Und unseren Herzog schert es genauso wenig, dass ein ganzes Dutzend seiner Stadtkinder entführt worden ist.»

Er wies auf die Ladefläche des Fuhrwerks, die bis auf eine kleine Freifläche mit Kisten und Fässern vollgestellt war.

«Ich hoffe mal, dir reicht der Platz. Eine Decke hab ich dir auch hingelegt.»

«Wie soll ich Euch nur danken, Herr? Ihr seid so gütig.»

«Danke dem Herrn, wenn du deinen Jungen wieder hast. Was für ein wahnwitziger Einfall, eine Horde Kinder bis ins Heilige Land bringen zu wollen. Vors Gericht gebracht gehören die, die das angezettelt haben.»

«Habt Ihr auch Kinder?», fragte sie schüchtern.

«Zwei Söhne, jawohl! Und die hab ich beide in ihrer Kammer eingesperrt in jener Nacht, und mein Knecht musste davor Wache halten.»

Wieder plagte Luitgard das schlechte Gewissen, dass sie auf Christian nicht aufgepasst hatte. Nein, sie war keine gute Mutter. In diesem Augenblick hörte sie eine Frauenstimme ihren Namen rufen. Sie wandte sich um und sah Elsbeth, die Frau des Schuhmachers, mit geschürztem Rocksaum auf sich zulaufen. Sie wirkte vollkommen aufgelöst.

«Der Herr Pfarrer hat mir gesagt, dass du sie zurückholen wirst! Ist das wahr?»

Unter Elsbeths rotgeränderten Augen lagen tiefe Schatten, Strähnen ihres blonden Haars hatten sich unter der Haube gelöst.

«Ja, Elsbeth, ich will's versuchen. Sag bloß – dein Matthis auch?»

«Nein, viel schlimmer … mein Mädchen … meine Anna!»

Sie begann zu schluchzen und sank verzweifelt in die Knie. Luitgard trat schnell zu ihr hin und nahm sie in die Arme.

«Ich tät ja mit dir kommen», stieß Elsbeth mühsam hervor, «aber ich hab doch die Kleine zu Haus, und die ist krank – der Sommerkatarrh, mit bösem Fieber.»

«Ich will alles versuchen, glaub mir. Du sollst deine Anna bald wiederhaben. So wahr uns Gott helfe.»

Heinrich Iselin räusperte sich vernehmlich. Sein Knecht saß schon auf dem Kutschbock und hielt die Zügel in der Hand.

«Wir müssen los.» Der Kaufherr half Luitgard auf die Ladefläche, dann stieg auch er auf.

Sie beugte sich noch einmal zu Elsbeth herab. «Seid nicht mehr so streng mit ihr, wenn ihr sie wiederhabt. Ich weiß, dass dein Auberlin schnell mit dem Stock dabei ist.»

Da verzog sich das Gesicht der Schuhmacherfrau vor Schmerz.

«Ich bin schuld an allem, ich allein. Hätt ich nur …»

Mehr konnte Luitgard nicht verstehen, da sich das Fuhrwerk unter lautem Knarren und Poltern in Bewegung setzte und über die holprige Gasse zu rumpeln begann. Sie wurde so heftig durchgeschüttelt, dass sie ihren Strohhut festhalten musste. Zurückzuschauen wagte sie nicht, zu sehr dauerte sie die arme Elsbeth. Ein junges Ding wie Anna, das gerade mal sechzehn oder siebzehn Jahre zählte, war in noch größerer Gefahr als ihr Junge. Und was sie da eben der Nachbarin versprochen hatte, würde sie womöglich gar nicht erfüllen können.

Wenig später hatten sie das Lehener Tor hinter sich gelassen und erreichten das freie Feld. Hier war der Weg etwas besser, sodass die Pferde in leichten Trab fielen.

«Geht's mit dem Platz?», rief Iselin ihr zu.

«Ja, alles ist gut.»

«Hinterher werden dir gehörig die Knochen weh tun, wenn du das Fahren nicht gewohnt bist.» Er warf ihr ein aufmunterndes Lächeln zu.

Sie nickte, doch ihre Gedanken waren noch immer bei Elsbeth und deren Tochter. Der Schuhmacherfrau würde es das Herz brechen, wenn sie ohne Anna zurückkehrte. Und trotzdem konnte sie das Mädchen verstehen, dass es von daheim fortgelaufen war: Immer häufiger hatte man in letzter Zeit den Auberlin in seiner Werkstatt herumbrüllen hören, und geschlagen hatte er die Anna auch, obwohl man sich keine bessere Tochter wünschen konnte als dieses hilfsbereite, freundliche Mädchen. Überhaupt stand die Ehe von Elsbeth und Auberlin unter keinem guten Stern, das wussten alle im Viertel. Und keiner verstand, warum die beiden überhaupt geheiratet hatten. Elsbeth hätte jeden haben können, als Tochter des herzoglichen Hufschmieds, und so schön, wie sie als junge Frau gewesen war, obendrein.

Ach Klewi, hätte unser beider Glück nur länger gedauert, dachte sie und spürte, wie ihr die Tränen in die Augen schossen. Wie selten kam es vor, dass Mann und Frau in Liebe zueinander fanden, und eben das war ihnen widerfahren. Dafür hatte sie Gott an jedem Tag ihrer Ehe gedankt. Doch dann, vor drei Jahren, war das Unheil über sie gekommen: Ihr Klewi, der zeit seines Lebens kerngesund gewesen war, hatte sich die rote Ruhr geholt, und kein Bader hatte ihm helfen können. Tagelang hatte er sich gekrümmt vor Bauchkrämpfen und sich erbrochen, der Kot war ihm stündlich wie blutiges Wasser abgegangen, immer schwächer war er geworden, bis er sie in seinem Fieberwahn nicht mehr erkannt hatte. Am siebten Tag dann hatte der Herrgott ihn zu sich gerufen und sie allein gelassen mit ihrem kleinen Jungen.

«Du hättest dich längst wieder verheiraten sollen», hatte ihr der Pfarrer erst neulich wieder gesagt. Aber wer nahm schon ein armes Waschweib mit Kind? Außerdem hatte sie ihren Klewi geliebt.

Ihre einzige Hoffnung war, ihn im Himmel wiederzusehen. Damals, als sie ihn zu Grabe getragen hatten, da wäre sie ihm am liebsten in den Tod gefolgt. Aber dann hatte sie sich wieder aufgerafft aus ihrem unsagbaren Kummer, denn sie musste ja für Christian da sein.

Sie stieß einen tiefen Seufzer aus. Christian war ihr Ein und Alles. Der Gedanke, dass ihm etwas zustoßen könnte, zerfraß ihr schier die Seele. Warum nur war er fort von ihr? Glaubte er tatsächlich, er könne als einfältiges, ahnungsloses Kind die Christenheit erretten? Hatte ihn der Aufruf des Werbers dermaßen entflammt? Oder hatte sie selbst die Saat gelegt durch ihren hingebungsvollen Glauben an Gott, an Mutter Kirche und an die Heilige Schrift? Wie sehr hatte sie sich über seinen Eifer beim Singen und Beten in der städtischen Pfarrkirche, erst recht über seinen Wunsch, Priester zu werden, gefreut. Aber eine solch gefährliche Wallfahrt ans Ende der Welt, noch dazu ins Reich von Barbaren und Ungläubigen – das passte so gar nicht zu ihrem ängstlichen Jungen.

Hatte womöglich Anna ihn überredet, mit ihr zu kommen? Innerlich schüttelte sie den Kopf. Dazu war das Mädchen viel zu vernünftig. Plötzlich fiel ihr dieser Tagedieb Jecki ein, an den Christian sich neuerdings gehängt hatte. «Einen wie den Jecki hätt ich gern als großen Bruder, der ist groß und stark, und alle haben Achtung vor ihm.» – «Ein Nichtsnutz ist der», hatte sie ihm entgegnet, «und ein elender Taschendieb obendrein. Dass man ihn noch nicht erwischt und ihm die Hand abgehackt hat, ist ein Wunder!»

Vielleicht war sie zu hart gewesen in ihren Worten, aber es war schließlich die Wahrheit. Sie hätte sich erkundigen sollen, ob Jecki ebenfalls verschwunden war, aber das brachte jetzt ohnehin nichts mehr.

Kapitel 6

Am selben Morgen, Ankunft in Straßburg

Wider Erwarten hatte Anna am Rheinufer, auf hartem Boden und unter freiem Himmel, tief und traumlos geschlafen, bis Christian sie sanft bei der Schulter gerüttelt hatte. Da waren die anderen schon auf den Beinen gewesen, und noch vor dem ersten Sonnenstrahl hatten sie ihre Barke bestiegen.

Als sie jetzt über den Rheingießen, der Straßburg auf dem Wasserweg mit dem Rhein verband, dahinglitten, spannte sich ein wolkenloses Blau über das Land. Die Mauern und Türme der wehrhaften Stadt tauchten immer deutlicher aus dem Dunst auf.

«Ist Straßburg eine Insel?», fragte Anna den Fährmann, der hinter ihr das Steuerruder, der Strömung und der Ufernähe wegen, fest in beiden Händen hielt.

«Du meinst, weil hier überall Wasser ist? Nein, ich glaub nicht. Hier kommen bloß viele kleine Flüsse zusammen.»

«Und Stechmücken!», rief Jecki verdrießlich und klatschte sich gegen die Wange. «Bin schon ganz zerstochen.»

Seine Stimmung war nicht die beste, war er doch an diesem Morgen mehr als einmal mit dem Knappen in Streit geraten. Mal waren sie sich beim Rudern nicht einig geworden, mal in Glaubensdingen, bis Gottschalk von Ortenberg ihm vorwarf, es mangele ihm an Demut und rechtem Glauben: «Du bist doch nur auf deinen Vorteil aus, auf Ruhm und Beute. Glaubst, dass aus einem Gassenlump wie dir ein Kreuzritter werden könnt im Heiligen Land.» – «Und du? Willst dich als großer Herr aufspielen mit deinem edlen Gewand und deiner Streitaxt und verdrehst den Mädchen die Augen. Ich seh doch, wie du die Anna ständig anglotzt.»

Dass Jecki die Frechheit besaß, einen Knappen wie seinesgleichen zu duzen, hatte Gottschalk selbstredend erst recht empört, und schließlich hatte der Fährmann gedroht, sie alle beide aus seinem Kahn zu werfen. Anna hatte diese Wortgefechte mehr als kindisch gefunden, dass hingegen der Knappe sie hin und wieder wohlwollend betrachtete, war auch ihr aufgefallen. Und hatte ihr insgeheim geschmeichelt.

Konrad von Illenkirchen, der ihr auch an diesem Morgen wieder gegenübersaß, hatte seit dem Ablegen kein Wort gesprochen. Auf einmal beugte er sich vornüber und flüsterte ihr zu: «Willst du das deiner Mutter wirklich antun?»

«Das geht Euch einen Kehricht an», fauchte sie leise zurück. Ihre Zweifel von letzter Nacht waren verflogen. «Wenn Ihr unbedingt eine gute Tat tun wollt, dann bringt den Kleinen hier, den Christian, nach Freiburg zurück. Seine arme Mutter hat nur noch ihn.»

«Das werde ich bei Gott tun, darauf kannst du dich verlassen.»

Dann presste er die Lippen zusammen und schwieg für den Rest der Bootsfahrt.

Wenig später mündete der Rheingießen in einen Fluss, und sie näherten sich der Kaimauer der Straßburger Schiffslände, die um etliches länger war als jene in Breisach. Zahllose Kähne, mit dem flachen Heck voran, wurden beladen und entladen, und auf dem schmalen Streifen zwischen Wasser und Stadtbefestigung, der mit Schuppen, Seilzügen und Stapelplätzen besetzt war, wimmelte es von Menschen. Maultiertreiber brüllten sich den Weg frei, Lastenträger schleppten Säcke auf ihren breiten Schultern, Fässer und Kisten wurden auf Karren hergebracht.

Ein Schifferknecht am Ufer winkte sie zu einem freien Platz, dann warf der Fährmann ihm das Tau hinüber, und sie durften anlegen. Einer nach dem anderen verließen sie das schwankende Boot, das sie so sicher hierhergebracht hatte: Zuerst Gottschalk und Jecki, dann fünf halbwüchsige Knechte und Taglöhner, gefolgt von zwei Knaben, die nicht viel älter waren als Christian, schließlich der Wanderprediger mit Margret und Sanne und am Ende Anna mit Christian an der Hand.

«Ihr müsst da drüben ins Zollhaus, Junker, und Eure Ware anmelden», wandte sich der Schifferknecht an den Knappen. Seine Verwunderung, dass der vornehme Rittersohn in solch zerlumpter Gesellschaft reiste, war ihm deutlich anzumerken.

«Sehen wir aus wie Kaufleute? Wir gehören zu Nikolaus' Kreuzrittern», gab Gottschalk von Ortenberg brüsk zurück.

«Der Allmächtige steh mir bei – noch welche!» Der Mann verdrehte die Augen. «Die ganze Stadt quillt schon über von diesen kindlichen Gotteskriegern. Aber nur zu – wenn's denn der Christenheit dient.»

Gottschalk warf ihm einen vernichtenden Blick zu, dann verabschiedeten sie sich von ihrem Bootsführer. Mit großmütiger Geste überreichte der Knappe ihm einen weiteren Silberpfennig: «Das ist für die Nacht am Ufer.»

«Nicht schlecht. Da will ich mir gleich einen guten Tropfen für gönnen. Bei Alt Sankt Peter gibt's eine gemütliche Taberne – kommt Ihr mit? Dieser Nikolaus wird Euch schon noch ein Stündchen entbehren können.»

Gottschalk von Ortenberg winkte ab. «Ich will zuallererst nach meinem Pferd sehen, das ich drüben in der Neustadt untergestellt hab.»

«Dann bringt Ihr uns jetzt gar nicht zu Nikolaus?» Anna war enttäuscht.

Der Knappe lachte. «Die Domkirche der Heiligen Gottesmutter werdet ihr auch ohne mich finden, da bin ich mir sicher. Dort sammeln sich wie jeden Tag die Pilger und irgendwann wird auch Nikolaus erscheinen. – Und keine Sorge», er tätschelte ihr vor aller Augen die Wange, «auch wir werden uns wiedersehen.»

Jecki warf ihm einen giftigen Blick zu, woraufhin der Knappe sich grinsend abwandte und eiligen Schrittes davonging.

Verächtlich spuckte Jecki aus. «Was bin ich froh, dass wir den Großkotz fürs Erste los sind.»

So langsam ging Anna sein Gehabe gegen den Strich.

«Bist ja nur neidisch, weil er ein Schildknappe ist und eine Streitaxt am Gürtel führen darf. Und schmuck ist er obendrein.»

«Was du nicht sagst. Hast dir wohl schon Hoffnungen gemacht? Aber Herrensöhnchen wie der treiben nur ihr böses Spiel mit jungen Mädchen aus dem Volk, das kannst mir glauben. Jedenfalls bin ab jetzt *ich* der Anführer unserer Freiburger Schar. – Wo geht's denn nun zur Domkirche?» Suchend blickte er sich nach dem Schifferknecht um, doch der war längst verschwunden.

«Ich bring euch hin, keine Sorge», ergriff nun Bruder Konrad das Wort.

«Ihr kennt Euch aus in Straßburg?», fragte Anna verblüfft.

«Aber ja.» Sein Lächeln wirkte traurig. «Illenkirchen, wo ich aufgewachsen bin, liegt ganz in der Nähe. Und in der Straßburger Domschule hab ich als Knabe meine ersten Brocken Latein gelernt.»

Anna wusste nicht, was eine Domschule war, aber dass dieser Konrad schon als Kind Lateinisch gelernt hatte, diese geheimnisvolle Sprache der Kirche, beeindruckte sie. Mehr jedenfalls als Jeckis gockelhaftes Gebaren.

«Gehen wir also.» Konrad nickte ihnen aufmunternd zu. «Es ist nicht weit.»

Er hielt auf die Palisadenumfriedung zu, die die Stadt zum Wasser hin abschirmte, und dicht aneinandergedrängt folgten sie ihm bis zu einer Pforte beim Zollhäuschen, die verschlossen war.

Kopfschüttelnd blieb der Wanderprediger stehen. «Was soll das jetzt?»

Der Zöllner, der am Türrahmen lehnte, verzog das Gesicht. «Haben wir vorerst zugesperrt. Sonst würden die auch noch unsre Schiffslände bevölkern, so viele sind's dadrinnen. Wird Zeit, dass die weiterziehen.»

Jetzt erst vernahm Anna das Stimmengewirr, das von der anderen Seite der Palisaden herüberdrang und hin und wieder von Gesängen und lauten Rufen unterbrochen wurde. Ihr Herz begann schneller zu schlagen. Was würde sie erwarten in dieser Stadt? Und erst recht in nächster Zukunft?

«Gut, gehen wir durchs Ochsentor», murmelte Bruder Konrad und führte sie ein Stück weiter bis zu einem steinernen Tor, wo der Wächter sie unbehelligt und ohne Maut passieren ließ. Dahinter empfing sie das Hämmern und Klopfen von Arbeitern, die eine löchrige Befestigungsmauer abtrugen. Der Graben davor war aufgeschüttet, Ochsenkarren brachten die schweren Buckelquader fort. Über allem stand deutlich der süßliche Geruch nach Blut und Fleisch einer nahen Metzig.

«Warum machen die hier ihre Stadtmauer kaputt?», fragte Christian.

«Weil man sie nicht mehr braucht.» Konrad blieb stehen und strich ihm übers Haar. «Straßburg ist eine uralte Bischofs- und Römerstadt, musst du wissen, und dieser alte Teil ist seit ewigen Zeiten ummauert. Aber die Stadt wächst und wächst, längst gibt es eine Neustadt und Vorstädte, und die Mauern von damals stehen im Weg. Deshalb holt man sich die Steine und baut eine neue, bessere ganz außen herum.»

Christian nickte. «Das verstehe ich. Dann ist Straßburg größer als Freiburg.»

Bruder Konrad lachte. «Allerdings. Bestimmt dreimal so groß. Und viel bedeutender.»

Eigentlich war dieser Konrad recht nett, dachte Anna. Verstohlen betrachtete sie ihn aus dem Augenwinkel. Sein zumeist ernstes, schmales Gesicht wirkte fast schon mädchenhaft mit diesen mandelförmigen grünen Augen und dem fein gezeichneten Mund. Nur die steile Falte über der Nasenwurzel verlieh seiner Miene etwas Eigensinniges. Fast tat es ihr leid, dass sie bislang so schroff zu ihm gewesen war.

Jecki stieß ihn in die Seite. «Wollen wir jetzt Maulaffen feilhalten oder was?»

«Da vorne rechts geht's in die alte Stadt, wir sind gleich da», erwiderte Bruder Konrad ungerührt. «Ihr habt gehört, was der Zöllner und der Schifferknecht gesagt haben. Dadrinnen haben sich Aberhunderte versammelt. Haltet euch also bei den Händen, und falls doch einer verlorengeht, so soll er sich am Hauptportal von Unserer Lieben Frau einfinden und dort auf die anderen warten. Alsdann, kommt!»

Anna umschloss die kleine Hand Christians, und sie fragte sich kurz, wer hier wen festhielt in dieser lauten, vollen, riesigen Stadt. Zwischen den Resten der Stadtmauer bogen sie in eine Gasse ein, in der es kaum ein Durchkommen gab. Schließlich, auf dem großen Platz zwischen Bischofspfalz und Kirche, die hinter Gerüsten und Bauhütten nur schwer zu erkennen war, verschlug es ihr fast den Atem. Wie ein riesiges Heerlager sah das aus! Es mussten wirklich Tausende sein, die sich auf dem Platz und in den einmündenden Gassen zusammengefunden hatten. Die meisten hockten auf dem Boden, dösten in der warmen Vormittagssonne vor sich hin, nagten an einem Stück Brot oder schwatzten miteinander, manche indessen sangen und tanzten und beteten mit strahlenden Gesichtern. Wer von denen mochte Nikolaus sein? Sie brannte darauf, den erleuchteten Hirtenjungen aus der Nähe zu sehen.

Kaum einer der Glaubensstreiter zählte mehr als zwanzig Jahre, und wie sie selbst trugen die allermeisten eher ärmliche Gewänder. Aus der Nähe besehen war vielen die lange Wanderschaft von Köln oder noch weiter her deutlich anzusehen: Die Haare starrten vor Dreck, die sonnenverbrannten Wangen waren eingefallen, ihre Hemden und Kittel schlotterten um den mageren Leib. Bei den Knaben, die der Wärme wegen ihr Hemd ausgezogen hatten, konnte man die Rippen zählen. Aber vielleicht lag das auch gar nicht an den Entbehrungen der Reise, sondern weil sie vor Hunger und Not geflohen waren. Hatte der Knappe ihnen nicht gesagt, dass die Herren unterwegs ihre Speicher öffneten?

Prompt fing ihr Magen an zu knurren. Sie hatten heute außer von Gottschalks Brot und ein paar Beeren, die Bruder Konrad im Auwald gepflückt hatte, noch nichts gegessen. Der Anblick des Karrenbecks, der ihnen mit seinem Öfchen auf dem Handwagen und einem Korb voll frischen Fladenbrots entgegenkam, machte es nicht besser.

«Lasst uns ein Stück weitergehen», rief Konrad ihnen zu. «Hier mitten im Getümmel verlieren wir uns sonst.»

Er führte sie auf die Nordseite der Bischofskathedrale, wo es ein wenig ruhiger war, vorbei am Chor und einem klosterähnlichen Bau. Dahinter, in einer Seitengasse, blieben sie bei einem Brunnen stehen und erfrischten sich. Die vielen Aushangschilder mit Feder und Tintenfass verrieten, dass hier gelehrte Schreiber ihr Gewerbe anboten.

«Wartet, bin gleich zurück. Will nur meinem alten Lehrer und Kantor grüß Gott wünschen.» Bruder Konrad verschwand im Schatten einer Einfahrt.

«Von mir aus kann der Kerl auch wegbleiben», knurrte Jecki.

«Ich mag ihn gern», wagte Christian zu widersprechen und erntete von dem Größeren prompt einen Klaps gegen den Hinterkopf. Anna lauschte angestrengt zum Kirchplatz hin, doch das gleichbleibende Stimmengemisch verriet nichts Ungewöhnliches.

Als der Wanderprediger keine Stunde später zum Brunnen zurückkehrte, war seine abgegriffene Umhängetasche gut gefüllt. Mit seinem Grinsen auf dem Gesicht wirkte er viel fröhlicher und unbeschwerter als zuvor.

«Hab euch eine schöne Brotzeit mitgebracht! Kommt dort in die Einfahrt, hier sind zu viele Leute, die uns das neiden könnten.»

In der Einfahrt, die vor einer Mauer mit einem schlichten Tor endete, zog er zwei Brotlaibe hervor und drückte sie Jecki und Anna in die Hand. «Teilt das auf, ich hab schon was gegessen.»

Als er dann auch noch in gleiche Teile geschnittene, fette Speckstücke verteilte, stieß Jecki einen anerkennenden Pfiff aus.

«Wo hast denn das hergezaubert?»

Der Wanderprediger deutete hinter sich gegen die Mauer. «Ich kenne den Küchenmeister vom Bruderhof recht gut. Übrigens hab ich erfahren, dass die Stadt die Pilger die ersten drei Tage zwar versorgt hat, aber seit gestern leiden sie Hunger, von ein paar Almosen mitleidiger Bürger abgesehen. Man will sie loshaben.»

Das klang nicht gut, auch wenn der Speck und das frische Brot köstlich schmeckten. Blieb nur zu hoffen, dass Nikolaus bald weiterziehen wollte.

In diesem Augenblick schwoll das nahe Stimmengemurmel zu einem lauten Raunen an. «Er kommt! Nikolaus kommt!»

Sie beeilten sich, zur Kirche zurückzukehren, bildeten dabei eine Kette mit Jecki vorweg, der sich kämpferisch den Weg bahnte, und Konrad als Abschluss. Es war Anna, die dessen Hand hielt – die glatte Hand eines Menschen, der noch nicht viel grobes Handwerk im Leben verrichtet hatte.

Dann entdeckte sie ihn – aus einer Seitengasse zu ihrer Rechten schritt der Hirtenknabe einher, geleitet von vier jungen Knappen hoch zu Ross. Einer von ihnen war Gottschalk von Ortenberg auf einem prächtigen Rappen.

Hatte die Menge um sie herum bis jetzt vorwärtsgedrängt, blieben nun alle wie auf ein Zeichen hin stehen und ließen eine Gasse frei für den jungen Propheten, damit er unbehelligt bis vor das Kirchenportal gelangte. Keinen Steinwurf von Anna entfernt ging er an ihnen vorbei; hinter ihm, mit gebeugtem Rücken und in schäbigen Kutten, drei Buß- und Wanderprediger.

«Seht ihr nicht, wie schön er ist?», rief eine helle Mädchenstimme entzückt. Und das war er fürwahr: Das flachsblonde Haar fiel ihm in Wellen bis auf die Schultern, sein Gesicht war zart und hell mit rosigen Wangen, um die Lippen spielte ein Lächeln. Sie hatte ihn sich in einer schlichten grauen Pilgerkutte vorgestellt, doch er trug ein strahlend weißes, bodenlanges Gewand, auf der Brust ein tiefrotes Kreuz in Form eines T aufgenäht. Anders als die müden Wallfahrer rundum wirkte er frisch und ausgeruht.

«Wie ein Engel», flüsterte Margret ergriffen.

«Wie einer, der eine wochenlange Wanderschaft hinter sich und die Nächte im Freien verbracht hat, sieht er jedenfalls nicht aus», knurrte Konrad von Illenkirchen, und obwohl seine Bemerkung Anna ärgerte, musste sie ihm recht geben.

Als Nikolaus, gefolgt von den Bußpredigern, die Stufen zum Hauptportal hinaufstieg, trat schlagartig Stille ein. Alle reckten sie erwartungsvoll die Köpfe, die Kleinsten wurden auf die Schultern genommen.

«Ihr Kinder Gottes, ihr Glaubensstreiter», hob er an zu sprechen. «Der Herr segne euren Mut und euren Willen, mit mir zu ziehen. Auf Geheiß unseres Heilands, der mir vor den Toren Kölns mit einem Engel erschienen ist, werde ich euch ins Heilige Land führen.»

Seine Stimme war kräftig und sanft zugleich, hatte einen fast goldenen Klang, wie Anna fand. Ein altes Weib, das vor ihr stand, wischte sich die Tränen aus den Augen.

«Und das ist höchste Zeit. Unser Heiland im Himmel vergießt jeden Tag bittere Tränen über die Trägheit und Feigheit von uns Christen, die wir sein Grab und sein Heiliges Land den Ungläubigen überlassen haben.»

Prüfend schweifte sein Blick über die Masse der Zuhörer hinweg.

«Als Gott die Welt von Sünden reinwaschen wollte, schickte er dereinst die Sintflut. Doch die Menschen haben nichts daraus gelernt, haben nicht innegehalten auf ihrem sündigen Weg. Auch jetzt schickt der Herr wieder seine Zeichen, aber keiner will sie erkennen.» Seine Stimme wurde schärfer. «Ernten verdorren und verfaulen, die Menschen hungern, Seuchen raffen sie dahin, Mond und Sonne verfinstern sich, Irrlichter, Blutmonde und Kometen brennen am Himmel, Sterne verglühen und fallen hernieder.»

Anna spürte, wie Christian sich fester an sie klammerte, und das Weib vor ihr bekreuzigte sich.

«Und doch gibt es Rettung: Ist Jerusalem erst befreit, wird das Königreich Gottes auf Erden kommen und das Goldene Zeitalter anbrechen, das Zeitalter der Liebe und des Friedens, und Gott wird für alle sorgen.» Er lächelte beseligt. «Ich sage euch: Was die Alten und Reichen nicht vermocht haben, werden wir, die Jungen und die Armen, vermögen. Nur noch ein Heer des Friedens kann die Christenheit retten, ein Heer gottesgläubiger, unschuldiger Kinder, denen der Gedanke an Ruhm und Gewinn fremd ist. Und von euch, die ihr dabei seid, wird jedes Leid und jede Sünde genommen, ewiger Lohn sei euch verheißen.»

«Hört nicht auf ihn!» Ein kräftiger, bärtiger Mann drängte sich durch die Reihen. «Von Köln hierher sind unter den Kindern schon etliche verreckt! Und auf halbem Weg wird der Rest verhungern.»

«Oder jämmerlich im Meer ersaufen», rief ein anderer aufgebracht.

Unruhe kam auf, und Anna beobachtete, wie einer der Bußprediger Nikolaus etwas ins Ohr flüsterte. Die empörten Rufe der beiden Männer hallten wie ein Missklang in ihr nach und säten erste leise Zweifel an dem Hirtenjungen und seinem göttlichen Auftrag. War dieser Nikolaus nicht tatsächlich allzu jung für solcherlei Prophezeiungen? Jünger noch als ihr eigener Bruder Matthis war er und sah sich schon als Auserwählten des Herrn …

«Fürchtet euch nicht und folget mir nach», fuhr Nikolaus unbeirrt fort. «Denn der Herr ist mit uns, er wird uns schützen und nähren. Die Berge werden schrumpfen unter unseren Schritten, das Meer wird sich teilen, wie es sich vor den Kindern Israels geteilt hat. Und die goldene Stadt Jerusalem wird uns, den unschuldigen Kindern, ohne Kampf und Blutvergießen ihre zwölf Tore öffnen. Statt mit Waffen wird man uns mit Blumen entgegentreten und sie uns zu Füßen legen.»

«Die Sarazenen werden euch in Stücke reißen.» Ein edel gewandeter Herr hatte eine Leiter vor der Bauhütte der Steinmetze erklommen, und erstaunte Rufe brandeten auf: «Der Bürgermeister …» – «Unser Bürgermeister spricht …»

Schon donnerte die Stimme des Vornehmen auf sie herab: «Als Herr der Stände und Zünfte dieser Stadt, als Diener der öffentlichen Ordnung und Sicherheit sage ich euch Bürgern: Wer von euch Sinn und Verstand hat, der halte seine Kinder zurück! Diese einfältigen Tröpfe hier haben nichts zu essen, haben keine Waffen, sie sind unfähig und werden uns Christen nur Schande machen. Und euch Kindern sage ich: Ein Scharlatan ist euer Führer, und Narren seid ihr! Nicht der Herr ist diesem Kind erschienen, sondern der Teufel!»

«Recht hat er», schrie eine schrille Frauenstimme dazwischen. «Das hier ist ein Heer der Dummköpfe, und den Hirtenlump soll man in den Stock legen!»

Es sah aus, als würde ein Tumult ausbrechen, als plötzlich Gottschalk von Ortenberg das Wort ergriff. Er und seine Standesgenossen hatten sich mit ihren Pferden beiderseits des Portals postiert.

«Ihr Zweifler vor dem Herrn: Selbst der Bischof von Straßburg wird uns seinen Segen geben, denn wir werden erfüllen, was die Kreuzritter nicht geschafft haben. Und warum haben jene es nicht geschafft? Weil sie nur auf Reichtümer und Macht aus waren. Wie hat unser Heiland gesagt? *Wenn ihr nicht umkehrt und werdet wie die Kinder, werdet ihr niemals eingehen in das Himmelreich.* – Dieser Knabe hier», er zeigte auf Nikolaus, «weiß mehr als ihr alle, denn er ist ein Auserwählter.»

Die Zwischenrufe verstummten, und Nikolaus hob die Arme.

«So glaubt ihr also nicht an die Heilige Schrift? Der Herrgott kann Wunder geschehen lassen, das gab es zu allen Zeiten – bezweifelt ihr das etwa? Wenn *ER* es nur will, dann können wir Kinder auch die Heilige Stadt befreien, ganz ohne Waffen. Die himmlischen Heerscharen werden uns beschützen, denn Jesus selbst hat uns den Auftrag gegeben.» Sein Blick streifte Gottschalk. «Heute sind die letzten Knappen und Kreuzprediger mit neuen Gotteskriegern hierher zurückgekehrt, und so wollen wir uns aufmachen. Heute noch, nach der heiligen Messe und mit dem Segen des Bischofs. Denn Gott will es so!»

Seine erhobene Rechte beschrieb das Zeichen des Kreuzes über die unzähligen Köpfe hinweg, und in einem kraftvollen Chor schallte es zurück: «Gott will es! Auf nach Jerusalem!»

Als allmählich wieder Ruhe einkehrte, hörte Anna neben sich Bruder Konrad sagen: «Der Kerl ist entweder ein Spitzbube, oder er hat den Verstand verloren.»

Kapitel 7

Am Mittag desselben Tages zu Straßburg

Nach der heiligen Messe, bei der am Ende eine große Zahl von Neuankömmlingen vor dem Priester das Kreuzgelübde abgelegt hatte, war tatsächlich noch der Straßburger Bischof höchstselbst erschienen. Anna und die anderen Freiburger hatten keinen Platz mehr in der Domkirche Unserer Lieben Frau gefunden und vor dem offenen Kirchenportal warten müssen, bis die Kirchgänger wieder draußen waren, als unter dem Jubel der Menge als Letztes Heinrich von Veringen aus dem Dunkel ins Sonnenlicht trat – angetan mit purpurnen Gewändern und goldbestickter Stola, bewacht von waffentragenden Dienstmannen. Er sehe den Heerzug als gutes Zeichen in dieser bösen Zeit und sein Herz sei mit ihnen, waren seine Worte gewesen, bevor sie alle auf die Knie gingen und er ihnen im Namen des Vaters, des Sohnes und des Heiligen Geistes seinen Segen spendete. Da wagte keiner der anwesenden Bürger mehr, aufrührerische Reden zu schwingen.

Annas allerletzte Zweifel waren verflogen. Mehr als feierlich war ihr zumute, als sie jetzt unter Glockengeläute loszogen – eine Masse von Menschen, durch ihren Glauben fest verbunden, und sie selbst ein Teil davon. Am nahen Spital wurden sie noch verköstigt, ein jeder erhielt ein Brot und ein Stücklein Käse, dann ging es weiter quer durch die Stadt, einer schier endlosen Schlange gleich. Den Kopf bildeten Nikolaus und seine Begleiter, gefolgt von seinen Kölner Getreuen der ersten Stunde, dann erst durften sich die Übrigen anschließen.

In stetem Gleichschritt ging es voran, niemand drängte, niemand schob. Ihre Füße hallten auf dem uralten, blank getretenen Pflaster der Straße, aus den geöffneten Türen und Fenstern starrten ihnen die Menschen nach, manche stumm, andere laut betend, einige weinten und jammerten um ihre Kinder. Da begannen die Ersten unter den Pilgern, Choräle und Hymnen zu singen, und Christian, der an Annas Hand ging, fiel mit seiner wunderschönen, glockenhellen Knabenstimme ein. Bald war die ganze Stadt von ihrem Gesang erfüllt, darunter das schöne deutsche Lied «Christ ist erstanden», das Anna so oft schon mit ihrer Mutter gesungen hatte, und eines, das ihr neu war:

In Gottes Namen fahren wir,
sein heilger Engel geh uns für
wie dem Volk in Ägyptenland,
das entging Pharaonis Hand.
Kyrieleis.

So wird kein Berg noch tiefes Tal,
kein Wasser irren uns überall;
froh kommen wir an unsern Ort,
wenn du uns gnädig hilfest fort.
Kyrieleis.

Herr Christ, du bist der rechte Weg
zum Himmel und der ein'ge Steg;
hilf uns Pilgern ins Vaterland,
weil du dein Blut hast dran gewandt.
Kyrieleis.

Nur kurz dachte Anna voller Wehmut an die Mutter und die Geschwister, dann siegte ein nie zuvor erfahrenes Gefühl der Freiheit, des Aufbruchs. Fortan würde diese Menschenschar ihre Heimat, ihre Familie sein, und der Vater würde sie nie wieder schlagen und demütigen können.

Sie hatten die Stadt über die Brücke bei Sankt Thomas verlassen und zogen zu Tausenden rheinaufwärts dem Gebirge entgegen. Noch immer wurde gesungen, manche tanzten sogar den Weg entlang, fröhlich brach man das Brot mit dem andern, jeder sprach mit jedem, und man malte sich aus, wie sich bald schon die Pforten Jerusalems vor ihnen öffnen und alle Glocken läuten würden. Niemand, weder die Kinder noch die Älteren, schien sich Gedanken zu machen, wo eigentlich das Gelobte Land lag und wie man dorthin fand – alle vertrauten sie auf den erleuchteten Knaben.

Anna war, als würde eine geheimnisvolle Kraft sie vorantreiben, trotz Hitze und Staub. Hinzu kam, dass sie, anders als in der Stadt, überall am Wegesrand bejubelt wurden. Die Knechte und Mägde ließen ihre Arbeit ruhen, um ihnen voller Bewunderung nachzuwinken: «Seht diese Kinder!» «Ein göttliches Wunder!» «Der Bischof hat sie gesegnet!» Hie und da ließen junge Leibeigene sogar die Hacke fallen und reihten sich bei ihnen ein.

Doch je unbarmherziger die Mittagssonne schließlich vom Himmel brannte, desto stiller wurde es unter den Wallfahrern. Von den kühlen Fluten des Rheins war weit und breit nichts zu sehen, obwohl es geheißen hatte, dass man nun stets das Rheintal hinauf gen Mittag wandern würde, bis zu der großen Bischofsstadt Basel.

«Das Rheintal ist unendlich breit», hatte Bruder Konrad auf ihre Frage hin erklärt, «und längs dem Strom führen nur schmale Treidelpfade für die Schiffer. Aber wir werden immer wieder auf Bachläufe oder auf die Ill stoßen, um uns zu erfrischen.»

Die Gruppe der Freiburger musste sich etwa in der Mitte des Trosses befinden, denn vor ihnen und hinter ihnen wogten nichts als Menschenmassen im aufgewirbelten Staub der

Landstraße. Trotz der Hitze trugen etliche mit großem Stolz die lange, graue Kutte, den mannshohen Stab und den breitkrempigen Hut der Pilger, an der rechten Schulter aus Stofffetzen ein rotes Kreuz aufgenäht, zum Zeichen ihres Gelöbnisses. Der Großteil war in dem Alter, in dem man die Kinder gemeinhin zum Arbeiten oder in eine Lehre schickte, doch auch ein paar Alte waren von Nikolaus' Worten wohl so beeindruckt gewesen, dass sie mitzogen. Und je länger sie wanderten, desto häufiger entdeckte Anna auch Menschen mit Gebrechen – Blinde oder Lahme oder von Hautausschlägen Entstellte, die die Hoffnung vorantrieb, der Herr werde ihr Leiden heilen. Mädchen in ihrem Alter indessen gab es wenige. Einmal wurde sie von vier jungen Frauen überholt, die bunt und überaus freizügig gekleidet waren. Sie kicherten unablässig und warfen Jecki und Bruder Konrad freche Blicke zu. Anna fragte sich, ob das wohl Hübschlerinnen waren, als sie eilig vor ihnen im Staub verschwanden, und dachte an den Spruch, den sie einmal aufgeschnappt hatte: *Als Pilgerin aufgebrochen, als Dirne heimgekrochen.*

Die kleine Sanne hinter ihr begann zu husten.

«Ich hab Durst», stieß sie hervor.

«Ich auch», jammerte Christian. «Und die Füße tun mir weh.»

«Hör ich recht?», spottete Jecki. «Wir sind noch nicht mal zwei Stunden unterwegs. Wie willst du's da bis Jerusalem schaffen?»

Bruder Konrad zeigte auf eine Reihe von Büschen entlang eines Feldes. «Da vorne ist ein Bach, da können wir kurz haltmachen und trinken.»

Anna nickte dankbar. Sie hatte sich Christians Wintermantel um die Hüften gebunden, was sie noch mehr schwitzen ließ. Schon gleich darauf stockte der Zug, da ein jeder sich erfrischen wollte. Geduldig warteten sie, bis sie an der Reihe waren, nur Jecki bahnte sich grob seinen Weg zum Bach, der sich als ein Rinnsal entpuppte. Durch die vielen Füße, die hier schon herumgestapft waren, hatte sich das Wasser getrübt.

Sorgenvoll runzelte Bruder Konrad die Stirn. «Sonst fließt hier viel mehr Wasser zur Ill. Für die Felder bedeutet das nichts Gutes, jetzt, wo die Ernte bevorsteht.»

«Ihr meint, es gibt eine schlechte Ernte?», fragte Anna.

Der Wanderprediger zuckte die Schultern. «Ich fürchte, ja. – Siehst du die Häuser dort?»

Annas Blick folgte seinem ausgestreckten Arm: Inmitten der ausgedorrten Felder zeichnete sich ein umzäuntes Dorf mit einer Kapelle ab.

«Das ist Illenkirchen, meine Heimat. Ich nehme nicht an, dass Nikolaus dort schon Rast machen wird, deshalb müsst ihr erst mal allein weiterziehen. Ich will nämlich in meinem Elternhaus vorbeischauen.»

«Dann kommst du nicht wieder?», fragte Christian und sah fast erschrocken drein.

Bruder Konrad lächelte. «Ich folge euch nach, ganz bestimmt.»

«Aber wenn wir dann weit weg sind?»

«Auf meinem Pferd werd ich euch schon einholen.»

Nachdem Konrads schmale Gestalt in der flirrenden Hitze immer kleiner geworden war, stieß Jecki Anna in die Seite.

«Ich sag dir was – der Bursche ist überhaupt kein Wanderprediger. So einer hat vielleicht einen klapprigen Esel dabei, aber doch kein Ross! Und eine Predigt hat er auch noch keine einzige gehalten, macht bloß unsere Kreuzfahrt schlecht. Und dann … wieso hat der in Straßburg so teuren Speck geschenkt gekriegt? Mit dem stimmt doch was nicht.»

«Dann frag ihn halt, wenn er zurück ist.»

«Wenn er überhaupt zurückkommt.» Jecki lachte hämisch. «Ich glaub nämlich, der ist ein reiches Herrensöhnchen, und jetzt wird's ihm zu mühsam.»

«Da täuschst du dich. Er wird Christian heimbringen, das hat er mir heut Mittag versprochen. Sobald wir in der Nähe von Breisach sind. Und bis dahin bleibt er bei uns.»

«Will aber nicht heim.» Christian stieß trotzig mit dem Fuß auf. «Ich will bei euch bleiben und die Ungläubigen besiegen. Und danach heim.»

«Recht so, Kleiner.» Jecki zerzauste ihm das Haar. «Den Sarazenen werden wir's zeigen.»

Der Zug hatte sich wieder in Bewegung gesetzt, und Christian stapfte mit entschlossenen Schritten neben ihnen her. Der Flecken namens Illenkirchen verschwand im Dunst des Nachmittags, und Anna dachte an Konrads Worte, dass es allein bis Basel, das noch immer in den deutschen Landen und fern des Alpengebirges lag, fünf bis sechs Tagesmärsche brauchte. Was für eine Entfernung, noch dazu bei dieser Hitze!

«Warum bist *du* eigentlich mitgekommen?», fragte Jecki, der sich dicht bei ihr hielt, seitdem Bruder Konrad fort war. «Hab gehört, dass dein Vater dich schlägt.»

Sie zuckte nur die Schultern.

«Mein Alter hat mich als Kind auch immer verprügelt, aber jetzt traut der sich das nimmer. Bist du also deshalb abgehauen?»

«Vielleicht», gab sie einsilbig zurück.

«Oder etwa weil du verheiratet werden sollst, an irgendeinen ekligen Alten?»

«Was geht dich das an?» Sie hatte nichts gegen Jecki, den sie schon seit ihrer Kindheit kannte, aber seine wunderfitzige Fragerei ging ihr gegen den Strich.

«Jetzt sag schon – hast du 'nen Bräutigam?»

«Nein. Und ich brauch auch keinen.»

Jecki nickte befriedigt. «Jetzt hast ja erst mal mich, der auf dich aufpasst.»

Wider Willen musste Anna lachen. «Ich kann schon auf mich selbst aufpassen, du Angeber. – Sag mir lieber, warum einer wie du nach Jerusalem will?»

«Du meinst, so ein gottloser Kerl wie ich?» Er grinste breit und strich sich die braunen Haarsträhnen aus der verschwitzten Stirn. Ihr fiel auf, dass ihm auf Oberlippe und Kinn schon die ersten Barthaare sprießten. «Für einen wie mich ist's anderswo allemal besser. Besser, als sich in diesem elenden Freiburg als Taglöhner zu Tode zu rackern. Und winkt uns zum Lohn nicht allen das Paradies?»

«Siehst dich wohl schon als Held im Kampf gegen die bösen Sarazenen, was? Der ihnen das Heilige Kreuz entreißt und ruhmvoll und reich zurückkehrt …»

«Warum nicht? Und bis dahin pass ich auf den Christian auf. Und auf so junge, hilflose Jungfern wie dich.»

Er wollte ihr einen Kuss auf die Wange drücken, aber sie stieß ihn weg.

«Lass das! Versuch das nie wieder!»

Der Wanderprediger hielt Wort. Am Nachmittag war er zurück, saß hoch zu Ross am Wegrand und hielt offenbar nach ihnen Ausschau.

Christian entdeckte ihn als Erster.

«Hier sind wir!» Er winkte ihm zu.

Auf Bruder Konrads Gesicht breitete sich ein Lächeln aus, dann sprang er vom Pferd und führte es zu ihnen. Das Ross war mit schweren Satteltaschen bepackt, sein dunkelbraunes Fell glänzte vom Schweiß.

«Na, hast dich bei deiner Mutter vollgefressen?», fragte Jecki.

«Meine Eltern leben nicht mehr. Und ja, ich habe reichlich gegessen bei meinem Bruder. Für heute brauch ich nichts mehr.» Er deutete auf die Packtaschen und sagte leise zu Anna: «Da sind einige Vorräte drinnen und Decken für die Nacht. Wenn wir es gut einteilen, sollt es bis Breisach für alle reichen.»

Er ließ einen Lederbeutel mit Wasser umgehen, und sie hatten Mühe, die anderen Wanderer zurückzuweisen. Dann ging es weiter. Mittlerweile waren sie in einen Pulk zerlumpter Bauernknechte zurückgefallen, die ihr Pferd mit neidischen Blicken beäugten.

Jecki schlug dem Wanderprediger auf die Schulter. «Ich denk, wir sollten heut Nacht eine Wache aufstellen, sonst ist dein Brauner mitsamt Gepäck morgen verschwunden.»

«Schöne Glaubensbrüder seid ihr, wenn ihr meint, voneinander beklaut zu werden.»

«War ja nur ein Vorschlag.»

Mürrisch nahm er Christian bei der Hand und hielt sich fortan abseits von Bruder Konrad. Anna ergriff die Gelegenheit beim Schopf.

«Seid Ihr wirklich ein Wanderprediger, Bruder Konrad? Ich meine, wie ein Mönch seht Ihr nicht grad aus.»

Röte stieg ihm ins Gesicht. «Ich hielt es für das Einfachste, mich euch als Bruder Konrad vorzustellen. Aber die Wahrheit ist: Aus dem Kloster Sankt Gallen, wo ich zuletzt war, bin ich fort, bevor ich das ewige Gelübde ablegen sollte. Eigentlich bin ich ein Scholar.»

«Scholar?»

«Ein wandernder Schüler, der an Domschulen und Klosterschulen studiert. Ich will Leutpriester werden, also ein Pfarrer fürs Volk. Das Klosterleben ist nichts für mich.»

«Dann müsst Ihr noch immer studieren?» Sie wunderte sich selbst über ihre Neugier.

«Das könnte ich.» Er lächelte sie an. «Aber derzeit schlage

ich mich als Lektor im Gottesdienst durch. Die niederen Weihen bis hin zum Akoluth, der am Altardienst teilhaben darf, hab ich bereits.»

«In der Pfarrkirche von Breisach?»

«Wieso Breisach?», fragte er erstaunt zurück.

«Weil Ihr dort an der Bootslände zu uns gestoßen seid, Bruder Konrad.»

«Nein, nein – in Breisach war ich nur zufällig. Und jetzt lass das Bruder weg, Anna, und sag du zu mir. Das war wirklich dumm von mir, dass ich mich als Prediger ausgegeben hab.»

Sie merkte, wie er verlegen wurde. Und auch, dass er nicht ganz die Wahrheit sprach. Doch weiter nachzubohren, wagte sie nicht. Schließlich konnte man einen angehenden Priester nicht einfach aushorchen wie einen Gassenbuben.

An diesem Nachmittag zogen sie an einigen wohlhabenden Pfarrdörfern vorbei. Menschen liefen ihnen entgegen, um sie zu bestaunen und zu preisen und ihnen ein Stücklein Brot oder Früchte zuzustecken. Sogar die Kirchenglocken ließ man für sie läuten. Die Kunde, dass diese Schar junger Menschen das Heilige Land befreien würde und hierfür sogar vom Straßburger Bischof gesegnet worden war, hatte sich offenbar weit verbreitet. Doch trotz des Glücksgefühls hierüber, das wohl jeder von ihnen empfand, war Anna nicht entgangen, dass sich etliche der Pilger nur noch mühsam dahinschleppten – zumal die, die schon länger dabei waren. Immer wieder hielten kleinere Kinder, an der Hand der Älteren, am Wegesrand inne, um kurz zu verschnaufen. Christian, Margret und Sanne hatten da mehr Glück: Abwechselnd durften sie auf Konrads Pferd reiten, und Anna war dem Herrgott inzwischen fast dankbar, dass er ihnen diesen jungen Mann geschickt hatte, der so überraschend in Breisach zu ihnen gestoßen war.

Gegen frühen Abend wurde die Hitze allmählich erträglicher. Da drang von vorn nach hinten die Nachricht durch, dass sie demnächst ihr Nachtquartier erreichen würden.

«Bald haben wir's geschafft für heut», ermunterte Anna die Kleinen. Für Christian, dessen sommersprossiges Gesicht unter dem roten Haarschopf schon ganz sonnenverbrannt war, mussten sie dringend einen Hut besorgen.

Dicht entlang der Ill, auf der Barken flussabwärts, kleine Segelboote flussaufwärts zogen, ging es weiter bis zu einem befestigten Städtchen. Vor seinen Mauern befand sich ein Kloster, das Frauenstift Erstein, wie Anna von Konrad erfuhr. Dort, zwischen Stadttor und Klosterportal, sammelten sie sich zu einem schier unübersehbar großen Haufen, sprachen wie aus einer Kehle das Vaterunser und schlugen ihr Feldlager auf. Wer Decken und Mäntel bei sich hatte, breitete sie aus und streckte erst einmal alle Glieder von sich.

Auch Konrad hatte vier grobe Wolldecken vom Sattel geschnallt und im Kreis ausgebreitet. Anna teilte sich eine mit den beiden Mädchen, während sich Christian auf seinem Wintermantel zwischen sie und Konrad kuschelte.

«Wenn wir erst in diesem Basel sind – kommt dann schon bald Jerusalem?», fragte er nach einem herzhaften Gähnen und streckte die Beine aus.

Konrad lachte, aber es klang bitter. «Noch lange nicht ...»

Er reckte den Kopf, als ob er nach jemandem Ausschau hielt.

«Wollen wir nicht von der Wegzehrung auspacken?», fragte Anna.

«Warten wir noch, vielleicht können wir uns das ja sparen.»

«Suchst du nach jemandem?»

Er nickte. «Nach Nikolaus.»

Da wanderte auch ihr Blick über die unzähligen erschöpften Leiber hinweg, bis sie ihn entdeckte, im Gefolge von Gottschalk von Ortenberg und den anderen drei Reitern. Auch die Buß- und Wanderprediger, die in Straßburg mit ihm am Portal gestanden hatten, waren wieder um ihn und durchquerten das Lager. Jeder winkte dem Hirtenknaben zu. Manche sprangen auch auf und verneigten sich vor ihm, küssten ihm gar die Hand wie einem Bischof. Nikolaus' hellblondes Haar leuchtete in der Abendsonne.

Dass ein zehnjähriger Knabe so umschwärmt wurde, mutete Anna zwar seltsam an, dennoch hätte sie alles dafür gegeben, einmal in seiner Nähe zu sein und mit ihm zu sprechen.

«Wie ich's mir dachte – er klopft an der Klosterpforte an.» Konrad schürzte die Lippen. «Alle Achtung, er hat schon was von einem Heerführer an sich. Und so wie ich die hochadligen Damen des Stifts kenne, werden sie entzückt sein. Ein erleuchtetes Kind, obendrein ein Wunderheiler, der Aberhunderte von unschuldigen Kindern ins Heilige Land führt – wenn das kein Stoff für Lieder und Geschichten am warmen Ofen ist …»

«Du kennst die Nonnen?» Jecki blinzelte ihn vom Boden her misstrauisch an.

«Nicht persönlich, nein. Aber wer hier aus der Gegend ist, der weiß, dass das keine rechten Nonnen sind, sondern Kanonissen, und zwar Damen von hohem Geblüt. Angeblich leben sie nach den Regeln des heiligen Benediktus, in Wirklichkeit wohl eher nach den Regeln des Vergnügens. Aber den Bischof von Straßburg scheint's nicht zu kümmern.»

«Na ja, wenn sie uns dran teilhaben lassen, soll's mir recht sein.» Jecki schlug sich auf den Bauch. «Ich hab jedenfalls einen Mordshunger.»

Tatsächlich erschien keine halbe Stunde später die Äbtissin im Kreise ihrer Stiftsdamen vor dem Tor, und die erschöpften Pilger beeilten sich, wieder auf die Beine zu kommen. Die Klostervorsteherin, eine hochgewachsene Frau, bestieg ein eilends errichtetes Podest, damit ein jeder sie sehen und hören konnte. Obschon ihr helles Gewand auf mönchische Art geschnitten war, glänzte es wie Seide, und auf ihrer Brust und ihrem Stirnreifen funkelte kostbarer Schmuck.

Mit herzlichen Worten hieß sie die Kinder willkommen und dankte dem Herrn, dass sie zu ihr gefunden hätten.

«Wir können es kaum fassen!» Sie legte die Hände zusammen und blickte gen Himmel. «So viele unschuldige Knäblein und Mägdelein nehmen das Kreuz, nehmen Hunger, Durst und Leid auf sich, sehen gar dem Märtyrertod ins Auge – all das, um unsere Christenheit zu retten! In Gedanken werden wir mit euch sein zu jeder Stunde eures Marsches, werden euch in all unsere Gebete einbeziehen.»

Am Ende ihrer etwas langatmigen Rede, die sie immer wieder mit beglückten Blicken zum Himmel unterbrach, versprach sie unter dem Beifall der Menge noch eine kleine Stärkung für den Abend und eine Messe durch ihren Ordenspriester für den Morgen. Alsdann half ihr ein Knecht vom Podest herunter, und sie verschwand samt ihren Damen im Dunkel des geöffneten Klostertors. Mit ihr verschwanden auch Nikolaus und seine Begleiter, die schweren Torflügel schwangen hinter ihnen zu.

«Das hätte ich mir denken können», spottete Konrad. Mit Blick auf die Umstehenden fuhr er nicht eben leise fort: «Unser Prophet schläft im weichen Daunenbett im Gästehaus. Kein Wunder, dass er so ausgeruht aussieht. In Straßburg hat er bestimmt in einem der prächtigen Adelshöfe derer von Mülnheim oder Riplin genächtigt, während die Masse draußen im grünen Bruch beim Vieh schlafen musste.»

«So darfst du nicht reden», widersprach Anna. «Er wird noch genug Strapazen aushalten müssen, warum sollte er sich da nicht ein wenig schonen.»

«Konrad ist ja nur neidisch.» Jecki streckte sich wieder auf der Decke aus und verschränkte die Arme unter dem Kopf. «Wo bleibt also unsere Stärkung?»

Sie mussten nicht lange warten. Knechte und Mägde des Klosters durchstreiften mit ihren bis oben gefüllten Rückenkraxen das Lager, verteilten Brot und Feuerholz, ließen sogar jeden aus einem Becher süßen roten Wein trinken. Dem nicht genug, brachten Bürger aus der Stadt ihnen frische Früchte und Näpfe mit Milchbrei, wildfremde Frauen umarmten sie und fragten sie aus oder bedeckten sie mit Küssen, Kinder und Kranke wollten sie sehen und berühren. Alte Weiber zündeten für sie Lichter an, selbst Hunde und Katzen strichen ihnen um die Beine und starrten sie an, als ob sie nicht von dieser Welt wären. Am Ende erhielt Anna sogar einen breitkrempigen Filzhut für Christian zum Geschenk.

Als dann die gleißende Sonne hinter den Bergen der Vogesen abgetaucht war, kam wieder Leben in die Wallfahrer. Gestärkt von den Almosen, sangen die einen ihre Lobeshymnen, beteten die anderen im Chor, wieder andere tanzten vor dem brandroten Abendhimmel nach den Klängen von Flöte und Sackpfeife. Rundum begannen kleine Feuer aufzulodern, man saß im Kreis zusammen und erzählte sich Wunderdinge über ihren jungen Führer, Legenden aus dem Heiligen Land, Heldensagen über die gepanzerten und bis zu den Zähnen bewaffneten Kreuzritter, die im Kampf gegen die Ungläubigen ihr Leben aufs Spiel gesetzt hatten.

Anna und Christian lauschten der Geschichte einer Gruppe von Straßburger Lehrknechten, die mit ihnen am Lagerfeuer saßen: Von fünf armen Kindern, die im Gelobten Land von Heiden entführt worden seien und darauf warteten, getötet und verspeist zu werden. Im selben Moment, als die Gottlosen ihnen den Dolch an die Kehle setzten, seien den Kindern

Flügel gewachsen, sodass sie gleich Engeln in den Himmel aufstiegen und entkamen. Und eine Schar Ritter, die nach ihnen gesucht hatte, stürmte den Heiden nach und tötete sie allesamt.

Mit aufgerissenen Augen folgte Christian der Erzählung, während sich Konrads Miene verfinsterte. Doch er biss sich auf die Lippen und schwieg. Anna fragte sich, warum er Priester werden wollte, wenn er doch an die göttlichen Wunder nicht glaubte. Schließlich machte sie es sich auf ihrer Decke bequem, in der Dunkelheit stimmte jemand ein Lied an. Schon bei der zweiten Strophe war sie in einen tiefen Schlaf gefallen.

Kapitel 8

Am Morgen des dritten Tages ihrer Reise

Mit dem Segen des Ordenspriesters von Erstein brachen sie im Morgengrauen auf, und das Glockenläuten der Abteikirche begleitete sie noch ein gutes Stück ihres Weges. Bald schon zog sich ihr Heer zusehends in die Länge, gewiss über eine deutsche Meile hinweg, da die einen, ausgeruht, wie sie waren, munter voranschritten, die anderen hingegen noch halb schlaftrunken vor sich hinstapften. Die Freiburger befanden sich nahezu am Ende des Trosses.

«Bleibt dichter zusammen!», riefen ihnen jetzt die Reiter zu, die den Zug von vorne nach hinten abritten. Als Gottschalk von Ortenberg Anna erkannte, zügelte er sein Pferd.

«Ah, unsere Freiburger! Wie schön, dass ihr noch dabei seid!» Er schenkte Anna ein strahlendes Lächeln.

«Was hast du dir gedacht?» Jecki schnaubte. «Dass wir nach einem Tag fußlahm aufgeben?»

«Bei dir schon, Jecki von Habenichts. Alsdann, bleibt dichter beisammen, dass keiner von euch verlorengeht. Und haltet euch am besten mehr in der Mitte.»

Jecki streckte den Rücken durch. «Wieso? Droht hier Gefahr?»

«Gefahr droht auf Reisen immer.» Gottschalk lachte. «Aber woher soll einer wie du das schon wissen.»

Besorgt blickte Anna sich um. Doch die Rheinebene beiderseits der Landstraße lag friedlich im sanften Morgenlicht. Allerdings war auch weit und breit keine Siedlung, kein Gehöft zu entdecken. Als hinter einem nahen Wäldchen eine Schar Rabenvögel krächzend in den Himmel stieg, fuhr sie zusammen. Das war in aller Regel kein gutes Zeichen.

Sie wollte Gottschalk fragen, wie weit es noch bis zum nächsten Dorf sei, doch der Knappe war bereits weitergetrabt. Sie beeilten sich aufzuschließen.

«Was für eine Gefahr?», fragte sie Konrad so leise, dass die Kleinen sie nicht hörten. Der nahm sie zur Seite.

«Vielleicht meint er die Geroldsecker, die hier in der Nähe auf der Zollburg Schwanau hausen. Die sind als wahre Schnapphähne und Wegelagerer berüchtigt. Und sie liegen mit dem Bischof von Straßburg im Zwist. Der Landfrieden, der für Pilger, Mönche und Frauen gilt, schert sie deshalb rein gar nicht.»

«Aber was gibt's bei solchen wie uns schon zu rauben?» «Bis auf die paar Pferde an Geld und Gut nichts. Wir selbst sind die Beute. Solche Herrschaften schert es einen Dreck, ob wir Pilger sind, sie brauchen junge Knechte und Mägde für ihre Burgen, wo man sie einsperrt und wie Sklaven hält. Und ihr Mädchen», er zögerte, «nun ja – ihr müsst obendrein für die Wollust der Mannsbilder herhalten.»

Er schien ihren Schrecken zu bemerken, doch anstatt sie zu beruhigen, packte er sie bei den Schultern. Sein Blick war so durchdringend, dass ihr erst recht schauderte.

«Keiner von euch hat auch nur die geringste Ahnung, wie viele Gefahren euch auf dieser Wallfahrt drohen. Nicht nur Hunger und Durst, Erschöpfung und Krankheit oder die Unberechenbarkeit der Natur – erst recht der Mensch kann euch zum tödlichen Feind werden. Du musst nach Freiburg zurück, genau wie Christian und die anderen Kinder!»

«Der Herrgott ist mit uns», erwiderte sie fast trotzig. «Oder siehst du hier irgendeinen, selbst unter den Kleinsten, der Angst vor der Fremde hat?» Sie blickte nachdenklich in die Ferne. Dann fügte sie hinzu: «Warum auch sollte einem in der Fremde Schlimmeres zustoßen als in der Heimat?»

Er zuckte die Achseln und trieb sein Pferd, das er am Zügel führte, in schnelleren Schritt.

Wenig später geschah es. Nachdem sie den lichten Auwald durchquert hatten, tauchte plötzlich zu ihrer Linken eine Staubwolke auf, die sich rasch näherte. Anna stockte der Atem: Ein Dutzend Reiter galoppierte auf sie zu, mit wehendem Wappenrock, in Helm und halbem Harnisch, preschte geradewegs auf sie zu, ohne Anstalten zu machen, die Pferde zu zügeln. Schon bebte der Boden unter dem donnernden Hufschlag, die Kinder rundum begannen zu kreischen.

Anna packte die beiden Mädchen, Jecki den kleinen Christian, während sich Konrad mitsamt seinem Pilgerstab aufs Pferd schwang. Doch die Reiter galoppierten an ihnen vorbei, und Konrad ihnen hinterher. Schon drangen vom Ende des Zuges gellende Schreie herüber. Anna sah mit Entsetzen, wie sich einzelne Kinder aufs freie Feld zu retten versuchten und sofort von einem der Reiter verfolgt wurden, andere rannten ins nahe Wäldchen, wieder andere warfen sich zu Boden oder stellten sich todesmutig, nur mit Stab oder Knüppel bewaffnet, den Angreifern entgegen. Der Staub, den die Pferdehufe aufwirbelten, nahm ihr die Sicht, umso lauter waren die Schreie der Männer zu hören, das Kreischen der Kinder, das schrille Wiehern von Pferden. Der Gedanke, dass Konrad mittendrin war in diesem Tumult, ließ ihr Herz zusammenkrampfen. Da endlich sprengte, dem Herrgott sei Dank, Gottschalk mit Wutgebrüll auf seinem Rappen heran, gefolgt von seinen Mitstreitern.

Und dann geschah das Wunder: Ebenso schnell, wie der Spuk über sie gekommen war, war er wieder verflogen. Die Strauchritter suchten ihr Heil in der Flucht, man sah sie in rasendem Galopp zum Horizont hin verschwinden, während die Knappen zurückkehrten auf ihren tänzelnden, schweißglänzenden Rössern. Sie riefen ihnen zu, dass keine Gefahr mehr drohe und man sich an der nächsten Wegkreuzung zum Dankgebet sammeln werde.

Sanne und Margret klammerten sich weinend an Anna.

«Es ist vorbei, ihr müsst keine Angst mehr haben», beruhigte sie sie und sah sich suchend um. Wo war Konrad geblieben? Die Staubwolke hatte sich gelegt, und er war nirgends zu sehen. Sie machte sich von den Mädchen los, rannte das kurze Stück bis zum Auwald zurück, vorbei an den heulenden Kindern, denen der Schrecken ins Gesicht geschrieben stand, rief dabei ein ums andere Mal Konrads Namen. Sie sah ihn schon erschlagen irgendwo am Wegrand liegen.

«Bleib hier, Anna!», schrie es hinter ihr, und jemand hielt sie am Arm fest. Es war Jecki. «Was soll das?», zischte er. «Wenn die Dreckskerle nun zurückkommen?»

«Konrad ist weg!»

Da raschelte es im Dickicht, und Konrad trat heraus. Schmutzig und verschwitzt stand er da, sein Pferd am langen

Zügel, und lächelte verlegen. Anna spürte, wie ihr ein Stein vom Herzen fiel.

«Musste erst noch mein Pferd aus dem Unterholz holen.» Er klopfte sich den Staub von der Kutte. «Rasch, gehen wir zurück zu den anderen.»

«Das war ganz schön wagemutig von dir», sagte Anna.

Jecki verzog das Gesicht. «Hätt ich ein Ross, hätt ich dasselbe getan.»

Da erst bemerkte Anna, dass Konrad humpelte. «Bist du verletzt?»

«Sie haben mich aus dem Sattel gehebelt, aber das wird schon wieder. Ihr seht also, als Held bin ich nicht geschaffen – und mein Ross auch nicht, wo es sich gleich in den Wald geflüchtet hat.» Er lachte. «Aber immerhin haben wir diese Hundsfötter ablenken können, bis Gottschalk und die anderen da waren.»

Jecki spuckte aus. «Wer sagt mir, dass du dich nicht gleich im Wald versteckt hast, um deine Haut zu retten?»

«Denk dir doch, was du willst.»

Wütend stieß Anna Jecki in die Seite. «Wie dreist bist du eigentlich! Selber stehen bleiben wie Lots Weib …»

Sie wusste, dass diese Bemerkung ungerecht war, hatte sich Jecki doch schützend vor Christian gestellt. Dem Scholar indessen Feigheit zu unterstellen, war mehr als unverschämt. Sie selbst hätte Konrad als angehendem Priester niemals einen solchen Kampfgeist zugetraut. Und für Christian, der ihnen entgegenrannte, nachdem sie den Tross eingeholt hatten, war Konrad wahrhaftig ein Held.

«Du hast sie verjagt!», rief er bewundernd und schmiegte sich an ihn.

«Schon eher unser Freund Gottschalk.» Konrad strich ihm übers Haar. «Aber ihr könnt beruhigt sein. Die kommen nicht wieder. Trotzdem will ich dem Knappen sagen, dass wir am

Schluss des Zuges einen Reiter zur Bewachung brauchen. Zumindest bis wir aus dem Gebiet der Geroldsecker draußen sind.»

Als sie sich kurz darauf zum Dankgebet sammelten, ging es wie ein Lauffeuer durch die Reihen der Pilger: Gott habe ein Wunder bewirkt, indem er wie einst in biblischen Zeiten David gegen Goliath habe siegen lassen. Dreißig schwer bewaffnete Strauchritter seien von Nikolaus' Leibwächtern in die Flucht geschlagen worden, bevor einem von ihnen ein Leid geschehen war. Dass es weit weniger Angreifer gewesen waren, hatte Anna mit eigenen Augen gesehen, und den wahren Grund für deren raschen Abzug hatte sie ganz im Vertrauen von Konrad erfahren: Gottschalk von Ortenberg war nämlich vormals Schildknappe auf jener Burg Schwanau gewesen, und als die Schandbuben ihn erkannt hatten, hatten sie von ihrem Vorhaben, eine Handvoll Kinder zu rauben, abgelassen. Nur einen der Knaben, die Anna auf das freie Feld hatte laufen sehen, hatten sie mit sich genommen, einen Waisenjungen wohl, von dem jetzt niemand mehr sprach.

«Der arme Kerl war sozusagen der Preis dafür, dass die Geroldsecker dem Abzug zugestimmt haben», hatte Konrad ihr mit bitterer Miene gesagt.

So gab es für dieses angebliche Gotteswunder eine einfache Erklärung, doch Anna hatte Konrad das Versprechen abgenommen, den anderen Pilgern nichts davon zu sagen. Sie wollte nicht, dass den Kindern ihre Zuversicht genommen wurde.

Kapitel 9

Zu Mittag desselben Tages

Luitgard war heilfroh um den breitkrempigen Strohhut, der ihren Kopf vor der sengenden Sonne schützte. Schatten gab es hier auf der Landstraße zwischen Kolmar und Schlettstadt nämlich weit und breit nicht, und so kämpfte sie sich durch die Mittagshitze voran, ohne Rast, getrieben von dem brennenden Verlangen, ihren Jungen zu finden. Wenigstens konnte sie nicht in die Irre gehen, gab es doch nur eine einzige Straße nach Norden zu. Sie verlief zwischen einem Gebirge zu ihrer Linken, das die Leute Vogesen nannten, und der Ill. Doch der wasserspendende Fluss war zu weit weg, als dass sie es gewagt hätte, die Straße mit ihren wandernden Bauern und Händlern zu verlassen, und nur ein einziges Mal hatte sie einen halb ausgetrockneten Bach durchquert, wo sie ihre leere Wasserflasche hatte auffüllen können. Dass die Feldfrucht rechts und links des Weges kurz vor der Erntezeit verdorrte und verkümmerte, erfüllte sie mit großer Sorge.

Nachdem sie zur Mittagsstunde des gestrigen Tages wohlbehalten in Breisach eingetroffen war, hatte sie von den dortigen Schiffsleuten erfahren, dass die Freiburger Pilger einen Kahn bis Straßburg gemietet hatten. Von dort würden sie die Rheintalstraße nach Süden ziehen, und so musste sie ihnen nur entgegenwandern. Auf einer schwankenden, mit Mensch und Vieh überfüllten Fähre hatte Luitgard über den Rhein gesetzt und war im Schutz einer Gruppe Kleinkrämer wohlbehalten bis zu dem Marktflecken Kolmar gekommen. Dort hatte man zwar längst von dem großen Heerzug der Kinder nach Jerusalem gehört, doch davon, dass sie durch Kolmar ziehen würden, wusste man nichts. Da es schon gegen Abend ging, hatte sie bei Bauern ein Nachtquartier gesucht und sogar den Zehrpfennig von Pfarrer Theodorich eingespart: Nachdem sie der Bauersfrau bei der großen Wäsche geholfen hatte, erhielt sie zum Lohn eine Schlafstätte im Heu über dem Kuhstall und einen großen Napf fetter, warmer Milch obendrein.

Sie hätte in Kolmar auf die Wallfahrer warten können, doch ihre innere Unruhe trieb sie am nächsten Morgen weiter. Vielleicht machte der Zug ja in Schlettstadt, der nächsten größeren Stadt auf Straßburg zu, eine längere Rast.

«Glaub mir, mein Kind», hatte die Bäuerin ihr beim Abschied gesagt, «wär ich noch mal so jung wie du – ich tät mitziehen nach Jerusalem! Ein wundertätiger Knabe, dem der Heiland erschienen ist – unfassbar! Man sagt auch, dass dem Zug wilde Tiere folgen, sanft wie die Lämmer. Und Tausende von Schmetterlingen, wie eine lange Fahne funkelnder Edelsteine. Das sollen die Seelen Verstorbener sein, von den tapferen Christenmenschen, die im Heiligen Land ihr Leben gelassen haben und jetzt den Unschuldigen auf ihrem Zug beistehen.»

Knapp sieben Wegstunden seien es von Kolmar bis nach Schlettstadt, hatte man ihr gesagt, doch schon jetzt kam es ihr vor, als sei sie seit Tagen unterwegs. Die Hitze trocknete ihr die Kehle aus, immer wieder musste sie mittlerweile innehalten, um Atem zu holen, von ihrem letzten Wasservorrat gönnte sie sich nur winzige Schlucke.

Hinzu kam, dass sie das stetige Marschieren nicht mehr gewohnt war. Einstmals, vor ihrer Zeit in Freiburg, war auch sie als Magd übers Land gezogen, wie so viele hier, denen sie begegnete. Hatte mal hier, mal dort Arbeit auf den Feldern gesucht oder in den Haushalten der Fronhöfe. Darum wusste sie auch um die Gefahren der Landstraße, wusste, dass man niemals allein wandern sollte – erst recht nicht als Frau oder junges Mädchen. Auch wenn die Gewalt an Frauen, Kindern und Geistlichen von den Gerichtsherren mit schweren Strafen geahndet wurde – erwischt wurden solcherlei Schandbuben nur selten. Und jetzt, nach dem letzten Dorf in dieser glühenden, von der Sonne versengten Ebene, war sie genau dies: mutterseelenallein. Nachdem die letzten beiden Mägde vom Weg abgebogen waren, hatte sie sich in den Schatten eines einzelnen Baumes gesetzt und gewartet, doch da keine Menschenseele vorbeikam, hatte sie schließlich ihre Reise fortgesetzt.

Nein, um sich selbst hatte sie keine Angst. Jedenfalls nicht vor dem Tod, der sie ihrem geliebten Klewi nur nähergebracht hätte. Aber da war ja noch ihr Christian, und der war viel zu klein, um ganz allein auf dieser Welt bestehen zu können, er brauchte sie noch so dringend.

Wieder blieb sie stehen und rang nach Atem. Der Kopf begann ihr zu schmerzen. Vor ihr flirrte die Luft über der Straße, als sie den letzten Schluck aus dem Wasserschlauch nahm, und plötzlich sah sie, gleichsam über dem Boden schwebend, etwas, das einem ausladenden Gehöft unter schattigen Bäumen glich. Dort würde sie gewiss ihren Wasservorrat auffüllen können – Brot und Speck hatte sie noch genügend in ihrem Bündel.

Die Enttäuschung war groß, als die Häusergruppe zwei Wegbiegungen weiter spurlos verschwunden war. Luitgard lief ein Schauer über den Rücken: Hatte sie da ihr eigenes Auge genarrt, oder war der Leibhaftige im Spiel? Ängstlich blickte sie sich um. Noch immer war sie allein auf weiter Flur, dazu kam diese unheimliche Stille: Kein Windhauch war zu hören, kein Vogelzwitschern, kein leises Plätschern eines nahen Baches. Nur Stille. Als ob die Schöpfung den Atem anhielte. Ein ungeheuerlicher Gedanke ergriff von ihr Besitz: War sie womöglich gar nicht mehr am Leben?

Innerlich betete sie zur Muttergottes, dass sie ihr aus dieser unwirklichen Zwischenwelt wieder heraushelfen würde.

Dennoch erschrak sie, als ihr wenig später in einer Staubwolke ein Maulesel entgegenkam, mit einer in dunklen Tüchern verhüllten Gestalt darauf. Unwillkürlich blieb sie stehen, wartete mit angespannten Muskeln, bis die Gestalt heran war. Vom Gesicht waren nur kleine, wässrig blitzende Äuglein und eine lange Nase zu sehen.

«Gott zum Gruße», murmelte Luitgard.

«Gott zum Gruße, Frau. Wohin des Wegs so allein?»

Luitgard atmete auf. Die Stimme einer Greisin!

«Nach Schlettstadt will ich. Wie weit ist das noch?»

«Ein, zwei Wegstunden. Kommt drauf an, wie schnell dich deine Füße tragen.»

«Gibt es bald einen Bach oder einen Fluss? Meine Flasche ist leer.»

«Wasser findst bald mehr als genug. Aber gib acht beim Schöpfen, dass es dich nicht verschlingt. Aus dem Illwald ist schon manch einer nicht heimgekehrt.»

«Danke, Gevatterin. Ich werde achtgeben.»

Luitgard wollte schon weitergehen, als die Alte etwas aus ihrem Beutel zog.

«Nimm dass! Es beschützt dich vor dem Waldgeist und seinen Spießgesellen.»

Die ledrige Hand hielt ihr einen Zahn hin, den Fangzahn eines Tieres.

«Ein Wolfszahn. Halt ihn in der Linken fest, dann geschieht dir nichts. Und hüte dich vor dem Waldschütz. Der ist auf einsame Weibsbilder aus.»

Die Worte der Alten versetzten Luitgard erst recht in Unruhe. Als sie nach dem Wolfszahn greifen wollte, hielt die Alte sie am Arm fest und begann, die Linien ihrer Handfläche zu studieren.

«Du bist auf der Suche, und du wirst finden», schnarrte sie.

«Alles wird gut sein. Und sei beruhigt: Kein Mannsbild wird dir je Gewalt antun.»

Dann stutzte sie und ließ Luitgards Hand los, als habe sie sich verbrannt.

«Was ist?»

«Nichts. Mehr kann ich nicht erkennen. Du musst wissen, mein Augenlicht lässt langsam nach. – Nun geh mit Gott und genieße jeden Tag.»

Sie schlug ihrem knochigen Maulesel die Hacken in die Flanken und zuckelte davon. Mit einem leichten Schaudern sah Luitgard ihr nach. Wie alle Welt glaubte sie an Weissagungen, und sie erinnerte sich noch gut daran, wie ihre Mutter sie einmal als junges Mädchen zu einer solch weisen Frau mitgenommen hatte: Sie hatten ein Huhn mitbringen müssen, dem die Alte den Kopf abgehackt und den Bauch aufgeschnitten hatte, um aus den Eingeweiden die Zukunft zu lesen. Für Luitgard hatte sie eine Ehe vorausgesehen, der viel Liebe, aber eine allzu kurze Dauer beschert sein würde, womit sie recht behalten sollte. Seither hatte Luitgard niemals mehr die Dienste einer Wahrsagerin angenommen.

Die Alte mit ihrem Esel wurde kleiner und war schlagartig ganz vom Erdboden verschwunden. Luitgard betrachtete den Wolfszahn, wie um sich zu vergewissern, dass das alles keine Geisterscheinung gewesen sei. Kopfschüttelnd ging sie weiter und sah bald schon leuchtendes, frisches Grün vor sich, das sich beim Näherkommen als ein lichter Wald aus Weiden, Erlen und Birken entpuppte. Die Landstraße, die mitten hindurch führte, verlief hier ein wenig erhöht, aus gutem Grund: Zahlreiche Wasserläufe durchzogen den Wald. Alles war sumpfig, alles war feucht, sogar die Luft unter dem Blätterdach des Waldes, was einen bei dieser Sommerhitze noch schwerer atmen ließ. Mit der Warnung der seltsamen Alten im Kopf geduldete Luitgard sich, bis ihr Weg dicht an einem Bach entlangführte, um dort ihre Flasche aufzufüllen und sich endlich zu erfrischen.

Sie war an die Geräusche in der freien Natur nicht mehr gewöhnt und zuckte jedes Mal zusammen, wenn es knackte und raschelte. Doch zumeist waren es nur Eichhörnchen, die durch das Gehölz huschten und einmal ein vorwitziger Fuchs. Vorsichtshalber hielt sie den Wolfszahn fest umschlossen in ihrer linken Faust. Dennoch hätte sie alles darum gegeben, endlich aus diesem Wald wieder herauszukommen.

Da hörte sie eine Männerstimme. Beklommen verbarg sie sich hinter dem Stamm einer mächtigen Schwarzerle, ihre Finger krallten sich in die tiefrissige, grau-schwarze Borke – wenn das nun der Waldschütz war? Fliehen konnte sie nirgendwohin in dieser Wildnis.

Sie schickte ein Dankgebet zum Himmel, als ein halbwüchsiger Bursche mit zwei Frauen um die Wegbiegung kam. Alle drei waren sie barfuß und mehr als ärmlich gekleidet. Sie liefen gebückt, klaubten immer wieder Reisig vom Wegrand auf, das sie sich gegenseitig in ihre Rückentragen luden.

«Gott zum Gruße, ihr Leut.» Luitgard trat aus ihrem Versteck. «Seid ihr aus Schlettstadt?»

«So ähnlich», murmelte das ältere Weib, ohne ihren Gruß zu erwidern.

«Ich könnt euch helfen beim Holzsammeln, wenn ihr mich dann bis Schlettstadt mitnehmt.»

«Auch recht», war die knappe Antwort. Wer Luitgard war, woher sie kam und wohin es sie zog, wollte keiner der drei wissen.

Bald hatten sie so viel Holz beisammen, wie jeder tragen konnte, und verließen das Waldstück in nördlicher Richtung, bis sie sich inmitten einer Wiesen- und Flusslandschaft wiederfanden. Die mit mächtigen Rundhölzern und Graben umfriedete Stadt vor ihnen erwies sich als Schlettstadt. Dahinter schoben sich die dunklen Berge der Vogesen in den Himmel.

Luitgard brachte ihr Reisigbündel noch bis zu einer Ansammlung von armseligen Hütten am Waldrand, wo Wolken von Mücken über dem Boden schwebten. Schon spürte sie die ersten Stiche auf ihrer verschwitzten Haut.

«Wir können dir leider nix geben für deine Hilfe. Haben selber nix», sagte die Alte.

Luitgard winkte ab. «Eure Begleitung hierher war mir Lohn genug. Gott schütze euch.»

Sie beeilte sich, diesem Schnakenloch zu entkommen und zur Landstraße zurückzukehren, die sich zur späten Nachmittagsstunde wieder ein wenig bevölkerte. Die Stadt selbst lag still und verschlafen unter dem dunstigen Hochsommerhimmel, nichts wies auf den Aufenthalt Tausender von Pilgern hin. Um keinen Torpfennig begleichen zu müssen, umrundete Luitgard auf einem schmalen Fußweg die Palisaden und zweifelte erstmals an den Worten ihres Pfarrers. Vielleicht zogen die Kinder ja gar nicht das Rheintal hinauf, vielleicht hatten sie einen ganz anderen Weg nach Jerusalem eingeschlagen – wer konnte das schon wissen?

Vor dem nächsten Stadttor, das auf Mittnacht zuging, überquerte sie den Graben und sprach kurzerhand den Wächter an.

«Guter Mann, könnt Ihr mir sagen, ob hier eine große Schar junger Pilger durchgezogen ist?»

Der Mann schob sich die Mütze aus der Stirn, auf der der Schweiß in dicken Perlen stand.

«Du meinst die Kreuzfahrer ins Heilige Land? Bis jetzt noch nicht, aber unser Stadtherr, der Propst, erwartet sie, und wir haben Order, sie einzulassen.» Er kniff die Augen zusammen und blickte an ihr vorbei zur Straße. «Ich schätze, du brauchst nicht mehr lang zu warten …»

Luitgard drehte sich um. Aus der Ferne bewegte sich eine riesige, gelbe Staubwolke auf die Stadt zu, und je länger sie starrte, desto mehr Menschen wurden sichtbar – ganze Hundertschaften von Menschen! Angeführt wurden sie von zwei Reitern und einer hellen Gestalt unter einer Art Stoffdach.

Sie schürzte ihren Rocksaum und rannte los.

Kapitel 10

Am späten Nachmittag des dritten Tages ihrer Reise

Bis auf den Zwischenfall mit den Strauchrittern, der den jungen Pilgern nur bestätigte, dass ihnen die himmlischen Heerscharen zur Seite standen, war es ihnen auch am zweiten Tag seit Straßburg gut ergangen. Die einheimischen Bauern und Dorfbewohner hatten ihnen zu essen und zu trinken an die Landstraße gebracht, und im Marktflecken Benfeld, wo sie am Ufer der Ill ihre erste größere Rast gemacht hatten, waren sie bejubelt und mit Gaben aus der Pilgerküche bedacht worden. Den Freiburgern mangelte es erst recht an nichts, war doch Konrads Vorratstasche noch immer mehr als halbvoll. Nicht zuletzt gab es da noch seine gutmütige, schwarzbraune Stute, auf der die Kleinen abwechselnd reiten durften.

An die Hitze hatten sie sich ein Stück weit gewöhnt, und unter Gesang und Pfeifenklängen fiel das Marschieren leichter. Nur Konrad stapfte missmutig vor sich hin. Bei der letzten Rast hatte er erfahren, dass Anna, Jecki und die anderen am Morgen vor dem Ersteiner Ordenspriester das Kreuzgelübde abgelegt hatten, während er selbst ihre Habseligkeiten gepackt und das Pferd gerichtet hatte.

«Wisst ihr nicht, dass auf ewig verdammt ist, wer diesen heiligen Eid bricht? Dass nur der Papst ihn wieder aufzuheben vermag?», hatte er ihnen fast schon zornig entgegengehalten. «Bis ans Lebensende ist man dran gebunden! Aber gut – ihr wollt ja ohnehin ins Verderben rennen …»

«Du bist ja nur zu feige», hatte Jecki ihn unterbrochen.

Als sie sich nun Schlettstadt, ihrem nächsten Nachtquartier, näherten, dachte Anna einmal mehr über Konrad nach. Aus Feigheit hatte er den Schwur ganz gewiss nicht verweigert. Nur: Wie konnte ein künftiger Priester und Diener Gottes so sehr an ihrer Mission zweifeln? Und warum ließ er sie und den kleinen Christian nicht einfach in Ruhe und ging seiner Wege, wenn er alles nur schlechtmachte?

Nein, Anna bereute den heiligen Eid nicht. Ein mehr als erhebender Augenblick war es gewesen, als sie und die anderen Freiburger bei ihrer unsterblichen Seele gelobt hatten, nicht zu ruhen, bis sie den Fuß ins Heilige Land gesetzt hätten. Jetzt erst gehörten sie wirklich zu Nikolaus und seinen Mitstreitern.

Die Berge der Vogesen rückten näher, und bald schon waren die Umrisse der Stadt zu erkennen. Eine Handvoll Knaben, die vor Anna liefen, begannen zu jubeln: «Da vorn ist das Gebirge! Und dahinter das Meer! Bald schon sind wir in Jerusalem!»

Traurig schüttelte Konrad neben ihr den Kopf. «Das ist es, was ich meine – unwissende Kinder für dumm verkaufen und dann in den Abgrund jagen. Dafür gehört dieser Nikolaus bestraft.»

Luitgard, die mitten auf der Landstraße stehen geblieben war, konnte kaum fassen, was sie sah: Nicht Hunderte, sondern Tausende Glaubenskämpfer hatten sich hinter dem Jungen in dem langen, weißen Gewand mit dem Kreuz auf der Brust eingereiht! Dass der Knabe unter dem schattenspendenden Baldachin, dessen Pfosten von vier Kindern getragen wurde, der junge Prophet Nikolaus war, daran bestand für sie kein Zweifel.

Nur eine Armlänge entfernt von ihr hielt er inne. Wie ein leibhaftiger Engel erschien er ihr, mit seinen sanften, noch kindlich weichen Zügen, den großen, himmelblauen Augen, den rosigen Lippen. Sein gewelltes, flachsblondes Haar trug er nicht kurz wie ein Hirtenknabe, sondern lang wie ein Vornehmer. Bestimmt hatte er den Schwur getan, es bis ins Heilige Land nicht mehr zu schneiden.

Auf Nikolaus' Wangen bildeten sich zwei Grübchen, als er sie jetzt anlächelte, und sie musste an sich halten, nicht auf die Knie zu gehen.

«Wer bist du, gute Frau?»

«Luitgard aus Freiburg. Darf ich dir Wasser anbieten? Oder ein Stücklein Wurst?»

«Das ist sehr freundlich von dir, Luitgard. Aber ich habe alles, was ich brauche. Mein Glaube speist und tränkt mich.»

«Ich suche Freiburger Kinder, die sich dir wohl angeschlossen haben.»

«Da kann ich dir nicht weiterhelfen, Gevatterin. So viele sind es mittlerweile, die dem Ruf des Herrn folgen.»

Einer der Reiter, ein Knappe mit leuchtend blauem Wappenrock über dem Kettenhemd, sagte: «Wenn du die jungen Leute um diesen Taglöhner Jecki meinst – die sind bei uns. Ich selbst habe sie zu Nikolaus geführt.»

Also hatte sie recht vermutet! Eigentlich hätte sie jetzt eine große Wut auf diesen Taugenichts Jecki und erst recht auf diesen Werber haben müssen, doch nichts dergleichen geschah. Stattdessen konnte sie den Blick nicht abwenden von Nikolaus, der eine große Ruhe ausstrahlte.

«Verzeih mir», sie trat zur Seite, «ihr müsst ja weiterziehen. Dann werd ich mal suchen gehen.»

«Tu das, Luitgard. Und ich würde mich im Namen des Herrn sehr freuen, wenn auch du dich uns anschließt. Jeder Einzelne zählt.»

Er sah ihr tief in die Augen, dann setzte er seinen Weg fort.

Luitgard stellte sich auf die Wegböschung, noch ganz gefangen von der Begegnung mit dem Knaben. Als die ersten vorüber waren – junge, wohlgenährte Menschen aus gutem Hause, manche führten gar ein Packpferd am Zügel –, erschrak sie aber doch: Was folgte, war eine Prozession der Armen und Zerlumpten, zumeist Kinder und junges Volk, mit Haselstöcken als Pilgerstäbe in der Faust, aber auch etliche Alte. Nicht wenige wirkten ausgehungert und erschöpft, und hie und da marschierte auch Gesindel mit, dem sie nicht allein auf der Gasse hätte begegnen wollen. Und doch schritten sie alle erhobenen Hauptes voran, zumal diejenigen, die ein Kreuz auf ihre schäbigen Gewänder genäht hatten. Andere trugen selbstgefertigte Fahnen und Kreuze vor sich her und sangen lauthals im Chor das Lied «Nun bitten wir den heiligen Geist». Etwas in ihr war tief berührt.

Ein Ende des Trosses war noch nicht abzusehen, als sie ihn entdeckte.

«Christian!»

Sie stolperte die Böschung hinab und rannte auf ihren Jungen zu. Der blieb wie vom Blitz getroffen stehen.

«Mutter? Bist du's wirklich?»

Luitgard schluchzte und lachte gleichzeitig, als sie sich in die Arme fielen.

«Was machst du bloß für Sachen, mein Kind? Einfach von zu Haus fortlaufen.»

«Wollt dir nicht weh tun …» Er begann gleichfalls zu weinen. «Ich wollt doch nur, dass du mal so richtig stolz auf mich bist …»

«Ist schon gut, jetzt bin ich ja bei dir.»

Sie herzte und drückte ihn, fuhr ihm wieder und wieder durch den struppigen roten Haarschopf, bis sie sich endlich von ihm zu lösen vermochte.

«Ich kann's nicht glauben – so weit bist du schon gewandert! Und hast dabei nicht mal Schuhe an!»

Sie blickte auf seine staubverkrusteten Füße.

«Aber Mutter – ich bin doch das Barfußlaufen gewöhnt.» Er lachte und wischte sich die Tränen aus dem schmutzigen Gesicht. «Und außerdem: Im Heiligen Land ist's immer warm, sommers wie winters.»

Anna hätte vor lauter Freude über das Wiedersehen zwischen den beiden fast mit ihnen geweint. Ihr war, als hätte sie ein Stückchen Heimat wiedergewonnen. Nachdem sie sich wieder in Bewegung gesetzt hatten, wandte sich Luitgard ihr mit besorgtem Gesicht zu.

«Deine Mutter ist ganz verzweifelt. Du musst zu ihr zurück, Anna. Noch ist's nicht zu spät.»

Anna zögerte einen Moment, dann stieß sie hervor: «Doch, es ist zu spät. Ich hab das Gelübde getan.»

«Ich auch, Mutter!» Christian wurde rot vor Stolz.

«Was habt ihr?» Erschrocken sah die schmächtige Frau sie an. «Ihr habt den heiligen Eid geschworen?»

Anna nickte. «Ich kann nicht mehr zurück. Jetzt nicht mehr. Außerdem … mein Vater …»

«Du hast Angst vor ihm, ich weiß. Aber deine Mutter wird dich vor ihm beschützen. Ich glaub, sie würde alles tun, wenn du nur wieder nach Freiburg zurückkommst.»

«Sie hat mich noch nie beschützt», gab Anna trotzig zurück.

Luitgard strich ihr über die Wange. «Bitte, komm mit mir nach Hause. Ich hab deine Mutter getroffen, bevor ich weg bin von Freiburg. Sie ist kreuzunglücklich und wär sogar mit mir gekommen. Aber deine kleine Schwester, die Resi, ist krank, hat einen schlimmen Sommerkatarrh.»

Anna schüttelte den Kopf.

«Wenn du möchtest», mischte Konrad sich ein, «dann komm ich mit zu dir nach Hause. Und rede mit deinem Vater.»

«Du hast uns also belauscht», schnaubte Anna. «Aber du vergeudest deine Mühe. Zumindest bei mir. Weil mich nämlich mein Eid bindet, wie du selbst gesagt hast.»

«Tut er nicht!» Seine Augen blitzten. «Ich hab nämlich nachgedacht. Dieser Heerzug ist ohne Segen des Papstes, das Gelübde ist also hinfällig. Und für die, die noch zu klein sind, ihr Tun zu begreifen, für die gilt der Eid ohnehin nicht.»

Luitgard hatte verdutzt zugehört. «Wer seid Ihr? Ein Wanderprediger?»

Konrad schüttelte den Kopf. «Verzeih, ich hab mich gar nicht vorgestellt: Konrad von Illenkirchen. Aber sag doch einfach *du* zu mir.»

«Und wieso kennt Ihr – wieso kennst du Anna und Christian und die andren?»

«Wir sind seit Breisach beisammen», gab er zur Antwort.

Schweigend setzten sie ihren Weg fort. Auch wenn Anna plötzlich ihre Mutter, die kleine Resi, selbst den vorlauten Matthis zutiefst vermisste, wusste sie: Es gab kein Zurück mehr für sie.

In Schlettstadt schien man sie erwartet zu haben, denn ohne Stocken ging es durch das offene Tor hinein in die Stadt, wo sie am Spital mit Brot und getrockneten Früchten verköstigt wurden. Derweil zog Christians Mutter einen halben Ring Hartwurst aus ihrem Beutel, den sie in zwei Teile schnitt und Anna und Christian entgegenstreckte.

«Nehmt, das wird euch stärken.»

Christian verzog das Gesicht: «Aber Mutter, wir teilen hier alles. Und wir sind dreizehn Leut aus Freiburg – mit dem Konrad und dir fünfzehn.»

Er nahm seiner Mutter das Messer aus der Hand, schnitt sich eine Scheibe herunter und gab Messer und Wurst an Jecki weiter. Anna war gerührt. Sie spürte, wie ihr die Tränen in die Augen stiegen, und wandte sich ab.

Mittlerweile hatten sich alle in der Stadt eingefunden, der kleine Platz vor dem Spital war gestopft voll. Gottschalk von Ortenberg auf seinem schönen glänzenden Rappen hatte Mühe, durch die Menge zu kommen.

«Rastet nicht zu lang», rief er in alle Richtungen aus. «Wir treffen uns gleich in Sankt Fides, zum Dankgottesdienst. Der Propst der Benediktiner erwartet uns dort.»

Als er bei den Freiburgern vorbeikam, brachte er sein Pferd vor Luitgard zum Halten. «So hast du deine Leute gefunden.»

«Ja, Herr», erwiderte sie mit scheuem Lächeln. «Ich bin sehr glücklich, dass ich meinen Jungen wiederhabe.»

«Der Kleine ist dein Sohn?»

«Ja, Herr.»

«Auch recht.» Sein Blick blieb an Anna haften. «Was ist mit dir, Anna? Du siehst so traurig aus.»

Anna war zusammengezuckt. Er hatte sich ihren Namen gemerkt.

«Ich bin nur ein bisschen müde.»

«Heut wirst du ruhig schlafen können. Ihr dürft im Schutz der Stadt nächtigen. So hat's der Propst, der zugleich Stadtherr ist, angeordnet.»

Nahes Glockenläuten setzte ein, und Gottschalk warf ihr noch ein Lächeln zu, bevor er weiterritt.

«Was ist mit dir, Anna? Siehst so traurig aus», äffte Jecki den

Knappen mit schmalziger Stimme nach. «Diesem Weiberheld gehört mal herzhaft in die Eier getreten!»

Anna wurde es zu dumm. «Jetzt lass das närrische Geschwätz. Kommt, damit wir noch einen Platz in der Kirche kriegen.»

Das Gotteshaus der Benediktiner, das auch den hiesigen Bürgern offen stand, wirkte wuchtig und mit seinen drei Türmen wie eine wehrhafte Burg. Im Gegensatz zum Straßburger Dom, wo wegen der Bauarbeiten ein Gutteil des Kirchenschiffs abgesperrt gewesen war, bot Sankt Fides fast der Hälfte der großen Pilgerschar Platz. Trotzdem kamen sie zu spät. Für diesmal jedoch wollte Anna den Gottesdienst nicht draußen vor den geöffneten Toren erleben, und so setzte sie sich von ihren Freiburger Gefährten ab und drängte sich entschlossen durch die Menge ins Kircheninnere. Der Anblick des Heilands am Kreuz, der warme Schein der angesteckten Kerzen, die hohe Decke, die sich wie eine schützende Hand über die Kirchgänger wölbte – all das ließ sie ruhiger werden.

Sie hielt sich links, aufseiten der Frauen, bis sie vor dem Lettner zum Stehen kam. Dort fand sie sich nahe bei Nikolaus, der mit den Knappen und den drei Bettelmönchen beim Kreuzaltar wartete – so nahe, wie sie ihm bislang selten gekommen war. Auf der einzigen Bank vor dem Altar saßen die schwarzgewandeten Benediktinermönche, obschon ihr Platz sonst im Chorgestühl jenseits des Lettners war, und alle starrten sie den Hirtenjungen neugierig an. Auf manch einem Gesicht glaubte Anna einen belustigten Ausdruck zu erkennen, und sie merkte, wie sie das empörte.

Die Kirchenglocken verstummten, und Nikolaus' Augen strahlten in feierlichem Ernst. Es hieß, er habe seinem Pilgervolk versprochen zu predigen. Es dauerte kein Vaterunser, als heller Glöckchenklang ertönte. Die Tür zum Kreuzgang der Mönche schwang auf, und der Propst erschien in Begleitung seiner Altardiener, die Rauchfässer schwenkten und ein Kreuz vorantrugen. Da erhoben sich die Mönche von ihren Bänken, und durch das Kirchenschiff hallten die gesungenen lateinischen Worte eines Psalms, während Priester und Messdiener das Knie vor dem Altar beugten.

Anna schloss die Augen und überließ sich ganz dem Klang der fremdartigen Worte und feierlichen Gesänge, die nun folgten, sog den Duft des Weihrauchs in sich ein, spürte die Wärme der Menschen, die sich hier versammelt hatten, und auf wundersame Weise die Nähe des Hirtenknaben.

Während der lateinischen Schriftlesung, die ein blassgesichtiger Lektor in seinem Singsang vortrug und die nicht enden wollte, wurde es unruhiger im Kirchenschiff. Anna hatte längst wieder die Augen geöffnet und beobachtete Nikolaus. Es sah aus, als würde er sich mit den Wanderpredigern beraten, und in seinen gefalteten Händen kneteten die Finger unruhig ineinander. Nach dem Evangelium folgte nämlich gemeinhin die Predigt in deutscher Sprache, und als nun der Lektor sein Werk getan hatte, trat einer von Nikolaus' Bettelmönchen an den Propst heran und flüsterte ihm etwas ins Ohr.

Der Priester, ein behäbiger, schwergewichtiger Mann, schüttelte den Kopf.

«Meine lieben Kinder, liebe Frauen und Männer, die ihr diesen weiten Weg hierhergekommen seid», richtete er das Wort an die Kirchgänger. «Euer junger Führer hier, der Hirtenknabe Nikolaus von Köln, hat mich gefragt, ob er zu euch sprechen darf. Er mag es ein andermal und anderswo tun, denn heute möchte *ich* euch ein paar Worte und Gedanken mit auf den Weg geben.»

Er machte eine kunstvolle Pause, und im Kirchenschiff hörte man die Ersten erregt flüstern.

«Gelobt sei euer Mut, euch ganz in den Dienst des Herrn

zu stellen. Doch der Herr verlangt von euch nicht, ohne Wehr und Waffen in den Krieg zu ziehen, der Herr verlangt von euch nicht, im Hochgebirge bei Sturm und Schnee in die Irre zu laufen, der Herr verlangt von euch auch nicht, von den Fluten des mittelländischen Meeres verschlungen zu werden, und erst recht nicht, von den Ungläubigen getötet oder versklavt zu werden. Das kann er nicht verlangen, denn er ist ein gütiger und kluger Gott!» Das Flüstern und Raunen rundum wurde lauter, die Stimme des Propstes schneidender. «Und dieser unser Gott missbraucht keine Kinder. Was maßt ihr euch also an, mit eurem Heerzug der Ahnungslosen die Welt zu retten? Was maßt ihr euch an, zu sein wie unser Heiland, der durch seinen Kreuzestod die Menschheit von ihren Sünden erlöst hat? Versteht ihr denn nicht? *Euer* Opfer braucht die Welt nicht! Kehret ab von dem Irrglauben, ihr wäret dazu berufen, die Christenheit zu retten. Ich sage euch: Das ist der falsche Weg! Wallfahret stattdessen in Demut nach Sankt Jakobus von Compostela, erfüllt euer Gelübde dort, ihr sündigen Kinder. – Und nun lasst uns gemeinsam das Credo beten, um den Glauben zu festigen.»

Das nun hatte keiner von ihnen erwartet, am allerwenigsten Nikolaus, der zur Salzsäule erstarrt war. Er ging als Letzter auf die Knie, um zu beten, und auch Anna war verwirrt. Hatte dieser Propst sie nur deshalb willkommen geheißen und in seine Kirche eingeladen, um sie von ihrem Ziel abzubringen?

Am Ende hob er die Hand zum Segen und schlug über ihren Häuptern das Kreuz: «Der Herr segne und behüte euch, gehet hin in Frieden.»

Das Gelübde indessen wollte er keinem abnehmen, so flehentlich einige ihn auch darum baten.

Anna hatte erwartet, dass Nikolaus vor der Kirche noch zu ihnen sprechen würde. Schließlich konnte er diese Missbilligung seiner Mission nicht einfach hinnehmen. Doch er und seine Begleiter waren nach dem Auszug des Priesters verschwunden, hatten die Kirche entweder über das Seitenportal verlassen oder waren den Mönchen ins Innere des Klosters gefolgt.

Auf dem Kirchplatz und in den angrenzenden Gassen wurde indessen über nichts anderes gesprochen. Man war empört, dass der Priester sie von ihrem Weg abbringen wollte, und noch empörter, dass ihrem Führer die Predigt verweigert worden war. Als einer von ihnen über ihre Köpfe hinweg schrie: «Gott will es! Auf nach Jerusalem!», fielen alle darin ein, bis die ganze Stadt von ihrem Schlachtruf widerhallte. Dann stimmten sie miteinander das alte Kreuzfahrerlied «In Gottes Namen fahren wir» an, viele von ihnen hatten Tränen in den Augen.

Erst recht, da die Bürger auf ihrer Seite standen: An den Straßenecken waren Feuer entzündet, auf denen in großen Kesseln Eintöpfe schmorten, als nahrhaftes Nachtmahl für jeden von ihnen. Noch bevor es dämmerte, brachten die Menschen ihnen sogar rote Stoffbänder, Nadel und Faden, aus dem die Frauen ein Kreuz auf die zerlumpten Kittel derer nähten, die unterwegs das Gelübde gesprochen hatten. Auch Anna machte sich eilends an die Arbeit, bevor es dunkel würde, und wich dabei Konrads Blicken aus.

Nach und nach wurden es weniger auf dem Kirchplatz, da die freundlichen Schlettstadter vielen von ihnen einen Unterschlupf für die Nacht anboten. Auch die Freiburger hatten Glück: Ein Metzger stellte ihnen den Heuboden seines großen Stalls zur Verfügung, und alle fünfzehn fanden sie darin einen behaglichen Platz zum Schlafen. Selbst für Konrads Pferd war mit einer gefüllten Heuraufe gesorgt.

Anna legte sich neben Luitgard und Christian ins weiche Heu und versuchte, nicht an zu Hause zu denken. Trotz ihrer Gebete und all der schönen Lieder, die sie im Stillen sang, gelang es ihr nicht, ihr Heimweh zu bekämpfen, sodass sie die halbe Nacht wach lag.

Kapitel 11

Auf Kolmar zu

Dicht am Saum der Vogesen entlang ging es weiter gen Mittag, vorbei an stolzen Burgen und reichen Klöstern, die oben auf den Bergen thronten. Ill und Rhein waren in weite Ferne gerückt, und so mussten sie haushalten mit ihrem Wasservorrat, denn Bäche, die ausreichend Wasser führten, waren selten, und die Hitze ließ nicht nach.

Anna fühlte sich reichlich müde und zerschlagen nach der Nacht in Schlettstadt, obendrein fielen ihr die ständigen Sticheleien zwischen Konrad und Jecki lästig, und Luitgard hatte nur noch Augen und Ohren für ihren Sohn. So beschloss sie, einmal ganz nach vorne vorzustoßen, um zu sehen, wer sich alles seit Straßburg ihrer Wallfahrt angeschlossen hatte. Es war nämlich schier unfassbar, wie weit sich der Zug inzwischen in die Länge zog.

Sie beschleunigte ihren Schritt, was keiner der Freiburger zu bemerken schien, und hatte sie bald schon ein gutes Stück hinter sich gelassen. Mal überholte sie die Schlange außen am Wegesrand, um einen neugierigen Blick auf die Menschen zu werfen, mal wanderte sie mittendrin, Seite an Seite mit Fremden. Nicht wenige hielten einen Schwatz mit ihr, erzählten aus ihrem Leben. Auf diese Weise erfuhr Anna, dass seit Köln schon etliche aufgegeben hatten, weil sie am Ende ihrer Kraft waren oder diese heilige Unternehmung nicht ernst genug genommen hatten. Indessen waren stets neue Pilger hinzugekommen. Mochten in den Städten die Väter ihre Kinder auch festhalten und einsperren können – auf dem Lande stießen immer mehr Unfreie, Mägde und Knechte zu ihnen, dazu entlaufene Nonnen und Mönche, Bettler, Taglöhner, Mütter mit Säuglingen sowie das bunte, laute Volk der Landfahrer.

«Was meinst, wie viel Gaukler-, Diebs- und Hurengesindel hier mitläuft», sagte ihr eine Bauernmagd voller Verachtung. «Aber der Nikolaus heißt sie ja alle willkommen.»

Zu ihrem Erstaunen traf Anna sogar auf drei junge Frauen in Männerkleidern, dazu auf ein gutes Dutzend englischer Mönche, deren Sprache niemand verstand, auf Kinder, die von ihren Eltern einfach an Nikolaus abgegeben worden waren, auf Greise, die kaum mithalten konnten, auf Blinde, Taubstumme und vom Antoniusfeuer Verkrüppelte. Hier am Oberrhein mit seinen vielen kleinen Ritterherrschaften hatten sich auch mehr und mehr adlige Knaben zu ihnen gesellt, manche gar mit eigener Dienerschaft und prächtigen Pferden. Gewiss gab es auch Glücksritter und Geschäftemacher unter den Wallfahrern, junge Männer, die nach Abenteuern, Beifall oder Beute gierten. Aber die allermeisten trieb doch der Glaubenseifer voran.

So lauschte sie den Gesprächen rundum, um herauszufinden, was wohl der Grund für einen jeden war, diese Strapazen durchzustehen, hin und wieder fragte sie auch nach. Ein kleines Mädchen berichtete freimütig, dass ihrer Mutter des Nachts der Teufel erschienen sei und ihr eine Wagenladung voll Brot versprochen habe, wenn sie eines ihrer Kinder absteche und ihm das Blut schenke. Das habe sie mit dem jüngsten Geschwister denn auch getan, und voller Angst habe ihr Bruder sie bei der Hand genommen und sei mit ihr von zu Hause fortgelaufen.

«Sind dann halt rumgeirrt, der Hans und ich, und hatten Hunger und immer, immer Angst. Aber dann haben wir von dem Nikolaus gehört. Dass der ein Prophet ist. Und dann …», über das schmutzige, hohlwangige Gesichtchen ging ein Lächeln, während Anna längst die Tränen in den Augen standen über diese entsetzliche Geschichte, «… dann sind wir zu ihm nach Köln gegangen. Seitdem ist alles besser, und wenn wir sterben, ist's für den lieben Gott getan.»

Doch nicht nur Neugier trieb Anna vorwärts durch den dichten Zug der Menschen – sie wollte Nikolaus treffen, den hier alle, ob jung oder ob alt, ob arm oder vornehm, wie einen Heiligen verehrten. Ein einziges Mal erst, am Vortag in der Klosterkirche von Schlettstadt, war sie ihm wirklich nahe gewesen. Unterwegs gab es hierzu keine Möglichkeit, lief ihre Freiburger Schar doch viel zu weit hinten mit. Und wenn sie dann zu Mittag oder Abend ihr Lager aufschlugen, kam man auch nicht näher an ihn heran. Sie waren schlichtweg zu viele.

Dass sie allmählich den Kopf der Menschenschlange erreichte, merkte sie daran, dass rundum die Mundart der Kölner gesprochen wurde, den Pilgern der ersten Stunde. Und dass sie recht derb zurückgewiesen wurde: «Heda, Weib, hör auf zu drängeln. Hau ab, zurück an deinen Platz, hast hier nichts verloren!»

Die Landstraße verlief an dieser Stelle in einer Biegung durch eine Art Hohlweg. Kurzerhand kletterte Anna die hüfthohe Böschung hinauf und rannte quer über den beinharten, staubigen Boden eines Kornfelds, dessen kümmerliche Ähren es kaum wert waren, geerntet zu werden.

Sie hatte es richtig bedacht und dem Pilgerzug den Weg abgeschnitten. Gerade, als sie den Straßenrand erreichte, tauchte dessen Spitze zu ihrer Linken wieder auf. Der Anblick, der sich ihr bot, verblüffte und enttäuschte sie: Ein Dutzend vornehmer, bewaffneter Rittersöhne hoch zu Ross umringten Nikolaus gleich einem Schutzschild, dazu kamen etliche entlaufene

Mönche, Buß- und Wanderprediger. Als der blonde Hirtenjunge nun an ihr vorbeischritt, ohne sie zu beachten, musste sie schlucken. Hatte sie bislang geglaubt, dass man ihm nur zur Rast jenen aus bunten Tüchern zusammengenähten Stoffhimmel aufbaute, der ihn vor der sengenden Sonne schützte, so sah sie sich nun eines Besseren belehrt. Auch beim Wandern wurde ihm gnädig Schatten gewährt, trugen doch vier kräftige Bauernbuschen die Stangen des Baldachins und auf dem Rücken zusammengerollte Wolldecken, die Nikolaus wahrscheinlich als weiches Lager dienten. O nein, *ihm* verbrannte die Sonne nicht Gesicht und Arme und die nackten Füße schon gar nicht, denn er trug feine, weiche Lederschuhe. Plötzlich hatte sie Konrads Worte im Ohr: «Wie einer, der eine wochenlange Wanderschaft hinter sich hat, sieht er nicht grad aus.»

Da schalt sie sich eine Närrin. Wie dumm und kindisch waren solche Gedanken! Sie selbst und alle anderen hier waren nur winzige, unbedeutende Teilchen in einem großen Ganzen, während Nikolaus ihr Führer war und von Anfang bis Ende durchhalten musste. Er allein trug die Verantwortung, gab die Richtung vor, spendete ihnen beim gemeinsamen Gebet wieder neue Kraft und neuen Mut. Wollte sie es ihm da wirklich neiden, wenn er ein wenig geschont wurde?

«Grüß dich Gott, Anna. Was machst du denn hier?» Gottschalk von Ortenberg zügelte sein Pferd vor ihr.

Sie schrak aus ihren Gedanken.

«Wollte mal sehen, wer so alles mit dabei ist», gab sie ein wenig verunsichert zur Antwort. Dann fasste sie sich wieder. «Was meint Ihr – wie viele sind wir?»

Sein Blick schweifte über die Massen.

«An die Fünfzehn-, Zwanzigtausend werden es wohl sein», entgegnete er, so stolz, als sei dies sein Verdienst.

Sie nickte, wobei diese Zahl ihre Vorstellung völlig überstieg. Dann deutete sie auf den Baldachin, der sich in stetem Auf und Ab von ihnen entfernte.

«Ich würd so gern einmal mit ihm sprechen!»

Gottschalk lachte. «Das wollen viele. Ich sag doch, wir sind Tausende. Da geht das nicht so einfach.»

Als ob er ihre Enttäuschung bemerkte, setzte er nach: «Komm am besten abends, bevor er sich schlafen legt. Da spricht er gern mal mit seinen Leuten. Aber da musst dich in Geduld üben, oft wartet eine ganze Schlange. – Und jetzt gehst lieber zurück zu deinen Freiburgern. Die Gruppen müssen zusammenbleiben. Wie wollt ihr sonst wissen, dass keiner verlorengeht.»

Daran hatte sie gar nicht gedacht. Wahrscheinlich würden sich die anderen längst Sorgen machen.

«Eines noch, Junker.» Sie deutete auf die Kölner, die jetzt an ihnen vorübermarschierten und ihr so manch feindseligen Blick zuwarfen. «Was denkt Ihr – könnten wir uns nicht dichter hinter Nikolaus einreihen? Wir sind gar so weit weg von ihm.»

«Ist es nur wegen Nikolaus?» Er zwinkerte ihr zu. «Oder auch ein klein wenig wegen mir?»

Sie spürte, wie sie errötete. «Ihr treibt Eure Scherze mit mir.»

«Vielleicht – vielleicht auch nicht. Also gut, Anna, weil du es bist. Ich werde sehen, was sich machen lässt. Aber erst ab morgen, wenn wir von Kolmar aufbrechen.»

Er hob den Arm zum Gruß und trabte davon.

Kolmar … Sie hatte nicht vergessen, dass es von Kolmar nicht mehr weit nach Breisach war, wo sich Luitgard mit ihrem Sohn von ihnen verabschieden wollte.

Sie hockte sich auf die Wegböschung und ließ die schier endlose Prozession an sich vorbeiziehen. Es dauerte geraume Zeit, bis die Freiburger in Sicht kamen.

«Da ist sie!», hörte sie Jecki übertrieben laut rufen. «Da drüben, am Straßenrand!»

Zusammen mit Konrad zwängte er sich durch die Menschen. «Potztausendsackerment!», fluchte er, als er vor ihr stand. «Bist du noch bei Trost? Einfach abhauen, ohne was zu sagen!»

«Da schreit der Richtige – hast *du* Luitgard etwa Bescheid gesagt, als du Christian aus Freiburg weggeschleppt hast?», gab sie zurück.

«Ehrlich, Anna, wir haben uns große Sorgen gemacht.» Konrad schüttelte den Kopf. «Ich dachte schon, dir wäre sonst was Schlimmes zugestoßen.»

Die Besorgnis der beiden rührte Anna und gab ihr das schöne Gefühl, nicht allein zu sein. Dass Konrad sie wohl ebenso in Kolmar verlassen würde, tat ihr nun fast schon leid.

Kurz vor Kolmar, das schon zum Bistum des Basler Bischofs gehörte, machte Konrad einen letzten Versuch, sie zur Heimkehr zu bewegen:

«Breisach ist nicht mehr weit. Wie versprochen, bringe ich Christian und seine Mutter nach Freiburg zurück. Bitte überleg es dir nochmals.»

Fast schon verzweifelt starrte er sie an, aber Anna schüttelte den Kopf. Ihr Entschluss stand felsenfest.

«Ich kann dich nicht zwingen.» Er wandte den Blick ab. «Nun gut, dann nehm ich wenigstens Margret und Sanne mit. Die Mädchen sind jetzt schon erschöpft, dabei sind wir gerade mal den vierten Tag unterwegs.»

«Fängst schon wieder an?», fuhr Jecki ungehalten dazwischen. «Kommst hier als Wildfremder hereingeschneit, keiner kennt dich, keiner weiß was von dir – was willst du überhaupt von uns? Verschwinde doch einfach.»

Luitgard blieb stehen und fasste Konrad bei der Schulter. Ihre Augen glänzten.

«Bring meinetwegen die Mädchen zurück nach Freiburg.

Ich aber will das Kreuz nehmen und mit Christian nach Jerusalem gehen. Ich weiß jetzt, dass das meine Aufgabe ist.»

Sprachlos starrten sie alle an. Nachdem Anna begriffen hatte, was Luitgard da eben verkündet hatte, zog sie sie in die Arme. Sie mochte Luitgard, diese stille, etwas schüchterne Frau, der nichts geschenkt worden war im Leben, die für ihren Sohn Tag und Nacht gearbeitet hatte und deren Hände von Lauge und Waschbrett schon ganz rot und rissig waren. Dass sie bei ihnen bleiben wollte, gab Anna Sicherheit und ein kleines Stück Heimat zurück auf diesem weiten, beschwerlichen Weg. Nicht zuletzt bewunderte sie zutiefst Luitgards Mut.

«Habt ihr jetzt alle den Verstand verloren?», brauste Konrad auf. «Die Kinder werden das nicht durchstehen! Keinem von euch ist klar, auf was ihr euch da einlasst. Ein Jahr oder länger werdet ihr fort sein, wenn ihr denn überhaupt jemals zurückkehrt … Ihr habt keine Vorstellung, welche Gefahren euch drohen!»

Jecki höhnte: «Aber du weißt es, du verhinderter Kreuzritter, ja?»

«Und ob ich das weiß. Mein Bruder ist erst letztes Jahr aus dem Heiligen Land zurückgekehrt und hat mir berichtet von seiner beschwerlichen Reise und über das Königreich Jerusalem. Als friedlicher Pilger war er im Übrigen dort, hat nicht nur Jerusalem besucht, sondern auch das Grab meines Vaters in Akkon.»

«Das Grab deines Vaters?», fragte Jecki verdutzt. «War dein Vater etwa ein Kreuzritter?»

«Ja, das war er. Er hatte sich dereinst Kaiser Barbarossa angeschlossen und hat wie dessen Sohn im Heiligen Land sein Leben gelassen.»

Jecki starrte ihn bewundernd an: «Da bist du bestimmt mächtig stolz auf deinen Vater.»

Konrad zuckte die Schultern. «Nicht im Kampf gegen Saladin ist er gefallen, sondern von einer Seuche dahingerafft worden. Und ich hab ihn leider nie gekannt, da er fort ist, als ich noch ganz klein war.»

Luitgard legte ihm die Hand auf den Arm.

«Das muss sehr schmerzhaft für dich sein», sagte sie sanft. «Aber um uns brauchst du keine Angst zu haben. Gott wird uns alle beschützen, erst recht die Kinder.»

«Aber selbst euer Pfarrer ist dagegen! Wisst ihr, was er mir gesagt hat? Dass dieser Heerzug der Kinder kein frommes Werk ist. Dass ihr herdenweise auf den Abgrund zulauft wie die Schweine im Gebirge. Und dass Satan selbst diese unsere Kinder verführt hat, um sie nämlich denen zum Fraß vorzuwerfen, die nicht unseren Glauben haben.»

«Der Pfarrer ist ein Zweifler, Gott möge ihm das verzeihen! Und dass wir alle unbeschadet hier sind und ich mein Kind wiederhabe, ist schon ein halbes Wunder. Warum sollte es uns morgen anders ergehen als heute?»

«Da hast du's.» Jecki baute sich vor ihm auf. «Wir alle ziehen weiter. Nimm deinen Gaul und deine Sachen und hau ab. Wir kommen gut ohne dich zurecht. Und überhaupt – musst du nicht zurück in deine Studierstube, wenn du mal Pfaffe werden willst?»

«Nein, ich bleibe, und wenn's sein muss, bis Jerusalem! Ich habe alle Zeit der Welt.»

Kapitel 12

Hinter Kolmar

Luitgard hatte sich ihre Entscheidung nicht leicht gemacht. Erst recht nicht angesichts der Hitze und Dürre im Land. Sie ahnte, was auf die Menschen zukommen würde, eine neuerliche Missernte nämlich. Schon im Vorjahr war nach einem regennassen Sommer die Feldfrucht auf dem Acker verfault und der Winterroggen hernach nur spärlich gekommen. Die Kornkammern der Grundherren und Städte waren leer, und wenn jetzt die nächste Ernte ausfiel, drohte eine Hungersnot. Selbst wenn das Wetter noch umschlagen würde – es war zu spät.

Sie sah durchaus ihre Verantwortung für die Kleinsten und auch ein Stück weit für Anna. So hatte sie sich in Kolmar die beiden Mädchen zur Seite genommen und auf sie eingedrungen, mit Konrad heimzukehren. Aber weder Margret noch ihre kränkliche Freundin Sanne hatten sich von ihr überreden lassen, die Wallfahrt abzubrechen.

«Weil nämlich der liebe Gott mich von meiner hässlichen Hasenscharte erlösen wird, wenn ich durchhalte», war Margrets fast trotzige Antwort gewesen.

Luitgard bezweifelte zwar, ob der Herrgott für solcherlei Dinge da war, wollte dem Mädchen aber nicht seine Hoffnung nehmen. Schließlich war sie selbst davon überzeugt, dass sich alles zum Besten wenden würde, wenn sie nur auf den Herrgott vertrauten und ihr Leben in seine Hände legten. Mit einem Mal hatte sie mehr Vertrauen in die Zukunft, als sie es seit Klewis Tod je gehabt hatte – daran hatten auch die ketzerischen Worte des Schlettstadter Propstes nichts ändern können.

Drei aus ihrer Schar hatten sie in Kolmar verlassen und sich auf den Heimweg nach Freiburg gemacht, junge Knechte, die darüber klagten, dass ihnen schon die Blasen in den Schuhen zu bluten angefangen hätten. So waren sie nunmehr zu zwölft – wie die zwölf Apostel, wie die zwölf Stämme Israel. Das nahm Luitgard als ein Zeichen. Warum allerdings dieser junge Scholar bei ihnen blieb, verstand sie nicht. Aber er würde schon seine Gründe haben, und sie war, ganz im Gegensatz zu Jecki, froh um seine Begleitung. Er war um so vieles besonnener als dieser hitzköpfige Taglöhner, und man fühlte sich unwillkürlich beschützt in seiner Nähe. Dass er zu ihnen gestoßen war, sah sie als einen Wink des Schicksals, das der Herrgott für sie bereithielt: Sie und ihr Sohn und auch Anna würden eines Tages wohlbehalten heimkehren. Und auch wenn Annas Mutter dies jetzt noch nicht wissen konnte, so würde sie doch ihre geliebte Tochter eines Tages wieder in die Arme schließen können.

Auf das Mädchen allerdings würde sie mehr noch als auf ihren Sohn achtgeben müssen, war sie doch in einem gefährlichen Alter. Dass sie alle neuerdings in der Nähe ihres Anführers Nikolaus marschieren durften, musste mit Anna zu tun haben. Luitgard war nämlich aufgefallen, dass dieser junge Knappe namens Gottschalk von Ortenberg die Kölner Pilger sogleich in ihre Schranken verwiesen hatte, als die Burschen lautstark gegen ihr Vorrücken aufbegehrten. Ebenso wenig entgingen ihr die Blicke, die er dem Mädchen zuwarf – reichlich begehrliche Blicke, wie sie fand, und so würde sie Augen und Ohren offen halten müssen. Sie war eine erfahrene Frau und wusste, was sich manche Mannsbilder herausnahmen – erst recht, wenn sie von hohem Geblüt waren und die hübschen jungen Mädchen aus dem einfachen Volk stammten.

Nein, sie machte sich nichts vor: In jeder Hinsicht würden noch harte Zeiten auf sie zukommen, weshalb sie auch ihrem Sohn vorsichtshalber den schützenden Wolfszahn um den Hals gebunden hatte. Dass der Vogt von Kolmar die Pilger gar nicht erst eingelassen hatte in die Stadt, sondern zum Nächtigen auf die Viehweiden verwies, dass selbst die freundliche Bäuerin, bei der sie zwei Tage zuvor übernachtet hatte, keinen von ihnen hatte aufnehmen wollen, dass kein Bürger, kein Bauer ihnen etwas zu essen gebracht hatte – das alles hatte sie nur als erste kleine Prüfung hingenommen. Wahrscheinlich fürchteten die Menschen um das wenige, was sie noch an Vorräten besaßen, und Luitgard konnte deswegen niemandem gram sein, noch brachte sie das von ihrer Überzeugung ab, das Richtige zu tun.

Kapitel 13

Auf Basel zu

Gottschalk von Ortenbergs Einsatz dafür, dass die Freiburger ganz vorn bei Nikolaus' Gefährten der ersten Stunde mitlaufen durften, schmeichelte Anna selbstredend. Hatte er es nicht auf ihren Wunsch hin getan? Sie sah ihn nun öfter. Zumeist ritt er auf seinem schönen Rappen vorweg, doch jedes Mal, wenn er den Tross bis an sein Ende abritt, um auch dort nach dem Rechten zu sehen, hielt er auf ihrer Höhe inne und plauderte ein paar Worte mit ihr. Und lächelte sie dabei unverhohlen an.

Von ihm hatte Anna auch erfahren, warum man in den Orten, die auf ihrem Weg lagen, um ihre Ankunft wusste: Nikolaus schickte nämlich eine Vorhut Reiter voraus, die zum einen mögliche Gefahren erkannte, zum anderen ihren Zug ankündigte. Seine Knappen, deren Zahl auf zwölf angewachsen war, schufen also die Verbindungen zu den Klöstern und Stadtherren, zu den Dorfschulzen und Grundherren. Vor Ort dann riefen die Bettelmönche zu Almosen auf, kümmerten sich um fehlende Decken, Wasser und Brot, schleppten Binden für geschundene Füße oder aufgeschlagene Knie an, ja sogar Karren, Esel und Zelte für die Kranken, die es mittlerweile auch unter ihnen gab.

Ihre heutige Mittagsrast wollten sie zu Ruffach halten, einem Lehen des Straßburger Bischofs inmitten des Bistums von Basel.

«Wir sind bald da», rief Gottschalk ihr zu und deutete auf ein ummauertes Städtchen. Es war hübsch gelegen am Fuße von Weinbergen und an einem schmalen Flüsschen, überragt von dem prächtigen Schloss des Straßburger Bischofs.

Anna nickte und winkte ihm noch einmal zu, doch da war der Knappe auch schon weitergetrabt.

«Bleib bloß weg von diesem aufgeblasenen Prahlhans», knurrte Jecki neben ihr. «Der tut nicht umsonst so freundlich mit dir.»

«Kümmer dich um deinen Kram.»

Da spürte sie eine Hand auf ihrer Schulter. Es war Luitgard, die sie an den Rand der Straße führte.

«Jecki hat recht», sagte sie leise.

«Der ist bloß eifersüchtig, weil ich ihn mal zurechtgewiesen hab.»

«Mag sein. Aber diesem Gottschalk trau ich noch weniger über den Weg als unserm Jecki. Der ist als Rittersohn gewohnt, sich das zu nehmen, was er will.»

Anna verlangsamte ihren Schritt. «Wie meinst du das?»

Dabei verstand sie sehr wohl, was Luitgard ihr sagen wollte.

«Du bist mittlerweile eine sehr schöne junge Frau, mit deinem kräftigen, dunklen Haar, deinen dunklen Augen und deiner ansehnlichen Gestalt. Die Mannsbilder glotzen dir hinterher, das müsstest du längst gemerkt haben. Spiel also nicht mit dem Feuer, das könnte bös ausgehen.»

«Du redst grad so daher wie meine Mutter!», fauchte Anna

erbost und schüttelte ihre Hand ab, um sich wieder bei den anderen einzureihen.

In diesem Augenblick stockte der Zug. Drei Reiter waren Nikolaus entgegengetrabt, Kaufleute vielleicht oder berittene Boten, die jedes Mal verärgert waren, wenn diese Heerschar von Pilgern ihnen den Weg versperrte. Manch vornehmer Reiter, manch wütender Fuhrmann hatte sich auch schon mit Peitschen- und Stockschlägen den Weg frei gemacht, gerade so, als seien sie Vieh.

Von vorne drang jetzt lautes Wortgefecht zu ihnen herüber. Anna spitzte die Ohren – für diesmal schien es um etwas anderes zu gehen. Zwischen den aufgebrachten Männerstimmen war immer wieder die helle, sanfte Stimme von Nikolaus herauszuhören, bis dann der donnernde Satz fiel: «Seid ihr taub, oder sollen wir erst Verstärkung holen?»

Konrad, der vor ihr lief, wandte sich um: «Die Ruffacher wollen uns scheint's nicht. Und das, obwohl der Bischof unserem kleinen Propheten eine Empfehlung mitgegeben hat.»

Als die Straße nun näher an die Stadt heranführte, hatte sich vor dem Tor ein Pulk Bürgersleute versammelt, und man rief ihnen zu, sie sollten bloß weiterziehen. «Schmarotzer … Tagediebe … Geht lieber arbeiten für euer Brot …», waren noch die harmloseren Schmähungen. Einige warfen sogar mit Rossbollen und Steinen nach ihnen.

Anna war verstört. Schon in Kolmar hatte man vor ihren Augen die Tore verschlossen und sie auf freiem Feld übernachten lassen, waren ihnen milde Gaben aus Pilger- und Spitalküchen verwehrt worden. Von Gottschalk hatte sie erfahren, dass das dem gottlosen Vogt des Städtchens geschuldet sei, der mit den Straßburgern im Streit lag. Warum aber hier, in einer Stadt des Bischofs? Warum plötzlich diese offene Feindseligkeit? Anna verstand die Welt nicht mehr.

Notgedrungen verließen sie die Landstraße, die wie vielerorts quer durch den Ort hindurchführte, und machten sich eilig mitten über die Felder davon, über harte, unfruchtbare Erde, die von der Sonnenglut ausgedörrt war. Außer Sichtweite, hinter einem kleinen Wäldchen, sammelten sie sich im Kreis um Nikolaus und seine geistlichen Ratgeber.

«Bleibt stark, liebe Brüder und Schwestern, bleibt stark!», sprach er ihnen Mut zu und strich sich das helle Haar aus der verschwitzten Stirn. «Schwach im Glauben sind jene, denen wir begegnet sind – nicht viel besser als die Ungläubigen im Morgenland. Ihr aber wisst es: Mit der Befreiung des Heiligen Landes wird das Friedensreich Gottes auf Erden sein! Ihr alle werdet es am eigenen Leib erleben, mit eigenen Augen sehen, wie das neue, goldene Jerusalem herniederkommt von droben aus dem Himmel, ganz wie Johannes es uns offenbart hat.»

Mit einem seligen Lächeln schloss er die Augen und streckte die Arme nach oben, während die Kölner andächtig auf die Knie sanken.

«Und ihr Mauerwerk wird sein aus Jaspis und die Stadt aus reinem Gold. Und die zwölf Tore sind zwölf Perlen, ein jedes Tor aus einer einzigen Perle, und der Marktplatz der Stadt ist aus reinem Gold wie durchscheinendes Glas. Und die Stadt bedarf keiner Sonne noch des Mondes, dass sie ihr scheinen; denn die Herrlichkeit Gottes erleuchtet sie, und ihre Leuchte ist das Lamm Gottes. – So lasst uns denn zum Herrn beten.»

Wie mit einer einzigen Stimme beteten sie alle zusammen das Vaterunser, doch so laut Anna auch die Worte sprach – dieser letzte Zweifel, der in ihr wie der Stachel im Fleisch stak, ließ sich nicht übertönen.

Bald hinter Ruffach zog sich der Himmel über den Bergen dunkelgrau und schwefelgelb zusammen. Sie hatten sich wieder auf der Basler Landstraße eingefunden, als kräftige Windböen einsetzten und eine schwarze Wolkenwand unerbittlich auf sie zutrieben. Die ersten Blitze zuckten auf, gefolgt von Donnerhall, der immer näher kam. Kein Dorf, kein schützender Wald fand sich in der Nähe, und so traf sie der plötzliche Wolkenbruch mit seiner ganzen Wucht. Von allen Seiten peitschte ihnen der Regen entgegen.

«Ich hab Angst!», rief Christian durch den Sturmwind und klammerte sich an seine Mutter. Deren Gesicht war blass.

«Das geht vorüber, Kind.»

Schon waren von überall die Schreckensschreie der Kleinsten zu hören. Anna zog sich ihr Wolltuch über die Haube und stemmte sich gegen den Sturm, der heftiger wurde. Pferde wieherten angstvoll, Rufe, die keiner verstand, drangen von vorne nach hinten, und plötzlich segelte Nikolaus' Baldachin über ihre Köpfe hinweg, um alsbald im schwarzen Gewölk zu verschwinden.

Anna, der nicht weniger bang war als allen anderen, prallte gegen ihren Vordermann: Der ganze Tross war zum Stehen gekommen. Wie eine Schafherde in Gefahr drängten sie sich nun dicht aneinander, während die Welt rundum in Finsternis versank, nur vom grellen Licht der Blitze gespenstisch erhellt.

Plötzlich fuhren, keine zehn Schritte von Anna entfernt, die blendend weißen Zacken in einen freistehenden Baum, brachten dessen Geäst so grell zum Leuchten, dass es in den Augen schmerzte. Sanne an ihrer Hand rang nach Luft, begann krampfhaft zu husten, vergebens versuchte Anna sie zu beruhigen. Der nächste Donnerknall war ohrenbetäubend. Fast gleichzeitig warfen sich alle zu Boden, begannen zu beten oder zu weinen. Nur Konrad stand bei seinem aufgeregt tänzelnden Pferd, löste die Decken und Mäntel vom Sattel, warf Luitgard und Jecki die Sachen zu. Dann klopfte er der Stute den Hals und gab sie frei. Mit schrillem Wiehern stob das Tier durch das tosende Unwetter davon.

Konrad musste es geahnt haben: Kaum hatten sie sich die schützenden Decken übergeworfen, zitternd aneinandergepresst, prasselten die ersten Hagelkörner auf sie nieder – klein wie Murmeln zunächst, bald schon in der Größe von Taubeneiern. Selbst durch den dicken Stoff hindurch taten sie weh.

Anna kämpfte gegen Angst und Verzweiflung an. Was hätte sie darum gegeben, jetzt ihre Mutter bei sich zu haben. Nicht zum ersten Mal auf dieser Reise kam ihr der Gedanke, dass sie sie womöglich nie mehr wiedersehen würde. Ihr einziger Trost war, dass sie Hannes, einem der heimgekehrten Knechte, eine Nachricht an sie mitgegeben hatte: «Sag ihr, dass es mir gutgeht, dass sie sich keine Sorgen machen muss. Und dass ich sie und die Geschwister über alles liebe!»

«Das ist eine Prüfung», hörte sie neben sich Luitgard rufen. «Eine Prüfung, die wir bestehen werden. – Betet mit mir: Unter deinen Schutz und Schirm fliehen wir, o heilige Gottesgebärerin», Anna und Christian fielen in ihre Worte ein, «verschmähe nicht unser Gebet in unsern Nöten, sondern erlöse uns jederzeit von allen Gefahren, o du glorreiche und gebenedeite Jungfrau.»

Wieder und wieder flehten sie die Muttergottes um Beistand an, als der Hagel auf einen Schlag endete. Vom Sturmgetöse war nur noch ein leises Rauschen geblieben, das Donnern entfernte sich. Anna steckte den Kopf unter der Decke hervor: Alles rundum war weiß wie mitten im Winter, der nahe Baum von oben bis unten gespalten!

Mit steifen Gliedern erhob sie sich, blickte in die erstaunten Gesichter der anderen Pilger, die nach und nach auf die Füße kamen. Sogar zu regnen hatte es aufgehört.

«Es ist vorbei.» Sie strich ihr durchnässtes Gewand glatt.

Konrad nickte. «Es scheint, wir haben's überstanden.»

«Bist du eigentlich närrisch, dein Pferd laufen zu lassen?», schnauzte Jecki ihn an, schon wieder ganz der Alte.

«Glaubst etwa, *du* hättest sie halten können?», gab Konrad ungerührt zurück. «Die Stute ist klug, sie wird sich Schutz gesucht haben.»

Luitgard hielt die drei Kinder fest in den Armen und sprach ihnen tröstende Worte zu. «Die Mutter Gottes hat uns erhört. Es ist uns nichts geschehen. Und schaut nur, wie schön weiß alles ist.»

Doch die kleine Sanne hörte nicht auf zu zittern.

Indessen verzögerte sich der Abmarsch. Nicht nur Konrads Ross war verschwunden, sondern fast alle Pferde und Packtiere. So schwärmten einige von ihnen aus, nach ihnen zu suchen. Zudem mussten etliche Wunden versorgt werden, die der Hagel in Stirn oder Hinterkopf geschlagen hatte, nicht wenige klagten über blaue Flecken, und einem Jungen ganz in ihrer Nähe war sogar der Unterarm gebrochen worden von einem herausgesprengten Ast des zerstörten Baums. Doch rasch fand sich ein junger Badergeselle, der ihn fachgerecht mit einem Stock schiente, und sie konnten dem Herrgott danken, dass ihnen nichts Schlimmeres widerfahren war.

«Habt ihr die Gäule gefunden?», fragte Jecki, als Konrad zurückkehrte. An seinen Schuhen und am Saum der Kutte klebte der Dreck.

«Nein. Aber Nikolaus will weiterziehen. Wahrscheinlich haben die Rittersöhnchen genug Silber im Säckel, um sich neue Pferde zu kaufen.» Konrad beugte sich zu Sanne herunter. «Hast du noch immer Angst?»

Die Kleine nickte.

«Das brauchst du nicht, wir sind doch alle bei dir. – Warte.» Er griff in die Packtasche, die er noch rechtzeitig vom Sattel geschnallt hatte. «Das hier ist noch übrig.»

Er reichte ihr das letzte Stück Hartwurst, und Sanne begann, ohne sichtbare Regung zu kauen.

«Könntest dich wenigstens bedanken, wenn du uns schon die letzte Wurst wegfrisst», brummte Jecki, doch Sanne nickte nur.

Als es nach einem gemeinsamen Dankgebet weiterging, hatte sich die Luft merklich abgekühlt. Was Stunden zuvor noch ein willkommener Wetterumschwung gewesen wäre, ließ sie nun in ihren nassen Sachen frösteln. Die Eisschicht des Hagels war längst geschmolzen und hatte den Boden der Landstraße in tiefen Schlamm verwandelt. Es ging nur schwer voran, die Füße schienen sich bei jedem Schritt im Boden festzusaugen.

Auch auf den Feldern stand jetzt das Wasser, Sturm und Hagel hatten die Ähren des Korns flach auf den Boden gepeitscht. Für die Menschen hier in der Gegend war eines gewiss: Es würde keine Ernte geben.

Eine halbe Wegstunde später tauchte zu ihrer Linken ein Wäldchen auf.

«Habt ihr das gehört?»

Konrad blieb stehen und lauschte angestrengt. Dann stürmte er los, quer durch den überschwemmten Acker, stieß immer wieder einen Pfiff aus. Tatsächlich durchbrach ein schwarzbraunes Pferd das Unterholz, weithin hörbar schnaubend, und hinter ihm, dicht aufeinander, folgte ein gutes Dutzend weiterer Rösser und Esel. In den vorderen Reihen der Pilger brach Jubel aus.

«Ein Wunder!», rief Luitgard, und ihr Ruf pflanzte sich fort durch das ganze Pilgervolk. Konrads Augen strahlten vor Glück, als er gleich darauf sein Pferd zu ihnen führte.

«Ich hab's gewusst! Auf mein braves Mädchen ist Verlass. Und alle anderen sind ihr gefolgt.» Er freute sich wie ein kleiner Junge, und Anna freute sich mit ihm. Dann stutzte sie: Ein letztes Pferd kam aus dem Gehölz gehumpelt, konnte sich nur mühsam auf drei Beinen halten. Anna, die Augen wie ein Adler hatte, erkannte, dass sein rechtes Hinterbein merkwürdig verformt war, aus dem schwarzen Fell stak etwas Helles heraus. Es war der Rappe Gottschalk von Ortenbergs.

Der Knappe selbst musste das Pferd ebenfalls entdeckt haben, denn er stieß einen jammervollen Schrei aus und rannte los. Als er bei seinem Rappen angekommen war, legte er ihm die Arme um den Hals. Dann zog er seinen Dolch aus dem Gürtel.

«Was tut er da?», fragte Christian entsetzt.

Konrad drehte ihm den Kopf weg. «Er erlöst es von seinen Leiden.»

Schweigend packten sie die schweren, nassen Decken, die sie mitgeschleppt hatten, wieder auf Konrads Stute, die bis auf ein paar blutige Schrammen im Fell keinen Schaden genommen hatte. Aus dem Augenwinkel sah Anna, dass Gottschalks Rappe inzwischen leblos auf dem Boden lag. Drei kräftige Burschen brachten Säcke, und als nun jeder von ihnen sein Messer aus dem Besteck zog, wandte sie den Blick ab: Das einst so schöne, stolze Streitross wurde gehäutet und zerlegt wie ein Stück Schlachtvieh in der Metzig.

Sie war heilfroh, als es endlich weiterging. Irgendwann brach die Nachmittagssonne durch, die immerhin stark genug wärmte, um ihnen die Kleider auf dem Leib zu trocknen. Unbehelligt von weiteren Unwettern kamen sie bis vor Ensißheim, einem mit Palisaden bewehrten Städtchen an der Ill. Auch hier waren die Tore verschlossen, von den Bewohnern keine Menschenseele zu sehen. Wie ausgestorben wirkte der Ort. Beklommen fragte sich Anna, ob es nur daran lag, dass für diesmal niemand vorausgeritten war oder ob man ihnen auch hier feindselig gesonnen war.

Ohne dass sich aus der nahen Stadt jemand um sie gekümmert hätte, schlugen sie am Ufer des Flusses ihr Lager auf. Das schlammbraune Wasser, in das die Krume unzähliger Äcker geschwemmt worden war, führte reichlich Treibholz mit sich. Die Uferwiese immerhin war trocken, als ob es hier keinen Tropfen geregnet hätte, doch die böse Überraschung folgte, als sie ihre Decken und Mäntel ausrollten: Sie waren noch immer mehr als feucht.

«Die können wir zum Schlafen nicht brauchen», sagte Konrad.

Jecki grinste. «Dann müssen wir uns heut Nacht halt gegenseitig wärmen.» Er stieß Anna in die Seite und ließ sich neben ihr ins Gras sinken.

«Faulenzen kannst du später.» Konrad zog ihn wieder in die Höhe. «Wir brauchen Feuerholz.»

Während die beiden sich zwischen den anderen am Ufer einreihten, um Äste, die sich verfangen hatten, aus dem Wasser zu ziehen, beobachtete Anna Nikolaus. Aufrecht, als könne ihn nichts aus der Fassung bringen, machte sich der junge Prophet zusammen mit zwei seiner Wächter auf den Weg zum Stadttor.

«Er wird um Brot und frisches Wasser für uns bitten», sagte Luitgard, die ihrem Blick gefolgt war.

Anna nickte. Ihnen war nur noch ein einziger Laib steinhartes Brot geblieben, und das hätten sie einweichen müssen.

«Warum holen wir kein Wasser vom Fluss, ich hab solchen Durst», quengelte Christian.

«Weil das Wasser schmutzig ist und krank macht. Aber morgen ist es bestimmt wieder sauber.»

«Hab aber jetzt Durst!»

«Ich auch.» Margret verzog ihren schiefen Mund zu einer Grimasse, und Sanne nickte stumm dazu.

«Geben wir ihnen den Rest aus der Wasserflasche», schlug Anna vor. «Konrad wird schon nichts dagegen haben.»

Wenig später kehrten Nikolaus und seine Begleiter unverrichteter Dinge zurück. Das Stadttor war ihnen verschlossen geblieben. Nur einen Steinwurf von den Freiburgern entfernt ließen sie sich nieder, Decken und Stoffbahnen wurden ausgepackt, und mittels einiger Stecken bauten die Knechte eine Art Zelt auf, in dem Nikolaus verschwand.

Er blieb auch verschwunden, als schon die ersten Lagerfeuer unter dichtem Funkenflug aufflackerten. Das größte brannte vor Nikolaus' Zelt. Als ihnen schließlich von dort der Duft nach gebratenem Fleisch in die Nase stieg, sprang Konrad auf die Füße.

«Los, komm mit», forderte er Jecki auf. Die beiden verschwanden in Richtung Zelt, wo gleich darauf ein erhitzter Wortwechsel zu hören war. Verstehen konnte Anna nichts, indessen kehrten sie gleich darauf mit ihrer Beute zurück: einem Holzbrettchen, auf dem fünf durchgebratene Stücke Fleisch lagen.

«Nehmt euch», forderte Konrad Luitgard und Anna auf. «Für die Kinder und euch Frauen.»

«Hat Nikolaus das angeordnet?», fragte Anna.

«So ähnlich.»

«Ach was», mischte sich Jecki ein. «Die wollten das Fleisch für sich und ihre Kölner behalten, und was sie heut nicht gefressen hätten, hätten sie für morgen aufgehoben. Hättest mal unsern Pfaffen sehen sollen, wie der die in den Senkel gestellt hat. Für die Frauen und Kinder, die Schwachen und Kranken muss das Fleisch sein, hat er dem Nikolaus gesagt. Ist einfach zu dem ins Zelt gestürmt!»

Konrad hielt Luitgard und Anna das Fleisch unter die Nase, und augenblicklich fing Anna der Magen zu knurren an.

«Woher haben die auf einmal das viele Fleisch?», fragte Margret ihn erstaunt.

«Na, von dem toten Ross. Jetzt nehmt schon, ich muss das Brettchen zurückbringen. Vor allem will ich sehen, ob andere im Lager auch was abbekommen. – Und keine Sorge: Euer kleiner Prophet hat auch seinen Anteil. Von wegen, dass ihn der Heilige Geist speist …»

Anna sah ihm nach, wie er in der Dämmerung verschwand. Konrad kümmerte sich wie ein Vater um sie alle, und sie fragte sich zum hundertsten Male, warum. Sie nahm einen kräftigen Bissen von ihrem unerwarteten Abendessen. Es schmeckte saftig und gut, und daran, dass es von Gottschalks bildschönem Ross stammte, mochte sie jetzt nicht denken.

«Hast du keinen Hunger?», fragte sie Sanne, die ihr Stücklein Fleisch noch immer in der Hand hielt.

Das Mädchen schüttelte den Kopf.

«Du musst aber was essen! Grad du, wo du so mager bist!»

Sanne nickte und begann gehorsam, winzige Stückchen abzubeißen.

Da erst fiel Anna auf, dass die Kleine seit dem Unwetter kein einziges Wort mehr gesprochen hatte. Offenbar hatte ihre große Angst sie verstummen lassen.

Kapitel 14

Im Sundgau

Es war Anna, als ob ihre Mission seit Kolmar unter keinem guten Stern mehr stand. Der beschwerliche, heiße Sommer wollte auch nach jenem Gewittersturm kein Ende nehmen, die Stadttore blieben ihnen weiterhin verschlossen, die Dorfpfarrer untersagten Nikolaus, in den Kirchen zu predigen. Stattdessen wetterten sie von der Kanzel herab gegen die Dummheit des Unterfangens, beschimpften sie als Einfaltspinsel, als törichte, unwissende Leut, die nichts vom wirklichen Glauben verstünden. Ja, schlimmer noch: Ein Werkzeug des Satans sei diese alberne Heerfahrt.

So kam es, dass sie keine Kirche mehr betraten und Nikolaus stattdessen jeden Morgen und jeden Abend unter freiem Himmel Gottesdienst mit ihnen feierte und zu ihnen wie ein Priester sprach.

«Wie der junge Jesus im Tempel», hatte Luitgard beim ersten Mal bewundernd geflüstert. Von vorbeiziehenden Kaufleuten, von Rittern und Mönchen, die selbst das Kreuz auf ihren Mänteln trugen, wurden ihre Andachten indessen mehr als einmal gestört. «Kehrt um!», riefen sie ihnen zu. «Was ihr tut, ist eitel und unnütz!»

Doch Nikolaus ließ sich nicht beirren. Auch dann nicht, als die Ersten enttäuscht zu murren begannen. Hier in den Hügeln des Sundgaus, wo man dabei war, die mehr als kümmerliche Ernte einzufahren, jubelte ihnen nämlich keiner mehr zu. Im Gegenteil: Statt gefüllter Brotkörbe erwarteten sie Stockschläge am Wegesrand. Die Bauern verjagten sie, damit sie ihnen nicht die ohnehin kärgliche Ausbeute an Korn stahlen, die Grundherren, damit sie ihnen nicht die Fronknechte fortlockten. In den Wäldern der Rheinauen hätte man wenigstens Fallen aufstellen oder mit Schleudern jagen können, hier aber führte die Straße nur zwischen Feldern hindurch, die gerade abgeerntet wurden oder bereits kahl waren.

Unter den Glaubensstreitern, vor allem unter jenen, die schon seit Wochen dabei waren, machte sich Erschöpfung breit. Immer verwahrloster wirkten sie, der Hunger brannte im Magen, die Hitze trocknete die Kehle aus, doch Trinkwasser wurde knapp, da die Bäche zu schmutzigen Rinnsalen geworden waren. Schweigend trotteten sie vorwärts, keine Lieder erklangen mehr, keine Flöten und Fiedeln spielten mehr auf. Statt Gesängen hörte man Husten, Weinen und Stöhnen – kein Wunder also, dass die Menschen verschreckt vor ihnen zurückwichen und die Torwächter sie Lumpengesindel schimpften, das nur Seuchen, Raub und Bettelei in die Stadt bringen würde.

Zwei Wegstunden hinter Mühlhausen, dem Tor zum Sundgau, hatten sie die ersten beiden Kinder begraben müssen. Krank und ausgezehrt waren sie gewesen, waren einfach am Wegrand stehen geblieben und in sich zusammengesunken. Anna und ihre Gefährten hatten hiervon erst erfahren, als von hinten aufgeregte Rufe laut wurden.

«Der Nikolaus muss kommen!», hallte es durch die Reihen. «Da stirbt jemand!»

Erschrocken blieben alle stehen. Wenig später eilten Nikolaus und zwei von seinen Knappen mit Spaten über der Schulter an ihnen vorbei, ein dicker Bettelmönch keuchte hinterher. Luitgard wollte ihnen folgen, doch Konrad hielt sie zurück.

«Bleib hier bei den Kindern. Ich gehe.»

Als er zurückkehrte, war sein Gesicht blass unter der Sonnenbräune.

«Ein Junge und ein Mädchen, keine acht Jahre alt.»

«Sind sie tot?», fragte Christian mit großen Augen.

«Ja.»

«Dann sind sie jetzt im Paradies.»

Eben das waren auch Nikolaus' Worte, als sich ihr riesiger Haufen zur Andacht um die frisch ausgehobenen Gräber sammelte.

«Der Tod darf uns nicht schrecken», rief er ihnen zu, nachdem er das Totengebet gesprochen hatte. «Euch allen, die ihr das Kreuzgelübde getan habt, winkt ein Platz im Paradies, und jedem unschuldigen Kindlein erst recht. Diese beiden Kinder hier dürfen nun das himmlische Jerusalem schauen, ihre unsterblichen Seelen sind uns weit voraus. Sie sind an der Seite des Herrn und können IHN um Hilfe für uns Lebende bitten. Freut euch also mit ihnen, statt zu weinen, seid guten Mutes, statt zu verzagen.»

Mochten diese Worte auch wahr und tröstlich sein – Hunger und Durst vertrieben sie nicht. Immer schleppender ging es voran, und auch Anna, die zwar ein karges Leben gewohnt war, indessen ihr Lebtag nie hatte Not leiden müssen, war des Laufens müde. Umso mehr wunderte sie sich, dass Konrad, Jecki und Luitgard so gar nichts anzumerken war – sie schritten voran, als seien sie eben erst von zu Hause fort: Jecki, weil er es nicht erwarten konnte, fremde Länder zu entdecken und seinen Mut im Heiligen Land zu beweisen, Luitgard in ihrem Glück, mit Christian vereint zu sein und neuerdings von einem tiefen Glaubenseifer erfüllt, und Konrad … Bei ihm war sie sich weniger denn je im Klaren, was ihn vorwärtstrieb. Er beklagte sich nie, ging des Nachts als Letzter schlafen und war des Morgens als Erster auf den Beinen, verteilte ihre Vorräte stets so, dass ihm selbst am wenigsten blieb, und hatte überhaupt ein Auge auf alles. Vor allem auf *sie.* In der Nacht zuvor war ihr beim Einschlafen ein ungeheuerlicher Gedanke gekommen: Dass ihre Eltern ihn, gegen in Aussicht gestellten guten Lohn, ihr nachgeschickt haben könnten, um sie zurückzuholen. Aber heute Morgen hatte sie diesen unsinnigen Einfall wieder verworfen – ihr Vater würde keinen Pfennig für sie herausrücken! Trotzdem, irgendetwas war seltsam mit Konrad, und sie hielt unwillkürlich Abstand zu ihm.

Ansonsten hatte ihre kleine Gemeinschaft fast schon etwas von einer Familie. Von den jungen Freiburger Taglöhnern und Knechten waren außer Jecki nur noch zwei geblieben. Zum einen der rotgesichtige, untersetzte Lampert, der wenig sprach, dafür überall mit anpackte, wo es nötig war. Zum andern der etwa zehnjährige Gunther, ein gutmütiger, wenngleich im Verstand reichlich zurückgebliebener Waisenjunge, den das Freiburger Spital eines Tages auf die herzogliche Burg geschickt hatte, damit er dort als Stallbursche arbeite. Aber man hatte ihn wohl so sehr getriezt und geschunden, dass er aus der Burg geflohen war, um sich Gottschalk von Ortenberg anzuschließen. Dann waren da noch die drei kleineren Kinder. Vor allem um Sanne machte sich Anna inzwischen ernsthaft Sorgen. Das Mädchen sprach auch weiterhin kein Wort, hustete häufig so stark, dass es kaum noch Luft bekam. Fast die ganze Zeit über durfte es auf Konrads Stute reiten, trotzdem wurde es immer kraftloser.

«Je mehr Pilger wir sind, desto schwieriger wird es werden, nicht zu verhungern», hatte Konrad einmal gesagt, als wieder ein Trupp Bauernknechte zu ihnen gestoßen war, und jetzt wusste sie, was er damit gemeint hatte. Tausende von hungrigen Mäulern durchzufüttern konnte sich keine Stadt und erst recht kein Dorf mehr leisten. Ihre einzige Hoffnung lag auf der großen und reichen Bischofsstadt Basel, wo sie vielleicht auch ein, zwei Tage ausruhen durften.

«Wie weit ist es noch bis Basel?», fragte sie Konrad, als die Sonne an diesem Tag endlich an Kraft verlor und die Hitze erträglicher wurde.

Sie sah ihm seine Überraschung an. Es war selten genug, dass sie seine Nähe suchte und das Wort an ihn richtete, aber er wusste über die Wegstrecke noch am besten Bescheid.

«Wenn wir Glück haben, sind wir morgen Abend da – falls wir Glück haben.»

«Wir sollten Sanne dort ins Spital bringen. Sie schafft es nicht.»

Er nickte. «Dasselbe habe ich auch gedacht. Sie ist sehr krank.»

In diesem Moment drängte sich Jecki zwischen sie.

«He, Pfaffe, hat einer wie du nicht ewige Keuschheit geschworen?»

«Das kann dir gleich sein.»

«Ist's mir aber nicht.» Jecki schob Konrad zur Seite. «Ich mag's nicht, wenn einer so dicht neben meinem Mädel läuft.»

«Ich wusste nicht, dass Anna deine Braut ist.»

«Bin ich auch nicht.» Wütend packte Anna Jecki am Kragen. «Hast wohl deinen letzten Rest Verstand verloren! Bloß weil ich gestern Abend mal neben dir am Feuer gesessen bin.»

Sie ließ die beiden stehen und ging zu Luitgard, die ein ganzes Stück voraus war. Dieser Jecki erlaubte sich immer mehr Frechheiten. Erst recht, seitdem Gottschalk sich nicht mehr blicken ließ. Da der Knappe bislang nirgends Gelegenheit gehabt hatte, sein totes Pferd zu ersetzen, ging er zu Fuß wie sie alle. Und zwar Seite an Seite mit Nikolaus.

«Warum bist du so aufgebracht?» Luitgard musterte sie besorgt.

«Nichts.» Sie stieß mit der Schuhspitze einen Stein vom Weg – so heftig, dass ihr die Zehen schmerzten.

«Ach, Kindchen. Manchmal wär ich gern noch mal so jung wie du. Da merkst noch, wie einen die Burschen angucken, und man freut sich drüber, und wenn dann der Richtige kommt, dann …»

«Jecki ist nicht der Richtige.»

Luitgard lachte, was sie selten tat. «Na, das hoff ich doch! Der ist ein Tunichtgut, und du hast wahrhaftig was Bessres verdient. Aber zum Glück gibt ja unser Konrad auf dich acht.»

«Hab ich ihn etwa drum gebeten?» Anna wurde nur noch missmutiger. Hatte Luitgard doch ins Schwarze getroffen: Jedes Mal, wenn sie sich von ihrer Gruppe entfernte, fragte Konrad, was sie vorhabe oder wohin sie wolle. Wie ein Schatten hatte er sich ihr inzwischen an die Fersen geheftet.

Auch Luitgard war Konrads fürsorgliches Verhalten nicht entgangen. Doch im Gegensatz zu Anna fand sie das äußerst beruhigend, nahm ihr das doch ein wenig von ihren Schuldgefühlen und ihrer Sorge, das junge Mädchen nicht hartnäckig genug zur Heimkehr überredet zu haben – Schuldgefühle gegenüber Annas Mutter, Sorge um das Mädchen selbst. Luitgard machte sich nichts vor: Eine allzu große Schar junger Kerle, denen das Blut in den Adern brauste, marschierte hier mit. Jecki und diesen Knappen Gottschalk von Ortenberg behielt sie selbst schon scharf im Auge, das wenigstens war sie Elsbeth schuldig. Doch da waren noch Hunderte andere, und so war sie Konrad nur dankbar für seine aufmerksame Art.

Gedanken über dessen Beweggründe hatte sie sich allerdings auch schon gemacht. Sie mochte den schlaksigen, etwas linkischen jungen Mann mit dem sanften Blick, auch wenn er ein Zweifler vor dem Herrn war. Sogar mit Nikolaus' Bettelmönchen war er mehr als einmal in Streit geraten. Sie mochte ihn dennoch und vertraute ihm, dass seine Sorge um Anna und die anderen echt war. Vielleicht, weil er Priester werden wollte und diesen Wunsch ernst nahm. Und vielleicht, weil er mit dem Stadtpfarrer Theodorich gut bekannt war. Am Vorabend, kurz vor ihrem Nachtlager bei Ensißheim, hatte sie ihn nämlich gefragt, was er mit Freiburg zu schaffen habe, wo er doch aus der Gegend von Straßburg stamme.

«Ich habe bei Pfarrer Theodorich nachgefragt, ob ich bei ihm die nächsten Jahre Altardiener sein darf. Du weißt vielleicht, dass ein angehender Leutpriester eine Art Lehrzeit beim Ortspfarrer machen muss, fast gar wie ein Handwerker. Erst danach und nach bestandener Prüfung wird man vom Bischof zum Priester geweiht.»

«Dann wirst du also nach der Wallfahrt in unserer Kirche sein?»

«Das alles ist noch nicht entschieden, auch wenn ich sehr gerne in Freiburg anfangen würde.»

«Kann es sein, dass *du* der junge Freund des Herrn Pfarrers bist, der aus Straßburg kam und ihm von Nikolaus erzählt hat?»

«Junger Freund?» Die Freude darüber war ihm anzusehen gewesen. «Hat er mich so genannt?»

«Aber ja. Sag bloß, Konrad – hat dir etwa Pfarrer Theodorich den Auftrag gegeben, uns zurückzuholen?»

«Warum sollte er das tun?», hatte er zurückgefragt.

«Weil er leider genauso schlecht über unsere Wallfahrt spricht wie du.»

«Nun ja, in dieser Sache sind wir tatsächlich einer Meinung.»

Mehr hatte sie hierzu nicht aus ihm herausbekommen. Seither hatte sie viel über seine Worte nachgedacht und war zu dem Schluss gekommen, dass Konrad dem Pfarrer zum Gefallen mit ihnen reiste – in der Hoffnung, dass, wenn er sie wohlbehalten zurückbrächte, er auch seine Lehrzeit bei ihm beginnen durfte.

Die Sonne hatte den Zenit schon überschritten, als der Waldstreifen zu ihrer Linken näher rückte. Luitgard atmete auf. Das würde endlich Schatten bedeuten. Und sauberes Wasser womöglich auch. Sie betrachtete Sanne, die mit leerem Blick auf dem Pferd kauerte. Jedes Mal, wenn sie hustete, schüttelte es ihren zarten Körper so sehr, dass sie sich mit beiden Händen am Sattel festklammern musste.

«Schaffen wir es heute noch bis Basel?», fragte Luitgard Konrad, der schweigsam wie so oft hinter ihr ging. Das kleine Mädchen musste baldmöglichst in ein Spital. Ihr Lebensatem wurde immer schwächer.

Der Scholar schüttelte den Kopf. «Auf keinen Fall. Aber wenn ich mich nicht täusche, führt die Straße jetzt bis kurz vor Basel durch den Wald, und es wird wenigstens angenehmer zu wandern. Allerdings bedeutet das auch, dass wir für diesmal im Wald übernachten müssen.»

Christians Hand klammerte sich fester um ihre. «Ich hab Angst, nachts im Wald! Wenn's da nun Wölfe und Bären gibt?»

«Dann stellen wir Wachen mit Knüppeln und Streitäxten auf», beruhigte ihn Konrad. «Brauchst also keine Angst haben.»

Luitgard nickte. «Und der Wolfszahn an deinem Hals wird dich erst recht beschützen.»

Dabei war ihr die Vorstellung, fern jeder Ansiedlung im Wald zu nächtigen, selbst nicht geheuer. Den Lebenden gehörte der Tag, den Toten die Nacht, und deshalb gehört der Mensch nach Sonnenuntergang ins schützende Haus, hatte ihre Mutter immer gesagt.

Zunächst empfing sie der Auwald aufs Freundlichste. Er war weit weniger sumpfig als jener verzauberte Wald vor Schlettstadt, schützte sie vor der Nachmittagssonne, spendete ihnen frisches, klares Wasser, und Lichtungen zum Lagern gab es genug. Bald schon kam von Nikolaus die Anweisung, zu rasten und das Nachtlager aufzuschlagen. Luitgard fand das äußerst umsichtig von ihrem Führer. Hatten sie damit doch ausreichend Zeit, Feuerholz und Beeren zu suchen, und in der Dämmerung würden sich vielleicht sogar Vögel oder ein Stück Wild erlegen lassen. Wegzehrung hatten sie nämlich keine mehr.

«Ich weiß, wie man Fallen aufstellt», verkündete Lampert, als hätte er Luitgards Gedanken gelesen. «Hab das daheim im Mooswald oft gemacht.»

Jecki lachte ihn aus. «Glaubst im Ernst, dass dir bei dem Lärm hier ein Hase in die Falle schlupft?»

«Jetzt vielleicht nicht – aber heut Nacht, wenn alle schlafen.»

Die Lichtung, die zu einer Seite hin ein Bachlauf begrenzte, war zwar weitläufig, doch damit sie alle Platz fanden, mussten sie enger zusammenrücken als sonst. Wie immer, wenn sie draußen nächtigten, übernahm einer der Knappen das Kommando. Für diesmal war es ein gewisser Wolfram von Wiesental, ein bedächtiger junger Mann von vielleicht sechzehn Jahren, der alle eindringlich davor warnte, sich den Weihern und Teichen zu nähern.

«Der sumpfige Grund zieht euch in die Tiefe, der lässt keinen mehr los. Wer sich waschen will, tut das im Bach – aber bitt schön erst, nachdem wir die Flaschen aufgefüllt haben. Und nach Dunkelheit verlässt niemand mehr den Lagerplatz.»

Mittendrin wurde Nikolaus' kleines Zelt errichtet, und nach einem gemeinsamen Gebet und aufmunternden Worten aus der Heiligen Schrift machte sich jeder bis auf Nikolaus ans Werk. Die Frauen und kleineren Kinder sammelten Beeren, Kräuter und essbare Wurzeln, die älteren Kinder Holz, und die Männer rüsteten sich, um sich in der Jagd zu versuchen. Viele von ihnen hatten sich Steinschleudern und Wurfspeere gefertigt, die Söhne von adligem Stand besaßen überdies Dolche oder Streitäxte.

Anna sah Luitgard an. «Soll ich bei Sanne bleiben? Ich glaube, sie hat Fieber.»

«Tu das. Wickle sie in eine Decke und leg ihr ein feuchtes Tuch auf die Stirn.»

«Lasst mich das machen», bat Konrad, während er seiner Stute eine Fußfessel umlegte, damit sie sich während des Grasens nicht zu weit entfernte. «Ich wär beim Jagen ohnehin keine große Hilfe.»

Sein Blick ging zu Gottschalk von Ortenberg, der vor Nikolaus' Zelt Wache hielt, und Luitgard verstand. Jetzt, wo alle ausschwärmten, wäre es unvorsichtig, ausgerechnet Anna zurückzulassen.

«Ich hätt sehr wohl allein dableiben können», begehrte die denn auch auf, als sie sich gemeinsam mit Christian und Margret durch das Unterholz schlugen. Die meisten suchten am Wegrand der Landstraße nach Waldfrüchten, aber dort würde kaum etwas zu finden sein.

«Das seh ich anders. Du bist in einem Alter, wo man nicht genug aufpassen kann.»

«Aber ich hätte endlich die Gelegenheit gehabt, einmal mit Nikolaus zu reden! Jetzt, wo fast alle fort sind.»

Luitgard schüttelte den Kopf. «Du weißt, dass er abends Ruhe für seine Gebete möchte. Und an diesem Gottschalk würdest du eh nicht vorbeikommen.»

«Das stimmt nicht. Er hat mir versprochen, dass er mich irgendwann zu Nikolaus lässt.»

«Das hat er dir versprochen?» Luitgard kniff unwillig die Augen zusammen. Das Mädchen war wirklich noch zu unbedarft. «Das verspricht er ganz gewiss jedem schönen Mädchen hier.»

«Wenn ich ihm gesagt hätt, dass Sanne krank ist, dann hätt er mich ins Zelt gelassen. Und Nikolaus hat besondere Kräfte, das sagst du selbst. Er könnte vielleicht Sanne heilen. Oder sie wenigstens in seine Gebete einschließen.»

«Vielleicht – vielleicht …» Luitgard wurde langsam ärgerlich. «Jetzt schau her, ums Haar wären wir vor lauter Schwatzen an den Blaubeeren vorbeigelaufen.»

Schließlich kehrten sie doch noch mit einem ganzen Rockschoß voll Beeren zurück, wogegen Jecki, Lampert und Gunther weniger Glück beschieden war: Eine einzige Ente hatten sie erlegt.

«Ist ja kein Wunder.» Jecki stieß den Waisenjungen Gunther

gegen die Schulter. «Du stampfst ja auch wie ein Dorftrottel durch den Wald.»

«Schäm dich was», wies Luitgard ihn zurecht. «Gunther kann nichts dafür, wie er ist.»

Lampert nahm den Jungen in den Arm. «Morgen früh haben wir bestimmt was in meiner Falle. Einen Fuchs oder Biber, ganz sicher.»

Im Wald brach die Dämmerung früher ein als auf freiem Feld, und Luitgard war froh, als schon bald die Feuer aufloderten. Sie hatten sich zum Lagern mit den Straßburger Knechten zusammengetan, die ihrerseits ein fettes Rebhuhn und einen Fisch beisteuerten, und so saßen sie zu gut zwei Dutzend dicht gedrängt um das prasselnde Feuer und warteten darauf, dass das Fleisch gar würde. Sanne lag wie ein kleines Bündel zwischen Luitgard und Anna, und war, nachdem sie ein paar Beeren gegessen hatte, eingeschlafen.

Luitgard seufzte leise. Bis jetzt hatte der Herrgott seine schützende Hand über sie gehalten, doch was er mit jedem Einzelnen von ihnen vorhatte, wusste nur er selbst. Immerhin würden sie sich in Basel erholen können und verköstigt werden. Hatte Nikolaus ihnen nicht gesagt, dass der Bischof sie dort freudig erwartete? Für alle Fälle besaß sie noch immer zwei Pfennige vom Zehrgeld des Pfarrers, für die sie in der Stadt Brot und Käse erstehen mochte.

Schläfrig beobachtete Luitgard, wie einige Frauen nach und nach im dunklen Dickicht verschwanden – ungeachtet von Wolframs Verbot, den Lagerplatz nicht zu verlassen –, wobei es kein Vaterunser dauerte, bis einer der jungen Burschen hinterherstieg. Zum ersten Mal wurde sie hier im Wald, der Schutz vor neugierigen Blicken bot, Zeuge dessen, was sie längst vermutet hatte: Fahrende freie Fräulein oder auch nur Gelegenheitshuren verdienten sich ihr Brot mit Liebesdiensten, manche von ihnen trugen am nächsten Morgen gar bunten Schmuck um den Hals oder feine, weiße Handschuhe. Sosehr Luitgard dies befremdete und abstieß, so erleichternd fand sie es doch in Hinblick auf Anna. Mochten sich die Kerle doch anderweitig die Hörner abstoßen!

Die Feuerstelle ihres Anführers lag nicht weit entfernt, und Luitgard entging nicht, wie Anna neben ihr immer wieder unruhig hinüberstarrte. Vor Nikolaus' Zelt hatte sich eine Schlange von zehn, zwölf Menschen gebildet – wer sich nun noch näherte, wurde von Gottschalk und Wolfram mit harschen Worten zurückgewiesen.

Da erhob sich Anna mit entschlossener Miene. «Ich will's versuchen. Er muss Sanne helfen.»

Beinahe gleichzeitig waren Luitgard und Konrad aufgesprungen.

«Und ich gehe ohne euch, dass ihr's wisst.»

Luitgard hielt Konrad am Arm fest: «Lassen wir sie gehen.»

Sie sahen ihr nach, wie sie auf die Menschenschlange vor dem Zelt zuging. Dort am Eingang beobachtetet Luitgard etwas Seltsames: Gottschalk, der wie Wolfram breitbeinig vor dem Zelt wachte, löste sich von seinem Posten, um einem Mädchen mitten unter den Wartenden auf die Schulter zu tippen. Gleich darauf waren beide im Unterholz verschwunden. Luitgard biss sich auf die Lippen. Jede Wette, dass dieser schamlose Knappe Mädchen zum Liebesdienst ausnutzte, bevor er sie zu Nikolaus ließ. Nun, in dieser Hinsicht brauchte sie um Anna wenigstens keine Angst haben – niemals würde sich das arglose Mädchen auf einen solchen Handel einlassen.

Wie zu erwarten war, kehrte Anna ohne Erfolg zurück.

«Gottschalk war verschwunden, und Wolfram hat mich fortgeschickt. Zu viele würden heut Abend anstehen, ich soll morgen wiederkommen.»

Enttäuscht setzte sie sich wieder.

«Da hat er dir einen schönen Bären aufgebunden», sagte Konrad. «Morgen sind wir in Basel, wenn nichts dazwischenkommt – und in Basel wird unser Nikolaus mit Sicherheit im Bischofshof nächtigen. Da kommt keiner von uns rein.»

Bald schon wurde es so stockfinster, dass nur noch die leuchtenden Gesichter rund um die Feuerstellen zu erkennen waren. Sie rückten enger zusammen.

«Was ist das?» Christian packte die Mutter beim Arm. «Da funkeln überall Augen im Wald!»

Auch Luitgard hatte die Irrlichter jenseits der Lichtung entdeckt.

Jecki lachte: «Das sind nur Kienspäne von unseren Leuten.»

«Aber warum sind da welche im Wald?»

«Das sind Liebespaare.»

«Und was machen die dort?»

Er grinste breit und wollte eben zu einer Erklärung ansetzen, als Luitgard ihm einen warnenden Blick zuwarf.

«Das brauchst du noch nicht zu wissen», antwortete sie an Jeckis Stelle.

Als schließlich in der Ferne langgezogenes Wolfsgeheul ertönte, bekam es auch Margret mit der Angst zu tun, und Christian fasste augenblicklich nach dem schutzbringenden Talisman um seinen Hals.

«Kennt ihr eigentlich die Geschichte von dem armen Bauern Unibos?», fragte Konrad die Kinder. «Nein? Dann will ich sie euch erzählen.»

Sie ließen sich das fertig gebratene Fleisch in kleinsten Bissen schmecken, während der junge Scholar mit seiner angenehmen Stimme vom armen Unibos erzählte, dem sein einziger Ochse verendete und der am Schluss dank seiner Gewitztheit zum reichsten Mann im Dorf wurde.

Alle hatten Konrad gebannt an den Lippen gehangen. Bis auf Jecki – der hatte sich still und leise davongestohlen und war mit einem Kienspan in der Faust im Wald verschwunden.

Kapitel 15

Ankunft in Basel

Am nächsten Tag zur Mittagsstunde stießen sie zu Luitgards Überraschung wieder auf die mit zahlreichen Inseln und Seitenarmen versehene Flusslandschaft des Rheins. Steile Felsklötze schoben sich bis dicht ans Ufer, und in der Ferne waren die Umrisse eines Gebirges zu erkennen. Es war eine sehr schöne und zugleich wilde Landschaft.

Als sich die Straße dicht an einen Seitenarm des Rheins schob, war unter den Pilgern kein Halten mehr. Sie rannten auf die nahe Kiesbank zu. Wer Schuhe besaß, streifte sie von den Füßen, die einen stürmten mitsamt ihren Kleidern in das flache Wasser, die anderen rissen sich die Kutten vom Leib, und so mancher war am Ende splitternackt. Wie kleine Kinder spritzten und tobten sie, tauchten bis zu den Schultern ein, tranken dabei von dem frischen, klaren Wasser. Selbst die Pferde und Esel standen am Ufer und schlugen ihre Hufe aufs Wasser, um sich Hals und Brust abzukühlen, bevor sie genüsslich soffen. Nur Nikolaus hielt sich abseits im Schatten einer Weide, abgeschirmt von seinen Bewachern und den drei Bettelmönchen. Jemand hatte ihm einen breitkrempigen Strohhut geschenkt, nachdem der Baldachin davongeflogen war. Was nicht hatte verhindern können, dass sein Gesicht inzwischen wie das aller anderen von der Sonne verbrannt war.

Luitgard stand in ihrem Kleid bis zur Brust im Wasser, selig, der drückenden Hitze zu entkommen, und sprach im Stillen ein kleines Dankgebet. Anna spritzte ihr Wasser ins Gesicht.

«Ist das nicht herrlich?», rief sie.

Sie hatte Haube und Schultertuch abgelegt, das nasse Leinenkleid klebte ihr am Körper und ließ allzu deutlich die Umrisse ihrer festen Brüste und schmalen Hüften erkennen. Luitgard fiel auf, dass das Mädchen in dieser einen Woche fern von zu Hause um einiges magerer geworden war. Es wurde Zeit, dass sie sich endlich wieder einmal alle satt essen durften.

«Starr das Mädchen nicht so an», wies sie Jecki zurecht, der eben aus dem Wasser gestiegen war, um Anna unverhohlen anzugaffen. Er war nackt, auf seinem schon sehr männlichen Oberköper glitzerten Wasserperlen. Plötzlich schlug er seine breiten Hände vor die Scham und machte sich eilends davon.

Anna sah ihm nach. «Was war das? Hat den eine Mücke gestochen?»

«Eher etwas anderes», murmelte Luitgard, heilfroh darüber, dass das Mädchen noch so unschuldig war. Spätestens jetzt war ihr klar, dass Jecki Anna begehrte, dass er auf etwas aus war, was sie ihm nie gewähren würde. Nein, der Junge war nicht schlecht, aber er war ein Hitzkopf und Draufgänger, mitunter unberechenbar. Und das Leben auf der Gasse hatte ihn hart gemacht. Schon mehrmals war er in Freiburg haarscharf einem Stadtverweis entronnen, gerettet nur durch seine Jugend. Prügel hatte er indessen mehr als genug geerntet, von seinem gewalttätigen Vater, von den Stadtbütteln, von den älteren Gassenbuben. Dass er aus diesem Leben herauswollte, konnte sie gut verstehen. Das Beste war, sie würde Konrad bitten, dem Jungen wegen Anna ins Gewissen zu reden – von Mann zu Mann sozusagen.

Sie winkte dem Scholar zu, der bei Sanne und ihren Sachen

geblieben war, und Konrad lächelte. Das kranke Mädchen lag neben ihm im Schatten, es schien zu schlafen. Sein Anblick schnitt Luitgard ins Herz: Noch immer kam außer Husten kein Laut über Sannes Lippen, sie war von Anfang an zu schwach gewesen für diese beschwerliche Pilgerfahrt. Auch ihr Sohn war schmächtig und recht klein für sein Alter, aber Christian erwies sich auf dieser Reise doch als unerwartet zäh, dazu voller Lebensmut und Zuversicht, und das erfüllte sie plötzlich mit Stolz und Demut zugleich.

Als Wolfram von Wiesental viel zu bald zum Weitermarsch aufrief, nahm sie Christians Kittel, den er achtlos auf den Kies geworfen hatte, und zog ihn durch das Wasser.

«Komm, zieh das an. Der nasse Stoff kühlt unterwegs.»

Konrad, der neben ihr stand und sich Gesicht und Hals wusch, nickte. «Kein schlechter Gedanke.»

Sprach's, schlüpfte aus den Sandalen und stapfte in seiner Kutte durch das Wasser, bis er plötzlich in den Fluten verschwunden war.

Luitgard stand starr vor Schreck. «Konrad!», schrie sie.

Eine gefühlte Ewigkeit blieb er verschwunden, bis er endlich wie ein Pfeil aus dem Wasser schoss, sich schüttelte und über das ganze Gesicht lachte. Sein kurzes, braunes Haar schimmerte rötlich und stand ihm wirr vom Kopf ab.

«Wie kannst du mich so erschrecken?»

«Das wollte ich nicht – aber das hat so gutgetan! Jetzt bin ich bereit zum Abmarsch.»

Auch die anderen standen schon bereit, erfrischt und voller Hoffnung, dass sie in Basel wohlwollend empfangen würden. Nur Lampert zog ein Gesicht.

«Statt hier herumzutoben wie die Narren, hätten wir besser Fische fangen sollen.»

«Weil in deiner blöden Falle nichts war als ein mageres Eichhörnchen», gab Jecki zurück. «Hab ich mir gleich gedacht, dass da kein Fuchs reingeht.»

«Ein Eichhörnchen zum Morgenessen ist besser als nichts», sagte Luitgard. Dabei begann ihr nur beim Gedanken an Essen selbst der Magen zu knurren.

Als die steinernen Mauern der Bischofsstadt Basel vor ihnen auftauchten, brachen die Kinder in Freudenschreie aus – gerade so, als ob sie schon vor den Toren Jerusalems stünden.

Auch Anna freute sich. Die Nacht auf der Waldlichtung mit all ihren fremden Geräuschen hatte sie kaum schlafen lassen. Erst recht nicht der Gedanke, was da im finsteren Unterholz vor sich gegangen sein mochte. Auch Jecki war ganz offensichtlich mit einer dieser freien Frauen zusammen gewesen, und das enttäuschte sie, hatte sie doch geglaubt, er hätte ein Aug auf sie geworfen. Mehr noch: Es stieß sie ab. Wie konnten Männer und Frauen, so ganz ohne Achtung und Liebe füreinander, diese Dinge tun?

Sie näherten sich der Stadt vom Sundgau her, der Kornkammer des Bischofshofs, wie ihnen Nikolaus nach dem Morgengebet erklärt hatte. Doch hier wie anderswo war den Bauern wenig zu ernten geblieben, und so hoffte Anna inständig, dass sich die Bürger trotzdem großzügig erweisen würden. Sie alle hatten es bitter nötig.

Das Stadttor war bereits in Sichtweite, und alle schritten schneller aus, als sich plötzlich Sannes Oberkörper keuchend aufbäumte und im nächsten Moment vom Pferd glitt. Mit einem unterdrückten Aufschrei schob Anna Lampert vor ihr zur Seite und fand das Mädchen reglos im Staub, zusammengekrümmt wie ein Bündel Lumpen. Konrad kniete bereits bei ihm am Boden, schreckensbleich, dann schüttelte er den Kopf und schlug das Kreuzzeichen.

Die kleine Margret begann gellend zu schreien, der Zug hinter ihnen stockte, die vorderen liefen weiter, Luitgard schluchzte und betete gleichzeitig – da rannte Anna los, drängte sich durch die Gruppe der Kölner, bis sie Nikolaus erreichte.

«Unsere kleine Sanne! Du musst kommen!»

Gottschalk von Ortenberg, noch immer zu Fuß unterwegs, runzelte missbilligend die Stirn, wollte etwas entgegnen, doch Nikolaus wehrte ab: «Führ mich zu ihr.»

Der Klang seines Glöckchens, das er in der Hand trug, verriet den anderen wie schon zwei Tage zuvor, dass einer unter ihnen verstorben sei. Man tat ihm eine Gasse auf. Selbst Konrad wich zur Seite, als Nikolaus neben dessen Pferd innehielt und das Kreuzzeichen schlug. Margret hatte aufgehört zu schreien, dafür weinte sie jetzt bitterlich um ihre Freundin. Auch Anna liefen die Tränen über die Wangen. Nikolaus hätte sie vielleicht retten können. Warum nur hatte man sie gestern nicht zu ihm gelassen?

Jemand hatte das Mädchen auf den Rücken gelegt, die kleinen Hände gefaltet, die Augen geschlossen. Sannes Wangen waren wachsbleich und eingefallen, und doch wirkte der Ausdruck ihres Gesichts friedlich. Nikolaus kniete sich nieder. Gleich einem Priester zeichnete er dem toten Kind das Kreuz auf Haupt, Augen und Lippen, auf Hals, Brust und Hände, murmelte dabei: «Im Namen des Vaters, des Sohnes und des Heiligen Geistes.»

Dann hielt er ein kleines Kruzifix an Sannes Lippen. «In das Paradies mögen dich die Engel geleiten. Bei deiner Ankunft mögen dich die Märtyrer aufnehmen und dich in die Heilige Stadt Jerusalem führen.»

Plötzlich riss er die Arme zum Himmel, und alle fuhren zusammen.

«Seht ihr den Engel dort oben?» Seine helle Stimme überschlug sich. «Der Erzengel Michael ist erschienen – er holt sie zu sich ins Paradies!»

Die kleine Schar der Buß- und Wanderprediger, die sich ihnen neugierig genähert hatte, fiel ergriffen auf die Knie und rief: «Freuet euch! Preiset den Herrn!», und die Pilger taten es ihnen nach.

Anna indessen hatte keinen Engel am Himmel gesehen – nur eine Wolke, die sich vor die tiefstehende Sonne schob und den Himmel golden glänzen ließ.

Konrad trug die tote Sanne auf seinen Armen durch das buntbemalte Tor mit dem Basler Stadtwappen, ganz vorne im Zug, gleich hinter Nikolaus und seinen Leuten. Er tat, als schliefe das Mädchen an seiner Schulter, um zu vermeiden, dass ihnen der Einlass verwehrt wurde. Fürchtete doch jede Stadt, jedes Dorf, es könnten aus der Fremde Seuchen eingeschleppt werden.

Ihr Führer hatte das Mädchen an Ort und Stelle begraben wollen, doch da waren sich Luitgard und alle Freiburger einig gewesen: Sanne sollte auf einem Friedhof in geweihter Erde bestattet werden. Und musste hierzu in die Stadt gebracht werden.

Nicht nur Konrad und Sanne – sie alle kamen unbehelligt in die Stadt. In den Gassen sammelten sich die Bürger und riefen ihnen Grüße zu, manche schlugen das Kreuz beim Anblick der vielen, die das Zeichen ihres Gelübdes an den Schultern trugen, andere rannten in ihre Häuser und holten Brot.

Quer durch die hügelige Stadt ging es zum Heilig-Geist-Spital, dem Zufluchtsort der Pilger, Armen und Kranken. Und mit seinem Elendenfriedhof auch der Toten. Die Gassen waren schmal, die Luft stickig von der Hitze des Tages, die Holzhäuser und Werkstätten der Handwerker einfach wie überall. Sie überquerten den Markt unten im Tal, wo es vom nahen Stadtbach nach den Häuten der Gerber stank, bis sie endlich vor der Spitalkirche standen. Dort wurden sie vom Spitalmeister und dessen Mägden und Knechten bereits mit gefüllten Brotkörben erwartet.

Luitgard schwindelte es. Nicht nur vor Hunger und dem Schrecken über Sannes plötzlichen Tod – sie war die Enge der Stadt nicht mehr gewöhnt, fühlte sich bedrängt von den vielen Häusern und Menschen, die ihr plötzlich die Luft nahmen.

Nikolaus winkte Konrad mit dem toten Kind heran, und Luitgard folgte ihm ungefragt.

«Das ist Sanne aus Freiburg», erklärte ihr junger Führer, nachdem er sich als Nikolaus von Köln vorgestellt hatte, dem Spitalmeister. «Sie ist auf unserer Wallfahrt vor Erschöpfung gestorben, und daher bitten wir um eine christliche Bestattung auf eurem Friedhof.»

Der Meister, der Nikolaus in einer Mischung aus Hochachtung und Befangenheit unablässig anstarrte, schlug das Kreuzzeichen. «Das sei dir selbstredend gewährt, Bruder. Wir werden die Totenwache halten und ihre Seele auf dem Weg ins ewige Reich begleiten, wie es sich gebührt für einen Christenmenschen.»

«Danke, Meister.»

Als nun einer der Knechte den kleinen Leichnam in Empfang nahm, fuhr Margret mit einem Aufschrei dazwischen: «Sanne! Bleib hier!»

«Das geht nicht.» Luitgard zog sie an sich, während der Knecht die Tote in die kleine Kirche trug. «Dürfen wir uns noch einmal von ihr verabschieden?», fragte sie den Spitalmeister.

«Bist du die Mutter?»

«Nein, Sanne ist ein Bettlerkind. Wir alle», ihr Arm machte eine ausladende Bewegung zu den anderen Freiburgern, «sind ihre Familie.»

«Dann kommt herein.»

Auch Nikolaus folgte ihnen in die Kirche, wo Sanne auf dem Boden vor dem Altar aufgebahrt wurde. Bis auf ihren Führer weinten sie alle um Sanne, die viel zu früh gestorben war und in ihrem Leben nicht viel Schönes erfahren hatte.

Dicht neben dem Hirtenknaben stand Luitgard und beobachtete, wie sich in seinem schönen, ebenmäßigen Gesicht lautlos die Lippen bewegten, während er gebannt die leblose Sanne betrachtete. Es ging eine fast unheimliche Ruhe von ihm aus.

«Ja, sie ist an der Seite des Herrn», murmelte er plötzlich.

Bei diesen Worten schickte die Sonne ihre Strahlen durch eines der Kirchenfester und ließ sein Gesicht, sein blondes Haar, sein weißes Gewand in hellstem Licht erscheinen. Luitgard fuhr ein Schauer über den Rücken. Der Allmächtige hatte diesen einfachen, unschuldigen Knaben auserwählt wie einstmals Moses.

«O Herr», begann er nun das Totengebet, «gib ihr und allen Verstorbenen die ewige Ruhe.»

Sie antworteten ihm: «Und das ewige Licht leuchte ihnen.»

«Lass sie ruhen in Frieden.»

«Amen.»

Als sie wieder auf der Gasse standen, hatten die Knappen bereits begonnen, das Brot zu verteilen: Jeder brach sich ein Stück ab und reichte es weiter. Auch Nikolaus zog einen Brotlaib aus dem Korb. Er gab ihn Luitgard.

«Für dich und die deinen.»

Da beugte Luitgard voller Ehrfurcht das Knie. Als sie sich wieder auf den Weg machten, nahm sie Anna zur Seite: «Hast du das Licht in der Kirche gesehen? Nikolaus sah aus wie ein leibhaftiger Engel! Glaub mir, Anna: Heute werde ich vor dem Bischof das Kreuzgelübde ablegen.»

Kapitel 16

In der Bischofsstadt Basel

Mehr als wohlwollend nahm man sie in Basel auf, und Anna fiel ein Stein vom Herzen. Während sie den Berg zum Domplatz hinaufstiegen, erschallte in dem engen Gässchen Jubel von allen Seiten, Becher mit Wein wurden durchgereicht, Brotstücke, Apfelringe und dergleichen mehr. Erstmals seit vielen Tagen erlebten sie wieder Gastfreundschaft. Dabei hatte Anna fast schon an Nikolaus' Prophezeiung gezweifelt: Dass nämlich Bischof Lüthold von Aarburg ihre Mission von ganzem Herzen billigte und förderte und dass er ihnen seinen Segen spenden würde.

Oben auf dem Hügel bot sich der weitläufigste und schönste Kirchplatz dar, den Anna je gesehen hatte. Gesäumt wurde er von der mächtigen bischöflichen Domkirche mit ihren fünf Türmen, dem hinter schattigen Bäumen gelegenen Bischofshof und den herrschaftlichen Häusern der Domherren.

Nahe dem Kirchenportal kamen sie hinter Nikolaus und seinen Leuten zum Stehen, warteten geduldig, bis alle auf den Platz geströmt waren, der tatsächlich ihre ganze Heerschar fasste. Jetzt hätten sich die schweren Türflügel öffnen, die Glocken zu läuten beginnen müssen. Indessen geschah nichts.

Unruhe kam auf.

«Der Bischof … wo bleibt der Bischof?», riefen die Ersten. Nikolaus gebot ihnen mit erhobenen Armen zu schweigen.

«Lasst uns in Demut und Stille auf den hochwürdigsten Herrn Bischof warten.»

Hufgetrappel war zu hören, und Anna entdeckte drei Reiter, die sich von der Residenz des Bischofs her ihren Weg durch die Menge bahnten. Am Kirchenportal zügelten sie ihre Pferde und grüßten Nikolaus mit erhobener Hand. Der, der am kostbarsten gewandet war, in edlem Königsblau und Scharlachrot, ergriff das Wort.

«Als Kämmerer seiner bischöflichen Gnaden lasse ich verlautbaren, dass seine bischöflichen Gnaden in wichtigen Angelegenheiten aushäusig sind und somit leider verhindert, seine Brüder und Schwestern im Glauben zu begrüßen. In seiner Güte und seinem Wohlwollen bieten seine bischöflichen Gnaden indessen Schutz und Obdach und Verköstigung in ihrer Stadt. Zu diesem Zwecke haben wir angeordnet, einem jeden von euch zur Nacht ein Abendessen auszugeben, desgleichen eine Stärkung am Morgen. Hierzu und um zu nächtigen, mögen sich die Frauen und kleineren Kinder zu den Mönchen nach Sankt Alban begeben, die anderen zu den Augustinerchorherren von Sankt Leonhard. Des Weiteren wollen wir euch Anweisung geben, morgen zur frühen Vormittagsstunde weiterzuziehen, auf dass die Bürger unserer Stadt wieder ungestört ihrem Tagwerk nachgehen mögen.»

Den Gesichtern rundum war anzusehen, dass diese Verlautbarung beileibe nicht das war, was jeder erwartet hatte. Zu murren indessen wagte keiner, und Anna fand, dass das auch mehr als undankbar gewesen wäre – allein eine so große Menge an Menschen zu beherbergen und zu verköstigen, war ein Zeichen wahrer Nächstenliebe. Endlich würden sie sich satt essen, endlich eine ruhige Nacht verbringen können. Dass die arme Sanne, hätte ihr kranker Körper bis hierher durchgehalten, womöglich genesen wäre, daran mochte Anna jetzt nicht denken, zu sehr schmerzte sie der Gedanke.

«Wohin gehen wir jetzt?», fragte Margret, die seit dem Totengebet in der Spitalkirche Annas Hand nicht mehr losgelassen hatte.

«Das wird sich zeigen.»

Tatsächlich kam vor dem Kirchenportal Bewegung in die kleine Gruppe. Nikolaus und die Knappen entfernten sich mit dem bischöflichen Kämmerer in Richtung Residenz, die Bettelmönche blieben mit missmutigen Gesichtern zurück. Der Reiter auf dem Schimmel befahl den Frauen und Kindern, ihm ins Kloster Sankt Alban zu folgen.

«Was für ein blöder Einfall, uns zu trennen», raunte Jecki ihr zu. Sie gab ihm keine Antwort und wollte schon dem Schimmelreiter folgen, doch Luitgard blieb wie angewurzelt stehen.

«Was ist?»

«Christian braucht Schuhe. Der Weg ist noch weit, und bald schon sind wir in den Bergen. Das schafft er barfuß nicht.»

«Jetzt?» Anna schüttelte ungläubig den Kopf.

«Wann sonst? Morgen früh geht es weiter.»

«Aber du kannst doch nicht … So ganz allein in einer fremden Stadt … Und wie willst du zum Kloster finden?»

Luitgard fasste Konrad beim Arm. «Kommst du mit mir, einen Schuster suchen? Mein Junge braucht dringend Schuhe. Ich hab noch zwei Pfennige von unserm Stadtpfarrer.»

«Brauch gar keine Schuhe», begehrte Christian auf. «Da kriegt man nur Blutblasen drin.»

«Brauchst du wohl. Wir sind bald im Alpengebirge, weil ich die Berge schon von weitem gesehen hab. Barfuß über harte, spitze Steine – das geht nicht.»

«Du hast recht, Luitgard.» Konrad nickte. «Ich komm mit dir und bring euch danach ins Kloster. Aber ich muss dich enttäuschen: Was du gesehen hast, sind noch lange nicht die Alpen.»

Anna blickte ihnen hinterher, wie sie die steile Gasse hinuntergingen. Da Christian die kleine Margret überredet hatte, ihn zu begleiten, war sie nun allein, und so beeilte sie sich, den anderen Frauen und Kindern hinterherzukommen. Der Schimmelreiter wies ihnen in gemächlichem Schritt den Weg durch eine Gasse, die am Bischofshof vorbei auf dem Kamm des Hügels verlief.

«Grüß dich Gott, Anna!»

Sie sah sich suchend um und entdeckte keine zehn Schritte entfernt Gottschalk von Ortenberg. Er lehnte neben dem reichverzierten Eingangsportal der Residenz an der Mauer, mit ihm ein junger Knappe, den sie nicht kannte.

«Anna», rief er noch einmal und winkte sie mit einem Lächeln heran. Sie zögerte. Was konnte er von ihr wollen? Seitdem er sein Pferd verloren hatte, hatte er nicht mehr mit ihr gesprochen.

Verunsichert trat sie auf ihn zu, und sein Lächeln wurde breiter. Die Letzten der Frauen und Kinder hatten sich inzwischen der Schar hinter dem Reiter angeschlossen.

«Bleibt Ihr über Nacht im Bischofshof?», fragte sie, nur um überhaupt etwas zu sagen. Sie spürte, wie verlegen sie auf einmal wurde in seiner Gegenwart.

«Du hast's getroffen. Wir sind zusammen mit Nikolaus im Gästehaus untergebracht. Und ein neues Ross bekomme ich hier auch.»

«Das freut mich für Euch», murmelte sie. Dass der junge Knappe neben Gottschalk sie unverhohlen angrinste, fuchste sie.

«Was ist, Anna – möchtest du noch immer ein Gespräch mit Nikolaus?»

«Aber ja!» Ihr Herz schlug schneller.

«Nun, ich denke, heut fühlt er sich ausgeruht genug, und allzu viele von euch werden hier am Bischofshof wohl nicht aufkreuzen.» Er rückte seinen Pfauenfederhut gerade. «Natürlich erst, nachdem er sich frischgemacht und ein wenig erholt hat. Auch du solltest zuvor etwas essen. – Soll ich ihn also darum bitten?»

«Das würdet Ihr wirklich tun?»

«Ja. Schließlich hab ich es dir versprochen. Und was ich verspreche, halte ich. Genau wie in Kolmar, als ich dir versprochen hatte, dass ihr vorn bei den Kölnern mitlaufen dürft.»

«Das war wirklich sehr nett von Euch», sagte sie und meinte es auch so.

«Ich weiß.» Er zwinkerte ihr zu.

«Es ist nur … ich kenn mich hier nicht aus, und es wird bald dämmern. Wie soll ich da allein vom Kloster zum Bischofshof kommen?»

«Das brauchst du auch nicht. Ich hol dich bei der Klosterpforte ab. Das ist nicht weit von hier, keine Sorge. Gib nur dem Pförtner vorher Bescheid, dass ich bei ihm anklopfen werde.»

Sie nickte, noch immer überrascht von diesem Angebot, und eilte den anderen hinterher. Beim Mauertor, das hinaus in eine Handwerkervorstadt führte, holte sie die Letzten ein.

Noch ganz in Gedanken schloss Anna sich dem Trupp lauthals singender Frauen an. Mehr denn je drängte es sie, mit Nikolaus zu sprechen und ihm ihre Zweifel zu bekennen, die sie immer wieder plagten: Zum Beispiel, warum viele der Geistlichen, die doch Gott näherstanden als alle anderen, sie nicht mehr unterstützten, ja sogar offen gegen sie waren? Ob denn etwas falsch an ihrem Feldzug sein konnte? Und warum manche von ihnen, wie die kleine Sanne, jetzt schon sterben mussten? Vielleicht hatte er ja Antworten darauf …

Bald schon erreichten sie das Kloster, das nahe dem Rheinufer hinter dicken Mauern lag.

Ein mürrischer Bruder im schwarzen Ordenskleid winkte sie durch das weit geöffnete Tor hinein. Links und rechts eines freien Platzes mit Brunnen befanden sich neben ein paar Wohnhäusern die Stallungen und Wirtschaftsgebäude. Das

Klostergebäude selbst und die Kirche lagen in einiger Entfernung am Ende des Hofs. Vor dem Fruchtkasten mit seinem steilen, mehrstöckigen Dach hatten sich ein gutes Dutzend Männer versammelt und beäugten sie voller Neugier. Wie Bauern trugen sie Gugel und schlichte, graue Kittel.

Anna hatte noch nie ein Kloster von innen gesehen, und nun sah sie gleich ein solch großes und reiches! Doch angesichts der tiefstehenden Sonne beschäftigte sie vielmehr die Frage, ob Gottschalk sie noch vor Einbruch der Dämmerung würde holen kommen. Ihr fiel ein, dass sie dem Pförtner Bescheid geben musste, und lief zum Tor zurück. Der Mönch war schon dabei, die schweren Flügel zu schließen.

«Ich müsste nachher noch einmal hinaus.»

«Was glaubst du denn? Ein Kloster ist kein Markt, wo jeder kommen und gehen kann. Reicht schon, dass uns der Bischof solch einen Haufen Kostgänger schickt.»

«Es ist ein junger Herr, ein Rittersohn, der mich holen kommt. Gottschalk von Ortenberg. Er will mich zu Nikolaus, unserem Führer, in den Bischofshof bringen.»

«Nikolaus von Köln residiert also im Bischofshof.» Der hagere Mann kräuselte abfällig die Lippen. «Einem Hirngespinst rennt ihr da hinterher, wie dumme Schafe einem falschen Hirten. Und unser Herr Bischof hat sich rechtzeitig aus dem Staub gemacht, um keinem von euch das Gelübde abnehmen zu müssen.»

Damit verschwand er in seinem Häuschen neben der Pforte, und sie musste an Luitgard denken, die sich nichts sehnlicher wünschte, als endlich das Kreuzgelübde zu schwören. Derweil hatte sich ein anderer Mönch am Brunnen aufgestellt und begrüßte sie mit weitaus freundlicheren Worten.

«Seid willkommen in unserem ehrwürdigen Kloster zum heiligen Alban. Hier sollt ihr zur Ruhe kommen auf eurer beschwerlichen Reise, und auch wenn ihr gar viele seid, so werdet ihr wohl alle ein Plätzchen zum Schlafen finden – in unserem Pilgerhospiz», er deutete auf ein Holzhaus mit winzigen Fenstern, «oder auch im Stall und in der Scheune. Unsere Laienbrüder haben euch ein Abendessen bereitet, an dem ihr euch gleich stärken mögt. Zuvor aber lasst uns beten.»

Es waren lauter fremde lateinische Psalmen, die der Mönch und seine Laienbrüder sangen, und so fiel Anna erst in das Vaterunser mit ein.

Obwohl es sonst nicht ihre Art war, sich vorzudrängen, versuchte sie als eine der Ersten beim Essensfass zu sein, das von zwei kräftigen Männern hergeschleppt worden war.

«Immer langsam mit den jungen Pferden!», rief der pockennarbige Mann, der die gutgefüllten Näpfe und für jeden ein Stück Brot verteilte. «Das reicht für alle.»

Anna konnte den dicken, herzhaften Hirsebrei trotz ihres Heißhungers kaum genießen. Immer wieder ging ihr Blick zum Tor. Nicht nur wegen Gottschalk, sondern auch weil sie sich um Luitgard und die beiden Kinder sorgte. Womöglich würden sie das Abendessen versäumen, das sie so nötig brauchten.

«Meine Muhme mit zwei Kindern ist noch nicht hier», wandte sie sich an den, der das Essen ausgab. «Sie ist noch auf der Suche nach Schuhen für ihren Jungen.»

«Ich sag doch, es reicht für alle. Wenn's dunkel wird, gibt's allerdings nix mehr.»

Nachdem sie fertig war mit essen, gab sie den Napf zurück, sparte sich das Brot für später auf und schlich zum Klostertor. Dort lauschte sie mit angespannten Muskeln auf jedes Geräusch von draußen. Vielleicht würde Gottschalk von Ortenberg sie ja mit seinem neuen Pferd holen kommen.

Der Klang der Pförtnerglocke ließ sie aufschrecken. Ohne

jede Eile kam der Ordensmönch aus seinem Häuschen geschlurft und öffnete die Luke. Sie erkannte Gottschalks Stimme – er hatte es also tatsächlich wahr gemacht! Einer der Torflügel schwang einen Spaltweit auf, der Pförtner nahm ein Geldstück entgegen, dann winkte er sie heran.

«Dein Ritter ist gekommen. Aber dass du vor Dunkelheit zurück bist, sonst kannst am Rheinufer nächtigen!»

Anna holte tief Luft, dann schlüpfte sie durch das Tor.

Draußen lächelte der Knappe sie feierlich an.

«Nikolaus erwartet dich.» Er nahm sie bei der Hand. «Komm!»

Er trug eine frische, saubere Tunika, seinen blauen Umhang hatte er abgelegt, und wie schon zu Beginn ihrer Reise duftete er nach Rosen- und Lavendelöl.

Sie entzog ihm ihre Hand.

«Ich weiß nicht … Es ist schon spät – wenn mich der Pförtner nun nicht mehr einlässt?»

«Da mach dir mal keine Sorgen, Anna. Nikolaus selbst wird dich zurückbringen, falls es dunkel ist. Ihm wird dieser Griesgram von Pförtner auf jeden Fall das Tor öffnen.»

Er schlug einen Pfad zum Rheinufer ein, und sie folgte ihm dicht an seiner Seite. Ein Schäfer, der hier seine Herde weiden ließ, glotzte sie an, desgleichen der junge Knecht, der ihnen entgegenkam. Mit einem Mal fühlte sich Anna geschmeichelt, dass dieser vornehme junge Herr sich mit ihr so offen zeigte. Nur: Das war gar nicht der Weg, den sie gekommen war.

Er nickte auf ihren Einwand hin. «Das stimmt. Aber der Uferweg ist kürzer, und man hat von dort den allerschönsten Blick auf die Stadt. Wirst sehen.»

Er sollte recht behalten. Als sie gleich darauf an der Böschung des Rheinstroms standen, der hier eine gemächliche Biegung gen Norden machte, zeichneten sich zu ihrer Linken die dunklen Umrisse der Häuserreihen gegen den Abendhimmel ab, mittendrin die mächtige Bischofskirche, die sich wie eine Königin auf steilem Fels über dem Rhein erhob.

«Eine sehr schöne Stadt, findest du nicht?»

Er nahm wieder ihre Hand, und sie ließ es zu.

«Hab ich dir schon mal gesagt, wie mutig ich dich finde? So ganz allein auf diese Pilgerreise zu gehen … Oder ist dieser großgoscherte Jecki etwa dein Beschützer?»

Sie musste lachen. «Aber nein! Ich geb schon allein auf mich acht. – Wollen wir nicht weitergehen?»

Sie standen noch immer an der Böschung – der Schäfer war flussaufwärts weitergezogen, und sonst war keine Menschenseele zu sehen.

«*Ich* könnte auf dich achtgeben.»

Gottschalk machte noch immer keine Anstalten, weiterzugehen. Stattdessen drückte er ihr zart einen Kuss auf die Lippen. Anna, die nie zuvor einen Jungen geküsst hatte, war erschrocken und verzaubert zugleich. Dann geschah etwas gänzlich Unerwartetes: Gottschalk stieß ihr die Zunge in den Mund und presste Anna so fest an sich, dass sie kaum noch Luft bekam. Während seine Rechte ihren Rücken hinabglitt und ihr derb in den Hintern griff, schob er sie auf ein dichtes Gebüsch zu. Blankes Entsetzen packte sie, als er schnaufend hervorstieß: «Hier sind wir ungestört.»

«Lasst mich los!»

«Du willst es doch auch, oder etwa nicht? Danach bring ich dich zu Nikolaus.»

Sie warf den Kopf zur Seite, als er sie erneut küssen wollte – für diesmal roh und böse. Ihr Herz begann zu rasen. Gegen seine schmerzhafte Umklammerung kam sie nicht an, niemand würde ihre Schreie hören, niemand sehen, was ihr angetan wurde, obgleich das Klostertor nicht allzu weit war. Das Blut hämmerte ihr gegen die Schläfen, eine innere Stimme schrie: Wehr dich, sonst ist es aus!

«Ja, ich will es auch», hörte sie sich plötzlich hervorstoßen.

«Na also – wenn das Weib willig ist, macht's beiden Spaß.»

Sein Griff lockerte sich ein wenig, indem er mit einer Hand nach ihren Brüsten fasste und sie zu kneten begann. Da biss sie zu, mitten hinein in den Handballen vor ihren Augen.

Gottschalk von Ortenberg heulte auf. «Verdammtes Miststück.»

Sie zappelte und schlug mit geballten Fäusten um sich, kam wahrhaftig frei, stürzte los quer über das Wiesenstück, über das zuvor noch die Schafe gezogen waren, geriet ins Stolpern und fiel der Länge nach hin.

«Jetzt hab ich dich», hörte sie hinter sich Gottschalk keuchen. «Glaubst wohl, ich lasse die Weiber umsonst zu Nikolaus.»

Sie verbarg den Kopf unter den Armen, darauf gefasst, dass sich der Knappe nun auf sie werfen und ihr für immer ihre Ehre rauben würde.

Doch nichts geschah.

Stattdessen hörte sie in einiger Entfernung eine helle Kinderstimme quengeln: «Will die Schuhe aber noch nicht anziehen!»

Mühsam hob sie den Kopf. Luitgard, Konrad und die beiden Kinder näherten sich dem Klostertor, von dem Knappen war weit und breit nichts mehr zu sehen.

«Anna?»

Sie hatte sich aufgerappelt und wankte auf eine völlig verdutzte Luitgard zu.

«Mädchen – was machst du denn hier draußen?»

Anna schüttelte nur wortlos den Kopf, dann begann sie zu schluchzen und warf sich ihrer mütterlichen Freundin in die Arme.

Kapitel 17

Aufbruch ins Hochburgund, Anfang August

Nachdem sie die Stadt über das Aeschentor verlassen hatten, erreichten sie bald das Tal der Birs, die sich in breiten Schleifen durch eine weitläufige, sanft gewellte Hügellandschaft schlängelte. Die blaugrünen Bergrücken vor ihnen ließen Luitgard erahnen, welche Mühen ihnen noch bevorstanden. Die anderen schien das nicht abzuschrecken, ausgeruht, wie sie waren, einigermaßen satt und guter Dinge, nachdem die Basler sie so überaus freundlich verabschiedet hatten.

Zu Hunderten waren die Bürger an diesem Morgen auf den Domberg gekommen, um Nikolaus' Morgenandacht beizuwohnen. Kein Einziger hatte sich zu hässlichen Zwischenrufen verleiten lassen, wie anderswo so oft. Nein, die Basler waren ganz in Bann gezogen von seinen Worten, seiner goldenen Stimme, seinem engelsgleichen Äußeren – erst recht, da er mit einer schier unglaublichen Nachricht hatte aufwarten können: Im Bischofspalast habe er erfahren, dass eine weitere Heerschar unterwegs nach Jerusalem sei, mit der man sich im Gelobten Land vereinen werde! Einem einfachen Bauernsohn namens Stephan sei nämlich im welschen Frankreich der Heiland selbst erschienen, unter göttlichem Licht am Nachthimmel, und habe ihm einen Himmelsbrief übergeben mit dem Auftrag, das Kreuz zu nehmen. Mit dreißigtausend junger Glaubensgenossen ziehe er nun auf das provenzalische Massilien zu, wo auch ihm sich das mittelländische Meer teilen werde.

Nicht nur die Pilger, auch die Basler Bürger waren hierüber begeistert. Man geleitete sie hinunter in die Talstadt und bis hinaus vor die Stadt, um ihnen zum Abschied zuzujubeln und noch eine kleine Wegzehrung zuzustecken. Indessen war Luitgard nicht entgangen, dass so gut wie keine Kinder oder junge Menschen unter den Zuschauern waren, und sie erinnerte sich an die Worte des Freiburger Kaufherrn Iselin, der seine beiden Söhne damals in die Kammer gesperrt hatte. Ein Stück weit verstand sie all diese besorgten Väter und Mütter, konnte sie selbst doch von Glück sagen, dass sie Christian an ihrer Seite und genügend Gottvertrauen hatte.

Dass sie überhaupt so weit gekommen waren – von Köln bis hierher nach Basel! –, war der gewaltigen Glaubenskraft dieser Wallfahrer geschuldet, einer Kraft, die sie vorwärtstrieb und alle Strapazen klaglos überstehen ließ, ihr Ziel stets vor Augen. Ja, der Allmächtige hatte sie unterwegs darben lassen, aber dafür hatte er sie in Basel umso mehr belohnt. Luitgard war felsenfest davon überzeugt, dass Nikolaus recht hatte mit seiner Prophezeiung: Gott wollte es, und sie würden Jerusalem und das Heilige Land befreien. Zu ihrem großen Glück hatte Luitgard am Abend zuvor nicht nur ein paar wohlfeile Schuhe für Christian erstanden, sondern sogar einen Priester gefunden, der Feuer und Flamme für ihre Sache war und ihr das Kreuzgelübde abgenommen hatte.

Sie hätte frohgemut sein können über diese Wende zum Guten, würde sie sich nicht um Anna sorgen müssen. Was war da nur am frühen Abend vor dem Kloster mit ihr geschehen? Völlig aufgelöst hatte sie gewirkt, als sie weinend in ihren Armen gelegen war – sie habe sich auf dem Weg ins Kloster die schönen Ritterhäuser angesehen und dabei den Anschluss verloren und sich schrecklich verirrt in der großen Stadt. Luitgard hatte ihr kein Wort davon geglaubt, doch mehr war nicht aus ihr herauszubekommen, und in der Nacht im Stroh hatte sie gemeint, Anna leise schluchzen zu hören. War sie auf ihrem Weg allein durch die Stadt womöglich überfallen worden? Hatte ihr jemand etwas angetan? Sowohl Luitgard als auch Konrad hatten, als sie sich dem Klostertor näherten, eine Gestalt zum Fluss hin davonlaufen sehen – eine schlanke, noch jungenhafte Gestalt. Beherzt hatte sie am Morgen Jecki gefragt, ob er sich zum Abend hin noch in der Stadt herumgetrieben habe, doch der hatte sie nur verdutzt angesehen: «Ich war mit Lampert und Gunther bei den Augustinern, wo sonst?»

Sollte sie ihm glauben? Sie warf ihm einen prüfenden Blick zu. Anna, die mit gesenktem Kopf dicht neben ihr herlief, hielt auffällig Abstand zu ihm, und seinen frechen Scherzworten, die er stets auf den Lippen hatte, entgegnete sie nur mit finsterer Miene.

«Geht es dir wieder besser?», fragte Luitgard sie und wollte den Arm um das Mädchen legen. Doch Anna entzog sich ihrer Berührung, ohne zu antworten. Luitgard beschloss, sie bei der ersten Rast zur Seite zu nehmen. Wenn einem etwas zur Last wurde, sollte man es mit seinen Freunden teilen.

«Mutter?» Christian zupfte an ihrer Hand und zeigte auf zwei Männer, die am Feldrand neben einem Joch Ochsen drohend ihre Sensen erhoben. «Warum sind die Leut hier so viel garstiger als die in der Stadt?»

«Die sind nicht garstig, die wollen nur ihre Ernte vor uns schützen.»

«Aber von uns nimmt ihnen doch keiner was weg.»

«Da hast du recht, mein Junge. Aber das wissen die Bauern nicht.»

Zu Luitgards Überraschung ließ ihr Führer ein großes Pfarrdorf inmitten von Rebbergen links liegen, und sie hielten auf eine enge Schlucht zu, die von Burgen bewacht war. Ihr Weg führte nun dicht am Fluss entlang, tauchte ein in die Bergwelt, die hier in schroffe, turmhohe Felsen gespalten war.

Sie tippte Konrad, der vor ihr ging, auf die Schulter.

«Warum machen wir unsere Mittagsrast nicht bei diesem Dorf? Nikolaus könnte doch am Pfarrhaus anklopfen.»

«Er wird schon wissen, warum.» Konrad sah sie ernst an. «Hast doch gemerkt, dass die Bauern uns hier nicht wollen. Weder hier noch anderswo.»

«Aber ist das nicht noch Basler Land?»

«Mag sein. Aber ich denke nicht, dass der Bischof hier allzu viel zu sagen hat – so fern der Stadt.»

Nachdem sie ein Zollhaus passiert hatten, ohne dass die mit Hellebarden bewehrten Zöllner sich um sie gekümmert hätten, führte ihr Weg nach einem kurzen Wegstück am Fluss steil bergauf in die Wälder. Es dauerte nicht lange, da wurden Luitgard die Beine bleischwer. Dafür ließ die drückende Hitze nach, und die Bäume spendeten wohltuenden Schatten. Als sich der Wald zu einer mit Wacholder bestandenen Magerweide öffnete, hieß Nikolaus sie rasten.

«Berge sind blöd.» Christian hockte sich auf den Boden und riss sich die neuen Schuhe von den Füßen, die er hinter Basel widerwillig angezogen hatte. «Und Schuhe auch.»

Konrad lachte. «Das ist grad mal der erste Berg unserer Reise – ein Berglein, würd ich sagen. Wart ab, was noch kommt.»

Sein ausgestreckter Arm deutete über das tief eingeschnittene Flusstal hinweg, wo sich eine ganze Kette weiterer dunkler Bergrücken hinzog. «Wenn ihr genau hinschaut, seht ihr dahinter die Alpen. Die sind so hoch, dass auf den Gipfeln kein Baum mehr wächst.»

Luitgard kniff die Augen zusammen. Ganz in der Ferne erkannte sie eine Linie schroffer Zacken. Sie hielt ihr Gesicht dem angenehm kühlen Wind entgegen.

«Es ist schön hier oben», sagte sie leise.

Zur Überraschung aller zog Jecki einen halben Ring Rindswurst aus seinem Beutel.

«Die hab ich gestern in Basel erstanden», sagte er grinsend und reichte die Wurst an Anna weiter.

«Wenn du sie geklaut hast, will ich nichts davon», entgegnete diese böse.

«Das war der Lohn, weil ich einem Händler die Fässer ins Haus gerollt hab. Ehrlich.»

Luitgard glaubte ihm nicht, aber das war nun einerlei. Die Kinder hatten Hunger. Eine gute Stunde ruhten sie sich aus, und diejenigen, die noch etwas übrig hatten an Wegzehrung, teilten mit denen, die in Basel nicht so viel ergattert hatten – oder die wie Lampert und ihre Straßburger Gefährten schon alles aufgegessen hatten.

Nachdem sie den letzten Tropfen aus Konrads Wasserschlauch getrunken hatten, erhob sich Luitgard.

«Ich geh das Wasser auffüllen», sie zog Anna in die Höhe, «und du kommst mit und hilfst mir.»

Auf dem Weg zum Bach, der unterhalb der Matte floss, fragte sie sie: «Ist Jecki dir gestern gefolgt? Hat *er* dich bedrängt?»

Anna schüttelte heftig mit dem Kopf. «Ich hab doch gesagt, dass ich mich verirrt hab.»

«Hör zu, Anna, ich kenn dich gut genug. Du fängst nicht an zu heulen, bloß weil du in einer fremden Stadt in die Irre läufst. Was war da wirklich?»

Anna zögerte. «Da waren ein paar Männer, die mir gefolgt sind. Fremde Männer, groß und kräftig, und als ich gerannt bin … da sind sie auch gerannt …»

Damit brach sie ab und eilte zum Bach, um sich Hände und Gesicht zu benetzen. Luitgard sah ihr nach. Sie spürte, dass das nur die halbe Wahrheit war.

«Sollen wir uns nicht lieber wieder in der Mitte einreihen?», fragte Anna.

Auf ihre Frage hin sahen sie alle erstaunt an.

«Hast du nicht selbst durchgesetzt, dass wir an der Spitze mitlaufen?», bemerkte Luitgard.

«Aber hier ist's mir eher unwohl.»

Luitgard schüttelte den Kopf. «Mach den Kleinen bloß keine Angst. Grad jetzt, wo wir in den Wald kommen.»

Anna biss sich auf die Lippen. Hätte sie ihr sagen sollen, dass sie inzwischen kein bisschen mehr den Wunsch verspürte, in Nikolaus' Nähe zu sein oder gar ein Gespräch mit ihm zu führen? Jetzt, wo es auf die Berge zuging, wurde er wie ein Fürst im Karren durch die Lande gezogen! Mit bunten, weichen Teppichen war der ausgelegt und mit einem Baldachin versehen, dessen leuchtend rote Stoffbahnen gegen Sonne und Regen schützten. Seit Basel trug er eine Goldkette mit einem Kreuz um den Hals, zum Beten und Predigen legte er sich gleich einem Priester eine Stola aus blutrotem Samt um. Seine Gefolgschaft war zu einem wahren Hofstaat aus bewaffneten Rittersöhnen, kräftigen Bauernbuschen und Bettelmönchen angewachsen, die ihn bewachten und umsorgten und keinen an ihn heranließen.

Als sie an den gestrigen Abend zurückdachte, wie sie ihre letzten kärglichen Vorräte verspeist hatten, während Nikolaus' Leute nichts als trocken Brot von ihrer üppigen Wegzehrung abgaben, da ergriff sie ein tiefer Zwiespalt gegenüber ihrem jungen Führer. Nicht, dass sie dessen göttliche Berufung angezweifelt hätte, aber sie konnte und wollte nicht verstehen, warum Nikolaus sich hofieren ließ wie ein König und seine Glaubensgefährten mehr und mehr auf Abstand hielt. Hieß es nicht, Hochmut kommt vor dem Fall? Obendrein hatte sich zum Anführer seiner Leibwache ausgerechnet Gottschalk von Ortenberg aufgeschwungen, der unterwegs immer wieder auf seinem neuen Ross, einem riesigen Grauschimmel, in ihrer Nähe auftauchte, um sie mit spöttischem Lächeln zu mustern.

Sie hasste den Knappen. Inzwischen war sie sich sicher, dass nicht nur ihm, sondern auch manchen seiner Gefährten junge Frauen zu Diensten waren, nur um zu Nikolaus ins Zelt zu gelangen. Wie ekelhaft das alles war! In Grund und Boden schämte sie sich dafür, dass sie mit ihm gegangen war und sich ihm auch noch geradezu angeboten hatte mit diesem ersten Kuss. Dass es so weit hatte kommen können, war ganz allein ihre Schuld. Und dafür hasste sie sich selbst.

Kapitel 18

Durchs Hochburgund, Mitte August

Die Straßen wurden schlechter, waren voller Schlaglöcher, die man mit Reisig und Steinen aufgefüllt hatte, was unter den nackten Füßen und durchgelaufenen Schuhsohlen schmerzte. Dann wieder waren sie so schmal, dass sie die angrenzenden Felder und Weiden zertraten, um dicht beisammenzubleiben. Die Ernte war in diesem bergigen Land meistenteils noch nicht eingebracht, doch immer wieder stießen sie auf Felder, die von durchziehenden Söldnern und Reitertruppen niedergetrampelt oder kahl gefressen waren.

Die Einheimischen wollten auch hier nichts von ihnen wissen, wollten das Volk loshaben, das da durch ihr karges Land zog, und nicht selten versuchten die Landvögte und Feldhüter sogar, sie aufzuhalten, indem sie ihnen mit Schwertern bewaffnet den Weg versperrten – ohne Erfolg indessen. Gottschalk von Ortenberg und seine Mannen schreckten vor Gewalt nicht zurück, und so fingen sich seine Gegner manch blutige Wunde ein.

Sie hatten kaum noch die Möglichkeit, auf ehrliche Weise an Nahrung zu kommen. Größere Städte und Marktflecken, wo sich Bürger und Pfarrer doch zumeist erweichen ließen, gab es hier nicht, die Ausbeute derer, die mit Wurfspeer und Schleuder auf die Jagd gingen, war gering, und neue Pilgergruppen, die Vorräte mitgebracht hätten, stießen keine mehr zu ihnen.

Überhaupt konnte von zwanzigtausend Wallfahrern, mit denen dieser Gottschalk von Ortenberg einmal geprahlt hatte, keine Rede sein – mehr als drei- oder viertausend seien es laut Konrad keinesfalls.

«Haben also seit Köln so viele aufgegeben?», hatte Luitgard gefragt.

«Ich würde eher sagen, dass es niemals so viele gewesen sind», hatte Konrad geantwortet. «Die meisten Ritter können nicht mal ihren Namen richtig schreiben – wie sollen sie da eins und eins zusammenzählen können?»

Aber auch drei- oder viertausend Menschen waren zu viele, als dass man sich ohne fremde Hilfe hätte satt essen können. Schon seit dem zweiten Tag nach Basel wachte niemand mehr über die Verteilung des Proviants – wenn es denn einmal etwas gab, dachte jeder nur noch an sich selbst. Bald machten sich die Ersten über die Ähren auf den Feldern her, um das Korn abends über dem Feuer zu rösten oder im Mörser zu Brei zu zerstoßen, andere stahlen unreifes Obst in Mengen von den Bäumen, brachen nach Einbruch der Dunkelheit in Kornspeicher oder Hühnerställe ein.

Luitgard sah das alles mit großer Sorge, betete oft genug im Stillen, dass der Herrgott sie bald schon zu einem reichen Kloster oder in eine Stadt führen möge – nicht ihres eigenen

Hungers wegen, sondern um diesem sündigen Tun ein Ende zu machen. Dabei konnte ihr Freiburger Trupp noch von Glück sagen: Sie lebten von den kleinen Mengen an Brot und Trockenfleisch, die Konrad ihnen aus seinen in Basel erstandenen Vorräten zuteilte.

Dann, am Morgen der ersten kalten Nacht auf einer Bergwiese, waren Christians Schuhe verschwunden!

Luitgard sah ihn entgeistert an. «Das kann doch nicht sein – hier bei uns stiehlt doch keiner!»

Sie begann zu schimpfen, warum er sie des Nachts nicht mit unter den Mantel genommen hatte. «Wenn du so wenig auf deine Sachen achtgibst, dann hätt ich in Basel für das Geld auch Brot und Käse kaufen können. Dann hätten wir wenigstens mehr zum Essen gehabt.»

«Es tut mir leid.» Christian schniefte. «Vielleicht waren das ja Wilddiebe, die heut Nacht ins Lager geschlichen sind.»

«Das hätten die Wachen gemerkt.»

«Ich glaub nicht, dass Nikolaus' Leute noch das Lager bewachen», wandte Anna ein. «Die bewachen nur noch sich selbst und unseren Hirtenknaben.»

«Dann war es wahrscheinlich doch ein Wilddieb», seufzte Luitgard. «Wenn wir nur schon bald aus diesen einsamen Bergen raus wären.»

Ganz allmählich begann sie zu zweifeln, ob Nikolaus stets den richtigen Weg wusste. Erst gestern war ihr wieder gewesen, als würden sie in die Irre gehen: Statt gegen Mittag waren sie gegen Sonnenuntergang gewandert, dann wieder gegen Sonnenaufgang – gerade so, als ob sie im Kreis oder Zickzack marschierten. Von Konrad hatte sie erfahren, dass sie bis zu den Alpen in deutschen Landen unterwegs sein würden, im Schutzgebiet ihres Freiburger Zähringerherzogs Bertold, was ihr ein Gefühl der Sicherheit gegeben hatte. Doch dann waren sie plötzlich auf Menschen getroffen, die eine gänzlich unverständliche Sprache sprachen.

«Wir sind im Welschland», hatte Konrad ihr erklärt. «Aber keine Sorge, mit Hilfe des Kirchenlateins kann ich mich halbwegs mit ihnen verständigen. Und zumindest all die hergelaufenen Mönche hier sollten das auch können.»

Auf Annas Frage, woher Nikolaus überhaupt wisse, wie man durch die fremden Lande nach Jerusalem komme und wieso er so sicher sei, dass sie unterwegs verköstigt und beherbergt würden, hatte Konrad gespottet: «Weil ihm der liebe Gott das jeden Abend einflüstert.»

Auf Luitgards Rüge hin war er ernst geworden.

«Ich will's euch erklären. Es gibt uralte Pilgerwege, nach Rom wie auch nach Jerusalem, grad hier durchs Hochburgund und die Alpen. Mit Klöstern und Pilgerhospizen, wo man dann den weiteren Weg erfährt. Eigentlich stehen diese Herbergen allen Wallfahrern offen – aber ich fürchte, nicht für uns, die wir wie ein Schwarm hungriger Heuschrecken einfallen. Und ihr habt recht: Eigentlich müssten wir noch immer durch deutsches Gebiet ziehen, nämlich durch das flache Mittelland mit seinen sicheren Handelsstraßen und den Zähringerstädten Solothurn, Bern und Friburch an der Saane. Aber Nikolaus' Berater haben wohl auf die Abkürzung durch die welschen Berge des Jura bestanden. Nur leider gibt's hier weit und breit keine Herbergen.»

Dann hatte er über Bruder Paulus, einen der drei Bettelmönche, geflucht, der angeblich schon einmal im Heiligen Land gewesen sei und trotzdem die schlechteste Strecke zum mittelländischen Meer ausgewählt habe.

«Der ungefährlichste Weg durchs Alpengebirge wär von Augsburg her über den Reschenpass oder Brenner gewesen – aber eben auch der weiteste. Immerhin hab ich diesem Bruder

Paulus ausreden können, den Pass bei Sankt Gotthard zu nehmen – die waghalsige Brücke über die dortige Schlucht schafft kein Pilgerzug von dieser Größe, das weiß ich von meinem Bruder. Über Sankt Bernhard wird's aber noch schwer genug werden.»

Als sich Nikolaus und seine Gefolgsleute in Marsch setzten, reihten sie sich zu Annas Unwillen wieder dicht an der Spitze ein. Von ihrem nächtlichen Lagerplatz auf dem Berg ging es über einen Waldweg spürbar bergab. Sie sah Gottschalk, das Pferd am Zügel, im dunklen Tann verschwinden, und ihr schauderte. Unwillkürlich hielt sie sich dicht bei Jecki – wenn er sich schon so gern als Beschützer aufspielte, dann sollte ihr das jetzt auch einmal nützlich sein, und vielleicht würde Gottschalk sie endlich in Ruhe lassen. Inzwischen wagte sie nicht einmal mehr, den Tross für ihre Notdurft zu verlassen, bat jedes Mal Luitgard, sie zu begleiten. Erst gestern Abend wieder war der Knappe durch das Lager geschlendert, bis er sie gefunden und mit frechem Blick von oben bis unten gemustert hatte.

«Wie geht's, wie steht's? Kommst du gut zurecht?»

«Wir haben alles, was wir brauchen», hatte Luitgard an ihrer Stelle geantwortet, und Anna war ihr dankbar dafür gewesen. Sie fühlte sich von Gottschalk zunehmend bedroht.

«Nanu …», riss Jecki sie aus ihren Gedanken. «Du läufst an meiner Seite? Dacht schon, du könntest mich nicht leiden, so kratzbürstig, wie du dich immer aufführst.»

«Du weißt, dass das nicht stimmt», gab sie versöhnlich zurück. «Du kannst nur manchmal ziemlich anstrengend sein mit deinen dummen Bemerkungen.»

«Wenn das so ist, will ich mich bessern.» Er grinste schief. Dann nahm er sie auf ritterliche Weise beim Arm. «Ich hab da übrigens einen Einfall wegen Christians Schuhen. Die Kölner haben sie nicht geklaut, das hab ich schon nachgeprüft. Aber vielleicht wer anders. Komm mit und hilf mir!»

Er zog sie zur Seite an den Rand des schmalen Waldwegs. Dort ließ er sich auf einer Böschung nieder.

«Die laufen hier höchstens zu fünft nebeneinander – achte also genau auf die Schuhe.»

Anna begann es alsbald vor den Augen zu flimmern, so angestrengt suchte sie die vorbeimarschierenden Füße nach Christians neuen, glänzenden Schuhen ab: Da gab es kleine Füße, ganz und gar schmutzige Füße, blutige oder vernarbte Füße, Füße in Sandalen, in Holzpantinen, in Lumpen gewickelt, in Lederschuhen, in feinen Stiefeln gar – der Zug schien kein Ende zu nehmen.

«Dort!» Sie zeigte auf einen untersetzten, wenngleich kräftigen Burschen mit verfilztem blondem Haar. Der hielt inne, stutzte und wollte sich auf der anderen Seite davonmachen, als Jecki ihm auch schon auf den Fersen war. Im dichten Unterholz kam der Dieb nicht weit, woraufhin Jecki ihn zu Boden riss und mit Faustschlägen bearbeitete.

«Ich werd dich lehren, deinesgleichen zu beklauen, du elender Mistkerl», stieß er dabei hervor.

«Hör auf, es reicht!» Anna, die Jecki gefolgt war, versuchte seinen Arm festzuhalten. Derweil schritten die Pilger gleichgültig an ihnen vorüber, keiner von ihnen schien wissen zu wollen, was da im Gebüsch vor sich ging.

«Das noch … und das.»

Jecki war wie im Rausch, als er dem zusammengekrümmten Burschen auch noch Tritte in den Bauch versetzte.

«Hör endlich auf!» Sie verpasste ihm eine Maulschelle.

Erst da ließ Jecki von seinem Opfer ab. Der Junge blutete an Stirn und Nase und hielt sich heulend den Bauch vor Schmerzen. Jecki riss ihm die Schuhe von den Füßen.

«Das sind sie doch, oder?» Er hielt sie ihr unter die Nase.

«Wenn sie's nicht wären, hättest den Falschen halb totgeprügelt. Hast du den Verstand verloren?»

«Wieso? Der macht das nie mehr!» Er gab dem Jungen noch einen letzten Tritt in die Magengegend. «Gehen wir.»

Anna wollte dem armen Kerl aufhelfen, doch der schlug ihre Hand zurück. «Lass mich in Ruh!»

Stolz wie ein Heerführer kehrte Jecki mit den Schuhen gegen die Brust gedrückt zu den anderen zurück.

Christian fiel ihm mit einem Freudenschrei in die Arme.

«Sei froh, dass mir deine Schuhe zu klein sind.» Jecki klopfte dem Knaben auf die Schulter. «Sonst müsstest sie mir schenken, und ich würd dir dafür meine löchrigen geben.»

Luitgard indessen schalt alle beide, dass sie sich, ohne etwas zu sagen, davongeschlichen hatten.

«Ich hab mir schon sonst was ausgemalt», flüsterte sie Anna zu, und ihre Augen funkelten empört.

Anna spürte, wie sie rot wurde. Glaubte Luitgard im Ernst, sie und Jecki …? Da schoss ihr ein Gedanke durch den Kopf. Sie würde Jecki fortan ganz offen um seinen Beistand bitten. Er und Gottschalk von Ortenberg waren sich in Körperkraft und Kampfgeist ebenbürtig, und Jecki war dreist genug, auf den Standesunterschied zwischen ihm und dem Knappen zu pfeifen, sollte es zu einer Auseinandersetzung kommen. Bei der nächsten Gelegenheit würde sie ihm sagen, dass sie sich von Gottschalk von Ortenberg bedroht fühlte.

«Kannst du in meiner Nähe bleiben?», fragte sie ihn leise, als sie sich zur Mittagsstunde an einem Bach erfrischten.

In seinen Augen blitzte es auf. «Liebend gern.»

Er berührte ihren Arm, und sie wich zurück.

«Nicht, was du denkst! Es ist wegen … wegen Gottschalk. Er stellt mir nach.»

«Was?»

«In Basel hat er mir aufgelauert, wollte mich zwingen …»

Sie brach ab, doch Jecki hatte verstanden.

«Dieses Dreckschwein! Der soll es bloß noch mal wagen!»

«Danke.»

«Einen Kuss kostet dich das aber schon, wenn ich dich beschützen soll.»

Anna holte tief Luft. Dann drückte sie ihm einen Kuss auf die Wange. Im selben Augenblick fragte sie sich, ob sie nicht den Bock zum Gärtner machte.

Nachdem sie den Bergrücken erklommen hatten, brach der Himmel auf. Unter ihnen im Sonnenlicht lag eine weite, flache Landschaft mit glitzernden Seen, Dörfern und bewehrten Städten, dahinter ragten die Alpengipfel aus dem Dunst.

«Dem Himmel sei Dank!», rief Luitgard, die wie alle anderen stehen geblieben war, um diesen herrlichen Blick zu genießen. Sie war heilfroh, die Wildnis der dunklen Bergwälder endlich hinter sich zu lassen.

Das Horn blies zur Rast, doch außer einem Rest Brot besaßen die Freiburger nichts mehr, was sie hätten verzehren können.

«Ich hab Hunger», jammerte Christian, als er seinen Brocken mit drei hastigen Bissen verschlungen hatte. Da reichten Luitgard und Konrad ihr Brot an die beiden Kinder weiter.

«Ich wette, dass die Vorratstaschen der Knappen noch halb voll sind.» Jecki, der auf einem Grashalm kaute, spuckte ihn übellaunig wieder aus. «Warum nicht mal unseren Freund Gottschalk fragen, ob er nicht mit uns teilen will.»

Zu Luitgards Überraschung zwinkerte er Anna verschwörerisch zu, und noch ehe ihn jemand zurückhalten konnte, hatte er sich in Richtung von Nikolaus' Maultierkarre aufgemacht. Wie bei jeder Rast scharte sich dort ein ganzer Pulk um die

Leibwache ihres jungen Führers, und so vermochte Luitgard nicht zu erkennen, was vor sich ging. Wohl aber hörte sie aufgebrachte Männerstimmen – wollte Jecki etwa eine Rauferei vom Zaun brechen? Und was hatte er neuerdings mit Anna zu schaffen?

Mit wütender Miene kehrte der Junge zurück und schleuderte vor Anna einen Streifen Speck ins Gras.

«Das hier ist ein Gruß von deinem Herzliebsten.»

Anna stand wie vom Donner gerührt.

«Los, nimm schon!», fauchte er. «Hast es dir ja redlich verdient, wie ich gehört hab.»

Luitgard starrte Anna ungläubig an.

«Hast du keinen Hunger?», fragte Christian erstaunt, als Anna keine Anstalten machte, sich nach dem Leckerbissen zu bücken.

«Nein», erwiderte sie mit tonloser Stimme. «Du und Margret, ihr könnt euch den Speck teilen.»

Herausfordernd stellte sich Luitgard vor Jecki hin. «Kannst du mir erklären, was das soll?»

«Frag doch die Anna. Die soll dir sagen, was sie in Basel mit dem feinen Herrn so alles getrieben hat.»

«Gottschalk von Ortenberg lügt!», brachte Anna mühsam hervor. Die Scham stand ihr ins Gesicht geschrieben.

«Ach was – und wer hat schon auf dem Weg nach Basel verliebte Blicke mit dem Hundsarsch ausgetauscht? Ich hab's doch genau gesehen.»

Damit machte Jecki auf dem Absatz kehrt und stapfte davon. Luitgard schüttelte den Kopf. Das konnte nicht wahr sein, dass sich Anna diesem Knappen hingegeben hatte – niemals. Nur andersherum wurde ein Schuh draus.

«Das stimmt alles nicht.» Anna blickte zu Boden, und Luitgard nahm ihre Hand.

«Es war Gottschalk von Ortenberg, der beim Klostertor davongelaufen ist, nicht wahr?»

«Ich hab mich gewehrt, ehrlich.» Anna begann zu weinen. «Ich wollte doch nur, dass er mich zu Nikolaus bringt.»

Die Kinder sahen sie mit großen Augen an.

«Hat der Gottschalk dich verhauen wollen?», fragte Christian erschrocken. Luitgard strich ihm übers Haar.

«Nein, mein Junge. Aber das verstehst du noch nicht.» Leise fragte sie Anna: «Hat er dir also was angetan?»

«So weit kam's ja nicht, weil … weil dann zum Glück ihr gekommen seid.»

Innerlich schlug Luitgard das Kreuzzeichen vor Erleichterung. Das also war es, was Anna so niederdrückte seit Basel. Sie tauschte einen Blick mit Konrad aus, der dem Ganzen schweigend zugehört hatte. Jetzt nickte er.

«Ich glaube dir, Anna. Und diesem Gottschalk werd ich die Meinung blasen, keine Sorge.»

«Ich glaub dir auch.» Luitgard zog sie in die Arme. «Solche Erfahrungen gehören dazu – leider.»

Nun, das Mädchen würde darüber hinwegkommen, würde künftig vorsichtiger sein. Was indessen Jecki betraf: Es war zu befürchten, dass er Gottschalks Lügengeschichte für bare Münze nahm. Und das bedeutete nichts Gutes.

Kapitel 19

Ins Alpenvorland

Eines Morgens, nach einem wolkenverhangenen Tag und einer windigen Nacht, erwachten sie bei Sonnenaufgang und trauten ihren Augen nicht: Zum Greifen nah lagen plötzlich die Alpen vor ihnen, als Bergkette von ungeheuren Ausmaßen, deren schroffe Gipfel bis in den Himmel reichten, mit blendend weißen Schneefeldern, die in der Morgensonne glänzten, und steilen Felswänden, die hier golden schimmerten, sich dort in Schwärze verloren.

Vor Ehrfurcht fielen alle auf die Knie. Wohl kaum einer von ihnen hatte dergleichen zuvor gesehen, und jeder wusste: Dahinter lag das große Meer, mit dem Heiligen Land am anderen Ufer.

Einige begannen zu beten, so auch Luitgard. Sie betete umso inbrünstiger, als sie in den letzten Tagen ihre Zuversicht fast schon verloren hatte. Statt besser war es nämlich nur noch übler geworden auf ihrer Wanderung durch das Mittelland. In jeder Stadt, jedem Dorf hieß man die erschöpfte, abgemagerte und in Lumpen gehüllte riesige Schar mit harschen Worten weiterziehen, da ihnen der Ruf vorauseilte, allesamt Diebe und Bettler zu sein. Nicht einmal an die Brunnen ließ man sie heran.

Seitdem sie in Biel, der ersten Stadt im Tal, von bewaffneten Stadtwächtern verjagt worden waren, hielt sich Nikolaus wohlweislich von den Ansiedlungen fern. Dennoch schwärmten manche in kleinen Gruppen aus, um von den Einheimischen Essen zu erbetteln. Manchmal ernteten sie Prügel, manchmal gaben ihnen mitleidige Seelen etwas – indessen zu wenig für die vielen, und so aß jeder, was er ergattern konnte, an Ort und Stelle auf oder versteckte seine Beute vor den anderen. Die Rittersöhne mit ihren Geldsäckeln indessen erkauften sich Essen, heimlich, um nicht bestohlen zu werden, oder sie machten ihre Geschäfte mit Nikolaus' Anhängern, indem sie Haare des Führers und Fäden aus seinem Umhang gegen Brot eintauschten.

Jeder war sich selbst der Nächste. Wer nicht bettelte, bediente sich auf den Äckern und in den Obsthainen, und wer beides nicht wagte, tat es den Pferden gleich und fraß Gras, Blätter und Wurzeln, briet abends am Feuer unreife Früchte, jagte nach Ratten an den Bachrändern, mischte die Handvoll Korn, die er ergattert hatte, mit Erde, Rinde oder Ungeziefer zu einem ekligen Brei. Am Ende kochten manche sogar ihr zerrissenes Schuhleder weich und kauten mit stierem Blick darauf herum.

Konrad hatte für sein letztes Geld bei einem Müller ein Säckchen Getreide erstanden, gegen einen wahrhaft unverschämten Preis. Zu acht mussten sie damit auskommen, und so streckte auch Luitgard das zerstoßene Korn mit Blättern, Käfern und Regenwürmern, die sie zuvor in ihrem kleinen Töpfchen am Feuer zerkocht hatte.

Der Diebstahl von Christians Schuhen war erst der Anfang gewesen. Unter den Kindern bildeten sich Banden, die nicht nur nachts in die Häuser und Scheunen einsam gelegener Höfe einbrachen, sondern sich auch gegenseitig bestahlen. Wer seinen Besitz zur Schau stellte, konnte das nächste Opfer werden, keinem war mehr zu trauen, selbst den jungen Adligen wurde das Reisegeld geraubt. Auch Jecki hatte Luitgard in Verdacht, dass er sich heimlich auf sündhafte Weise bereicherte, verschwand er doch immer wieder für Stunden, um plötzlich von irgendwoher wieder aufzutauchen.

Überhaupt ging es in ihrem Tross mittlerweile drunter und drüber. Hatte im Rheintal alles noch seine Ordnung gehabt, so schickte Nikolaus längst keine Vorhut mehr voraus, um Rastplätze oder mögliche Gefahren auszukundschaften, im Nachtlager wurden keine Latrinen mehr ausgehoben, keine Wachtdienste mehr aufgestellt, nur noch wenige Feuer brannten, weil die meisten zum Holzsammeln im größeren Umkreis schlichtweg zu erschöpft waren. Dafür wurde zur Nacht hin um das wenige, was jeder hatte, gewürfelt, gestritten und gerauft, unter den Knappen wurde weiterhin gezecht und gehurt, und so manches Weib verdiente sich auf diese Weise die Wegzehrung für den nächsten Tag. Einmal hatte Luitgard, als sie im Dunkeln austreten musste, einen langbärtigen Mönch mit Tonsur mitten im Liebesspiel überrascht.

«Schämt Euch!», hatte sie ihn empört angefahren. «Anstatt zu Buße und Umkehr aufzurufen, suhlt Ihr Euch selbst in diesem Sündenpfuhl.»

Doch der Ordensbruder hatte ungerührt weitergemacht.

Nikolaus schien das alles nicht zu kümmern. Er zog sich immer mehr zurück, zum stillen Gebet, wie sie vermutete, er predigte nicht mehr, eine gemeinsame Andacht gab es nur noch morgens vor dem Aufbruch. Obgleich die Anzahl der Wallfahrer geringer wurde, zog sich ihr Tross immer mehr in die Länge. Allein der Abstand zwischen Nikolaus' Maultierkarre, seinen Reitern und den erschöpften Pilgern wurde immer größer. Ganze Gruppen hielten einfach inne, um auszuruhen, wo es ihnen gerade einfiel, oder schwärmten aus, um über die Feldfrucht herzufallen. Die, die zurückgeblieben waren, holten auf, indem sie quer über die Felder abkürzten. Wo immer ihr Zug hindurchkam, hinterließ er mittlerweile eine Schneise der Zerstörung.

Auch die Gefahr durch Überfälle wuchs. Zweimal schon hatten sie die Angriffe bewaffneter Burgbesatzungen abwehren müssen, die aus ihren Reihen junge Knechte und Mägde verschleppen wollten, indessen nicht mit der Kampfeswut ihrer zwei Dutzend Rittersöhne gerechnet hatten: Mit Gebrüll und gezückten Waffen hatten sich die jungen Knappen auf die fremde Reiterschar gestürzt, geradezu versessen darauf, die Angreifer halbtot zu schlagen, und so war auch reichlich Blut geflossen. Unter den Burgherren schien sich das herumgesprochen zu haben, denn fortan ließ man sie in Ruhe. Wer ihnen indessen erst recht den Kampf ansagte, war die Landbevölkerung. Sie rächte sich bitter für die Plünderungen und Raubzüge so mancher Pilger, und Luitgard konnte es ihnen nicht einmal verdenken. Kein Tag verging, an dem nicht mit Dreschflegeln, Mistgabeln und Sensen bewehrte Bauern ihnen auflauerten, und gerade so, als ob das unter ihrer Würde sei, griffen Nikolaus' Leibwächter nicht einmal ein bei diesen Scharmützeln. Jeder von ihnen musste sich selbst zur Wehr setzen, nur die Frauen und kleinen Kinder wurden verschont. Zumeist griffen sie die Mitte oder das Ende ihres Trosses an, was ihr Glück war, da sich die Freiburger nach wie vor dicht bei Nikolaus hielten. Einmal wurde ein junger Pilger so schwer von einem Prügel getroffen, dass er an seinen Verletzungen unter schrecklichen Schmerzen starb.

Er war nicht der einzige Tote dieser Tage. Vom Laufen ermattet, abgemagert manche bis auf die Knochen, dazu das schlechte Wasser, stieg die Zahl der Siechen gewaltig an – die einen husteten, bis sie keine Luft mehr bekamen, anderen vertrocknete das Fleisch an den Gliedmaßen, die Haut wurde fleckig wie ein alter Stiefel, aus der Nase lief Blut, die Bäuche der Kleinsten blähten sich auf wie gefüllte Schweinsblasen. Wenn dann der Tod kam, begrub man sie am Wegrand, und Nikolaus sprach ein Gebet über der Grabstätte.

All das ließ Luitgard schier verzweifeln, erst recht angesichts dieses mächtigen Gebirges, das sie noch durchqueren mussten.

«Wir sollten uns besser schützen», sagte Konrad neben ihr, als habe er ihre Gedanken gelesen. Angestrengt spähte er in die Ferne, wo sich jetzt rosenfarbene Wolken vor die Bergkette schoben.

Sie erhob sich von ihrem Gebet. «Wie soll das gehen?», fragte sie.

«Zunächst einmal sucht sich jeder von uns, auch ihr Frauen,

einen kräftigen Knüppel. Nachts werden sich Jecki, Lampert und ich bei der Wache abwechseln, außerdem will ich hin und wieder mit meiner Stute vorausreiten, um auf den Höfen und in den Klöstern nach Essen zu fragen. Ihr anderen bleibt immer dicht beisammen, erst recht im Gebirge. Das gilt auch für dich, Jecki.»

«Sind wir dann bald am Meer?», fragte Christian. Sein sommersprossiges Gesicht war schon ganz spitz geworden.

«Das dauert leider noch. Und auch das Gebirge wird wieder in die Ferne rücken.»

Christian sah ihn verblüfft an: «Wie können so große Berge von uns weggehen?»

«Das tun sie auch nicht.» Konrad lachte und fuhr ihm durch das struppige Haar. «Es sieht nämlich nur jetzt so aus, als ob sie dicht vor uns liegen – das macht der warme Bergwind. Ich denke, vor morgen Mittag werden wir nicht in den Alpen sein.»

Nein, seit Basel war nichts mehr, wie es sein sollte. Eine Wallfahrt hatte Anna sich anders gedacht: dass alle füreinander einstanden, miteinander teilten, dass einer dem andern gleich war. Sie spürte, wie die Enttäuschung darüber noch mehr schmerzte als ihr leerer Magen, ihre geschundenen Füße, ihr dumpfer Kopf.

Wenigstens hielt sich nun Gottschalk von Ortenberg von ihr fern, nachdem Konrad ihm gedroht hatte – womit, würde sie wohl nie erfahren. Und sie fragte auch nicht nach, denn sie schämte sich noch immer vor den anderen dafür, was ihr ums Haar zugestoßen wäre. Erst recht vor Jecki, der ihr kein Wort glaubte. So war sie froh, dass er häufig fort war, doch jedes Mal, wenn er zurückkehrte, warf er ihr finstere Blicke zu.

Vor ihnen ging es einen bewaldeten Hügel hinauf, und der Abstand zu Nikolaus und seinen Leuten wurde wieder größer.

Sie lief zwischen Luitgard und Konrad, dem seine Stute mit Margret auf dem Rücken hinterhertrottete. Wie immer, wenn Jecki in der Nähe war, rückten die beiden umso enger an sie heran. An jenem letzten Tag im Juragebirge hatte Luitgard ihre Befürchtung ausgesprochen, dass Jecki in sie verliebt sei. «Nimm dich in acht. Er fühlt sich von dir betrogen. Und ein enttäuschter Kerl in seinem Alter ist unberechenbar.»

Als Anna jetzt über all diese Dinge nachdachte, schmerzte ihr der Kopf nur noch mehr. Warum hatte man es als Frau nur so schwer, erst recht unter so vielen Mannsbildern? Warum musste man ständig vor ihnen auf der Hut sein? Wie ganz anders war da doch Konrad. Inzwischen war sie froh, dass er bei ihnen war, und es tat ihr leid, dass sie sich ihm bislang so schroff und abweisend gezeigt hatte. Er wusste so viel von der Welt, war stets aufmerksam, gab auf sie acht wie ein Hirte auf seine Herde. Sie konnte sich ihn wunderbar als Stadtpfarrer vorstellen, erinnerte er sie doch trotz seiner jungen Jahre manchmal an ihren Freiburger Pfarrer Theodorich. Konrad vertraute sie.

«Luitgard? Was ist?»

Neben ihr war Luitgard ins Straucheln geraten, und Anna hatte eben noch den Arm nach ihr ausstrecken können.

«Nichts … ein bisschen Schwindel … geht schon wieder.»

Luitgard blieb stehen und atmete tief durch. Sie war ganz blass, auf ihrer Stirn stand der Schweiß, obwohl von den Bergen her ein erfrischender Wind wehte. Anna hatte sich so manches Mal gefragt, wie Luitgard das alles nur ertrug, wo sie doch oft genug ihr bisschen Wegzehrung den Kindern gab.

«Komm, setz dich an den Rand.» Konrad führte sie zur Wegböschung, wo sie sich ermattet ins Gras sinken ließ.

«Was, wenn sie krank ist?», fragte Anna ihn erschrocken.

«Unsinn. Bin nicht krank. Nur müde.»

Konrad half Margret vom Pferd.

«Ruht euch ein wenig aus, aber verliert nicht den Anschluss an den Zug. Ich bin bald wieder zurück.»

Daraufhin schwang er sich in den Sattel und trabte los. Anna ahnte, was er vorhatte, und betete, dass ihm eine mitleidige Seele mehr als nur ein Stück trocken Brot geben würde. Und sie bangte um ihn, war es doch mehr als gefährlich, so allein über Land zu reiten. Zumal seine treue Stute nicht mehr die kräftigste war. Auch sie hatte das karge Leben gezeichnet, und die Hüftknochen standen ihr inzwischen wie Höcker aus dem braunen, glanzlosen Fell.

Besorgt beugte sie sich zu Luitgard herunter. «Geht es dir besser?»

Luitgard nickte, doch ihre zusammengepressten Lippen straften ihre Worte Lügen.

«Musst du jetzt sterben?», flüsterte Christian und presste sich an seine Mutter.

«Ach was.» Jecki stieß ihn gegen die Schulter. «Jeder ist mal müde. Du warst's doch gestern auch, als du auf Konrads Pferd wolltest. – Ich lauf dann mal weiter, will nachher nicht ganz am Ende kleben.»

«Nein, warte bei uns», bat Anna ihn. «Wir sollten beisammenbleiben.»

Abschätzig musterte er sie. «Ha! Ausgerechnet du willst mir was vorschreiben?»

«Bitte, Jecki», flüsterte Luitgard, woraufhin er sich etwas abseits von ihnen an den Stamm einer Eiche lehnte und mit seinem Messer spielte. Plötzlich hob er den Kopf.

«Komm mal her, Anna.»

«Was ist?», fragte sie misstrauisch.

«So komm halt.»

Sie trat näher, und er legte das Messer vor sich auf den Boden. «Was, wenn ich dir das schöne Messer schenken würde?»

«Ich hab selber eines.»

«Aber nicht so eins – mit Hirschhorngriff und Stahlklinge. Was du hast, ist ein lumpiges Tischmesser, keine Waffe.»

Es war wirklich ein teures Messer, und Anna war sich sicher, dass er es irgendwo geklaut hatte.

Sie sah ihn verunsichert an. «Warum willst du es mir einfach so schenken?»

«Nicht einfach so», er senkte die Stimme, «ich will einen Kuss dafür – einen richtigen!»

«Du bist doch nicht ganz richtig im Kopf!»

Sie wandte sich ab, doch er hielt sie am Arm fest.

«Wenn ich auf einem Ross umherstolzieren würde und hätt einen bunten Wappenrock und feine Lederstiefel an, dann tätest mich nicht so ablehnen, oder?»

«Lass mich los!»

«Los, sag mir: Wie hat der Ortenberger dich rumgekriegt?»

«Gar nicht, verdammt noch mal! Jetzt lass meinen Arm los, sonst schrei ich.»

Da endlich ließ er sie los. Spuckte verächtlich aus, klaubte sein Messer auf und kehrte zurück zu Luitgard.

«Das Meer! Das Meer! Bald sind wir da!»

Die Kleinsten brachen in Freudenschreie aus angesichts der tiefblauen, riesigen Wasserfläche vor ihnen.

Luitgard lächelte über diesen kindlichen Jubel, doch ihr Sohn schüttelte altklug den Kopf. «Wie dumm die sind. Das ist doch nur ein großer See.»

Sie zog ihn liebevoll an sich. «Das weißt du auch nur, weil Konrad es dir vorher erklärt hat.»

Gegen die untergehende Sonne hin verlor sich das Wasser fürwahr in der Unendlichkeit, während es sich zur Linken in einer weitläufigen Bucht vor steilen, dunklen Bergrücken staute.

Dort, wo die Sonnenstrahlen noch hinreichten, glitzerte es wie mit Edelsteinen besetzt. Die Schwäche der letzten Tage fiel mit einem Mal von ihr ab – wie schön doch Gottes Schöpfung war!

Bis hierher, an diese Zollstation mit dem Fischerort namens Vivis, war Konrad vorausgeritten. War zurückgekehrt nicht nur mit Käse und Speck, den er im Pfarrhaus erstanden hatte, sondern auch mit der wunderbaren Nachricht, dass sie für diesmal nicht im Freien schlafen mussten: Alle acht dürften sie beim Vetter des Pfarrers in der Scheune nächtigen.

Das war mehr, als Luitgard erhofft hatte. Mochte Nikolaus auch erleuchtet sein – ihren Konrad hatte ein Engel zu ihnen geschickt.

«Mach dir keine Sorgen, lieber Klewi, wir schaffen es», murmelte sie. «Und du kannst so stolz sein auf deinen Sohn.»

«Mit wem sprichst du, Mutter?»

Sie lächelte erneut. «Mit deinem Vater.»

«Aber der ist doch im Himmel?»

«Das stimmt. Aber trotzdem spreche ich manchmal mit ihm.»

Und in den letzten Tagen, dachte sie bei sich beglückt, antwortet er mir sogar.

Kapitel 20

Einzug in die Berge

In dieser erholsamen Nacht bei den freundlichen welschen Bauersleuten, mit denen Konrad sich halbwegs auf Lateinisch verständigen konnte, hatte Luitgard einen wunderschönen Traum gehabt: Sie war Hand in Hand mit Klewi über eine

Bergwiese spaziert, die sich, mit bunten Blumen übersät, hinaufzog bis in den Himmel. «Dort oben ist die Welt zu Ende», hatte er ihr gesagt, und als sie neugierig immer weiter himmelwärts eilen wollte, hatte er sie festgehalten: «Nicht so schnell, lass uns hier rasten.» Da hatten sie sich ins weiche Gras gelegt und sich umarmt wie zu Zeiten, als sie noch jung waren. Als Christian sie im Morgengrauen weckte, hatte sie Mühe, sich zurechtzufinden.

Gestärkt von Hafermus mit köstlicher fetter Milch, brachen sie auf, um sich den anderen anzuschließen. Die hatten ihr Lager beim Zollhaus bereits abgebrochen und sammelten sich. Für die ersten zwei, drei Stunden führte ihr Weg sie aufs Angenehmste am Seeufer entlang, leise drang das Plätschern der Wellen ans Ohr, das feuchtwarme Wetter der letzten Tage war klarer Luft und Sonnenschein gewichen. Schon lange hatte sich Luitgard nicht mehr so gut gefühlt.

Nachdem sie eine weitere Zollstation hinter sich gelassen hatten, verließen sie das Ufer des großen Sees und wandten sich gen Mittag: Mitten hinein ging es nun in die Alpen, und sie sprachen ein feierliches Gebet – die einen mit Freude, die anderen mit Bangen. Zu Luitgards Erleichterung indessen empfing sie das Gebirge mit einem breiten, freundlichen Tal, in dem es kaum spürbar bergauf ging. Auf den saftigen Matten weidete das Vieh, Gehöfte drückten sich an den Fuß der Berge, ein smaragdgrüner Fluss schlängelte sich zu ihrer Rechten in Richtung See.

So wenig Mühe machte das Wandern, so erfrischend war der laue Wind, der durch das sonnige Tal ging, und wer sich bislang müde dahingeschleppt hatte, schöpfte neuen Mut und neue Kraft, wie man den Gesichtern deutlich ansah. Und alle hielten sie sich an Nikolaus' Gebot, den Weg nur ja nicht zu verlassen, nichts zu plündern und nirgendwo zu betteln: Man wolle keinen Unmut auf sich ziehen, zumal man bei diesem guten Wetter rechtzeitig zum Abend bei den Augustinern von Sankt Moritz eintreffen würde. Dort, am Ende dieses Tales, erwarte sie nämlich das erste Pilgerhospiz hier in den Bergen, groß genug, um sie alle aufzunehmen und zu bewirten.

«Sein Wort in Gottes Ohr», sagte Konrad. «Noch eine Nacht ohne ein anständiges Essen werden seine Jünger nicht mehr hinnehmen.»

«Ach, Konrad», tadelte Luitgard, «warum siehst du wieder einmal schwarz? Alle sind so froh und hoffnungsvoll.»

«Nun, es hat wohl gestern Abend einen handfesten Streit im Lager gegeben, da niemand für Essen sorgte. Vielen hier ist es leider nicht so gut ergangen wie uns.»

«Aber wenn die Zöllner doch gesagt haben, dass es bis zum Abend zu schaffen wär …»

«Für kräftige Männer vielleicht. Oder zu Pferd wie unsere erlauchten Rittersöhne. Aber nicht für diesen erschöpften Haufen hier.»

Sie kamen nicht bis zur Abtei der Augustiner-Chorherren. Zu viele von ihnen waren geschwächt oder krank, und als die Sonne hinter den Bergen verschwand, ließ sich eine Schar nach der anderen am Wegesrand nieder.

«Wir können nicht mehr», riefen sie, «lasst uns hierbleiben.»

Konrad sah Anna und Luitgard fragend an. «Was ist mit euch? Da vorn, wo sich das Tal verengt, müsste es sein. Eine Wegstunde von hier, schätze ich.»

«Es geht schon», erwiderte Luitgard, aber das Zittern in ihrer Stimme verriet, dass auch sie am Ende ihrer Kräfte war.

Anna nickte nur. Sie wollte nicht zugeben, dass ihr der Kopf schwindelte. Seit heute früh hatte sie nichts mehr gegessen, nur auf bitteren Löwenzahnblättern gekaut. Dabei waren sie Stunden um Stunden marschiert, mit einer einzigen kurzen Rast an einem Bach, um zu trinken und die Pferde grasen zu lassen.

«Gut, dann lasst uns weitergehen.»

Kaum hatte Konrad den Satz ausgesprochen, stolperte die kleine Margret und fiel der Länge nach hin.

«Ich mag nicht mehr», wimmerte sie und hielt sich das blutende Knie.

Jecki half ihr auf. «Das ist nur eine Schramme. Bist doch sonst nicht so wehleidig.»

«Sie hat Hunger», erwiderte Anna. «Wie alle hier.»

«Nicht wie alle.» Seine blauen Augen funkelten böse. «Die da vorne nicht.»

Er drängte sich an den Kölnern vorbei nach vorn. Nikolaus, der mit seinen Leibwächtern wie immer ein gutes Stück voraus war, schien nicht zu merken, dass der Zug ins Stocken geraten war. Bis Jecki den Pilgern zuschrie: «Wann haben euch die Herrensöhnchen zuletzt ein paar Brosamen abgegeben? Gestern? Vorgestern? Vor einer Woche?»

«Geh uns aus dem Weg, Jecki.»

Ein langer Kerl schob Jecki zur Seite. Andere indessen blieben stehen. «Recht hat er. Von der ersten Stund an sind wir dabei, und jetzt teilen sie nicht mal mehr ihr Brot mit uns.»

Anna sah, wie Gottschalk von Ortenberg sein Pferd wendete und mit finsterer Miene auf Jecki zugetrabt kam.

«Was schwingst du große Reden, du Armleuchter? Hier, nimm das – jedem, wie er's verdient.»

Zu Annas Schrecken holte er mit seiner Reitpeitsche aus, doch Jecki wich dem Schlag geschickt aus, und die Peitsche traf hart sein eigenes Pferd, das sich vor Schreck aufbäumte.

Jecki brach in Gelächter aus. «Wenn du nicht so ein Feigling wärst, würdest von deinem hohen Ross runter und mit mir Mann gegen Mann kämpfen.»

Dazu ballte er die Fäuste und tänzelte vor ihm herum.

Gottschalk spuckte ihm vor die Füße.

«Das fällt mir nicht im Traum ein. Mich mit einem Gassenbuben im Dreck wälzen – dir läuft doch nur deshalb die Galle über, weil deine kleine Braut dich nicht ranlässt! Hast halt nicht so viel Glück wie ich.»

«Du Hundsfott! Dass dich der Teufel hol!»

Anna hielt den Atem an, als Jecki sein Messer zog, doch da war Konrad schon bei ihm.

«Lass gut sein, Jecki.» Er legte ihm den Arm um die Schulter und zerrte ihn vom Pferd des Knappen weg.

Die Mehrzahl der Kölner allerdings schlug sich auf Jeckis Seite. Ein gutes Dutzend umringte das Pferd des Ortenbergers, zwei hielten es am Zügel fest, die anderen zerrten, ungeachtet der Peitschenhiebe des Knappen, an den beiden Packtaschen rechts und links des Sattels, bis die zu Boden fielen.

Ihr Triumphgeschrei hallte durch das stille Tal.

«Jetzt kannst verschwinden, Ortenberger», riefen sie und gaben das Pferd frei. Einer versetzte ihm noch mit dem Pilgerstab einen derben Schlag gegen die Flanken, woraufhin das verstörte Ross mitsamt seinem Reiter davonstob.

War dies alles schon unglaublich genug, so folgte nun etwas schier Unfassbares: Gottschalk von Ortenberg hatte seine Gefährten eingeholt, als sich auch deren Rösser schnurstracks in Trab setzten, mitsamt dem Maultier vor Nikolaus' Karre, und alle miteinander verschwanden sie in einer Staubwolke talaufwärts.

«Sie lassen uns allein», sagte Anna fassungslos zu Luitgard. «Nikolaus lässt uns einfach allein zurück.»

«Vielleicht … vielleicht hat er Angst bekommen? Bei dem Geschrei, was hier war …»

«Vor seinen eigenen Leuten?» Anna schüttelte den Kopf.

«Nein, Luitgard, ihn treibt's in ein sicheres Nachtquartier, vor Einbruch der Dunkelheit.»

Währenddessen hatte der Tumult vor ihnen noch kein Ende gefunden. Schreiend stürzten sich die Kölner auf die Packtaschen, um sie zu plündern, während Konrad und Jecki sie mit ihren Pilgerstöcken zu vertreiben suchten. Einige bluteten am Kopf – von den Stockschlägen, von Gottschalks Peitschenhieben –, einer lag am Boden, das Gebrüll wurde immer noch lauter, bis Luitgard plötzlich die Schultern straffte und sich mitten hineinwagte in diese Horde aufgebrachter junger Männer.

«Aufhören!», rief sie. «Was dort liegt, das gehört keinem von euch. Aber vielleicht können wir es brauchen für heut Nacht, wir alle. Wir sollten uns nämlich nach einem Lagerplatz umsehen.»

Verdutzt starrten die anderen sie an. Da begann es Anna in den Ohren zu rauschen. Der Boden unter ihren Füßen schwankte, die Felswände der Berge vor ihr zogen sich zusammen und dehnten sich wieder aus, die Gipfel neigten sich ihr zu, als wollten sie grüß Gott sagen … Dann wurde ihr schwarz vor Augen.

«Anna! Komm zu dir.»

Jemand klopfte ihr die Wangen. Sie öffnete die Augen und blickte in Konrads Gesicht. Er hielt sie fest in den Armen.

«Was war das?», fragte sie.

«Du bist umgefallen, hast für einen Moment das Bewusstsein verloren. Das kommt vom Hunger.»

«Was für ein Durcheinander in meinem Kopf.» Sie schluckte die aufsteigenden Tränen herunter. «Was tu ich überhaupt hier? So weit weg von zu Hause …»

«Beruhige dich.» Konrad strich ihr übers Haar. «Du bist nicht allein, das ist das Wichtigste.»

Sie fanden einen Lagerplatz im Windschatten eines Felsens, in der nahen Feldscheune brachten sie die Kranken unter. Der Aufstieg zum Tannenwald war indessen so steil, dass sie kaum Holz zusammenbrachten, und so brannten bei Einbruch der Dunkelheit nur drei, vier Feuer. Die Kölner hatten mittlerweile Jecki zu ihrem Anführer gewählt, und der teilte die Wachen für die Nacht ein. Man hatte nämlich Spuren von Wildschweinen und Bären entdeckt.

Dicht beisammen mit den Kölnern und den Straßburgern saßen die Freiburger am größten Feuer. Von den bewaldeten Bergen herab drang Wolfsgeheul. Konrad wollte eben ansetzen, den Kindern eine seiner Geschichten vorzutragen, als Jecki ihn unterbrach.

«Warum erzählst du uns nicht mal vom Heiligen Land? Angeblich war doch dein Bruder dort.»

Konrad überhörte seinen spöttischen Unterton. «Was also wollt ihr wissen?»

«Erzähl von Jerusalem», bat Luitgard. «Ich hab gehört, dass alles dort weiß sein soll: die Häuser, die Kleider, die Schleier vor den Gesichtern der Frauen – gerade so wie im Himmel!»

«Ja, die Heilige Stadt ist wunderschön, sagt mein Bruder. Mit starken Mauern, prächtigen Tempeln und Palästen, mit großen Märkten, auf denen fremdartige Gewürze und Früchte feilgeboten werden. Sauberes Wasser gibt es in der ganzen Stadt, es bewässert die Weingärten und Palmenhaine, die Häuser der Menschen haben eigene Bäder und schattige Innenhöfe.» Er hielt inne. «Es heißt, als Gott die Welt erschuf, teilte er die Schönheit in zehn Teile: Neun davon gab er Jerusalem, den zehnten der übrigen Welt. Doch als der Herr das Leid verteilte, erhielt Jerusalem neun Teile vom Leid dieser Welt.»

Anna, die gegen ihre Müdigkeit angekämpft hatte, war wieder hellwach. «Warum haben die Christen die Heilige Stadt verloren? Warum stand Gott nicht auf ihrer Seite und hat sie siegen lassen gegen die Ungläubigen?»

«Vielleicht will Gott sich ja nicht einmischen in die Sache der Menschen? Ich kann's nicht sagen.»

«Sind denn die Sarazenen wirklich so blutrünstig?», fragte Jecki.

«Du willst sagen, eine wilde Horde von Meuchelmördern und Menschenfressern? Das Gegenteil ist der Fall: Der berühmte Sultan Saladin, der dereinst Jerusalem erobert hatte, war nicht nur ein kluger und tapferer, sondern auch ein großherziger Mann, während unsere christlichen Kreuzritter nur auf Gewalt und Plünderungen aus waren. Fragt lieber die, die schon dort waren oder dort geblieben sind, statt irgendwelchen Lügenmärchen aufzusitzen. Jeder, der in friedlicher Absicht kommt, wird von den Sarazenen freundlich aufgenommen, keinem Jerusalempilger wird ein Haar gekrümmt, und von meinem Bruder weiß ich, dass Christen dort sogar predigen dürfen.»

«Pah! Schließlich ist das *unser* Gelobtes Land! Nikolaus hat recht: Wir müssen es uns zurückholen.»

«Und deshalb siehst du dich auch schon mit Schild und Schwert als Kreuzritter kämpfen, nicht wahr? Damit richtet gegen die Sarazenen keiner was aus, eher schon mit geschicktem Verhandeln.»

«Oder mit dem Wort Gottes, wie wir es vorhaben», fügte Luitgard mit fester Stimme hinzu, und Konrad nickte fast widerwillig.

«Wie sind die Menschen sonst dort?», fragte Anna. «Stimmt es, dass sie schwarz wie die Nacht sind?»

Konrad schüttelte den Kopf. «Ein wenig dunkler als wir vielleicht – es sind sehr schöne und sehr stolze Menschen, sagt mein Bruder. Und viele von ihnen sind gelehrter als unsere Pfarrer und Mönche hier, können lesen und schreiben, berechnen den Lauf der Gestirne, sind uns als Baumeister oder Ärzte weit überlegen. Von den Mauren und Sarazenen aus al-Andalus haben unsere Klöster vieles abgeschaut, wie die Bewässerung der Felder, die Schaffung künstlicher Wasserläufe oder auch wichtige Erkenntnisse in der Heilkunde. Die Menschen dort sind also alles andere als tumbe Krieger.»

Mit diesen Worten schloss er seinen Bericht ab, da die beiden Kinder eingeschlafen waren.

«Das war ganz schön waghalsig von dir, den Ortenberger anzugreifen», sagte Anna, als sie sich gegen die Kühle der Nacht in ihre Decken und Mäntel einwickelten. Es drängte sie danach, mit Jecki wieder gut zu sein.

Der schnaubte.

«Glaubst etwa, ich hätt es wegen dir gemacht? Da kannst einen Furz drauf lassen, dass nicht!»

Kapitel 21

Durch das Alpengebirge, Ende August

Vor der uralten Abtei Sankt Moritz, die zwischen einem steilen Felsenhang und dem Fluss gelegen war, wartete Nikolaus am nächsten Morgen mit seinen Leibwächtern auf sie. Der Vater Abt, der sie am Klostertor willkommen hieß, hatte veranlasst, dass genügend Brot gebacken worden war, und so erhielten sie alle einen Viertellaib zur Stärkung, dazu gingen Schläuche mit süßem rotem Würzwein herum.

Auch wenn hierfür jeder Gott dankte, war den Pilgern ihre Enttäuschung, dass Nikolaus sie im Stich gelassen hatte, anzumerken. Als der Hirtenknabe nach dem Dankgebet zu ihnen predigen wollte, kam Unmut auf. Man verlangte, dass stattdessen der Abt sie segnen solle.

Der hochwürdigste Vater tat dies mit einem milden Lächeln, ermahnte sie noch, unterwegs Gottes Gebote zu achten, insbesondere das siebte, und stark im Glauben zu bleiben, da der Weg durch das Gebirge für jeden eine harte Prüfung sein werde. Sein Angebot an die Kranken und Geschwächten, im Kloster zu bleiben, nahmen die wenigsten an.

Als sie sich zum Aufbruch rüsteten, musterte Anna ihre Gefährtin Luitgard besorgt. Ein fiebriger Glanz lag seit heute früh in ihren Augen.

«Bist du dir sicher, dass du mit Christian nicht hierbleiben möchtest?»

«Ganz sicher. Ich hab das Gelübde abgelegt. Außerdem hat der Vater Abt uns gesagt, dass es bis zum Pass nur drei Tage sind.»

«Dort ist das Gebirge noch lang nicht zu Ende», mischte Konrad sich ein, «und damit nicht weniger gefährlich, auch wenn es auf die lombardische Ebene zugeht.»

Die Maultierkarre war in der Abtei geblieben, und Nikolaus reiste nun wahrhaftig in einer Sänfte weiter: Auf Anraten des Abts hatte man einen Tragstuhl auf eine Deichsel genagelt, in die vorne und hinten je ein trittsicherer Maulesel gespannt war; selbst an einen Sonnenschutz war gedacht. So schaukelte der Hirtenknabe über die schmalen Pfade, während sich die Pilger blutige Füße holten von den spitzen Steinen, den scharfkantigen Felsen. Und je tiefer sie in das Gebirge eindrangen, desto beschwerlicher wurde der Weg.

War anfangs die kindliche Hoffnung noch groß, dass hinter den nächsten Bergketten das Meer liegen könnte, so folgte ein Berg, ein Tal dem andern – es hörte niemals auf.

Da es hieß, dass das nächste Pilgerhospiz kaum einen Tagesmarsch von Sankt Moritz entfernt liege, scherte sich keiner mehr darum, ob ihre Heerschar beisammenblieb – Hauptsache, man war auf Sichtweite zu den Vorgängern. Schwächelte jemand in einer Gruppe, blieb man stehen, um zu rasten oder sich rasch aus Lumpen einen Verband um die wunden Füße zu wickeln. Derweil klagten die Jüngsten über Hunger, schwärmte eine Schar zum Waldrand aus, um zu jagen, eine andere, um Beeren zu sammeln. Anfangs waren sie noch durch kleine Bergdörfer oder an Einödhöfen vorbeigezogen, doch Betteln hätte hier ohnehin nichts genutzt: Nikolaus' Leute waren jedes Mal vor ihnen da gewesen, um sich Almosen zu erbitten, und so winkte man sie stets wortlos weiter, mit verschlossener Miene, in der sich nur selten einmal ein mitleidiges Lächeln andeutete. Ein knurriger Menschenschlag war das hier, vom Wuchs her klein, mit von Wind und Wetter gegerbten Gesichtern und einer Sprache, die keiner verstand. Trotzdem gelang es zu Annas Überraschung ihren Buß- und Wanderpredigern immer wieder, einige von ihnen für ihre Wallfahrt zu gewinnen – zumeist junge, kräftige Burschen, die die steilen Hänge mühelos wie Gämsen hinaufkletterten, wenn sie einen Beerenstrauch oder essbare Kräuter entdeckten, und sich ansonsten dicht bei Nikolaus hielten.

«Das ist gut», bemerkte Konrad, der seit Annas Ohnmacht am Vortag nicht mehr von ihrer Seite wich. «Sie kennen die Wege und wissen, wann ein böses Wetter aufzieht. Das geht nämlich ganz schnell hier in den Bergen.»

«Wieso kennst du dich so gut aus mit dem Gebirge?», fragte Christian mit großen Augen.

«Weil ich doch für Jahre im Kloster Sankt Gallen war. Von da ist's nicht weit in die Berge.»

Höher und höher ging es hinauf, und das spürten sie nicht

nur in den Beinen, sondern auch beim Atmen. Vor allem Luitgard hielt häufig inne und fasste sich an die Brust. Ihr zuliebe machten sie langsam, bis sie schließlich in die Mitte des Trosses zurückgefallen waren.

«Geht es noch? Sollen wir eine Rast machen?», fragte Konrad sie jedes Mal besorgt, um dann die Antwort zu erhalten: «Ach was, nur weiter, ich gewöhne mich schon dran.»

Auch Anna schwindelte es mitunter in der dünnen Luft, der schmerzhafte Druck auf die Ohren nahm zu. Nachdem sie bereits einmal die Besinnung verloren hatte, machte ihr das Angst. Was, wenn man oben auf dem Pass überhaupt keine Luft mehr bekam und jämmerlich ersticken musste? Aber dann sagte sie sich, dass der Mensch schon seit Urzeiten dieses Gebirge durchquerte, und auch den Kindern schien die Höhe wenig auszumachen. Die fürchteten weitaus mehr die giftigen Schlangen, vor denen der Abt sie gewarnt hatte, und die wilden Tiere. Dazu kamen all die Schauergeschichten, die die Einheimischen ihnen nur allzu gern erzählten: In den zahlreichen Höhlen würden Wettergeister und Trolle hausen, hässliche Fabelwesen würden in Vollmondnächten auf den Bergen ihr Unwesen treiben und feuerspuckende Höllendrachen in den Schluchten über Schätze wachen, die aus reinem Silber und Gold seien …

Einmal hörten sie aus einem schmalen Seitental einen Bären brüllen, ein ganzes Vaterunser lang hallte es zwischen den Felswänden wider, und die Kleinsten gerieten außer sich.

«Er kommt uns holen!», schrie ein Knabe hinter ihnen, und prompt fingen Christian und Margret zu heulen an.

«Jetzt hört auf zu flennen, ihr Bettseicher.» Jecki zog sein Hirschhornmesser aus dem Gürtel und schwang es durch die Luft. «Glaubt ihr etwa, ich nehm es nicht mit so einem lumpigen Bären auf? Und von euch dürren Zwergen will so einer schon gar nichts wissen – dafür macht der nicht mal sein Maul auf.»

Für diesmal war Anna froh um Jeckis Großspurigkeit, da sich die Kinder tatsächlich beruhigten. Und sie selbst ebenfalls.

Anna hatte schon nicht mehr daran geglaubt, doch noch vor der Abenddämmerung erreichten sie das Pilgerhospiz – eine Ansammlung strohgedeckter Hütten, aus deren größter anheimelnder Rauch aus dem Kamin stieg. Geschützt in einer Senke liegend, war das Anwesen mit einer mannshohen, grauen Steinmauer umsäumt, und ein Bach floss mitten hindurch.

Der schwarze Mönch am offenen Tor begrüßte jeden von ihnen mit einem freundlichen «Grüß Gott!», wartete geduldig, bis sie alle hineingefunden hatten in den weitläufigen Grund, bevor er hinter den Letzten das Tor wieder zusperrte. Vor einer kleinen Kapelle sammelten sie sich zum Dankgebet, hernach gab es auch hier Brot und Wein und obendrein für jeden einen rotbackigen Apfel. Nie zuvor hatte Anna ein einfacher Apfel so gut geschmeckt!

Nachdem die Sonne verschwunden war, wurde es schlagartig kalt. Wer keine Decken oder Mäntel besaß, erhielt von den beiden alten Mönchen, die das Hospiz führten, eine graue, schwere Wolldecke, und wer sich schwach fühlte, war eingeladen, in den Hütten oder in Stall und Scheune zu übernachten.

«Ihr beide und die Kinder, ihr solltet das Angebot annehmen», wandte sich Konrad an Anna und Luitgard, als die Ersten in die Hütten strömten. «Die Nacht wird sternenklar und bitterkalt werden.»

Luitgard winkte müde ab. «Es gibt genug Kranke, die ein warmes Plätzchen nötiger haben.»

«Für zwei Frauen und zwei Kinder wird sich allemal ein

Platz finden.» Sein strenger Blick ließ keine Widerrede zu. «Ich bring euch hinein.»

Leib an Leib lagen sie schließlich im Stroh der Scheune, vier Dutzend Frauen und Kinder mindestens.

«Wenn der liebe Gott doch das Meer für uns teilt», hörte Anna Christian in die Dunkelheit hinein sagen, «warum kann er dann nicht auch das Gebirge teilen?»

Niemand vermochte ihm eine Antwort darauf zu geben. Anna spürte noch die plötzliche Wärme, die von Luitgards Körper ausging, dann fiel sie in den tiefen, traumlosen Schlaf der Erschöpfung.

Immer gewaltiger, immer unwirtlicher wurde die Landschaft. Die letzten Bergdörfer lagen im Tal tief unter ihnen, der Wald war mageren Matten zwischen Felsengestein gewichen, die so steil waren, dass eine Kuh oder ein Ross niemals dort hätten weiden können, ohne hinabzurutschen. Dass die wirklichen Gefahren nicht von wilden Tieren oder Schlangen drohten, zeigte sich, als die Saumpfade, die sich an die Berghänge schmiegten, nur noch die Breite einer Elle hatten und die Bezeichnung Weg kaum mehr verdienten: Mal waren sie in die scharfkantigen Felsen gehauen und glitschig vom herabrinnenden Schmelzwasser, mal führten sie mitten durch steinige Gletscherbäche, wo sie sich eiskalte Füße holten. Als der Pfad hoch über einer Schlucht erstmals so schmal wurde, dass sie hintereinander gehen mussten, stemmte Konrads Stute, die wie immer für sich allein marschierte, alle vier Beine in den Boden und machte keinen Schritt mehr vorwärts.

«Komm schon, mein Mädchen», lockte Konrad mit sanfter Stimme, «bist doch nicht zum ersten Mal in den Bergen.»

Doch das Ross rollte nur mit den Augen, warf den Kopf hoch, blähte angstvoll die Nüstern.

«Ich muss ihr die Augen verbinden und sie führen. Geht ihr anderen nur schon vor.»

Anna beobachtete sein Tun, während sie sich mit ausgebreiteten Armen rücklings gegen die Felswand presste. Ihr Blick wanderte beunruhigt umher. Über eine Länge von drei Fuhrwerken hinweg war der Saumpfad nichts als ein schmaler, künstlicher Felsvorsprung – darüber schoben sich die zerklüfteten Gipfel in den nahen Himmel, darunter, in der Tiefe der Schlucht, tobte höllengleich ein Gießbach. Plötzlich fuhr ihr der Schreck in alle Glieder: Zwischen den Felsbrocken unten in der Schlucht zeichneten sich die Umrisse dreier lebloser Gestalten und eines Packpferdes ab – die zerschmetterten Glieder seltsam verrenkt.

Vor Entsetzen schrie sie auf.

«Da unten … da liegen welche von uns!»

Konrad schüttelte den Kopf. «Nein, die sind nicht von uns. Die sind schon lange tot. Schau nicht mehr hin und geh einfach los.»

«Ich kann nicht», presste sie hervor. Auch dass Konrad recht hatte – einer der Köpfe lag als ausgebleichter Totenschädel auf dem Geröll –, machte es nicht besser. Das dort unten war wirklich die Hölle!

«Doch, du schaffst es. Ihr macht es wie die anderen vor euch – ihr geht auf allen vieren.»

«Nein!» Anna schüttelte den Kopf und zwang sich, nicht mehr hinabzuschauen.

In diesem Augenblick war über ihnen ein dumpfes Poltern zu hören, das rasch näher kam. Gleich darauf prasselte eine Lawine von Steinen genau zwischen ihnen und der Gruppe davor den Felsen herunter. Die Stute scheute, wich mit einem Sprung zurück, verlor dabei den Halt und rutschte aus. Rutschte gegen Luitgard, die zu Boden ging und auf den Abgrund zuglitt.

Lampert packte sie am Arm und hielt sie fest, während sich das Pferd gerade noch rechtzeitig fing und sich mit Gunthers Hilfe schnaubend wieder aufrichtete. Anna war für einen Augenblick das Herz stehen geblieben. Sie hatte die beiden, das Ross ebenso wie Luitgard, schon in der Schlucht liegen sehen.

Konrad nickte dem einstigen Stalljungen, der in einer unverständlichen Sprache auf das Tier einredete, erleichtert zu. «Gut gemacht! Bleib bei ihr, bis sie sich beruhigt hat.»

Zusammen mit Lampert half er Luitgard auf die Beine. Aus ihrem Gesicht war alle Farbe gewichen.

«Ein Steinschlag.» Konrad sah besorgt nach oben. «Nikolaus und die Knappen sind über uns, der Weg macht wohl irgendwo eine Kehre. – Sag bloß, du hast dich ja verletzt.»

«Nichts Schlimmes», wiegelte Luitgard ab, dabei floss ihr das Blut aus einer klaffenden Wunde die Wade herunter.

«Das muss verbunden werden.»

Konrad zog das Messer, trennte den Saum von seiner Kutte und legte ihr, mit dem halbwegs sauberen Innenteil, einen Verband an.

«Das müsste gehen bis heute Abend. Im Hospiz sollen sie dir einen neuen Verband machen.»

Tapfer nickte Luitgard. «Alsdann – weiter.»

Jecki wagte den Übergang als Erster. Heldenhaft tastete er sich aufrecht den Fels entlang, Schritt für Schritt, bis der Weg wieder um einiges breiter wurde. Lampert war ihm auf allen vieren nachgekrochen, schließlich drehte er sich zu ihnen um.

«Es ist zu schaffen», rief er voller Stolz, das Gesicht vor Anstrengung noch röter als sonst.

Anna gab sich einen Ruck. «Komm, Margret, wir machen's wie Lampert. Du krabbelst dicht vor mir her, damit ich dich notfalls halten kann. Hab keine Angst.»

Dabei zeigte das kleine Mädchen mehr Mut als sie selbst.

Wie eine Katze hatte Margret in kürzester Zeit die gefährliche Engstelle überwunden. Anna, Luitgard und Christian brauchten um einiges länger über die glitschigen Steine und beobachteten schließlich bang, wie Konrad seinem Pferd, dem jetzt die Augen verbunden waren, jeden einzelnen Schritt entlockte. Dann hatten auch sie es geschafft, und als Letztes brachte sich Gunther fast schon leichtfüßig zu ihnen in Sicherheit. Anna wunderte sich nicht zum ersten Mal: So verdruckst und schwerfällig bei Verstand der Waisenjunge mitunter auch war – hier in der Wildnis der Berge blühte er regelrecht auf.

«Das mit den verbundenen Augen – das ist gut», staunte er.

Konrad nickte. «Ein alter Bergführerkniff. Wenn das Pferd nichts mehr sieht, verlässt es sich vollkommen auf den Menschen.» Sein Blick ging zu der verletzten Luitgard. «Ich meine, wir sollten uns erst mal ausruhen.»

Indessen waren sie sich alle einig, rasch weiterzuziehen. Nachdem sie die spitzwinklige Kehre erreicht hatten, achteten sie darauf, keine Steine loszutreten, da unter ihnen eine halbe Hundertschaft nachfolgte. Aber sosehr sie auch auf ihre Tritte achteten – immer wieder lösten sich Steine unter ihren Füßen, waren Schmerzensschreie zu hören, die durch die enge Schlucht hallten, und Anna betete jedes Mal, dass niemand ernsthaft verletzt worden war. Dann aber geschah es doch: Sie hatten sich der Gruppe vor ihnen angenähert, als ein junger Bursche plötzlich strauchelte, bei seinem Vordermann Halt suchte und ihn vor aller Augen mit sich in den Abgrund nahm. Lautlos wie in einem Albtraum schlitterten die beiden den glatten Fels herab, mit rudernden Armen und Beinen, prallten hart auf den unteren Pfad, mitten hinein in eine Handvoll Pilger, wo sie sich überschlugen und zwei weitere Menschen mit sich in die Tiefe der Schlucht rissen.

Alles schrie, und Anna hielt sich entsetzt die Hände vor das

Gesicht. Hinter den geschlossenen Augen sah sie das entsetzliche Bild wieder und wieder vor sich, die Verzweiflungsschreie der Wallfahrer wollten kein Ende nehmen.

«Wir müssen weiter …» Luitgard nahm sie mit starrem Blick beim Arm. «Immer weiter … Denk an die Kinder!»

«Aber jemand muss sie begraben, das Totengebet sprechen.» Anna stand noch immer wie gelähmt.

«Luitgard hat recht. Wir können nicht zurück.» Konrad schlug das Kreuzzeichen. «Der Herr wird sie bei sich aufnehmen.»

So schleppten sie sich schweigend weiter, bis der felsige Bergstock überwunden war und sie ein kleines, schattiges Hochtal erreichten. Dort trafen sie auf die Pilger, die ihre beiden Gefährten verloren hatten. Sie standen betend im Kreis beieinander.

«Der Herr hat's gegeben, der Herr hat's genommen. Gelobt sei der Name des Herrn», beendete ein junger Mann das Gedenken an die Toten, und aus rauen Kehlen folgte ein «Amen».

«Wo sind Nikolaus und seine Leute?», fragte Konrad besorgt.

Der Junge deutete auf das Ende des Tals. «Dahinten sind sie eben verschwunden.»

Anna erkannte eine dunkle Schlucht, die aus dem Tal hinausführte. Als sie sich dem Eingang näherten, glaubte sie ihren Augen nicht zu trauen: Vor ihnen lag Schnee, und das mitten im Hochsommer!

«Gebt acht», riefen die Vorderen, «da ist alles gefroren.»

Sie hielten einander fest bei den Händen, um das stahlhart gefrorene Schneefeld, das eisige Kälte verströmte, zu durchqueren, doch immer wieder rutschte einer von ihnen aus und schlitterte zur Seite, wo es zunehmend abschüssiger wurde.

«Sieh nur, Konrad, dein Pferd!», rief Gunther.

Die Stute hatte sich ihren eigenen Weg gesucht: Dort, wo der Firn gegen die Felswände hin flacher wurde, stapfte sie in einem großen Bogen auf die Schlucht zu.

«Gehen wir ihr nach.»

Vorsichtig verließen sie das eisglatte Schneefeld, indessen nicht vorsichtig genug: Luitgard, die seit ihrem Sturz ohnehin unsicher auf den Beinen war, glitt aus, rutschte, ohne sich halten zu können, den Hang hinab, schrammte an einem Feldstein vorbei und landete in einem schlammigen Bachbett. Sie schrie auf vor Schmerz.

Vorsichtig hangelten sie sich zu ihr hinab, und Konrad unterdrückte einen Fluch. Der Verband war blutig und dreckverkrustet. Schluchzend kauerte sich Christian neben sie.

«So kannst du nicht weiterlaufen», beschied Konrad. «Warte.»

Er stieß einen grellen Pfiff aus. Seine Stute, die schon ein gehöriges Stück voraus war, blieb stehen, sah sich unschlüssig nach ihm um. Er pfiff ein zweites Mal, als sie wendete und auf ihn zukam.

«Hoffen wir, dass der restliche Weg zum Hospiz einfacher ist», murmelte er, dann half er der stöhnenden Luitgard in den Sattel.

«Es geht ihr gar nicht gut», stellte Anna leise fest.

Konrad nickte. «Sie hat Fieber.»

«Vielleicht hatte sie schon gestern Fieber. Sie war ganz warm, als ich neben ihr eingeschlafen bin.»

Konrad biss sich auf die Lippen.

«Ich könnt mich ohrfeigen», stieß er hervor.

«Es ist doch nicht deine Schuld.»

«O doch! Ich hätte es schaffen müssen, euch heim nach Freiburg zu bringen.»

Jecki, der sie belauscht hatte, stieß ihn unwillig in die Seite. «Das nützt uns jetzt auch nix mehr. Los jetzt, es wird bald Abend.»

Zu ihrem Glück kamen sie unbeschadet durch die steinige Schlucht. Vor ihnen breitete sich eine Wiese aus, die leicht, aber stetig bergab führte. Und talwärts, keine Wegstunde entfernt, sahen sie das nächste Pilgerhospiz liegen.

Anna atmete auf. Dort würde man Luitgard in die Krankenstube bringen und fachmännisch versorgen, denn wenn sich jemand bestens in der Heilkunde auskannte, dann waren es Mönche.

TEIL 2

Du aber hebe deinen Stab auf
und recke deine Hand über das Meer
und teile es mitten durch
(Ex. 14,16)

Kapitel 22

Nach Sankt Bernhard, Ende August

Konrad wandte den Blick zum Himmel. Bis jetzt war ihnen in den Bergen halbwegs gutes Wetter beschieden gewesen, doch was sich da oben abzeichnete, war wenig beruhigend. Bei warmem Sonnenschein waren sie am Morgen losgezogen, doch seit kurzem stiegen Federwolken hinter den Schneegipfeln auf, die sich wie weiße, geschwungene Schlieren über den blauen Himmel legten und sich mehr und mehr verdichteten.

Wenigstens ging es Luitgard ein klein wenig besser. Bruder Konstantin vom Pilgerhospiz hatte ihr am Vorabend die Wunde mit Essigwasser sorgfältig gereinigt, mit vier Stichen genäht, wobei er zum Abfluss des Eiters ein Ende offen ließ, und über die Wunde dreifach einen Heilspruch im Namen der Dreifaltigkeit gesprochen. Anschließend hatte er eine Kräuterpaste aufgelegt und alles mit einem sauberen Tuch verbunden. Die Nacht hatte Luitgard in einem richtigen Bett verbringen dürfen, zusammen mit ihrem Sohn.

Immer wieder sah er sich prüfend nach ihr um. Zwar saß sie, wie jetzt auch, die meiste Zeit im Sattel, doch wo es eng oder gefährlich wurde, musste sie absteigen. Zumindest ein Stück weit vermochte sie auf eigenen Beinen zu laufen oder besser zu humpeln. Als sie jetzt seinen sorgenvollen Blick zum Himmel bemerkte, lächelte sie sogar. Sie zeigte auf das mächtige, schneebedeckte Bergmassiv, das sie schon seit einiger Zeit zu ihrer Rechten begleitete – das höchste weit und breit.

«Dort droben möchte man jetzt sein», sagte sie. «Wie auf dem Dach der Welt.»

Konrad sah sie erstaunt an. Jeder andere hier fürchtete sich vor den hohen Bergen.

«Hättest du denn keine Angst?»

«Warum auch? Von dort könnte man die ganze Welt überschauen und wäre dem Herrgott ein gutes Stück näher.»

Er lächelte zurück. Ja, sie hatte sich einigermaßen erholt. Und doch traute er dem Frieden nicht. Oftmals war sie gänzlich abwesend, größere Anstrengungen würde sie kaum noch durchhalten. Als der Saumpfad heute Vormittag erneut steil an einem Felsen hinaufführte, hatte er sie absitzen lassen und vorsichtshalber mit einem Seil an sich gebunden. Ein paar Mal war sie weggerutscht, und nur, weil sie so leicht war, hatte er sie halten können. Andere Wallfahrer hatten da weniger Glück gehabt: Sei es aus Unachtsamkeit, sei es aus Erschöpfung, waren erneut einige gestrauchelt, abgestürzt und dabei ums Leben gekommen. Gevatter Tod war zu ihrem ständigen Begleiter geworden, marschierte mitten unter ihnen mit.

Er schüttelte heftig den Kopf. Wie töricht und dumm diese Wallfahrt war! Sah denn nicht einer, was *er* sah? Nikolaus mochte eine tiefgläubige Seele sein, dazu ein aufgeweckter, redegewandter Knabe, aber mit Sicherheit hatte er damals nur deshalb eine Erscheinung gehabt, weil er beim Schafehüten seit Tagen nichts als Gras gefressen hatte. Und sah sich selbst seither als großes Licht in der Dunkelheit, was seitens seiner geistlichen Vasallen, den drei Bettelmönchen, täglich aufs Neue angefacht wurde. Die nämlich waren es, die ihm seine Worte und Gedanken stets aufs Neue einflüsterten, so offensichtlich, dass es Konrad wundernahm, warum das außer ihm niemandem auffiel.

Wenn Konrad hierüber nur nachdachte, packte ihn die kalte Wut. Und er fragte sich ein ums andere Mal, was er hier eigentlich tat. Könnte er doch jetzt behaglich in der Stube des Freiburger Stadtpfarrers sitzen und seine Lesungen aus dem Evangelium vorbereiten – das nämlich hatte Pfarrer Theodorich, den er als besten Freund seines verstorbenen Vaters Oheim nennen durfte, angeboten, um ihn eines Tages dem Bischof von Konstanz zur Priesterweihe vorzuschlagen. Stattdessen hatte er sich auf eigene Faust aufgemacht, diese irregeleiteten Freiburger Kinder und jungen Leute zurückzuholen – weniger aus echter innerer Überzeugung denn aus Eigennutz und Eitelkeit. Hatte er sich doch schon heldenhaft als Verteidiger des wahren Glaubens gesehen, als er in einem halsbrecherischen Ritt nach Breisach gestürmt war, hatte die Freude und die Anerkennung seines Oheims, der ihm so viel Gutes im Leben getan hatte, vor Augen gehabt, wenn er ihm denn seine Schäfchen zurückbringen würde. Dennoch hätte er spätestens auf dem Marsch durch das Rheintal seine Niederlage eingestehen und nach Freiburg zurückkehren müssen. Doch sein Stolz hatte das nicht zugelassen.

Indessen war da längst etwas anderes mit ihm geschehen: Luitgard, Anna, die Kinder – sie alle waren ihm zu der Familie geworden, die er als Knabe und junger Mensch nie gehabt hatte. Selbst dieser Haudrauf Jecki war ihm irgendwie ans Herz gewachsen.

Nein, er konnte nicht mehr zurück, ebenso wenig wie Luitgard, die sich dem Herrgott wohl nie näher gefühlt hatte als auf dieser Pilgerreise, oder wie Anna, die vor ihrem hartherzigen Vater geflohen war. Anna – sie erinnerte ihn fast schmerzhaft an seine einzige Schwester, die viel zu früh nach schwerer Krankheit gestorben war. Auch Katharina hatte dieses kräftige, fast schwarze Haar gehabt, diese großen, dunkelbraunen Augen unter den fein geschwungenen Brauen, hatte wie Anna trotz ihrer eher stillen Art einen bewundernswerten Mut und

Kampfgeist besessen, auch wenn sie ihren letzten Kampf gegen den Tod verloren hatte.

Mit einem sanften Stoß gegen den Nacken wurde Konrad aus seinen Gedanken gerissen. Er musste wohl stehen geblieben sein, denn seine Stute hätte ihn fast umgerannt.

«Bist du müde?», fragte Luitgard besorgt vom Sattel herunter. Ihre Wangen waren gerötet.

«O nein – ich habe nur nachgedacht.»

«Seltsam, dass du niemals müde wirst. Was ist es, was dich vorwärtstreibt?»

Er lachte verhalten. «Wenn ich das nur wüsste.»

Sie nickte. «Du solltest nicht so viel zweifeln.»

«Vielleicht.»

Verlegen über ihre treffenden Worte hielt er Ausschau nach den anderen Freiburgern. Hier auf diesem langgestreckten, einsamen Hochtal ging jeder seiner eigenen Wege: die einen, um zu jagen, die anderen, um entlaufene Schafe oder Ziegen aufzuspüren.

Anna trottete mit Margret an der Hand und Gunther an ihrer Seite hinter dem Ross her, alle drei sichtlich erschöpft, von Christian, Jecki und Lampert war indessen nichts zu sehen. Während Konrad einen Abhang hinaufkletterte, um sich einen besseren Überblick über das Gelände zu verschaffen, fiel ihm auf, dass Luitgard ihren Sohn nicht einmal vermisste. Das war kein gutes Zeichen.

Er entdeckte alle drei hinter einer Ansammlung von Felsbrocken. Dort verharrten sie reglos, Jecki mit seiner Steinschleuder in der Hand, Christian und Lampert mit erhobenen Stöcken. Wahrscheinlich hatten sie den Bau eines Murmeltiers entdeckt. Konrad rief ihnen zu, dass sie aufschließen sollten, doch sie hörten ihn nicht. Da fuhr ihm ein eisiger Wind ins Gesicht.

Eilends kehrte er zurück zu seinem Pferd, das folgsam stehen geblieben war.

«Ich hab sie gefunden, sie sind ein Stück weit hinter uns.»

«Wen meinst du?», fragte Luitgard verständnislos. Da wurde ihm bewusst, dass sie wieder Fieber hatte. Innerlich fluchte er: Bis zum Pass und damit zum Hospiz von Sankt Bernhard waren es noch gut drei, vier Wegstunden. Und wenn jetzt auch noch das Wetter umschlug …

Er winkte Anna und Gunther heran. «Christian und die anderen sind hinten bei den Felsen. Bleibt hier bei Luitgard und wartet, ich hole sie her.»

Er rannte zu den Felsen, sah dabei aus den Augenwinkeln, dass sich von Westen eine dunkle Wolkenwand auf sie zuschob.

«Los, kommt zu uns, ein Unwetter zieht auf.»

Jecki ließ die Schleuder sinken und starrte ihn verärgert an.

«Wie blöd bist du eigentlich, Pfaffe! Grad hat das Viech den Kopf rausgestreckt, und da schreist du hier herum.»

«Fast hätten wir's gekriegt», maulte auch Christian. «Das wär ein schöner Braten geworden.»

«Ganz gleich, wir müssen zusammenbleiben.» Der Wind wurde heftiger. «Kommt schon.»

«Hast du mir was zu befehlen?» Jecki stemmte die Arme in die Seite. «Ich will jetzt dieses verdammte Murmeltier erlegen, weil ich nämlich Hunger hab. Weil wir alle Hunger haben! Lass uns in Ruhe jagen und verschwind.»

Konrad hatte eine böse Antwort auf der Zunge, doch er wusste, dass gegen Jeckis Dickkopf nichts auszurichten war.

«Dann kommst *du* wenigstens mit mir», fuhr er stattdessen Christian an, barscher, als er wollte. Sanfter fügte er hinzu: «Deine Mutter sorgt sich. Jagen kannst du auch ein andermal.»

Er zog den schmollenden Jungen hinter sich her. Als sie zu

seiner Stute zurückkehrten, hielt die die Nüstern in den Wind und schnaubte aufgeregt.

«Dort hinten, wo sich das Tal verengt, führt unser Weg weiter», erklärte er Anna, nachdem sich das Pferd widerstrebend in Bewegung gesetzt hatte. «Den sollten wir finden, bevor hier ein Schneesturm losbricht.»

«Im Sommer kann's doch nicht schneien?» Christian starrte ihn ungläubig an.

«Und ob! In den Alpen ist alles möglich.»

«Und woher weißt du, dass da vorn unser Weg sein soll?», fragte Anna.

«Weil da eben gerade eine ganze Gruppe von uns verschwunden ist – vorausgesetzt natürlich, die kennen ihrerseits den Weg.»

Wenn nicht, dachte er, dann sind wir verloren. Und alle, die uns noch nachfolgen, ebenso.

Im nächsten Moment ließ ein Donnerknall ihn zusammenfahren.

«Rasch weiter!», rief er in den aufheulenden Sturm, und Luitgard kauerte sich tief in den Sattel. Plötzlich waren sie in eine dunkle Wolkenwand gehüllt, die einen kaum noch die Hand vor Augen sehen ließ. Es war, als ob mit einem Schlag Nacht geworden wäre. Dann brach der Schneesturm los, schleuderte ihnen dicke Flocken, vermischt mit Eiskristallen, ins Gesicht, jaulte ihnen in den Ohren, begleitet von fernen Blitzen und Donnerschlägen. Schon lag eine Schneedecke zu ihren Füßen, alles um sie herum wurde weiß, es gab kein oben und unten, kein rechts und links mehr. Ihm schwindelte.

«Christian ist weg!», hörte er Anna hinter sich schreien.

«Was heißt weg?» Konrad hatte Mühe, das tänzelnde Pferd am Zügel zu halten, seine Hände waren klamm vor Kälte.

«Vorhin … war er … bei uns …»

Ihre Worte drangen nur in Fetzen an sein Ohr. Er begann zu brüllen: «Gunther, komm her! Ihr andern haltet euch dicht am Schweif des Pferdes.»

Aus der weißen Wand wankte der Stalljunge auf ihn zu.

«Halt das Ross gut fest. Ihr geht einfach immer weiter geradeaus, irgendwann müssen die schützenden Felsen am Ende des Tals kommen. – Ich suche derweil Christian.»

Der Junge sah ihn ernst an, während er gehorsam die Zügel aufnahm. «Dann gehst du grad so verloren wie der Christian. Das Weiße macht blind.»

Gunther hatte recht. Wem nutzte es, wenn er sich in dieser Schneehölle verirrte? Weder Christian noch den beiden Frauen oder der kleinen Margret, die alle auf seinen Schutz angewiesen waren.

Schemenhaft sah er, wie Luitgard ihre Arme um den Hals der Stute geklammert hielt, das Gesicht in der Mähne vergraben. Ihre Kapuze hatte der Sturm heruntergezerrt, ihr Haar war eisverkrustet. Er berührte ihre kalten, steifen Hände. Ihm stockte der Atem – war sie tot?

«Luitgard!»

Sie rührte sich nicht.

Gunther setzt sich mit dem Pferd in Marsch, den Oberkörper gegen den Sturmwind gebeugt. «Sie ist eingeschlafen», rief er.

Dann wird sie erfrieren, dachte Konrad. Die Verzweiflung über ihre Lage raubte ihm jeden klaren Gedanken. Schon glaubte er Glockenklänge durch das Tosen zu hören, den tiefen, ruhigen Klang von Kirchenglocken – wollte ihn sein Verstand jetzt vollends narren?

«Was machst du da?», brüllte er Gunther an, als der das Pferd plötzlich nach rechts wendete, wo es spürbar bergauf ging.

«Da läuten Glocken zu unserer Rettung.»

Dann hatte der Stalljunge es also auch gehört! Gefühlte

drei Vaterunser lang kämpften sie sich durch den Schneesturm bergwärts, als Konrad etwas Dunkles vor sich auftauchen sah. So gut es ging, beschleunigte er seine Schritte – und stand vor dem Portal einer Kapelle! Das Glockenläuten war verstummt.

«Hierher!»

Er stemmte sich mit seinem Gewicht gegen die Tür, bis sie endlich nachgab und einen Spaltweit aufsprang.

«Schnell, kommt rein!»

Anna und Margret schlüpften als Erste hinein, während Gunther die leblose Luitgard vom Pferd zog. Konrad musste mit seiner ganzen Kraft gegen den starken Zugwind ankämpfen, um für Gunther und Luitgard die Tür offen zu halten, als endlich auch die beiden Zuflucht in der Bergkapelle gefunden hatten. Die Tür krachte hinter ihnen zu, und Konrad betete, dass sein Pferd Schutz im Windschatten der Mauern suchen würde.

Vorsichtig bettete er mit Gunthers Hilfe Luitgard auf die einzige Kirchenbank vor dem Altar. Dann setzte er sich neben ihren Kopf und rieb ihr die Hände warm, Anna, die Luitgards Beine in ihren Schoß gebettet hatte, die bloßen Füße. Durch das einzige Fenster hinter dem Alter drang fahles Licht, mit unverminderter Wucht rüttelte der Sturm am Dach über ihnen, dass das Gebälk nur so ächzte und knarrte.

«Hört ihr das?», fragte Konrad.

Anna nickte. Ihr dunkles Haar war durchnässt, kräuselte sich in der Stirn zu Locken. In ihren Augen stand die blanke Angst, sie zitterte vor Kälte, und Konrad spürte plötzlich den Drang in sich, sie in die Arme zu nehmen und zu wärmen.

«Der Sturm …», sagte sie leise. «Er wird das Dach zerstören.»

«Das meine ich nicht. Da sind Stimmen.»

Er lauschte angestrengt, meinte auch, dass das Heulen des Sturms allmählich nachließ – bis er wieder die Stimmen hörte:

eine alte, raue und die eines Kindes. Sie beteten, in gleichmäßigem, kräftigem Singsang.

«Woher kommt das?», fragte Anna erstaunt.

«Geisterstimmen», wisperte Margret und klammerte sich an ihr fest.

Konrad schüttelte den Kopf. «Da ist jemand. Ganz in der Nähe. Ich geh nachsehen.»

Mühsam humpelte er zur Tür. Da die Sohlen seiner Sandalen durchlöchert waren, hatte er sich Lumpen hineingestopft, die seine Füße jetzt zu Eisklumpen gefrieren ließen.

Draußen ging der Schneefall in Regenböen über. Als Konrad um die Ecke der Kapelle bog, entdeckte er sein Pferd, das im nassen Schnee nach Gras scharrte. Freundlich schnoberte es ihm zu. Da erst erkannte er durch die neblige Regenwand das geduckte Häuschen aus grauem Bruchstein. Es war gegen einen Felsen gebaut und ganz offensichtlich der Sitz eines Einsiedlers. Und von eben dort drangen die Stimmen heraus.

Konrad trat näher. «Ist da jemand?»

Das Türchen schwang auf. Ein Mann, dessen Alter nicht zu schätzen war, trat auf die Schwelle. Er war barfuß, mit langem verfilzten Haar und einem ebenso verfilzten Bart, der ihm bis über die Kordel seiner schmutzigen, mehrfach geflickten Kutte reichte.

«Gott zum Gruße, ehrenwerter Mann. Wir sind Pilger und in deiner Kapelle gestrandet.»

«Konrad!», rief von drinnen eine helle Knabenstimme, und schon schlüpfte Christian durch die Tür und rannte auf ihn zu. Konrad breitete die Arme aus, zog ihn an die Brust, fuhr ihm durch den feuchten roten Haarschopf. Er hätte heulen mögen vor Glück und Erleichterung.

«Was machst du bloß für Sachen! Einfach weglaufen!»

«Wollte halt zurück zu den anderen, wegen dem Murmeltier – aber dann kam der Schneesturm, und ich hab große Angst gekriegt.»

«Wir auch, Christian, wir auch. Vor allem um dich!»

Er kniff dem Jungen in die Wange, dann ließ er ihn los. Ebenso unvermittelt, wie das Unwetter über sie hereingebrochen war, schien jetzt wieder die Sonne, und Konrad blinzelte gegen das grelle Licht, das über die Eis- und Schneeflächen gleißte. Von den Berghängen dampften hellgraue Schwaden in den Himmel.

«Wie bist du überhaupt hierhergekommen?», fragte er.

«Ich hab die Glocken gehört und dann die Kapelle gefunden. Aber die Tür ging nicht auf, und dann bin ich drum herumgelaufen und hab die Hütte gesehen und laut gerufen. Der alte Mann hat mit mir dann die ganze Zeit gebetet, damit euch nichts geschieht.» Christians Blick ging an ihm vorbei, und er stürmte los. «Mutter!»

In der Tür zur Kapelle stand Luitgard, von Anna und Gunther gestützt. Christian fiel ihr um den Hals.

«Allmächtiger, ich danke dir», sagte Konrad leise. Er trat auf den Einsiedler zu, der das Ganze mit einem stillen Lächeln um die Augen beobachtet hatte.

«Und dir danke ich auch von Herzen, Bruder.» Konrad ergriff dessen schwielige Hand. «Dafür, dass du mit dem Jungen gebetet hast, und erst recht dafür, dass du im Sturm die Glocken geläutet hast. Danke!»

Der Alte schüttelte verständnislos den Kopf, sodass Konrad seine Worte auf Lateinisch wiederholte.

Jetzt verzog sich das faltige Gesicht des Einsiedlers zu einem einzigen Lächeln: «Non habemus campanam.»

Wir haben keine Glocke. Verwirrt wandte Konrad den Blick hinüber zur Kapelle: Der kleine Dachreiter über dem Eingangsportal war leer!

Kapitel 23

Unterwegs zum Pass von Sankt Bernhard

Auf Konrads Drängen hin wärmten sie sich an der sonnenbeschienenen Seite der Kapelle noch ein wenig auf, bis Luitgards Wangen wieder Farbe bekamen. Der freundliche Einsiedler hatte derweil in seiner Hütte einen Kräutertrank gebraut, den er ihnen jetzt in einem Krug herausbrachte. In seiner unverständlichen Sprache entschuldigte er sich dafür, dass er, als Nachfolger Christi, in Enthaltsamkeit lebe und daher nichts zu essen für sie habe.

Der heiße, stark gewürzte Trunk tat ihnen, die sie durchgefroren und nass bis auf die Haut waren, spürbar gut, auch wenn Anna der Magen jetzt umso mehr zu knurren begann. Weit mehr als der Hunger peinigte sie allerdings die Frage, was mit Lampert und Jecki geschehen war. Dieser Schneesturm war noch schlimmer als das Donnerwetter im Rheintal gewesen, und wer nicht wie sie ein schützendes Dach gefunden hatte, schien ihr unrettbar verloren. Von der Kapelle aus, die in einen der Nachmittagssonne zugewandten Hang gebaut war, konnte man einen Teil des Hochtals überblicken. Das lag bereits im Schatten, noch immer weiß von Schnee und Eis, und Anna beobachtete, wie sich dort immer mehr Pilger sammelten. Viele liefen richtungslos hin und her, auf der Suche nach den Gefährten, ihre Rufe hallten bis zu ihnen herauf.

«Gehen wir», drängte Luitgard. «Wir müssen Jecki und Lampert finden.»

Konrad musterte sie besorgt. «Bist du dir sicher, dass du so weit bei Kräften bist?»

«Ja. Hilf mir aufs Pferd.»

Über einen schmalen Trampelpfad, der längs des Hangs hinunterführte, machten sie sich an den Abstieg. Anna, die vorausging, warf einen letzten Blick zurück auf ihre rettende Zuflucht und winkte dem Einsiedler zu. Dann stutzte sie: In dem kleinen, nach allen Seiten offenen Glockenstuhl auf dem Dach der Kapelle war überhaupt keine Glocke zu sehen.

Sie blieb stehen und mit ihr alle anderen.

«Was war das für ein Läuten, das uns hierhergeführt hat?», fragte sie Konrad verwirrt.

Der zuckte ratlos die Achseln. «Christian hat es auch gehört. Aber der Eremit sagt, dass es keine Glocke gibt.»

«Das kann nicht sein. – Vielleicht der Sturmwind …»

Christian schüttelte den Kopf. «Aber ich hab's genau gehört. Sonst hätt ich die Kapelle ja gar nicht gefunden!»

Mit einem Lächeln richtete sich Luitgard im Sattel auf. «Wie kleingläubig ihr seid! Seht ihr es denn nicht? Der Herrgott selbst hat uns geläutet. Dazu braucht es keine Glocke auf dem Dach einer Kapelle.»

«Ein Wunder also?», gab Konrad zurück.

«Du sagst es – ein göttliches Wunder. Gib deinem Herzen endlich einen Ruck und erkenne, dass der Herrgott mit uns ist.»

Konrad war deutlich anzusehen, wie er über eine passende Antwort nachdachte.

«Gehen wir weiter», sagte er nur.

Ja, es war ein Wunder. Und plötzlich war sich Anna sicher, dass sie auch Jecki und Lampert wohlbehalten wiederfinden würden.

Nur ein Vaterunser später wurde ihr Glauben daran erschüttert: Dort, wo der Abhang in das Hochtal überging, sah sie zwei Gestalten in einer Schneewehe liegen – reglos, die Arme ausgebreitet, die Hände in den Boden gekrallt. Sie unterdrückte einen Aufschrei und bekreuzigte sich.

Aber es waren nicht Jecki und Lampert, sondern zwei Knaben, die höchstens zehn, zwölf Jahre zählten, und alle beide waren sie tot. Anna war entsetzt und erleichtert zugleich und dachte ein ums andere Mal: Warum hatte Gott hier kein Wunder bewirkt? Wie konnte er die einen auserwählen, die anderen zurückstoßen? In ihrer Brust zog es sich zusammen, als sie alle miteinander ein Totengebet sprachen.

«Wir müssen sie begraben», sagte sie, nachdem Konrad den Leichnamen die aufgerissenen Augen geschlossen hatte. Ihr war kalt bis auf die Knochen, und das lag nicht nur an ihren durchnässten Kleidern und dem kühlen Wind, der durch das schattige Tal fuhr.

«Wie denn?» Konrad schüttelte den Kopf. «Im Gegensatz zu Nikolaus' Leuten haben wir keinen Spaten, und der Boden ist hart und steinig. – Ach Anna, es werden nicht die Einzigen sein.»

Und wirklich fanden sich noch etliche Leichen über das Hochtal verstreut. Eine laut schreiende Mutter versuchte mit bloßen Händen für ihr Kind eine Grube auszuheben, ihre Finger waren schon ganz blutig, als jemand sie bei den Schultern nahm und mit sich fortschleppte. Anna war wie gelähmt angesichts all des Leids, hätte am liebsten die Augen geschlossen, um es nicht zu sehen, sich die Ohren zugehalten, um es nicht zu hören. Die einen trauerten um die Toten, andere hatten sich verletzt oder suchten nach Verschollenen, und so brauchte es geraume Zeit, bis sich aus den über das ganze Tal verstreuten Menschen wieder halbwegs ein Tross formte, der sich langsam auf das Ende des Hochtals zubewegte.

«Konrad! Anna!»

Sie fuhr herum. Nass, zerzaust und mit strahlender Miene stapften Jecki und Lampert durch den matschigen Schnee auf sie zu. Einer nach dem anderen fielen sie sich freudig in die Arme.

«Wo habt ihr gesteckt?», fragte Konrad.

«Bei unserem Murmeltier.» Jecki strich sich das Haar aus der Stirn und grinste schief. «Aber erwischt haben wir's leider nicht.»

«Dafür waren wir bei einer Wunderkapelle», rief Christian aufgeregt. «Da läuten die Glocken, obwohl's gar keine gibt.»

Lampert stieß ihn in die Seite. Seine Zähne klapperten vor Kälte aufeinander. «Was du dir immer so ausdenkst.»

Anna hielt sich zurück mit einer Erwiderung, und zu ihrer Überraschung schwiegen auch Konrad und Luitgard dazu. Überhaupt verhielt sich Luitgard seit dem Schneesturm merkwürdig. Dass sie alle wieder beisammen waren, schien sie nicht sonderlich zu bewegen – selbst oben bei der Kapelle, als Christian ihr mit Freudengebrüll in die Arme geflogen war, hatte sie nur still gelächelt.

«Freust du dich gar nicht über unser großes Glück?», fragte sie sie, als sie sich wieder in Bewegung setzten. Anders als zuvor drängten die Pilger sich jetzt dicht zusammen – um Schutz und vielleicht ein wenig Wärme zu suchen.

«Aber ja doch. Nur – ich wusste, dass wir uns wiederfinden. So, wie wir auch Christian gefunden haben. Ich musste keine Angst haben.»

Aus einem felsigen Seitental waren plötzlich auch Nikolaus und seine Leute aufgetaucht. Einige der Knappen, darunter Wolfram von Wiesental, gingen zu Fuß, hatten wohl im Sturm ihre Pferde verloren. Auch Nikolaus' Sänfte war verschwunden, stattdessen saß er zusammengekauert auf einem der kurzbeinigen Maulesel. Anna stand zu weit entfernt, um erkennen zu können, ob er verletzt war – indessen nahe genug, um die aufgebrachten Rufe derer zu hören, die sich ihm nun näherten. Augenblicklich bildeten die Knappen und Mönche einen Schutzschild um ihn.

«Wo war unser Gott?», brüllte jemand. «Hat er vielleicht

geschlafen?» Und ein anderer: «Wo waren die himmlischen Heerscharen, die uns beschützen sollten?» Eine Frau brach in lautstarkes Wehklagen aus: «Wir werden alle sterben – alle!»

Da straffte sich Nikolaus' Oberkörper.

«Ruhe!», schrie er zurück. «Ruhe!»

Er sprang von seinem Maultier und kletterte auf einen nahen Felsen. Wie von einer Kanzel herab sprach er dort zu den Menschen, seine sonst so sanfte Stimme klang wütend.

«Ihr Schwächlinge! Ihr einfältigen Seelen! Schreckt euch wahrhaftig der Tod? Habt ihr denn gar nichts begriffen? Auf dieser heiligen Reise ist der Tod der Eingang ins Paradies. Aber nein, wie sollt ihr das auch begreifen», höhnte er, «wo ihr nach und nach abfallt vom rechten Glauben, wo ihr euch vom Teufel verführen lasst, der in Gestalt von Dieben und Huren und falschen Mönchen unter uns gekommen ist. Glaubt ihr vielleicht, ich hab keine Augen und Ohren? Glaubt ihr, ich sehe nicht, wie unverfroren hier im Tross gestohlen und gelogen, gehurt und gefrevelt wird? Das ist der Satan selbst, der euch in Versuchung führt, damit ihr die heilige Sache aufgebt, bevor ihr sie richtig begonnen habt.»

Sein Kopf war jetzt hochrot, das konnte Anna sogar aus der Entfernung sehen.

«Was meint ihr, was Gott alles vermag? Dieser Sturm war für ihn nur eine Kleinigkeit, eine Strafe für euer sündiges, unkeusches Treiben. Wenn ihr jetzt aufgebt, mit dem Wehgeschrei alter Waschweiber, dann erst werdet ihr die wahre Rache des Herrn erfahren. Wehe dem, der diese Prüfungen nicht besteht und seinen Eid bricht! Die Flammen der Hölle werden aus dem Boden schießen und euch zu Asche verglühen lassen, die Felsen werden sich auftun und euch in den Höllenschlund reißen. Das bisschen, was wir hier erleiden, ist nichts gegen die endlosen Qualen dort unten!»

Vor Anna fielen die Pilger reihenweise auf die Knie, und Christian begann vor Schreck zu weinen.

«Ihr habt die Wahl: euch selbst und die Welt ins Verderben zu reißen oder aber durchzuhalten.» Er wurde ruhiger. «Nur ein, zwei Wegstunden von hier liegt der Pass von Sankt Bernhard, unsere letzte Hürde vor dem Lampartenland, dem Land der Sonne und des ewigen Frühlings. Ein Spaziergang nur wird es sein bis hinunter zum Meer, das sich vor uns auftun wird. Und sind wir erst im Gelobten Land, wo der Wein süß wie Honig schmeckt, die Früchte an den Bäumen golden sind und das Brot weiß wie Herrenbrot, dann wird keiner von uns mehr Hunger und Durst leiden müssen. Dann werden alle Entbehrungen vergessen sein. Stark werden wir sein und mit unserer Begeisterung für den wahren Glauben die Sarazenen auf immer besiegen.»

Unter dem Volk war es still geworden, und Christian hatte zu weinen aufgehört. Nikolaus' Stimme gewann ihren feierlichen goldenen Klang zurück.

«Hört nun, was mir der Herrgott im Sturmwind befohlen hat: All jene unter euch, die noch nicht den heiligen Eid geschworen haben, soll ich zu Rittern Christi schlagen. Erhebet euch also und tretet vor, auf dass ihr mit mir das Kreuzgelübde sprecht und ich euch segne.»

Zu Dutzenden scharten sie sich um ihn, und nachdem sie den heiligen Eid gesprochen hatten, segnete er sie mit erhobenen Armen: «So befreie ich euch hiermit von allen Sünden für alle Zeiten und sage euch, dass euch ein Platz an der Seite des Herrn sicher ist.»

Unwillkürlich fuhr Anna ein Schauer über den Rücken. Obwohl sie im Innersten wusste, dass sich der Hirtenjunge herausnahm, was nur einem geweihten Priester zustand, spürte sie, dass Nikolaus sie wieder vereint hatte zu einer Gemeinschaft, die das Gute und das Richtige wollte.

Neben sich hörte sie Konrad leise sagen: «Was für frevelhafte Worte! All das hier entsteht aus vergifteten Quellen und wird uns nur ins Unglück führen!»

In einem indessen behielt Nikolaus recht: Eingebettet zwischen steilen Berghängen tauchte keine zwei Stunden später das Klosterhospiz des heiligen Bernhard von Aosta vor ihnen auf. Die Pilger brachen in laute Jubelschreie aus, schleppten sich mit letzter Kraft den Weg hinauf, und wer unter den Kranken und Verletzten nicht das Glück hatte, wie Luitgard auf einem Pferd oder Maultier zu sitzen, wurde auf Decken und Tüchern hinaufgeschleift.

Sie hatten es geschafft – von nun an würde alles einfacher werden.

Kapitel 24

Im Hospiz von Sankt Bernhard

Dankbar nahm Konrad den Stapel Decken entgegen und verteilte ihn unter den Freiburgern. Durchgefroren und verschwitzt zugleich hatten sie sich im Hof des Klosters gesammelt, nicht wenige streiften sich augenblicklich ihre Kleidung vom Leib, um sich mit dem derben Tuch kräftig abzureiben und darin einzuhüllen. Die völlig ermattete Luitgard hatten sie, trotz ihres Widerstrebens, sogleich in die Obhut des Siechenmeisters übergeben, hatten ihr ein ums andere Mal versprechen müssen, dass sie immer wieder nach ihr sehen würden.

Verstohlen beobachtete er, wie Anna sich bis auf ihr dünnes Hemd auszog und trocken rieb. Das Mädchen war so mager geworden, dass es ihm einen Stich versetzte. Schultern und Schlüsselbeine stachen unter der glatten, hellen Haut hervor, das schmale Gesicht ließ sie älter erscheinen, als sie war.

Der Propst der Augustiner-Chorherren hatte ihnen angeboten, zwei Nächte zu bleiben, um ein wenig Kraft zu schöpfen, da der Weg aus dem Gebirge heraus an Beschwernissen nicht zu unterschätzen sei. Nicht nur Nikolaus, auch ein Gutteil der Pilger hatte am nächsten Morgen schon weiterziehen wollen, doch angesichts der vielen Kranken und Verletzten besann sich ihr Führer eines Besseren und nahm das Angebot an. Zumal ihnen seitens der Mönche außer einem trockenen Schlafplatz auch Wein und ausreichende Kost versprochen wurden.

Das alles war überaus großzügig. Schließlich waren sie, nach Konrads grober Schätzung, noch immer an die zweitausend Leute, die es bis hierher geschafft hatten, und obgleich das Pilgerhaus, das hinter der Klosterpforte stand, das größte war, das er je auf Reisen gesehen hatte, waren die Mönche auf eine solch riesige Schar nie und nimmer eingestellt. Jetzt hatten sie sich, bis auf den Bruder Hospitarius, für ihr Stundengebet zurückgezogen

«Was schaust du so?» Anna schlang sich die Decke um den Leib, und Konrad wandte verlegen den Blick ab.

«Ich hab eben daran gedacht, dass uns auch drei Nächte Rast guttäten – dir, den Kindern und vor allem Luitgard.»

Sie nickte. «An Luitgard hab ich auch grad gedacht. Das Beste wäre, wenn wir warten würden, bis ihre Wunde halbwegs verheilt ist. Andrerseits …» Sie zögerte. «Ich denke, das Meer würde sich kein zweites Mal vor uns teilen.»

«Dann glaubst du wirklich daran?»

«Ja.» Doch in ihren Augen meinte Konrad Zweifel herauszulesen.

In diesem Moment rief einer der Knechte des Hospitarius die Frauen und Kinder zu sich.

«Ihr dürft zuerst in die Wärmestube. Danach die anderen. Stellt euch in Viererreihen auf, heißen Würzwein verteilen wir vor der Wärmestube für alle.»

Anna wollte die Kinder bei der Hand nehmen, als Christian die Arme verschränkte. «Bin doch kein Kind mehr.»

Sie lächelte. «Nichts da, du zitterst ja.»

«Anna hat recht.» Konrad gab dem Jungen einen Klaps. «Du gehst mit. Ich schau derweil bei Luitgard nach dem Rechten.»

Er ließ sich vom Knecht den Weg zur Krankenstube erklären, dann drängte er sich durch die Menschenmasse, die sich müde zu einer schier endlosen Schlange formierte. Von Nikolaus und seinen Leuten war weit und breit nichts zu sehen, als er das Pilgerhospiz in großem Bogen umrundete. Mit Sicherheit waren sie im Haus des Propstes untergekommen, nahmen dort ein heißes Bad im Zuber, um sich hernach an eine reichgedeckte Tafel zu setzen.

Er schnaubte. Nein, er wollte nicht schon wieder über den Widersinn dieses Unternehmens und all seinen beschämenden Auswüchsen nachdenken. Stattdessen lauschte er den Gesängen der Mönche, die aus dem Chor der Klosterkirche zu ihm herüberhallten. Plötzlich hatte er das Verlangen, sich vor dem Altar niederzuwerfen, um zu beten – still und für sich allein. Ja, das würde er tun, wenn er von Luitgard zurückkehrte.

Der Gestank nach Blut, Eiter und Essig schlug ihm entgegen, als er die Krankenstube betrat, die weitaus größer war als erwartet. Mit zahlreichen Betten bestückt, erinnerte der hohe, langgestreckte Saal an eine Hallenkirche, zumal sich am schmalen Ende ein Altar befand. Zwischen den Betten, die allesamt zweifach besetzt waren, eilten Laienbrüder hin und her, ohne ihn zu beachten. So brauchte es seine Zeit, bis er

Luitgard hinter einer der Säulen entdeckte. Sie lag mit einem halbwüchsigen Mädchen, das den Kopf verbunden hatte, zusammen und schien zu schlafen.

Leise trat er an ihre Seite und nahm ihre Hand, die entspannt über der Bettdecke ruhte. Er erschrak, wie heiß sie war. Hinter ihm stöhnte jemand vor Schmerzen.

Luitgard schlug die fiebrig glänzenden Augen auf.

«Klewi», flüsterte sie mit rauer Stimme und lächelte. «Kommst du mich holen?»

«Ich bin's, Konrad.» Er schluckte. Klewi war ihr verstorbener Mann, wie er wusste.

Sie schien zu sich zu kommen, und Enttäuschung breitete sich auf ihrem eingefallenen Gesicht aus. «Ziehen wir schon weiter? Ich bin so müde.»

«Aber nein, keine Sorge. Erst übermorgen. – Hast du denn Schmerzen?»

«Nein ... Hab einen Trank bekommen ...»

Ihre Zunge fuhr über die rissigen Lippen. Er sah sich um und entdeckte neben dem Bett einen Becher halbvoll mit Wasser.

«Warte.» Mit der Linken hob er ihren Kopf ein wenig an, mit der Rechten flößte er ihr die Flüssigkeit ein. Sie trank in winzigen Schlucken.

«Danke.» Sie ließ sich wieder zurücksinken. Dann fragte sie: «Christian?»

«Es geht ihm gut. Er ist mit Anna und Margret in der Wärmestube.»

«Bekommt er ... zu essen?»

«Ja, es ist für alles gesorgt.»

«Das ist gut. Weil ... er ist halb verhungert und hat doch nie geklagt ... ist so tapfer.»

«Das ist er, dein Christian. Ein großartiger Junge.»

Sie lächelte wieder. «Er mag dich sehr.»

Konrad nickte. Auch ihm war nicht entgangen, dass der Junge in den letzten Tagen immer wieder seine Nähe gesucht hatte. Einmal hatte er sogar gesagt: «Schade, dass du nicht älter bist. Dann könntest mein Vater werden.»

Derweil hatte Luitgard die Augen wieder geschlossen. Sie musste wirklich unglaublich erschöpft sein. Er hätte gern einen der Laienbrüder herangewinkt, doch die hatten mit dem Säubern von Wunden und Verbandswechseln alle Hände voll zu tun.

«Was ist mit deinem Bein?», fragte er, doch sie antwortete nicht mehr. Er begann zu frieren unter seiner klammen Kutte. Vielleicht sollte er sich doch erst bei den anderen aufwärmen und dann noch einmal zurückkommen.

Als er sich wieder aufrichtete, sah er einen der Mönche eintreten, einen hageren, älteren Mann mit ernstem Gesicht, dessen Haare um die Tonsur schon weiß waren.

«Bruder Infirmarius?», rief er leise. Der Siechenmeister kam auf ihn zu.

«Gott zum Gruße, mein Sohn», sagte er in deutscher Sprache. «Was möchtest du wissen?»

«Gott zum Gruße, Bruder. Ich bin Konrad von Illenkirchen.» Er deutete auf Luitgard. «Es geht ihr nicht gut, hab ich recht?»

«Ist sie verwandt mit dir?»

«Das nicht. Aber wir sind zusammen unterwegs, eine kleine Gruppe aus Freiburg im Breisgau.»

Der Siechenmeister bedeutete ihm, mitzukommen. Im Mittelgang blieb er stehen.

«Du bist ein Scholar, nicht wahr?»

«Ja. Ich will Priester werden.»

«Das ist gut, dann kann ich offen mit dir reden. Sie wird

nicht mit euch kommen können, wenn ihr übermorgen weiterzieht. Selbst wenn sie das heilige Gelübde abgelegt haben sollte.»

Konrad erschrak. «Ist es so ernst?»

«Wir werden ihr das Bein abnehmen müssen, oberhalb des Knies. Der Wundbrand hat eingeschlagen.»

«Niemals!», rief er erschrocken aus. Um dann ruhiger fortzufahren: «Verzeiht …»

Er sah sich nach Luitgard um, aber sie lag nach wie vor reglos unter ihrer Decke.

Leise fuhr er fort: «Sie hat ihren Sohn dabei, grad mal acht oder neun Jahre alt.»

«Dann wird der Junge auch hierbleiben müssen. Ohnehin halte ich überhaupt nichts davon, dass hier Kinder …» Er unterbrach sich, aber zwischen seinen Augen trat deutlich die Zornesfalte hervor. «Wo kann ich dich finden, wenn es ihr schlechter geht? Hast du schon einen Schlafplatz?»

«Ich weiß nicht … Ich denk, ich werd im Stall bei meinem Pferd schlafen.»

Der Siechmeister nickte. «Jetzt geh dich aufwärmen. Sonst bist du der Nächste, den wir hier gesund pflegen müssen.»

Konrad konnte nicht fassen, was der Siechenmeister ihm offenbart hatte. Draußen vor der Krankenstube atmete er erst einmal tief durch. Die Gesänge der Mönche waren verstummt, ihr Stundengebet offenbar beendet. Er beschloss, die Kirche aufzusuchen und für Luitgard zu beten.

Das Hauptportal war verschlossen, und so begab er sich auf die Nordseite, wo er einen weiteren Eingang gesehen hatte. Leise drückte er eine schmale Tür auf, um niemanden zu stören. Doch im Chor war es still, die Mönche hatten sich in ihren Konvent zurückgezogen, der auf der anderen Seite der Kirche lag.

Er wollte schon auf den schlichten Kreuzaltar, der dem Kirchenvolk zugedacht war, zugehen, als er innehielt: Aus dem Dunkel einer Seitenkapelle hörte er leise Stimmen.

«So sind mit Stephan und Nikolaus die Richtigen gefunden für dieses heilige Unterfangen!»

«Wahrhaftig, Bruder Matthäus, selbst wenn unsereins hin und wieder nachhelfen muss. Wir können Gott danken, dass auch mit dem welschen Bauernsohn Stephan an Bruder Johannes' Seite alles zum Besten steht, wie uns der Bote in Basel berichtet hat. Heute jedenfalls haben wir mit diesem Pass die größte Hürde überwunden – das müssen wir feiern.»

«Du vergisst das mittelländische Meer, Bruder Paulus.»

Bruder Paulus lachte leise auf. Konrad glaubte sein feistes, rosiges Gesicht vor sich zu sehen. Rasch huschte er hinter die nächste Säule, um sich zu verbergen und besser lauschen zu können. Allein das Wenige, was er bisher gehört hatte, brachte sein Blut in Wallung.

«Das Meer … Ach, Bruder Matthäus, selbst wenn es sich nicht teilen mag: Wir werden schon einen Weg finden ins Gelobte Land.»

«Zweifelst du etwa daran, dass der Allmächtige uns ein Wunder schickt?»

«Zwingen können wir den Herrgott nicht.» Wieder stieß Bruder Paulus ein unterdrücktes Lachen aus. Fast wirkte er ein wenig betrunken. Dann war die Stimme von Bruder Rochus zu vernehmen, einem älteren, eher besonnenen Mann. Er sprach so leise, dass Konrad ihn kaum verstand. So waren denn von Nikolaus' geistlichen Ratgebern alle drei beisammen.

«Und doch …», hörte er Bruder Rochus flüstern und wagte kaum noch zu atmen. «War es nicht vermessen … den Knaben als Engel … als Christus …?»

«Der Zweck heiligt die Mittel», unterbrach ihn Bruder Paulus ungehalten. «Wie sonst sollten wir die Begeisterung der jungen Menschen entfachen? Jetzt glühen und brennen sie, den göttlichen Auftrag auszuführen. Hat nicht der Heilige Vater selbst gesagt, nur einem reinen und unschuldigen Kind könne das heilige Werk gelingen, Jerusalem zu befreien? Innozenz hat den Fehler erkannt, den seine Vorgänger begangen hatten: Die Kirche hatte mit den Kreuzzügen ein Ungeheuer entfesselt, das eine Blutspur, eine Schneise der Verwüstung hinterließ.»

«Du weißt aber schon, Bruder Rochus, dass Papst Innozenz damit auf das Kind von Apulien abzielte, den jungen Friedrich, auf den er seine ganze Hoffnung setzt?»

Konrad horchte auf: Barbarossas Enkel Friedrich von Hohenstaufen war ein junger Mann, unlängst selbst Vater eines Kindes geworden und somit alles andere als eine einfältige Seele wie die meisten hier.

Bruder Paulus' Tonfall wurde ärgerlich. «In der Sache spielt das keine Rolle. Wichtig ist doch, dass statt beutegieriger Raffzähne nun tiefgläubige, unschuldige junge Menschen das Ruder in die Hand genommen haben. Und so handeln wir ganz im Sinne unseres geliebten Bruders Franziskus, der die Sarazenen nicht mit Feuer und Schwert, sondern mit Worten bekehren will.»

Innerlich schlug sich Konrad gegen die Stirn. Er hätte es wissen müssen – dieses Kreuz in Form eines T auf Nikolaus' weißem Gewand war das Zeichen des Franz von Assisi, jenem Erneuerer der mönchischen Bewegung, der die Nachfolge Christi in einem Leben in Armut und Buße sah und dessen Gemeinschaft der Minderen Brüder erst vor kurzem vom Papst anerkannt worden war. Was Konrad bislang als unbestimmten Verdacht gehegt hatte, sah er nun mehr als deutlich bestätigt: Zwar zogen etliche Mönche in ihrem Tross mit, doch diese drei Bettelmönche hier waren Gefolgsleute des Armutspredigers von Assisi! Sie lenkten die Worte und Taten eines überspannten Hirtenknaben und ließen Tausende von Menschen ins Verderben stürzen! Und ihre Glaubensbrüder drüben im welschen Frankreich taten nichts anderes.

Er stürzte aus seinem Versteck hervor.

«Es gab also niemals eine Himmelserscheinung bei Köln!», stieß er hervor. «Ihr habt den jungen Nikolaus nur benutzt für eure Pläne.»

Die Stille währte nur kurz.

«Sieh da, der vorwitzige Scholar aus Freiburg.» Bruder Paulus blieb ruhig.

«Ja, der bin ich. Und ich habe eure Worte belauscht.»

«Dann musst du dich verhört haben. Nikolaus ist ein Erleuchteter, vom Heiligen Geist erfüllt. Wage nicht, daran zu zweifeln!»

Doch Konrad ließ sich nicht beirren.

«Weiß euer Franziskus von Assisi, was ihr hier treibt? Weiß er davon, was für ein wahnwitziges Unternehmen ihr angezettelt habt? Oder ist gar er selbst der Drahtzieher?»

«Schrei hier nicht so herum!», herrschte Bruder Rochus ihn an. «Uns selbst ist der Herr erschienen, durch Nikolaus' und Stephans Glaubenseifer weist er uns den Weg. Ein bisschen mehr Demut stünde dir gut zu Gesicht, junger Mann.»

«Hört doch auf mit diesem heuchlerischen Gewäsch. Ihr wisst genau: Nach vier blutigen, von Machtgier getriebenen Kreuzzügen lässt sich keiner von den Alten mehr hinterm Ofen vorlocken, um den heiligen Eid zu leisten. Allein deshalb nehmt ihr jetzt die Jungen als Werkzeug, nehmt unzählige Opfer in Kauf – wer auch immer dahintersteckt.»

«Du versündigst dich.»

«Ich? Ihr alle versündigt euch. Was ihr tut, ist Gotteslästerung. Nein, mehr noch: Das ist Mord! So viele Tote haben wir schon zu beklagen, auch von uns Freiburgern ist eines der Kinder gestorben, und eine Mutter liegt schwer verletzt hier in der Siechenhalle. Aber das kümmert euch nicht.»

Da legte Bruder Paulus ihm den Arm um die Schulter. «Sie alle sind Märtyrer für eine heilige Sache. Das tausendjährige Friedensreich Gottes auf Erden wird kommen, ist erst einmal die Heilige Stadt befreit, der Felsendom zerschlagen und Salomons Tempel wieder aufgebaut.»

Fassungslos schüttelte er den Arm des Mönches ab. Diese Männer wirkten kein bisschen verunsichert darüber, dass sie entlarvt waren.

«Ich werde nach Rom gehen, den Heiligen Vater aufsuchen. Er muss diesem Treiben ein Ende machen.»

«Er weiß längst davon, du Dummkopf.» Er hörte das Lächeln des Bettelmönchs heraus. «Doch leider ist Papst Innozenz ein Zauderer und hat aufs falsche Pferd gesetzt. Sein königlicher Schützling Friedrich wird derzeit zerrieben im Thronstreit um den rechtmäßigen Imperator unseres deutschen Reichs, im Machtkampf zwischen Welfen und Hohenstaufen, zwischen England und Frankreich – von dem ist nichts zu erwarten. Und deshalb haben *wir* die Sache in die Hand genommen. Denn eines ist gewiss: Der Heilige Vater sehnt nichts mehr als die Befreiung des Gelobten Lands herbei, und stehen wir erst mal vor den Toren Jerusalems, wird er unser Werk bejubeln.»

«Und als das seine ausgeben», fügte Bruder Matthäus lächelnd hinzu.

Konrad blieb der Mund offen stehen angesichts der Verblendung dieser Männer. Da trat Matthäus dicht vor ihn hin und packte ihn beim Kragen seiner Kutte.

«Ich warne dich: Solltest du deine Lügen unterm Volk verbreiten, kennen wir keine Gnade. Durch einen wie dich lassen wir unsere Mission nicht gefährden.»

«Er wird nichts dergleichen tun», höhnte Bruder Paulus. «Schon weil ihm keiner glauben würde. Nicht mal der Straßburger Bürgermeister oder der Propst zu Schlettstadt hatten Zweifel zu säen vermocht. Und da will ein hergelaufener Scholar uns in der Kirche belauscht haben – lachhaft. Ich sag dir, was die Wallfahrer mit dir anstellen werden: Sie werden dich halbtot schlagen für deine ketzerischen Worte.» Er gab ihm einen Stoß. «Und jetzt geh uns aus den Augen.»

Der Aufenthalt in der Wärmestube hatte Annas Lebensgeister wieder geweckt, auch wenn er allzu kurz gewährt hatte. Sie stellte sich mit den Kindern bei der Essensausgabe an, wobei sie sich immer wieder suchend nach Konrad umblickte. Was würde er ihnen wohl von Luitgard berichten? Dass es nicht gut um sie stand, ahnte sie.

Sie ließen sich gerade einen Napf mit warmem Kraut und Speck füllen, als sie Konrad auf sie zukommen sah.

«Wie geht es der Mutter?», fragte Christian ihn ängstlich.

«Sie hat gesagt, dass sie keine Schmerzen mehr hat. Dann ist sie wieder eingeschlafen.»

«Da bin ich aber froh. Und jetzt hab ich einen Mordshunger.»

Das Essen schmeckte köstlich, aber Anna brachte im Gegensatz zu den Kindern kaum einen Bissen herunter. Die tiefen Sorgenfalten auf Konrads Stirn waren ihr nicht entgangen, und sie wusste, dass er ihnen nur die halbe Wahrheit gesagt hatte.

Schweigend aßen sie auf, wobei Konrad seinen noch halbvollen Napf an die Kinder weitergereicht hatte: «Esst – ihr habt es nötiger als ich.»

Schließlich sammelte Anna das leere Geschirr ein.

«Ich bring die Sachen zurück – kommst du mit?», wandte sie sich an Konrad und warf ihm einen lauernden Blick zu.

Er nickte.

Neben der Essensausgabe, wo das Wasserfass zum Geschirrspülen aufgestellt war, hielt sie ihn am Arm fest.

«Du verschweigst uns was.»

Er sah zu Boden. «Sie wird ihr Bein verlieren.»

«Das ist nicht wahr! Wer sagt das?»

«Hab mit dem Siechenmeister gesprochen. Der Wundbrand hat eingeschlagen. Außerdem hat sie Fieber. – Ich bin mir sicher, sie war schon vorher geschwächt. Hattest du mir nicht erzählt, dass sie ganz heiß war, als ihr beide im letzten Hospiz in der Scheune übernachtet hattet? Und dass sie manchmal gar nicht ganz bei sich war, ist mir längst aufgefallen.»

Er holte tief Luft.

«Sie wird hierbleiben müssen, und Christian auch. Das Beste ist, ich bleibe bei ihnen und warte, bis sie ganz gesund ist. Dann bringe ich sie auf meinem Pferd wieder nach Hause. Ich glaube nicht, dass sich heimkehrende Pilger oder Kaufleute die Mühe machen, eine einbeinige Frau mitzunehmen.»

Anna schnürte es die Kehle zu. Es durfte nicht sein, dass Luitgard ihr Leben lang ein Krüppel bleiben sollte.

«Vielleicht», brachte sie mit Mühe heraus, «vielleicht heilt das Bein ja doch noch, hier ist sie in guten Händen … Vielleicht lässt der Herrgott ja nochmals ein Wunder für uns geschehen.»

«Vielleicht …», murmelte er.

Aber Anna sah ihm an, dass er an keine Wunder mehr glaubte.

Die Sorge um Luitgard und der Zorn auf die Bettelmönche mit ihrer verlogenen Wallfahrt ließen Konrad in dieser Nacht keinen Schlaf finden. Er lag warm und weich im Stroh des Stalls, wo außer ihm und Christian auch Nikolaus' Knechte nächtigten, um auf die kostbaren Pferde der Knappen achtzugeben. Wieder und wieder wälzte er sich herum, während neben ihm Christian friedlich schlief. Irgendwann hörte er aus der Ferne ein Glöckchen läuten, das die Mönche zur nächtlichen Matutin rief.

Als er erstmals in unruhigen Halbschlaf fiel, spürte er eine Hand auf seiner Schulter.

«Konrad von Illenkirchen?», flüsterte eine Stimme.

Konrad fuhr in die Höhe. Im Schein eines Talglichts erkannte er den Bruder Infirmarius.

«Ist was mit Luitgard?»

«Sie will dich sehen. Dich und ihren Sohn. Wo ist er?»

Konrad deutete auf den schlafenden Christian und beugte sich über ihn.

«Christian, wach auf!» Er klopfte ihm sanft gegen die Wange.

«Was ist? Bin so müde …»

«Wir sollen zu deiner Mutter kommen.»

Schlaftrunken erhob sich der Junge und trottete hinter ihnen her, quer über den weitläufigen, vom Mond beschienenen Hof. Erst am Eingang zum Siechenhaus wurde Christian offenbar richtig wach. Er zupfte den Mönch am Ärmel.

«Was ist mit meiner Mutter? Geht es ihr schlecht?»

Der Siechenmeister antwortete nicht, nestelte stattdessen an seinem großen Schlüsselbund und sperrte die Tür auf. Der Krankensaal lag im Halbdunkel, nur auf dem Altar brannten Lichter. Luitgard lag entspannt auf dem Rücken, die Augen geschlossen, die Hände über der Bettdecke ineinandergelegt. An Luitgards Bett stand der Propst selbst und sprach leise ein Gebet. Als sich die drei näherten, hob er den Kopf.

«Ich habe ihr bereits die Beichte abgenommen und das Sakrament gespendet.»

Konrad griff nach Christians Hand. «Heißt das …?»

«Ja. Ihr dürft euch nun von Luitgard verabschieden.»

Verständnislos starrte der Junge ihn an. «Aber warum? Wo geht sie hin?»

Konrad strich ihm übers Haar. «Sie geht zum lieben Gott. In den Himmel.»

Da öffnete sie die Augen. «Und zu Klewi, meinem geliebten Mann. – Komm her, mein Junge. Ich will dich segnen.» Sie sprach mit schwacher Stimme, war aber offenbar bei klarem Verstand.

Wortlos kauerte sich Christian vor dem Bettrand nieder, und Luitgard legte ihm die Hand auf die Stirn. «Der Herr ist mein Hirte … er segne und beschütze dich … Vertraue auf ihn, er liebt dich so sehr, wie ich dich liebe.»

Auch als Luitgard ihn nun ein letztes Mal an ihre Brust zog, blieb Christian stumm. Ihr Atem kam nur noch stoßweise, kraftlos winkte sie Konrad heran.

Er gab ihr zum Abschied einen Kuss auf die Stirn, und sie flüsterte: «Beschütze meinen Jungen, ganz gleich … wohin ihr geht. Beschütze auch … Anna … Versprichst du das?»

Er nickte heftig. «Ich werde für die beiden da sein wie für einen Bruder und eine Schwester. Sorge dich nicht.»

«Danke.» Um ihre Augenlider begann es zu zucken. «Bist ein guter Mensch, Konrad.»

Ihre Arme glitten zur Seite, ihr Blick war nach oben gerichtet. Sie lächelte.

Es dauerte geraume Zeit, bis Konrad begriff, dass Luitgard von ihnen gegangen war. Sanft schloss er ihr die Augen und schlug gleich den beiden Mönchen das Kreuzzeichen.

Christian, der reglos auf ihrer Brust verharrt hatte, richtete sich auf und starrte erst seine Mutter, dann Konrad an.

«Ist sie tot?»

«Ja.»

Christian schüttelte den Kopf. «Nein. Sonst würd sie nicht lächeln.»

«Sie lächelt, weil sie ihren Frieden hat. Und weil sie beim Herrgott und deinem Vater ist.»

Da entrang sich der Kehle des Jungen ein heiserer Schrei.

Er warf sich über sie und schluchzte so laut, dass es von den Wänden ringsum widerhallte. Sein schmaler Körper bebte, seine kleinen Hände krallten sich in Luitgards Schultern. Ganz vorsichtig löste Konrad ihn von der Toten, zog ihn fest an sich und weinte mit ihm.

Kapitel 25

Südlich der Alpen

Während ihres Aufenthalts in Sankt Bernhard waren mit Luitgard fünf weitere Wallfahrer ihrem Leiden erlegen, und alle hatte man sie mit einer feierlichen Totenmesse bedacht und auf dem Pilgerfriedhof begraben.

Anna hatte nicht aufhören können zu weinen, ihr war, als würden die seit Wochen zurückgehaltenen Tränen endlich aus ihr herausströmen. Da waren der Schmerz über Luitgards Tod, das Mitleiden mit Christian, der nun keine Familie mehr hatte, ihr eigenes Heimweh, ihre Angst, mit dieser Wallfahrt einen Irrweg gegangen zu sein.

Während der Zeit im Kloster hatte Christian nicht mehr gesprochen, nur unter Zwang ein wenig gegessen und getrunken, und Anna befürchtete schon, dass er stumm bleiben würde wie einstmals die kleine Sanne. Dann aber, als es weiterging nach Süden zu, begann er sie und Konrad mit Fragen zu löchern:

Wie sieht es aus im Himmel? Scheint da immer die Sonne? Sprechen die Seelen miteinander? Dürfen sie den Herrgott sehen? So gut es ging, versuchten sie seine Fragen zu beantworten, wobei Konrad seit ihrem Abmarsch von Hustenanfällen geplagt wurde.

Von Sankt Bernhard aus wurden es noch vier beschwerliche Tage, bis sie aus dem Alpengebirge heraus waren – und wie Konrad es prophezeit hatte, ging es keineswegs sanft talwärts. Sie hatten Schluchten, tosende Wildbäche und schier endlose Geröllfelder zu durchqueren, mussten, wenn ein Erdrutsch den Weg versperrte, über tückisch steile Abhänge klettern oder sich durch Regen und Sturm kämpfen. Manch einer strauchelte und stand nicht wieder auf, lag tot zu ihren Füßen, bis eine mitleidige Seele ihn aufhob und zur Seite trug. So viele Tote waren inzwischen zu beklagen, und mehr als ein kurzes Gebet, ein Kreuzzeichen im Vorübergehen war ihnen nicht vergönnt. Dennoch war unter den Wallfahrern mehr Gottvertrauen denn je zu spüren – der Gedanke, bald schon das Meer zu erreichen, trieb sie klaglos vorwärts.

Konrad indessen war von seinem Katarrh mehr und mehr geschwächt. Anna drängte ihn, sich zu schonen und statt der Kinder auf seinem Ross Platz zu nehmen, was er endlich tat, und so sandte sie flehende Gebete zum Himmel, dass ihnen der Herrgott nicht auch noch Konrad nehmen würde. Wie er da so zusammengesunken und still auf seiner Stute saß, mit fiebrig glänzenden Augen, immer wieder von qualvollen Hustenkrämpfen geschüttelt, schnitt ihr ins Herz. Jetzt erst spürte sie, wie wichtig er ihr geworden war. Und wie vertraut. Sein Drang, allem auf den Grund zu gehen, seine mitunter endlosen Vorträge, sein Zorn, der hervorbrechen konnte, wenn ihm etwas gehörig gegen den Strich ging, seine besonnene Fürsorge – ihr war, als würde sie ihn schon seit Jahren kennen. Er war ihr zum älteren Bruder, zum treusorgenden Vater in einem geworden, und sie fühlte sich in seiner Gegenwart beschützt und geborgen.

Irgendwann hatte Bruder Rochus, einer von Nikolaus' Bettelmönchen, sich seiner angenommen und flößte ihm alle paar Stunden einen dickflüssigen Kräutertrank ein. Das erstaunte Anna nicht wenig, hatte Konrad ihr doch beim Abmarsch zugeflüstert: «Trau keinem von denen über den Weg – alles Lug und Trug ...», ohne dass sie sich einen Reim darauf hätte machen können. Und so wehrte sich Konrad anfangs auch heftig gegen die Arznei, keuchte dem Mönch entgegen, dass man ihn jetzt wohl umbringen wolle, bis Anna vor seinen entsetzt aufgerissenen Augen davon schluckte. Da erst gab er seinen Widerstand auf, und tatsächlich wich nach zwei Tagen das Fieber von ihm, und der Husten wurde schwächer.

Dazu schien es, als hätten sie das Schlimmste überwunden. Nach einem kräftezehrenden Abstieg unterhalb einer Höhenburg tauchte vor ihnen das letzte Gebirgshospiz auf. Die steilen, wolkenverhangenen Waldberge gingen in sonnige Terrassen mit Wein und Obstbäumen über, reife Früchte – manche hatte Anna nie zuvor gesehen – glänzten in der Abendsonne, die hellen Bruchsteinmauern, die die Gärten einfassten, schimmerten golden. Anna war, als würden sie das Paradies betreten, und auch die anderen Pilger blieben ergriffen stehen. Nach Süden zu wurde das enge Tal breiter, die lombardische Ebene war schon zu erahnen: Sie hatten es geschafft!

Zum Jubeln waren die meisten zu ermattet, doch den strahlenden Gesichtern rundum war anzusehen, was jeder fühlte. Jemand sprach ein Dankgebet, und die anderen fielen mit ein. Sogar Konrad, der seit heute Morgen wieder auf seinen eigenen Beinen zu marschieren vermochte.

Dann ging es weiter durch lichte Kastanien- und Birkenwälder. Eine schmale, uralte Steinbrücke führte in beängstigender

Höhe über einen schäumenden Gebirgsbach, und der Zug geriet erneut ins Stocken. Wie hier das Wasser von den Höhen herunterbrauste! In gewaltigen, sich überlagernden Schüben schoss es unter dem steinernen Brückenbogen hindurch gen Tal, dass es einem Angst machte.

«He, ihr Schnecken, nun macht schon – ich hab einen Mordshunger!», schimpfte Jecki neben ihr und begann gegen den Vordermann zu drücken. «Ihr werdet doch wohl hintereinander über eine Brücke gehen können.»

Er war schlecht gelaunt, seitdem Konrad wieder genesen war. Hatte er doch für Anna vier Tage lang den Beschützer spielen können und sie kaum noch aus den Augen gelassen. Hatte ihr ausgiebig von seinem Vorhaben erzählt, sich im Heiligen Land niederzulassen, in einem schönen Anwesen mit fruchtbaren Gärten und Dienstleuten und sie am Ende fast schüchtern gefragt, ob sie denn bei ihm bleiben werde. Sie hatte sich gerade noch zurückhalten können, laut aufzulachen, und stattdessen nur den Kopf geschüttelt. Seine Enttäuschung war ihm anzumerken gewesen, und dass Konrad nun nicht mehr von ihrer Seite wich, war ihm offensichtlich erst recht ein Dorn im Auge.

«Jetzt drängel doch nicht so», wies sie ihn zurecht. «Damit kommst auch nicht schneller voran.»

Doch Jecki warf ihr nur einen giftigen Blick zu und schob sich durch die Menge nach vorn, bis sie ihn aus den Augen verlor. Sein Freund Lampert folgte ihm nach.

«Dann geh halt», murmelte sie. Christian zog an ihrer Hand.

«Ich muss mal.» – «Ich auch», riefen Gunther und Margret zugleich.

«Dort hinten sind Büsche», wies Anna sie an. «Konrad und ich warten hier auf euch.»

Sie stellten sich abseits des Weges und beobachteten, wie der Tross sich allmählich zu Dreier- und Viererreihen ordnete, um die Brücke zu überqueren. Dabei sah Anna aus dem Augenwinkel, wie Konrad sie musterte.

«Geht es dir gut?», fragte er schließlich.

«Ein bisschen müde und hungrig wie immer. Aber das Wichtigste ist, dass du wieder gesund bist.»

«Es geht schon. Aber du, Anna, du bist viel zu mager. Eine einzige Erkältung, und es wirft dich um. Ich wollte, ich hätt noch Geld und könnte den Bauern was abkaufen.»

Sie musste lachen. «Dann bin ich fast gar froh drum, dass du keins mehr hast. Du hast schon so viel für uns alle getan. Außerdem werden die Zeiten auch wieder besser – bald schon.»

«Dein Wort in Gottes Ohr», gab er zweifelnd zurück.

Sie blickte sich um, ob niemand in ihrer Nähe war. Dann fragte sie leise: «Warum hast du eigentlich geglaubt, dass die Bettelmönche dich umbringen wollen?»

«Hab ich das wirklich gesagt?»

«Ja, das hast du.»

Er zögerte. «Ich weiß nicht, ob ich's dir sagen soll, weil … Du würdest es ohnehin nicht glauben.»

«Bitte sag's mir!»

In wenigen Sätzen berichtete er, wie er am Abend vor Luitgards Tod die Mönche belauscht hatte.

«Sie allein halten die Fäden in der Hand, nicht Nikolaus», sagte er abschließend. «Als ich die drei dann zur Rede gestellt hab, hat dieses Frettchengesicht Bruder Matthäus mich bedroht.»

Anna starrte ihn kopfschüttelnd an. «Und du bist dir ganz sicher, dass dem Hirtenjungen gar kein Engel und kein Heiland erschienen ist? Dass das nur vorgegaukelt war?»

«Nun ja, dieser Matthäus hat sehr leise gesprochen, aber es ging genau darum …»

«Dann kannst du dich ebenso gut verhört haben. Niemals

würde ein Mann Gottes ein solches Possenspiel aufführen – das hieße ja, den Heiland verhöhnen. Obendrein hat Bruder Rochus dich sogar gesund gemacht.»

«Ich habe ja gesagt, du glaubst mir nicht.»

Anna wollte ihm erwidern, dass ihr das letzten Endes einerlei sei, ob nun Nikolaus oder die Bettelmönche sie anführten, doch da kehrten die Kinder zurück.

Christian deutete zum Abendhimmel, der sich leuchtend rot verfärbte.

«Weiß meine Mutter dort oben, dass wir es geschafft haben?», fragte er.

Anna zog ihn in die Arme.

«Ja, sie weiß es. Weil sie nämlich immer bei dir ist.»

Die milde, sonnige Südseite der Alpen zeigte sich mit duftenden Sträuchern und immergrünen Gehölzen, mit voll behangenen Obstbäumen und Weinreben als ein wahrer Garten Eden. Von den Bauern in der Gegend wurden sie belächelt und bestaunt wie Tanzbären auf dem Markt, und manch einer steckte ihnen einen Apfel oder eine Traube reifer Weinbeeren zu. Es war ein eher kleiner Menschenschlag, mit hellbrauner, ledriger Haut, schwarzlockigem Haar und dunklen Augen. Da sich die Leute so freundlich zeigten, wagte keiner der Pilger, die Wein- und Obstgärten zu plündern. Ohnehin hatten sie sich einigermaßen satt essen dürfen in der Pilgerherberge, und die nächste Wegstrecke bis zum Bischofssitz von Ivrea war nicht allzu lang. Von dort würde es dann durch die weite Ebene eines Stroms namens Po gehen. Das jedenfalls hatte Konrad von dem Schildknappen Wolfram von Wiesental erfahren, der in seinen Augen der Einzige war, der sich wirklich auskannte. Vermochte der doch zu lesen und zu schreiben und hatte sich vor der Wallfahrt in einem Pilgerführer kundig gemacht.

Zur Mittagsrast hatten sie sich an einem Berghang niedergelassen. Die meisten lagen im Schatten eines Kastanienwäldchens, andere erfrischten sich am nahen Bach. Aufmerksam betrachtete Konrad Anna, die neben ihm döste, während Jecki abseits von ihnen hockte und missmutig vor sich hinstierte. Sie hielt die Augen geschlossen, ein leichter Wind strich ihr das dunkle Haar aus der Stirn, um ihre Mundwinkel zuckte es, als ob sie etwas träumte. Wie schön gezeichnet ihre Lippen waren, wie ebenmäßig ihr Gesicht mit der geraden Nase und der hohen Stirn. Plötzlich wünschte er sich, er wäre ein Maler und könnte diesen Anblick mit feinen Pinselstrichen wiedergeben.

Er fragte sich, was Anna wohl erwartete, wenn sie nach Freiburg zurückkehren würde. Er wusste um ihren hartherzigen Vater, wusste, dass der sie in aller Strenge hielt und sogar schlug. Mit Sicherheit würde ihr Vater sie zur Begrüßung erst einmal ordentlich durchprügeln, um sie dann schnellstmöglich einem Handwerksmeister oder älteren Witwer als Braut anzudienen. Einem, den sie nicht wollte und den sie doch würde nehmen müssen.

Plötzlich erinnerte Konrad sich daran, wie außer sich Stadtpfarrer Theodorich gewesen war, als er von dem Auszug der Freiburger erfahren hatte. Sie alle waren seine Schäfchen, und mit seinem Zorn über diese unsinnige Wallfahrt hatte er nicht hinterm Berg gehalten. Indessen war deutlich herauszuhören gewesen, dass ihm Annas Flucht besonders naheging. Theodorichs größte Sorge war, dass hinter dieser Sache womöglich eine Bande skrupelloser Kaufleute und Sklavenhändler stecken könnte, um die jungen Pilger in der Levante auf Sklavenmärkten zu verschachern – für ein gesundes, hübsches Mädchen bedeutete das nichts anderes, als in einem arabischen Harem zu landen.

Nun, in dieser Hinsicht wenigstens hätte Konrad seinen Oheim beruhigen können, wäre Freiburg nicht viel zu weit weg, um einen Boten zu schicken. Immerhin sollte Theodorich inzwischen wissen, dass Konrad sich den Freiburgern angeschlossen hatte, um auf Anna und die Kinder achtzugeben. Das nämlich hatte er dem Zöllner von Breisach, das wie Freiburg den Zähringern unterstand, zu überbringen aufgetragen.

Konrad schreckte hoch, als Anna neben ihm aufstöhnte. Er hörte sie Luitgards Namen murmeln, dann nach ihrer Mutter rufen und war nahe dran, sie zu wecken. Doch da ihr Atem sogleich wieder ruhiger ging, zog er seine Hand zurück. Es war gut, wenn sie schlief und dabei ein wenig Kraft schöpfte.

Aus einem nahen Gebüsch zu seiner Rechten sah er Bruder Rochus heraustreten, der dort offenbar seine Notdurft verrichtet hatte. Er war nun schon den zweiten Tag gesund und hatte sich bei dem Bettelmönch noch immer nicht bedankt für dessen wirkungsvolle Medizin. Es widerstrebte ihm, auch nur ein einziges Wort mit diesen vorgeblichen Dienern Gottes zu wechseln. Um das heuchlerische Gebaren von Nikolaus und seinen Leuten nicht länger mit ansehen zu müssen, hatte er bei den Freiburgern sogar durchgesetzt, wieder in der Mitte des Trosses zu wandern.

Er gab sich einen Ruck und folgte dem Mönch nach.

«Bruder Rochus?»

«Ah, der junge Scholar.» Rochus blieb stehen. «Wie ich sehe, bist du wieder bei Kräften.»

«Ja, und ich möchte mich bei dir bedanken. Die Kräuter haben wahre Wunder bewirkt.»

Konrad streckte ihm die Hand hin, und nach kurzem Zögern schlug der Mönch ein. Sein faltiges Gesicht verzog sich zu einem Lächeln.

«Siehst du, so gibt es sie doch, die kleinen wie die großen Wunder.»

«Darf ich dich etwas fragen?» Dieser Rochus schien ihm noch der ehrlichste von den dreien.

«Nur zu.»

«Habe ich in der Kirche wirklich richtig gehört?» Er senkte die Stimme. «Dass Nikolaus' Erscheinung beim Schafehüten von einem von euch … nun sagen wir, herbeigeführt wurde?»

Rochus sah ihn ruhig an. «Tut das denn etwas zur Sache? Einer von uns hat den göttlichen Auftrag empfangen – wer, ist dabei ganz einerlei. Die Frage stellt sich anders: Glaubst du im Ernst, dass die jungen Menschen einem hergelaufenen Mönch in Scharen gefolgt wären? Jerusalem muss befreit werden, dem wirst du wohl zustimmen. Wäre es dir also lieber mit Waffengewalt?»

Konrad schwieg. Drüben bei Anna und Jecki hatte sich eine Horde Kinder gesammelt und ließ sich in fröhlichem Geschrei den Abhang hinunterrollen, der mit dichtem Gras bestanden war und unten zum Kastanienwald hin flach auslief.

«Na also.» Rochus legte ihm die Hand auf die Schulter. «Ich weiß, meine Mitbrüder Matthäus und Paulus sind dir gegenüber etwas ungehalten geworden. Ich hingegen *bitte* dich: Lass die Kinder in ihrem Glauben, Nikolaus wäre erleuchtet. Lass den Hirtenknaben selbst in diesem Glauben. Ich weiß, dass der Herrgott auf unserer Seite steht und unser Werk für gut befindet. Und ich weiß, dass wir Erfolg haben werden.»

Konrad schüttelte den Kopf. «Eben das bezweifle ich.»

«Versprichst du mir trotzdem, keinen Unfrieden zu stiften?»

Anna war wach geworden von dem Tumult um sie herum. Er sah, wie Jecki auf sie zuging und sie an der Hand in die Höhe zog. Beide lachten.

Konrad holte tief Luft. Was konnte er schon ausrichten

gegen dieses Lügenmärchen? Keiner würde umkehren, wenn er die Wahrheit herumposaunte. Und wer würde ihm schon Glauben schenken, wenn nicht einmal Anna es tat? Widerstrebend nickte er.

«Dann möchte ich jetzt *dir* danken», sagte Rochus sichtlich erleichtert. «Der Herr segne dich, mein Junge.»

Damit schlurfte er in leicht wankenden Schritten davon, und Konrad kehrte zurück zu seinem Platz. Inzwischen machten auch einige Ältere bei diesem kindlichen Treiben mit, sich um die eigene Achse drehend den steilen Hang talwärts zu rollen. Christian steckte mittendrin, zum ersten Mal seit Luitgards Tod war er wieder unbekümmert, wie es ein Kind sein sollte. Er hörte Annas Ruf, dass ihr schwindlig sei, dann ihr Lachen, und schloss die Augen. Wie seltsam der Mensch doch war. Da hatte man so viel Leid erfahren, hatte um sein Leben gekämpft, mit dem es morgen vielleicht schon zu Ende war, fürchtete den Teufel ebenso wie den Zorn Gottes – und nahm doch jede Gelegenheit wahr, ausgelassen und fröhlich zu sein.

«Du solltest das auch mal versuchen.» Vor ihm stand Lampert, keuchend und mit hochrotem Kopf. «Macht wirklich einen Heidenspaß.»

Konrad blinzelte gegen die Sonne und erhob sich. «Lieber nicht. Wo sind Jecki und Anna?»

«Unten. Eben hab ich sie noch gesehen.» Lampert ließ sich ins Gras fallen, während Konrad mit angestrengtem Blick zwischen den tobenden Pilgern nach Anna suchte. Doch sie war verschwunden, und mit ihr Jecki.

Er spürte, wie sich in seinem Innern etwas zusammenzog. Den Pilgerstab in der Rechten stapfte er auf unsicheren Beinen am Waldrand entlang das Steilstück hinunter, hielt alle paar Schritte inne, um zwischen die Bäume zu spähen, bis er unten angekommen war. Von Anna und Jecki war nichts zu sehen.

«Anna?», rief er leise und betrat das schattige Wäldchen. Es führte leicht bergab auf den gletschergrünen Fluss zu, dem sie bis Ivrea folgen würden. Der Boden unter seinen Füßen war weich, die warme Luft duftete nach fremdartigem Gehölz.

Unschlüssig blieb er stehen. Wahrscheinlich waren die beiden längst wieder oben. In diesem Moment hörte er in einiger Entfernung einen Aufschrei: «Nein!»

Er rannte los, stolperte über eine Wurzel und fiel zu Boden, rappelte sich wieder auf, stürmte weiter mit geschürztem Rocksaum, hörte deutlich Annas Stimme: «Lass das! Hör auf!»

Dann entdeckte er sie.

Neben einem dichtem Gebüsch kniete Jecki auf ihr und versuchte, ihren zappelnden Körper zu Boden zu drücken.

«Halt still, sag ich dir», zischte er, «bei diesem verdammten Knappen hast ja auch die Beine breit gemacht.»

Konrads Kehle entrang sich ein Schrei. «Du Dreckskerl!»

Er schlug Jecki den Stock gegen Rücken und Schulter, wieder und wieder, auch als der längst zur Seite gesunken war. Anna kam frei, er sah ihre schreckgeweiteten Augen, dann begann er den anderen mit seinen Fäusten zu bearbeiten, fluchte und schrie im Wechsel, während es in seinem Innern tobte.

Anna versuchte seine Handgelenke festzuhalten, doch er war rasend vor Zorn. Jecki wehrte sich längst nicht mehr, hielt nur noch die Arme schützend vor das Gesicht.

«Hör auf!», flehte sie. «Du schlägst ihn tot.»

Da erst kam er zu sich. Ja, er hätte ihn am liebsten totgeschlagen. Wenn Anna nicht gewesen wäre, hätte er …

Keuchend ließ er ab. Jeckis Nase war zerschlagen, sein linkes Auge zugeschwollen, vor Schmerzen krümmte er sich auf dem Boden.

Mühsam erhob sich Konrad und half Anna auf die Beine. Sie weinte.

«Hat er dich …?», fragte er leise, ohne das Schreckliche auszusprechen.

Sie schüttelte den Kopf. Ihr Haar war zerzaust, voller Moos und kleinen Zweigen, das Kleid am Ausschnitt eingerissen. Hastig klaubte sie ihr Schultertuch vom Boden auf und lief zurück zu ihrem Rastplatz.

«Warum bist du mit ihm gegangen?», rief er ihr hinterher, doch sie antwortete nicht. Er nahm seinen Stock vom Boden, sah aus den Augenwinkeln den reglosen Jungen liegen und folgte Anna nach wie in einem schlechten Traum.

«Warte!», hörte er es hinter sich wimmern.

Er fuhr herum. «Verrecken sollst du!»

Mit lautem Stöhnen richtete Jecki den Oberkörper auf. Er sah wirklich übel zugerichtet aus. Und er weinte.

«Glaub mir … Ich wollt das nicht …», schluchzte er.

Konrad kniff die Augen zusammen, dann spuckte er aus.

«Lass dich nie wieder bei uns blicken», stieß er hervor und ließ Jecki allein zurück.

Kapitel 26

Durch die Po-Ebene

So weit das Auge reichte, war alles um sie herum eben wie eine Tischplatte. Die Bergkette, die sie seit Ivrea begleitet hatte, hatte sich mit einem Mal aufgelöst, war am Horizont vom Dunst verschluckt worden, und es war stetig heißer geworden. Kaum ein Baum oder Strauch spendete Schatten, die Luft schmerzte beim Atmen und ließ die Beine schwer wie Blei werden, in der flirrenden Hitze unter dem stahlblauen Himmel standen

Schwärme von Stechmücken. Die zahlreichen Wasserläufe, die die Ebene durchzogen, waren zu Rinnsalen geschrumpft, deren Ausdünstungen nach Fäulnis und Brackwasser stanken, auf den eingetrockneten Schlammbänken suchten abgemagerte Kühe zwischen toten Fischleibern und Stelzvögeln nach Essbarem, sorgsam bewacht von finster dreinblickenden Bauern. In guten Zeiten gewiss eine fruchtbare Gegend, doch schien es auch hier seit Ewigkeiten nicht mehr geregnet zu haben: Das Gras der Weiden war strohgelb verdorrt, der Boden der abgeernteten Getreidefelder von Rissen durchsetzt und hart wie Holz.

Konrad sehnte sich nach den Fluten des Sees zurück, an dessen Westufer sie zuletzt übernachtet und sich gleich nach dem Aufstehen erfrischt hatten. Bis Vercelli, der bedeutenden, uralten Bischofsstadt, war es heute nicht mehr zu schaffen, und auch danach würde es noch tagelang weitergehen, bis sie den Gebirgszug des Apennin erreichten. Konrad fragte sich, wie Nikolaus es seinen Jüngern erklären wollte, dass ein weiteres Gebirge zu überwinden sei …

Über Jecki und was aus ihm geworden war, wollte er nicht nachdenken. Der Junge blieb verschwunden, war weder vorgestern in Ivrea, noch gestern an jenem See aufgetaucht. Christian und Lampert hatten immer wieder nach ihm gefragt, sorgten sich inzwischen sehr um ihn, doch Anna und Konrad hatten geschwiegen.

Er hasste Jecki – hasste ihn für das, was er getan hatte, aber auch, weil er nicht wusste, ob Anna nicht doch etwas für ihn empfand. Oder zumindest empfunden hatte, bis zu jenem Moment im Wald. Sie hätte niemals mit ihm mitgehen dürfen, doch er wagte es nicht, sie noch einmal nach dem Warum zu fragen. So wanderten sie mehr oder weniger stumm nebeneinanderher, in weit größerem Abstand als zuvor, und inzwischen hatte er den Eindruck, dass es ihr mehr als unangenehm war, dass ausgerechnet er sie im Wald aufgespürt hatte. Sie schämte sich vor ihm, und das erste bisschen Vertrautheit zwischen ihnen war zu nichts zerstoben.

Aufgebracht schlug er sich gegen die Stirn und erwischte eine Steckmücke. Jetzt, wo ihm die Hitze allmählich den Kopf vernebelte, schien es ihm fast gar, als ob *er* Anna überfallen hätte und nicht Jecki. Er warf ihr einen Seitenblick zu, und im selben Moment sah sie zu ihm herüber. Unter den Augen ihres sonnengebräunten Gesichts lagen dunkle Schatten.

«Er hat gesagt, dass er eine Lichtung mit Waldbeeren gefunden hätte», sagte sie leise, ohne dass er sie gefragt hätte. «Mit saftigen, tiefblauen Waldbeeren.»

Konrad nickte. «Du hast keine Schuld», erwiderte er lahm.

Wenn er ehrlich war, hätte er sie am liebsten in die Arme genommen, um sie zu trösten. Er ahnte, dass Anna glaubte, Jecki wäre zu Tode gekommen – und auch ihn selbst quälte plötzlich der Gedanke, dass der Junge womöglich schwerer verletzt gewesen war als gedacht und zur Beute eines Bären oder Wolfs geworden war.

Als er am nächsten Morgen mit klammen Gliedern erwachte, meinte er zu träumen: Dichter, kalter Nebel umhüllte das Lager, das sie in der Nähe eines armseligen Dorfes aufgeschlagen hatten.

Christian, der neben ihm geschlafen hatte, richtete sich fröstelnd auf. «Was ist das?»

«Ein bisschen Nebel. Aber keine Sorge – sobald die Sonne durchbricht, wird er sich auflösen.»

Indessen war auch beim Aufbruch nicht die Hand vor den Augen zu erkennen. Wie ein Geisterreiter ritt Wolfram von Wiesental durch die Menge und gab Anweisung, eng beieinanderzubleiben und den Weg keinesfalls zu verlassen.

«Wie wollt ihr wissen, ob wir dem richtigen Weg folgen?», rief Konrad ihm zu.

«Wir werden im Dorf nachfragen, und irgendwann wird diese verdammte Suppe ja wohl verschwinden.»

Konrad setzte Margret auf seine Stute, nahm sie beim Zügel und griff mit der freien Hand nach Christian. «Ihr bleibt dicht beim Pferd», wies er Anna, Lampert und Gunther an, die sich frierend die Arme um den Leib geschlungen hielten.

Blind wie ein Maulwurf kam er sich vor, als sich der Zug langsam in Bewegung setzte. Jeder verließ sich auf seinen Vordermann und erst recht auf Nikolaus' Leute. Hin und wieder tauchten aus dem weißen Nichts Bäume auf, die erstarrten Wächtern am Wegesrand glichen. An einem Dorf kamen sie nicht vorbei. Wenigstens erwärmte sich allmählich die Luft.

«Ich hab Angst», flüsterte Christian.

«Ich auch!», kam es von Margret zurück.

Immer wieder stockte der Zug – offenbar war sich sogar Wolfram unschlüssig, wie es weitergehen sollte. Christian begann unterdrückt zu schluchzen. Er war nicht der Einzige unter den Kindern rundum, die leise weinten. Seit dem Schneesturm in den Bergen hatten die Kleineren ständig Angst vor Dämonen und Teufeln, malten sich aus, dass böse Geister sich in herumstreunenden Hunden oder in den zahllosen Rabenvögeln versteckten, die sie im Nebel aufscheuchten.

«Weinst du?», fragte Konrad den Jungen.

«Ich will … ich will zu meiner Mutter.» Christian schluchzte lauter. «Ich will bei ihr sein!»

Konrad zog ihn dicht an sich heran. «Eines Tages wirst du bei ihr sein. Aber jetzt bist du noch viel zu klein für den Himmel.»

«Aber die Sanne ist auch schon im Himmel … Und andre von den Kindern auch …»

«Nein, Christian, du bleibst bei uns. Schau, ich hab auch schon lange Zeit keine Eltern mehr, da müssen wir beide doch zusammenhalten.»

Kaum dass der Knabe sich beruhigt hatte, fing Margret an: «Dahinten – im Nebel … Da warten welche … Ganz still stehen sie und warten auf uns …»

«Das sind Sträucher und Bäume, nichts weiter.»

Das Mädchen schien ihm nicht zu glauben. «Wenn uns jetzt die Teufel holen kommen?»

«Kein Teufel kann uns holen», hörte er Anna hinter sich sagen, «weil uns nämlich die Engel und Heiligen beschützen.»

«Aber die können uns doch gar nicht sehen im Nebel.»

«Und ob. Die können viel besser sehen als wir Menschen. In der dunkelsten Nacht genauso wie im dichten Nebel.»

In der Ferne schlug ein Hund an, Rinder muhten hungrig vor sich hin. Ganz in der Nähe musste sich ein Dorf oder Gehöft befinden, doch wahrscheinlich würden sie es nie zu Gesicht bekommen. Ohnehin war hier von den Bauern und Grundherren kein Almosen zu erwarten – sie würden ihren Hunger wohl oder übel bis Vercelli im Zaum halten müssen. Immerhin gab es in dieser flussreichen Gegend keinen Mangel an Wasser.

Christian schniefte. «Kann mich meine Mutter auch sehen?»

«Aber ja. Sehr gut sogar.» Anna Stimme klang warm und weich. «Und deshalb musst du jetzt tapfer sein.»

Als Konrad sich mit einem Lächeln auf dem Gesicht zu ihr umwandte, hörte er, wie die Gruppe hinter ihm zu tuscheln begann. Das halbe Dutzend Knechte und Knaben aus dem Sundgau hielt sich seit dem Abstieg aus den Bergen dicht bei ihnen, da Konrads Wasserschlauch stets gut gefüllt war. Zu seinem Schrecken sah er, wie sie sich plötzlich nach rechts wandten und den Weg verließen.

«Habt ihr den Verstand verloren?», rief er ihnen nach, doch da hatte die hellgraue Nebelwand sie schon verschluckt.

Anna sah ihn mit großen Augen an. «Warum gehn die fort, um Himmels willen?»

«Sie haben die Schreie der Kühe gehört», murmelte er. «Wahrscheinlich hoffen sie auf ein gutes Stück Fleisch, aber das wird ihr Verderben sein.»

Er zuckte zusammen, als Christian neben ihm aufschrie.

«Da! Da drüben – ein Untoter!»

Seine zitternde Hand deutete auf einen Schatten. Ein Baum war das nicht, was sich dort wankend auf sie zubewegte. Eher schon eine einarmige, gebeugte Gestalt.

Lampert stieß einen Pfiff aus. «Das ist Jecki!»

Er rannte ihm entgegen und fiel ihm in die Arme. Seite an Seite kehrten sie zurück.

Konrads Herz schlug schneller. Er wagte nicht, sich nach Anna umzudrehen.

«Wo hast du denn die ganze Zeit gesteckt?», hörte er Lampert fragen. «Und wie siehst du bloß aus?»

Jeckis Nase und sein linkes Auge waren noch immer geschwollen und blutunterlaufen, seinen linken Arm hielt er vor der Brust fest, auch auf seinem zerrissenen Hemd waren Blutflecken. Dazu humpelte er stark.

«Hatte einen Unfall.»

«Und wie hast du uns gefunden?»

«War ja immer in eurer Nähe, ein Stück hinter euch. Aber jetzt, mit dem Nebel, da hab ich mich doch lieber beeilt …»

Mit gesenktem Kopf schlich er an Anna und Konrad vorbei, um sich auf der anderen Seite des Pferds einzureihen.

Christian wollte sich losreißen, doch Konrad hielt ihn fest.

«Will aber zu Jecki.»

«Nein, du bleibst bei mir», sagte er streng.

Einerseits war er erleichtert, dass Jecki noch lebte, andererseits machte ihn dessen Unverfrorenheit wütend. Hätte der Kerl nicht am Ende des Trosses mitlaufen können? Sobald der Nebel sich lichtete, würde er ihn wegschicken. Er sollte bloß ja nicht mehr in Annas Nähe auftauchen. Und falls doch – er würde nicht zögern, ihn ein weiteres Mal niederzuschlagen.

Kapitel 27

Durch die Markgrafschaft Montferrat

Zur Überraschung aller hatte der Bischof von Vercelli sie zum Aufbruch am Morgen gesegnet und sogar an jeden von ihnen Brot verteilen lassen. Zuvor hatte er eine Rede in schönstem Kirchenlatein gehalten, von der die allermeisten kein Wort verstanden hatten – und Konrad hatte sich schlichtweg geweigert, zu übersetzen. Anna war das einerlei. Sie fühlte sich unendlich müde, ein bischöflicher Segen mehr oder weniger machte die zahllosen Toten, die sie in den Bergen und in jener heißen Ebene zurückgelassen hatten, nicht mehr lebendig.

Noch immer saß der Schrecken tief über Jeckis arglistige Täuschung, über seinen plötzlichen Angriff nach dem scherzhaften Kuss, den er ihr frech auf die Wange gedrückt hatte, als er die Stelle mit den Waldbeeren nicht finden konnte. Was danach geschehen war, war der Beginn eines Albtraums, der ihr nur allzu bekannt vorkam: Genau wie in Basel war sie plötzlich der Gewalt eines brunftigen Mannsbildes ausgesetzt gewesen, gegen die sie sich niemals allein hätte wehren können, und genau wie in Basel hatte sie einen Schutzengel gehabt. Dass es ausgerechnet Konrad war, der sie in dieser schrecklichen Lage entdeckt hatte, machte die Sache noch schlimmer. Was mochte er von ihr denken? Dass sie wie eine läufige Hündin jedem Kerl hinterherlief?

Wenigstens hielt sich Jecki fern von ihr. Obwohl sie erleichtert war, dass er lebte und sich Konrad nicht an ihm schuldig gemacht hatte, war sie mehr als entsetzt gewesen, als er plötzlich wie ein Geist aus dem Nebel aufgetaucht war. Jetzt marschierte er am Ende des Trosses, und nicht einmal sein Freund Lampert hatte mit ihm gehen wollen. Das war gewiss hart für ihn, aber Anna hätte Jeckis Nähe nicht ertragen – so schnell ließ sich das widerwärtige Bild nicht aus ihrem Kopf vertreiben, wie er da mit seinem ganzen Gewicht auf ihr kniete und keuchte, sie solle sich nicht so anstellen, wie seine kräftigen Hände versuchten, sie zu Boden zu drücken und ihr den Rock hinaufzuschieben …

Gequält biss sie sich auf die Lippen. Wäre Luitgard noch bei ihnen, hätte sie sie gefragt, ob alle Männer so waren. Ob es schlichtweg zu ihrer Natur gehörte, dass sie sich nahmen, wonach ihnen die Lust stand, auch wenn die Frau sich wehrte, und ob sie deswegen schlechtere Menschen waren. Musste man als Frau also stets auf der Hut sein und durfte keinem Mannsbild trauen? Wie aber konnte man sich gegen diese Angriffe wappnen? Denn dass sie kein drittes Mal aus einer solch verhängnisvollen Lage gerettet werden würde, sagte ihr der Verstand.

Sie hätte Luitgard auch gefragt, ob es vielleicht doch echte Liebe gab zwischen Mann und Frau und wie eine Frau dies spürte. Wo doch Luitgard immer so voller Wärme und Sehnsucht von ihrem Klewi gesprochen hatte. Zwischen Annas Eltern hatte es keine Liebe gegeben – zu oft hatten sie gestritten, zu oft hatte der Vater sich böse und hart gezeigt. Und was des Nachts manchmal aus deren Schlafkammer zu hören gewesen war – das Stöhnen des Vaters, das fast beängstigende

Stillschweigen der Mutter –, deutete eher auf eine Art ungleichen Kampf. Trotzdem hatte es auch die seltenen Augenblicke gegeben, da der Vater ihre Mutter mit einem fast liebevollen Lächeln angesehen hatte. Ganz plötzlich erinnerte sie sich daran, hatte es fast schon vergessen über ihren Zorn auf den Vater.

Verstohlen betrachtete sie Konrad, der mit eingezogenen Schultern vor ihr den staubigen Weg entlangstapfte. War *er* wirklich anders, wie sie bislang immer gedacht hatte? Dass er eines Tages Priester sein würde, mochte nichts heißen. Sie wusste längst, dass auch Pfarrer und erst recht hohe Geistliche zu Huren gingen oder Unzucht mit ihren Mägden trieben, in aller Heimlichkeit selbstredend.

Jemand tastete nach ihrer Hand. Es war Christian.

«Warum guckst du so traurig? Bald schon sind wir am Meer!»

«Hast ja recht. Wir sollten fröhlich sein.»

Sie zwang sich zu einem Lächeln. Der Junge hatte es schwer genug. Dabei bezweifelte sie mittlerweile, dass sie jemals ans Meer gelangen würden. Viel zu lange waren sie schon unterwegs in diesem fremden Land, wo die Menschen nicht zu verstehen waren, wenn sie denn überhaupt auf jemanden trafen. Die schmalen, holprigen Pfade, denen sie folgten, waren weder Pilger- noch Handelswege, es gab keine Hospize oder Klöster, wo sie hätten anklopfen können, überhaupt sahen sie menschliche Ansiedlungen höchstens aus der Ferne.

Inzwischen wanderten sie durch den einsamen, sonnenverbrannten Landstrich des Markgrafen von Montferrat. Über den kahlen Feldern flirrte die Luft, einige wenige Pappeln und Weiden mit welkem Blattwerk säumten den Weg, der von ihren Schritten in eine gelbliche Wolke gehüllt war. Nur mühsam ging es voran, der Staub in der Luft machte das Atmen schwer, an jedem noch so trüben Rinnsal hielten sie inne, um Wasser zu schöpfen. Still war es unter den Pilgern geworden, die Enttäuschung, dass nicht gleich hinter den Alpen das ersehnte Meer lag, war allen anzusehen.

Als sie ein dürres Wäldchen erreichten, blies der Knappe Wolfram zur Mittagsrast, und wer konnte, erkämpfte sich einen Platz im Schatten. Konrad band seine Stute fest und ließ sich neben ihr auf dem mit Wurzeln durchzogenen Boden nieder.

«Ist der Wasserschlauch leer?», fragte Anna.

«Ja, leider.»

Sie fuhr sich mit der Zunge über die rissigen Lippen. Ihre Kehle war rau, die Augen brannten vom Staub.

«Was glaubst du – wie lange brauchen wir noch?»

Konrad zuckte die Achseln. Sein ehemals rehbraunes Haar war von der Sonne ausgebleicht, sein schmales Gesicht bedeckte ein wilder Bart. Wie mochte erst sie selbst aussehen?

«Vier, fünf Tage, eine Woche …», sagte er gedehnt. «Ich weiß es wirklich nicht.»

Er streckte den Arm nach Christian aus.

«Komm her zu mir, schlafen wir ein bisschen. Dann spürst du den Hunger nicht.»

Wie ein junger Hund rollte sich der Junge an Konrads Hüfte zusammen und schloss die Augen.

«Du solltest auch schlafen, Anna.»

«Ich bin nicht müde.»

Das war gelogen. Sie war todmüde, hatten sie doch die letzten Nächte im Freien ungeschützt und auf hartem Boden verbracht, was sie immer wieder aus dem Halbschlaf auffahren ließ. Mal hatte sie geglaubt, in der Nähe Wölfe heulen zu hören, mal, dass Jecki neben ihr lag.

Ihr Blick schweifte durch das Lager. Nur noch gut tausend Menschen hatte Konrad gezählt, und bis sie das Meer erreicht hatten, würden es noch weniger sein.

Weit hinten entdeckte sie zwischen den Baumstämmen hindurch die Pferde der Knappen und Nikolaus' Maultierkarre, in der ihr Führer wieder reiste. Seit dem Pass von Sankt Bernhard hatte er nicht mehr zu ihnen gesprochen.

«Bist du die Anna?»

Sie fuhr herum. Verdutzt starrte sie auf den fremden, abgemagerten Knaben, der vor ihr stand. Konrad war mittlerweile eingeschlafen, genau wie Christian und Margret, wie Lampert und Gunther.

«Warum fragst du?»

«Da hinten steht einer, der will mit dir reden.»

Sie wandte den Kopf und sah in einiger Entfernung eine Gestalt an einem Baumstamm lehnen. Sie erkannte Jecki.

«Sag ihm, er soll verschwinden.» Ihr Hals schnürte sich zusammen.

Der Knabe schüttelte den Kopf. «Er sagt, er bleibt da stehen, bis du kommst.»

«Das ist mir gleich.»

«Er sagt, es tut ihm leid.»

«Das ist mir gleich, hörst du nicht?»

Mit einem Mal packte sie die kalte Wut. In wenigen Schritten war sie bei dem Baum.

«Hau ab! Ich will dich nie wieder sehen.»

Jecki wich zurück. Auch seine Augen waren rotgerändert von Hitze und Staub.

«Es tut mir alles so leid …»

Er sank auf die Knie.

«Bitte, Anna, du musst mir verzeihen. Ich hätt das niemals tun dürfen … Ich weiß nicht, was da plötzlich in mir war.»

«Du bist einfach nur ekelhaft!»

Er begann zu weinen. «Du hast ja recht.»

Anna wusste nicht, was tun. Der da vor ihr kniete, war nicht mehr der, der sie ums Haar mit Gewalt genommen hätte. Auch nicht mehr der großspurige Gassenjunge, den sie seit ihrer Kindheit kannte. Eher ein verzweifeltes Kind, das schluchzte und heulte. Die anderen Pilger, die rundum hockten, glotzten schon neugierig herüber.

Sie schwankte zwischen Abscheu und Mitleid. Nein, sie konnte ihm nicht verzeihen.

«Bitte!», kam es leise flehend von Jecki. «Ich wollt dir nie was Böses … Ich … ich hab dich doch lieb …»

Er unterbrach sich und schrie auf. Konrad hatte sich ihnen unbemerkt genähert. Schon hatte er ihn zu Boden gerissen, um ihm den ersten Schlag zu versetzen, als Christian dazwischenging.

«Was macht ihr da? Hört auf!»

Konrad ließ die Fäuste sinken.

«Dass du in der Hölle schmorst», zischte er. Dann rappelte er sich auf. Doch Jecki hielt ihn am Kuttensaum fest.

«Schlag mich, ich hab's verdient. Schlag mich am besten tot.» Er wischte sich die Tränen aus dem verdreckten Gesicht.

Längst hatte sich eine Menschentraube um sie gebildet, alle warteten gespannt darauf, wie es weiterging. Anna schwankte gegen den Baum. Der ewige Hunger, die Hitze … und dann das. Sie wollte nur noch in Ruhe gelassen werden.

Da kroch Jecki zu ihr hin, kroch durch den Staub wie ein halb verendetes Tier. «Lasst mich wieder bei euch mitlaufen. Ich fleh euch an! Ich hab doch sonst niemanden.»

Konrad starrte erst ihn, dann Anna an. Seine Hände zitterten. «Sag ihm, er soll verschwinden. Sag's ihm!»

Sie schüttelte den Kopf und schwieg.

«Also, was ist?» Konrad hielt sie am Arm fest.

«Er soll bleiben.»

Kapitel 28

Durch die Berge, Anfang September

Bald nachdem sie an einer fast ausgetrockneten Furt den breiten, nach Brackwasser stinkenden Strom des Po durchquert hatten, wurde das Land hügelig und vor allem dichter besiedelt. Da ihr Tross sich mit seiner Staubwolke schon von weitem ankündigte, rotteten sich vor den Obst- und Rebgärten bis an die Zähne bewaffnete Bauern und Grundherren zusammen, um zu zeigen, dass die Wallfahrer alles andere als willkommen waren. Nicht nur Konrad war klar, dass man den kleinsten Mundraub mit dem Leben bezahlen würde, und so hielt man sich wohl oder übel zurück. Ihnen blieb nur noch, die abgeernteten Felder nach liegen gebliebenen Resten abzusuchen oder nach Wurzeln zu graben. Man ließ sie gewähren, würden die Felder doch ohnehin bald für die Winteraussaat umgepflügt werden.

Konrad war nahe daran, auf einem der Herrenhöfe sein Ross feilzubieten, im Tausch gegen Korn, Obst und Feldfrüchte. Er würde ein schlechtes Geschäft machen, das war ihm bewusst, doch wenn er Anna und die Kinder betrachtete, wie ihnen ihr Lumpengewand um den abgemagerten Leib schlotterte, versetzte ihm das jedes Mal einen Stich in der Brust. Selbst Lampert hatte seine kräftige Statur verloren, und als er einmal Margret aufs Pferd heben wollte, war er dabei ins Taumeln geraten. Dass Konrad dann doch jedes Mal davor zurückschreckte, seine Stute zu veräußern, lag nicht nur daran, dass er an dem treuen Tier so sehr hing – nein, sie würden es nötiger als alles andere für die Rückreise brauchen. Dass ihre Reise nämlich in Genua zu Ende sein würde, dessen war er sich sicher. Und wenn er Glück hatte, würde er bei einem der deutschen Kaufleute, die dort ein gemeinschaftliches Kontor betrieben, aufgrund seines guten Namens einen Kredit erhalten – war doch ein Vetter seines verstorbenen Vaters selbst im Fernhandel tätig und hielt sich mal in Genua, mal in Venedig auf, wie Konrad von seinem Bruder wusste.

Ja, auf Genua setzte er inzwischen seine ganze Hoffnung. Sie mussten durchhalten bis dorthin. Und spätestens am Meer, so hoffte er, würde er Jecki nie mehr wiedersehen. Was ihn nämlich am meisten quälte, war die Frage, warum Anna Jecki verziehen hatte. Niemals würde er das verstehen – hatte dieser Hundsfott ihr doch ums Haar angetan, was jede Frau fürchtete wie der Teufel das Weihwasser. Und obendrein geglaubt, mit seinem weibischen Flehen um Vergebung wieder alles ins rechte Lot rücken zu können. Noch allzu deutlich hatte er Jeckis Wimmern im Ohr: «Ich hab dich doch lieb …» Und doch hatte der Kerl Erfolg damit gehabt. Empfand Anna womöglich etwas für diesen Scheißkerl? Hatte sie sich etwa gar nicht richtig gegen ihn gewehrt, hätte sie womöglich mitgemacht, wenn er die beiden nicht überrascht hätte? Wenn er nur daran dachte, zog sich ihm alles zusammen. Er hätte sie fragen können nach dem Warum, doch seitdem Jecki wieder bei ihnen war, hatte Konrad nicht mehr mit ihr gesprochen. Und sie nicht mit ihm.

Auch Jecki schlurfte stumm hinter ihnen her, zumeist dicht bei Lampert. Er hatte jegliche Großspurigkeit verloren, und wenn sie Rast machten oder sich an einem Bach erfrischten, wich er Anna und Konrad aus. Wohl weniger aus schlechtem Gewissen – wahrscheinlich hatte er einfach nur Angst vor ihm.

Der steinige Weg führte nun steil einen Hügel hinauf, als Anna neben ihm plötzlich strauchelte. Er fing sie am Arm auf.

«Geht es noch?»

Sie wich seinem Blick aus und machte sich los. «Es muss gehen, keine Sorge. – Hör zu, Konrad: Ich brauch deine Hilfe nicht. Ich komm gut allein zurecht.»

«Das hab ich ja gesehen in diesem Wäldchen», entfuhr es ihm, und sofort tat es ihm leid.

«Du hasst mich dafür, hab ich recht?», stieß sie leise hervor.

«Nein, aber …» Er brach ab. Warum führte er sich hier eigentlich auf wie ein eifersüchtiger Bräutigam? Er sollte das Mädchen beschützen, das hatte er getan, und er würde es auch weiterhin tun. Darüber hinaus ging ihn das alles nichts an.

Wenig später hatten sie die Kuppe des Hügels fast erreicht, als von vorn aufgebrachte Stimmen zu hören waren: «Sackerment – wir sind im Kreis gelaufen!» – «Was soll das? Warum führt man uns in die Irre?»

Da sah es Konrad auch: Vor ihnen zeichnete sich im silbergrauen Dunst die scharf gezackte Linie eines Gebirges ab. Derweil geriet der Zug ins Stocken, und Konrad brauchte einen Moment, um zu begreifen, dass man sich um Nikolaus sammelte. Der erklomm mit Hilfe der Knappen einen Felsen und begann nach etlichen Tagen zum ersten Mal wieder zu ihnen zu sprechen. Sein Kopf war hochrot.

«Wie dumm seid ihr eigentlich?» Seine Stimme hatte jeglichen Engelstonfall verloren. «Das hier sind nicht die Alpen, das ist ein lächerlich kleines Gebirge kurz vor dem Meer. Und somit das letzte Hindernis vor dem großen Augenblick, wo der Allmächtige uns ins Gelobte Land führen wird. Seid dankbar und geht auf die Knie, statt wie Waschweiber zu keifen.»

Niemand fiel auf die Knie.

«Was sollen wir dir eigentlich noch glauben?» Ein schlaksiger Junge hob die Faust. «Du lügst doch!»

«Ich lüge?» Wie ein wütendes Kind stampfte Nikolaus auf. Ihr Anführer hatte so gar nichts mehr von dem erleuchteten holden Knaben, dem der Heiland und die himmlischen Heerscharen erschienen waren.

«Ich lüge also?» Nikolaus' Stimme überschlug sich. «Dann

haut doch einfach ab. Verschwindet dorthin, wo ihr hergekommen seid, ihr armseligen Knechte und Taglöhnerkinder. Geht wieder dorthin, wo ihr nichts wert seid.»

Bei den letzten Worten ließ er sich den Fels hinabrutschen, schrammte sich dabei mit einem Schmerzensschrei das Knie blutig und humpelte zu seiner Maultierkarre.

Das Murren verstummte nicht, dennoch setzte sich der Tross allmählich wieder in Bewegung – den Hügel hinab, den nächsten Hügel wieder hinauf.

«Ich könnte dich niemals hassen», flüsterte Konrad Anna zu. «Ich versteh bloß nicht, warum du so ganz allein mit ihm in den Wald gegangen bist. Du hättest wissen müssen, was er vorhat.»

Sie schüttelte entschieden den Kopf. «Niemals hätt ich das von Jecki gedacht. Ich wär auch mit *dir* in den Wald gegangen, wenn du mir gesagt hättest, dass du Beeren gefunden hast.»

Konrad wusste nicht, ob er sich über diese Antwort freuen oder empören sollte.

In einem behielt Nikolaus recht: Verglichen mit dem wilden, mächtigen Alpengebirge war das hier fast schon ein Kinderspiel, befand Konrad. Sie mussten keine gefährlichen Saumpfade in schwindelerregender Höhe, keine Eis- oder Geröllhalden überwinden, da die Pässe viel niedriger lagen. Dass sie schutzlos im Freien übernachten mussten, war ihnen längst zur Gewohnheit geworden; was Konrad indessen Sorgen machte, war die Gleichgültigkeit der jungen Pilger: Die nächtliche Kälte ertrugen sie ebenso ungerührt wie die glühende Mittagshitze, niemand achtete mehr auf die Spuren von Raubtieren oder auf nahes Wolfsgeheul, keine Wache schützte das Lager.

Bereits in der ersten Nacht im Apennin versuchte jemand, Konrads Pferd zu stehlen. In dem unwegsamen, mit dichtem

Wildwuchs bestandenen Gelände wäre es für die Diebe ein Leichtes gewesen, mit ihrer Beute im Nichts zu verschwinden. Doch das leise Schnauben des Tieres hatte Konrad rechtzeitig geweckt: Er ahnte mehr, als dass er es sah, wie seine Stute den Kopf hochwarf, weil jemand an ihrem Strick zerrte. Mit einem Satz war er auf den Beinen und packte seinen Pilgerstab.

«Heda, der Teufel soll euch holen!»

Zwei Schatten verschwanden eilends im Unterholz, Zweige knackten, jemand stieß einen unterdrückten Fluch aus.

Auch Jecki wurde wach von den Geräuschen.

«Was war das?», flüsterte er schlaftrunken. Zum ersten Mal richtete er das Wort an Konrad.

«Jemand wollte das Pferd klauen. Wir müssen Wachen aufstellen – du, Lampert und ich im Wechsel.»

Jecki nickte. «Kannst weiterschlafen, bin jetzt eh wach.»

Es brauchte geraume Zeit, bis Konrad wieder eingeschlafen war. Zähneknirschend musste er erkennen, dass er einstweilen auf Jecki angewiesen war. Mit Lampert allein hätten sie zu wenig Schlaf gefunden. Zudem war er sich sicher, dass die Diebe aus den eigenen Reihen stammten, und so traute er außer seiner Freiburger Schar keinem mehr. Womöglich steckten sogar die Knappen hinter dem missglückten Raub, um sich und ihrem gottgleichen Führer eine nahrhafte Mahlzeit zu verschaffen.

Am vierten Tag im Apennin war es so weit. Schwitzend erklommen sie unter der Nachmittagssonne einen breiten Bergkamm, als von oben Freudenschreie ertönten: «Das Meer! Das Meer!»

Quer durch die Wildnis, in dichtem Pulk, drängten sie hinauf, die Schwachen und Kranken wurden geschoben oder gezogen, die Kleinsten auf die Schultern genommen, und da lag es denn auch zu ihren Füßen: In tiefem Blau erstreckte sich das Wasser bis zum Horizont, so weit, so unendlich war es, dass es einen erschauern ließ. Manche von ihnen weinten, andere tanzten und sangen oder ließen sich zu Boden fallen, um zu beten.

Auch Konrad, der wie die allermeisten hier noch nie das Meer gesehen hatte, sank auf die Knie. Der Anblick war so ergreifend, dass er mitten in seinem stummen Dankgebet nach Annas Hand griff. Sie ließ ihn gewähren.

Nach dem «Amen» atmete er tief durch, um ihr dann die Frage zu stellen, die ihm seit Tagen auf der Zunge brannte:

«Wenn sich das Meer nicht teilt – wirst du dann mit mir zurückkehren?»

Ihre braunen Augen wurden noch dunkler. Sie entzog ihm ihre Hand.

«Es wird sich teilen …»

«Du glaubst noch immer daran?»

«Nach allem, was wir durchgestanden haben», erwiderte sie mit fester Stimme, «kann es gar nicht anders sein, als dass Gott ein Wunder geschehen lässt.»

Kapitel 29

Ankunft in Genua

Durch einen würzig duftenden Kiefernhain ging es den Berg hinunter. Immer wieder gaben die Bäume den Blick frei auf das strahlende Blau, auf dem bald große und kleine Segelschiffe zu erkennen waren, und jedes Mal durchfuhr Anna erneut ein freudiger Schauer. Viele von ihnen hatten oben auf dem Berg noch eiligst dürre Zweige und Äste zu einem Kreuz zusammengebunden, das sie jetzt hoch in die Luft reckten. Wie zu Beginn ihrer Wallfahrt sangen sie dabei ihre Hymnen und Psalmen.

Nur Konrad schwieg. Anna hatte sehr wohl seine Enttäuschung gespürt, oben auf dem Berg, doch was hätte sie ihm anderes antworten sollen als die Wahrheit?

Nach einer Linkskehre sahen sie die Hafenstadt unter sich liegen, auf einem schmalen Küstenstreifen zwischen Gebirge und Meer, zur Landseite hin von dicken Mauern geschützt. Die Ziegeldächer der Häuser, Paläste und Kirchen wurden von wehrhaften Burgen und Festungen überragt, bunte Wimpel flatterten von den Turmspitzen, über das Halbrund des Hafens mit seinen Dutzenden von Schiffen wachte ein himmelhoher Leuchtturm.

Annas Erschöpfung war ganz und gar verflogen, und sie dankte dem Herrgott, dass sie so viel von der Welt sehen durfte. Immer näher kamen sie ihrem Ziel, als es nun stetig bergab ging und sie schließlich die Furt eines Flusses durchquerten, der von den Bergen herabfloss und nicht weit von hier ins Meer mündete. Dahinter begannen bereits die Gärten und Felder der Genueser, die wie Treppenstufen in die Hügel getrieben waren.

Vor dem oberen Stadttor kamen ihnen drei Reiter entgegen. Noch war für Anna nicht zu erkennen, ob das etwas Gutes oder Schlechtes bedeuten mochte. Der Gesang der Wallfahrer erstarb, jeder reckte den Kopf und versuchte zu erkennen, was vorne vor sich ging. Die Ersten drängten an den anderen vorbei, die hinteren schoben nach, und bald schon war aus ihrer Prozession ein dichter Haufen geworden, der sich um Nikolaus und seine Leute scharte.

«Kannst du verstehen, was sie reden?», fragte sie Konrad. Der schüttelte den Kopf und setzte sich Christian auf die Schultern.

«Was siehst du, mein Junge?»

«Die fremden Männer reden mit dem Knappen Wolfram und dem dicken Bettelmönch.»

«Was noch?»

«Nikolaus steigt aus der Karre – jetzt verbeugen sich die Reiter vor ihm! Ich glaub, sie lächeln.»

Das erwartungsvolle Murmeln rundum wurde lauter, bis jemand rief: «Wir dürfen hinein!»

«Das glaub ich erst, wenn wir wirklich in der Stadt sind», ließ sich Konrad zweifelnd vernehmen.

Kein Vaterunser später erfuhren sie es aus Nikolaus' Mund: Die Republik Genua heiße sie willkommen, wolle sie aufnehmen und beherbergen um Gottes Lohn, bis jeder wieder zu Kräften gekommen sei. Hierzu möge man sich vor den Dom von San Lorenzo begeben, wo der Konsul der Stadt sie gemeinsam mit dem Erzbischof empfangen werde. Der Rest ging unter in dem begeisterten Jubel über diese freudige Kunde.

Anna hatte Tränen der Erleichterung in den Augen, als jetzt einer den anderen vor Glück umarmte.

«Wenn das kein gutes Zeichen ist!» Sie drückte Christian und Margret einen Kuss auf die Wange. «Wir werden uns endlich wieder einmal satt essen dürfen, vielleicht ja in einem weichen Bett schlafen und morgen dann …»

Sie wagte es gar nicht auszusprechen. Schon ging es weiter, im halben Laufschritt jetzt, auf die weit geöffneten Torflügel zu, und von den Zinnen herab blies ein Wächter das Horn.

Für die Genueser waren Leute aus der Fremde gewiss nichts Besonderes, doch angesichts dieser noch immer riesigen Heerschar abgemagerter junger Menschen, die mit ihren Freudengesängen und erhobenen Kreuzen in die Stadt zogen, drängten sie sich an den Fenstern und offenen Türen und bestaunten sie mit offenen Mündern. Manche winkten oder riefen ihnen etwas zu in ihrer singenden, volltönenden Sprache, und Nikolaus schrie zurück:

«Morgen! Morgen früh nach Sonnenaufgang wird das Wunder geschehen! Auf nach Jerusalem! Deus lo vult!»

Durch enge Gässchen zwängte sich ihr Zug, und die hohen Bürgerhäuser, wie überall jenseits der Alpen aus Stein errichtet – hier war er gelblich oder grau –, warfen kühle, dunkle Schatten.

«Genua ist eine stolze Stadt, weithin berühmt», hörte sie Konrad zu Christian sagen, der sich dicht zwischen ihnen hielt. «Eine reiche Stadt, und ihre Flotte befährt dieses riesige Meer, um Handel zu treiben und Krieg zu führen.»

«Mir ist's zu eng hier», sagte Anna leise. «Nirgends ein Sonnenstrahl, nirgends ein Ausblick ins Freie.»

Plötzlich sehnte sie sich zurück nach den geduckten Holz- und Fachwerkhäusern ihrer Heimat, mitsamt ihren durchhängenden Strohdächern, verwunschenen Hinterhöfen und Gärtchen.

Konrad lächelte, und seine Miene hellte sich auf.

«Wir sind's nicht mehr gewohnt. Schau, da vorn, das muss San Lorenzo sein.»

Der Bischofsdom mit seiner schwarz-weiß gestreiften Marmorfassade war wunderschön anzusehen. Die Glocken begannen zu läuten, als der vordere Teil ihres Zuges ins Kirchenschiff drängte. Die Freiburger kamen nur bis in die Portalvorhalle, die restlichen Pilger drängten sich auf dem kleinen Domplatz und in den Seitengassen rundum. Anna griff nach Margrets Hand. Im Innern duftete es nach Weihrauch und Myrrhe, die schwarz-weißen Marmorsäulen schimmerten im Schein zahlloser Kerzen.

«Ist das eine schöne Kirche!», flüsterte Margret andächtig, und ihr kleines, schiefes Gesicht strahlte.

Schlagartig wurde es still im Kirchenschiff, als eine kräftige Bassstimme vom Altar her ertönte.

«Der Erzbischof!», raunte jemand neben ihr. «Er wird uns segnen.»

Sehen konnte Anna den hohen Geistlichen hinter der Masse

von Schultern und Köpfen nicht und ebenso wenig verstehen, redete er doch in der lateinischen Kirchensprache zu ihnen. Doch dann durchdrang der ergreifende Klang gregorianischer Choräle das Innere des Doms, umhüllte die Wallfahrer wie eine warme, weiche Decke, und Anna spürte, wie alles in ihr ruhig und zuversichtlich wurde.

Nach dem gemeinsamen Dankgebet tippte Konrad ihr auf die Schulter. Er war mit seinem Pferd vor dem Kirchenportal geblieben.

«Ihr wartet hier auf mich, gleich vor dem Portal – ich will mich um ein Obdach kümmern, bei den deutschen Kaufherren.»

«Deutsche Kaufherren?»

«Aber ja, die gibt es auch hier. – Lampert, du passt auf alle auf, ich verlass mich auf dich.»

Damit verschwand er auch schon wieder im Gedränge nach draußen.

Auf Knien und gesenkten Hauptes nahmen sie den feierlichen Segen entgegen, anschließend hatten die Senatoren das Wort. Da die drei fürstlich gekleideten Herren der deutschen Sprache nicht mächtig waren, diente sich Bruder Paulus als Übersetzer an. Was er den Pilgern zu verkünden hatte, klang allerdings nicht mehr gar so großzügig wie zuvor aus Nikolaus' Mund.

Der Konsul und der Große Rat der Republik Genua heiße sie in ihrer schönen Stadt willkommen, man bewundere ihren Mut, ihre Kraft, ihren Gottesglauben und bete für sie, dass ihr heiliges Werk gelingen möge. Die barmherzigen Bürger Genuas seien bereit, sie in ihren Häusern aufzunehmen, desgleichen die Benediktinerinnen und Benediktiner, und auch die Stallungen am Hafen und am oberen Tor würden ihnen offen stehen. Dennoch könne man ihnen leider nicht mehr als eine Nacht an Obdach gewähren. Viel zu viele seien sie, als dass man sie in diesen schweren Zeiten über Tage hinaus verköstigen könne. So möge man sich für diese eine Nacht vertrauensvoll in den Schutz der Bürger begeben, um morgen dann ausgeruht und gestärkt weiterzuziehen. Wer allerdings in ihrer schönen Stadt ansässig werden wolle, der möge sich hernach vor der Sakristei einfinden – junge, gestählte Knechte und Mägde könne man hier immer brauchen.

An dieser Stelle brach der Bettelmönch ab. Dafür war jetzt Nikolaus' helle Stimme zu vernehmen.

«Keiner von uns wird bleiben, und eine Nacht ist mehr als genug.» Kindlich und trotzig klang das. «Morgen früh schon werden wir uns nämlich am Meeresstrand einfinden, und ihr Ratsherren und alle Bürger dieser Stadt seid eingeladen, mit uns zu kommen. Dann nämlich wird Gott, der Allmächtige, das Wunder geschehen lassen und das Meer für uns auftun. Ganz, wie es der Heiland mir prophezeit hat. Geht heute Nacht also in euch, richtet all eure Gedanken auf das bevorstehende Wunder, denn morgen werden wir den letzten und wundersamsten Teil unserer Reise beginnen.»

«Morgen früh!» – «So wird es sein!» – «Auf nach Jerusalem!»

Jetzt, wo man den Segen des Bischofs hatte, drängte alles wieder hinaus. Anna fasste die beiden Kinder an den Händen und gesellte sich zu Lampert, der neben Jecki und Gunther an der Säule des Kirchenportals lehnte. Die Pilger strömten an ihnen vorbei ins Freie, als Letztes verließ Nikolaus mit seinen Gefolgsleuten die Kirche. Mit gestrafften Schultern und hocherhobenem Kopf schritt er an Anna vorbei, auf seinem Gesicht lag ein beseelter Ausdruck. Da riss sich Margret los.

«Bitte segne mich!», rief sie ihm zu und fiel auf die Knie.

Nikolaus lächelte und legte dem Mädchen die Hand aufs Haar.

«Der Herr segne und behüte dich, mein Kind.»

«Und du? Willst du keinen Segen von unserem Hirtenknaben?», flüsterte eine Stimme in Annas Ohr. Sie fuhr herum. Es war Gottschalk von Ortenberg, und er drängte sich so dicht an sie, dass ihr sein Geruch nach Staub und männlichem Schweiß in die Nase stieg.

Lampert schob sich zwischen sie. «Lasst sie in Ruh!»

«Oho! Ein neuer Beschützer! Ich muss schon sagen, Anna, du erstaunst mich – ein Mannsbild nach dem anderen.»

Lamperts grimmige Miene und vor allem dessen Hand am Messerknauf ließ ihn zurückweichen.

«Wir sehen uns dann in Jerusalem», rief er ihr über die Schulter hinweg zu und lachte.

Sie versuchte, das Zittern ihrer Hände zu verbergen. Unwillkürlich blickte sie sich nach Jecki um, aber der hatte ihr den Rücken zugekehrt.

«Danke, Lampert.» Ihre Stimme war rau.

«Schon recht.» Lampert grinste. «Der Ortenberger ist ein Großmaul, mit nichts dahinter. – Kommst du, Jecki?»

Draußen auf dem Kirchplatz zerstreute sich das Volk allmählich. In kleinen Gruppen schloss man sich den Einheimischen an, machte sich mit Händen und Füßen verständlich. Konrad war noch immer nicht zurück. Ein Trupp Stadtknechte, in rotweißer Tracht gewandet, überquerte bald schon den Platz und sprach alle an, die noch unschlüssig herumstanden. Einer von ihnen näherte sich den Freiburgern und redete in dieser fremden Sprache, die Konrad einmal als lateinische Volkssprache oder auch Volgare bezeichnet hatte, auf sie ein.

Lampert schüttelte so beharrlich den Kopf, dass der Mann schulterzuckend weiterging.

«Wenn unser Pfaffe nicht bald auftaucht, geh ich auf eigene Faust los», knurrte Jecki.

Anna rückte zwei Schritte von ihm ab.

«Das wär gradwegs das Beste», murmelte sie. Zu ihrer Erleichterung entdeckte sie in diesem Moment auf der anderen Seite des Platzes Konrad. Eilig lief er auf sie zu.

«Kommt mit, wir haben ein Quartier.» Er wirkte glücklich wie lange nicht mehr.

«Bei diesen Kaufleuten?», fragte Lampert.

«Ja, gleich am Hafen.»

Zum Hafen hin waren die Häuser einfacher und niedriger, die verwinkelten Gassen indessen noch enger als zuvor. Über ihren Köpfen hatte man Wäscheleinen gespannt, scheue, abgemagerte Katzen huschten vor ihren Schritten zur Seite. In der feuchten Luft lag der Geruch nach modrigen Gemäuern, nach Fisch und Meereswind, nach unbekannten Gewürzen und fremdartigen Speisen, die an den Straßenecken auf Kohlebecken zubereitet wurden. Und laut war es: Quer über die Gasse hinweg riefen sich die Leute Scherz- oder Schmähworte zu, lachten oder sangen aus voller Kehle bei der Arbeit, die man sich nach draußen geholt hatte, überall hämmerte und klopfte es. Wo sie vorbeikamen, verdrehte man die Köpfe nach ihnen, vor allem nach dem sommersprossigen Christian mit seinem struppigen roten Haarschopf und der strohblonden Margret.

Dicht an Konrad hielt sich Anna, erst recht, als es am Hafen selbst geradezu von Menschen wimmelte, trotz der späten Tagesstunde. Darunter gab es etliche mit dunkler Hautfarbe, dazu Juden mit runden, spitzen Hüten und verschleierte schwarzbärtige Männer in wallenden, hellen Gewändern, die mit lebhaften Gebärden Geschäfte abschlossen. Es war, als hielte hier die halbe Welt ein Stelldichein. Anna war ganz benommen von all diesen Eindrücken.

Ihr Blick ging zum Meer. Hinter dem Wald von Masten

und dem riesigen Leuchtturm am Ende der Mole war es in der Dämmerung nur zu erahnen. Ihr wurde es plötzlich bang ums Herz, als sie daran dachte, dass sie vielleicht morgen schon diese Unendlichkeit durchqueren würden.

«Ich fasse es nicht», stieß Lampert hervor. «Ein richtiger Hafen mit Schiffen. Und was für große!»

Sie hielten inne und bestaunten die Masse an Schiffen, die an mächtigen Pfählen vertäut waren oder draußen im Hafenbecken vor Anker lagen: Neben einfachen Fischerbooten gab es lange, flache Lastkähne, die auch zu dieser Stunde noch beladen und entladen wurden, dazu dickbauchige Koggen mit eingerolltem Segel und schlanke Galeeren. Auf denen kauerten kahlköpfige, halbnackte Männer an den Ruderbänken und rührten sich nicht.

«Müssen die armen Männer etwa dort übernachten?», fragte sie Konrad. Sie merkte, dass die alte Vertrautheit allmählich zurückkehrte. Das freute sie.

«Es bleibt ihnen gar nichts andres übrig. Weil sie nämlich angekettet sind.»

«Angekettet?»

«Es sind Galeerensklaven. Gefangene aus dem Feindesland oder auch Sklaven von den Märkten hier rund um das mittelländische Meer.»

Der Fluch eines Mannes ließ sie zusammenfahren: Christian, der sich zu nah an den Rand der Schiffslände gewagt hatte, war von einem der Lastträger angerempelt worden und dabei ums Haar ins brackige Wasser gefallen. Unter einer unverständlichen Schimpftirade zerrte der kräftige Mann ihn von der Kante zurück.

«Ich wollte mir doch nur das schöne Schiff näher anschauen», jammerte Christian verlegen und rieb sich sein aufgeschrammtes Knie.

Konrad knuffte ihn in die Seite. «Hast ja noch mal Glück gehabt.»

Er deutete auf ein Haus, das hinter Palmbäumen ein wenig zurückversetzt am anderen Ende der Anlegestelle stand, größer und weitaus herrschaftlicher als die umliegenden Gebäude.

«Gehen wir in unser Quartier. Es wird gleich dunkel.»

Vor der Niederlassung der deutschen Kaufleute empfing sie ein Wachmann, seinen Spieß fest in der Faust. Er schien Konrad wiederzuerkennen.

«Tutti pellegrini?», fragte er und musterte sie geringschätzig.

Konrad nickte. «Ja, wir alle sind Pilger.»

Der Wachmann stieß einen kurzen Pfiff aus, woraufhin sich die schwere Eichenholztür öffnete. Ein junger Mann mit kohlschwarzen Haaren und Augen winkte sie herein.

«Benvenuto», begrüßte er sie weitaus höflicher als der Wächter. «Willkommen! Mein Name Oberto. Bitte hier warten.»

Anna staunte mit offenem Mund: Schöner und prächtiger konnte auch der Palast eines Fürsten nicht sein! Allein in der Eingangshalle hätten drei Dutzend Menschen Platz gefunden. Die Wände bedeckten kostbare, bunte Teppiche, zwischen den Marmorsäulen schimmerte ein Ziegelboden, dessen Steine in hübschen Mustern ausgelegt waren, Wandleuchter mit zahlreichen Kerzen spendeten warmes Licht, und durch einen offenen Rundbogen konnte man in einen Innenhof sehen: Unter schattenspendenden Palmbäumen plätscherte ein Brunnen, Marmorbänke zwischen blühenden Sträuchern luden zum Ausruhen ein.

Sie mussten nicht lange warten, bis ihre Gastgeber erschienen, zwei Herren mittleren Alters, der eine groß und hager, der andere mit einem mächtigen Schmerbauch. Beide trugen sie buntbestickte seidene Hausmäntel und ebenso bestickte Pantoffeln, beide wirkten sie sehr gepflegt. Wie erbärmlich musste dagegen ihr Anblick sein, fuhr es Anna durch den Kopf, und wie erbärmlich mussten sie alle stinken. Unwillkürlich trat sie einen Schritt zurück.

Die Männer schlugen Konrad freundschaftlich auf die Schulter und stellten sich den anderen als Arbogast von Illenkirchen und Gerwig von Augsburg vor. Was dann folgte, glich einem kleinen Wunder. Anna und Margret wurden einer Magd übergeben, Konrad folgte mit den anderen dem jungen Oberto. Die freundliche, redselige Magd – Anna verstand kein Wort von alldem, was sie sagte – führte sie in einen Keller, wo ein großer Badezuber auf sie wartete. Ihre schmutzstarrenden Kleider legten sie auf einem Schemel ab, dann stiegen sie beide in das dampfende, nach Kräutern duftende Wasser. Die Magd schlug die Hände über dem Kopf zusammen angesichts ihrer abgemagerten Leiber, stieß immer wieder ein *«Madonna mia»* hervor, während sie sie mit Seife und Schwamm fast zärtlich abwusch. Dann waren die Haare an der Reihe, und Anna schloss die Augen. «So muss es im Paradies sein», hörte sie Margret neben sich leise sagen.

Nachdem sie sich mit großen Tüchern abgetrocknet hatten, reichte die Magd ihnen saubere, einfache Leinengewänder und zwei blau-weiß gestreifte Kopftücher. Anna war mehr als gerührt, dennoch schüttelte sie den Kopf.

«Wir haben das Kreuzgelübde abgelegt.» Sie zeigte auf den verblichenen roten Stofffetzen an der Schulter ihres alten Kleides, das wie ein Lumpenhaufen auf dem Schemel lag. «Das ist unser Zeichen hierfür.»

Verständnislos sah die Magd sie an. Dann ging ein Leuchten über ihr dunkles Gesicht: *«Capito, capito …»*

Sie machte die Handbewegung des Nähens, deutete zuerst auf das rote Kreuz, dann auf das neue Gewand. Erleichtert nickte Anna. Die Magd warf ihre Lumpen in einen Korb und nötigte sie, das frische Kleid anzuziehen. Auch Margret zögerte jetzt.

«Ich denke, sie wird unsere Kleider heut Abend waschen», sagte Anna. «Ziehen wir uns also um.»

Die Magd ließ es sich nicht nehmen, ihnen in das ausgiebig gekämmte Haar bunte Bänder einzuflechten, dann erst war sie zufrieden. Erstaunt sah Anna Margret an: Richtig hübsch sah das Mädchen aus, trotz seiner Hasenscharte.

Sie verließen den Keller, und durch verwinkelte Gänge gelangten sie in eine Kleiderkammer. Neben Gewändern, Umhängen und bunten Tüchern fand sich dort auch eine Bank mit Schuhen aller Größen.

Verdutzt blickten sich Anna und Margret an, als die Magd ihnen auffordernd zunickte. So kamen sie an diesem Abend sogar zu einem Paar neuer Rindslederschuhe, und Anna fragte sich, ob sie die wohl beim Abschied zurückgeben mussten. Zu sehr erschien ihr das alles wie ein schöner Traum.

Sie durchquerten den prachtvollen Innenhof, um in den Gästetrakt zu gelangen. In einem Saal mit farbenfroh bemalter Gewölbedecke war die Tafel aufgebaut, an der ihre Gefährten eben Platz nahmen. Auch die anderen hatten gebadet und sich neu eingekleidet sowie rasiert.

Als Anna an den Tisch trat, starrte Konrad sie an.

Arbogast von Illenkirchen, der dickere der beiden Kaufherren, lachte. «Sie sieht schön aus, nicht wahr?», sagte er zu Konrad. «Ist das Mädchen deine Braut?»

Konrad wurde rot. «Aber nein. Ihr wisst doch, Oheim, dass ich Priester werden will.»

«Noch ist nicht aller Tage Abend, mein Junge. Und jetzt lasst uns erst einmal anstoßen auf dieses Wiedersehen – das letzte Mal, als ich dich sah, warst du ein kleiner Knirps.»

Zwei Tischdiener füllten die Becher mit dunkelrotem Wein,

der schwer und süß schmeckte und Anna schon nach den ersten Schlucken auf angenehme Weise zu Kopf stieg. Dabei entging ihr nicht, wie Konrad ihr immer wieder Blicke zuwarf, während er und Lampert sich angeregt mit den deutschen Kaufleuten unterhielten. Jecki hingegen starrte unablässig in Richtung Küche, aus der es nach gebratenen Würsten zu duften begann, bis Gerwig von Augsburg ihm auf die Schulter schlug.

«Ich hoffe, du wirst satt bei uns. Auch wenn es nur etwas ganz Einfaches gibt.»

Das allerdings war reichlich untertrieben. Die Diener tischten mehrere große Platten mit gedünstetem Gemüse auf, dazu reichlich Brot, kalten Braten und knusprige kleine Würste, wie Anna sie noch nie gesehen hatte. Nicht nur den Kindern gingen die Augen über angesichts dieser Köstlichkeiten. Noch mehr staunten sie, als die Tischdiener zwischen jedem Nachschlag Schüsseln mit Wasser zum Händewaschen darreichten.

«Ihr müsst langsam essen», wies Anna sie an, während sie sich die Finger abtrocknete. «Sonst wird euch noch übel.»

Arbogast von Illenkirchen nickte.

«Recht hat sie, eure schöne Gefährtin. Niemand nimmt euch hier was weg, und in der Küche gibt's noch reichlich.» Er wandte sich an Konrad. «Mir ist noch immer unbegreiflich, wie ihr es mit einer solchen Masse an Kindern und Halbwüchsigen bis Genua geschafft habt. Bis heute hatte ich sogar geglaubt, es sei ein bloßes Gerücht, dieser Feldzug der Kinder.»

«Viele haben es *nicht* geschafft», sagte Konrad. «Viel zu viele.»

«Da hast du recht, ihr habt viele Opfer gebracht», pflichtete Gerwig von Augsburg bei, und sein langer, hagerer Oberkörper beugte sich vor. «Dennoch: Ihr habt es nicht umsonst getan. Die gesamte Christenheit wird es euch danken, ist das Königreich Jerusalem erst einmal von den Sarazenen befreit. Und der Herrgott ist auf eurer Seite.»

Arbogast von Illenkirchen verzog das runde Gesicht. «Mein lieber Gerwig, du glaubst doch nicht allen Ernstes, dass sich morgen das Meer teilen wird?»

Der andere zuckte die Schultern. «Wenn nicht auf diese Weise, dann werden die Kinder auf anderem Wege ins Gelobte Land gelangen. Davon bin ich überzeugt.»

«Wie dem auch sei – jetzt seid ihr erst einmal hier zu Gast und sollt euch erholen von euren Strapazen. Im Übrigen seid ihr auch die nächsten Tage jederzeit bei uns willkommen, sofern die Meeresteilung ausbleiben sollte.» Er zwinkerte Konrad zu. «Und nun lasst uns über andere Dinge sprechen.»

Er gab den Dienern einen Wink, Wein nachzuschenken.

«Darf ich Euch etwas fragen?», wandte sich Anna an ihn, nachdem sie einander zugetrunken hatten.

«Aber gern, mein Kind.»

«Ihr tragt denselben Herkunftsnamen wie Konrad – seid Ihr miteinander verwandt?»

«Über einige Ecken, ja. Konrads verstorbener Vater – Gott hab ihn selig – war ein Vetter von mir. Aber ich bin schon als junger Bursche hierhergekommen, zunächst nach Venedig, dann nach Genua. In die deutschen Lande komme ich nur noch selten, meist bin ich hier oder in der Levante unterwegs.» Er nahm einen tiefen Schluck aus seinem Becher und wischte sich mit einem Tuch den Mund ab. «Ach Konrad, mein Junge – es tut mir im Nachhinein sehr leid, dass ich dich so wenig unterstützen konnte, als du deine Eltern verloren hattest. Ich mach mir wirklich ein schlechtes Gewissen deswegen.»

Konrad lächelte. «Das braucht Ihr nicht, Oheim. Ich hatte einen guten Menschen an meiner Seite, und so hat es mir an nichts gefehlt.»

«Nun, dann hoffe ich, dass ich das mit dem heutigen Wiedersehen ein wenig ausgleichen kann. Als dich unser braver

Oberto angekündigt hatte, da hab ich ja meinen Ohren nicht getraut. Hatte dich für einen Scharlatan gehalten, der unseren Namen missbraucht. Aber als du dann vor mir gestanden bist, waren alle Zweifel verflogen. Du bist nämlich deinem Vater wie aus dem Gesicht geschnitten. – Auf dein Wohl also und das deiner Gefährten!»

Sie erhoben erneut ihre Becher.

«Und auf das Gelingen dieser Wallfahrt!», fügte Kaufherr Gerwig hinzu.

Zwischen Essen und Zutrinken plauderten sie noch lange über Land und Leute, über den Norden und den Süden des Heiligen Römischen Reichs, über die Querelen zwischen Welfen und Hohenstaufen, über die ungewöhnliche Hitze und die Missernten überall, bis Anna allmählich die Lider schwer wurden. Als Margret gegen ihre Schulter sank, bat sie die Gastgeber, schlafen gehen zu dürfen.

Einer der Diener führte sie in eine kleine Schlafkammer mit Waschtisch und richtigem Bett, und mit Margret im Arm und dem weichen Kissen unterm Kopf fiel Anna sofort in tiefen Schlaf.

Kapitel 30

Am Strand von Genua

Nach einem eiligen Morgenimbiss brachen sie auf, die Packtaschen der Stute bis oben hin mit Vorräten aufgefüllt.

«Der Weg durch das Meer ist Tausende von Meilen weit, ihr werdet es bitter nötig haben», beschied Kaufherr Gerwig auf Konrads Dankesworte hin. Sie standen alle beisammen unter den Arkaden der Niederlassung, der Hafen vor ihnen erwachte in der Morgendämmerung allmählich zum Leben. Schon bei dem Gedanken an den bevorstehenden Abschnitt ihrer Wallfahrt erschauerte Anna vor banger Erwartung und Vorfreude zugleich.

«Ich denke eher, wir sehen uns heute noch wieder», brummte Konrads Oheim.

«Kommt Ihr denn nicht mit an den Strand?», fragte Anna erstaunt.

Um seinen Mund spielte ein Lächeln. «Es reicht, wenn mein Freund Gerwig das Elend mit ansehen muss. Jetzt aber los, sonst verpasst ihr das Gotteswunder womöglich doch.»

Kaum dass sie in die noch dunklen Gassen eingetaucht waren, wurden es mehr und mehr Menschen, Einheimische wie Pilger, die auf das östliche Tor zuströmten. Die Anspannung, dass das große Wunder unmittelbar bevorstand, war in der Luft zu greifen, und Anna schlug das Herz bis zum Hals, als sie die Stadt hinter sich ließen. Hier draußen hing noch der Morgennebel in den Kiefern und Zedern und ließ sie frösteln. Sie schlang sich ihr Tuch fester um den Kopf, darauf bedacht, dass das rote Stoffkreuz, das Arbogasts fleißige Magd auf das neue Gewand genäht hatte, sichtbar blieb, dann begann sie im Stillen zu beten.

Keine halbe Wegstunde später stiegen sie zu einem von Felsen umsäumten Strand hinunter. Über dem bleigrauen Meer schwebten dünne Nebelfetzen. Als ob es noch schlafen würde unter einer dünnen Decke.

«Ich hab ein bisschen Angst», flüsterte Margret und umschloss fester ihre Hand. Beider Hände waren eiskalt.

«Das brauchst du nicht», erwiderte Anna, dabei erging es ihr nicht viel anders. Dass sich das Wasser nicht teilen würde, fürchtete sie ebenso, wie dass genau dies eintreffen würde.

Auf einer erhöhten, mit Heidegras bewachsenen Stelle hatten sich bereits neben etlichen Gaffern die vornehmen Senatoren und Kaufherren eingefunden, unter ihnen auch Gerwig von Augsburg. Rasch mischten sich fliegende Händler, Karrenbäcker und allerlei Gesindel unter die Gläubigen, die ehrfurchtsvoll Abstand zu Nikolaus hielten. Der stand reglos dicht am Ufer, hinter sich seine Maultierkarre, die Bettelmönche und die Knappen hoch zu Ross. Bis auf die Mönche waren auch sie neu eingekleidet – die Rittersöhne in bunten Farben und neuen Stiefeln, der Hirtenknabe in strahlend weißem Gewand, die blutrote Stola über den Schultern.

Es wurde totenstill am Strand, als sich zu ihrer Linken die Sonne über die bergige Küste schob und die endlose Wasserfläche wie flüssiges Gold schimmern ließ. Das allein erschien Anna schon als ein Zeichen Gottes. Ebenso ergriffen wie alle anderen fiel sie auf die Knie, nie zuvor hatte sie so etwas Schönes gesehen.

Binnen kurzem hatte der Nebel sich aufgelöst, und ein Knabe rief in die Stille hinein: «Seht bloß – heut Nacht hat der Herrgott Sterne vom Himmel fallen lassen! Er will uns den Weg weisen!»

Tatsächlich – auch Anna sah zu ihren Füßen einen kleinen, hellen Stern im Sand liegen. Sie wagte nicht, ihn aufzuheben. Da begann Nikolaus mit ihnen das Vaterunser zu beten. Voller Inbrunst sprachen sie wie mit einer einzigen, gewaltigen Stimme das Gebet, und nach dem tausendfachen Amen trat Nikolaus einen Schritt vor, sein Holzkreuz gen Himmel gereckt.

«Herr, du hast mich auserwählt, dieses Volk der Kinder zu führen. Bis hierher an diesen Meeresstrand sind wir dank deiner unendlichen Güte gelangt, ganz wie es mir dein Sohn Jesus Christus und deine himmlischen Heerscharen geweissagt haben – nun bitte ich dich, o Herr, erhöre uns! Lass dieses Wasser auseinandergehen, wie du es einstmals für die Kinder Israels vollbracht hast. Auf dass wir Jerusalem und das Grab deines Sohnes mit den Worten der Liebe und des Glaubens befreien.»

Anna starrte angestrengt auf das Meer. Nichts tat sich. Das Wasser hatte seinen goldenen Schimmer verloren, träge und tiefblau schwappte es in sanften Wellen gegen den Strand von Genua.

«O Herr, o liebster Herr Jesus.» Nikolaus' Stimme wurde durchdringender. «Wir bitten dich: Erhöre uns!»

Die anderen fielen in seine Rufe ein. Doch weder ihre innigen Gebete noch ihre frommen Gesänge vermochten das Wunder zu bewirken.

Da tat Nikolaus die ersten Schritte ins Wasser. Alle hielten den Atem an.

«Herr, du Allmächtiger – so höre doch! All diese Unschuldigen habe ich hierhergeführt, als dein ergebener Diener. Hilf uns nun weiter, ich flehe dich an!»

Bei jedem Schritt rief er Gott um Gnade und Barmherzigkeit an, bis er im schließlich hüfthohen Wasser ausglitt und unterging. Am Ufer schrien die Menschen auf vor Schreck, die Knappen sprangen von ihren Pferden und stürzten sich in die Fluten. Mit ihrer Hilfe tauchte Nikolaus prustend wieder auf, holte tief Luft und schrie: «So teile dich, Meer!»

Lauthals begannen nun alle durcheinanderzubrüllen.

«Teile dich, Meer! So teile dich endlich und gib den Weg frei!»

Anna hatte längst zu weinen begonnen, wie viele um sie herum auch. Andere warfen sich verzweifelt zu Boden oder rannten wie Nikolaus mitten hinein ins Wasser oder klammerten sich schluchzend aneinander. Unverständliche Schimpfworte seitens der Genueser prasselten von der Anhöhe auf sie herab, vermischt mit höhnischem Gelächter. Jemand rief ihnen in deutscher Sprache zu, dass ihr Führer ein Scharlatan und Betrüger sei und ihr ganzer Heerzug Teufelswerk, ein anderer: «Jagt diesen Kerl von hinnen. Er lästert Gott in seinem Hochmut!»

Anna stand wie erstarrt. Das alles durfte nicht sein. Sie sah, wie Nikolaus triefend nass zum Strand zurückkehrte, das Haar klebte ihm im Gesicht, Holzkreuz und Stola hatte das Meer ihm entrissen. Nichts Erleuchtetes war mehr an ihm, er sah vielmehr aus wie ein wütender Gassenbub. Es war furchtbar, das mit ansehen zu müssen.

«Das ist die falsche Stelle», kreischte er und fuchtelte aufgebracht mit den Armen. «Viel zu viele Felsen hat es hier, seht ihr das nicht? Folgt mir nach, wir suchen einen besseren Strand.»

Er wandte sich gegen Osten und marschierte los. Niemand folgte ihm.

«Vielleicht sollten wir auch nach einem gütigeren Gott suchen», rief Konrad ihm nach, so laut, dass alle es hören konnten.

Prompt blieb Nikolaus stehen.

«Du wagst es, an der Güte unseres Herrn zu zweifeln, du Gotteslästerer? Ich will euch sagen, woran es liegt.» Er machte kehrt und kletterte auf seine Karre, um besser gesehen zu werden. Sein Gesicht war hochrot angelaufen. «An euch liegt es, an euch allein! Zu viele Sünder, zu viele verdorbene, böse Seelen sind unter euch. Allein deshalb verweigert der Herr das Wunder! Geht hinweg, die ihr gesündigt habt, verschwindet von hier, sonst landen wir alle in der Hölle!»

Befangen blickte Anna sich um. Keiner der Pilger wich von der Stelle.

Nikolaus sprang von der Karre und schritt voller Zorn die Reihen ab. Vor einem rothaarigen Knecht blieb er stehen.

«Was ist mit dir? Hast du nicht deinem Freund das letzte Brot gestohlen? Und du?» Er stieß mit dem Zeigefinger gegen die Brust einer jungen Frau. «Hast du nicht mit den Herrensöhnchen und Pfaffen herumgehurt? O ihr teuflischen Sünder, die ihr alles verderbt – fort mit euch! Hinweg! Nur die wahrhaft Unschuldigen sind für das Wunder ausersehen.»

Ein breitschultriger Bursche stellte sich ihm in den Weg.

«Frag dich doch selbst, warum der Allmächtige nicht auf dich hört. Vielleicht ja, weil du dich rund und satt gefressen hast, während wir hungern mussten! Weil du dich hast kutschieren lassen, während wir anderen uns die Füße blutig gelaufen haben. Vielleicht bist du ja der größte Sünder unter uns!»

«Das wird's sein», schrie eine Frau mit zwei Kindern an der Hand. «Wahrscheinlich hat Gott sich bei der Wahl seines Propheten geirrt.»

Der erste Kieselstein flog in Nikolaus' Richtung und erwischte ihn bei der Schulter.

«Ihr Hundsfötter, ihr Hurensöhne!» Der nächste Stein traf ihn an der Brust – genau dort, wo sein Kreuz aufgenäht war.

Anna duckte sich, packte Margret und riss sie mit sich zu Boden. Zu nahe stand sie bei dem Hirtenknaben, auf den nun ein wahrer Hagel aus Sand und Steinen niederging. Es war, als hätte man eine Horde kampfwütiger Krieger losgelassen.

Sie presste sich gegen den kalten Sandboden, als ein gellender Schrei den Tumult übertönte, ein Schrei des Schmerzes, der Verzweiflung und Wut. Als sie aufzusehen wagte, sah sie zwischen den wild um sich schlagenden Knappen den Hirtenjungen losstolpern, mit blutender Stirn und aufgerissenen Augen, als sei der Leibhaftige hinter ihm her. Er stieß die wenigen, die ihm helfen wollten, grob zur Seite und rannte los, am Saum des Wassers entlang, bis er am Ende der kleinen Bucht einen Felsen erreichte, hinter dem er verschwand.

Mit einem Schlag kehrte Stille ein. Die drei Bettelmönche

kauerten wie Anna im Sand und hielten sich noch immer schützend die Arme über den Kopf. Wolfram von Wiesental schwang sich auf sein tänzelndes Pferd.

«Das werdet ihr büßen müssen, bitter büßen.» Drohend schwang er seine Streitaxt.

«Er hat's nicht anders verdient», entgegnete ihm einer der Straßburger. «Wahrscheinlich ist er gar nicht erleuchtet und wundertätig schon gar nicht. – Kommt, Leute, wir gehen. Suchen wir uns Arbeit in Genua.»

Er und seine Gefährten wandten sich dem Abhang zu, andere folgten ihm. Die hohen Herren und Bürger Genuas waren längst ihrer Wege gegangen, nur ein paar Gaffer verharrten noch neugierig auf der Stelle.

«Wartet, ihr Ungläubigen!» Wolfram trabte ein Stück hinter den Abtrünnigen her. «Bleibt hier – das Meer wird sich auftun, ich weiß es. Der Allmächtige will nur unsere Geduld prüfen, das ist alles.»

Doch immer mehr entfernten sich vom Strand, manche schluchzten laut auf vor Enttäuschung. Am Ende blieben nur noch ein, zwei Hundertschaften, unter ihnen die Knappen und die Bettelmönche. Alle waren sie vor Schreck wie erstarrt. Wolfram riss sein Pferd herum und galoppierte durch das flache Wasser davon, dass es nur so spritzte. Wahrscheinlich wollte er Nikolaus zurückholen, doch fürs Erste blieben alle beide verschwunden.

Eine Hand legte sich auf Annas Schulter.

«Was ist mit dir, Anna – kommst du mit?» Konrad sprach zu ihr wie eine Mutter zu ihrem kranken Kind. «Ich will zurück zu meinem Oheim.»

Sie schüttelte den Kopf. «Ich bleibe und warte. Es war eine große Sünde, was einige von uns getan haben.»

Sie schluckte die erneut aufsteigenden Tränen herunter.

Sollte wirklich alles umsonst gewesen sein? Die Prophezeiung des Hirtenknaben nur ein Traum, ein Hirngespinst, gar die Versuchung des Teufels? Aber warum hätte Gott sie dann durch die halbe Welt bis hierher geführt, diese riesige Schar von Kindern und Halbwüchsigen, die doch nur Gutes wollten?

«Vielleicht hat Wolfram recht, und der Herrgott will uns nur prüfen», sagte sie leise. «Vielleicht waren wir gar zu ungeduldig, und Nikolaus ... Nikolaus zu wenig demütig in seinem Flehen.»

«Begreifst du denn immer noch nicht, dass er nur ein einfacher Hirtenknabe ist? Dass ihm weder Engel noch der Heiland erschienen sind? Er ist grad so wenig erleuchtet wie du und ich!»

Wieder schüttelte sie den Kopf. Aber sie mochte hierzu auch nichts mehr sagen. Konrad war ihr so fremd in all seinen Zweifeln. Wie konnte so einer Priester werden und die Menschen trösten und stärken, wenn er selbst so wenig Gottvertrauen besaß?

«Alsdann – was ist mit euch?» Konrad wandte sich den anderen zu. «Kommt *ihr* mit?»

«Ich warte auch», entgegnete Lampert müde. «Wo sollen wir auch hin?»

Jecki, der etwas abseits von ihnen saß, hob nicht einmal den Kopf.

«Gut. Dann gehen wir wenigstens hinauf in den Schatten, bald wird es zu heiß sein hier am Strand. Und das Pferd braucht Wasser.»

«Aber hier ist doch überall Wasser», bemerkte Christian erstaunt. Es war das erste Mal an diesem Morgen, dass er überhaupt etwas sagte. Seine Augen waren gerötet.

«Ach Christian, mein Kleiner.» Konrad zog ihn zu sich heran. «Hast du das Meer mal gekostet? Es ist salzig und macht krank, wenn man es trinkt. Und jetzt kommt.»

Sie verbrachten den ganzen Tag im Schatten einiger Kiefern, ein kleines Stück oberhalb des Sandstrands. Gegen Mittag brachen sie ihre Vorräte an und teilten mit anderen Pilgern, die sich zu ihnen gesellt hatten. Von ihrem Platz aus hatten sie einen guten Blick auf den kleinen Strand, wo Nikolaus' Leibwächter und ein paar Dutzend Gläubige tapfer verharrten. Von dem Hirtenjungen selbst war weit und breit nichts zu sehen – der Knappe Wolfram war ein paar Male in Richtung des Felsens geritten, hinter dem Nikolaus verschwunden war, aber jedes Mal allein zurückgekehrt. Ab und an tauchten Bauern und Bürger aus Genua auf, doch da sich nichts tat, verschwanden sie wieder.

Niemand sprach, und bis auf das sanfte Rauschen des Meeres schwieg auch die Natur. So wurden die Schatten der Bäume und Felsen länger, das Meer lag träge und ungerührt wie seit ewigen Zeiten vor ihnen, und die Hitze des Tages ließ allmählich nach.

Konrad, der neben Anna und den Kindern saß, lehnte sich zurück gegen den Baumstamm und schloss die Augen. Was sich zur frühen Stunde am Strand zugetragen hatte, war vorauszusehen gewesen. Seine anfängliche Wut auf Nikolaus und sein missglücktes Possenspiel war verflogen. Jetzt stimmte ihn das Ganze nur noch traurig. Aberhunderte von jungen Menschen waren betrogen worden, der Glaube an ihre Mission, für die sie gelitten und etliche Freunde und Angehörige hatten sterben sehen, war zerstört. Was für tolldreiste Einfälle Nikolaus' falsche Ratgeber auch heute noch vorbringen, zu was auch immer sie den verblendeten Knaben aufstacheln mochten – die Sache war verloren und diese unselige Wallfahrt zu Ende. Bald schon würde er mit Anna und den beiden Kindern zurückkehren – und was dann? Er betrachtete ihre schmale Gestalt, ihr langes, dunkles Haar, in das noch immer die bunten Bänder eingeflochten waren. Wahrscheinlich würden sich dann ihre Wege auf immer trennen.

Eine laute Stimme ließ ihn zusammenzucken.

«He, ihr da unten!»

Es war Lampert, der unvermittelt aufgesprungen war und mit hochrotem Kopf den Abhang hinunterschrie: «Wo ist unser Führer? Warum lässt er uns so lang allein?»

Aus der Gruppe am Strand löste sich die Gestalt Wolframs.

«Er braucht das Alleinsein, um zu Gott zu sprechen», rief er zurück. «Kommt zu uns herunter, damit wir gemeinsam beten und singen.»

«Nein! Gebetet und gesungen haben wir seit Wochen genug. Und wenn das Meer sich doch noch teilt, sehen wir das auch von hier oben.»

Mit zusammengekniffenen Augen starrte Lampert weiterhin zum Strand. Es sah aus, als ob sich die Gruppe um Wolfram beraten würde.

«Warum bist du mit einem Mal so zornig?», fragte Konrad ihn.

«Weil ich wissen will, warum ich hier den ganzen Tag herumsitze, deshalb.»

Kurz darauf kam Bruder Paulus entschlossenen Schrittes auf den Hang zumarschiert.

«Kommt herunter, wenn ihr noch fest im Glauben seid.»

«Warum sollten wir?», entgegnete Lampert.

«Weil wir nun wissen, was Gott uns sagen wollte.»

Anna war als Erste auf den Beinen. Sie nahm Christian und Margret bei der Hand und stolperte die Anhöhe hinunter, gefolgt von den anderen. Enttäuscht sah Konrad ihr nach, dann erhob er sich widerwillig.

«Wo steckt Nikolaus?», fragte er den Bettelmönch, nachdem er ihn eingeholt hatte.

«Er ist in sich gegangen. Zu gegebener Zeit wird er zu uns zurückkehren.»

«Ist er verletzt?», fragte Anna.

«Ja, in seinem Herzen ist er zutiefst verletzt. Die Wunde an der Stirn und am Arm wird verheilen, nicht aber, was seine Glaubensgefährten ihm angetan haben.»

Nur Anna zuliebe verkniff sich Konrad eine spöttische Bemerkung. Derweil hatten sie Nikolaus' Vasallen erreicht, und Gottschalk von Ortenberg schwang sich auf seinen Grauschimmel.

«Hört her, ihr Leut! Ich hab euch etwas zu sagen.»

Sein Blick blieb an Anna haften, und er stieß einen anerkennenden Pfiff aus.

«Wie hübsch du aussiehst, Anna», sagte er mit einem Grinsen. «Hast dir wohl in Genua einen reichen Gönner geangelt?»

«Haltet bloß Euer Maul, Ortenberger», Konrad stellte sich vor das Mädchen, «sonst werde *ich* den Leuten hier mal eine Rede halten.»

Der Knappe zuckte zusammen – die Warnung saß. Schon nach der Sache in Basel hatte Konrad ihm gedroht: «Wenn Ihr die Anna noch einmal anrührt, dann werde ich in meiner Eigenschaft als künftiger Priester sämtlichen jungen Männern hier ihm Tross zustecken, dass Ihr deren Schwestern, Bräute und Eheweiber zur Hure macht, bevor Ihr sie zu Nikolaus ins Zelt lasst. Mit Sicherheit habt Ihr dann bei nächster Gelegenheit ein Messer an der Kehle.»

Ob die Drohung diesen Mistkerl damals beeindruckt hatte oder nicht – jedenfalls hatte er das Mädchen fortan in Ruhe gelassen. Jetzt wurde sein Lächeln noch öliger.

«Man wird doch noch einem Mädel eine Nettigkeit sagen dürfen, oder? Aber unser Pfaffe hier hat recht: Halten wir uns nicht mit Unwichtigem auf. Viel bedeutsamer ist: Der Allmächtige hat uns nicht verlassen, sonst würden wir alle nicht hier an diesem Strand von Genua stehen.»

«Wir alle?», warf Lampert höhnisch ein. «Ein armseliges Häuflein sind wir nur noch – ein paar Hundert vielleicht.»

Gottschalk nickte. «Du sagst es – ein paar Hundert vielleicht. Die besten eben. Denn auch das ist Gottes Wille. Nur die, die *nicht* zweifeln, die *nicht* gleich aufgeben, sollen nämlich ins Gelobte Land. Und wir sollen unseren Verstand benutzen, den der Herr uns gegeben hat.» Er machte eine bedeutsame Pause. «Hatte Moses denn eine andere Möglichkeit, sein Volk durchs Meer zu führen, als mit Hilfe eines göttlichen Wunders? Nein! Wir Heutigen aber haben sehr wohl eine andere Möglichkeit, das Meer zu durchqueren, und zwar auf eine weitaus weniger mühsame Art. Warum also sollte der Allmächtige seine Zeit für ein unnützes Wunder verschwenden?»

Konrad war mehr als verblüfft über diesen unerwarteten Winkelzug. Dumm war der Ortenberger nicht.

Auch Lampert hatte begriffen: «Du meinst – mit Schiffen?»

«Genau das. Heute noch werden wir am Hafen Schiffe für die Überfahrt klarmachen – drei sollten genügen. Ihr werdet sehen …»

«Dann zähl schon mal deine Goldstücke im Säckel», unterbrach ihn Jecki bissig. «Wir andern sind nämlich arm wie die Kirchenmäuse.»

«Das wird nicht nötig sein. Der Erzbischof und die Senatoren stehen zu unserer Sache, und so werden auch die Schiffseigener und Seeleute erkennen, dass sie ein gutes Werk tun, wenn sie uns um Gotteslohn nach Akkon übersetzen, dem Hafen des Heiligen Lands. Und zwar nicht nur aus Barmherzigkeit, sondern weil das für sie einen erheblichen Nachlass der Pein im Fegefeuer bedeutet.»

Kapitel 31

Zu Genua

Hatte Konrad auf der Miene seines Oheims Hohn und Spott erwartet, so hatte er sich getäuscht. Voller Mitgefühl zog Arbogast von Illenkirchen ihn in die Arme, nachdem sie am Spätnachmittag vom Strand zurückgekehrt waren und die Niederlassung der deutschen Kaufleute aufgesucht hatten.

«Ach mein Junge, es tut mir leid für euch. Ich kann mir eure Enttäuschung vorstellen, nach allem, was ihr auf der langen Reise mitgemacht habt – mein Freund Gerwig hat mich haarklein über alles unterrichtet. Setzen wir uns zusammen bei einem guten Rotwein und besprechen, wie es weitergehen soll in den nächsten Tagen. Ich werde dem Küchenmeister Bescheid geben, dass er uns alsbald das Abendessen richten soll.»

«Nun ja.» Konrad befreite sich verlegen aus der Umarmung. «Das Ganze nimmt eine überraschende Wendung. Nikolaus' Leute wollen Schiffe für die Überfahrt nach Akkon auftreiben – um Gotteslohn, versteht sich. Sie sind zum Hafenmeister gegangen, um sich nach Schiffseignern zu erkundigen.»

Sie standen in Arbogasts Kontor, während die anderen im Innenhof warteten. Durch das offene Fenster konnte Konrad sehen, wie Anna unter den Palmen unruhig auf und ab ging. Er hatte sie unterwegs gefragt, was sie von diesem neuerlichen Einfall halte, aber keine Antwort bekommen.

Sein Oheim schwieg einen Moment lang verblüfft, dann brach er in Lachen aus.

«Da kennt ihr die Genueser Schiffer aber schlecht. Die rechnen hart mit jedem Pfennig, sonst wären sie nicht so erfolgreich. Ob ihr nun den Segen des Erzbischofs habt oder nicht – für umsonst werden die keinen Finger rühren.»

Das gab Konrad neue Hoffnung.

«Glaubt mir, Oheim, ich wäre mehr als froh drum, wenn die Wallfahrt hiermit ein Ende hätte. Von Anfang an habe ich diesem Hirtenknaben misstraut und seinen geistlichen Beratern erst recht. Das Unternehmen hat bislang nur ins Verderben geführt, und ich will gar nicht dran denken, was die Sarazenen mit diesen halben Kindern anstellen, sollten sie je bis ins Heilige Land gelangen.»

«Damit hast du vollkommen recht, mein Junge. Ich frage mich nur, warum du dann dabei geblieben bist.» Er sah ihn mit wachem Blick an. «Ist es wegen des Mädchens, dieser Anna?»

Konrad spürte, wie er rot wurde. «O nein, da täuscht Ihr Euch. Ich wollte die Freiburger dereinst überreden, heimzukehren, dem Freiburger Stadtpfarrer zuliebe, dem ich, wie Ihr wisst, sehr verbunden bin. Aber ich hatte ihre Glaubensinbrunst unterschätzt, und so bin ich mitgezogen, um wenigstens die Frauen und Kinder zu beschützen.»

Bei Luitgard allerdings habe ich kläglich versagt, dachte er.

«Und nun ja, was Anna betrifft ...» Er hatte das Gefühl, seinen Oheim überzeugen zu müssen, dass er keineswegs verliebt sei in das Mädchen. «Sie ähnelt so sehr meiner Schwester, dass ich an manchen Tagen fast glaube, sie wäre es tatsächlich.»

Arbogast nickte. «Ja, ich erinnere mich an Katharina, als ich einmal bei euch zu Besuch war. Du hast sehr an ihr gehangen. Viel zu früh hat der Herr sie zu sich genommen. – Nun geh zurück zu deinen Freunden, mein Junge. Wir sehen uns gleich bei Tisch.»

Wieder wurden sie an diesem Abend im Speisesaal der Kaufherren großzügig bewirtet, für diesmal in größerer Runde. Im Gegensatz zu Konrads Oheim hatte Gerwig von Augsburg nämlich Familie – eine zierliche, schwarzhaarige Genueserin zum Eheweib, dazu zwei Töchter, etwa zwölf und vierzehn Jahre alt, mit den schönen Namen Antonia und Kiara. Gerwigs ältester Sohn Guido indessen war in Geschäften nach Venedig unterwegs.

Gelehrtes Latein, die welsche Sprache der Einheimischen und das Deutsche gingen bei Tisch munter durcheinander, und selbstredend drehten sich die Gespräche anfangs nur um Nikolaus und den beispiellosen Heerzug der Kinder gegen die Sarazenen. Da Gerwig und seine Frau sehr gottesfürchtige Menschen waren – der Kaufherr war über das ausgebliebene Wunder fast ebenso enttäuscht wie Anna und Lampert –, hielt Konrad sich mit missliebigen Äußerungen zurück, auch wenn es ihm schwerfiel. Ohnehin beschäftigte ihn nur ein Gedanke: Wenn sich denn je drei Schiffe fänden, würde Anna wohl mitfahren? Eigentlich wusste er die Antwort, so erwartungsfroh, wie sie da bei Tisch saß und die vielen Fragen von Antonia und Kiara zu ihrer Wallfahrt beantwortete. Und er wusste auch, dass er nicht anders konnte als sie zu begleiten. Innerlich verfluchte er diesen Ortenberger und war froh, als sein Oheim in die Hände klatschte: «Jetzt lasst uns auch mal über etwas anderes reden.»

Bald schon ging es um das große Weltgeschehen, um Papst und Thronstreit, und die Kinder begannen sich sichtlich zu langweilen. Bis Kiara, die ältere von Gerwigs Töchtern, ein Brettspiel mit bunten Spielfiguren anschleppte.

«Ich euch will erklären», sagte sie in ihrem drolligen Deutsch zu Margret, Christian und Gunther, und Anna setzte sich dazu. Kiara hatte keine Scheu vor dieser seltsamen Mischung an Fremden in ihrem Haus – weder vor dem schüchternen, geistig schwerfälligen Gunther, noch vor Margret mit ihrer Hasenscharte oder vor Jecki, der mit zunehmendem Weingenuss schon wieder Oberwasser hatte und die Kinder in einem fort neckte. Überhaupt waren in diesem Haus keinerlei Standesdünkel zu spüren, obwohl bis auf Konrad alle aus einfachsten Verhältnissen stammten. Wäre da nicht dieses Damoklesschwert einer Überfahrt nach Akkon – Konrad hätte ihren Aufenthalt in Genua mit freudigem Herzen genießen können. Zumal er satt und ausgeruht war wie seit langem nicht mehr.

Jecki erhob sich und verbeugte sich höflich.

«Wenn Ihr erlaubt, Ihr Herren, würd ich jetzt gehen und noch einen Rundgang durch die Stadt machen.»

«Nur zu!», rief Gerwig, schon ein wenig angetrunken. «Aber lass dir nicht von unseren schönen Genueser Frauen den Kopf verdrehen. Die ziehen dir nur das Geld aus der Tasche.»

Jecki grinste. «Da gibt's bei mir nichts zu holen. – Kommst du mit, Lampert?»

Der schüttelte den Kopf. «Ehrlich gesagt, hatte ich's noch nie so gemütlich. Geh nur allein.»

Nachdem Jecki verschwunden war, hielt es Konrad nur noch aus Höflichkeit auf seiner Bank. Auch ihn zog es hinaus, zum Hafen, wo er in Erfahrung bringen wollte, was die Knappen erreicht hatten. Er leerte mit den beiden Männern noch ein Krüglein Wein, dann verabschiedete er sich.

«Wenn du möchtest, geb ich dir Oberto mit», schlug sein Oheim vor. «Du kennst dich nicht aus in der Stadt.»

Innerlich musste Konrad lächeln. Um Jecki hatte er sich nicht solche Sorgen gemacht. Wahrscheinlich hatte er den einstigen Gassenjungen genau richtig eingeschätzt.

«Danke, aber das ist nicht nötig. Ich will nur zur Schiffslände.»

«Dann lass dir vom Wachmann wenigstens ein Licht mitgeben. Damit weist du dich als anständigen Mann aus, am Hafen treibt sich nämlich viel Gesindel herum am Abend.»

Unter den Arkaden erwiderte der Wachmann mehr als mürrisch seinen Gruß, und so verzichtete Konrad darauf, ihn um den Gefallen mit der Laterne zu bitten.

Der Mond stand als schmale Sichel am Himmel, und die Fackeln und Pechpfannen erhellten das Gelände am Hafen nur notdürftig. Erstaunt stellte er fest, wie viele Menschen zu dieser späten Stunde hier noch unterwegs waren: Junge Pärchen schlenderten verliebt Hand in Hand oder küssten sich an finsteren Stellen, Hehler verscherbelten im Flüsterton ihre Schmuggelware, aufgeputzte Dirnen suchten nach Freiern, die Hafenarbeiter sangen lauthals schwermütige Lieder.

Neugierig näherte sich Konrad dem Abschnitt der Hafenmauer, wo die großen Segler vor Anker lagen. Schwarz zeichneten sich die bauchigen Schiffsleiber und Masten gegen das Hafenbecken ab, vom Wasser her hörte er leises Plätschern und das Knarren des alten Holzes. Er hielt auf das mächtigste Schiff zu, ein Handelsschiff, das vorne wie achtern mit Aufbauten versehen war. Trotz seiner beeindruckenden Größe schien es ihm unvorstellbar, dass es weit über hundert Reisende aufnehmen sollte. Man würde sie im Frachtraum wie Ware stapeln müssen – ein schrecklicher Gedanke angesichts einer womöglich wochenlangen Überfahrt.

Er bemerkte, wie ein mit Kurzschwert bewaffneter Mann ihn misstrauisch beobachtete. Wahrscheinlich ein Hafenwächter. Mit einem freundlichen Gruß trat Konrad auf ihn zu.

«Wo finde ich den Hafenmeister?», fragte er. *«Maestro di porto?»*

Verständnislos starrte der Mann ihn an. Dann grinste er: «Ah, *capitano di porto*! *Si, si – taverna Nettuno.*»

Er deutete in Richtung einer der Gassen, die vom Hafen in die Stadt führten.

Konrad nickte und bedankte sich. So viel hatte er immerhin

verstanden, dass sich der Hafenmeister wohl in einer der Tavernen aufhielt. Fragte sich nur, in welcher.

Nun, so viele würde es in besagter Gasse wohl nicht geben. Von der See her kam eine kühle Brise auf, die ihn nach der Hitze des Tages frösteln ließ. Er würde sich beim Hafenmeister erkundigen, ob für morgen tatsächlich Schiffe bestellt waren, und ihn bitten, sie ihm zu zeigen. Danach wollte er endlich zu Bett. Es fragte sich nur, ob er sich mit Latein und seinen wenigen Brocken der hiesigen Volkssprache verständlich machen konnte.

Als er sich der besagten Gasse näherte, hatte er plötzlich den Eindruck, dass ihm jemand folgte. Verunsichert drehte er sich um, aber außer einer Schar junger Männer, die einen Weinschlauch kreisen ließ, war nichts Verdächtiges zu sehen. Er betrat die Gasse, die lang und schmal war. Etliche Schenken reihten sich hier aneinander. Bevor er die erste betrat, beschloss er, weiterzugehen, erst langsam, dann schneller. Jetzt hörte er die Schritte hinter sich ganz deutlich. Vor einer finsteren Seitengasse drehte er sich unvermittelt um.

«Was soll das?», rief er dem Mann zornig entgegen. Der blieb ebenfalls stehen, und er erkannte – Oberto.

«Was machst *du* hier? Verfolgst du mich?»

Der junge Mann grinste verlegen. «Mandat von Signore Arbogasto.»

Konrad musste lachen. Da hatte ihm sein Oheim doch wahrhaftig einen Aufpasser nachgeschickt.

«Auch gut. Du kannst mir helfen, den Hafenmeister zu finden. Und für mich übersetzen.»

«*Ma si!* – gern!»

Sie wandten sich der nächstbesten Schenke zu, über deren Tür ein Banner mit dem Meeresgott Neptun hing. Das also hatte der Wächter gemeint mit *«taverna Nettuno»*.

«Ich denke, hier sind wir richtig.»

Die Luft unter der niedrigen Balkendecke war zum Schneiden. Aus der Küche roch es nach altem Bratfett und Kohl, die Talglichter, die an Ketten von der Decke hingen, qualmten und stanken nicht minder, dazu kam der Schweiß der Männer, die eng beieinanderhockten. Würfelbecher krachten auf die Tischplatte, gotteslästerliche Flüche wurden ausgestoßen, jemand spielte auf einer Fiedel und sang grauenhaft falsch dazu.

«Der Capitano – dort.» Oberto zeigte auf einen pockennarbigen, kräftigen Mann, der links vom Eingang saß und ganz offensichtlich schon reichlich getrunken hatte. «Er sogar spricht deutsch.»

Sie zwängten sich zwischen den Gästen hindurch.

«Oberto!» Der Hafenmeister schlug dem jungen Mann auf die Schulter und wäre dabei fast von der Bank gefallen. Oberto setzte ihn wieder aufrecht, redete dabei auf ihn ein, so schnell allerdings, dass Konrad kein einziges Wort verstand.

Schließlich wandte sich der Pockennarbige ihm zu. «Du auch *pellegrino*?»

Konrad nickte.

«*Bene* – bald schon ihr seid in Heilige Land. Mit große, schöne Schiffe.»

Der Mann lallte so sehr, dass er kaum zu verstehen war.

«Welche Schiffe? Zeigt sie mir bitte.»

«Nix zeigen. Morgen kommen, dann gleich los.»

«Morgen schon?» Nun wunderte sich Konrad doch, wie rasch die Knappen mit den Schiffseignern handelseinig geworden waren. Vor allem darüber, dass es morgen schon losgehen sollte. Musste eine solch lange Seereise nicht sorgfältig vorbereitet werden? Ihm schwindelte plötzlich.

Der Hafenmeister schenkte sich aus seinem Krug tiefroten

Wein nach. Dabei gab seine Rechte einen prallgefüllten Münzbeutel frei.

«*Avanti* – trinken mit mir, ich bezahlen alles. Heut ich bin reiche Mann!»

Ungelenk winkte er dem Schankmädchen zu. Doch Oberto schüttelte den Kopf und ließ einen Schwall Wörter auf ihn los.

«Was hast du ihm gesagt?»

«Dass er auf sein Geldkatz achtgeben soll. Und dass er genug hat getrunken.»

«Das ist wohl wahr.» Konrad wandte sich wieder an den Pockennarbigen. «Wem gehören die Schiffe?»

«Nix verstehen.»

Oberto wiederholte es in der Landessprache.

Abwehrend schüttelte der Hafenmeister den Kopf und brabbelte etwas Unverständliches daher.

«Er sagt, ist Geheimnis», erklärte Oberto. «Das es ist eine gute Mensch und eine Diener Gottes, der will seine Name nicht bekannt machen.»

Der Kopf des Hafenmeisters sank auf die Tischplatte. Konrad schüttelte ihn bei der Schulter.

«Es ist aber wichtig. Bitte, Capitano, sagt mir den Namen.»

«Lass ihn, Konrad. Aus ihm nix Gutes mehr herauskommt. Morgen werdet ihr wissen.»

«Ich werde nicht mitfahren, Oberto, und meine Freunde auch nicht. Da stimmt etwas nicht.»

«Sehr gut, *amico.* Auf Meer fahren ist nämliche gefährlich. Komm, trinken wir auf das. Hier sehr guter *vino,* und Signore Arbogasto mir hat geben bisschen Silber. Dort hinten Platz frei, setz dich, und ich uns was hole.»

Ohne Konrads Antwort abzuwarten, drängte er sich Richtung Ausschank. Widerstrebend ließ Konrad den betrunkenen Hafenmeister allein und suchte die Bank auf, wo gerade ein junger Bursche mit zwei freizügig gewandeten Frauen aufgestanden war. Auch der schwankte beträchtlich, während er die beiden Weiber im Arm hielt und abwechselnd küsste.

Konrad traute seinen Augen nicht: Es war Jecki!

«Was machst du denn hier?»

«Das Leben … genießen … Siehst du doch.»

Jecki grinste breit und schob dem Schankwirt, der auf der anderen Seite der Tischplatte wartete, ein paar Münzen zu. Am Gürtel trug er eine Geldkatze, die Konrad nie zuvor bei ihm gesehen hatte.

«Und woher hast du das Geld?»

«Geht dich … feuchten Kehricht an. Will jetzt zu meinen Mädels … *Amore, amore.*»

Er grinste noch breiter und küsste die eine der Hübschlerinnen auf den Mund. Noch immer völlig verdutzt, ließ Konrad sich auf dem freien Platz nieder und blickte Jecki hinterher, wie er zur Tür wankte. Der Kerl konnte das Geld nur gestohlen haben, hier in Genua, an diesem Abend. Er sollte ihm nach, ihn zur Rede stellen, aber ihm wurde auf einmal alles zu viel. Der Lärm rundum bereitete ihm Kopfschmerzen, erst recht der Gedanke an den nächsten Tag.

Es dauerte geraume Zeit, bis Oberto mit zwei Bechern Wein zurückkehrte. Seine sonst olivfarbene Gesichtsfarbe war bleich geworden.

«Was ist? Ist dir nicht gut?»

Oberto setzte die Becher ab und drückte sich neben Konrad auf die Bank.

«Habe gehört böse Sachen», flüsterte er ihm zu. «Von die Seeleute am Schanktisch.»

Er nahm einen ausgiebigen Schluck aus seinem Becher.

«Was hast du gehört?»

«Hast recht – nix gut mit die Schiffe. Sollen gar nicht fahren in die Heilige Land, sollen nur bis Tunis. Dort die Kinder sollen auf Sklavenmarkt, zum Verkaufen an Sarazenen. Die viel Geld bezahlen, sehr viel Geld für helle, blonde Sklaven aus Norden. Und für schöne Mädchen.»

Fassungslos starrte Konrad ihn an.

«Du musst dich verhört haben.»

«*Ma no!* Ich genau höre. Waren drei Seeleute, die ich habe gelauscht. Waren Seeleute von die Schiffe morgen.»

«Hast du auch erfahren, wem die Schiffe gehören?»

«*No.* Haben die nur geredet von einem Provenzalen. Ist wohl eine Kaufmann aus Massalia, keine von uns.»

Massilien also! Konrad hatte ein gutes Gedächtnis und erinnerte sich genau, wie Nikolaus in Basel von einer weiteren Heerschar berichtet hatte, die unter einem Bauernsohn namens Stephan durch das welsche Frankreich zog. Ihnen sollte sich das Meer in der provenzalischen Hafenstadt Massilien teilen.

Konrad pfiff durch die Zähne. Konnte das ein bloßer Zufall sein? Die französischen Pilger mussten längst in Massilien angekommen sein, waren dort genau wie sie vor einem unüberwindbaren Meer gestanden. Hatten sich vielleicht auch dort windige Kaufleute mit ihren Schiffen angeboten? Waren Bruder Paulus, Bruder Rochus und Bruder Matthäus womöglich Handlanger provenzalischer Sklavenhändler? Hatte Pfarrer Theodorich also doch recht mit seiner Sorge, dass hinter diesem Unternehmen eine Bande skrupelloser Männer steckte, die mittels einer beispiellosen Lüge die jungen Wallfahrer in die Levante locken wollten, um sie dort zu verschachern?

Nein – das traute er den Bettelmönchen nun doch nicht zu. Gemeinhin erbeuteten Seeräuber ihre hellhäutige Sklavenware auf den Schiffen der Hanse, was weitaus einfacher war, als auf den ungewissen Ausgang einer solch langen und gefährlichen Pilgerreise zu warten. Aber Gelegenheit machte Diebe – hier in Genua genau wie in Massilien. Und von Seeräubern und Seelenverkäufern unter den Schiffseignern hörte man immer wieder.

Konrad trank seinen Becher in einem Zug leer. Er würde alles tun, um zu verhindern, dass die Freiburger morgen das Schiff bestiegen. Aber auch die anderen Pilger mussten gewarnt werden.

«Gehen wir zurück zu meinem Oheim und erzählen ihm alles. Er muss uns helfen, das Unheil zu verhindern.»

Arbogast von Illenkirchen war bereits zu Bett gegangen, und Oberto übernahm die undankbare Aufgabe, den Kaufherrn zu wecken.

Schlaftrunken, in seidenem Morgenmantel trat er vor die Tür seiner Kammer.

«Wenn ich nicht wüsste, dass ich mich auf meinen treuen Oberto verlassen kann, würd ich fast glauben, dass ihr volltrunken seid, mich mitten in der Nacht zu wecken.»

Mit «mitten in der Nacht» übertrieb der Oheim maßlos, doch Konrad entschuldigte sich trotzdem.

«Glaubt mir, lieber Oheim, ich würde Euch nicht wecken, wenn es nicht mehr als dringlich wäre. Ihr habt doch selbst Schiffe am Hafen und geht hin und wieder auf große Fahrt – kann es möglich sein, dass jemand sich anbietet, die Pilger morgen schon nach Akkon zu bringen?»

Arbogast rieb sich ungläubig die Augen. «Das ist völliger Blödsinn. Nach Akkon ist man mehrere Wochen unterwegs, muss zuvor das Schiff richten, ausreichend Proviant und Trinkwasser besorgen, dazu Ausrüstung wie Matten, Eimer für die Notdurft, Geschirr, einen zusätzlichen Schiffskoch … Nein, nein, selbst wenn ihr Pilger keine Ansprüche stellt – zumindest für die Seeleute muss gut gesorgt sein, sonst bringt von denen keiner das Schiff übers Meer. Kein Schiffseigner, der halbwegs bei Verstand ist, würde eine solche Dummheit begehen.»

«Es hat sich aber jemand gefunden, und Oberto hat drei Männer belauscht, die behaupten, es ginge nur bis Tunis.»

«Tunis! Das allerdings liegt um einiges näher … Trotzdem ist es ein Ding der Unmöglichkeit, es zu Fuß von dort bis ins Heilige Land zu schaffen.»

«Das ist es ja! Sie sollen gar nicht ins Heilige Land. Wenn sich Oberto nicht verhört hat, sollen sie …»

«Auf den Sklavenmarkt», brachte Arbogast Konrads Satz zu Ende. «Allmächtiger, das darf nicht wahr sein. – Wer soll dieser gottlose Hundsfott sein?», wandte er sich an Oberto.

«Irgendeine provenzalische Kaufmann aus Massilia, *padrone.* Seeleut haben nicht genannt Namen, und Hafenmeister will auch nicht verraten Name.»

«Wahrscheinlich hat er dafür diesen Batzen Geld bekommen, den er in seiner Faust versteckt hielt», warf Konrad ein.

Beunruhigt fuhr sich sein Oheim durch das schüttere Haar. «Ich kenne keinen Kaufmann aus Massilia. Aber es liegen tatsächlich seit längerem zwei fremde Schiffe im Hafen, und ich hab mich schon gefragt, warum der Besitzer nicht längst Ladung aufgenommen hat. Zwei gute Schiffe einfach so im Hafen liegen zu lassen, rechnet sich kaufmännisch nicht, es sei denn, man wartet auf einen großen Auftrag.»

«Bitte, Oheim! Wir müssen verhindern, dass die Pilger morgen an Bord gehen, und Ihr müsst mir dabei helfen.»

Arbogast nickte.

«Natürlich, mein Junge. Aber wir sagen es den anderen erst morgen früh, sie schlafen schon alle.»

Als sich Konrad bedrückt in die Männerschlafkammer zurückzog, sah er, dass Jeckis Platz im Bett noch immer leer war.

Kapitel 32

Zu Genua, am nächsten Morgen

Vor Aufregung erwachte Anna schon vor Morgengrauen. Nach kurzem Zögern weckte sie Margret, die sich unruhig neben ihr im Bett herumwälzte. Hastig kleideten sie sich an und eilten in Richtung Speisesaal. Im Innenhof standen zu Annas Erstaunen bereits Oberto und Konrad mit den Kaufherren zusammen. Ihre Mienen waren ernst, unter Konrads Augen lagen tiefe Schatten.

«Hast du eine Waffe?», hörte sie ihn den jungen Genueser fragen.

«*Ma si!* Bin ehrenwerte Bürger von die Stadt!»

«Dann nimm sie mit. Vielleicht brauch ich ja deinen Schutz.»

Erschrocken sah Anna ihn an. «Was ist geschehen?»

«Ich werde es euch gleich bei Tisch erzählen.»

Wenig später saßen sie um die Tafel versammelt, nur Gerwigs Töchter und Jecki fehlten.

«Schläft Jecki etwa noch?», fragte Anna in Richtung der Jungen, die mit ihm die Kammer teilten.

Konrad verzog das Gesicht: «Er hat die Nacht wohl in netterer Gesellschaft verbracht.»

Dann räusperte er sich und berichtete Dinge, die Anna kaum glauben mochte. «Kurzum gesagt», schloss er, «wäre die bevorstehende Überfahrt mit Sicherheit unser aller Verhängnis. Dieser Kaufmann aus Massilien würde uns geradewegs in die Sklaverei verkaufen.»

Anna starrte Konrad an. «Das kann nicht sein. Kein Christenmensch würde so etwas Grausames tun!»

«Ach, Kindchen.» Kaufherr Arbogast wiegte traurig den

Kopf. «Ob Christen oder Ungläubige – die Menschen richten mehr Böses an, als du dir vorstellen kannst. Erst recht, wenn es um Macht oder satte Gewinne geht. Konrad hat schon ganz recht, ihr dürft keinesfalls an Bord gehen. Am besten, ihr bleibt hier, wenn wir gleich zum Hafen gehen, um eure Gefährten zu warnen.»

Aber weder Anna noch Lampert ließen sich davon abhalten, mitzukommen, als Konrad mit Oberto und seinem Oheim nach einem raschen Morgenmahl aufbrechen wollte. Zur Sicherheit nahm der Kaufherr sogar zwei bewaffnete Wächter mit. Noch immer verstört nahmen sie die Kinder in ihre Mitte und folgten ihnen.

«Glaubst du das alles?», fragte Lampert sie leise, woraufhin sie trotzig den Kopf schüttelte. Es würde sie nicht wundern, wenn Konrad das nur erfunden hätte, um sie und die anderen davon abzuhalten, ihre Wallfahrt zu Ende zu bringen.

An der Schiffslände sammelte man sich bereits erwartungsfroh um die Knappen, die hoch zu Ross saßen. Die Zahl der Pilger war weitaus größer als das Häuflein, das am Vortag am Strand ausgeharrt hatte, und es strömten immer noch mehr herbei. Offenbar hatte sich herumgesprochen, dass der Herrgott ihnen nun doch gnädig war. Von Nikolaus indessen war nichts zu sehen.

«Unser Gottvertrauen wird belohnt», hob Gottschalk von Ortenberg zu sprechen an. «Der Allmächtige hat uns nicht verlassen, im Gegenteil: Er hat uns einen mildtätigen Kaufherrn gesandt, der uns weitaus müheloser als zu Fuß ins Gelobte Land bringt.»

«Wo ist unser Führer?», rief jemand dazwischen.

«Nikolaus wird rechtzeitig bei uns sein, keine Sorge. Zuvor aber sollten wir uns in zwei gleich große Gruppen aufteilen, denn diese beiden Schiffe dort», sein ausgestreckter Arm wies auf die gedrungenen Koggen, die gerade mit Fässern beladen wurden, «werden uns noch heute Mittag mitnehmen. Aber glaubt nicht, dass solch eine Seefahrt ein Leichtes ist. Drei, vier Wochen lang werden wir auf engstem Raum zusammengepfercht sein und am Ende von Wasser und hartem Brot leben, ringsum nichts als Wind und Wellen. Geht also in euch und prüft, ob ihr diesen letzten Schritt wirklich wagen wollt.»

Anna war überrascht von seinen Worten. Das klang geradeso, als wolle er von den Pilgern noch etliche abwehren. Als sich nun ihre Schar aufzuteilen begann, unter lauten Rufen und in heillosem Durcheinander, dämmerte es ihr: Je weniger sie waren, desto bequemer würde die Überfahrt für die Übrigen sein! Bei näherem Hinsehen nämlich erwiesen sich die beiden Schiffe als viel zu klein, um diese riesige Menge an Menschen aufzunehmen, obendrein wirkten sie alt und ziemlich heruntergekommen. Überhaupt: War gestern nicht von drei Schiffen die Rede gewesen? Ihre Zuversicht begann zu bröckeln – vielleicht hatte Konrad sie doch nicht angeflunkert.

«Ihr rührt euch nicht vom Fleck», befahl ihnen der Kaufherr in ungewohnt strengem Tonfall. Er und Konrad wirkten angespannt. «Ich will beim Hafenmeister nachfragen, wo dieser verfluchte provenzalische Kaufmann steckt. Und du, Konrad, hältst dich zurück bis dahin.»

Während sie auf seine Rückkehr warteten, suchten Annas Augen die planlos hin und her eilenden Pilger nach Jecki ab. Sie konnte ihn nirgends entdecken. Trotz ihrer Wut auf ihn machte sie sich Sorgen. Er wusste schließlich, dass sich die Knappen um Schiffe kümmern wollten, und seine Neugier hätte ihn ganz gewiss an den Hafen getrieben.

Da plötzlich stürzte Konrad auf einen der Bettelmönche zu, die sich mühten, Ordnung in die Reihen der Wallfahrer zu bringen. Es war der dickliche Bruder Paulus, der auch nach den vielen Wochen ihrer Wanderschaft kaum merklich an Gewicht verloren hatte.

Konrad hielt ihn am Ärmel seiner Kutte fest. «Wie viele Goldstücke habt ihr Mönche dafür bekommen, dass die Kinder jetzt in die Sklaverei verschickt werden? Oder wird euch hierfür gar ein Kloster gestiftet?»

Der Mönch glotzte ihn entgeistert an. «Bist du von Sinnen? Was redest du da?»

«Hast mich genau verstanden, Bruder Paulus. Diese beiden alten Kähne fahren bloß bis Tunis, zu einem der größten Sklavenmärkte in der Levante.»

Aufgebracht schüttelte der Mönch Konrads Hand ab. «In dich sind heut Nacht wohl die Teufel gefahren!»

«Im Gegenteil: Der Herrgott hat mir die Augen geöffnet. Nicht nur, dass ihr mit eurer Lügenmär Tausende gutgläubiger Seelen an der Nase herumgeführt habt – jetzt werden sie auch noch an einen Sklavenhändler verschachert.»

Die, die ihnen am nächsten standen, erstarrten. Anna sah, wie Bruder Paulus zu zittern begann, doch Konrad war nicht mehr zu halten. Er sprang auf einen der Hafenpoller, an denen die Schiffsleinen festgemacht waren.

«Ja, hört mir nur alle zu!», schrie er. «Eurem angeblich erleuchteten Hirtenknaben ist gar nicht der Heiland erschienen, da wurde nämlich kräftig nachgeholfen! Fragt euch doch mal, wo er geblieben ist, euer Nikolaus! Fragt euch doch mal, warum sich das Meer nicht geteilt hat! Und das da», er zeigte auf die Schiffe, «ist nicht etwa ein neues Wunder Gottes, o nein – damit werdet ihr geradewegs auf einen Sklavenmarkt verfrachtet.»

«Halt dein Maul, sonst schlag ich dir die Nase zu Brei!», brüllte ein baumlanger Kerl neben Anna. Derweil lief das Gesicht des Mönches puterrot an, mit beiden Händen fasste er sich schwer atmend ans Herz.

«Dann frag doch die Seeleute an Bord, die wissen bestens Bescheid», brüllte Konrad zurück. «Ihr seid verloren, wenn ihr mitfahrt – begreift ihr das nicht?»

Anna sah, wie sich Gottschalk auf seinem Grauschimmel näherte, und zerrte an Konrads Rocksaum.

«Bitte, komm da runter und sei still», flehte sie.

Doch es war zu spät. Der Knappe zog sein Schwert, das er auf einmal statt der Streitaxt am Gürtel trug.

«Jetzt hast du den Bogen endgültig überspannt, Scholar. Ich zähl auf drei – wenn du dann nicht die Beine in die Hand nimmst, hat dein letztes Stündlein geschlagen.»

«Sieh da, bis drei kannst du zählen», Konrad sprang vom Poller, «aber eins und eins zusammenrechnen nicht. Sonst wär dir klar, dass ein Schiff niemals von heut auf morgen für eine wochenlange Reise bereit ist. Oder weißt du gar, dass es nur bis Tunis geht? Und hast dir vom Schweigegeld dein nagelneues schönes Schwert gekauft?»

«Du elender Bastard!» Gottschalk trieb sein Ross durch die Menge auf ihn zu, das Schwert drohend über seinem Kopf. Anna schrie vor Angst auf, während Konrad mit geballten Fäusten zurückwich. Da endlich sprangen ihm Oberto und die beiden Wachleute des Kaufherrn zur Seite, auch sie mit gezückten Schwertern.

«Keine Schritt weiter!», rief Oberto dem Ortenberger zu. «Sonst ich stech in deine schöne Pferd.»

Die Pilger wichen erschrocken zurück, nur Anna blieb wie angewurzelt stehen.

«Gehst du wohl in Deckung, Mädchen.»

Jemand zog sie am Arm zurück in den Schutz der Menge. Es war der Kaufherr Arbogast. Er musste gerannt sein.

«Deinem Konrad», keuchte er noch ganz außer Atem, «geschieht schon nichts, auf meine Leute ist Verlass.»

Tatsächlich riss Gottschalk seinen Schimmel so hart am Zügel zurück, dass das Tier in die Höhe stieg.

«Dass dich die Raben fressen, Scholar. Aber ich sag's dir – eines Tages bist du dran.»

«Ich hoffe doch, dass wir uns nie mehr wiedersehen», gab Konrad zurück. «Für mich ist diese Wallfahrt hiermit nämlich zu Ende.»

Anna sah, wie sich Gottschalks Kampfgefährten hoch zu Ross durch die Menge schoben, die Hände angriffsbereit am Griff ihrer Schwerter und Streitäxte. Konrad wollte schon erneut den Poller besteigen, als Kaufherr Arbogast ihn zurückhielt.

«Hilf mir hinauf. *Ich* werde zu ihnen sprechen.»

Umringt von seinen Bewachern, stand Arbogast schließlich auf dem Podest und hob beide Arme. Anna war mehr als erleichtert, dass Konrad fürs Erste außer Gefahr war. Einen vornehmen Kaufherren anzugreifen, würden die Knappen nicht wagen.

«Bleibt ruhig, ihr Leute, und hört mir zu. Ich bin Arbogast von Illenkirchen, deutscher Kaufmann und Schiffseigner hier zu Genua. Mein treuer Diener Oberto hat gestern Abend drei Seeleute belauscht. Es ist so, wie Konrad euch gesagt hat: Diese Schiffe sollen euch nicht ins Heilige Land bringen, sondern nach Tunis auf den Sklavenmarkt.»

Mit einem Mal wurde es so still, dass man eine Nadel auf den Boden hätte fallen hören können.

«Wir wissen nicht, wer der Drahtzieher dieses teuflischen Plans ist, aber Tatsache ist, dass weder der Hafenmeister noch der Besitzer der beiden Schiffe in diesem Augenblick auffindbar sind. Niemand weiß, wo sie stecken, was mehr als verdächtig ist. Daher bitte ich Euch Knappen», sein Blick ging in Gottschalks und Wolframs Richtung, die mit finsterer Miene keine drei Schritte vor ihm verharrten, «die beiden Kapitäne von Bord zu holen, damit wir sie zur Rede stellen können.»

Anna sah, wie Wolfram unmerklich nickte und schließlich sein Pferd wendete. Ihre letzten Zweifel an dieser ganzen Geschichte schwanden, und ihr wurde schmerzhaft klar, dass sie alle, die hier warteten, sich ums Haar ins Verderben gestürzt hätten. Diese Erkenntnis tat so weh, dass es ihr die Tränen in die Augen trieb.

Sie zuckte zusammen, als hinter ihr eine Männerstimme rief: «Wenn Ihr ein reicher Kaufmann seid und Schiffe habt – dann bringt *Ihr* uns doch ins Heilige Land!»

«Genau!» – «Tut ein Werk Gottes!» – «Helft uns!»

Arbogast, der gerade mit Konrads Hilfe vom Poller steigen wollte, schüttelte den Kopf.

«Nein. Das kann ich nicht und will ich nicht. Selbst wenn mir der Konsul und der Erzbischof hierfür hundert Grossi zahlen würden. Viel zu viele seid ihr nämlich für meine beiden Koggen, wir könnten nicht genug Wasser und Vorräte laden, und ihr würdet bis Akkon wie die Fliegen dahinsterben. Wer von euch unbedingt an dieser eurer Mission festhalten will, den will ich nicht hindern, denn ich bin ein gottesfürchtiger Mann. Aber ich bitte euch, nehmt den Landweg über das Reich der Magyaren und Konstantinopel …»

Der Rest seiner Worte ging in lauten Schmähfrufen unter, und Anna erkannte zu ihrer Bestürzung, dass die Stimmung umschlug. Ein Stein flog haarscharf an Arbogasts Kopf vorbei, und so sprang der Kaufmann, erstaunlich behände für sein Alter, vom Poller.

«Zurück ins Haus», befahl er, und sie kämpften sich durch die aufgebrachte Menge. Oberto und die beiden Wachmänner hatten alle Mühe, den Mob davon abzuhalten, sich auf sie zu stürzen. Dennoch bekamen Konrad und Lampert einige Schläge ab, und auch der Kaufherr rieb sich die Schulter, als sie endlich die Arkaden der Niederlassung erreicht hatten.

«Das war knapp», schnaufte er, sichtlich blass im Gesicht.

Anna deutete auf Konrads Stirn, wo aus dem Haaransatz ein Streifen Blut herabrann. «Du blutest!»

«Hätte schlimmer sein können.» Er lächelte erschöpft und beugte sich zu den Kindern. «Was ist mit euch? Alles gut?»

Margret und Christian nickten tapfer. Das Mädchen hatte Tränen in den Augen.

«Hat der liebe Gott uns jetzt verlassen?», fragte es leise.

«Nein», erwiderte Konrad. «Ganz bestimmt nicht. Er hat uns nur gezeigt, dass er diese Wallfahrt von Kindern nicht will.»

Müßig hockten sie im Schatten des Innenhofs, und ein jeder hing seinen Gedanken nach. Die beiden Kaufherren waren im Kontor verschwunden: Vergeblich hatten sie beim Großen Rat vorgesprochen und gebeten, das Auslaufen der provenzalischen Schiffe zu verhindern. Man wolle sich in diese Sache nicht einmischen, war die abschlägige Antwort gewesen, da man mit den Vizegrafen von Massilien äußerst gute Handelsbeziehungen pflege.

Im Stillen betete Anna, dass keiner der Pilger die Schiffe besteigen würde, aber nach allem, was sie zuvor am Hafen erlebt hatte, glaubte sie nicht mehr daran. Zudem machte sie sich große Sorgen um Jecki, der noch immer nicht aufgetaucht war. Womöglich hatte er tatsächlich verschlafen und ging in ebendiesem Moment an Bord, ohne zu wissen, was ihm bevorstand.

Gegen Mittag streckte Kaufherr Arbogast den Kopf zur Tür seines Kontors heraus.

«Wir werden nachher eine Kleinigkeit essen und dabei besprechen, wie es weitergeht mit euch. Ihr solltet aber wissen, dass ihr Gastrecht habt bei uns, so lange ihr wollt.»

Damit verschwand er wieder.

Seine Worte hallten in ihr nach. Wie sollte es weitergehen mit ihnen? Für Anna war eine Welt zusammengebrochen, es gab keinen Ort mehr, wohin es sie zog. Der Gedanke, nach dieser gänzlich missglückten Wallfahrt heimzukehren, versetzte sie in Aufruhr. Wie würde der Vater ihr begegnen? Mit Hohn und Spott? Mit Schlägen ohnehin … Am besten suchte sie sich ein Auskommen als Magd, irgendwo in den deutschen Landen, denn hier verstand sie die Sprache nicht, und die Menschen waren ihr fremd.

Konrad erhob sich: «Ich will nochmals zum Hafen.»

«Bitte, bleib hier», bat sie. «Mit Gottschalk ist nicht zu spaßen.»

«Du hast Angst um mich?» Er sah ihr in die Augen, aber sie konnte seinen Blick nicht deuten.

«Ja», gestand sie nach kurzem Zögern. Sie traute Konrad zu, dass er aufs Neue versuchen würde, die Pilger von der Schiffsreise abzuhalten. Was dann geschehen konnte, mochte sie sich gar nicht erst ausmalen.

«Also gut. Ich werde Oberto bitten, mich zu begleiten. Will nur sehen, ob die Schiffe tatsächlich ablegen. Und ich versprech dir, ich halte mich im Hintergrund.»

Unruhig spielten ihre Finger am Rocksaum. Sie ahnte, dass er in Wirklichkeit Jecki suchen wollte.

«Wenn du Jecki findest – bringst du ihn dann zu uns zurück? Es wäre furchtbar, wenn er am Ende …»

Sie brach ab, aber Konrad hatte verstanden.

«Ich werde alles dransetzen, dass er nicht an Bord geht.» Durchdringend musterte er sie. «Dann hast du ihm also verziehen?»

«Ja», sagte sie leise. «Was soll ich auch andres tun.»

Keine Stunde später war Konrad zurück. Er wirkte reichlich niedergeschlagen, als er den Speisesaal betrat, wo sie sich bereits zum Mittagstisch versammelt hatten.

«Gut fünfhundert Pilger sind an Bord gegangen», berichtete er. «Dazu die Bettelmönche und bis auf Wolfram von Wiesental wahrscheinlich sämtliche Knappen. Der große Rest der Pilger ist verschwunden – vielleicht suchen sie sich Arbeit hier in Genua oder sind auf dem Heimweg. Übrigens ist Nikolaus nicht an Bord. Um ihn machen allerlei Gerüchte die Runde: Die einen wollen gesehen haben, wie er sich in seiner Schande von einem Felsen ins Meer gestürzt hat, die anderen, dass sich am Strand die Erde aufgetan und der Satan selbst ihn in die Hölle gerissen hat. Wahrscheinlich ist er einfach nur abgehauen.»

«Woher weißt du das alles so genau?», fragte sein Oheim. «Hast du dich etwa auf diese verfluchten Schiffe gewagt?»

«Nein, ich habe Oberto vorgeschickt. Dafür habe ich vor der immer noch verschlossenen Hafenmeisterei Wolfram getroffen. Er hat wohl als Einziger der Knappen unsere Warnung ernst genommen und will sich mit einer kleinen Schar auf die Wanderschaft nach Rom machen, zum Papst.»

«Um sich vom Kreuzgelübde entbinden zu lassen?»

Konrad nickte.

«Er selbst wird den Schwur wohl eines Tages erfüllen müssen», meinte er. «Aber er tut es für die Knaben und Mädchen.»

«So hat sich diese Unternehmung nun endgültig zerschlagen», murmelte sein Oheim. «Was für ein erbärmliches Ende.»

«Übrigens war Jecki weder an Bord noch am Hafen. Oberto und ich haben alles abgesucht, sogar die Schenken der Umgebung.»

Erleichterung durchfuhr Anna. Wenigstens das.

«Danach hab ich noch gewartet, bis die Schiffe abgelegt haben», fuhr Konrad fort. «Es war … ein furchtbarer Augenblick. Die Pilger haben gejubelt und gesungen …»

Arbogast legte ihm den Arm um die Schultern. «Wir haben versucht, was in unserer Macht stand. Jetzt liegt es am Allmächtigen, sie zu beschützen. Und was euren Gefährten Jecki betrifft: Vielleicht hat er ja ein Mädchen kennengelernt.»

«Dann tät er mich das wissen lassen, er ist doch mein Freund», warf Lampert ein. Er war nahe am Weinen. «Wenn ihm was Schlimmes zugestoßen ist?»

«Er wird schon noch hier aufkreuzen. Warten wir einfach heute und morgen noch ab. Und euch andern tut's nur gut, wenn ihr euch ein bisschen Speck anfuttert.»

Schweigend löffelte Anna den lauwarmen Gemüsebrei in sich hinein, ohne dass sie wirklich Hunger gehabt hätte. Schließlich legte Arbogast den Löffel beiseite.

«Ich habe mir so meine Gedanken gemacht, Konrad. Du könntest bei uns bleiben, mir und Gerwig als eine Art Secretarius zur Hand gehen.»

Kaufherr Gerwig nickte mit vollem Munde zustimmend.

«Oder aber», fuhr Arbogast fort, «du besuchst die berühmte Gelehrtenschule in Bologna, ich würde dich hierbei unterstützen. Was meinst du also?»

«Das – das freut mich sehr, Oheim», sagte Konrad überrascht. «Aber ich hab mir selbst und dem Herrgott geschworen, dass ich Anna und die Kinder wieder zurückbringe. Außerdem will ich doch Priester werden, und nicht Secretarius oder Gelehrter.»

«Und was, wenn ich gar nicht nach Freiburg zurückwill?» Annas Stimme war rau.

«Denk doch nur mal an deine Mutter – wie glücklich sie sein wird.»

Anna zuckte die Schultern. «Mein Vater wird mich ohnehin

an irgendwen verheiraten, den ich nicht kenne. Da kann ich auch gleich fortbleiben.»

Gerwigs Tochter Kiara hob den Kopf. «Werd ich auch an fremde Mann geheiratet?»

Die Älteren am Tisch lachten – alle außer Anna.

«Damit ist ja wohl noch ein bisschen Zeit, meine Kleine.» Unbeholfen strich Kaufherr Gerwig ihr über die Wange. «Aber ich versprech dir: Für dich suchen wir den klügsten und schönsten Kaufherrn von Genua aus.»

«Wegen mir müssen wir auch nicht weg von hier», sagte Christian, der es nur selten wagte, in dieser großen Runde den Mund aufzumachen. «Weil ich nämlich gar keine Eltern mehr hab. Hauptsache, ich darf bei dir bleiben.»

Er schmiegte sich an Konrad, der neben ihm saß.

Plötzlich schämte sich Anna für ihre trübsinnigen Gedanken. Sie war die Einzige unter den Gefährten, die noch ein richtiges Elternhaus hatte – mit Vater, Mutter und Geschwistern, dazu einem Dach über dem Kopf, wo es täglich was zu essen gab und im Winter warm war. Lampert lebte, trotz seiner jungen Jahre, ganz auf sich allein gestellt, Gunther war ein Waisenkind und Margret vaterlos aufgewachsen, von einer lieblosen, überforderten Mutter großgezogen, von den Brüdern wegen ihrer Hasenscharte verlacht.

«Was ist mit *dir*?», wandte sie sich an das Mädchen.

Margret zuckte die Schultern. «Ist mir gleich, wo ich bin. Wo die Sanne eh tot ist.»

Anna unterdrückte ein Seufzen. «Vielleicht ist es wirklich das Beste, wir gehen alle gemeinsam nach Freiburg zurück.»

Über Konrads schmales Gesicht ging ein Leuchten. «Gut! Lasst uns also noch ein, zwei Tage zuwarten, wegen Jecki, und dann machen wir uns auf den Weg, bevor in den Bergen der Winter einbricht.»

Verstohlen wischte sich sein Oheim über die Augen.

«Schade, mein Junge – hätt dich wirklich gern hierbehalten. Sei's drum, es ist, wie es ist. Vielleicht überlegst du es dir ja doch noch mal, das mit dem Priesteramt. Und dann weißt du, dass du hier in Genua einen väterlichen Freund hast, der dir herzlich zugetan ist.» Jetzt liefen ihm doch noch die Augen über. «Am liebsten tät ich euch bis zu den Alpen begleiten, aber leider bereiten wir eine Überfahrt nach Korsika vor, wo wir gegenwärtig einen Handelsposten aufbauen. Unsere beiden anderen deutschen Kompagnons sind bereits dort und erwarten uns dringend. Aber trotzdem müsst ihr nicht allein reisen: Ein befreundeter Kaufmann schickt übermorgen seine Leute nach Venedig, da hättet ihr Schutz bis Verona. Nördlich davon beginnt schon bald die Herrschaft der Grafen von Tirol. Ihr wisst ja, dass viele lombardische Städte den Deutschen nicht wohlgesonnen sind und deutschen Kreuzfahrern erst recht nicht. Und deshalb», er deutete auf Annas Kreuz an der Schulter, «werde ich die Magd bitten, das Pilgerzeichen wieder abzutrennen.»

Christians Miene hatte sich aufgehellt. «Dann werden wir also richtig bewacht?»

Arbogast lachte. «Nichts wird so gut bewacht wie eine Handelskarawane! Ich werde meinem Freund heute noch einen Besuch abstatten und ihm Bescheid geben.»

Wegen Jecki mussten sie indessen nicht bis zum nächsten Tag warten. Am selben Abend noch kehrte Kaufherr Arbogast von seinem Besuch zurück, mit der Hiobsbotschaft, dass man in einer dunklen Sackgasse einen Leichnam mit eingeschlagenem Schädel gefunden habe, einen jungen Mann mit ausgebleichtem Haar und blauen Augen, den niemand in Genua kannte. Man hatte ihn in der Armenkapelle aufgebahrt, und dort habe er, Arbogast, ihn zweifelsohne als ihren Gefährten Jecki erkannt.

TEIL 3

Die Heimkehr der verlorenen Kinder

Kapitel 33

Von Piacenza nach Cremona, Ende September

Der Himmel lastete wie ein grauer Deckel über der Ebene – schwer und stickig, ohne dass ein einziger Tropfen Regen gefallen wäre. Selbst zwischen dem redseligen Kaufmannsgehilfen und den Knechten versiegten bald die Gespräche, hatte doch jeder wieder gegen die Stechmücken zu kämpfen, während einem der Schweiß die Stirn und den Nacken herunterrann. Der Po schlängelte sich durch die Ebene zu ihrer Linken mal auf sie zu, mal von ihnen weg, als schlammige, flache Brühe in einem vertrockneten Flussbett.

Den Weg durch das Apennin-Gebirge hatten sie erstaunlich rasch hinter sich gebracht, waren sie doch mit ausreichend Proviant und einem Beutel voller Denari, den Konrads Oheim ihm zum Abschied zugesteckt hatte, gut gerüstet. Vor allem aber reisten sie geschützt und sicher in ihrer kleinen Handelskarawane: Der Genueser Kaufmannssohn Giovanni Boccanegra, dessen vier Knechte und sein Kaufmannsgehilfe waren mit Dolch und Schwert bewaffnet und hatten sich bestens ausgekannt im Gebirge. So hatten sie ohne Zwischenfälle diese uralte, im ganzen Abendland bekannte Handelsstraße erreicht, die weiter führte nach Verona, Trient und Brixen, und von dort über den Pass auf dem Brenner nach Innsbruck und Augsburg.

Aus dem Augenwinkel betrachtete Konrad Anna, die trotz der schwülen Spätsommerhitze munter neben ihm ausschritt, die kleine Margret an der Hand. Jeckis gewaltsamer Tod hatte sie tief getroffen, doch inzwischen schien sie darüber hinweg. Auch ihm hatte es in der Seele leidgetan – ein solches Ende hatte selbst einer wie Jecki nicht verdient. Dessen unverfrorene, aufbrausende Art war ihm vermutlich zum Verhängnis geworden – entweder war er mit dem rauen Volk der Seeleute in Streit geraten, oder aber jemand hatte den gestohlenen Geldsack an seinem Gürtel erkannt und tödliche Rache genommen. Sie würden es nie erfahren.

Es war schon seltsam, dass sie nun nur noch zu viert nach Freiburg zurückkehrten. Zur Überraschung aller hatten nämlich Lampert und Gunther beim Abschied erklärt, dass sie in Genua bleiben wollten.

«Besser als in Freiburg ist's hier allemal», waren Lamperts entschlossene Worte gewesen. «Außerdem: Einer muss ja hin und wieder an Jeckis Grab für ihn beten.»

Anna strich sich eine Haarsträhne aus der Stirn, und Konrad musste lächeln. Er war heilfroh, dass er ihr nun doch das rote Haarband, das er am Vortag auf dem Markt in Piacenza erstanden hatte, überreicht hatte – bis heute Morgen hatte er nämlich mit sich gerungen, wo er doch nie zuvor einem Mädchen etwas geschenkt hatte. Wie sie da gestrahlt hatte beim Morgenessen! Dazu war sie vor Überraschung ganz rot geworden, was sie noch viel schöner hatte aussehen lassen. Dass dieser schwarzlockige Kaufmannsgehilfe Lanfranco ihr ebenfalls etwas vom Markt mitgebracht hatte – hellrote Weinbeeren und kleine, süße Pflaumen –, ärgerte ihn allerdings. Nun gut, die Früchte waren längst verspeist, das rote Band indessen hatte Anna in ihr schönes, dunkles Haar geflochten.

Unwillkürlich drehte er sich zu Lanfranco um, der zusammen mit einem der Knechte hinter ihnen hermarschierte, und runzelte die Stirn. Es war gewiss kein Zufall, dass der Bursche neuerdings am Schluss ihrer kleinen Karawane ging – hatte er doch auf diese Weise Anna stets im Blickfeld. Was erhoffte er sich also von dem Mädchen? Ein Abenteuer, bevor sie sich für immer aus den Augen verlieren würden? Wären sie nur schon in Verona und dieses anhängliche Hündchen damit los!

«Warum bist *du* eigentlich nicht in Genua geblieben», hörte er Anna neben sich fragen, «und hast gewartet, bis einer der ehrbaren Kaufherren nach Akkon segelt?»

«Warum sollte ich?», gab er erstaunt zurück.

«Weil dort das Grab deines Vaters ist.»

Er zögerte. Sollte er ihr sagen, dass er zeitlebens gegen den Zorn auf seinen Vater angekämpft hatte, weil der die Mutter mit vier Kindern zurückgelassen hatte? Nur um an der Seite von Kaiser Friedrich Barbarossa diese unselige Kreuzfahrt mitzumachen und niemals wieder heimzukehren? Darüber und über den Tod seiner einzigen Schwester war die Mutter nicht zuletzt viel zu früh verstorben.

«Ich hab ihn doch kaum gekannt», entgegnete er stattdessen. «Hab gar keine Erinnerungen an ihn. Außerdem war mein Bruder dort, als er auf Wallfahrt nach Jerusalem war, und hat an seinem Grab gebetet.»

«Bist du stolz auf deinen Bruder?»

«Ein wenig schon. Weil Urban diese beschwerliche Reise auf sich genommen hatte, um sich seinen Lebenstraum zu erfüllen: Einmal nur an den heiligen Stätten der Christenheit zu beten, und das als friedfertiger Pilger. Andererseits …»

Er brach ab. Sie mussten zur Seite treten, um einen entgegenkommenden Zweispänner durchzulassen.

«Was – andererseits?», fragte Anna.

«Nun ja, für diese lange Reise hatte Urban sein ganzes Hab und Gut hergegeben und sich noch dazu bei unserem ältesten Bruder hoch verschuldet. Seine Schulden hat er nie zurückzahlen können, und unser Rittergut im Elsass verlottert zusehends. Du musst wissen: Wir sind drei Brüder – Bertolt als Ältester, dann Urban und ich als Jüngster.»

«So ist dein Bruder Bertolt sicher böse auf Urban.»

«Das kannst du laut sagen. Er will Urban nicht mehr sehen. Dabei trägt Bertolt selbst schuld an seiner misslichen Lage – er hätte unseren Hof wahrscheinlich so oder so heruntergewirtschaftet. Er kann schlichtweg nicht rechnen und hat immer auf viel zu großem Fuße gelebt. Hat den edlen Ritter gegeben, Turniere und Bankette veranstaltet, sich der Falkenjagd und dem Schachspiel verschrieben statt die Feldarbeit zu überwachen.»

«Dann stammst du aus einer reichen Familie?»

Er schüttelte den Kopf. «Ich würde es so sagen: Die Herren von Illenkirchen sind einfacher elsässischer Landadel, und inzwischen lebt Bertolt nicht besser als ein freier Bauer, kann kaum noch sein Gesinde ausbezahlen. Von außen mag unser Gut herrschaftlich erscheinen, aber das ist alles nur noch Schein.»

Im Stillen dachte er, dass es niemals so weit gekommen wäre, hätte ihr Vater sie nicht verlassen. Viel zu früh war Bertolt die Verantwortung aufgebürdet worden.

«Und wo ist dein Bruder Urban jetzt?»

«Weit genug weg, um mit Bertolt nicht aneinanderzugeraten. Lebt als Mönch in Sankt Gallen, wo ich eine Zeitlang die Klosterschule besucht habe.»

Er betrachtete sie verstohlen, und sein Herz machte einen Sprung. Wie gerne hätte er diesen Augenblick festgehalten, sich für immer mit ihr ins Gespräch vertieft, Seite an Seite diese Straße entlangwandernd. Die Hitze störte ihn mit einem Mal überhaupt nicht mehr.

«So bist du schon viel herumgekommen im Leben.» In ihrer Stimme schwang Bewunderung mit. «Ich bin nie aus Freiburg herausgekommen.»

Bei diesem Satz musste er lachen. «Du vergisst, dass du es bis ans mittelländische Meer geschafft hast. Die wenigsten Freiburger können das von sich behaupten.»

Ihre Miene verdüsterte sich. «Eigentlich wollte ich woandershin, das weißt du», sagte sie leise.

«Entschuldige, ich wollte dich nicht kränken. Ich wollte dir damit nur sagen, wie außerordentlich mutig ich dich finde – so ganz allein, als junge Frau einfach das Elternhaus verlassen und ...»

Er brach ab. Schon wieder hatte er etwas Falsches gesagt, er hätte sich ohrfeigen können.

«Warum weißt du eigentlich so viel über meine Familie?», fragte sie, als hätte sie seine Gedanken gelesen. Ihr Blick wurde durchdringend.

«Pfarrer Theodorich hat mir ein wenig von euch erzählt», erwiderte er vorsichtig. «Du musst wissen, dass er ein alter Freund unserer Familie ist. Als mein Vater starb, war ich ja noch ein kleines Kind, und bald schon waren wir mittellos. Meine älteren Brüder waren noch durch Hauslehrer unterrichtet und erzogen worden, bei mir war hierfür kein Pfennig mehr übrig. Eine Laufbahn als Knappe und Ritter war mir verwehrt, aber ich wollte ohnehin schon von klein auf Priester werden. Und so hab ich das Vieh gehütet und auf dem Feld mitgeholfen, ansonsten bin ich durch die Gegend gestromert – barfuß und schmutzig wie ein Bauernjunge und hab mir ausgemalt, wie ich später mal in einer schönen Kirche den Menschen von Gott erzähle. Hab beim Ortspfarrer darum gebettelt, ihm in der heiligen Messe beim Altardienst zu helfen, aber dafür sei ich viel zu klein und zu dumm, waren seine Worte. So wurde das Vieh auf der Weide zu meiner Gemeinde, und ich hab die neugeborenen Lämmlein und Kälbchen», er musste plötzlich grinsen, als er daran zurückdachte, «mit

Spucke gesegnet und ihnen ein Kreuz auf die Stirn gemalt. Als unser Altknecht mich dabei einmal erwischt hatte, setzte es eine deftige Maulschelle.»

Auch Anna lächelte wieder. «Und dann? Wie ging es weiter?»

«Über meine Mutter hatte Pfarrer Theodorich erfahren, dass ich Priester werden wollte. Er hat ihr versprochen, dass er für meine Ausbildung aufkommen würde und hat mich bald schon nach Straßburg an die Domschule gebracht – du erinnerst dich an den Bruderhof?»

Sie nickte, und es freute ihn, wie gespannt sie ihm zuhörte.

«Dort hab ich mich erst mal wie im Gefängnis gefühlt und Abend für Abend geheult vor Heimweh. Vor Heimweh nach meiner Mutter, nach den Tieren, nach meinen kleinen Freiheiten auf den Wiesen und Feldern unseres Hofs. Aber dann hab ich schnell Freunde gefunden und Spaß am Lernen. Mit zwölf durfte ich zum Studium an die schola publica, die Klosterschule von Sankt Gallen. Dort war mein Bruder schon Novize und später dann Mönch.»

«Als du zu uns gestoßen bist, in Breisach, da dachte ich, du wärst ein Mönch oder Wanderprediger. Aber dann hast mir erzählt, dass du Leutpriester werden willst, weil das Klosterleben nichts für dich wär.»

«Das weißt du noch?», fragte er erstaunt.

«Ja. Das war, als du nach Straßburg von deinem Rittergut zurückgekommen bist, vollbepackt mit Vorräten. Danach haben wir alle gedacht, dass du ein reiches und verwöhntes Rittersöhnchen wärst. Aber mir hast du trotzdem leidgetan, weil du nämlich auch erzählt hattest, dass deine Eltern tot wären.»

Er nickte. «Meine Mutter ist gestorben, als ich noch auf der Straßburger Domschule war. Viel zu jung war sie.»

«War sie denn krank?»

«Ich weiß nicht … Sie hatte die Melancholie, seitdem mein

Vater fort war, und als dann noch meine Schwester starb, wurde es immer schlimmer.»

«Du hattest eine Schwester?»

«Ja, Katharina – du erinnerst mich an sie. Sehr sogar.»

In diesem Augenblick stieß Giovanni Boccanegra einen schrillen Pfiff aus. Christian, der auf Konrads Stute vor sich hin döste, fuhr erschrocken auf, und die Knechte, die mit den Packpferden vorausgingen, blieben stehen.

«Was ist los?» Christian blickte verwirrt um sich.

Konrad zeigte auf ein nahes Wäldchen. «Ich schätze, wir machen Mittagsrast. Dort drüben, im Schatten.»

Er rief Margret heran, die voller Stolz den Wachhund am Strick führte und mit ihm durch die Gegend stromerte. Das Mädchen war die Einzige von ihnen, die das bullige Tier streicheln durfte.

«Wir machen Rast, Margret. Bleib bei uns.»

«Endlich. Hab schon einen Riesenhunger.»

Innerlich musste Konrad lachen. Jetzt hatten sie schon seit Tagen satt zu essen, und die Kinder waren noch immer ausgehungert wie junge Wölfe.

Im Schatten der Bäume band Konrad Proviantsack und Wasserschlauch vom Sattel und übergab alles an Anna, dann folgte er den Knechten, um die Pferde an den nahen Fluss zu führen. Als er vom Tränken zurückkehrte, saßen die anderen bereits im Kreis um die Essensvorräte. Es versetzte ihm einen Stich, als er sah, dass Lanfranco sich direkt neben Anna niedergelassen hatte.

Er hockte sich ihr gegenüber und ließ sich von Christian ein Stück Brot und ein hartgekochtes Ei reichen.

«Will auch Priester werden», sagte der Junge und ließ sich neben ihm nieder. «Hab nämlich gar nicht richtig geschlafen vorhin, sondern euch zugehört.»

«Priester? Im Ernst?» Konrad schälte das Ei und beobachtete dabei Lanfranco und Anna.

«Ja, so wie du … Und der Herr Pfarrer kennt mich sogar, weil ich bei seinen Chorknaben mitsingen durfte. Und ich weiß schon das Paternoster und ein paar Psalmen auswendig, auch wenn ich die lateinischen Wörter nicht verstehe.»

«Na, dann lass uns in Freiburg mal mit Pfarrer Theodorich reden.»

Lanfranco fuhr sich in höchst affiger Weise, wie Konrad fand, durchs Haar und lachte über irgendetwas, das Anna gesagt hatte. Dabei blitzten seine weißen, gesunden Zähne.

«Aber ich hab gar kein Geld für eine Schule. Und das braucht es doch, oder?» Christian sah ihn fragend an.

«Eigentlich schon. In der Regel sind es nämlich Kinder von hohem Stand, die solche Domschulen oder Klosterschulen besuchen.»

Jetzt flüsterte der Kerl ihr auch noch etwas ins Ohr, und Anna lachte ebenfalls. Mit einer galanten Geste bot der Kaufmannsgehilfe ihr von seinem gepökelten Rindfleisch an, doch sie schüttelte den Kopf.

«Hör zu, Christian. Wenn es dir wirklich ernst ist, dann weiß Pfarrer Theodorich auch Rat. Er wird dich sicherlich prüfen wollen, aber wenn auch er überzeugt ist von deinem Wunsch, dann finden sich Mittel und Wege.»

«Glaubst du das wirklich?»

«Aber ja. So gibt es auch, falls der Bischof es erlaubt, die Möglichkeit, beim Pfarrer in die Lehre zu gehen, ganz wie ein Handwerksknecht. Vom Pfarrer lernst du die Grundlagen der lateinischen Sprache, um die Worte nicht nur richtig auszusprechen, sondern auch zu verstehen. Dazu den Umgang mit den liturgischen Büchern und die Praxis der priesterlichen Handlungen. Aber das dauert viele Jahre.» Er wandte sich ganz dem Jungen zu, um Lanfrancos Tändeleien nicht mehr mit ansehen zu müssen. «Nach dem Ende der Lehrjahre musst du eine Prüfung bestehen, dann erst kann dich der Pfarrer dem Bischof zur Weihe vorschlagen.» Aufmunternd nickte er Christian zu.

Drei Tage waren es von Cremona nach Verona, drei Tage noch, dann erst würde er diesen schwarzgelockten Schönling auf immer los sein.

Kapitel 34

Ankunft in Cremona

Cremona war eine der wenigen Stadtrepubliken, die sich kaisertreu und deutschfreundlich gab. Dicke Steinmauern schützten die reiche Handelsstadt, die Häuser waren aus rosa Backstein oder weiß und gelb verputzt, der prächtige Bürgerpalast gegenüber des Doms zeugte vom Stolz der Bewohner auf ihre Rechte und Privilegien.

Nicht minder stolz zeigte sich Lanfranco, als er an Annas Seite durch die Stadt schlenderte. Immer wieder wies er mit leuchtenden Augen auf einen hübschen, schattigen Platz oder ein kunstvoll bemaltes Haus mit breiten Arkaden hin – Cremona war nämlich seine Heimatstadt, wie er ihr während der Mittagsrast in seinem drolligen Kauderwelsch erklärt hatte.

Längst war sich Anna sicher, dass der Kaufmannsgehilfe die deutsche Sprache sehr viel besser sprach und verstand, als er gemeinhin zugab. Er war ein lustiger Mensch, immer fröhlich und zu Späßen aufgelegt. Dass er ein Aug auf sie geworfen hatte, spürte sie wohl, doch seine kleinen Schmeicheleien und schmachtenden Blicke trafen bei ihr ins Leere. Zu tief saß noch immer, was sie mit Gottschalk und Jecki erlebt hatte, als dass sie diese Tändeleien leichten Herzens hätte genießen oder gar erwidern können. Eines Tages, vielleicht, würde es vergessen sein. Oder auch nicht. Und so grauste ihr ziemlich vor dem Schicksal, das einer jungen Frau nun einmal gegeben war: zu heiraten und Kinder zu bekommen.

Dass ebendies ihr in Freiburg mit aller Wahrscheinlichkeit bevorstand, hatte ihre Schritte zu Anfang ihrer Heimreise immer wieder ins Stocken geraten lassen. Weil sie die Frage gequält hatte, ob sie nicht besser daran getan hätte, in Genua zu bleiben oder mit Wolfram, dem Knappen, nach Rom zu ziehen. Vergangene Nacht indessen hatte sie von ihrer Mutter geträumt. Leichenblass und mit tränennassem Gesicht war sie ihr im Traum erschienen, hatte die Arme nach ihr ausgestreckt, ohne sie zu berühren, und ein ums andere Mal ausgerufen: «Wo bist du, mein Kind?» Anna hatte auf sie zugehen und sich an ihre Brust werfen wollen, doch war sie wie festgewurzelt stehen geblieben, hatte sich keinen Schritt bewegen können. Da hatte sich die Mutter mit dem jammervollen Aufschrei «Sie ist tot, meine Anna ist tot!» abgewandt und in nichts aufgelöst. Beim Aufwachen dann hatte sie Luitgards Worte im Ohr gehabt: *Für eine Mutter ist die Ungewissheit schlimmer als der Tod des Kindes*, und plötzlich wusste sie, dass sie der Mutter diese quälende Ungewissheit nehmen musste – jetzt, wo ohnehin alles zu Ende war. Trotzdem hatte sie Angst. Vor der Schmach, dass ihre Wallfahrt gescheitert war, vor den Schlägen des Vaters, erst recht vor der Verheiratung mit einem fremden Mann.

«Was für ein Lärm das hier ist», riss Konrad sie aus ihren Grübeleien. Er hatte neben ihr aufgeschlossen. «Das macht einem ja Kopfschmerzen.»

Tatsächlich herrschte in den Gassen, obwohl es schon gegen Abend ging, ein Volksauflauf wie bei einem Jahrmarkt, und noch immer stand die Hitze zwischen den hohen Häusern. Jetzt erst spürte Anna, wie erschöpft sie vom Wandern war und freute sich aufs Abendessen. War es nicht wunderbar, dass sie jede Nacht ein Dach überm Kopf hatten, ein weiches Bett und satt zu essen? Auch wenn sie, ganz im Gegensatz zum vornehmen Kaufherrn Boccanegra und dessen Gehilfen, stets in einfachen Herbergen unterkamen, spürte sie jedes Mal eine tiefe Dankbarkeit hierfür.

Auch jetzt steuerte Giovanni Boccanegra auf ein prächtiges, mit Zinnen bekröntes Haus zu, das sich als Lanfrancos Elternhaus herausstellte. Wie immer ein wenig herablassend gab der Kaufherr ihnen zu verstehen, dass die anderen seinen Knechten folgen sollten. Da nahm Lanfranco sie zur Seite.

«Du komme mit uns? Ich dich einlade in unsere Haus. Haben große schöne Gastzimmer.»

Mit einem heftigen Kopfschütteln wehrte sie ab. «Nein, ich bleibe ganz sicher bei meinen Freunden.»

Sie las Enttäuschung in seinen Augen, als er schließlich nickte. «*A domani,* Anna.»

Noch immer ein wenig verdutzt über dieses Angebot blickte sie ihm nach, wie er den Kaufherrn zu den Stufen eines mit Schnitzereien verzierten Eingangsportals führte. Sie spürte eine Hand auf ihrem Arm.

«Was wollte er?», fragte Konrad.

«Er hat mich in sein Elternhaus eingeladen.»

Er riss die Augen auf. «Etwa zum Übernachten?»

«Was weiß denn ich?»

«Und warum hast du die Einladung nicht angenommen?»

Anna sah ihn verständnislos an. «Ich gehör doch zu euch! Hätt er uns alle eingeladen, wär's was anderes. Außerdem …»

Sie brach ab, während sich auf Konrads Gesicht ein Leuchten ausbreitete.

«Ich bin froh, dass du bei uns bleibst», sagte er leise.

«Ich auch!», rief Christian und schmiegte sich an sie.

So folgten sie den Knechten durch das Gewirr der Gassen, bis sie die große Reiseherberge nahe dem Ausfalltor nach Verona erreichten. Remise und Stallungen schlossen sich dem Wirtshaus an, vor dem Eingangstor lungerten einige Halbwüchsige herum, um sich beim Abladen von Gepäck und Waren ein paar Denari zu verdienen.

Ein schwergewichtiger Mann trat auf sie zu und stellte sich als Padrone, als Herbergsvater vor. Nachdem ein Stallknecht ihnen die Pferde abgenommen hatte, brachte er sie ins Haus.

«Deutsche?», fragte er freundlich, und sie bejahten.

«Wir sind mit einem Genueser Kaufherrn nach Verona unterwegs. Von dort geht es für uns weiter über die Alpen», erklärte Konrad ihm, woraufhin der Mann ihre Kleidung musterte.

«Pilger?»

Zwar hatte keiner von ihnen mehr das rote Stoffkreuz der Glaubenskrieger an der Schulter – Arbogasts Magd hatte sie am Vorabend ihrer Abreise wohlweislich wieder abgetrennt, gegen den Widerstand der Kinder –, doch Stab und Pilgerhut trugen Christian und Konrad nach wie vor.

«Pilger auf der Heimreise», erwiderte Konrad nach kurzem Zögern. «Unsere Mission ist erfüllt.»

Der Padrone nickte nur. In der Schankstube ließ er sich erst von Boccanegras Knechten, dann von ihnen die Kosten für die Übernachtung im Voraus begleichen.

«Für Pilger», erklärte er, «nur fünf Denari für Schlafen, Pferd, kleines Essen abends, kleines Essen morgens.»

«Ein guter Preis, habt Dank.» Konrad zählte ihm die Münzen in die Hand. «Warum sprecht Ihr so gut unsere Sprache?»

«Hier viele deutsche Gäste. Gute Leut, die Deutschen.»

Er wies auf eine offenstehende Tür, die in einen Nebenraum führte. «Frauen und Kinder schlafen dort, Männer oben. Essen kommt bald, sollen euch setzen.»

Damit ließ er sie allein, und sie nahmen an einem der langen Tische Platz. Boccanegras Knechte saßen am anderen Ende und hatten bereits einen Krug Wein vor sich stehen.

«Du verschweigst, dass wir nach Jerusalem wollten – schämst du dich dafür?», fragte Anna Konrad fast schon verärgert.

«Schämen ist das falsche Wort. Für mich war es nie eine richtige Wallfahrt, deshalb weiß ich gar nicht, was ich auf eine solche Frage antworten soll.»

«Warum sind wir eigentlich nicht zum Heiligen Vater nach Rom?», fing Christian plötzlich zu maulen an. «Dann wären wir wenigstens richtige Rompilger.»

Margret nickte hierzu heftig mit dem Kopf.

«Wisst ihr überhaupt, wie weit das noch gewesen wär?», gab Konrad aufgebrachter als gewollt zurück. «Seht euch doch an, wie mager ihr geworden seid! Nichts als Haut und Knochen! Jetzt könnt ihr euch seit ein paar Tagen erstmals satt essen, und überhaupt gehören Kinder in eurem Alter nicht auf eine solch lange Pilgerreise.»

Als Anna den gequälten Ausdruck auf Christians Gesicht sah, zog sie ihn an sich heran: «Der Herrgott weiß genau, was ihr alles auf euch genommen habt, das vergisst er euch nicht. Aber jetzt müsst ihr nach Hause zurückkehren, so will er das ganz bestimmt.»

Nach dem Essen, das zwar einfach, aber fett und reichhaltig war, wollte Konrad noch einmal nach seiner Stute sehen. In der Tür wäre er fast mit Lanfranco zusammengeprallt. Der hatte sich ordentlich herausgeputzt: Statt seines zweckmäßigen Reisegewandes mit den derben Stiefeln trug er ein bodenlanges blaues Obergewand mit langen, engen Ärmeln und messingbeschlagenem Gürtel, spitze Schuhe und eine Samthaube auf den schwarzen Locken.

«Was wollt Ihr denn hier?», fragte Konrad verdrießlich.

Der Kaufmannsgehilfe grinste. «Mal gucken. Alles gut hier?»

«Danke der Nachfrage, aber wir kommen zurecht.»

Immer noch grinsend, ließ Lanfranco ihn stehen und trat zu Anna an den Tisch. Mit drei großen Schritten war Konrad hinter ihm.

«Kleine Rundgang in schöne Stadt?», hörte er ihn zu Anna sagen. «Ich will zeigen Cremona, *bellissima* Cremona.»

«Anna steht unter meinem Schutz», zischte Konrad. «Da wird sie grad mit einem fremden Mann durch die Stadt ziehen.»

Betont langsam drehte Lanfranco sich zu ihm um.

«Ich auch geben Schutz. Oder bist Bräutigam von Anna?», fragte er und fügte höhnisch hinzu: «Pfaffe!»

Vom andern Ende des Tisches starrten die beiden Knechte zu ihnen herüber und feixten.

«Das geht Euch gar nichts an», raunzte Konrad. «Aber es schickt sich nicht, wie man vielleicht auch in Eurem Land wissen sollte.»

Anna warf ihm einen durchdringenden Blick zu. «Darf ich das vielleicht selbst entscheiden?»

Konrad gab auf. «Nur zu.»

«Alsdann – ich würd diese schöne Stadt gerne anschauen. Aber nur, bis es dunkel wird. Und zwar wir alle zusammen.»

Konrad schüttelte den Kopf. «Kein Bedarf. Ich bin müde.»

«Bitte, Konrad», bettelte Christian. «Ich will noch mal die Taufkirche sehen, die mit den acht Ecken.»

«Und ich den Dom», rief Margret. «Will auch mit.»

«Macht doch, was ihr wollt. Ich geh jetzt jedenfalls nach meinem Ross schauen.»

Zornig marschierte er hinaus in den weitläufigen Hof. Dort atmete er erst einmal tief durch. Was für ein Teufel ritt ihn in letzter Zeit, dass er immer so schnell aus der Haut fuhr? Nur weil dieser Kaufmannsgehilfe sich so lächerlich aufführte? Oder war es die Angst, Anna könne es sich noch einmal anders überlegen und nicht mit ihm nach Freiburg heimkehren?

Seine treue Stute rieb mit leisem Schnauben ihren Kopf an seiner Schulter, als er neben sie in den Unterstand trat. Er prüfte Wasser und Heu nach, tastete ihr Fesseln und Beine ab, ob von dem langen Tagesmarsch nichts angeschwollen war, dann strich er ihr noch einmal liebevoll über die Stirn und verließ den Stall.

Es begann zu dämmern, und ein buckliger, alter Mann zündete rundum Fackeln an. Das Hoftor war bereits verriegelt, doch das Seitentürchen stand noch offen. Konrad betrat die Gasse, die mit der einbrechenden Kühle der Nacht eher noch belebter war als zuvor. Aus der Schenke gegenüber drang eine Melodie von Fiedel und Sackpfeife, zu der ein paar Burschen auf offener Straße tanzten, zwei junge Hübschlerinnen winkten ihm zu, doch angesichts seiner finsteren Miene beeilten sie sich weiterzukommen.

Er ließ sich auf die Wartebank neben dem Hoftor sinken. Ebenso gut hätte er sich schlafen legen können – müde genug war er, und er hätte sich und Christian im Schlafsaal noch einen Strohsack nahe bei einem Fenster sichern können. Aber dazu war er zu unruhig. Er wollte sichergehen, dass die anderen wohlbehalten und rechtzeitig vor der Nacht zurückkehrten.

Die Zeit verging unendlich zäh. Dreimal hockte sich jemand neben ihn, um neugierig ein Gespräch mit ihm zu beginnen, dann sank ihm schläfrig das Kinn gegen die Brust. Ein helles Lachen ließ ihn auffahren. Ohne Eile schlenderte Lanfranco mit Anna und den Kindern heran. Anna sah hübsch aus in ihrem hellen, wenngleich einfachen Leinenkleid und dem roten Band im Haar.

«Konrad! Was machst du denn da draußen?» Sie strahlte ihn an. «Du hättest mitkommen sollen, es war sehr schön. Wir waren sogar im Dom drinnen und im Baptisterium.»

«Na, dann freut mich das», murmelte er nur. «Gehen wir hinein.»

Der Kaufmannsgeselle verabschiedete sich mit einer lächerlichen höfischen Verbeugung und einem ebenso albernen Augenzwinkern in Annas Richtung, dann kehrten sie ins Wirtshaus zurück.

In der Schankstube, die sich schon auffällig geleert hatte, rief der Padrone eben die letzte Bestellung aus. Konrad blickte Anna hinterher, die, nachdem sie ihm gutgelaunt eine gesegnete Nachtruhe gewünscht hatte, mit Margret im Nebenraum verschwand.

«Komm!» Er schob Christian zu der steilen Holztreppe, die neben dem Ausschank nach oben führte. «Höchste Zeit, schlafen zu gehen.»

Im Schlafsaal, der von einem Talglicht nur spärlich erhellt war, fand er sämtliche Plätze unter den offenen Fenstern bereits belegt, und so mussten sie mit zwei Strohsäcken an der Wand gegenüber vorliebnehmen. Binnen einer Stunde würde hier die Luft zum Schneiden sein, und rundum begannen die ersten Männer zu schnarchen. Er legte zwei Säcke dicht nebeneinander, streifte sein dunkelgraues Mönchsgewand ab, das er zu einem Kissen zusammenrollte, und schlüpfte unter die wollene Decke. Die roch muffig und nach abgestandenem Schweiß.

«So schade, dass du nicht mit warst!», plapperte Christian neben ihm los. «Der ist richtig nett, dieser junge Herr. Stell dir vor, er hat uns sogar Worte aus seiner Sprache beigebracht:

buona notte, alla salute, uno – due – tre … Und dann, vor dem Dom, hat er einer Frau drei dunkelrote Äpfel für uns abgekauft!»

All das wollte Konrad gar nicht wissen. Immerhin musste er dem Burschen zugutehalten, dass er sich nicht zu fein war, mit zwei ärmlichen deutschen Kindern durch die Gegend zu ziehen.

«Warum möchtest du eigentlich so brennend gern Priester werden?», fragte er, um nicht länger von diesem Kaufmannsgehilfen hören zu müssen.

«Weil … weil ich dann dem lieben Gott näher wär. Und meiner Mutter auch. Und trotzdem nicht eingesperrt wär wie ein Mönch.»

Ein wütendes Fauchen ihres Nebenmanns brachte ihr Gespräch zum Verstummen. Mit offenen Augen starrte Konrad durch das Halbdunkel zur Decke. Er fand, dass das eine gute Antwort war. Warum er selbst Priester werden wollte, hätte er nicht so gut in Worte fassen können. Er wusste nur, dass es sein Herzenswunsch von Kindheit an war.

Kapitel 35

Ankunft in Verona

Am zehnten Tag nach ihrer Abreise aus Genua erreichten sie zum späten Nachmittag Verona, das Tor zu den Alpen. Hier sollten sich ihre und die Wege der Kaufleute trennen, von morgen an waren sie auf sich allein gestellt. Ein wenig eng wurde es Anna schon in der Brust beim Anblick der gezackten Bergkette, die sich in der Ferne gegen den klaren Himmel erhob. So würden sie sich also erneut auf den mühevollen, gefährlichen Weg durch dieses Gebirge machen müssen.

Konrad hingegen schien in bester Stimmung. Er scherzte in einem fort mit Christian, der ihn mal wieder mit Fragen löcherte, während er das Pferd am Zügel führte. Lanfranco hingegen war immer schweigsamer geworden, je näher sie der Stadt gekommen waren. Jetzt lief er ein Stück voraus an der Seite seines Kaufherrn, mit dem er in ein aufgebrachtes Gespräch verwickelt war. Fast hatte es den Anschein, dass sich die beiden streiten würden.

Von Lanfranco hatte Anna erfahren, dass er mit Boccanegra im Haus der Kaufleute nächtigen würde, bevor sie dann zwei Tage später nach Venedig weiterzögen. Mit einem Lächeln hatte er dabei verkündet, dass er sie und die anderen nach Abliefern der Waren zu ihrer Herberge bringen wolle, um ihr anschließend die Stadt zu zeigen – geradeso wie in Cremona.

Doch so schön sie jenen Abendspaziergang auch in Erinnerung hatte, wusste sie nicht, ob sie das überhaupt wollte. Denn für diesmal hatte er vor, so viel hatte sie verstanden, mit ihr allein durch die Gassen ziehen. Und diese Vorstellung verwirrte sie.

Nein, sie hatte *nicht* ihr Herz an Lanfranco verloren. Das immerhin wusste sie sicher. Aber ein klein wenig schwermütig wurde ihr doch bei dem Gedanken an den morgigen Abschied. An der Seite des Kaufmannsgehilfen hatte sie all ihre Sorgen loslassen können, hatte sich unbeschwert gefühlt und kein einziges Mal an ihre unglückliche Wallfahrt, an die vielen Toten oder an Freiburg gedacht. Zudem hatte es ihr geschmeichelt, von dem jungen Mann auf fast schon ritterliche Weise verehrt zu werden. Aber mehr sollte es auch nicht sein.

Über zumeist schnurgerade Gassen ging es mitten hinein in die Stadt, die wie alle Städte hier viel farbenfroher war als die deutschen. Doch noch bevor sie die Niederlassung der Kaufleute erreichten, hielten sie vor einem Gasthaus inne. Einer der Knechte nahm Konrad die Stute ab und führte sie mit den anderen Pferden durch das weit geöffnete Tor in den Hof.

«Ihr also morgen weiter nach Trient?», fragte Boccanegra.

«Ja.» Konrad nickte. «Gleich, nachdem wir die Vorräte eingekauft haben.»

Der Kaufherr schlug ihm auf die Schulter. «Dann wir uns sehen nicht mehr. Wir morgen ausruhen.»

«So habt ganz herzlichen Dank für Euren Schutz und Eure Unterstützung, Kaufherr. Gott schütze Euch auf Eurer Reise.»

«Euch auch, *tedeschi*!» Sie schüttelten sich die Hände. «Und für heut *ich* will bezahle die Gasthaus.»

Einer nach dem andern verabschiedeten sie sich von Boccanegra und seinen Leuten. Als Anna vor Lanfranco stand, sah der sie mit einem traurigen Lächeln an.

«*Addio*, lebe wohl, Anna!»

Sie schluckte. Das klang nach endgültigem Abschied.

Da flüsterte er ihr ins Ohr: «*Scusami, bellissima.* Ich nix kann zeige dir Stadt. Ich heute muss zu wichtige Kaufherr, sagt Boccanegra.»

Dann wandte er sich ab und eilte davon.

Anna nahm Christian und Margret bei der Hand.

«Gehen wir hinein!», murmelte sie und betrat den Gasthof, ohne sich noch einmal umzudrehen. Es ist das Beste so, sagte sie sich ein ums andere Mal. Was hätte dieser Abend mit Lanfranco überhaupt noch gebracht.

Da es fürs Abendessen noch zu früh war, hatte Konrad die anderen überredet, ein wenig gemeinsam durch die Stadt zu schlendern. Allzu weit waren sie nicht gekommen, da Margret zu maulen begonnen hatte, ihr täten die Füße weh. Und Anna war sehr still gewesen die ganze Zeit. Er hätte alles darum gegeben, zu erfahren, was dieser Kerl ihr beim Abschied ins Ohr geflüstert hatte – ihrer Miene nach war sie mehr als enttäuscht gewesen.

Sie bogen in die Gasse ihres Gasthofs ein, als Konrad stutzte: War das etwa Lanfranco, der dort auf der Bank neben dem Hoftor kauerte? Er war es, und kaum dass er sie erkannt hatte, sprang er auf und eilte auf sie zu.

«Was sucht Ihr hier?», fragte Konrad kühl. «Hatten wir uns nicht schon verabschiedet?»

«Muss spreche mit Anna. – Allein!»

Ohne Konrads Antwort abzuwarten, nahm er Anna beim Arm und führte sie ein Stück weit die Gasse hinauf. Vor einem Brunnen blieben die beiden stehen.

Konrad runzelte die Stirn. Was erdreistete sich der Kerl? Wollte er sie etwa überreden, mit ihm im Haus der Kaufleute abzusteigen, als krönender Abschluss ihrer gemeinsamen Reise sozusagen? Plötzlich glaubte er seinen Augen nicht zu trauen: Ging der Bursche doch tatsächlich vor Anna auf die Knie!

«Was macht der Lanfranco da?», fragte Margret, nicht minder erstaunt.

«Das würd ich auch gern wissen.»

Über die Entfernung war zwar nicht zu verstehen, was die beiden redeten, doch allein, was Konrad sah, versetzte ihn in höchste Anspannung: Lanfranco hatte sich wieder erhoben und hielt Anna bei beiden Händen fest. Konrad musste an sich halten, nicht dazwischenzugehen.

Endlich machte sich Anna los und kehrte mit unsicheren Schritten zu ihnen zurück, während der Kaufmannsgehilfe in anderer Richtung davoneilte. Sie sah blass um die Nase aus.

«Was wollte er von dir?» Konrad ballte unwillkürlich die Fäuste.

«Er … er hat mir einen Heiratsantrag gemacht.»

Sie drehte sich um, stemmte die Tür zum Gasthof auf und war darin verschwunden.

Fassungslos stürmte er hinterher, packte sie mitten im Schankraum bei den Schultern und fragte mit zitternder Stimme: «Was hast du geantwortet?»

«Ich habe ihm nein gesagt.»

Kapitel 36

In den Bergen, Anfang Oktober

Der monatelang ersehnte Regen – in Trient hatte er eingesetzt, und seither wollte er nicht mehr aufhören. Den dritten Tag schüttete es nun schon wie aus Kübeln vom Himmel, mit nur kurzen Unterbrechungen, der Wind, der immer wieder frisch auflebte, peitschte einem das Wasser ins Gesicht und riss einem schier den Hut vom Kopf. Trotz ihrer guten Genueser Umhänge hatten sie inzwischen keine trockene Faser mehr am Leib, die Füße wurden zu Eis in den durchnässten Schuhen, und ihr Weg löste sich mehr und mehr in schlammigem Morast auf. Zudem hatten sie hinter Bozen das breite Tal der Etsch verlassen, und seither ging es spürbar bergauf.

Umso mehr bewunderte Anna das Durchhaltevermögen der beiden Kinder – weder Christian noch Margret murrten, stumm und die Kapuzen tief ins Gesicht gezogen kämpften sie gegen das Wetter an. Wahrscheinlich trieb sie die Hoffnung voran, dass sie nach der nächsten Spitzkehre vor dem Hospiz stehen würden, von dem Konrad gesprochen hatte. Sie selbst mochte kaum noch daran glauben, hatte sie doch das Gefühl, in die Irre zu laufen. Wenigstens sprachen seit dem Hochstift Trient, dem die Grafen von Tirol als Vögte vorstanden, die Einheimischen wieder ihre Sprache. Nur leider war ihnen bei diesem Hundewetter seit Stunden niemand mehr begegnet, den sie nach dem Weg zum Hospiz hätten fragen können.

Sie musste an Verona zurückdenken, an ihren Abschied von Lanfranco. Das Bild, wie er da vor dem Brunnen auf die Knie gegangen war und sie angefleht hatte, bei ihm zu bleiben und seine Frau zu werden – sie würde es nie vergessen. Ebenso wenig Konrads entsetztes Gesicht, als sie ihm dies gesagt hatte. War ihre Ablehnung nicht vorschnell gewesen? Durch die Heirat hätte ihr Schicksal eine wahrhaft unerwartete Wendung erfahren: Sie wäre ihrem Vater und ihrer armseligen Zukunft in Freiburg auf immer entkommen. Warum hatte sie abgelehnt, als würden sich ihr solch glückliche Fügungen mannigfach bieten? Wusste sie doch, dass einem so etwas im Leben nur einmal geschah. Lanfranco war nicht nur ein großzügiger, sondern auch ein anständiger Mensch. Niemals war er ihr zu nahe getreten, auch wenn Konrad so etwas vermuten mochte. Der Kaufmannsgehilfe hatte es ernst gemeint mit ihr, und sie hätte ihn mit der Zeit ganz gewiss liebgewonnen. Warum also?

«Woran denkst du?», fragte Konrad, der Christian an der Hand hielt und neben ihr aufgeschlossen hatte, da der Weg unverhofft breiter wurde.

«An dies und jenes», gab sie ausweichend zur Antwort. Sie warf einen Blick auf Margret, die an ihrer Hand tapfer bergan stapfte, dann auf Konrad und den Jungen. «Es ist schon seltsam. Jetzt sind wir nur noch zu viert.»

«Da hast du recht.» Konrad lächelte sie an. «Dasselbe denke ich auch immer wieder. Die Heimkehr der verlorenen Kinder …»

Sie schwiegen, bis Konrad sich räusperte.

«Aber ich danke Gott von Herzen, dass wir zu viert sind – und nicht zu dritt! Wenn du bei Lanfranco geblieben wärst, dann …»

Er schüttelte den Kopf, ohne den Satz zu Ende zu bringen.

«Ich wäre nicht glücklich geworden», erwiderte Anna und wusste plötzlich, dass das die Wahrheit war. «Er war mir viel zu fremd, genauso fremd wie sein Heimatland.»

«Aber du hättest ein sorgloses Leben gehabt! Schließlich stammt er aus reicher Familie.»

Wider Willen musste sie lachen. «Ein Leben in schönen Kleidern, mit Mägden und Dienern vielleicht – aber sorglos? Mit einem Kaufmann als Ehemann, der andauernd in der Welt unterwegs ist? Ich weiß doch selbst, wie gefährlich das Reisen ist.»

«Hast du jetzt auch Angst? Vor unserer Heimreise, meine ich?»

«Nein, das nicht. Nur an … an Freiburg mag ich nicht denken.»

«Dann fällt es dir also immer noch schwer, heimzukehren?»

«Ich weiß nicht … Wo soll ich denn sonst hin, wenn nicht nach Freiburg? Außerdem will ich meine Mutter und die Geschwister wiedersehen. Ich vermisse sie sehr. Und sie sollen wissen, dass ich am Leben bin.»

In diesem Augenblick spürte sie zum ersten Mal richtiges Heimweh.

Konrad betrachtete sie eindringlich. «Bloß vor deinem Vater hast du Angst, nicht wahr?»

Sie schluckte.

«Ja», sagte sie schließlich. «Große Angst sogar. Wäre er nicht, würde ich mich freuen auf daheim.»

«Weißt du was?» Er berührte kurz ihre Hand. «In Freiburg gehen wir als Erstes zu Pfarrer Theodorich. Er wird dich in dein

Elternhaus begleiten und mit deinem Vater reden. Da bin ich mir ganz sicher.»

Konrad hätte sie umarmen mögen für ihre Antwort. Noch Meilen hinter Verona hatte er gefürchtet, Anna könnte es sich anders überlegen und umkehren in die Arme dieses verwöhnten Kaufmannssöhnchens. Stattdessen marschierten sie hier nun miteinander auf die Heimat zu wie eine kleine Familie, waren gesund und bei Kräften, ihre Wegzehrung hatte bislang gut ausgereicht, und einen Notgroschen besaß er auch noch.

Wenn sie nur schon in diesem Hospiz der frommen Brüder wären ... Die Kleinen brauchten Erholung, ein warmes Feuer zum Aufwärmen, etwas Kräftiges zu essen. Ja, im Grund war es seine Schuld, dass sie schon wieder bis zur Erschöpfung auf den Beinen waren. Er wollte das Hochgebirge hinter sich haben, bevor dort womöglich der Winter einbrechen würde. Hatte die anderen deshalb angetrieben, obwohl sie bei diesem Mistwetter besser einen Tag länger in der letzten Herberge geblieben wären, um ihre Sachen richtig zu trocknen.

Neben ihm rutschte Christian auf einem der glitschigen Steine weg und wäre ums Haar der Länge nach hingefallen, hätte Konrad ihn nicht an der Hand gehabt.

«Hoppla, Junge. Glück gehabt.»

Da blieb Margret mitten auf dem Weg stehen und fing an zu weinen – ausgerechnet Margret, die sonst nie klagte, die stets tapfer alle Entbehrungen ertrug.

«Ich mag nicht mehr», schluchzte sie. «Ich bin ganz nass.»

Anna zog sie tröstend an sich. «Wir ruhen erst mal aus. – Seht bloß, der Regen hat aufgehört!»

Und wirklich: Der Wind hatte die Wolken auseinandergerissen. Hier und dort schimmerte das Blau des Himmels durch, vom Tal her stieg dichter Nebel auf. Da schossen die ersten Sonnenstrahlen durch das Gewölk und ließen in der Ferne, zwischen den grünen Bergwäldern, steile Riffe und Felsnadeln hellgelb aufleuchten.

«Hört ihr das auch?» Konrad lauschte. Es klang wie das Mittagsläuten einer Kirche oder Kapelle.

«Es zeigt uns den Weg», rief Christian. «Wie damals im Schneesturm. Kommt, bevor es aufhört.»

Eilig zogen sie weiter, dem Glockenklang entgegen. Für diesmal hatte keine höhere Macht die Hände im Spiel, denn kaum eine Wegstunde später sahen sie in einer Mulde das Hospiz liegen.

Ein älterer Mann in schlichter grauer Kutte öffnete ihnen mit einem freundlichen «Gott zum Gruße» das Tor und stellte sich als Bruder Jakobus vor. Während er sie zum Pferdestall führte, fragte Konrad:

«Wie viele Tage braucht's denn von hier bis zum Pass auf dem Brenner?»

«In vier Tagen ist das gut zu machen, wenn nichts Ungewöhnliches dazwischenkommt.»

«Nur vier Tage?», rief Anna. «Dann haben wir es ja bald geschafft!»

Bruder Jakobus lachte.

«Du meinst durch das Alpengebirge? Da täusch dich nur nicht, meine Tochter. Aber jetzt wärmt euch erst mal in der Gaststube auf, eine heiße Suppe haben wir dort immer auf dem Feuer parat.»

Bruder Jakobus war wirklich ausnehmend freundlich, und so erzählte Konrad in der Stube auf dessen Drängen hin bereitwillig, was sie hierher verschlagen hatte. Und rief damit ungläubiges Staunen hervor.

«Ich hab davon gehört, von diesem Heerzug der Kinder,

vor Wochen schon. Aber ehrlich gesagt hab ich's nicht glauben mögen. Zumindest bis vorgestern nicht – da tauchten nämlich zwei hier auf, die auf dieser Wallfahrt dabei gewesen waren. Ein Rittersöhnchen mit seinem Knecht. Zwei edle Rösser hatten sie auch dabei.»

Konrad starrte ihn verdutzt an. «Ein Rittersohn? Ein Knappe also?»

«Aber ja. Ein schrecklich dünkelhafter Kerl, der uns zunächst weismachen wollte, er habe als Parteigänger des Kaisers gegen die Guelfen gekämpft und sei nun auf dem Heimweg zu seiner Burg, um dort nach erfolgreichem Kriegsdienst die Schwertleite zu empfangen. Sein Knecht hingegen hatte mir nach dem dritten Krug Wein verraten, dass sie bei diesem missglückten Kinderheerzug mitmarschiert seien, der sich in Genua buchstäblich in nichts aufgelöst hatte.»

Ganz bleich war Anna bei dieser Rede geworden.

«Hieß der Mann Gottschalk von Ortenberg?», fragte sie tonlos.

«Ganz recht, so hatte er sich vorgestellt. War früh schlafen gegangen, nachdem er sich mächtig darüber ausgelassen hatte, wie wenig kommod unser Hospiz doch sei. Dafür ist sein junger Knecht noch umso länger in der Schankstube geblieben. Was hatte der Bursche geschimpft! Betrogen und belogen seien sie worden von diesem angeblich erleuchteten Hirtenknaben. Und am Ende noch ums Haar in die Sklaverei verschickt worden, wenn sein Herr, dieser Gottschalk, nicht so klug gewesen wäre.»

Konrad runzelte die Stirn. «Klug?»

«Nun ja, dieses Rittersöhnchen habe als Einziger erkannt, dass jene großzügigen Kaufleute, die sie um Gotteslohn ins Gelobte Land übersetzen wollten, in Wirklichkeit Sklavenhändler waren.»

Konrad lachte laut auf. Da hatte Gottschalk also doch noch rechtzeitig das Hasenpanier ergriffen und diese Erkenntnis als die seine ausgegeben.

Bruder Jakobus neigte sich zu ihm herüber. «Jene Schiffe in Genua – glaubst du, das waren wirklich Sklavenschiffe?»

«Ich fürchte, ja.»

«Der Teufel soll diese Menschenhändler holen! Da bleibt nur zu beten, dass niemand an Bord gegangen ist von euren Gefährten.» Er legte die Stirn in Falten. «Aber wie einfältig ist's auch von euch, zu glauben, dass der Allmächtige das Meer für euch teilen würde!»

Konrad bemerkte, wie Anna sich auf die Lippen biss.

«Der Glaube an die wundersame Meeresteilung», entgegnete er vorsichtig, «hat all diesen Pilgern Kraft gegeben. Eine schier unmenschliche Kraft.»

«Du sprichst von *diesen Pilgern*, mein Sohn – zählst du dich also nicht dazu?»

«Ich hab von Anfang an nicht an das Wunder geglaubt.»

Dass er obendrein sogar vermutete, dass dieses gefährliche Unterfangen auf betrügerische Weise von Mönchen des neuen Ordens der Franziskaner angezettelt worden war, verschwieg er allerdings.

«Warum hast du dann die gefährliche Reise überhaupt auf dich genommen?»

Konrad zögerte. «Weil ich … weil …»

«Weil er unser Beschützer ist», warf Christian dazwischen. «Das hat er nämlich unserem Stadtpfarrer in Freiburg versprochen.»

«So ähnlich», murmelte Konrad. Mit fester Stimme bekräftigte er: «Ich hoffe von Herzen, dass ich mein Versprechen erfüllen kann.»

«Das wirst du bestimmt, mein Sohn. Aber alldem entnehme

ich, dass du und die junge Frau hier – dass ihr *nicht* verehelicht seid.»

Christian begann zu kichern. «Aber der Konrad will doch Priester werden, da darf er gar nicht heiraten.»

Konrad spürte, dass man ihm seine Verlegenheit ansah. Wahrscheinlich war er sogar rot geworden!

«Ja, das ist schon richtig. Anna und ich kannten uns zuvor gar nicht.»

Bruder Jakobus lächelte. «Fast schade. Ihr beiden wärt ein schönes Paar. Nun, so wünsche ich euch eine gesegnete Nachtruhe, und ihr solltet euch ebenfalls schlafen legen. Morgen müsst ihr früh auf den Beinen sein.»

Kapitel 37

Kloster Mariahilf am Brennerpass, Mitte Oktober

Die nächsten zwei Tage kamen sie zügig voran. Wenngleich ein kühler Wind ging, schien zumeist die Sonne, und Anna genoss den Anblick dieser gewaltigen Berglandschaft. Wegelagerei war hier kaum zu befürchten, waren sie doch selten allein auf dieser wichtigen Straße.

Ihr wurde es leichter ums Herz – alles würde gutgehen, mit Konrad an ihrer Seite. Bei allem, was er tat, war er umsichtig und vorausschauend, erkundigte sich nach den nächsten Herbergen, sorgte dafür, dass ihr Wasserschlauch nie leer wurde, fragte Einheimische nach Wetterlage und möglichen Gefahren aus, ging als Letzter schlafen und war als Erster auf den Beinen.

Dann aber, in dem Marktflecken Sterzing, wo Konrad für die völlig überteuerte Reiseherberge seine letzten Dinari hatte herausrücken müssen, begann Margret plötzlich zu husten. Zusehends kraftloser wurde das Mädchen, und jetzt, auf dem Weg zum Pass, hielt Margret immer wieder inne, um sich die Seele aus dem Leib zu husten. Schließlich setzte Konrad sie auf seine Stute und band ihre Beine vorsichtshalber am Sattel fest.

«Wie weit ist es noch?», fragte Anna besorgt.

«Eine gute Wegstunde höchstens. Am Pass gibt es mehrere Herbergen, dort sollten wir warten, bis es ihr bessergeht.»

«Und wovon willst du das bezahlen?»

«Ich weiß auch nicht», erwiderte er mutlos. Dann hellte sich seine Miene auf. «Mein Oheim Arbogast hat mir von einem Frauenkloster erzählt, das ein Stück weit hinter dem Pass liegt. Er kennt die Priorin, auf seinen Reisen haben er und seine Leute ein paarmal dort übernachtet.»

Er wandte sich an Margret, die wie ein Häufchen Elend über dem Sattelknauf kauerte. «Schaffst du das? Bis gegen Abend müssten wir dort sein.»

Doch Margret gab keine Antwort. Ihr kleines Gesicht war gerötet, und als Anna nach ihrer Hand griff, was die trotz der Kälte glühend heiß. Das Mädchen hatte Fieber!

Im Stillen flehte sie zu Gott, dass er Margret wieder gesund machen möge. So viele Entbehrungen hatte das Mädchen in den letzten Monaten schon durchgestanden, tapfer und ohne zu klagen, war dabei niemals krank geworden – jetzt, so kurz vor dem Ziel, dufte sie nicht sterben …

Eine ganze Woche blieben sie bei den Zisterzienserinnen oben auf dem Felssporn und erlebten, wie der Herbst endgültig übers Land kam. An manchen Tagen leuchtete der blaue Himmel wie blank geputzt, und das Sonnenlicht ergoss sich über die goldgefärbten Bergwälder ringsum, an anderen Tagen wiederum rüttelten heftige Stürme an den Fensterläden und nahmen einem, wenn man nach draußen musste, schier die Luft zum Atmen.

Nach dem Gespräch mit der Mutter Oberin am Tag ihrer Ankunft hatte diese sie überreden wollen, das kleine Gästehaus zu beziehen, das vornehmen Herrschaften wie Konrads Oheim zur Verfügung stand. Einhellig hatten sie alle drei abgelehnt: Wenn sie schon um Gotteslohn hierbleiben durften, dann wollten sie auch dafür arbeiten und der Klostergemeinschaft nicht noch mehr Umstände bereiten. Alle kümmerten sich nämlich rührend um die kranke Margret, vor allem die bärbeißige Pförtnerin Theres und die stumme Laienschwester Mia, die sich abwechselten bei der Aufsicht und Pflege. So lag denn das Mädchen in einem großen, weichen Bett in der Krankenstube und kämpfte mit seiner Schwindsucht gegen den Tod an.

Wenn Anna ihre Arbeit in der Küche oder im Waschhaus für einen Moment unterbrach, um nach ihr zu sehen, legte sich ihr die Angst, die Kleine könne auch noch sterben, genau wie Sanne, Luitgard und Jecki, wie eine Eisenklammer um die Brust. Schweißgebadet und im Fieberwahn schien Margret von Stunde zu Stunde weniger zu werden. Dass Schwester Theres oder Mia stets bei ihr waren, um ihr mit feuchten Tüchern den Schweiß vom abgemagerten Körper zu wischen, ihr stärkende Kräutertränke einzuflößen oder Wadenwickel zu legen, die das Fieber aus dem Körper ziehen sollten – das alles beruhigte Anna kaum. Und so nahm sie dankbar das Angebot an, jederzeit in der Klosterkirche beten zu dürfen. Dort kniete sie, während zuweilen die Nonnen hinter dem Lettner ihre Stundengebete abhielten, in der Seitenkapelle vor einer fast lebensgroßen, wunderschön geschnitzten Muttergottes, die das Jesuskind im Arm hielt und voller Liebe betrachtete. Dieser

Anblick half Anna, ins Gebet zu finden, gab ihr immer wieder neue Hoffnung, dass Margret den Kampf gewinnen würde. In ihren Zwiegesprächen mit der Gottesmutter – mitunter kniete auch Konrad im stummen Gebet neben ihr – fand Anna weitaus mehr Trost als in den lateinischen Messen, die der Priester aus Gries bei den Nonnen abhielt und an denen die Konversen wie auch die Gäste teilzunehmen verpflichtet waren.

Der fünfte Tag brachte die Wende, wenn auch mit unerwarteten Folgen. Anna hatte am Morgen im Klostergarten Kräuter geerntet und war mit dem vollen Korb in die Krankenstube geeilt. Sie fand Margret mutterseelenallein vor – zusammengerollt lag sie unter der Decke verborgen und rührte sich nicht. Nicht einmal ihr Atem war zu hören.

Anna erschrak und stürmte hinaus, rannte hinüber zur Pforte, an der auch innen eine Glocke befestigt war, und hörte nicht auf zu läuten.

«Was soll das?» Ärgerlich kam die Schwester Pförtnerin herbeigeschlurft. «Was läutest du, als ob ein Feuer ausgebrochen wär?»

«Die Margret … sie rührt sich nicht mehr … und keiner ist bei ihr!»

«So beruhig dich doch.» Auf Schwester Theres' Miene zeigte sich ein Anflug von einem Lächeln. «Das arme Ding schläft. Sie ist über den Berg.»

«Was?»

«Ich sag's doch – das Fieber ist weg. Jetzt braucht sie einfach Ruhe. Also lass sie gefälligst schlafen und mach deine Arbeit.»

Schnurstracks eilte Anna in die Klosterschmiede, wo Konrad bei der Esse stand und mit dem Blasebalg die Glut anfachte.

«Sie wird gesund – Margret wird wieder gesund!»

Sie zog Konrad vom Feuer weg und fiel ihm um den Hals.

«Was sagst du da?» Er löste sich aus ihrer Umarmung und sah sie ungläubig an. In plötzlicher Verlegenheit trat sie einen Schritt zurück.

«Sie hat kein Fieber mehr, hörst du? Sie muss nur noch zu Kräften kommen.»

Er stieß einen tiefen Seufzer aus. «Dem Herrgott sei Dank! – Weiß es Christian schon?»

«Nein, aber ich will's ihm gleich sagen. Wo ist er?»

«Im Stall, die Schweine ausmisten.»

Sie zögerte. «Was glaubst du, Konrad – können wir dann morgen oder übermorgen schon weiterziehen? Die Tage werden immer kürzer. Und kälter.»

«So schnell sicherlich nicht.» Er lächelte. «Warten wir ab, was Schwester Theres meint. Ein bisschen müssen wir uns bestimmt noch gedulden.»

«Und wir sind wirklich schon seit vielen Tagen hier im Kloster Mariahilf?» Margret schüttelte den Kopf. «Ich kann mich an kaum was erinnern.»

Anna streichelte ihre Hand. «Den sechsten Tag, wenn du es genau wissen willst.»

Zusammen mit der Mutter Oberin, Schwester Theres und Laienschwester Mia waren sie nach der Sonntagsmesse auf Krankenbesuch gekommen und umringten nun das Bett.

Die Pförtnerin hatte recht behalten: Margret war wieder gesund. Nachdem sie am Vortag noch fast die ganze Zeit geschlafen hatte, wollte sie das Mittagessen heute erstmals mit ihnen gemeinsam in der Küche einnehmen.

«So, so – dann kannst dich nicht mal an deine beiden Krankenpflegerinnen erinnern», sagte Schwester Theres in gutmütigem Spott.

«Doch, gestern und heut, da wart Ihr bei mir, Ihr und die

Schwester Mia, die nicht sprechen kann. Das weiß ich alles. Aber davor … davor hab ich manchmal geglaubt, ich wär daheim, und meine Mutter wär bei mir.» Sie brach ab und blickte in die Runde. «Danke!»

Vom Dachreiter der Kirche rief die Glocke zur Sext.

«Dann wollen *wir* mal dem Herrn danken gehen.» Die Priorin gab Schwester Theres einen Wink, aufzubrechen. «ER war es letztendlich, der dich gesund gemacht hat.»

Nachdem die beiden den Raum verlassen hatten, richtete Margret mit Annas Hilfe den Oberkörper auf.

«Ich möcht's jetzt mal versuchen und aufstehen», beschied sie.

Sofort war Mia an ihrer Seite, half ihr auf die Beine und stützte sie am Arm ab. Dabei stieß die alte Laienschwester vor Freude ein glucksendes Lachen aus. Fünf langsame Schritte waren es bis zur Tür, fünf noch langsamere zurück zum Bett. Dort geriet Margret ins Taumeln und klammerte sich an Mias Schulter fest.

«Puh, was ist mir schwindelig!»

«Das ist nicht verwunderlich», grinste Konrad. «Deine Körpersäfte müssen erst wieder ordentlich in Schwung kommen.»

Mia nickte heftig zu seinen Worten und half Margret, sich auf die Bettkante zu setzen.

«Möchtest dich wieder hinlegen?», fragte Anna. «Sollen wir dich nicht lieber schlafen lassen?»

«Nein, bleibt, ich will noch ein bisschen hier sitzen», entgegnete Margret. «Bin so froh, dass ihr da seid.»

Plötzlich starrte sie Mia an, so eindringlich, dass Anna sie schon ermahnen wollte, nicht so zu glotzen.

«Bist du eigentlich seit deiner Geburt stumm?», fragte Margret schließlich.

Mia nickte.

«Das muss schlimm sein, wenn man nicht sprechen kann.» Sie schluckte. «Weißt du, was meine Mutter mir mal gesagt hat? Es wär besser gewesen, der liebe Gott hätt mich stumm in die Welt gebracht als mit solch einem gespaltenen Maul.»

Entsetzt verzog Mia das Gesicht, dann beugte sie sich zu dem Mädchen hinunter und umarmte es. Anna spürte, wie ihr vor Rührung über diese Geste die Tränen kamen.

«Jetzt ruhst dich noch ein wenig aus», sagte sie mit belegter Stimme, «und wenn das Mittagessen fertig ist, holen wir dich.»

«Bleibst du so lange bei mir?», fragte Margret die Laienschwester. Statt einer Antwort setzte sich Mia neben sie und griff nach ihrer Hand.

Das Stück Weges von der Krankenstube hinüber zur Küche im Konversenhaus schaffte Margret an Annas Arm schon, ohne zu schwanken. Dort wurde sie von den Männern und Frauen herzlich begrüßt.

«Ich hab für dich eigens eine kräftige Fleischbrühe gekocht», sagte die Köchin. «Das bringt dich wieder auf die Beine, du armes Ding.»

Christian schob die Unterlippe vor. «Müssen wir dann schon bald weiterwandern? Mir gefällt's nämlich hier.»

Ihm tat der Aufenthalt im Kloster sichtlich gut, fand Anna. Er hatte zugenommen und war voller Arbeitseifer dabei, wenn ihm die Laienbrüder eine Aufgabe übertrugen.

Sie knuffte ihn in die Seite. «Hast doch gehört, was Schwester Theres vorhin gesagt hat. Vier, fünf Tage braucht Margret noch. Dann sollten wir aber schleunigst los, bevor der Schnee in die Berge kommt.»

Das mit dem Schnee wirkte, wusste Anna doch, dass das Christians größte Furcht war.

«Es tut mir leid, dass ihr wegen mir so lange warten müsst», murmelte Margret und wirkte zerknirscht. «Wär ich nicht krank geworden, könntet ihr fast schon zu Hause sein.»

Das war nun reichlich übertrieben. Dass das Mädchen *ihr* statt *wir* gesagt hatte, versetzte Anna indessen einen Stich. Aber war das ein Wunder? Das, was Margret in Freiburg erwartete, war noch trostloser als ihr eigenes Schicksal, und wahrscheinlich grauste dem Mädchen vor der Heimkehr.

Sie wollte etwas erwidern, als die Köchin auf den Tisch schlug.

«Genug geschwatzt. Jetzt wird gebetet und gegessen – und zwar in Schweigen. Wir sind hier schließlich im Kloster.»

Völlig unerwartet sollten sie sich bereits am nächsten Tag wieder auf die Reise machen.

Margret war am Nachmittag zuvor nicht mehr in die Krankenstube zurückgekehrt, sondern hatte nicht nur an der Vesper, sondern auch an der Komplet, der Schlussandacht der Klosterfrauen, teilgenommen. Um hernach ihr Bettlager neben Anna im Schlafraum der Laienschwestern aufzuschlagen. Immer wieder hatte Anna im Halbschlaf gehört, wie sich das Mädchen von einer Seite auf die andere wälzte, und schon gefürchtet, dass Margret wieder krank würde. Als dann die Kirchenglocke die Nonnen zum Mitternachtsgebet rief, wollte Margret wahrhaftig aufstehen und sich anziehen, und nur mit Mühe hatte Anna sie zurückhalten können. Im Morgengrauen hatte Margret sie schließlich aus dem Tiefschlaf geholt.

«Wach auf, Anna – ich muss dir was sagen!»

«Was ist denn?» Benommen drehte Anna sich zur Seite. Die anderen schliefen noch, nur der Strohsack der Köchin war leer. Wahrscheinlich war sie in der Küche, das Herdfeuer anfachen.

«Ihr könnt euch heut auf den Weg machen», flüsterte Margret ihr zu. «Damit ihr nicht in den Schnee kommt.»

«Was redest du da?»

«Ich werde hierbleiben. Bei Mia und der netten Mutter Oberin und all den anderen.»

«Aber du kannst nicht einfach hierbleiben.» Erst ganz allmählich begriff Anna den Sinn der Worte.

«Doch. Ich will hier arbeiten, will das Gelübde als Laienschwester ablegen. Der Mia hab ich es gestern Abend schon gesagt, und sie findet es gut und richtig.»

Anna starrte sie an.

«Mia kann gar nicht reden», sagte sie schließlich und merkte im selben Augenblick, wie dumm ihre Bemerkung war.

«Das stimmt nicht. Ich verstehe immer, was sie meint. Jetzt schau nicht so bös, Anna. Was soll ich in Freiburg? Hier hab ich Arbeit, zu essen, warme Decken zum Schlafen – und vor allem hänselt mich keiner mit meinem hässlichen Mund. Es wär so wunderbar, wenn ich hierbleiben dürfte, kannst du das nicht verstehen?»

Das konnte Anna nur allzu gut.

«Weiß die Mutter Oberin davon?», fragte sie im Flüsterton, obwohl die Frauen rundum längst erwacht waren und, wie ihr schien, neugierig in ihre Richtung lauschten.

«Vielleicht denkt sie sich's, weil ich gestern bei den Stundengebeten dabei war. Ich will sie jetzt gleich fragen, bevor's zur Prim läutet. Vielleicht mag sie mich ja gar nicht nehmen.»

Damit war sie auch schon auf den Beinen und streifte sich ihren Kittel über. Plötzlich war das Mädchen umringt von den Laienschwestern, die sie unter großer Freude nacheinander in die Arme schlossen. Am meisten von allen strahlte die alte Mia.

Als sie sich wenig später zum Morgenessen versammelten, eröffnete Margret ihnen freudig, dass die Priorin sie im Kloster Mariahilf aufnehmen würde. «Ich soll den Winter über zur Probe bleiben, und dann darf ich Novizin werden.»

Da fing Christian zu weinen an.

«Wenn du hierbleibst», schniefte er, «dann will ich auch hierbleiben.»

Laienbruder Jost schüttelte den Kopf. «Die Zisterzienserinnen nehmen keine Knaben auf, nur Männer, die sich auf ein Handwerk verstehen.»

«Außerdem», Konrad legte ihm tröstend den Arm um die Schulter, «wolltest du nicht Priester werden? Da musst du schon mit uns nach Freiburg zurück.»

Sein Blick wanderte zu Anna.

«Wir sollten gleich nach dem Essen unsere Sachen packen und aufbrechen. Hilfst du mir dabei?»

Anna nickte beklommen. Mit einem Mal waren sie nur noch zu dritt, und noch dazu marschierten sie geradewegs in die dunkle Jahreszeit hinein. Eine Vorstellung, die ihr fast schon wieder Angst machte nach den geruhsamen Tagen im Kloster.

Nachdem sie gedankenverloren ihren Milchbrei gelöffelt und hernach das Dankgebet mitgesprochen hatte, holte sie Schaffell und Reiseumhang aus der Schlafkammer und brachte es zu Konrad in den Stall. Wenigstens war es trocken draußen, und mit ein bisschen Glück würde auch die Sonne durch die Wolken brechen.

«Noch ist gutes Wetter zum Reisen», murmelte Konrad, während Christian das gesattelte und gezäumte Pferd zum Stall hinausführte. Er wirkte angespannt. «Warum hattest du eigentlich neulich die Priorin nach Gottschalk gefragt?»

Anna sah ihn überrascht an. Dass er daran noch dachte!

«Es ist, weil ... Weil Gottschalk im Hospiz von Bruder Jakobus war, und das heißt doch, dass er denselben Weg nimmt wie wir.» Sie stockte. «Ich will ihm nicht begegnen.»

«Das werden wir auch nicht. Schau, er ist uns über eine Woche voraus, noch dazu sind er und sein Knecht zu Pferd unterwegs. Du brauchst dir keine Gedanken machen.» Er lächelte sie verunsichert an. «Oder hast du überhaupt Angst vor der Heimreise? Ich könnte dich verstehen – es ist noch ein weiter und nicht ungefährlicher Weg. Wenn du also auch lieber hierbleiben möchtest …»

Sie wich seinem Blick aus.

«Ganz kurz hab ich dran gedacht», gab sie schließlich zu. «Aber mir geht's da wie dir – ich würde mich eingesperrt fühlen in solch einem Kloster. Und so schlimm wird's schon nicht werden, das letzte Stück.»

Erleichterung zeigte sich auf seinem Gesicht. «Dann also los – gehen wir uns verabschieden.»

Die Konversen hatten sich am Brunnen versammelt – die Köchin mit einem Arm voll Wegzehrung und Margret mitten unter ihnen. Ein wenig traurig sah sie trotz allem aus, als Anna sie jetzt in die Arme schloss.

«Auf dass es dir hier gutgehen wird, Margret.» Sie kämpfte gegen die Tränen an. «Das wünsch ich dir von ganzem Herzen.»

«Danke! Ich vergess euch nicht und will für euch beten, dass ihr gut nach Hause kommt.»

«Soll ich deiner Mutter etwas ausrichten?»

Margret zögerte mit der Antwort. Schließlich sagte sie: «Ja. Sag ihr, wo ich bin und dass es mir gutgeht.»

Dann umarmte sie Christian und Konrad.

«So hat für dich diese Heerfahrt doch noch einen guten Ausgang genommen.» Konrad zwinkerte ihr zu. «Auch wenn du nicht bis Jerusalem gekommen bist.»

Er nahm von der Köchin die Vorräte entgegen und verstaute sie in den Packtaschen. Dabei sah er sich um.

«Wo sind die Nonnen? Von ihnen haben wir uns noch gar nicht verabschiedet.»

«Wahrscheinlich bei ihrer Morgenversammlung im Kapitelsaal, aber da darf keiner von uns stören», entgegnete Bruder Otto. Dann grinste er. «So könntest mir jetzt grad so gut noch beim Holzhacken helfen.»

Doch da kam die Pförtnerin auch schon gemessenen Schrittes auf sie zu.

«Ich sehe, ihr seid so weit. Die Mutter Oberin erwartet euch im Gästehaus. – Ihr anderen geht wieder an die Arbeit, die schafft sich schließlich nicht von allein weg.»

Ohne sich noch einmal umzudrehen, folgte Margret den Frauen ins Haus. Anna sah ihr nach: Dem Mädchen hätte nichts Besseres widerfahren können, und fast beneidete sie es um sein Glück.

Konrad tippte ihr gegen die Schulter. «Kommst du?»

Das Gästehaus war ein kleiner Anbau beim Klausurgebäude und sowohl vom Hof als auch vom Nonnenbereich her zugänglich. Ein einziges Mal war Anna in dem Häuschen gewesen, als sie die Räume hatte auskehren sollen. Die Schreibstube der Priorin, in die Schwester Theres sie nun führte, hatte sie allerdings nicht betreten dürfen. Jetzt staunte sie nicht wenig: Zwei Wände der Stube waren bis unter die Decke von Holzregalen verdeckt, die mit in Leder gebundenen Handschriften bestückt waren. So etwas hatte Anna nie zuvor gesehen, und auch Konrad bekam große Augen.

Im Licht eines hohen Fensters stand die Mutter Oberin an ihrem Schreibpult und lächelte sie an.

«So wollt ihr euch also wirklich schon auf den Weg machen?», fragte sie und legte die Feder beiseite, mit der sie eben noch etwas in ein dickes Buch eingetragen hatte.

«Ja», erwiderte Konrad. «Und wir wissen nicht, wie wir Euch für alles danken sollen, ehrwürdigste Mutter.»

«Nicht mir müsst ihr danken, sondern dem Herrn, da er euch gerade noch rechtzeitig hierhergeführt hat. Und wir alle freuen uns, dass Margret bei uns bleibt. Sie ist ein gutes Mädchen und wird sich wohl fühlen im Kloster. Hat euch die Köchin auch ordentlich mit Wegzehrung gerüstet?»

«Das hat sie, und auch hierfür von Herzen Dank.»

Vorwitzig beugte er den Oberköper ein wenig vor und studierte die Schriftzeichen im Buch, die noch von Feuchtigkeit glänzten. Die Priorin hatte sie wohl von dem Blatt abgeschrieben, das neben dem Buch lag. Dass eine Frau zu lesen und schreiben vermochte, verblüffte Anna.

«Du willst sicher wissen, was ich hier schreibe, nicht wahr?»

Konrad zuckte zusammen wie ein ertappter Schuljunge. «Verzeiht mir meine Neugier.»

Die Priorin lachte und sah gleich viel jünger aus.

«Es ist das Palästinalied, von einem gewissen Walther von der Vogelweide.»

Konrad nickte. «Ich kenne ihn. Ich durfte ihn einmal auf der Hochkönigsburg erleben, wie er zur Laute ein wunderschönes Minnelied vorgetragen hatte: *Du bist mein, ich bin dein, dessen sollst du gewiss sein …*»

Er unterbrach sich und wurde rot. Wieder lachte die Priorin.

«Nun, der Minnesang ist nicht so Sache von uns Klosterfrauen, aber ich kenne die hübschen Verszeilen auch. Diese Dichtung hier geht über eine Pilgerfahrt ins Heilige Land. Ich würde dir das Blatt, von dem ich gerade abschreibe, ja schenken, aber ich muss es leider dem Vaterabt zurückgeben.»

«Ja, nun denn …» Er wirkte noch immer verlegen. «Wir wollen Euch nicht länger stören, und es ist noch ein weiter Weg bis Innsbruck.»

«Bis Innsbruck werdet ihr es heut nicht mehr schaffen. Aber in Schönenberge gibt es das Hospiz einer Bruderschaft – richtet meine herzlichsten Grüße an Bruder Matthias aus, dann werdet ihr dort um Gotteslohn übernachten dürfen.»

Zum Abschied zog sie noch einen Zehrpfennig aus einer Geldschatulle, und als Anna überwältigt von so viel Großherzigkeit das Knie vor der Klostervorsteherin beugte, schloss diese sie warmherzig in die Arme.

«Gott schütze euch und bringe euch wohlbehalten nach Freiburg. Und dir, mein Junge: alles Gute auf deinem Weg zum Priester. Menschen wie dich braucht der Priesterstand, glaub mir.»

Kapitel 38

Durch die Berge Tirols, Mitte Oktober

Bei trockenem, wenngleich kühlem Wetter waren sie ohne Zwischenfälle bis zu jenem Hospiz des Bruder Matthias gekommen. Nach einer erholsamen Nacht und einem kräftigen Morgenimbiss hatten sie gegen Mittag den Inn erreicht, den sie gegen einen Pfennig Brückenmaut bei Innsbruck überquerten, ohne allerdings die wohlhabende Markt- und Handelsstadt zu betreten, und waren schließlich für ihr zweites Nachtlager gegen zwei Pfennige im Gesindehaus eines prächtigen Tirolerhofs untergekommen. Der lag am Fuße des Karwendels, ein mit seinen steil aufragenden Flanken und den gezackten, grauen Felsgipfeln fürwahr beeindruckendes Bergmassiv, das noch nie eine Menschenseele durchquert hatte.

Es waren zwei schöne Reisetage gewesen, befand Konrad. Zwar hatte Christian die ersten Stunden, nachdem sie das Kloster Mariahilf verlassen hatten, noch ein Gesicht gezogen und gemault, wie gut es die Margret doch habe, weil sie nicht mehr tagaus, tagein wandern müsse, doch dann hatten Anna und er begonnen, Lieder zu singen: Psalmen und Choräle, alte Trink- und Liebeslieder, alles, was ihnen so in den Kopf kam, und bald schon hatte der Junge am lautesten mitgesungen. Reisende, denen sie begegnet waren, hielten sie nicht selten für eine fröhliche kleine Familie auf dem Weg nach Hause, und wenn sie auf einer Bergmatte oder an einem Bächlein Rast machten und Anna mit genau bemessener Hand von ihrer Wegzehrung ausgab, dann hatte er sich jedes Mal vorgestellt, wie sie ihn in einem Überschwang von Freude plötzlich umarmen würde, geradeso wie Tage zuvor in der Klosterschmiede. Bei ihrer letzten Rast hinter Innsbruck musste er Anna so unverhohlen angestarrt haben, dass sie ihn gefragt hatte, ob irgendetwas an ihr seltsam sei, und er hatte unsinniges Zeug geschwatzt von einer Biene, die auf ihrer Schulter gesessen habe. Danach hatten sie keinen Atem mehr fürs Singen oder Reden gehabt, so steil war es vom Inn das Hochtal hinaufgegangen, hatten schließlich auf Christians Drängen hin schon am späten Nachmittag bei jenem Tirolerhof angeklopft, von dem aus sie heute Morgen losgewandert waren.

Wie gut, dass niemand Gedanken lesen konnte, dachte er, als sie jetzt eine von Waldbergen umstandene Hochebene erreichten. In Annas Augen hätte er sich wohl gehörig lächerlich gemacht mit seinen Hirngespinsten, erst recht als künftiger Priester.

«Das Ärgste haben wir überstanden», sagte er laut. «Der Einödbauer meinte, dass es ab hier recht bequem bis nach Mittenwald im Werdenfelser Land geht. Dort gibt's dann eine Reiseherberge.»

«Können wir trotzdem erst ein bisschen verschnaufen?», bat Christian.

Er nickte. «Hier oben muss ein See sein, da machen wir Halt.»

Schon zwei Wegbiegungen später lichtete sich der Wald. Vor ihnen lag ein kleiner See mit einer Kapelle am Ufer und etwas abseits davon ein Bauerndorf auf gerodetem Land. Neben der Kapelle führte ein mit Trittsteinen befestigter Weg zwischen dem schilfigen Ufer ins Wasser, wo einige jüdische Trödler eben ihre Maultiere tränkten.

«Ich geb dem Ross zu saufen», erbot sich Christian, streifte sich die Schuhe ab und stapfte mit dem Pferd ins Wasser.

«Hu, ist das kalt!», schrie er auf. Die Maultiere der Hebräer rissen erschrocken die Köpfe hoch, und Anna begann zu lachen. Sie sah in diesem Augenblick so glücklich und zufrieden aus. Und wunderschön dazu.

«Wollen wir in die Kapelle gehen?», fragte er sie.

Sie nickte.

Zu ihrer Enttäuschung war die Tür verschlossen. So verrichtete Konrad sein Gebet am Ufer des Sees, wobei sein Blick zum Himmel ging, der mit einem Mal alles andere als vertrauenerweckend aussah: Die leichten Federwolken vom Morgen hatten sich zu dichten Schleiern vereinigt, die nach Westen hin über den Berggipfeln hingen. Obendrein war auch der Wind plötzlich wärmer geworden, trotz der Höhe, auf der sie sich befanden. Ihm fiel ein, was der Einödbauer heut in der Früh gesagt hatte: «Achtet auf das Wetter – in der Nacht war ein Hof um den Mond. Das könnte Übles bedeuten.»

Nicht erst seit jenem Schneesturm wusste er, wie blitzschnell im Gebirge das Wetter umschlagen konnte, und ihn beschlich die Sorge, ob sie heute noch unbeschadet an ihr nächstes Ziel gelangen würden.

Eilig sprach er sein Amen und erhob sich.

«Du schaust so ernst drein», sagte Anna. «Was ist?»

Er deutete zum Himmel. «Das sieht nicht gut aus. Wir sollten aufbrechen.»

Eilig winkte er Christian heran, der eben damit begonnen hatte, flache Steinchen auf dem Wasser hüpfen zu lassen.

Konrad hätte sich ohrfeigen mögen, dass sie nicht schon in dem kleinen Bergdorf, an dem sie zu Mittag vorbeigekommen waren, Unterschlupf gesucht hatten: Eine riesige Wolke in Form eines Ambosses türmte sich über dem Bergstock zu ihrer Linken, dahinter war der Himmel fast schwarz! Auch das Pferd wurde zusehends unruhiger – schon blies der Wind ihnen kräftig ins Gesicht, rauschten die Baumwipfel bedrohlich über ihren Köpfen.

Als der erste Ast auf den Weg krachte, sprang die Stute erschrocken zur Seite.

«Wir müssen uns irgendwo unterstellen!», rief Konrad in den Sturmwind hinein.

«Aber hier ist nichts», kam es von Anna zurück. Auf ihrem Gesicht zeichnete sich Furcht ab. Und sie hatte recht: kein Unterstand für Waldarbeiter, keine Scheune weit und breit. Überhaupt schienen sie ganz allein auf der Welt zu sein.

Das Rauschen des Waldes wurde lauter, vermengte sich mit dem tiefen Ächzen der Baumstämme. Die plötzliche Gewalt des Sturmes ließ einen nicht mehr vorwärtskommen, und mit einem Mal brach Dunkelheit über sie herein, als ob es Nacht werden wollte.

Schon schoss der nächste, knüppeldicke Ast herunter, knapp vor Christians Füße. Der schrie auf.

«Ich will weg hier! Hab Angst!»

«Da drüben ist eine Höhle.» Konrad packte das Pferd beim Zügel. «Schnell den Hang hinauf!»

Es war nur ein kleines Stück durchs Unterholz, jedoch so steil, dass seine Stute wie eine Bergziege beim Klettern fast auf dem Bauch zu liegen kam. Aber sie schaffte es, genau wie

Anna, die als Erste den schmalen Absatz vor der Höhle erreichte. Äste und Tannenzweige peitschten inzwischen in einem fort durch die Luft, die ersten Blitze zerrissen grell die Dunkelheit. Konrad hielt sich an einem Strauch fest, streckte Christian die Hand entgegen, zog und schob ihn das letzte Stück hinauf.

Die Stute warf den Kopf in den Nacken und rollte mit den Augen, die Nüstern vor Aufregung dunkelrot aufgebläht. Warum nur zögerten Anna und Christian?

Ein Zweig traf Konrad schmerzhaft im Gesicht. «So geht schon rein!», schrie er. «Sonst will das Ross auch nicht!»

Endlich schlüpften die beiden durch den hohen, schmalen Spalt.

«Komm, alte Freundin, geh mir nach! Die Höhle da ist unsre Rettung, glaub mir …»

So sprach er besänftigend auf sein Pferd ein, bis es vorsichtig den ersten Huf setzte. Der Spalt war gerade so breit, dass es mitsamt Sattel hindurchpasste. Unter lautem Schnauben tastete sich das Tier vorwärts, bis es schließlich in der rabenschwarzen Finsternis zum Stehen kam. Unter seiner Hand spürte Konrad, wie seine Flanken zitterten.

«Bist eine ganz Tapfere.»

Dankbar klopfte er ihr den Hals. Sie waren in Sicherheit, während draußen der Sturm noch weiter an Fahrt aufnahm und zu einem wahren Orkan wurde.

«Anna? Christian?»

«Hier sind wir», kam es ein Stück weiter rechts von ihm zurück. Er tastete sich zu ihnen hin, berührte dabei Anna bei der Schulter.

«Hier kann uns nichts geschehen», beruhigte er die anderen und erst recht sich selbst.

Vor dem Eingang der Höhle indessen toste und lärmte es, als ginge die Welt unter, und bei jedem Donnerschlag schien der Berg bis ins Innerste zu erbeben. Da erhellte eine Folge von Blitzen das Innere, und Christian schrie auf.

«Ein Toter! Dort liegt ein Toter!»

Auch Konrad hatte es gesehen – an der hinteren Wand der Höhle, die etwa so tief wie ein großes Zimmer war, lagen die verblichenen Knochen eines Tieres.

«Das ist von einem Schaf oder einer Ziege», beruhigte er den Jungen. Wohlweislich verschwieg er, was er überdies entdeckt hatte im grellen Licht: nämlich den Abdruck einer Bärentatze!

Sein Herz schlug heftiger: Was, wenn sie in der Höhle eines Bären gelandet waren, der demnächst zurückkäme? Er wusste, dass diese Raubtiere vor ihrer Winterruhe alles in sich hineinschlangen, was ihnen vor die Pranken kam. Sie drei mitsamt dem Pferd wären eine willkommene Beute.

«Wir sollten ein Feuer machen», schlug er vor. «Seht euch um, wenn es blitzt, ob hier Holz oder Gestrüpp herumliegt.»

Sie mussten nicht lange warten, bis der nächste Blitz das Dunkel erhellte. Doch außer dem Skelett und einem Haufen vermodertem Laub, das sich in einer Ecke gesammelt hatte, war ihr Unterschlupf leer.

«Verdammt!», entfuhr es Konrad.

«Was machen wir jetzt?», fragte Anna leise.

«Wir müssen warten, bis das Unwetter vorüber ist. Was andres bleibt uns nicht übrig.»

Sofern es nicht blitzte, war es so dunkel hier, dass man die Hand vor Augen nicht sah. Nur im Eingangsbereich war es ein wenig lichter, feucht sprühte es von dort herein. Es hatte also auch noch zu regnen begonnen.

«Ich hab solche Angst!», jammerte Christian. «Ich will hier nicht bleiben. Hier wohnen bestimmt wilde Tiere. Oder schlimmer noch: Waldgeister und Dämonen!»

Konrad holte tief Luft. Er durfte nicht zeigen, dass er selbst Angst hatte.

«Wenn wir dicht beisammenbleiben, droht keine Gefahr. Stellt euch neben die Stute, das beruhigt sie. Ich binde derweil die Felle vom Sattel und richte uns ein Lager.»

Beim nächsten Blitz machte er eine Stelle ausfindig, die weit genug sowohl vom Eingang als auch von den Tierknochen entfernt war, scharrte dort den Laubhaufen zusammen und breitete die Schaffelle darüber.

«Jetzt haben wir's gemütlich weich wie auf einem Strohsack. Kommt her. Hierher zu mir.»

Er hörte Christian unsicher auf sich zutappen und zog ihn neben sich. Arm in Arm ließen sie sich auf dem Schaffell nieder.

«Anna?», rief er.

«Ich komme.»

Im Schein des nächsten Blitzes sah er sie vor sich stehen. Ihr Gesicht war weiß wie der Tod, die Augen furchtsam aufgerissen. Sie setzte sich ihm zur anderen Seite.

«Und? Hast du eben gerade wilde Tieren oder Dämonen gesehen?», fragte er den Jungen.

«Nein. Weil ... Dämonen kann man gar nicht sehen. Aber wenn sie einen packen, dann sind sie ganz kalt.»

«Was du alles weißt!» Er versuchte seiner Stimme einen munteren Klang zu geben. «Aber dann müsstest du auch wissen, dass Dämonen keinen Gesang mögen. Singen wir also.»

Er stimmte das Kinderlied an «Bist uns zulieb geboren, du holdes Jesuskind», und Anna fiel mit ihrer klaren Stimme ein. Bei der zweiten Strophe sang auch Christian mit, bis ein ohrenbetäubender Donnerschlag die ganze Höhle erzittern ließ.

Anna stieß einen unterdrückten Schrei aus. Da legte Konrad auch ihr den Arm um die Schultern und zog sie an sich.

«Hab keine Angst», sagte er. «Lass uns einfach weitersingen.»

So sangen sie in der Finsternis der Höhle gegen das Toben des Gewittersturms an, gegen alle Bären, Wölfe und Dämonen dieser Welt. Irgendwann hatte es zu blitzen aufgehört, und der Donner grollte nur noch aus der Ferne. Noch immer tobte draußen ein Sturm, aber er schien schwächer zu werden. Dafür schüttete es bald wie aus Kübeln.

Sie lauschten dem steten Rauschen des Regens. Noch immer hielt Konrad Anna fest im Arm, spürte ihre Wärme an seiner Seite, und wenn er sich ihr zuwandte, kitzelte ihr Haar an seiner Wange. Er wünschte sich, er könnte noch Stunden so neben ihr sitzen bleiben.

«Ich glaube, das Unwetter ist vorbei», sagte sie leise.

«Hoffen wir mal, dass es nicht zurückkommt», entgegnete er.

Christian scharrte mit den Füßen im Laub. «Kann denn ein Gewitter weggehen und wiederkommen?»

«Zwischen hohen Bergen schon. Da ist es dann wie gefangen.»

«Woher weißt du das alles? Das mit dem Wetter, den Dämonen, wie die Welt aussieht und überhaupt alles?»

Konrad musste lachen. «Von meiner Mutter und meinen älteren Geschwistern. Und aus klugen Büchern.»

«Wenn ich Priester werde, will ich auch in Büchern lesen. Und in der Heiligen Schrift.» Er stockte. «Aber ich kann's ja nicht. Kann grad mal meinen Namen schreiben.»

«Das ist doch schon ein Anfang. Ein guter Anfang. Ich werd es dich lehren, in Freiburg. Der Stadtpfarrer hat viele Bücher bei sich im Pfarrhaus.»

Langsam löste sich Anna aus seinem Arm. Dafür ergriff sie nun seine Hand.

«Sagst du mir noch mal das schöne Minnelied auf? Das ganze?»

Es brauchte einen Augenblick, bis Konrad verstand, was Anna meinte.

«Gern.» Er spürte, wie ihm plötzlich heiß wurde. «Es geht so: *Du bist mein, ich bin dein, dessen sollst du gewiss sein. Du bist beschlossen in meinem Herzen, verloren ist das Schlüsselein, du musst für immer darinnen sein.*»

«Das ist … sehr schön.»

Für einen Augenblick noch – viel zu kurz, wie Konrad fand – hielt sie seine Hand fest, bevor sie ein kleines Stück von ihm abrückte.

Lieber Gott, betete er im Stillen, bei allem, was mir heilig ist: Lass mich dieses Mädchen wohlbehalten nach Hause bringen!

Kapitel 39

Durch das Allgäu, Ende Oktober

*I*n Anna brannte es lichterloh. Seit jenen Stunden in der Höhle wusste sie, warum sie nicht auf Lanfrancos Angebot eingegangen und als seine Frau in der Lombardei geblieben war: Sie hatte längst ihr Herz an Konrad verloren. Als er in der Dunkelheit der Höhle den Arm um sie gelegt hatte, war ihr klargeworden, wie sehr sie sich zu ihm hingezogen fühlte, seit langem schon. Und ein wenig mochte er sie auch, das spürte sie.

Leider bescherte ihr dieses aufregende Gefühl kein Glück, ganz im Gegenteil: Wie dumm musste man sein, sich in einen angehenden Priester zu verlieben. Nein, sie musste stark bleiben und ihm zeigen, dass sie ihn lediglich als zuverlässigen Reisegefährten schätzte. Oder besser noch gleich so tun, als ob er ihr nichts bedeutete.

Wenn das nur nicht so schwerfiele! Obwohl das schreckliche Unwetter bereits drei Tage zurücklag, glaubte sie noch immer seinen Arm auf ihrer Schulter, seinen Körper an ihrem zu spüren, wenn sie die Augen schloss. Auch wenn sie sich wieder und wieder sagte, dass ihnen keine gemeinsame Zukunft beschert war, konnte sie nicht anders, als seine Nähe genießen. Es war so schön, an seiner Seite durch die Lande zu wandern, ihm dabei zuzuhören, wenn er ernst und gewissenhaft auf Christians bohrende Fragen einging. Wenn er dabei wieder einmal auf seine weitschweifende Art vom Hölzchen aufs Stöckchen kam, musste sie an sich halten, nicht zu lächeln.

Für den Jungen war Konrad seit den Stunden in der Höhle ein Held, hatte er doch Teufel, Dämonen und wilde Tiere von ihnen ferngehalten. Dabei hatte Konrad ihr am Abend in Mittenwald unter vier Augen gestanden, welch große Angst er selbst gehabt hatte, nachdem er die Spuren eines Bären entdeckt hatte.

Manchmal, wenn sie so neben ihm hermarschierte, stellte sie sich ihn im Priesterornat vor, als einen reifen Mann, dem die Menschen ihr Herz ausschütteten, denn ein solcher Priester würde er mit Sicherheit sein. Hierbei verspürte sie fast so etwas wie Eifersucht. Ihre Wege würden sich in Freiburg trennen, und dann wäre er für andere Menschen da – auch für andere Frauen. Wie Stadtpfarrer Theodorich, zu dem sie selbst und ihre Mutter immer großes Vertrauen gehabt hatten. Ja, es war schon recht, dass die Priester keine Ehe eingehen durften, mussten sie sich doch ganz und gar auf Gott und ihre Gemeinde besinnen.

So hatte sie schweren Herzens beschlossen, sich aus den Gesprächen unterwegs herauszuhalten. Konrads Blicken wich sie von nun an aus. Das fiel ihr nicht schwer, denn wenn sie nur daran dachte, dass ihre gemeinsame Zeit bald schon ein Ende finden würde, brach die Schwermut über sie herein.

Erst gestern Nachmittag hatte er sie gefragt, warum sie so bedrückt wirke. Ob sie womöglich eine Krankheit ausbrüte? Sie hatte ihre Schweigsamkeit auf das feuchtkalte, regnerische Wetter und die anstrengende Wegstrecke geschoben, und ganz gelogen war das nicht. In Partenkirchen nämlich hatten sie die uralte Fernstraße der Pilger und Händler verlassen und quälten sich seither bergauf, bergab über schlechte Wege und schmale Saumpfade, löchrig oder mit Baumwurzeln durchsetzt, die oft für lange Zeit durch völlige Einsamkeit führten. Um ausgiebiger zu rasten, war das Wetter zu schlecht, und so war sie auf den Abend hin tatsächlich jedes Mal reichlich erschöpft gewesen.

Obendrein hatten sie die letzten beiden Nächte recht unbequem bei armen Bauern im Stroh übernachtet, nur mit einem Stück trocken Brot zum Morgenessen. Nicht nur wegen der Annehmlichkeiten wäre ihr eine Herberge mit getrennten Schlafkammern wie in Mittenwald lieber gewesen – viel zu nah war Konrad ihr im Stall gewesen, und anstatt in erholsamen Schlaf zu fallen, hatte sie in der Stille der Nacht auf seinen Atem gelauscht. In der vorigen Nacht dann hatte er sich unruhig im Stroh gewälzt und dabei unverständliches Zeug vor sich hin gemurmelt. Wäre nicht Christian zwischen ihnen gelegen – sie hätte wohl irgendwann den Arm nach ihm ausgestreckt.

«Bald sind wir draußen aus dem Gebirge», hörte sie Konrad sagen, während sie sich vorsichtig den abschüssigen Weg hinuntertasteten. «Dann wird es einfacher, ihr werdet sehen.»

Christian verzog das Gesicht. «Das hast du heut Morgen auch schon gesagt, und es sind immer noch lauter hohe Berge um uns.»

«Ich versprech's euch: Heute Abend übernachten wir bei den Benediktinern von Sankt Mang, in richtigen Betten, und gute

Kost wird man uns auch vorsetzen. Ich kenne nämlich den Abt, er wird uns die Aufnahme nicht verweigern. Er war vor Jahren Mönch in Sankt Gallen, genauer gesagt Magister, also Schulmeister, von uns Scholaren.»

Sie hielten inne, da ein steiniger Gebirgsbach ihren Weg durchschnitt und die schmale Holzbrücke in Trümmern lag.

Konrad pfiff durch die Zähne. «Da müssen wir wohl oder übel über die Steine klettern.»

«Ich geh als Erstes!», rief Christian begeistert.

Geschickt wie eine Gämse kletterte er von Stein zu Stein, ohne sich nasse Füße zu holen, dann lockte er erfolgreich das Pferd zu sich herüber.

«Komm!» Konrad reichte Anna die Hand, doch sie lehnte ab.

«Ich schaff das allein.»

Mit zusammengekniffenen Lippen überwand sie Stück für Stück den Wildbach, nur um kurz vor dem Ufer doch noch abzurutschen und mit dem linken Bein bis zum Knie im Wasser zu landen.

«Mist!»

Sie sah, wie Konrad hinter ihr mühsam das Lachen zurückhielt, und ärgerte sich noch mehr über ihre Ungeschicklichkeit. Zum Glück war das Wasser flach und die Strömung nicht besonders stark.

«Was gibt's da zu feixen? Jetzt hab ich einen klatschnassen Schuh.»

«Und ich zwei!», gab Konrad zurück.

Sprach's und ließ sich von seinem Felsstück mit gerafftem Rocksaum ins Wasser gleiten. So watete er mit breitem Grinsen mitten durch den Bach, erklomm auf der anderen Seite die Uferböschung und zog sie zu sich hinauf. Ihr Herz tat einen erschreckten Sprung, als er sie plötzlich mit beiden Armen umfasst hielt und einen Atemzug lang an sich drückte. Sogleich ließ er sie wieder los.

«Entschuldige …», murmelte er, woraufhin Anna sich nach Christian umblickte. Der stand einen Steinwurf entfernt bei der grasenden Stute und blickte in die andere Richtung. Offenbar hatte er nichts bemerkt.

Konrad hatte sich wieder gefasst.

«Jetzt müssen wir barfuß zu den Benediktinern – ganz wie bußfertige Pilger», versuchte er zu scherzen und streifte sich die vor Nässe triefenden Schuhe ab. «Hängen wir sie an den Sattel, vielleicht sind sie trocken bis Sankt Mang. Immerhin regnet es nicht mehr.»

«Wie weit ist es bis zu diesem Kloster?», fragte sie, noch immer verlegen.

«Ich schätze, drei oder vier Wegstunden. Jedenfalls sind wir vor Einbruch der Dunkelheit da.»

Am nächsten Tag fanden sie sich mitten im Alpenvorland wieder, einem anmutigen Landstrich mit sanften Hügeln, üppigen Viehweiden und blauen Seen. Die zerklüfteten Felsspitzen der Berge mit ihren Schneefeldern lagen hinter ihnen – sie hatten es tatsächlich geschafft!

Konrad mochte es kaum glauben: Zum zweiten Mal schon hatten sie das gefährliche Hochgebirge überwunden, und wie zum Lohn für ihre Mühen war das Wetter umgeschlagen. Die Sonne schien warm von einem weiß-blauen Himmel und brachte das letzte goldene Laub der Bäume zum Leuchten.

Verstohlen beobachtete er, wie Anna sich die Schuhe abstreifte und barfuß über das weiche Gras zum Seeufer rannte. Was war nur in ihn gefahren, dass er sie gestern am Bach einfach so umarmt hatte? Er würde sie nie wieder berühren dürfen, das hatte er sich eisern geschworen. Auch wenn er sich nichts auf der Welt sehnlicher wünschte. Ein anderer in seiner Haut hätte sich gesagt, dass der Weg bis Freiburg und erst recht bis zur Priesterweihe noch weit sei, doch er verbot sich, seinen Gefühlen und Wünschen freien Lauf zu lassen. Er wäre sich vorgekommen, als würde er Anna benutzen, um sie dann zu gegebener Zeit wieder fallenzulassen. Und bei der Vorstellung, sie zur Konkubine zu machen, wie es so viele Geistliche taten, eine Kebsehe in aller Heimlichkeit zu führen, schüttelte es ihn innerlich.

Eine Hand zupfte ihn am Ärmel.

«Wollen wir hier nicht Rast machen und was essen?», fragte Christian. «Hier ist es so schön.»

«Na gut. Hol Anna her, und dann schauen wir nach, was die netten Mönche uns zum Essen mitgegeben haben!»

Er schnallte die Packtasche ab, zog der Stute das Zaumzeug vom Kopf und gab ihr einen Klaps auf die Flanke, woraufhin das Tier ins Wasser trottete und zu saufen begann. In gehörigem Abstand ließ er sich neben Anna auf der Wiese nieder und sah zu, wie sie die Tasche auspackte.

Der alte Abt hatte es wahrlich gut mit ihnen gemeint. Nicht allein, dass er sie mit offenen Armen aufgenommen hatte – nach den langen Jahren hatte er Konrad tatsächlich wiedererkannt! – und sie nach einem üppigen Abendessen bei ihm im Abtshaus hatten nächtigen dürfen: Auch für ihre Reise hatte er ihnen wahre Köstlichkeiten mitgegeben. Da fanden sich Äpfel und Birnen, hartgekochte Eier, ein großer Kanten Käse, ein Ring Hartwurst und dazu so viel Brot, dass es für drei Tage reichte.

Christian gingen schier die Augen über, als er all das auf dem Tuch ausgebreitet im Gras liegen sah. Weder Konrad noch Anna tadelten seinen Heißhunger, mit dem er alles in sich hineinschlang. Der Junge war am Wachsen, eine ganze Handbreit war er größer geworden seit dem Sommer, und darben hatte er oft genug müssen. Konrad selbst hatte keinen Hunger, musste sich fast zwingen, wenigstens ein bisschen Käse und Wurst zu essen.

«Hier ist's viel schöner als in den Bergen», brachte Christian mit halbvollem Mund hervor. «Und viel schöner als in der Lombardei, wo's immer so heiß war.»

Anna fuhr ihm durchs Haar. «Das liegt daran, weil wir Herbst haben, du Kindskopf. Aber recht hast du trotzdem. Es ist wunderschön hier. Und das Laufen strengt überhaupt nicht mehr an.»

Der Junge nickte. «Dann sind wir bestimmt bald in Freiburg. Oder was meinst du, Konrad?»

«So schnell nun auch wieder nicht. Gut zwei Wochen werden wir schon noch brauchen.»

«So lang?» Christian riss erschrocken die Augen auf, und Konrad musste lachen.

«Der Abt von Sankt Mang hat uns doch den Weg aufgezeichnet: Von hier geht's immer in Richtung Sonnenuntergang bis zum Bodensee, dort am Ufer entlang bis Konstanz. Allein das dauert wohl eine knappe Woche. Von Konstanz dann den Hochrhein entlang, bis wir in Basel sind – vielleicht erinnerst du dich noch an diese große Stadt am Rheinknie. Den restlichen Weg dann immer das Rheintal hinunter bis in den Breisgau. – Also iss dich satt, damit du bei Kräften bleibst, bis wir zu Hause sind.»

Er streckte die Beine aus, lehnte sich auf die Ellbogen und betrachtete den kleinen See, in dem sich das Blau des Himmels spiegelte. Wenn das Wetter einigermaßen hielt, würden sie wirklich gut vorankommen. Sorgen machten ihm eher die Übernachtungen: Hier im Alpenvorland, abseits der großen Handelswege, gab es weder Reiseherbergen noch Klöster, nur Bauerndörfer und Einödhöfe. Und da hing die Suche nach

Obdach jedes Mal davon ab, wie die Einheimischen auf Fremde zu sprechen waren.

«Zu Hause», wiederholte Anna neben ihm leise und starrte gedankenverloren zu Boden. Plötzlich hob sie mit einem Ruck den Kopf.

«Zu Hause in Freiburg werden sich unsere Wege trennen, nicht wahr?»

Es dauerte einen Augenblick, bis Konrad verstand, dass sie ihn meinte. Er richtete sich auf. «Ich fürchte, dass Pfarrer Theodorich längst einen anderen Altardiener und Priesteranwärter für eure Pfarrkirche gefunden hat.»

«Das heißt, du wirst in eine andere Stadt gehen.» Sie wandte das Gesicht ab.

«Das muss ich wohl. Dabei hätte es mir in Freiburg gut gefallen …»

Er stockte. Wegzugehen war gewiss das Beste – mit Anna in derselben Stadt zu leben, würde er kaum aushalten. Unsicher fuhr er fort:

«Aber es wird sich schon alles finden. Ich könnte mich weiterhin als Lektor verdingen. Gute Lektoren sind gesucht, überall in den deutschen Landen. Können die meisten doch nicht mal richtig Latein, ja sogar Lesen und Schreiben nur mit Ach und Krach.»

«Und wann bist du dann endlich ein Priester?», fragte Christian dazwischen.

«Das dauert seine Zeit. Erst im gestandenen Mannesalter weiht unser Bischof von Konstanz einen zum Priester – wahrscheinlich will man vermeiden, dass allzu junge Männer sich …» Wieder unterbrach er sich. «Jedenfalls ist es ein langer Weg dahin, und selbst ich, der ich studiert habe, muss noch vieles lernen, um die höheren Weihen zu erlangen und am Ende Priester zu werden.»

Ein sehr langer Weg, dachte er und ließ sich zurück ins Gras fallen. Dabei litt er mit jedem Tag, mit jeder Stunde mehr daran, dass er Anna seine Gefühle für sie nicht offenbaren durfte und konnte.

Kapitel 40

Am Bodensee, Ende Oktober

Drei Tage später hatten sie den Bodensee bei Bregenz erreicht, an dessen Südufer es nun weiterging – inzwischen allerdings bei nasskaltem, stürmischem Wetter. Auf den Wellen der endlos grauen Wasserfläche des Sees tanzten Schaumkronen, und längst hatten sie ihre Kapuzenumhänge wieder umgelegt.

Beinahe hätten sie einen Umweg genommen, um für ein paar Tage im nahen Sankt Gallen Konrads Bruder zu besuchen. Konrad selbst hatte diesen Vorschlag gemacht, denn wann würde er schon das nächste Mal in diese Gegend kommen? Annas Herz hatte einen Sprung gemacht: Damit wäre sie einige Tage länger an seiner Seite. Zu ihrer Enttäuschung hatte er es aber sogleich wieder verworfen.

«Nein, wir sollten baldmöglichst in Freiburg sein, bevor die ersten schweren Winterstürme oder gar Schneefälle über uns hereinbrechen.»

Anna hatte nur stumm genickt. Ja, das war vernünftig. In jeglicher Hinsicht. So verlockend diese Aussicht auch gewesen wäre, hätte es ihre Zerrissenheit nur verlängert. Schließlich würde er sie in Freiburg ohnehin verlassen, und bis dahin musste sie hart gegen sich selbst bleiben. Sie wusste jetzt auch, was sie nach ihrer Rückkehr tun würde, sich nämlich eine Stelle als Magd suchen, irgendwo im Breisgau, um von ihrem Vater wegzukommen. Nie wieder wollte sie sich ihm unterordnen, dazu hatte sie in den letzten Monaten zu viel erlebt. Sie war nicht mehr das kleine Mädchen, dem er mit seinen Anfällen von Jähzorn Angst machen konnte.

Die Straße wurde schmaler und matschiger. Wie die anderen Wanderer auch, denen sie sich angeschlossen hatten, kämpfte Anna mit verbissener Miene gegen den scharfen, nassen Westwind an.

«Bald sind wir in Konstanz», hörte sie Konrad sagen. «Dort suchen wir uns eine Reiseherberge mit trockenen Schlafkammern und einem warmen Abendessen.»

«Haben wir überhaupt noch Geld?», fragte Christian.

«Für Konstanz wird's grad noch reichen.»

«Heben wir das Geld lieber für Notfälle auf», wandte Anna leise ein.

«Hast dich wohl schon an die Nächte in Kuhstall und Heuschober gewöhnt?»

Darauf erwiderte sie nichts.

«Nun ja», begann er nach einem Moment des Schweigens erneut, «vielleicht können wir ja in der Bischofspfalz um Unterkunft bitten, wenn ich sage, dass der Freiburger Stadtpfarrer mein Gönner und Lehrherr ist. Oder besser noch, wir klopfen an der Domschule an, und ich stelle mich als ehemaligen Scholar von Sankt Gallen vor. Dort wird man unsereins eher aufnehmen. Wir könnten es natürlich auch bei den Augustiner-Chorherren vom Kloster Kruzelingen versuchen, das liegt noch vor Konstanz …»

Ihr war es einerlei, wo sie den Rest ihrer Reise nächtigen würden.

«Also, Anna – was meinst du dazu?»

Sie wollte eben zu einer Antwort ansetzen, als nahendes

Hufgetrappel sie aufschreckte. Gerade noch rechtzeitig sprangen sie und die anderen Wandersleute zur Seite, da preschte auch schon ein Dutzend Reiter, in prächtigen Farben gewandet, einige in halbem Harnisch, an ihnen vorbei, dass der nasse Boden nur so aufspritzte. Der erste Reiter hielt ein schwarzes Banner in die Luft, auf dem rechts und links des goldenen Schrägbalkens je ein Löwe abgebildet war. So viel konnte Anna gerade noch erkennen, als die Horde auch schon an ihnen vorbei und hinter der nächsten Wegbiegung verschwunden war. Sie wischte sich die Schlammspritzer aus dem Gesicht.

«Wahrlich hohe Herrschaften seid ihr, dass ihr einen fast über den Haufen reitet», schrie Konrad ihnen hinterher. Auch der Wanderkrämer vor ihnen stieß wütende Flüche aus.

«Wer war das?», fragte Konrad ihn.

«Der Kyburger und sein Gefolge. S'ist immer dasselbe mit denen: Der gemeine Mann ist Luft für sie.»

«Kyburger?»

«Sag ich doch, der Graf Ulrich, Herr über den Thurgau. *Mein* Herr ist's zum Glück nicht, ich bin aus Konstanz. – Ja, hört das denn gar nimmer auf?»

Abermals mussten sie zur Seite treten, diesmal für zwei einzelne Reiter, deren Gewänder gleichfalls hohen Stand verrieten. Gegen Wind und Wetter hatten sie ihre Hauben tief ins Gesicht gezogen, ihre Rösser schnaubten aufgeregt, als die Männer sie durchparierten, um dann doch halbwegs gemäßigt an den Fußgängern vorbeizutraben.

«So gehört sich das.» Der Wanderkrämer drehte sich grinsend zu ihnen um. «Aber das waren auch keine Kyburger. Dem Wappen auf den Schabracken nach gehören die zu den Herren von Hugelshoven, Dienstleute des Konstanzer Bischofs. Aber viel besser sind die auch nicht.»

Kein Vaterunser später entdeckte Anna die beiden Männer

neben ihren Pferden am Waldrand, halb verborgen im Dickicht. Sie schienen die Gruppe der Wanderer zu beobachten, und ein angstvolles Gefühl beschlich sie. Strauchritter und Halunken gab es überall auf der Welt, diese Erfahrung hatte Anna auf ihrer langen Reise leider gemacht, nur: Was gab es bei einer eher ärmlichen Schar wie der ihren, bei heimkehrenden Pilgern, Kleinkrämern und Scherenschleifern, schon zu holen?

Noch bevor sie ganz heran waren, saßen die Männer zu ihrer großen Erleichterung wieder auf und sprengten davon. Wahrscheinlich hatten sich die beiden im Schutz des Wäldchens nur erleichtert – auch Ritter mussten schließlich hin und wieder ihre Notdurft verrichten.

Den Grund für die rücksichtslose Eile der Kyburger Reiter erfuhren sie, als sie um die Mittagsstunde in ein Pfarrdorf gelangten. Schon von weitem hatten sie die Kirchenglocken läuten hören, und dort, wo ihr Weg den mit Gras bewachsenen Anger berührte, fanden sie sich in einem großen Menschenauflauf wieder. Der feine Sprühregen hatte inzwischen aufgehört, der Wind sich gelegt, und so gab sich das ganze Dorf ein Stelldichein, mit Kindern jeglichen Alters, mit Siechen, Gebrechlichen und Greisen, die sich auf Krücken daherschleppten, dazwischen tummelten sich magere Hunde, Ziegen an Stricken, freilaufende Schweine mit dem Rüssel im Dreck. Sogar eine Handvoll Edelleute hatte die Neugierde hierhergetrieben.

Unwillkürlich reckte Anna den Kopf: Unter dem ausladenden Birnbaum auf einer leichten Anhöhe wurde Gericht gehalten. Der rot gewandete Richter, in dem Anna den Grafen von Kyburg wiedererkannte, hielt Vorsitz auf einer Art Thron, auf den Bänken neben ihm hatten sich seine sieben Urteiler versammelt. In entspannter Haltung, die Beine übergeschlagen, waren sie ins Gespräch vertieft. Da erst entdeckte Anna, dass zu ihren Füßen der Leichnam einer Frau aufgebahrt lag!

Sie unterdrückte einen Aufschrei. «O Gott, was ist da bloß geschehen?»

Der alte Mann vor ihr drehte sich um.

«Ein Notgericht – ein Meuchelmörder ist angeklagt», gab der bereitwillig Auskunft. «Und stellt euch vor: 's ist unser Dorfschultes selbst! Letzte Nacht soll er seine treue Ehegefährtin im Schlaf hinterrücks erwürgt haben! Er will's aber nicht gewesen sein. Gesehen hat's keiner, alle im Dorf und rundum wurden schon ausgefragt. Aber es konnten auch keine sieben ehrbare Eideshelfer gefunden werden, damit er seine Unschuld beschwören darf. Jetzt können ihm nur noch der Herrgott und unser Pfarrer helfen.»

Der arme Mann, dachte Anna. Und Konrad, der jetzt allzu dicht neben ihr stand, murmelte: «Besonders beliebt war der Schultes in seiner Gemeinde wohl nicht.»

Sie wollte schon weitergehen, als der Fronbote auf der Anhöhe erschien, erkennbar an seinem grünen Gewand und dem grünen Hut. Am Strick hielt er den gebundenen Missetäter, einen barhäuptigen, bärtigen Mann im losen Hemd, den er sogleich dreimal mit lautem Mordgeschrei um die Gerichtsbänke führte. «Zeter über den Mörder, der in diesem ehrbaren Dorf seine Mordtat begangen hat», rief er bei jeder Runde aufs Neue, und sein Gefangener wankte dabei bedenklich hin und her.

Anna schluckte. Wahrscheinlich hatte der Angeklagte den ganzen Tag mit Händen und Füßen im Stock verbracht. Als er jetzt vor seinem Richter zu stehen kam und weinend seine Unschuld beteuerte, musste der Dorfpfarrer ihn stützen. Das aufgeregte Murmeln und Raunen rundum – «Hat er's getan? Hat er nicht?» – verstummte erst, als sich einer der Urteiler von der Bank erhob und gegen den Richter wandte.

«Wie mag man den Armen nun strafen, Herr, damit er das

nimmer tue, falls er's getan hat, und wie Gerechtigkeit erfahren lassen, falls er's nicht getan hat?»

«So wollen wir denn als letztes Mittel mit Gottes Hilfe nach Recht und Wahrheit suchen», gab der gräfliche Richter zur Antwort. «Lasst uns den Allmächtigen um Offenbarung der Schuld oder Unschuld anrufen. Die Eisenprobe wird es zeigen: Bleibt der Angeklagte dabei ohne Versehrung oder verheilt seine Wunde binnen drei Tagen, so gelte seine Unschuld als erwiesen. Andernfalls möge er mit dem Strick zu Tode gebracht und sein Haus zerstört werden!»

Jemand schleppte eine Pfanne mit glühenden Kohlen heran, ein anderer steckte nahe des Gerichts, dort, wo der Hügel weiter anstieg und für Volk wie Gerichtsherren gut sichtbar war, eine Strecke von etwa zwölf Fuß ab. Anna ahnte, was kommen würde: Mit bloßen Händen würde der arme Mann ein glühendes Eisen von einem Stecken zum nächsten tragen müssen.

«Ich will das nicht sehen!», flüsterte sie Konrad zu. Sie hatte genug.

«Hast recht. Gehen wir.»

Da erst bemerkte sie, dass Christian nicht mehr bei ihnen stand.

«Christian ist weg!»

«Herr im Himmel! Geh du schon mal vor und warte auf uns. Ich suche ihn.»

Ungeachtet Konrads Anweisung zwängte sie sich hinter ihm durch die gaffende Menschenmenge, nicht ohne böse Anfeindungen über sich ergehen lassen zu müssen, bis sie endlich den Jungen auf einem Zaunpfahl hocken sah, ganz dicht am Geschehen. Eben gerade wurden dem zitternden Angeklagten die Handfesseln gelockert, seine nackten Füße waren bereits solchermaßen zusammengebunden, dass er nur kleine Schritte machen konnte. Eine Gruppe junger Ritter schloss Wetten darüber ab, wie das Urteil wohl ausgehen würde.

«Komm da runter!» Fast grob zerrte Konrad Christian von dem Pfahl weg.

«Will aber wissen, wie der Herrgott entscheidet.»

«Das weiß der arme Mensch eh erst in drei Tagen – zunächst wird er sich gehörig die Haut verbrennen. Jetzt komm schon. Machen wir lieber weiter mit unseren Lateinstunden, da hast du mehr davon.»

Sie zogen den maulenden Jungen hinter sich her zur Straße zurück, als das Schmerzensgebrüll des Dorfschultes sie alle zusammenzucken ließ.

Anna holte tief Luft. «Was bin ich froh, dass wir das nicht mit ansehen müssen.»

Beklommen setzten sie ihren Weg fort und hatten das Dorf bald hinter sich gelassen. Ganz allein waren sie nun unterwegs auf dem Sträßchen in Richtung Kloster.

Auch Konrad verspürte Erleichterung darüber, das schauerliche Schauspiel weit weg zu wissen – als Kind war er einmal dabei gewesen, wie einer des Diebstahls angeklagten Bauersfrau nach der Eisenprobe die Haut in Fetzen von Händen und Unterarmen gehangen hatte. Ihre gellenden Schreie, bevor sie in Ohnmacht gefallen war, hatte er jetzt erneut im Ohr.

Er schrak auf durch Hufgetrappel, das rasch näher kam. Zwei Reiter in blau-weißen Gewändern galoppierten auf sie zu, und als sie viel zu schnell näher kamen, erkannte er in ihnen die beiden von zuvor, die der Krämer als die Herren von Hugelshoven bezeichnet hatte. Warum nur hatten sie ihre Gesichter mit Tüchern verhüllt? Und warum machten sie keinerlei Anstalten, langsamer zu werden? Stattdessen zogen sie ihre Streitäxte aus dem Gürtel …

«Zur Seite!», brüllte er, während er seine Stute vom Weg scheuchte. Christian, der hinter ihnen gegangen war, konnte sich gerade noch rechtzeitig ins Gestrüpp am Wegrain retten. Da bäumten sich die Rösser schon so dicht vor ihm auf, dass Konrad ihre mächtigen Hufe vor Augen hatte. Die Reiter sprangen mit erhobener Waffe vom Pferd, schützend hielt sich Konrad den Arm vor das Gesicht – «Anna!», hörte er sich noch lauthals schreien –, da traf ihn auch schon die Axt mit der stumpfen Seite am Schädel, woraufhin die Welt schlagartig in Dunkelheit versank.

Kapitel 41

Burg Schleifenrain

Stöhnend fasste sich Konrad an den schmerzenden Schädel und zog verdutzt die Hand zurück: Sie war blutverschmiert. Vor seinen Augen begann alles zu verschwimmen, und er ließ den Kopf ins Gras zurücksinken. Fast wäre er wieder in dieses dunkle Nichts zurückgedämmert, hätte ihm nicht jemand stetig gegen die Wangen geklopft. Als er mühsam die Augen öffnete, sah er über sich zwei Gesichter: Das eines rechtschaffenen, einfachen Bauern und das von Christian, der haltlos vor sich hin schluchzte. Der Bauer hielt ihm einen Schlauch mit Wasser an die Lippen, und Konrad trank dankbar in kleinen Schlucken.

Wie aus einem grauen Nebelschleier kehrte seine Erinnerung zurück: Sie waren von zwei Reitern überfallen worden, von zwei mit Tüchern vermummten Reitern, und das Einzige, worauf es diese Strauchdiebe abgesehen haben konnten, war sein Pferd.

«Wo … ist das Ross?» Er versuchte den Oberkörper aufzurichten und sah zu seiner großen Erleichterung die Stute friedlich unter einem Baum grasen.

Da fing Christian zu schreien an: «Die Anna ist fort! Verstehst du nicht? Die Anna!»

«Was sagst du da?», stammelte er, ohne den Sinn der Worte so recht zu begreifen.

«Die Ritter … Sie haben die Anna mitgenommen!»

Als habe ihm erneut jemand einen Schlag versetzt, sackte er in sich zusammen. Eiseskälte fuhr ihm in die Glieder. Das, was er auf dieser Reise außer Tod und Teufel am meisten gefürchtet hatte, war eingetroffen: Strauchritter hatten Anna auf ihre Burg entführt!

«Wart, ich helf dir auf.» Der Bauersmann griff ihm mit seinen kräftigen Händen unter die Achseln und zog ihn in die Höhe. Mit besorgtem Blick betrachtete er Konrads Wunde am Hinterkopf.

«Hat zu bluten aufgehört. Aber besser kommst mit mir in meine Hütte. Mein Weib versteht sich aufs Wundheilen.»

«Ich danke dir, guter Mann. Aber ich muss das Mädchen finden.»

«Weißt überhaupt, wo du suchen willst?»

Konrad nickte. Allmählich begann sein Kopf wieder zu arbeiten. Es waren dieselben Ritter gewesen, die sie schon auf dem Weg zum Grafengericht überholt hatten und zu den Herren von Hugelshoven gehörten. Waren da diese Erzlumpen nicht am Waldrand stehen geblieben und hatten sie beobachtet? Fast glaubte er sich zu erinnern, die beiden in ihren blau-weißen Gewändern auch bei der Gruppe der jungen Ritter gesehen zu haben, die auf den Ausgang der Eisenprobe Wetten abgeschlossen hatten. Er hätte es wissen müssen, hätte viel besser auf der Hut sein müssen. Diese verdammten Schurken hatten

Anna schon lange vor dem Überfall ausgespäht, hatten nur auf eine günstige Gelegenheit gewartet …

«Weißt du, wo die Hugelshover ihre Burg haben?», fragte er den Bauern.

Der runzelte finster die Stirn.

«Mit denen würd ich mich nicht anlegen. Sind gottlose Gesellen – der Alte wie auch seine beiden Söhne. Zertrampeln uns die Felder bei der Jagd, nehmen sich, was sie grad brauchen, und kein junges Weib ist vor denen sicher. Es heißt sogar, die Herrin von Hugelshoven hält ihre Mägde zur Hurerei an, führt sie ihrem Gemahl und den Söhnen zu. Pfui Teufel!»

Er spuckte aus und bekreuzigte sich dabei.

«Wo also ist die Burg?» Konrad ballte die Fäuste.

«Den Weg ein Stück zurück bis zu der Eiche da droben auf dem Hügel. Dort geht ein Weg gen Mittag ab, den dann immer weiter durch einen Wald durch bis zum nächsten Dorf. Das gehört schon denen von Hugelshoven.»

«Wie weit ist das?»

«Zu Fuß im strammen Schritt zwei Wegstunden. – Hör auf mich und lass es bleiben. Die knüpfen dich und den Jungen am nächsten Baum auf, wenn ihr dort anklopft.»

«Ich muss es versuchen.»

Der Bauer zuckte die Schultern. Dann verstaute er seinen Wasserschlauch am Gürtel und schickte sich an, seiner Wege zu gehen. Nach wenigen Schritten wandte er sich noch einmal um.

«Gott steh dir bei, mein Junge, dir und diesem Mädchen.»

Ratlos sah Konrad ihm nach. Der Mann hatte recht. Er durfte nicht auch noch Christians Leben gefährden. Aber er könnte den Jungen zu den Augustiner-Chorherren nach Kruzelingen bringen und allein zur Burg reiten, damit wäre er allemal schneller unterwegs. Doch was dann? Sich vor das Burgtor stellen und den Wächtern zubrüllen, man solle ihm Anna herausgeben? Man würde ihn mit Hohn überschütten, wenn nicht mit noch Üblerem!

Er schüttelte den Kopf. Nein, er musste sich irgendwie in die Burg einschleichen, als Wanderkrämer vielleicht oder als Mönch. Hierzu könnte er sich im nächsten Dorf neu einkleiden, zwei und einen halben Pfennig besaß er noch. Und wenn er Anna erst einmal ausfindig gemacht hätte, dann …

Es war zum Verzweifeln! Wie sollte er Anna aus der Burg bringen? Er hatte keine Waffen und wusste auch kein Schwert zu führen. Selbst wenn man ihn einlassen würde, würde er, wenn er sich als Annas Gefährte zu erkennen gab, im Verlies landen oder am nächsten Baum. Er brauchte Hilfe, und zwar mächtige Hilfe.

Neben ihm kauerte Christian am Wegrain und weinte noch immer vor sich hin. Plötzlich fiel Konrad ein, was der Wanderkrämer, der mit ihnen marschiert war, noch gesagt hatte: dass die Hugelshover Dienstleute des Bischofs von Konstanz waren. An den musste er sich wenden, das war die einzige Möglichkeit, Anna zu retten. Und zwar so schnell als möglich, bevor ihr etwas Schlimmes zustieß.

«Hör zu, Christian: Das Kloster Kruzelingen muss ganz in der Nähe sein. Dort wartest du, und ich reite weiter nach Konstanz, zum Bischof. Mit seiner Leibgarde werden wir Anna schon zurückholen. Und zwar heute noch, bevor es dunkel wird.»

Von dem kräftigen Faustschlag, mit dem der vermummte Ritter sie zu Fall gebracht hatte, schmerzte ihr die Schulter, die Stricke schnitten in die Handgelenke, die Augen unter der Binde brannten vor Staub und Tränen. Es war alles so schnell gegangen, dass ihr noch immer der Kopf schwirrte: Nachdem sie halb zu Boden gegangen war, hatten kräftige Arme sie wieder in die Höhe gerissen, ihr die Hände vor den Bauch, ein schwarzes Tuch vor die Augen gebunden – alles in rasender Eile. Im nächsten Moment war sie auch schon aufs Pferd gehoben worden, wo sie zusammen mit einem der Reiter zu sitzen kam, während vor ihr eine junge, triumphierende Stimme rief: «Das nenn ich mal eine hübsche Beute! Los geht's!»

Mit festem Griff hielt ihr Entführer sie nun umschlungen und an sich gepresst, an ihrem Ohr konnte sie seinen Atem spüren, was sie mit Beklemmung und Ekel erfüllte. Ab und an hörte sie ihn leise auflachen, wenn der andere ihm anzügliche Bemerkungen zurief, ansonsten schwieg er. Vergebens flehte und weinte sie, man möge sie doch laufen lassen, sie sei nur eine arme Pilgerin. Doch sie erhielt keine Antwort. Genauso wenig wie auf ihre Frage, was mit Konrad und Christian geschehen war.

Hügelauf, hügelab ging es im Schritt oder leichten Trab, längst hatte sie jegliches Zeitgefühl verloren, wusste nicht, ob sie nur eine Stunde oder bereits einen halben Tag unterwegs waren. Als es schließlich ein längeres Stück spürbar bergauf ging, hörte sie die Stimme hinter sich plötzlich sagen: «Fast haben wir's geschafft, meine Schöne! Ich hoffe, du hast den Ritt mit mir genossen.»

Sie erkannte die Stimme sofort – es war Gottschalk von Ortenberg.

«Nein!», schrie sie auf und versuchte sich seinem Griff zu entwinden. Sie zappelte und wand sich, bis sie halb aus dem Sattel glitt und ihr Widersacher mit ihr. Da sprang er vollends vom Pferd, ohne sie loszulassen.

«Immer noch dieselbe Wildkatze», lachte er. «Nun gut, dann geht's eben zu Fuß weiter.»

In einem Ruck riss er ihr die Binde vom Kopf. Mit noch immer brennenden Augen blinzelte sie gegen das Tageslicht und blickte in das zu einem breiten Grinsen verzogene Gesicht des Knappen, der sie wie mit einer Eisenklammer am Arm umfasst hielt. Voller Angst sah sie sich um: Sie befanden sich auf einer mit Tannwald bestandenen Anhöhe, auf deren höchstem Punkt, mit Blick über das weite Land, eine Burg errichtet war. Hinter der Ringmauer erhob sich ein hoher, mit Zinnen besetzter Wohnturm in den grauen Himmel, aus mächtigen Steinquadern errichtet und nur in den oberen Stockwerken mit schmalen Fenstern versehen. Alles wirkte eng und düster, vor allem aber wehrhaft. Ihr schnürte es die Kehle zu, als sie erkannte, dass es aus dieser Burg kein Entkommen geben würde. Sie war auf einem steilen Bergsporn errichtet, und der einzige Zugang führte über einen Graben zum Tor. Dort wurde jetzt unter lautem Kettenrasseln die Zugbrücke herabgelassen.

«Ja, schau dich nur um, Anna.» Mit der freien Hand strich der Knappe ihr übers Haar: «Willkommen auf Burg Schleifenrain, deinem neuen Zuhause.»

Kapitel 42

Zu Konstanz und auf Burg Schleifenrain

Nach einem scharfen Ritt erreichte Konrad das südliche Stadttor von Konstanz, beglich einen halben Pfennig Torgeld und eilte mit seinem Pferd am Zügel durch die Gassen auf den Dom zu, wo der Bischof seine Pfalz und die Domherren ihre Wohnstätten hatten. Vor gut zwei Jahren hatte er auf dem Weg nach Sankt Gallen hier haltgemacht, zusammen mit seinem Bruder Urban, und die Stadt war seither noch größer geworden. Rundum wurden neue Häuser, neue Kirchen errichtet, und so musste er alle naselang Lastenträgern, Zimmerleuten und Steinmetzen ausweichen oder warten, bis die mit Steinen beladenen Ochsenkarren den Weg freigaben.

«Aus dem Weg – es geht um Leben und Tod!», hätte er ihnen allen am liebsten zugerufen. Wenn er nur an Anna dachte, nahm ihm die Angst um sie den Atem. So zuversichtlich er sich noch vor Christian gegeben hatte – je näher er jetzt dem mit einer wehrhaften Mauer befestigten Domhügel kam, desto mehr schwand seine Hoffnung auf Hilfe.

Ein schwarz-weiß gekleideter Wächter, kaum ein paar Jahre älter als er selbst, stellte sich ihm mit seiner Lanze in den Weg, als er vor dem Haupttor die Glocke läuten wollte.

«Wer bist du, und was willst du?», fragte der Schwarzbärtige barsch.

«Gott zum Gruße, Wächter. Ich bin Konrad von Illenkirchen, Sohn des Ritters Heinrich von Illenkirchen, ehemaliger Scholar zu Sankt Gallen, künftiger Altardiener und Priesteranwärter des Freiburger Stadtpfarrers Theodorich.» Er holte tief Luft. «Ich muss den Bischof sprechen, und zwar dringend.»

Unter dem spöttischen Blick des jungen Mannes wurde Konrad bewusst, wie verlottert er aussehen musste. Gekämmt, barbiert und richtig gewaschen hatte er sich das letzte Mal bei den Benediktinern von Sankt Mang, und sein Pferd unter dem mit Schlamm bespritzen Sattel sah auch nicht viel besser aus.

«So, so – dringend!» Der Wächter grinste. «Nun denn, einem so vornehmen Herren wie dir werden seine bischöflichen Gnaden sicher jeden Wunsch erfüllen.»

«Spottet nur! Es geht um Leben und Tod.»

Da endlich hörte der Kerl auf zu grinsen, ansonsten hätte Konrad ihm in seinem aufgewühlten Zustand womöglich noch eine Maulschelle verpasst. Doch der belustigte Ausdruck in den Augen des Wächters blieb, als er endlich nickte.

«So will ich mal nach dem Pförtner läuten.»

Schon gleich nach dem dreimaligen Läuten öffnete sich die Luke im Tor, und eine Stimme fragte:

«Wer begehrt Einlass, Wächter?»

«Bring den jungen Herrn in die Bischofspfalz, in einer wohl dringlichen Sache.» Frech zwinkerte er Konrad zu. «Dann wünsch ich dir viel Glück, Junker Konrad.»

Das Tor schwang auf und gab den Blick frei auf einen weitläufigen Hof, der auf der anderen Seite von der Flanke des Bischofsdoms begrenzt wurde. Dort entstand hinter Baugerüsten ein neuer Turm, und auch der Glockenturm über dem Hauptportal war hinter Brettern versteckt. Konrad hatte damals in diesem ehrwürdigen Gotteshaus einer heiligen Messe beiwohnen dürfen, zusammen mit seinem Bruder und dem Abt von Sankt Gallen, doch daran würde sich der Bischof wohl kaum mehr erinnern. Allmächtiger, schickte er ein Stoßgebet zum Himmel, ich flehe dich an! Lass nicht zu, dass diesem Mädchen ein Unglück geschieht!

Der Pförtner hielt auf ein herrschaftliches, aus hellgrauem Stein gemauertes Gebäude zu, das im rechten Winkel an den Chor des Doms anschloss. Über dem Treppengiebel wehte das Banner des bischöflichen Hochstifts, ein rotes Kreuz auf hellem Grund.

«Wartet hier», befahl der Pförtner knapp, als sie die Stufen zum Eingang erreichten, und verschwand hinter der Tür. Kurz darauf kehrte er mit einem ungewöhnlich hochgewachsenen Mann in bodenlangem, dunklem Mantel zurück.

«Sagt dem Secretarius, wer Ihr seid und was Ihr wollt, aber fasst Euch kurz.»

Konrad wiederholte die etwas umständliche Vorstellung seiner Person, um dann so ruhig als möglich sein Anliegen vorzubringen: «Wir sind nicht weit von hier von zwei Reitern überfallen worden, die auf den Schabracken ihrer Pferde das Wappen der Herren von Hugelshoven trugen. Sie haben meine Reisegefährtin entführt, ein junges, unschuldiges Mädchen. Um sie zu befreien, brauche ich Unterstützung.»

Der bereits ergraute Secretarius zeigte einen gelangweilten Gesichtsausdruck.

«Und warum sollten ausgerechnet seine bischöflichen Gnaden dir helfen, Konrad von Illenkirchen?»

«Weil der Bischof mein geistlicher Herr ist, als künftiger Priester seines Bistums. Und weil wir Pilger sind auf dem Heimweg nach Freiburg und für uns der Landfrieden gilt. Und der wurde durch Dienstleute des Bischofs aufs Frevelhafteste verletzt.»

«Pilger, ach ja – daher dein nicht gerade standesgemäßes Aussehen. Und an welcher heiligen Stätte wart ihr?»

Konrad wollte nicht lügen, und so gab er widerstrebend zu: «An gar keiner. Wir hatten an dem Heerzug der Kinder nach Jerusalem teilgenommen, wenn Ihr davon gehört habt. In Genua dann hatte sich der Zug aufgelöst.»

«Und ob ich davon gehört habe!» Abfällig verzog der Secretarius das Gesicht. «Was für eine Anmaßung von euch jungen Leuten. Soviel Dummheit schreit zum Himmel.»

Die unverhohlene Verachtung, die aus seinen Worten sprach, ärgerte Konrad. Dennoch blieb er freundlich: «Das ändert nichts daran, dass ich dringend die bischöfliche Hilfe brauche. Zwei, drei bewaffnete Reiter und ein Schreiben des Bischofs sollten genügen, damit das Mädchen wieder freikommt.»

«Nun gut – ich werde Bischof Konrad beim Abendessen von deinem Anliegen unterrichten. Komm in zwei Stunden zurück, dann weiß ich mehr.»

«Damit das Mädchen bis dahin entehrt und geschändet

ist? Es muss sofort etwas unternommen werden! Stellt Euch nur vor, Anna wäre Eure Tochter! Würdet Ihr da auch bis zum Abendessen warten wollen? Ich bitte Euch, Secretarius: Führt mich zum Bischof!»

Er musste die richtigen Worte getroffen haben, denn aus der Miene des Mannes verschwand jene gelangweilte Herablassung.

«Dein Glück, dass Seine bischöflichen Gnaden überhaupt anwesend sind», murmelte er. «Vielleicht empfängt er dich ja.»

Dann befahl er ihm, vor der Tür zu warten.

Die Zeit zerdehnte sich zur Ewigkeit, das Tageslicht wurde bereits fahler, als der Grauhaarige zurückkehrte. Er schüttelte den Kopf.

«Seine bischöflichen Gnaden Konrad von Tegerfelden wollen nicht gestört werden. Aber morgen will er gerne einen Boten zur Ritterburg senden. Und sollte dem Mädchen tatsächlich Unrecht widerfahren sein, würden die Herren von Hugelshoven hierfür natürlich zur Rechenschaft gezogen werden.»

«Morgen?» Konrad blieb der Mund offen stehen. «Bis dahin kann dem Mädchen sonst was angetan worden sein!»

«Nun – im Gegensatz zu mir ist der Bischof der Ansicht, ein solch heiliges Unterfangen wie diese Wallfahrt hätte niemals abgebrochen werden dürfen. Was dir und deinem Mädchen geschehen ist, sieht er als eine Prüfung des Herrn. Und nun halte mich nicht länger auf und geh.»

«So langsam siehst wieder aus wie ein Mensch.» Die junge Magd, die sich als Rosa vorgestellt hatte, kicherte. «Jetzt noch den Rücken geschrubbt, und wir sind fertig mit dem Baden. – Was für schönes Haar du hast, jetzt, wo es sauber ist!»

Anna kauerte inmitten eines Holzzubers im warmen, nach Kräutern duftenden Wasser und kämpfte gegen die Tränen an. Der Tag würde bald zu Ende gehen und damit ihr Leben als ehrbare Frau. Was Konrad und Christian zugestoßen sein mochte, daran wagte sie nicht einmal zu denken.

Nachdem sie, noch immer starr vor Schreck, in den Burghof geführt worden und das Tor hinter ihr mit lautem Krachen ins Schloss gefallen war, hatte Gottschalk von Ortenberg ihr die Handfesseln gelöst. Sein rotbärtiger Gefährte war ebenfalls vom Pferd gestiegen, um sie von allen Seiten zu begutachten.

«Es wird dir hier gefallen, Annchen», hatte Gottschalk ihr ins Ohr geraunt. «Zumindest, wenn du dich guten Willens zeigst, mir und meinem Freund Frowin von Hugelshoven gegenüber. – Zuvor aber wollen wir dir ein wenig die höfische Lebensart vermitteln, schließlich sind wir keine hergelaufenen Bauerntölpel. Du wirst also ein Bad nehmen und dich neu einkleiden, und dann wollen wir dich Gisela von Hugelshoven, der Burgherrin, vorstellen.»

Sie hatte keine Kraft zur Gegenwehr mehr gehabt, als Gottschalk sie daraufhin zu einem der schiefergedeckten Fachwerkhäuschen im Burghof geführt hatte, um sie dort der jungen Magd zu übergeben. In einem fensterlosen Verschlag neben der Burgküche, wo im offenen Herd das Feuer prasselte, war die Badstube eingerichtet, und da saß sie nun und dachte voller Angst an ihr weiteres Schicksal, derweil die Magd ihr Rücken und Hals mit einem weichen Schwamm abrieb. Ihr schmutziges Reisegewand lag in der Ecke zusammengeknüllt auf dem Boden, dafür warteten ein kurzes, helles Unterkleid sowie ein ärmelloses, braunes Oberkleid auf sie – beides mit einem reichlich tiefen Brustschlitz, wie ihn auch Rosas Gewand aufwies und eine anständige Magd niemals getragen hätte.

«Alsdann – heraus mit dir, Anna, damit ich dich abtrocknen kann.» Die Magd zog ein großes, sauberes Leinentuch aus der Truhe und hielt es ihr mit ausgebreiteten Armen entgegen.

«Ach, Herrje, wie dünn du bist! Das wird dem Burgherrn gar nicht gefallen.»

«Was sagst du da?» Auf wackligen Knien entstieg Anna dem Badzuber.

Wieder begann das Mädchen zu kichern.

«Der alte Hugelshoven liebt runde Brüste und runde Hintern – so ein Hungergestell wie dich wird er nicht haben wollen. Na ja, der ist eh grad auf Reisen, da wirst erst mal das Vergnügen mit den jungen Herren haben.»

Anna spürte Galle aus ihrem Magen aufsteigen. Ihr wurde plötzlich so übel, dass sie fürchtete, sich übergeben zu müssen. Zugleich begann sie trotz der feuchten Wärme in dem niedrigen Raum zu frieren. Zitternd ließ sie sich von Rosa in das Tuch einhüllen und trocken reiben.

In diesem Moment betrat von der Küche her Gottschalk die Badstube. Er hatte sich umgezogen, seine dunkelblonden, zierlichen Locken glänzten frisch gewaschen. Die Magd hielt inne und schenkte ihm ein strahlendes Lächeln, doch der Knappe hatte nur Augen für Anna.

«Sieh da, sieh da! Das struppige Küken wird zum schönen Schwan!» Er trat auf sie zu. «Lass mich sie abtrocknen, Rosa. Ich bin mir sicher, ich kann das besser als du.»

«Wagt es ja nicht, mich anzurühren!», zischte Anna, das Tuch fest um den Leib gezogen, und wich zurück, bis sie mit dem Rücken die Bretterwand berührte. Ihre Angst schlug plötzlich in unbändige Wut um. Sie würde nicht kampflos aufgeben, niemals. Jedem dieser wollüstigen Mannsbilder hier auf der Burg würde sie das Gesicht zerkratzen, bevor …

Das selbstgefällige Lachen des Knappen verstärkte ihren Zorn nur noch.

«Ich könnte dir jetzt das Tuch wegziehen, Anna, aber du wirst es nicht glauben: Ich will dich gar nicht nackt sehen.»

Seine Augen wurden zu schmalen Schlitzen. «Noch nicht! Weil nämlich die Vorfreude den Genuss nur noch steigert.»

Er fasste der Magd in den Ausschnitt, um ihr die Brüste zu tätscheln, und das Mädchen schmiegte sich eng an ihn.

«Mach sie schön für mich, Rosa. Und flechte ihr wieder das hübsche rote Band ins Haar.»

«Sehr gern, Herr.»

Ruppig drückte er die Magd wieder von sich weg und verschwand nach draußen.

Anna starrte das Mädchen an.

«Warum tust du das?», stieß sie hervor.

«Was?», fragte Rosa verständnislos zurück.

«Dich so an ihn dranhängen. Er verachtet dich. Er verachtet alle Frauen.»

Rosa reichte ihr das Unterkleid. «Bist du so ein unschuldiges Lämmchen, oder tust du nur so? Wenn du einen warmen Schlafplatz willst, einen fetten Happen zu fressen, ein paar freundliche Worte – dann musst schon ein bissel lieb sein zu den Herren.» Ihr Blick wurde düster. «Kannst es aber auch sein lassen, wenn du Hiebe willst oder drunten im Verlies landen. Und jetzt mach hin, ich muss dich noch kämmen.»

Wenig später verließ Anna an Rosas Seite das Häuschen. Neugierig glotzte ihnen das Gesinde nach, als sie den Burghof überquerten. Bald schon würden ringsum an den Mauern die Fackeln angesteckt werden und der Abend einbrechen. Vielleicht waren Konrad und Christian ja tot, lagen erschlagen auf der Landstraße. Dann war ohnehin alles einerlei.

Mit schweren Beinen stieg sie die steile Außentreppe des burgherrschaftlichen Wohnturms hinauf bis zu dem überdachten Eingang. Die Tür stand offen, ein Wärter grinste sie dümmlich an und trat zur Seite.

«Nun komm schon!» Die Magd schob Anna in einen Vorraum, wo im Schein der Fackeln gespenstische Schatten über die Mauersteine tanzten. Von hier führte eine steinerne Spindeltreppe weiter nach oben, durch den Rundbogen zu ihrer Linken blickte man in einen großen Gewölbesaal. Zarte Lautenklänge waren von dort zu hören.

Annas Herzschlag raste – was würde sie in der Halle erwarten? Ein Haufen brünstiger Kerle, die sich ihr schändliches Tun mit hübschen Melodien versüßen lassen wollten? Da erklang ein helles Lachen, das Lachen einer Frau, und sie fasste neuen Mut. Sie sollte also zuvor der Burgherrin vorgestellt werden, und sie würde alles dransetzen, sie auf ihre Seite zu ziehen. Schließlich war auch Gisela von Hugelshoven letztlich nur eine Frau.

Zögernd trat sie hinter Rosa durch den Rundbogen. Auf den Steinbänken ringsum flegelten sich auf weichen, farbenfrohen Kissen die Knappen Gottschalk und Frowin sowie ein halbwüchsiger Knabe, jeder mit einem Pokal voll dunkelroten Weines neben sich. Dem flackernden Kaminfeuer am nächsten thronte in einem engen, lichtblauen Gewand die Herrin von Hugelshoven auf ihrem Lehnstuhl, das hochgebundene blonde Haar unter einem glitzernden Netz, im Schoß eine Stickerei. Zu ihren Füßen ruhte ein Jagdhund im sauberen Einstreu und hob jetzt träge den Kopf, als die Magd ihr aus gebührendem Abstand zurief: «Hier ist die Neue, gnädige Herrin.»

Der junge Lautenspieler, der mitten im Raum stand, unterbrach sein Spiel, und Gisela von Hugelshoven blickte von ihrer Handarbeit auf. Sie war von schlanker, aufrechter Gestalt, mit ebenmäßigen Gesichtszügen. Von der bleichen Haut hob sich hart das künstliche Lippen- und Wangenrot ab. Sie wäre hübsch zu nennen, hätten die schrägen, eng beieinanderstehenden Augen ihr nicht etwas Unberechenbares verliehen.

«Komm näher zu mir, Kind!» Sie winkte Anna mit einer

nachlässigen Handbewegung heran. «Schlüpf aus den Schuhen, hebe den Rocksaum an und dreh dich.»

Anna tat, wie ihr geheißen. Sie konnte die Blicke der Burgherrin förmlich auf ihrem Leib spüren.

«Deine Füße und Hände sind kräftig, deine Gelenke scheinen mir gesund. Wie alt bist du?»

Das hatte sie schon lange niemand mehr gefragt, und sie musste einen Augenblick überlegen.

«Siebzehn Jahre, Herrin.»

Jetzt tastete die Frau ihr auch noch Brüste, Bauch und Hüften ab! Anna hielt angewidert den Atem an.

«Du bist zu mager für dein Alter, aber mit ausreichend nahrhaftem Essen wirst du bald aufholen.»

In ihrer Verzweiflung fiel Anna auf die Knie.

«Ich flehe Euch an, ehrsame, allergnädigste Herrin von Hugelshoven: Lasst mich wieder gehen! Ich bin ein unbescholtenes Mädchen und will nichts anderes als nach Haus zu meinen Eltern!»

Das war in diesem Moment sogar die Wahrheit. Doch die Burgherrin ließ sich nicht beeindrucken.

«Stell dich nicht so an und steh wieder auf! Für übermorgen haben wir zahlreiche Gäste geladen – wir werden ein großes Fest veranstalten, mit Turnier, Minnesang und Festbankett. Da kommst du uns wie gerufen.»

«Ich mag euch gern helfen, Herrin, aber lasst bitte nicht zu, dass Gottschalk von Ortenberg …»

«Schweig!», wies Gisela von Hugelshoven sie streng zurecht. Dann wandte sie sich an Gottschalk: «Du bist dir sicher, dass sie nicht hier aus der Gegend stammt? Wir wollen nicht schon wieder Scherereien haben wegen einer hergelaufenen Magd …»

«Sie stammt aus Freiburg im Breisgau, weit weg von hier, verehrte Muhme.»

«Freiburg? Sagt mir nichts.»

«Die Residenz der Zähringer. Außerdem ist sie von daheim weggelaufen, um an dieser vermaledeiten Wallfahrt teilzunehmen.» Der Knappe lächelte herablassend. «Alles bestens also, keiner wird sie je vermissen. Nicht einmal dieser verhinderte Pfaffe, der ihr wie ein Hündchen nachgetrottelt ist.»

Erschrocken starrte Anna ihn an: «Was habt Ihr mit Konrad und dem Jungen gemacht?»

«Du sprichst mich nur an, wenn ich es dir gestatte, schließlich sind wir hier nicht mehr unter den Pilgern. Hast du das verstanden?»

Anna biss sich auf die Lippen.

«Antworte mir mit: Ja, Herr!»

«Was ist mit Konrad?», wiederholte sie nur.

Da begann Frowin zu lachen. Er richtete sich auf und strich sich das lange, rotblonde Haar aus der Stirn.

«Du gefällst mir. Mit dir wird mein alter Freund Gottschalk noch eine harte Nuss zu knacken haben.» Er hob seinen Pokal und nahm einen tiefen Schluck. «Auf dein Wohl, Anna.»

Noch immer grinsend schlug er Gottschalk von Ortenberg auf die Schulter.

«Wenn ich mich recht an deine Worte entsinne, hast du sie schon in Basel nicht rumgekriegt! Aber denk dran, was du mir versprochen hast: Nach dir bin ich dran!»

Ungerührt von diesen Worten legte die Burgherrin ihren Stickrahmen zur Seite.

«Ich denke, wir können jetzt die Tafel hereintragen lassen. Es ist Zeit fürs Abendessen.» Sie gab dem halbwüchsigen Knaben einen Wink. «Georg, heb deinen Hintern in die Höhe und sag in der Küche Bescheid.»

Schwerfällig stemmte sich der dickliche Knabe von der Bank hoch. «Ja, Mutter.»

Auch Gottschalk erhob sich und verneigte sich vor der Burgherrin. «Wenn Ihr erlaubt, liebste Muhme – es bleibt noch genügend Zeit, um Anna unsere Schlafkammer zu zeigen …»

«Brennst wohl darauf, dir deinen Lohn zu holen?» Sie hob belustigt die ausgezupften, schwarz gefärbten Brauen. «Ach, ihr jungen Leute – könnt eure Begierden einfach nicht im Zaume halten.»

Im selben Augenblick blies der Turmwächter draußen sein Horn.

«Nanu – kehrt mein Gemahl etwa schon zurück?», fragte sie sichtlich missmutig, doch bevor Anna einen Gedanken an den alten Hugelshoven verschwenden konnte, hatte Gottschalk sie beim Handgelenk gepackt und begann, sie zum Treppenhaus zu zerren.

«Bitte, Herrin», rief sie der Burgherrin zu, «lasst das nicht zu! Ich will Tag und Nacht für Euch arbeiten, Euch gehorchen, ohne zu klagen – nur das nicht! Bitte …»

Doch die Frau hatte ihr längst den Rücken zugewandt. Am Treppenaufgang griff Gottschalk ihr ins Haar.

«Ich kann dich auch mit Gewalt nehmen, wenn dir das lieber ist. Wärst nicht das erste Weib.»

«Au! Ihr tut mir weh!»

Während Gottschalk sie auf schmerzhafte Weise an den Haaren die Spindeltreppe hinaufzog, Stufe für Stufe, hörte sie von draußen das Hufgetrappel mehrerer Pferde.

Sie musste Zeit schinden! Möglicherweise trafen bereits die ersten Turniergäste ein, und Gottschalk wurde zu ihnen gerufen, um sie zu begrüßen. Dann hätte sie Gelegenheit, sich zu Rosa zu schleichen. Das Mädchen war zwar einfältig, würde ihr aber gewiss helfen, sich zu verstecken auf dieser verdammten Burg. Vielleicht wusste ja Rosa, ob es irgendwo eine Schlupfpforte oder einen unterirdischen Gang gab, um herauszukommen …

«Warum gerade ich?», stieß sie hervor.

«Weil ich's nicht leiden kann, wenn man mir verwehrt, was ich haben will. Und weil du mir auf meiner Heimreise geradewegs wieder in den Schoß gefallen bist, liebste Anna. Schon in Verona hatte ich dich entdeckt, aber da warst noch in Begleitung dieses aufgeblasenen, schwarzgelockten Schönlings.» Er lachte auf. «Hoppla, dachte ich – da hat sich meine kleine Anna ja eine gute Partie angelacht! Was wird da wohl ihr armer Konrad zu sagen? Aber dann hab ich dich hier beim Grafengericht wiedergefunden, als ein Geschenk des Himmels. Obendrein fand ich mit unserem tolldreisten Überfall endlich Gelegenheit, mich an deinem allzu überheblichen Freund zu rächen.»

Ihr Herzschlag stockte. «Dann habt Ihr Konrad also – erschlagen?»

«Nun …» Er hielt inne und zog sie an den Haaren so nahe an sein Gesicht, dass sie seinen Weinatem riechen konnte, «falls er den Schlag je überlebt hat, dann ist meine Rache fast noch süßer. Er wird Tag und Nacht daran denken, dass man dich auf einer Burg als Magd und Hure hält. Schade nur, dass er nicht weiß, dass ich es bin, der dich in seiner Gewalt hat.»

«Er hat Euch beim Grafengericht erkannt, genau wie ich», log sie. Fast waren sie oben angekommen, und so redete sie daher, was ihr gerade in den Kopf schoss. Im Burghof rief derweil ein Torwächter mit lauter Stimme nach Gisela von Hugelshoven. «Und genau wie ich weiß er, dass Ihr zur Burg Schwanau am Rhein gehört.»

«Was ihr beide so alles wisst … Nur leider wird er mich auf der Schwanau nicht antreffen, denn dorthin werde ich nie mehr zurückkehren.»

Auch Gottschalk lauschte jetzt nach unten, von wo mehrere Männerstimmen zu vernehmen waren. Unwillig runzelte er die

Stirn, dann stieß er die Tür zu einer Kammer auf, in der sich ein Himmelbett mit schweren roten Vorhängen befand.

«Da hinein!»

«Ihr wollt deshalb nicht heim, weil Ihr Euch schämt», brach es in letzter Verzweiflung aus ihr hervor. «Weil Ihr versagt habt, weil Ihr es als Kreuzritter nicht mal übers Meer geschafft habt! Und jetzt müsst Ihr's an einem wehrlosen Weib auslassen.»

«Halt dein Maul! Dir werden deine großen Reden schon noch vergehen.»

Grob schleuderte er sie auf die Matratze, löste den Gürtel von seiner Tunika und band ihr damit die Handgelenke am Bettpfosten fest, was ihn einige Mühe kostete, so heftig, wie sie sich wehrte.

«Was bist du nur für ein Scheusal, Gottschalk von Ortenberg!», schrie sie. «Was für ein feiges Scheusal!»

Sie strampelte mit den Füßen, wand sich hin und her, begann um Hilfe zu rufen. Da brach Gottschalk in Lachen aus.

«So gefällt mir das, Herzchen.» Seelenruhig streifte er sich Tunika und Leibrock über den Kopf, und Anna drehte voller Abscheu den Kopf zur Seite. «Genau so gefällt mir das: Ein wildes Tier, dem ich den Willen brechen werde. Und je mehr du dich wehrst, desto länger währt mein Genuss.»

Kapitel 43

Auf Burg Schleifenrain

«Wo also ist das Mädchen? Gebt es sofort heraus!», befahl Gregor der Tucher im befehlsgewohnten Tonfall des bischöflichen Leibwächters.

«Was maßt sich der Bischof an?», empörte sich die Burgherrin. «Das junge Ding ist ganz und gar freiwillig hier.»

«Dem ist eben ganz und gar nicht so, Frau Gisela – eine Entführung war das und somit Landfriedensbruch. Zwei Zeugen haben …»

«Sie ist oben!», unterbrach ihn Konrad. «Hört ihr's nicht?»

Der junge Frowin von Hugelshoven wollte ihm schon den Weg ins Treppenhaus versperren, als Gregor und dessen Freund Wilhelm ihn mit gezückten Schwertern zurück in die Halle drängten.

«Ich warne Euch», donnerte Gregor, «widersetzt Euch nicht dem Befehl des Bischofs!»

Immer zwei Stufen auf einmal nehmend stürmte Konrad die Treppe hinauf, brüllte dabei «Anna!» und «Halt aus, Anna!», wobei Gregors jüngerer Bruder Guntram ihm auf dem Absatz folgte. Dann drang ein Schrei an sein Ohr. Oben angekommen, riss er die Tür zur Schlafkammer auf und stürzte hinein.

Dort bot sich ihm ein schier unerträgliches Bild: Im Unterkleid und an den Handgelenken gefesselt, lag Anna rücklings auf dem zerwühlten Laken, vor der Bettstatt krümmte sich jemand nackt auf dem Boden und hielt sich stöhnend das Gemächt. Anna musste sich wie eine Rasende gegen ihn gewehrt haben.

Wutschnaubend riss Konrad sein Schwert aus der Scheide. «Fahr zur Hölle, Hurensohn!»

Der Bursche wandte sich ihm zu und verzog sein Gesicht zu einem schmerzverzerrten Grinsen. Konrad erstarrte.

«Ich fass es nicht: Gottschalk von Ortenberg!» Er schwang das Schwert hoch über sich. «Das ist dein Tod!»

«Nur zu, Pfaffenzögling.» Der Ortenberger, noch immer auf dem Boden kniend, bot ihm seinen Nacken. «Das hättest gern schon viel früher getan, nicht wahr?»

Aber Konrad ließ das Schwert sinken. Er vermochte es nicht,

diesem Hundsfott den Kopf abzuschlagen, und das steigerte seinen Zorn nur noch mehr. Außer sich übergab er Guntram die Waffe, um mit bloßen Fäusten auf den Widersacher loszugehen.

«Was hast du mit ihr gemacht?», brüllte er immer wieder, während seine Schläge auf Gottschalks Kopf und Schultern niederprasselten. Der wehrte sich nicht, hielt sich nur die Hände schützend vors Gesicht.

«Steh auf, du feiger Hurensohn!» Konrad riss ihn am Lockenschopf in die Höhe, rammte ihm die Faust erst ins Gesicht, dann in die Magengrube, wieder und wieder, bis der Kerl keuchend Blut spuckte und zu Boden sackte.

«Ich sollte dir deine gottverdammte Rute abschneiden», stieß Konrad hervor und trat dem andern mit ganzer Kraft zwischen die Beine. Ein viehischer Schrei entrang sich dem schlaffen Körper, dann wurde es still. Gottschalk von Ortenberg war ohnmächtig geworden.

«Ich denke, es reicht.» Guntram gab Konrad das Schwert zurück. Der junge Tucher hatte Anna in der Zwischenzeit die Fesseln gelöst – mit vor Schreck geweiteten Augen stand sie im Eingang und hielt sich am Türrahmen fest.

Konrad wollte sie berühren, doch sie zuckte zurück.

«Bist du verletzt? Hat er dir was angetan?» Er reichte ihr das braune Obergewand, das neben dem Bett lag.

Sie gab keine Antwort, streifte sich das Kleid über, schlüpfte in ihre Schuhe und starrte zu Boden.

«So sag doch was, Anna! Bitte …»

Guntram tippte ihn gegen die Schulter.

«Gehen wir lieber, bevor wir die Burgherrin und diesen Frowin noch gänzlich gegen uns aufbringen.»

Bei diesen Worten reichte er Anna seinen Arm zur Stütze. Verwirrt sah Konrad mit an, wie sich das Mädchen von dem wildfremden Mann die Treppe hinunterführen ließ.

Im Vorraum zur Halle warteten Gregor und Wilhelm mit der Burgherrin an ihrer Seite. Deren Gesicht wirkte im Schein der Fackel wie eine rot-weiß bemalte Maske.

«Nun denn, Gisela von Hugelshoven – so wollen wir Euch nicht weiter belästigen.» Gregor verneigte sich in aller Freundlichkeit. «Belassen wir das Ganze als Missverständnis, jetzt, wo wir das Mädchen wohlbehalten in unserer Obhut haben. Möchtet Ihr seiner bischöflichen Gnaden vielleicht noch einen Gruß ausrichten?»

Verärgert kräuselte die Burgherrin ihre überschminkten Lippen. Dann rief sie über die Schulter hinweg in den Saal: «Frowin, du dummer Kerl – wie konntet ihr ein Weibsbild anschleppen, das den Bischof zum Gönner hat?»

Gregor lachte leise. «Noch etwas, Herrin: Falls Ihr Euch bei Bischof Konrad über uns beschweren solltet, so müssten wir leider aussagen, dass das arme Ding doch nicht ganz so wohlbehalten aufgefunden wurde. Lasst also besser Stillschweigen walten. Ach ja: Der Junker droben in der Kammer erholt sich schon wieder, keine Sorge. Auch wenn er wohl auf absehbare Zeit kein Weib mehr besteigen wird.»

Als sie in den Burghof hinaustraten, war endgültig die Nacht angebrochen. Sie führten ihre Pferde über die Zugbrücke hinaus, ohne noch einmal zurückzublicken. Von den Turm- und Mauerwächtern würde es keiner wagen, ihnen Pfeile nachzuschicken – nicht, solange sie die schwarz-weiße Tracht der bischöflichen Leibgarde trugen. Bevor der Weg in den Wald eintauchte, blieben sie stehen, um aufzusitzen. Anna hatte noch immer kein Wort gesprochen.

Konrad sah, wie sie zitterte. Er streifte seinen Umhang ab und legte ihn ihr vorsichtig um die Schultern. Dann hielt er ihr den Steigbügel hin: «Reitest du mit mir?»

Sie nickte. Er half ihr in den Sattel, schwang sich hinter

ihr hinauf und nahm die Zügel auf. Dann wandte er sich den anderen zu.

«Ich danke euch, Freunde, für alles. Ohne euch …»

Er brach ab, weil er spürte, wie ihm die Stimme schwach wurde.

Gregor der Tucher winkte ab. «Spar dir die großen Dankesworte. In Konstanz gibst uns den versprochenen Lohn, und damit ist's gut. Außerdem war's uns ein Vergnügen, wie du weißt. Sowohl dem Bischof als auch den Hugelshovern eins auszuwischen – hat regelrecht Spaß gemacht!»

Im Schritt zogen sie hintereinander durch die Dunkelheit, vorweg Gregor, der den Weg am besten kannte. Der Himmel hatte aufgeklart, ein halbrunder Mond glänzte zwischen den Baumwipfeln mit den Sternen um die Wette. Neben dem feuchten Geruch des Tannengrüns rundum stieg Konrad immer wieder Kräuterduft in die Nase, der von Annas Haar ausging. Er wollte nicht daran denken, was ihr zugestoßen sein mochte, erst recht wollte er sie nicht bedrängen, es ihm zu berichten. Er war einfach nur dankbar, dass sie wieder bei ihm war.

So hatte der Herrgott tatsächlich ein Wunder geschehen lassen. Und das, wo er schon alles verloren geglaubt hatte … Nachdem er aus der Bischofspfalz verwiesen worden war, hatte sich ihm nämlich der junge Wächter von zuvor in den Weg gestellt und ihn ausgefragt, wie es ihm ergangen sei.

«Das hätt ich dir gleich sagen können, Junker Konrad, dass der Bischof für so was keinen Finger rührt», war die spöttische Entgegnung auf seinen Bericht gewesen.

«Aber die Hugelshover sind seine Dienstmannen – wenn die gegen den Landfrieden verstoßen, muss er einschreiten.»

«Muss er das? Muss er nicht. Aber vielleicht kann *ich* dir ja weiterhelfen. Wie du siehst, bin ich abgelöst worden.»

Er deutete auf den älteren Mann nahe dem Tor, der nun die Lanze trug.

Konrad sah ihn verdutzt an. «*Ihr* wollt mir helfen? Wir kennen uns doch gar nicht.»

«Verzeih, hab mich noch gar nicht vorgestellt. Gregor der Tucher. Tucher deswegen, weil mein Vater hier in Konstanz den Tuchhandel betreibt. Bis nach Flandern und nach Venedig!» Stolz blitzte in seinen dunklen Augen auf. «Ich werde das Handelshaus dereinst übernehmen, mit meinem jüngeren Bruder Guntram als Kaufmannsgehilfen.»

Gregor streichelte Konrads Stute die Nüstern.

«Komm, dort an der Ecke ist ein Brunnen. Dein Ross hat Durst. Und sag einfach Gregor zu mir.»

Obgleich der Wachmann inzwischen um einiges freundlicher war als zuvor, traute Konrad seinem Angebot nicht ganz.

«Wie willst du mir also helfen?», fragte er, nachdem sie sich auf den Brunnenrand gesetzt hatten. Nicht ohne Spott seinerseits setzte er nach: «Haben die Hugelshover etwa solche Ehrfurcht vor dir, dass sie dir die Anna freiwillig herausgeben?»

«Vor mir allein gewiss nicht – wohl aber, wenn wir in unserer Tracht als bischöfliche Leibwache auftreten, noch dazu mit einem versiegelten Schreiben des Bischofs in der Hand. Welches natürlich aus unserem Kontor stammt – aber von den guten Hugelshovern kann eh keiner richtig lesen und schreiben.»

«Und wer ist *wir*?»

«Mein Bruder Guntram, mein Freund Wilhelm, der der Sohn des Goldschmieds ist, ich selbst – und du. Für dich treibe ich noch eine solche Tracht auf, wenn du einverstanden bist. In einer halben Stunde könnten wir los.»

So tollkühn dieser Vorschlag auch war – Konrad schöpfte neue Hoffnung. Doch ein Rest Misstrauen blieb.

«Warum willst du mir, einem gänzlich Fremden, helfen?»

«Aus zwei Gründen. Zum einen geht es gegen den Bischof. Mein Bruder und ich könnten viel öfters auf Handelsreise gehen, wären wir nicht, wie alle wehrfähigen jungen Männer hier, in den bischöflichen Wachdienst gezwungen. Dafür müssen wir in schöner Regelmäßigkeit unsere Arbeit im Handelskontor liegen lassen. Wilhelm geht es da in der Werkstatt seines Vaters nicht anders. Überhaupt schwelt schon lange der Unmut der alteingesessenen Bürger gegen das Machtgehabe des Bischofs. Unser geistliches Oberhaupt mag er gerne sein – nicht aber unser weltliches.»

«Und zum zweiten?»

«Ich versprech mir einen angemessenen Lohn dafür.»

Enttäuscht schüttelte Konrad den Kopf. «Ich besitze gerade noch zwei Pfennige. Das wird dir nicht genügen.»

Gregor rieb sich seinen dichten, schwarzen Bart. «Ich dachte auch eher an dein Pferdchen.»

«Meine Stute?» Erschrocken riss Konrad die Augen auf. «Niemals! Ich hab sie als Fohlen aufgezogen! Außerdem ist sie nicht mehr die Jüngste, ich geb sie nimmer her.»

«Schade. Sie hätte es gut bei uns. Für unseren alten Knecht bräuchten wir ein erfahrenes und vor allem gleichmütiges Ross. Und genau das ist es, das hab ich auf den ersten Blick gesehen. Ein gutes Tier. Wenn's mal ordentlich geputzt und gestriegelt wird, wär's sogar richtig hübsch anzusehen. Also, was ist?»

Er streckte ihm die Hand hin, und nach kurzem Zögern schlug Konrad ein. Eine Wahl hatte er nicht, wollte er Anna aus den Fängen dieser Strauchritter retten.

Mit einem unterdrückten Aufschrei fuhr Anna vor ihm im Sattel heftig zusammen.

«Hab keine Angst – das war nur eine Fledermaus», beruhigte

er sie und legte unwillkürlich seine Arme enger um sie. Sie ließ es zu, lehnte sich sogar gegen seine Brust. Für einen Augenblick hielt er den Atem an.

Wollte er überhaupt noch Priester werden? Er hatte mehr als genug Zeit gehabt, darüber nachzudenken. Hatte spätestens seit Verona immer wieder in sich hineingehorcht, ob er diesen Wunsch womöglich nur deshalb verspürte, um nicht das Leben eines verarmten Landadligen führen zu müssen. Oder auch um seiner verstorbenen Mutter und Schwester zu gefallen. Oder gar aus Bequemlichkeit, winkten doch zum Lohn sichere Einkünfte und die Hochachtung einer ganzen Gemeinde. Aber solcherlei Gründe, die für viele junge Priesteranwärter der Antrieb waren, hatte er in seinem Inneren nicht finden können. Im Gegenteil: Nachdem er diese ganz und gar verlogene Wallfahrt hinter sich gebracht hatte, erschien es ihm erst recht als eine Lebensaufgabe, die Menschen zu leiten, sie vor falschen Predigern zu schützen.

Aber reichte das aus, um ein Leben in Ehelosigkeit ganz im Dienste Gottes zu führen? Seine Zweifel wurden immer quälender, seitdem er wusste, dass er Anna liebte. Gewiss, es blieb noch die Möglichkeit, auf immer Lektor zu bleiben oder sich eine Anstellung als Kanzleischreiber zu suchen, was bei seinen Fähigkeiten in der deutschen und lateinischen Sprache nicht allzu schwer sein sollte. Zur Not konnte er auch nach Straßburg ziehen und dort in der Schreibergasse seine Dienste anbieten. Dann wäre er frei für sie. Aber sollte er sein Lebensziel einfach aufgeben, nur weil er glaubte, ohne Anna nicht leben zu können? Außerdem würde er wohl niemals den Mut aufbringen, sie zu fragen, ob sie sich vorstellen könnte, als Frau an seiner Seite zu bleiben.

So ritten sie durch die kühle, klare Sternennacht. Hinter ihnen plauderte Guntram mit seinem Freund Wilhelm, vor ihnen pfiff Gregor fröhliche Melodien vor sich hin – gerade so, als kämen sie von einem schönen Fest. Nur Anna schwieg.

Da endlich begann sie, mit ihm zu sprechen. Sein Herz schlug schneller vor Freude.

«Was ist mit Christian?», fragte sie.

«Es geht ihm gut. Er wartet im Kloster Kruzelingen auf uns.»

«Ich dachte schon», fuhr sie leise fort, «ihr wäret alle tot …»

«Aber nein, für uns ging's glimpflich aus. Jetzt holen wir den Jungen ab, und dann geht's weiter nach Konstanz, ins Elternhaus von Gregor und Guntram. Das sind die beiden Brüder hier, die mit den schwarzen Bärten. Dort werden wir vorerst bleiben. Gregor und ich wollen uns kundig machen, wann ein Kaufmannszug in Richtung Basel loszieht, damit wir nicht mehr schutzlos reisen müssen. Es macht dir doch nichts aus, wenn wir noch ein paar Tage in Konstanz bleiben, oder? Es ist eine schöne Stadt, am Ufer des Bodensees. Nun ja, wir sollten nicht gerade dem Bischof über den Weg laufen, der weiß nämlich nichts von unserer Unternehmung heute, das haben wir allein Gregor zu verdanken. Aber auch das wäre mir gleich, schließlich hat der Bischof uns schmählich im Stich gelassen. Die Hauptsache ist doch, dass wir nicht mehr allein weiterreisen, weil … weil …» Über seinen ungezügelten Redefluss geriet er ins Stammeln. «Weil du nämlich nie wieder Angst haben sollst.»

Er merkte, dass ihm eine Träne über die Wange rollte, hätte sie gern abgewischt, doch er brachte es nicht über sich, Anna loszulassen. Dass er sie gerettet hatte – sie hatte retten *dürfen*, das sah er als ein göttliches Zeichen an, war er doch überzeugt davon, dass sich der Herrgott nicht nur durch seine Propheten und die Heilige Schrift offenbarte, sondern auch durch himmlische und irdische Zeichen.

Als Anna sich jetzt zu ihm umwandte, berührte ihre Schläfe sacht seine Wange.

«Ich habe gar keine Angst mehr. Jetzt nicht mehr», sagte sie. «Morgen oder irgendwann erzähle ich dir mehr. Nur heute nicht, heut mag ich nicht mehr dran denken.»

«Einverstanden.» Er nickte. «Aber da ist was, was ich dir jetzt gleich sagen muss.»

Im Stillen zählte er auf drei, dann holte er tief Luft.

«Anna – ich liebe dich.»

Kapitel 44

Freiburg im Breisgau, um Martini,
anno Domini 1212

Schau nur, Anna – wie gut der Dinkel kommt!»

Sie blieb stehen, und Konrad deutete mit ausgestrecktem Arm auf die Felder der March. Zwischen den Brachen und Stoppelweiden, über die ein Hirte das Vieh trieb, leuchtete in frischem Grün die aufgegangene Wintersaat in dem ansonsten trüben Novembergrau.

«So Gott will, wird das die schlimmen Missernten vom Sommer ein bisschen ausgleichen und die Kornspeicher wieder auffüllen.»

Seine tiefgrünen Augen strahlten sie an, und Anna lächelte verlegen.

«Dann hat's hier also genug geregnet in diesem Herbst», erwiderte sie. «Das ist gut.»

Es erschien ihr seltsam, fast schon befremdlich, dass sie erstmals seit langem wieder unter sich waren, nur sie beide und Christian. Eben gerade hatten sie sich von den freundlichen Basler Kaufherren verabschiedet, die nun mit ihren Knechten und Maultieren weiter nach Straßburg zogen, während ihr Weg nach Freiburg hier abzweigte. Und zuvor, von Konstanz bis Basel, waren sie im Schutz der Handelskarawane von Gregors und Guntrams Vater gereist, in dessen Haus sie zwei Tage zu Gast gewesen waren.

Zehn Tage waren seit ihrem Aufbruch aus Konstanz vergangen – zehn Tage, die sie stets in einer großen Gemeinschaft verbracht hatten und wo sie und Konrad kaum einmal einen Atemzug lang allein gewesen waren. Dabei hätte sie ihm, nach ihrem ersten knappen Bericht zu ihrer Entführung, noch so vieles zu sagen und zu fragen gehabt. So etwa, wie sehr sie auf Burg Schleifenrain die Vorstellung gequält hatte, ihn und Christian tot am Wegrand zu wissen und sich selbst als geschändete Magd, hinter dicken Mauern gefangen. Oder wie unendlich dankbar sie ihm war, dass er mit seinen Mitstreitern gerade noch rechtzeitig auf der Burg erschienen war, da der Ortenberger sie nach ihrem schmerzvollen Fußtritt wahrscheinlich halb totgeschlagen hätte. Dass Konrad für sie sogar sein geliebtes Pferdchen hergegeben hatte, würde sie ihm niemals vergessen.

Vor allem aber hätte sie ihn gefragt, wie es nun wohl weitergehen sollte mit ihnen beiden.

Denn obgleich sie seit ihrem nächtlichen Ritt von der Burg zum Kloster nie wieder allein gewesen waren, war etwas Ungeheuerliches zwischen ihnen geschehen: Nicht nur, dass Konrad ihr seine Liebe gestanden und ihr Innerstes damit in Brand gesetzt hatte – die nächtlichen Stunden ihrer Reise, die sie mit den Knechten auf Strohlagern verbracht hatten, hatten sie in eine andere, traumhaft schöne Welt entführt. Sobald nämlich Christian eingeschlafen war, hatten sie sich im Schutz der Dunkelheit bei den Händen gefasst und sich bis zum Morgengrauen nicht mehr losgelassen. So musste für Adam und Eva dereinst das Paradies gewesen sein, hatte sie jedes Mal gedacht, wenn sie mit diesem warmen Glücksgefühl langsam in den Schlaf gesunken war.

Gestern Nacht dann, ihrer letzten gemeinsamen Nacht auf Reisen, war Christian aufgestanden, hatte leise «Ich muss mal» gemurmelt und sich schlaftrunken seinen Weg durch Scheune und Stall in den Hof ihrer Herberge gesucht. Im Halbschlaf hatte sie gespürt, wie sich Konrad ihr zuwandte, um ihr das Haar aus der Stirn zu streichen – und dann waren da plötzlich seine weichen Lippen gewesen, die vorsichtig und zärtlich zugleich ihr Gesicht erkundeten, bis sie auf ihrem Mund zu liegen kamen. Was für eine Wonne war es gewesen, seinen Kuss zu erwidern! Viel zu rasch war Christian zu ihrem Strohlager zurückgekehrt, denn eigentlich hatte sie Konrad sagen wollen, was ihr schon seit vielen Tagen auf der Zunge lag: dass auch sie ihn von ganzem Herzen liebte.

Trotzdem lag ein Schatten über ihrem Glück. So nahe sie ihrem Ziel waren, so ungewiss war die Zukunft. Womöglich würden sie sich morgen schon in Freiburg Lebewohl sagen müssen – wie es für Konrad weitergehen würde, darüber hatten sie nämlich nie gesprochen.

Als sie ihn jetzt von der Seite betrachtete, sah sie, wie seine Wangenmuskeln angespannt zuckten. Christian war ein gutes Stück vorausgelaufen, und das wäre die Gelegenheit, um ihm zu gestehen, wie viel er ihr bedeutete. Doch sie brachte es nicht über sich.

Entmutigt rief sie Christian zu sich heran.

«Bleib in unserer Nähe, hörst du?»

Sie trat zur Seite, um eine Gänsemagd mit ihrem Federvieh vorbeizulassen.

«Warum kann ich nicht schon mal vorgehen?», gab der Junge unwillig zurück. «Ich wär gern als Erstes am Stadttor.»

Konrad lachte. «Siehst du hier irgendwo ein Stadttor? – He,

Mädchen!», rief er der Magd hinterher. «Wie weit ist's noch bis Freiburg?»

«Zwei, drei Wegstunden sind's schon noch.»

«Da hast du's, Junge. Und so lange bleiben wir noch schön beisammen.»

«Aber warum? Hast du Angst, dass wir wieder überfallen werden? Das glaub ich nie und nimmer. Weil die Leut hier nämlich in derselben Mundart reden wie wir.»

«Was hat das eine mit dem andern zu tun?»

«Ganz einfach: Weil wir keine Fremden mehr sind. Das hier ist doch unsre Heimat, da geschieht uns schon nichts.» Er zupfte an Annas Ärmel, während er neben ihr herlief. «Freust du dich gar nicht, wieder zu Hause zu sein? Du guckst so traurig.»

«Doch, Christian – ich freu mich auch.» Ihr Blick ging in die Ferne, wo sich durch das diesige Novemberwetter die Schwarzwaldberge als dunkle Schatten abzeichneten. In ihrer Brust zog es sich schmerzhaft zusammen.

«Oder guckst du so traurig, weil Konrad Priester werden will?»

Anna spürte, wie sie errötete. «Was redest du da für einen Unsinn?»

Mit einem Mal grinste Christian von einem Ohr zum andern. «Der Konrad kann gar nicht mehr Priester werden. Ich hab nämlich letzte Nacht gesehen, wie ihr euch geküsst habt! Ihr seid jetzt ein Brautpaar ...»

Wie vom Donner gerührt blieben Anna und Konrad stehen. Auch Konrad war rot geworden. Er gab dem Jungen einen Klaps gegen den Nacken.

«Gar nichts kannst du gesehen haben. Weil es nämlich stockfinster war.»

«Wohl hab ich's gesehen! Und das rote Haarband hast du ihr auch geschenkt, weil du in sie verliebt bist.»

Konrads Blick wanderte zu Anna.

«Er hat recht. Ich kann nicht mehr Priester werden. Weil ich an deiner Seite leben will, mit dir als meiner rechtmäßigen Frau.» Er nahm sie bei den Händen. «Hör zu, Anna – der Herrgott und Christian sollen unsere Zeugen sein: Willst du meine Frau werden, Anna? Willst du das?»

«Sag ja, Anna!» Wie ein Veitstänzer begann Christian vor ihnen herumzuhüpfen, bis die Gänseschar hinter ihnen wütend zu schnattern begann. «Bitte, bitte, sag ja. Ihr müsst zusammenbleiben und heiraten!»

«So steh endlich still, mir wird schon ganz schwindlig», rief sie und rieb sich lachend die Augen. «Ja, ich will's auch – ich schwöre es vor Gott und vor diesem frechen Bengel hier.»

Anna und Konrad hielten sich bei den Händen, bis der Mauerring der Stadt vor ihnen lag. Sie waren rechtzeitig vor Torschluss gekommen – die herabgelassene Zugbrücke des Martinstors überspannte den Stadtgraben, die schweren Eichenholztore standen einladend offen.

Anna klopfte das Herz bis zum Hals – vor Glück wie vor banger Erwartung. Es kam ihr vor, als sei sie nicht Monate, sondern Jahre fort gewesen. Was würde sie in Freiburg erwarten? Waren die Mutter und die Geschwister wohlauf? Vor allem aber: Was würden ihre Eltern sagen, wenn Konrad sie um die Hand ihrer Tochter bat? Wenn der Vater ihnen nun die Einwilligung verweigerte?

Für Konrad stand die Sache einfacher. Er würde sich die Brautgabe an Annas Eltern von seinem ältesten Bruder erbitten, der sich ihm wohl kaum in den Weg stellen würde. Dass Konrad auf den priesterlichen Segen bestand, überraschte sie nicht, sah er doch, ganz wie es das neue Kirchenrecht vorschrieb, die Ehe als Sakrament und damit als unauflöslich an.

«Selbst wenn dein Vater für dich einen anderen Bräutigam vorsehen mag», hatte er ihr die Sorgen zu nehmen versucht, «so kann er nichts gegen deinen Willen tun. Die Kirche sagt, dass keine Frau in eine Ehe gezwungen werden darf. Vielmehr ist die Bedingung der Ehe, dass beide, Mann und Frau, zustimmen, und dass sich die Verbindung in der Liebe begründet und nicht, um Macht oder Vermögen zu mehren.»

«Das wird meinem Vater gradwegs egal sein. Und was, wenn Pfarrer Theodorich den Segen verweigert? Er wird mehr als enttäuscht sein, dass du nicht mehr Priester werden willst.»

Er zwinkerte ihr zu. «Dann werden wir uns halt einen anderen Pfarrer suchen.»

Am Martinstor angekommen, stellte sich ihnen der Wächter, den Anna flüchtig kannte, mit seiner Hellebarde in den Weg. Der gute Mann musterte sie, dann stutzte er: «Bist du nicht die Anna vom Schuhmacher Auberlin?»

«Ja, die bin ich.»

«Allmächtiger im Himmel! Alle hier denken, du wärst tot, grad so wie die andern, die damals fort sind. Die ganze Stadt hat über nichts andres mehr geredet, den ganzen Sommer lang! – Und du bist doch der kleine Rotschopf von der Klewi-Witwe? Ja, sag bloß, die ist doch auch mit euch fort.»

Daraufhin nickte Christian tapfer. «Sie ist jetzt im Paradies, die Mutter. Bei meinem Vater.»

«Armes Kerlchen.» Der Wächter bekreuzigte sich.

«Ich bin nicht arm. Ich hab jetzt gute Freunde, nämlich die Anna und den Konrad. Und ich will Priester werden. Und die Anna und der Konrad hier, die wollen …»

«He, he!» Konrad hielt ihm die Hand vor den Mund. «Wirst wohl nicht gleich alles ausplaudern!»

«Na dann …» Der Wächter grinste. «Willkommen in der Heimat!»

«Danke! So lasst Ihr uns als Freiburger also ohne Torzoll ein?»

Noch immer grinsend trat der Wächter zur Seite, und sie durchquerten das Gewölbe des Torturms. Annas Schritte wurden verhaltener, als Konrad sie bei der Schulter berührte.

«Am besten gehen wir zuerst ins Pfarrhaus. Mein Oheim wird uns ganz bestimmt zu deinem Vater begleiten.»

«Und wann wollen wir es ihnen sagen?»

«Später. Lass uns erst einmal hier ankommen.»

Bei diesen Worten blieb Christian stehen und starrte zu Boden.

«Und wo soll *ich* hin?», fragte er mit erstickter Stimme. «Bei mir zu Haus ist niemand mehr. In dem Zimmer, wo wir gewohnt haben, sind jetzt sicher fremde Leut, wo wir so lange weg waren!»

Mitfühlend nahm Anna ihn in den Arm. «Der Herr Pfarrer weiß ganz bestimmt Rat.»

Konrad nickte. «Er könnte die Munt für dich übernehmen. Und wenn er dich als Lehrjungen will, wirst du ohnehin im Pfarrhaus wohnen. Es wird sich schon alles richten, und Anna und ich sind ja auch noch da. Jetzt kommt, beeilen wir uns.»

Trotz der allmählich einsetzenden Dämmerung waren auf den Gassen zahlreiche Menschen und Fuhrwerke unterwegs, und allenthalben wurden sie Zeuge, wie die Stadt wuchs und gedieh: Zwischen bestehenden Häusern wurden Baulücken geschlossen, eingeschossige Häuser aufgestockt, schmale Vorderhäuser zu wahren Stadtpalästen zusammengebaut. Am Kirchplatz zu Unserer Lieben Frau, nicht weit vom Pfarrhaus, klaffte ein so tiefes Loch, als würde es geradewegs in die Hölle führen, und Konrad erklärte dem erstaunten Jungen, dass dort mehrere Keller untereinander entstünden. «Das brauchen die Kaufleute zum Lagern ihrer Waren und Vorräte.»

Wo Anna und Christian aufgewachsen waren, gab es keine

Keller unter den Häusern. Da waren die Dächer auch nicht mit Ziegeln gedeckt, sondern mit Holzschindeln oder Stroh. Als Anna jetzt an ihr Zuhause dachte, merkte sie, wie sehr sie die Mutter und die Geschwister vermisst hatte. Und mit Konrad und dem Pfarrer an ihrer Seite hatte sie auch keine Angst mehr vor ihrem Vater.

Kapitel 45

Heimkehr

Die Magd, die ihnen die Tür zum Pfarrhaus öffnete, brauchte geraume Zeit, bis sie begriff, wer da vor ihr stand.

«Jesus, Maria und Josef – der Junker Konrad! Und das Töchterlein vom Auberlin! Ach Herrje, wo habt ihr nur so lang gesteckt? Der Herr Pfarrer hat euch alle verloren geglaubt und hat auch inzwischen einen neuen Altardiener gefunden …»

«Ist mein Oheim denn im Haus?», unterbrach Konrad sie.

«Aber nein, der ist doch bei – ja, sag bloß, Anna», ihr Blick wurde unsicher, «dann warst du noch gar nicht daheim bei dir?»

Anna schüttelte den Kopf, und eine böse Ahnung beschlich sie. Bitte, lieber Gott, flehte sie im Stillen, lass der Mutter und den Kindern nichts zugestoßen sein!

«Hör zu, Anna: Du solltest rasch nach Hause gehen, deinem Vater geht's gar nicht gut. Ein schlimmes Fieber hat ihn erwischt, vor vielen Tagen schon, und es wird und wird nicht besser. Der Herr Pfarrer ist bei ihm, zusammen mit dem Altardiener und dem Teufelsaustreiber.»

Der kurze Anflug von Erleichterung wich Bestürzung.

Hatte sie ihrem Vater im Zorn auch schon manches Mal die Pestilenz an den Hals gewünscht – seinen Tod wollte sie wahrhaftig nicht. Erst recht nicht jetzt, wo sie heimgekehrt war. Er war trotz allem immer noch ihr Vater, der Mann, der sich sein Lebtag abgerackert hatte, um für die Familie zu sorgen.

«Dann steht es so ernst um ihn?»

«Ich fürchte, ja – er hat um die Sterbesakramente gebeten.»

Sie machten auf dem Absatz kehrt und durchquerten die Stadt fast im Laufschritt. Am Eingang zu ihrer Gasse hielt Anna inne: Hatte ihr Häuschen schon immer so schäbig ausgesehen, mit diesem dunklen, verwitterten Holz und dem eingesunkenen Dach?

«Kommst du mit?», fragte sie Konrad beklommen.

«Aber ja.»

Unten in der Werkstatt waren Tor und Fenster verschlossen, und so stürmte sie die Außentreppe hinauf. Von drinnen hörte sie die kräftige Stimme des Stadtpfarrers: «So spreche ich dich los von deinen Sünden, im Namen des Vaters und des Sohnes und des Heiligen Geistes. Gehe hin in Frieden.»

«Amen», kam es vielstimmig zurück.

In der kleinen Stube neben der Küche drängten sich die Menschen um die reglose, ausgemergelte Gestalt unter dem weißen Laken, die aufgebahrt auf einem schmalen Bett mitten im Raum lag, das Gesicht wachsbleich, die Augen geschlossen. Am Kopfende lehnte die Mutter, in ihren Armen die kleine Resi und Matthis, alle drei mit geröteten Augen.

Ein eisiger Schauer lief Anna über den Rücken: Sie war zu spät gekommen!

Doch da hob sich mit einem Seufzer die Brust des Sterbenskranken. Niemand beachtete sie, wie sie dort im Türrahmen stand, während Pfarrer Theodorich in seinen Verrichtungen fortfuhr, indem er auf Stirn, Brust und Hände des Vaters mit geweihtem Öl das Kreuz zeichnete und dabei feierlich klingende lateinische Worte sprach. Auf Deutsch sagte er am Ende: «Möge durch diese heilige Salbung getilgt werden, was immer du gesündigt hast. Der Herr rette dich in seinem Erbarmen, in seiner Gnade richte er dich auf.»

Ein Moment der Stille folgte, und Annas Blick traf sich mit dem ihrer kleinen Schwester.

«Mutter, wer ist die Frau dahinten?», rief Resi.

«Heilige Jungfrau Maria – ein Wunder!» Die Mutter schlug die Hände zusammen. «Unsere Anna ist zurück!»

Alle Gesichter wandten sich ihr zu, nur der Vater regte sich nicht. Er schien zu schwach, um die Augen zu öffnen, aber vielleicht schlief er ja auch nur. Anna drängte sich an den Nachbarn und Anverwandten vorbei und fiel erst ihrer Mutter, dann den Geschwistern in die Arme. Nun kamen ihr doch die Tränen.

«Kennst mich denn wirklich nimmer?», fragte sie Resi. «Ich bin deine große Schwester, die Anna.»

«Du siehst halt jetzt – anders aus.»

«Du auch, Resi.» Liebevoll fuhr sie dem Kind durch die blonden Engelslocken. «Du bist größer geworden, und der Matthis auch.»

Ein wenig unsicher wandte sie sich dem Pfarrer zu und beugte das Knie. «Gott zum Gruße, hochwürdiger Herr Pfarrer.»

Sie stockte, wusste nicht, was sie Pfarrer Theodorich sagen sollte. Hatte sie doch mit einem Mal das Gefühl, dass sie mit ihrer Flucht ein großes Unrecht begangen hatte.

Doch dessen zuvor so ernster Blick wurde weich, bevor auch er sie in unverhohlener Freude umarmte.

«So hat der Herr also unsere Gebete erhört!», sagte er der Mutter. Die schien noch immer nicht zu glauben, dass ihre Tochter leibhaftig vor ihr stand – immer wieder streichelte sie ihr fassungslos die Wangen.

Anna wies auf die offene Tür zum Treppenaufgang. «Der Konrad und der Christian sind auch mit dabei, Herr Pfarrer.»

«Was für ein Tag – o Herr, ich danke dir!»

Der große, kräftige Mann schien Mühe zu haben, die Tränen zurückzuhalten. Schließlich fasste er sich wieder.

«Ich bitte dich, Anna: Geh hin zu deinem Vater und sag ihm, dass du bei ihm bist.»

Sie betrachtete die über dem Leintuch gefalteten Hände, die sie so viele Male geschlagen hatten. Jetzt wirkten sie kraftlos und verletzlich.

«Ich glaube nicht, dass ihm das wichtig ist», sagte sie leise.

«Da täuschst du dich. Es ist ihm sogar sehr wichtig, wie er mir gebeichtet hat.»

«Dann … dann geht es wahrhaftig zu Ende mit ihm?»

Der Pfarrer nickte. «Ich denke, es wird seine letzte Nacht auf Erden sein. Jetzt, wo du da bist, kann er endlich in Frieden sterben.»

Sie bemerkte, wie der Pfarrer der Mutter hoffnungsfroh zulächelte, und nickte, indessen ohne innere Überzeugung.

«Vater?» Zögernd beugte sie sich über ihn. «Ich bin's, die Anna. Ich bin zurückgekommen.»

Seine Lider zuckten, die blutleeren Lippen bewegten sich. Sie hielt ihm ihr Ohr hin, verstand indessen nur mehrfach ihren Namen und dann etwas, das klang wie: «Schuld.»

Sie zuckte zusammen. Gab er *ihr* etwa die Schuld an seinem Sterben? Sie wusste darum, dass ein Todgeweihter die Lebenden verfluchen konnte. Wollte er ihr womöglich noch in der Stunde seines Todes ein Leid zufügen?

«Was will er mir nur sagen? Wisst Ihr es, Herr Pfarrer?»

Pfarrer Theodorich gab keine Antwort darauf. Stattdessen legte er ihr den Arm um die Schultern.

«Ich will ihm nun zur Stärkung die Kommunion spenden,

vielleicht hat er danach ein wenig mehr Kraft, um mit dir zu sprechen.»

Vier teure Wachskerzen, die Pfarrer Theodorich mitgebracht haben musste, erleuchteten den Raum, als Anna in das Sterbezimmer zurückkehrte, um die Nachtwache zu halten. Die Nachbarn waren längst zum Abendessen nach Hause gegangen, und sie hatte die Mutter zu Bett gebracht, hatte gewartet, bis sie in ihren Armen erschöpft eingeschlafen war.

Durch die offene Tür zur Küche hörte sie Konrad und den Pfarrer nebenan leise und eindringlich miteinander reden, während Christian auf der Stubenbank eingenickt war. Von der Küche her knisterte tröstlich das Herdfeuer, die Kerzen verbreiteten einen warmen Schein. Der Atem des Vaters ging schwach, aber regelmäßig. Ganz und gar friedlich lag er da. Gesprochen hatte er zu ihr nicht mehr.

Nachdenklich betrachtete sie den Mann, der ihr so viel Gram und Kummer zugefügt hatte, sie so oft geschlagen und gedemütigt hatte. Sie wunderte sich selbst, dass da plötzlich kein Zorn mehr in ihr war, nicht einmal Verbitterung. Nur eine bange Unruhe über das Wörtchen «Schuld», das sie glaubte verstanden zu haben.

Sie betrat die Küche. Das Gesicht des Pfarrers war sehr ernst, gerade so, als habe Konrad ihm schon von ihren Heiratsabsichten erzählt. Sie fand, dass das noch Zeit gehabt hätte.

«Wollen wir nun zusammen beten?», fragte sie. Da hörte sie hinter sich ein leises Stöhnen, dann ihren Namen: «Anna?»

Nicht als Befehl wie sonst kam der heisere Ruf, sondern eher wie eine zaghafte Bitte. Als sie sich umdrehte, sah sie, dass der Vater die Augen offen hatte.

«Anna», wiederholte er, als sie zu ihm trat. Nach anfänglicher Überwindung strich sie ihm unbeholfen über die eingefallenen Wangen. Sie konnte sich nicht erinnern, wann sie ihn zum letzten Mal auf diese Weise berührt hätte.

«Was wolltest du mir sagen?»

Er tastete nach ihrer Hand und hielt sie fest.

«Bin froh, dass du zurück bist, hab dich schon tot geglaubt», flüsterte er. «Ich war ein schlechter Mensch. Hab große Schuld auf mich geladen.»

Damit hatte sie nicht gerechnet, und ihr schossen augenblicklich die Tränen in die Augen.

«Sag so was nicht. Du warst ein treusorgender Vater …»

«Dir nicht, Anna. An dir hab ich meinen Zorn ausgelassen.» Seine Worte kamen plötzlich erstaunlich klar, und der Druck seiner Hand wurde kraftvoller. Ihr war, als wollte er sich an ihr festhalten.

«Glaub mir, Anna – ich wollt dich immer lieben wie meine eigene Tochter, aber ich hab's nicht vermocht. Weil ich verstockt war. Der Herr wird mich richten.»

In ihrem Kopf begann sich alles zu drehen. Was redete ihr Vater da bloß?

«Jetzt … hol deine Mutter … will mich auch von ihr verabschieden …»

Erschöpft rang er um Atem, und sie beeilte sich, ihre Mutter zu wecken. Der Vater hielt die Augen geschlossen und atmete ganz flach, als sie an seine Bahre traten.

Die Mutter streichelte seine Hände. Er wollte etwas sagen, doch er war zu schwach.

«Hab deinen Frieden, Auberlin», stieß sie zwischen leisem Schluchzen hervor. «Alles wird gut, jetzt, wo die Anna da ist.»

Mühevoll rang er sich ein Nicken ab, dann erschlafften seine Muskeln. Es war vorbei.

Anna zog ihre Mutter an sich. Deren Trauer war groß, das fühlte sie.

«Friede sei mit dir», hörte sie Pfarrer Theodorich sagen. Er schloss dem Verstorbenen Mund und Augen, besprengte ihn mit Weihwasser und begann gemeinsam mit Konrad, der hinzugetreten war, das *De profundis* zu beten.

Lange Zeit hielt Anna ihre Mutter fest umschlungen und spürte, wie gut das tat.

«Machen wir uns an die Arbeit, mein Kind.» Die Mutter richtete sich auf.

Anna nickte. Wortlos wuschen sie den Leichnam und kleideten ihn ins Totenhemd, während Christian ihre Geschwister weckte. Dann verschwand die Mutter in der Küche, um eine Stärkung zu richten. Die ganze Nacht über würden sie zusammen ihre Totengebete und Fürbitten sprechen und über den Leichnam wachen, damit keine bösen Geister seine Ruhe störten.

«Bleibst du bei uns?», fragte sie Konrad. Er wirkte verunsichert – hatte der Pfarrer ihm die Heirat etwa untersagt?

«Ja, Anna. Die ganze Nacht.»

«Danke», sagte sie leise und ging zu ihrer Mutter in die Küche. Die stand wachsbleich am Herd und sah noch zerbrechlicher aus als sonst. Anna zögerte. Nein, sie musste sie fragen – wann, wenn nicht jetzt?

«Mutter?», begann sie leise und trat dicht neben sie. «Warum konnte Vater mich nicht lieben wie sein eigenes Kind?»

Ihr war, als hätte ihre Mutter auf diese Frage schon lange gewartet. Nach einem Moment des Schweigens erwiderte sie überraschend gefasst: «Als ich deinen Vater geheiratet hatte, da hab ich dich schon unterm Herzen getragen. Er hat's gewusst und hat mich dennoch genommen. Und glaub mir, Kind, auf seine Art hat er mich geliebt und hat auch dich lieben wollen … Aber es war ihm zu schwer.»

Jetzt war die Wahrheit heraus. Anna traten die Tränen in die

Augen. Sie hatte es geahnt, all die letzten Jahre, auch wenn sie es nicht hatte wahrhaben wollen. Der Gedanke, ein Kuckuckskind zu sein, tat weh, und doch war dieser Mann, der nebenan tot aufgebahrt lag und nicht ihr Vater war, gewillt gewesen, sie an Kindes statt anzunehmen. Plötzlich konnte sie so vieles verstehen, und eines Tages würde sie ihm vielleicht auch verzeihen können. Zumal ihre Flucht aus dem Elternhaus sie zu Konrad geführt hatte.

«Wer also ist mein leiblicher Vater?»

Die Lippen ihrer Mutter begannen zu zittern. Bevor sie etwas erwidern konnte, spürte Anna eine Hand auf ihrer Schulter. Es war Pfarrer Theodorich.

«Ich komme dann zur Bestattung morgen früh bei euch vorbei. – Ist dir nicht wohl, Elsbeth?»

Hilflos wanderte der Blick der Mutter zum Pfarrer.

«Ich kann's dir nicht sagen, Anna. Ich vermag es nicht.»

Anna lehnte den Kopf gegen Konrads Schulter.

«Es ist, als würde ich träumen», sagte sie leise, und Konrad zog sie an sich. Alles in ihr war mit Glück erfüllt, so übervoll mit Glück, dass sie es schier nicht ertrug.

Sie saßen auf der Holzbank, die Matthis ihnen mit Christians Hilfe gezimmert hatte, und ließen sich die milde Spätherbstsonne aufs Gesicht scheinen. Saßen hier Arm in Arm, nur einen Steinwurf entfernt vom Elternhaus, vor diesem schmucken Häuschen, das die Bürgerschaft Konrad gegen einen geringen Mietzins zur Verfügung stellte. Und zwar dafür, dass er künftig das Amt des Stadtschreibers ausübte, was er nicht zuletzt dem Einsatz von Pfarrer Theodorich zu verdanken hatte. Überdies hatte sein Oheim nicht gezögert, den elternlosen Christian im Pfarrhaus aufzunehmen. Und übermorgen nach der Sonntagsmesse würde er ihnen den kirchlichen Segen geben, vor den versammelten Bürgern der Stadt. Sogar Konrads Brüder hatten ihren Besuch angekündigt, und die Ringe würde er heute Abend beim Goldschmied abholen.

Als ob er ihre Gedanken gelesen hätte, sagte er leise: «Ich kann es noch gar nicht fassen, was für eine Wende mein Leben genommen hat. Nicht nur, dass du mit mir unbeschadet die halbe Welt durchwandert hast – jetzt bleiben wir auf immer zusammen und haben sogar hier in Freiburg ein Auskommen gefunden.»

Ungeachtet der beiden Mägde, die mit ihren Einkaufskörben dicht an ihnen vorbeischlenderten, gab Anna ihm einen scheuen Kuss auf den Mund, woraufhin die Mägde prompt albern zu kichern begannen.

«Jetzt bist du ein wenig rot geworden», stellte Konrad fest. «Wie wunderschön du dann bist.»

Sie lachte. «Du auch. Ich meine, du bist auch rot geworden.»

«Im Ernst?»

«Ja.»

Sie wusste, wie schwer es ihm fiel, sie nicht zu berühren oder zu umarmen. Schließlich waren sie noch nicht vor Gott verheiratet. Und auch ihr selbst fiel es alles andere als leicht. Doch nur noch zwei Tage, und sie würde zu ihm in dieses Haus ziehen, neben ihm einschlafen und neben ihm aufwachen.

Plötzlich wurde sie ernst. «Du hast es *vor* mir erfahren, nicht wahr? Das mit meinem Vater …»

«Ja, noch bevor dein Stiefvater gestorben ist. Das war, als du am Sterbebett standest und ich mit dem Pfarrer allein bei euch in der Küche saß. Ich hatte ihm eröffnet, dass ich nicht mehr Priester werden will, weil ich ein Mädchen liebe. ‹Die Anna, nicht wahr?›, hatte er zurückgefragt, und plötzlich waren ihm die Tränen gekommen. Ich war ganz erschrocken – erst recht, als er mir sagte: ‹Mein Junge, du sollst es besser machen als ich!› Dann war es ganz schnell heraus.»

Er nahm ihre Hand.

«Glaub mir, Anna: Der Zölibat ist eine unselige Sache und hat nichts mit Priestertum zu tun. Weil's nämlich der menschlichen Natur fremd ist. Die Ehelosigkeit und Enthaltsamkeit ist was für Mönche, die sich von der Welt zurückgezogen haben, meinetwegen auch für Bischöfe und den Heiligen Vater – aber doch nichts für Leutpriester, die in ihrer Gemeinde mitten im Leben stehen! Bis vor zweihundert Jahren hatten sich die Pfarrer noch verheiraten können, jetzt aber verlieren sie Amt und Pfründen, wenn sie's tun. Und so haben sie halt heimlich ihre Kebsen und Konkubinen, müssen ihre Kinder verstecken oder weggeben – auch wenn's hinter vorgehaltener Hand jeder weiß, selbst der eigene Bischof. Das ist scheinheilig und heuchlerisch.» Er unterbrach sich. «Was schaust du mich so an? Ach, ich weiß, ich hab mal wieder zu viel geredet …»

«Aber nein – ich frag mich nur, ob er wohl meine Mutter geliebt hat?»

«Das hat er, ich weiß es. Mein Oheim und ich haben die letzten Tage ja viele Stunden miteinander verbracht. Er hat sie geliebt und hätte sie geheiratet, wär ihm das möglich gewesen. Aber du kennst ihn – er ist mit Leib und Seele Priester und hätte alles verloren. Willst du ihm das zum Vorwurf machen? Oder dass er für deine Mutter einen tüchtigen Schuhmacher gefunden hatte, der bereit war, sie zu heiraten, damit du in einer richtigen Familie aufwächst?»

Sie schüttelte den Kopf. «Nein, das könnt ich nicht. Ich hab den Herrn Pfarrer, seit ich denken kann, geschätzt und verehrt. Mehr als meinen Vater – als meinen Stiefvater», verbesserte sie sich und lächelte. «Auch wenn's mir schwerfällt, den Pfarrer

Vater zu nennen und den Vater Stiefvater – ich bin froh, dass ich um die Wahrheit weiß.»

Eine Zeitlang schwiegen sie, bis sie beide wie aus einem Munde sagten: «Aber wir beide …»

Konrad musste lachen. «Du zuerst!»

Sie drückte seine Hand. «Wir beide werden es anders machen. Wir werden nichts vor der Welt verheimlichen müssen. Und wir werden Kinder haben, viele Kinder. Ach Konrad, was haben wir nur für ein Glück.»

«Ja, das haben wir. Es ist das größte Glück der Welt, dass ich dich lieben darf.»

Nachwort der Autorin

Zwei Hirtenknaben sollen im Frühjahr 1212 an unterschiedlichen Orten eine himmlische Erscheinung gehabt haben: In Cloyes-sur-le-Loir, nicht weit von der Stadt Vendôme, vernimmt der junge Schafhirte Stephan eine nächtliche Stimme auf freiem Feld, woraufhin im Morgengrauen ein Pilger zu ihm tritt, um ihm einen Himmelsbrief zu überreichen, sich gleich darauf als Jesus Christus offenbart und dann im Nebel entschwindet. Etwa zeitgleich erscheint in der Nähe von Köln dem zehnjährigen Hirtenjungen Nikolaus, möglicherweise Sohn eines verarmten Landadligen, ebenfalls ein fremder Pilger, der sich für den Heiland ausgibt, dazu ein Engel. Beide Knaben erhalten denselben Auftrag: Zusammen mit unschuldigen Kindern sollen sie sich auf den Weg machen und die heilige Stadt Jerusalem aus den Fängen der Ungläubigen befreien – und zwar anders als die bislang gescheiterten Kreuzritter auf friedliche Weise und ohne Waffen.

Von Stephan aus Cloyes verliert sich die Spur, nachdem König Philipp August ihm in Paris befohlen hat, den Zug aufzulösen. Banden von jugendlichen armen Pilgern tauchen hie und da noch in Ostfrankreich auf, man vermutet, dass sich die Versprengten mit dem deutschen Zug vereinigt haben. Die Quellenlage ist schlecht, weitaus schlechter jedenfalls als die Berichte über ein anderes Ereignis des Jahres 1212, dem deutschen Thronstreit zwischen dem Welfen Otto IV. von Braunschweig und dem Staufer Friedrich II. von Hohenstaufen, König von Sizilien und Enkel des legendären Kaisers Barbarossa.

Wenn auch umstritten ist, welchen Wahrheitsgehalt die alten Chroniken bezüglich der Kinderkreuzzüge haben, so finden sich doch einige Fakten, die stets wiederkehren. Bei beiden Knaben berichten die Chronisten von seltsamen Leuchterscheinungen und blitzenden Kreuzen am Nachthimmel (was auf Phänomene wie Kometen oder Nordlichter hinweist); beide Knaben halten wortgewaltige Reden vor Kirchen und auf Marktplätzen, finden zahllose junge Mitstreiter, bevor sie sich, als einfache Pilger nur mit dem Nötigsten versehen, auf den weiten Weg ans Mittelmeer machen. Und zwar im sicheren Glauben, dass sich das Meer ihnen, wie dereinst für Moses und das auserwählte Volk, teilen würde, damit sie trockenen Fußes Palästina erreichen. Andere Fakten sind sicherlich der Wundergläubigkeit der Zeitgenossen oder dem missionarischen Eifer einiger Chronisten geschuldet, etwa, wenn von Wunderheilungen der beiden Knaben die Rede ist oder von 30 000 jungen Pilgern, die das Rheintal hinaufgezogen seien – man bedenke, dass eine Stadt damals kaum mehr als zweitausend Einwohner hatte! Was indessen auch schon aus zeitgenössischen Chroniken herauszuhören war: Es gab damals unter Geistlichen wie Gebildeten durchaus Zweifler und kritische Stimmen, die dieses Unternehmen als gotteslästerlich und verderblich geißelten.

Anhand der Einträge in verschiedenen Chroniken kann der Zug ungefähr rekonstruiert werden. Von Köln zog die Gruppe über Trier nach Speyer und Straßburg und von da weiter Richtung Süden. Eine Kölner Chronik besagt, dass bereits vor der Überquerung der Alpen viele vor Hunger und Durst gestorben seien. Wo genau die Alpen überquert worden sind, ist aus den Quellen schwer ersichtlich. Möglicherweise hat sich der Zug geteilt: Eine kleinere Gruppe nahm den Brennerpass, die größere mit Nikolaus den kürzeren Weg über die Westalpen (Mont-Cenis oder Sankt Bernhard). Über die Lombardei gelangten sie schließlich im Spätsommer nach Genua. Der Stadtchronist von Genua vermerkte, dass an die 7000 Männer, Frauen und Kinder («pueros et puellas») in die Stadt gelangt seien. Einige hätten die Stadt bereits anderntags verlassen, offensichtlich enttäuscht darüber, dass das Wunder der Meeresteilung ausgeblieben war. Nach dem «Debakel von Genua» scheint sich der Zug aufgeteilt oder aufgelöst zu haben. Gemäß den Annalen des elsässischen Klosters Marbach soll eine Gruppe nach Rom gezogen sein, um sich von Papst Innozenz III. vom Kreuzgelübde entbinden zu lassen, andere seien auf Schiffen nach Palästina gefahren, wo sie in die Sklaverei verkauft wurden. Keiner der Kreuzzugsteilnehmer scheint das Heilige Land je erreicht zu haben, und alle Quellen sind sich darin einig, dass von den Tausenden, die die Alpen überquert hatten, nur wenige den Weg zurück fanden. Der Marbacher Chronist vermerkt nicht ohne Hohn, dass diejenigen, die auf der Hinfahrt singend in Scharen gen Süden gezogen seien, nun kleinlaut, barfüßig, hungrig und von allen verlacht nach Hause gekommen seien. Einhellig lassen die Chronisten nun verlauten, dass nur der Teufel selbst die beiden Knaben angestiftet haben konnte.

Stellt sich uns heute dieser sogenannte Kinderkreuzzug – der Begriff Kreuzzug kam erst im 17. Jahrhundert auf – als eine kaum glaubhafte Begebenheit dar, war er für die gottesfürchtigen Menschen damals höchstens außergewöhnlich, weil eben Kinder mitzogen, nicht wegen seiner Spiritualität. Die Sehnsucht, das Heilige Land mit den Wirkungsstätten Jesu den muslimischen Herrschern zu entreißen, war in allen Gläubigen mehr oder weniger tief verankert, und vor diesem Hintergrund ist der Heerzug der Kinder im Jahre 1212 auch zu betrachten: Zwar hatte der erste Kreuzzug, zu dem Papst Urban II. 1095 aufgerufen hatte, bereits Erfolg, und Jerusalem wurde unter

Strömen gegnerischen Bluts schließlich 1099 eingenommen, doch keine neunzig Jahre später war es wieder an die «Ungläubigen» verloren. Alle weiteren, nicht weniger blutrünstigen Eroberungsversuche, bei denen in einem Handstreich zugleich gegen Juden, Katharer und andere Abtrünnige vorgegangen wurde, scheiterten (welche machtpolitischen und wirtschaftlichen Motive mit dem religiösen Impuls verknüpft waren, soll hier nicht erläutert werden), und so hatte sich bei Geistlichkeit und Adel eine Art Kreuzzugsmüdigkeit eingestellt. Auch im einfachen Volk war die Begeisterung für die Gotteskrieger verflogen, die als «Kriegsgewinnler» unterwegs gut Beute gemacht oder sich in den verbliebenen christlich besetzten Teilen Palästinas festgesetzt hatten, um sich dort im Luxus einzurichten. Die ersten kritischen Stimmen kamen auf, dass Kriegszüge ins Heilige Land gar nicht notwendig seien, da Wallfahrten nach Jerusalem auch unter muslimischer Herrschaft möglich seien, und die Zahl der Bewunderer der hochstehenden orientalischen Kultur nahm zu.

Dem allen musste die Kirche etwas entgegensetzen. Und so verkündete Papst Innozenz III. 1212 öffentlich, dass das «heilige Werk» der endgültigen Befreiung Jerusalems nur einem unschuldigen Kind gelingen könne. Zwar dachte er dabei an den siebzehnjährigen Thronanwärter Friedrich II. von Hohenstaufen, dessen Vormund und Gönner er war, doch einmal ausgesprochen, pflanzte sich dieser Gedanke in die Köpfe der Menschen. Erst recht, als im Gefolge eines gewissen Franz von Assisi eine neue mönchische Bewegung aufkam: Er und seine Anhänger, die als Buß- und Armutsprediger durch die Lande zogen, vertraten die Ansicht, dass nur eine Bewegung von Unschuldigen und Armen fähig sein werde, das Grab Christi zurückzuerobern.

Für mich als Autorin stellte sich natürlich die Frage, wie

diese «Kinder» – in Wirklichkeit waren es in der Mehrzahl Halbwüchsige aus ärmlichen Verhältnissen – auf einen solch hanebüchenen Gedanken kamen, zu Fuß nach Palästina zu wandern, um allein mit Gottes Wort Jerusalem zu befreien. Wie die allermeisten ihrer Zeitgenossen nahmen auch sie die Bibel wörtlich, und so waren sie gewiss von der Wahrheit der Prophezeiung ihres Anführers überzeugt, glaubten daran, dass ihre Teilnahme am Kreuzzug gegen Gottesstrafen wie Dürren, Seuchen oder Naturkatastrophen helfen und dass ihnen zum Lohn das Paradies winken würde. Dennoch drängt sich die Frage nach Drahtziehern im Hintergrund förmlich auf, zumal sich die himmlischen Offenbarungen der beiden Hirtenknaben verblüffend gleichen.

Ich tendiere zu Folgendem: Das Phänomen als reine Massenhysterie abzutun, die von zwei halben Kindern angefacht wurde, wäre zu kurz gegriffen, und persische Geheimbünde als Hintermänner anzunehmen – diese These ist in der Literatur durchaus zu finden –, scheint mir sehr weit hergeholt. Auch skrupellose Intriganten und Geschäftemacher, die mit Aberhunderten von jungen Leuten reiche Beute für den Sklavenmarkt witterten, hätten wohl kaum ein solch aufwendiges und «verlustreiches» Unternehmen initiiert – sie haben in den italienischen Hafenstädten wohl eher die Gelegenheit beim Schopfe gepackt. Steckte also mit Papst Innozenz die Kirche dahinter? Innozenz III. bewunderte die jungen Leute zwar, hatte aber nie seinen Segen für diesen Kreuzzug gegeben.

Am plausibelsten erscheint mir, dass das Sendungsbewusstsein der beiden Hirtenjungen durchaus echt gewesen war, ihre wundersame Begegnung mit Heiland und Engeln indessen nicht. Hier könnten fanatisierte Armutsprediger des neuen Bettelordens durchaus ein wenig «nachgeholfen» haben, um die Knaben für ihre eigene Mission zu instrumentalisieren.

Was Stephan und Nikolaus ihren Anhängern predigten, entsprach nämlich haargenau dem Credo der Franziskaner: in Armut, Frieden und ohne Waffen durch die Welt ziehen und dabei die Ungläubigen allein durch Worte und gelebten Glauben bekehren. Und wer wäre hierzu besser geeignet als unschuldige Kinder und Jugendliche aus den untersten Schichten, die ohnehin nichts zu verlieren hatten? Dazu würde auch passen, dass Nikolaus laut der Chronik von Trier auf seinem Gewand ein Kreuzzeichen in der Form eines T getragen haben soll, genau wie Franz von Assisi.

Ob dieser Kinderkreuzzug nun mit oder ohne Wissen des bald schon heiliggesprochenen Franziskus ins Verderben zog, wäre für unsere Geschichte denn auch ohne Belang. Übrigens: Bis auf Nikolaus sind all meine Figuren natürlich erfunden.

Mehr Informationen zu den historischen Hintergründen finden sich auf www.astrid-fritz.de

Glossar

Abend – altertümliche Bezeichnung für westliche Himmelsrichtung

achtern – Seemannssprache: hinten

addio – ital.: Lebewohl

Akkon – Hafenstadt in Israel, während der Kreuzzüge schwer umkämpft

Akoluth – vierte und letzte Stufe der niederen *Weihen* auf dem Weg zur Priesterweihe

al-Andalus – arabischer Name für die zwischen 711 und 1492 muslimisch beherrschten Teile der iberischen Halbinsel (daher der heutige Name Andalusien)

alla salute – ital.: zum Wohlsein, Prosit

Allerheiligstes – Begriff des Christentums: geweihte Hostie, in der Christus gegenwärtig ist

Alt Sankt Peter – mittelalterliche Straßburger Pfarrkirche, 1130 erstmals erwähnt

amico – ital.: Freund

Anger – Dorfplatz zur gemeinschaftlichen Nutzung

Antoniusfeuer – Vergiftung durch ein von Pilzen (Mutterkorn) befallenes Getreide, die früher meist tödlich verlief (Durchfall, Absterben der Gliedmaßen, Wahnvorstellungen)

Antoniuskreuz – T-förmiges Kreuz, gilt im Christentum als Bußzeichen; Symbol des *Franz von Assisi* sowie später der Antoniter

ausstreichen – auch ausstäupen: auspeitschen mit Riemen oder Reisigbündel *avanti* – ital.: los, vorwärts

Baptisterium – Taufkapelle, ursprünglich als gesondertes Gebäude außerhalb der Kirche

Barbarossa – Friedrich I. aus dem Geschlecht der Staufer, genannt Barbarossa (Rotbart), war von 1155 bis 1190 Kaiser des römisch-deutschen Reichs

barbieren – veraltet: rasieren

Barke – kleineres Boot ohne Mast

bellissimo – ital.: wunderschön

bene – ital.: gut

Benediktus (480–547 n. Ch.) – der heilige Benedikt von Nursia begründete den Orden der Benediktiner

benvenuto – ital.: willkommen

Bertold – siehe *Herzog Bertold*

Bistum – Amtsbezirk eines Bischofs, auch: Diözese

Bootslände – siehe *Lände*

Breisgau – Region im Südwesten des heutigen Baden-Württemberg, mit Freiburg im Zentrum

Bruch – hier: die gemeinschaftlichen Viehweiden (Allmende) im mittelalterlichen Straßburg vor den nördlichen Stadtmauern (heutiges «marais vert»)

Bruderhof – ehemaliges Straßburger Domkapitel nahe dem Münster, Sitz der Domherren, die die Leitung der Bischofskirche innehaben

buona notte – ital.: gute Nacht

Büttel – auch Stadtweibel, Scherge, Steckenknecht, Stadtknecht: niedrige gerichtliche Hilfsperson in der mittelalterlichen Strafverfolgung

Caritas – christliche Tugend der Nächstenliebe und Wohltätigkeit

Chor – Altarraum in Kirchen, der früher den Geistlichen und Mönchen vorbehalten war

Christoffelstor, Christoffelsturm – ehemaliges Freiburger Stadttor am nördlichen Ende der heutigen Kaiser-Joseph-Straße, etwa auf Höhe des heutigen Siegesdenkmals

Credo – (lat.: ich glaube) christliches Glaubensbekenntnis als fester Bestandteil des Gottesdienstes

Dachreiter – (hölzerner) Glockenstuhl, der auf dem Dachfirst aufsitzt, typisch für Kapellen und schlichte *Zisterzienser*kirchen

Denar, Pl. Denari – kleine mittelalterliche Silbermünze, entsprechend dem Pfennig im deutschsprachigen Raum

De profundis – (lat.: aus der Tiefe) sechster der sieben Bußpsalmen, traditionelles katholisches Totengebet (Psalm 130)

Deus lo vult! – spätlat.: Gott will es! Ruf der Kreuzfahrer

Dorfschultes – vom Landesherrn eingesetzter Beamter, der die Verwaltungshoheit und niedere Gerichtsbarkeit im Dorf innehatte

Dreisam – Fluss durch Freiburg; lag früher dichter an der Altstadt als heute

durchparieren – Reitersprache: Das Pferd in eine langsamere Gangart wechseln lassen oder zum Halten bringen

Eideshelfer – Begriff des mittelalterlichen Strafverfahrens: Ein Beklagter konnte seine Unschuld beeiden («Reinigungseid»), sofern er sieben unbescholtene Leumundszeugen aufbrachte, die «Eideshelfer»

Elende – früher auch synonym für arme Reisende und Pilger

Elle – altes Längenmaß nach der Länge des Unterarms; je nach Region meist etwa ein halber Meter

Esse – offene Feuerstelle der Schmiede

Evangeliar – zumeist sehr kostbar ausgestattetes Buch mit dem Text der vier *Evangelien* des Neuen Testaments

Evangelium – aus dem Griechischen für «frohe Botschaft»; gemeint sind die vier Evangelien nach Matthäus, Markus,

Lukas und Johannes im Neuen Testament. Auch die Schriftlesung aus den Evangelien im christlichen Gottesdienst wird so bezeichnet

Firn – verdichteter Altschnee im Hochgebirge

Fischbrunnen – Brunnen am einstigen Fischmarkt Freiburgs, an Stelle des heutigen Bertoldsbrunnens

Flecken – oberdeutsch für: Ortschaft, Dorf, Weiler

Franz von Assisi (1182–1226) – Ordensgründer; der Sohn eines reichen Tuchhändlers überwarf sich nach einer Vision mit seinem Vater und lebte fortan als Buß- und Wanderprediger nach dem Vorbild Jesu Christi in freiwilliger Armut

Friburch – alter Name von Freiburg im Üechtland (Schweiz); wie die deutsche Namensschwester eine *Zähringer*stadt

Fron – mittelalterliches Abhängigkeitsverhältnis der leibeigenen Bauern von ihren Grundherren: Für die (oft spärlichen) Erträge ihrer Feldarbeit auf grundherrlichem Boden mussten sie Abgaben leisten, dazu Frondienste verrichten wie Mahlen, Backen, Viehhüten, Zäunen, Holzschlagen, Botengänge, Fuhrdienste, Straßen- und Brückenbau, Spinn-, Web- und Waschdienste

Fronbote – mittelalterlicher Gerichtsdiener, Vollstreckungsbeamter

Fronhof – Hofgut des Grundherrn; in kleineren Grundherrschaften von ihm selbst bewohnt, in größeren von seinen Verwaltern (sogenannte *Meier*)

Fuß – altes Längenmaß, je nach Region um die dreißig Zentimeter

Galeere – gerudertes Kriegsschiff

Geck – eitler, aufgeblasener, herausgeputzter Mensch

Gelübde – hier ist das *Kreuzgelübde* der Kreuzfahrer gemeint

Gerichtslaube – die ursprüngliche Freiburger Gerichtslaube stand bis ins 15. Jh. beim heutigen Bertoldsbrunnen. Das

Gebäude zwischen Gauch- und Turmstraße, das heute missverständlicherweise «Gerichtslaube» genannt wird, stellt das älteste Freiburger Rathaus dar

Geschlechter – altes Wort für Patrizier, vornehme Bürger

Geschworene – siehe *Rat der Vierundzwanzig*

Gotteslohn – um Gotteslohn: umsonst

Gottesurteil – Gerichtsverfahren des frühen und hohen Mittelalters, bei dem das Urteil mit «Gottes Hilfe» gesucht wurde; hierzu gehörten die Feuerprobe, die Wasserprobe, der gerichtliche Zweikampf

Große Gass – heutige Kaiser-Joseph-Straße in Freiburg; war damals Haupt- und Marktgasse mit zahlreichen Verkaufsständen

Grosso, Pl. Grossi – schwere Silbermünze in Oberitalien seit dem frühen Mittelalter

Guelfen – in den Städtekriegen des mittelalterlichen Oberitaliens die Parteigänger des Papstes / Gegner des römisch-deutschen Kaisers; nach dem Adelsgeschlecht der *Welfen* benannt

Gugel – mittelalterliche Kragenkapuze der Bauern

Halbpfennig – da der Pfennig die kleinste Münzeinheit war, wurden die Münzen geteilt; auch Scherf(lein), Hälbling genannt

Heiliges Römisches Reich – Herrschaftsbereich des römisch-deutschen Kaisers vom Mittelalter bis 1806; in seiner größten Ausdehnung umfasste es fast das gesamte Gebiet des heutigen Mittel- und Teile Südeuropas: den nordalpinen (deutschen) Reichsteil sowie Reichsitalien und Burgund

Hellebarde – gut zwei Meter lange Hieb- und Stichwaffe mit einer Kombination aus Spieß und Beil an der Spitze

Herzog Bertold – Herzog von Zähringen und Rektor von Burgund (1152–1186), hatte seine Residenz im Burgschloss zu Freiburg

heuer – oberdeutsch: in diesem Jahr

Hochburgund – auch Ostburgund: territorialer Begriff des Mittelalters; umfasste das Gebiet der heutigen Westschweiz, südwestlich von Basel; zur Zeit des Kinderkreuzzugs unter dem Rektorat der *Zähringer*

Hochstift – Territorium, in dem der Landesherr ein Bischof ist, Fürstbischof genannt

hörig – unfrei, leibeigen

Hohenstaufen – zeitgenössischer Name für die Staufer, einem schwäbischen Herrschergeschlecht (abgeleitet von Berg und Burg Hohenstaufen bei Göppingen), das im Mittelalter mehrere römisch-deutsche Könige und Kaiser hervorbrachte, wie etwa Kaiser Friedrich *Barbarossa* oder sein Enkel Friedrich II.; ihre Gegenspieler bei der Thronbesetzung waren die *Welfen*

Hospitarius – (lat. hospitium für Herberge) klösterliches Amt zur Betreuung der Gäste

Hübschlerin – alte Bezeichnung für Prostituierte. Es gab viele weitere Umschreibungen, wie leichte Fräulein, freie Töchter, offene / gemeine Frauen oder heimliche freie Frauen

Ill – elsässischer Nebenfluss des Rheins

Illwald – feuchte Waldlandschaft südlich von *Schlettstadt*

Imperator – lat.: Herrscher, König, Kaiser

Infirmarius – (lat. infirmitas für Schwäche, Krankheit) klösterliches Amt des Siechenmeisters, Krankenpflegers

Junker – Edelknabe, junger (adliger) Herr, Knappe

Jura – Mittelgebirge zwischen Westschweiz und Ostfrankreich

Kanonissen – auch Stiftsfrauen, Chorfrauen. Im Mittelalter schickten Adlige ihre Töchter in sog. Damenstifte, damit sie bis zur Verheiratung Jungfrau blieben und sich bildeten; lebten in klösterlicher Gemeinschaft ähnlich wie Nonnen, nur nicht auf ewig und nicht in *Klausur*

Kantor – Vorsänger, Chorleiter, Kirchenmusiker; in früheren Zeiten oft mit dem Amt des (klösterlichen) Lehrers verbunden

Kapitelsaal – Versammlungsraum der Nonnen und Mönche

Kebsehe, Kebse – heimliche Ehe / Nebenfrau; die Kinder aus einer Kebsehe wurden Kegel genannt («mit Kind und Kegel»)

Kegel – siehe *Kebsehe*

Klausur – ein nur den Nonnen / Mönchen zugänglicher Gebäudeteil des Klosters, als Ort des Rückzugs und der Besinnung; meist als Geviert um den rechteckigen *Kreuzgang* angelegt

Körpersäfte – veralteter medizinischer Begriff nach der Viersäftelehre der Antike, die die mittelalterliche Medizin bestimmte: Krankheiten entstehen, wenn die vier Säfte Blut, Schleim, schwarze und gelbe Galle nicht mehr im Gleichgewicht zueinander stehen

Kogge – mittelalterliches Handel- und Segelschiff

kommod – oberdeutsch / österreichisch für bequem, komfortabel

Komplet – klösterliches *Stundengebet* vor der Nachtruhe

Konkubine – nichteheliche Lebensgefährtin

Konstantinopel – heute Istanbul; war bis 1453 Hauptstadt des (christlichen) oströmischen Reichs, dann von den Türken erobert

Konsul – ursprünglich höchster römischer Staatsbeamter; in den mittelalterlichen Städterepubliken Oberitaliens der leitende Verwaltungsbeamte

Kontor – im älteren Sinne für Kaufmannsniederlassung, dann auch für den Büroraum verwendet

Konvent – Wohnbereich eines Klosters, *Klausur*

Konverse – siehe *Laienbrüder*

Kraxe – Rückentrage aus Holz oder Korbgeflecht

Kreuzaltar – Volksaltar für Kirchenvolk und Laien, während der Hochaltar den Chorherren und Geistlichen vorbehalten war

Kreuzgang – rechteckiger Wandelgang im Klausurbereich eines Klosters um einen Innenhof, meist südlich der Kirche; von hier aus erschließen sich die einzelnen Klosterräumlichkeiten

Kreuzgelübde – Eid auf einer Wallfahrt ins Heilige Land; als Kreuzzug wurden diese Wallfahrten übrigens erst später bezeichnet

Kruppe – hinterer Rückenbereich bei Hunden und Pferden

Lände – Anlegeplatz von Booten, Schiffen, Flößen

Laienbrüder – Laienmitglieder eines Klosters ohne *Weihen*, die zur Entlastung der Mönche / Nonnen die körperlichen Arbeiten verrichteten

Lampartenland – siehe *Lombardei*

Landfrieden – Rechtsnorm des Mittelalters, die in Zeiten von Selbstjustiz und Fehdeunwesen das friedliche Zusammenleben der Bevölkerung sichern sollte

Lauben – hier: überdachte, nach den Seiten offene Verkaufsstände

Lehen – Land, das einem Vasallen (Gefolgsmann) von seinem Herrn unentgeltlich überlassen wurde, gegen Treueschwur und Waffendienst

Lehener Tor – ehemaliges westliches Stadttor Freiburgs auf der heutigen Bertoldstraße (bei Kreuzung mit Rotteckring)

Leisten – Formstück, Model des Schuhmachers

Lektor – geistliches Amt (lat. für Lesemeister) nach der zweiten Stufe der *niederen Weihen* eines Weltgeistlichen: Vortrag im Gottesdienst aus geistlichen Schriften

Lettner – (hohe) Schranke in der Kirche, die den Altarbereich der Mönche / Priester im *Chor* von dem der Laien trennt

Leutpriester – auch: Weltpriester. Pfarrer einer Gemeinde, im Gegensatz zum Ordenspriester der Klöster

Levante – Orient

Lombardei – im Mittelalter verstand man unter Lombardei nicht nur die heutige Region Lombardia, sondern den ganzen Nordwesten Italiens, einschließlich Piemont, Genua und Tessin. Auch Lampartenland genannt

Lombardischer Bund, Lombardenbund – mittelalterlicher Städtebund in Oberitalien, der gegen die Italienpolitik der staufischen Kaiser seit *Barbarossa* gerichtet war

ma no! – ital.: Aber nein!

ma si! – ital.: Aber ja!

Magyaren – Ungarn

Mandat – Auftrag, Weisung, Befehl, von lat. mandatum

March – Gemeinde bei Freiburg im Breisgau; ursprünglich ein Gebiet, das wechselnden Herrschaften unterstand, zeitweise auch dem *Bistum* Basel

Martini – Datumsangabe nach dem heiligen Martin: 11. November

Martinskapelle – Vorläufer der Martinskirche am heutigen Rathausplatz

Martinstor – früher auch Untertor oder Norsingertor genannt. Eines der noch bestehenden inneren Stadttore Freiburgs auf der südlichen Kaiser-Joseph-Straße

Massilien, Massalia – veralteter Namen für Marseille

Matte – alemannisch für Wiese

Matutin – nächtliches *Stundengebet* im Kloster

Maut – Abgabe, Wegzoll für die Benutzung von Straßen, Brücken, Toren

Meier – vom Grundherrn eingesetzter Verwalter und Aufseher eines *Fronhofes*, der Anspruch auf Dienste und Abgaben der *hörigen* Bauern hatte

Meile, deutsche – Längenmaß von knapp unter acht Kilometer

Melancholie – alte Bezeichnung für Depression

mercante – ital.: Kaufmann, Händler

Metzig – alemannisch für Schlachthaus, Metzgerei

Mindere Brüder – auch Minoriten; ursprünglicher Name für den Bettelorden der Franziskaner (siehe auch *Franz von Assisi*)

Mittag – hier: alte Bezeichnung für südliche Himmelsrichtung

Mittelland – breiter, flachwelliger Streifen zwischen *Jura* und Schweizer Alpen

Mittnacht – hier: alte Bezeichnung für nördliche Himmelsrichtung

Mole – befestigter Damm eines Hafens, innenseitig oft als Schiffsanleger ausgebaut

Muhme – alte weibliche Verwandtschaftsbezeichnung, zumeist für Tante oder Base

Munt – mittelalterlicher (Rechts-)Begriff für Schutz, Schirm, Vormundschaft

Niedere Weihen – vier Weihegrade auf dem Weg zur Priesterweihe, die mit bestimmten Diensten im katholischen Gottesdienst, aber noch nicht mit dem Zölibat (Ehelosigkeit) verbunden waren: Ostiarier (Türdiener, Glöckner), Lektor (Vorleser aus der Heiligen Schrift), Exorzist (Heilung Besessener) und Akoluth (Altardiener, verantwortlich für Licht und Messwein)

Niederwild – kleinere Wildtiere, die im Mittelalter in der Regel auch von der Bevölkerung gejagt werden durften

Novizin/Novize – angehende Mönche, Nonnen oder *Laienbrüder* bzw. *-schwestern,* die eine Art Probezeit durchlaufen

Oberlinden – eine der ältesten Straßen Freiburgs

Ortenau – Landschaft rund um Offenburg (Südbaden)

padrone – ital.: Herr, Patron

Paternoster – lat. für Vaterunser, eines der wichtigsten Gebete des Christentums
Pein – altes Wort für Strafe, Schmerz, Qual
pellegrino – ital.: Pilger
Pestilenz – alter Name für Pest; zumeist für alle tödlich-ansteckenden Krankheiten verwendet
Pfründe – Einkünfte aus einem Kirchenamt, früher mittels Abgaben aus der Pfarrgemeinde und durch Gebühren
piazza – ital.: Platz
Poller – kräftiger, kurzer Pfahl aus Metall oder Holz zum Festmachen von Schiffen
Prim – klösterliches *Stundengebet* zum Tagesbeginn
prima luce – lat. / ital.: Morgengrauen
Prior(in) – Klostervorsteher(in)
Probst – hier: Vorsteher eines Benediktinerklosters; in *Schlettstadt* hatte er bis 1217 die Stadtherrschaft inne
Provenzale – Bewohner der südfranzösischen Provence
Rat der Vierundzwanzig – Vorläufer des Freiburger Stadtrats, der dem Schultheißen als Geschworene (Schöffen) diente und gegenüber dem Stadtherrn bald mehr und mehr Rechte innehatte
Remise – Wirtschaftsgebäude für Wagen und Geräte
Rheingießen – alter Nebenarm des Rheins nach Straßburg hin
Richard Löwenherz (1157–1199) – ab 1189 König von England; er führte den dritten Kreuzzug (1189–1192) zur Rückeroberung Jerusalems durch, scheiterte aber am Widerstand von Sultan *Saladin* und schloss mit ihm einen Waffenstillstand
Rückenkraxe – siehe *Kraxe*
Ruhr, rote – schmerzhafte, blutige Darmerkrankung, die früher zum Tod führte
Sackpfeife – altes Blasinstrument ähnlich dem Dudelsack, mit plärrendem Klang

Sakrament – Heilshandlungen, Heilszeichen in der christlichen Theologie, die zu einer Begegnung zwischen Mensch und Gott führen, wie etwa Taufe, Firmung, Ehe. Seit dem 13. Jh. sieben an der Zahl

Sakristei – Nebenraum der Kirche, wo Gerätschaften aufbewahrt werden und sich der Priester auf die Messe vorbereitet

Saladin (1137–1193) – Sultan von Ägypten und Syrien, eroberte 1187 Jerusalem und setzte damit der christlichen Herrschaft über die Stadt nach 88 Jahren vorerst ein Ende. In der muslimischen Welt wird er als vorbildlicher Herrscher und Held verehrt

Sarazenen – veraltet für Araber und Muslime

Saumweg – schmaler Weg in den Bergen

Schabracke – rechteckige Pferdedecke unter dem Sattel

Schildknappe – erfahrener Knappe (Edelknecht eines Ritters), der bereits in den Kampf zieht und kurz vor dem Ritterschlag (*Schwertleite*) steht

Schlettstadt – dt. Name für Sélestat im Elsass, etwa 40 km südlich von Straßburg

Scholar – fahrender Schüler/Student des Mittelalters, meist mit dem Ziel, Geistlicher zu werden oder auch gebildeter Kleriker ohne Amt und feste Stellung

Schriftlesung – Lesung aus der Bibel als Teil des Gottesdienstes, der an Sonntagen die Auslegung (Predigt) folgt; im Mittelalter auf Latein und in Melodien vorgetragen

Schultes – siehe *Schultheiß*

Schultheiß – vom Landesherrn eingesetzter Amtsträger, Gemeindevorsteher mit Gerichtsgewalt. Auf dem Dorf Schultes oder Schulze genannt

Schwertleite – feierliche Aufnahme eines adligen Knappen in den Ritterstand, in der Regel mit 21 Jahren. Später Ritterschlag genannt *scusami* – ital.: es tut mir leid, entschuldige

Senator – (lat. senator für Greis, alter Mann) Ratsmitglied in den italienischen Stadtrepubliken des Mittelalters

Sext – klösterliches *Stundengebet* gegen 12 Uhr, vor dem Mittagessen

siech – krank, altersschwach

Skapulier – Teil der klösterlichen Ordenstracht: schürzenartiger Überwurf über der *Tunika* getragen, mit Kapuze

Stiftsdame – siehe *Kanonissen*

Stock – hier: mittelalterlicher Fußblock, hölzerne Fessel, in die Fuß- und Handgelenke von Gefangenen gelegt wurden; auch als Ehrenstrafe auf öffentlichen Plätzen

Stundengebete – (auch: Chorgebete, Horen, Tagzeiten, Gotteslob) Traditionell sammelte man sich im Kloster achtmal am Tag, d. h. alle drei Stunden, zum gemeinsamen Gebet. Außer dem *Nachtgebet Matutin* sind dies die *Laudes* (ca. 3 h), die *Prim* (6 h), die *Terz* (9 h), die *Sext* (12 h), die *Non* (15 h), die *Vesper* (18 h) und die *Komplet* (21 h) – ungefähre Angaben nach der antiken Zeitrechnung

Sundgau – Landschaft südlich des Elsass, zwischen Mulhouse und Basel

Taberne – altes Wort für Schankwirtschaft, Taverne

tedeschi – ital.: Deutsche (Plural)

Tonsur – bis auf einen Haarkranz ausrasierter Schädel bei Geistlichen

Treidelpfad – Weg unmittelbar am Flussufer für Mensch und Zugtier, um Boote und Schiffe flussaufwärts zu ziehen

Tunika – einfach geschnittenes langes Gewand, das um die Hüfte mit Gürtel zusammengehalten wird

uno, due, tre – ital.: eins, zwei, drei

Urteiler – alter Begriff für Schöffe bei Gericht

Vasall – mittelalterlicher, adliger Gefolgsmann, der sich einem höher gestellten Herrn persönlich zu Diensten verpflichtete und dafür dessen Schutz erhielt

Veitstanz, Veitstänzer – (auch: Tanzwut, Tanzplage) «Krankheitserscheinung» des späten Mittelalters: Die Betroffenen tanzten, bis Schaum aus dem Mund quoll, Wunden auftraten und sie erschöpft zusammenbrachen. Möglicherweise nach Genuss pflanzlicher Drogen oder vergifteten Getreides

Veringen, Heinrich von (1202–1223) – Straßburger Bischof, der angeblich diesem Kreuzzug der Armen und Kinder seinen Segen gespendet hatte. Kurz zuvor gehen auf seine Lasten etliche Ketzerverbrennungen

Versehgang – Gang des Pfarrers zum Haus eines Kranken oder Sterbenden, um ihm die Sterbe*sakramente* zu spenden

Vesper – längeres klösterliches *Stundengebet* zum Abend, auch in den Pfarrkirchen für Laien

vino – lat. / ital.: Wein

visitieren – (lat. visitare für besuchen) Kontrollbesuche von Kirchenoberen oder Äbten bei ihren Pfarrgemeinden bzw. Klöstern

Vivis – alter deutscher Name für Vevey am Nordostufer des Genfersees

Vogt – hoher, meist adliger Beamter als Vertreter eines abwesenden Stadt- oder Landesherrn

Volgare – italoromanische Volkssprache des Lateinischen, als Vorläufer der italienischen Schriftsprache

Vorsteherin – Leiterin eines Klosters

Walpurgis – Datumsangabe nach der heiligen Walburga: 1. Mai

Walther von der Vogelweide – bedeutender deutschspachiger Lyriker, seinerzeit auch berühmter Sänger (etwa 1170 bis etwa 1230)

Wappenrock – (auch Waffenrock, Waffenkleid) über dem Kettenpanzer von Rittern getragenes Schutzkleid; um im Kampf

Freund und Feind unterscheiden zu können, war es wie auch Schild, *Schabracke* und Lanze, mit dem Wappen versehen

Weihe – das *Sakrament* der höheren Weihe führt zur Aufnahme in den geistlichen Stand (Diakon, Priester, Bischof), seit dem 11. Jh. bei Priestern und Bischöfen mit dem Zölibat verbunden

Welfen – mittelalterliches Herrschergeschlecht mit Stammsitz in Oberschwaben (Weingarten), Gegenspieler der *Hohenstaufen* (Staufer)

welsch, Welsche – veraltet für fremdländisch / Fremde aus romanischen Ländern

Welschland – hier: französisches Sprachgebiet der heutigen französischen Schweiz

wunderfitzig – oberdeutsch für neugierig

Zaberner Land – Region um die Stadt Saverne (dt. Zabern) im nördlichen Elsass

Zähringer – Fürstengeschlecht aus dem Breisgau, das sich im Hochmittelalter als Stadtgründer hervortat

Zisterzienser – Reform-Orden aus der Zeit um 1100, der sich der Verweltlichung der Klöster entgegenstellte und die ursprünglichen Ideale des heiligen *Benediktus* wieder zur Geltung bringen wollte

Zünfte – mit der Neugründung von Städten im Hochmittelalter bildeten sich christliche Genossenschaften von Handwerkern zur Wahrung gemeinsamer Interessen, die bald schon politische Rechte forderten

Weitere Titel von Astrid Fritz

Das Mädchen und die Herzogin

Der Pestengel von Freiburg

Der Ruf des Kondors

Die Bettelprophetin

Die Himmelsbraut

Die Räuberbraut

Die Vagabundin

Henkersmarie

Unter dem Banner des Kreuzes

Wie der Weihnachtsbaum in die Welt kam

Die Hexe von Freiburg

Die Hexe von Freiburg

Die Tochter der Hexe

Die Gauklerin

Serafina

Das Aschenkreuz

Hostienfrevel

Das Siechenhaus

Das für dieses Buch verwendete Papier ist FSC®-zertifiziert.